AILLEURS ET DEMAIN

*Collection dirigée par Gérard Klein*

DU MÊME AUTEUR

*chez le même éditeur*

DUNE

L'ÉTOILE ET LE FOUET

FRANK HERBERT

# LES ENFANTS DE DUNE

*traduit de l'américain par Michel Demuth*

ÉDITIONS ROBERT LAFFONT
PARIS

Titre original : THE CHILDREN OF DUNE


---

ISBN 2-221-00045-5
(édition originale :
ISBN 0-339-11697-4 Berkley Publishing Corporation, New York).

---

POUR BEV :

*Ce livre né de la réciprocité de notre amour*
*et de l'espoir de faire partager sa beauté et sa sagesse*
*car elle l'a inspiré, vraiment.*

**Les enseignements de Muad'Dib sont devenus le terrain de jeux des scolastiques, des superstitieux, des corrompus. Ce que Muad' Dib nous a enseigné, c'est un mode de vie balancé, une philosophie qui permet à l'homme d'affronter les problèmes d'un univers soumis au changement permanent. Ce qu'il nous a dit, c'est que l'humanité continue d'évoluer selon un processus qui ne finira pas. Et il nous a dit aussi que cette évolution obéit à des principes changeants qui sont connus de l'éternité seule. Des raisonnements corrompus peuvent-ils vraiment disposer d'une telle essence ?**

— Paroles du Mentat Duncan Idaho.

UNE TACHE DE LUMIÈRE APPARUT SUR l'épais tapis rouge qui recouvrait le sol rocheux de la grotte. Elle semblait ne provenir d'aucune source apparente et n'exister que dans la trame de fibre d'épice. C'était un cercle errant de deux centimètres de diamètre qui allait et venait au hasard, qui se déformait maintenant, devenait ovale. Rencontrant le flanc vert sombre d'un lit, la tache s'éleva vivement, se posa sur la couverture verte sous laquelle reposait un enfant aux cheveux roux dont les traits avaient encore la rondeur de l'enfance. Rien de la maigreur traditionnelle des Fremen dans ce visage à la bouche généreuse qui, cependant, n'était nullement gonflé d'eau comme celui de tous les étrangers à ce monde.

A l'instant même où la tache de lumière courut sur ses paupières, l'enfant tressaillit. La lumière s'éteignit.

On ne percevait plus, à présent, que sa respiration, calme et profonde et, plus loin, dans le bassin, l'écho rassurant du bruit des gouttes d'eau capturées par le piège à vent, là-haut, à la surface.

La lumière revint, un peu plus grande, un peu plus vive. Cette fois, on devinait sa source en même temps que les mouvements qui l'orientaient. Une silhouette encapuchonnée était visible sur le seuil voûté de la chambre. A nouveau, la tache de lumière fit le tour de la pièce, s'arrêtant parfois, hésitant, fouillant çà et là. Elle suscitait une impression de menace, d'inquiétude, de nervosité tandis qu'elle évitait l'enfant endormi pour s'arrêter sur la grille d'aération, dans un angle de la paroi, avant de se déployer sur les tentures d'or et de vert qui dissimulaient la roche.

Puis, la lumière disparut une seconde fois. La silhouette

se déplaça dans un bruissement d'étoffe et s'immobilisa contre l'un des montants du seuil. Dès cet instant, un membre du Sietch Tabr n'aurait plus douté que cette silhouette était celle de Stilgar, le Naib, gardien des jumeaux orphelins qui, un jour, hériteraient du pouvoir de leur père, Paul Muad'Dib. Souvent, la nuit, Stilgar venait ainsi inspecter leurs appartements, commençant toujours par la chambre de Ghanima avant de passer dans celle où dormait Leto, afin de s'assurer qu'aucune menace ne pesait sur eux.

*Je ne suis qu'un vieil idiot,* se dit Stilgar.

Il posa les doigts sur la froide surface du projecteur de lumière avant de le glisser à sa ceinture dans la boucle de son écharpe. Il avait besoin du projecteur mais, dans le même temps, il le détestait. Le projecteur était un instrument très subtil de l'Imperium, capable de détecter la présence d'organismes vivants de grandes dimensions. Jusqu'à présent, il n'avait révélé que les enfants royaux dans le calme de leurs chambres.

Stilgar savait très bien que ses pensées et ses émotions étaient comme cette lumière. Il ne pouvait réfréner une intense et frénétique projection intérieure. *Cette* pulsion-là était contrôlée par quelque puissance supérieure. Elle l'amenait invariablement à cet instant où il percevait l'accumulation du danger. Ici reposait l'aimant qui pouvait attirer tous les rêves de grandeur de l'univers connu. Ici dormaient d'immenses richesses temporelles, l'autorité séculière et ce talisman mystique, le plus puissant de tous : la divine authenticité du legs religieux de Muad'Dib. Dans ces deux jumeaux, Leto et sa sœur, Ghanima, une force terrible était concentrée. Durant le temps de leur vie, Muad'Dib, bien que mort, revivrait par eux.

Les enfants qui dormaient ici n'étaient pas vraiment des enfants âgés de neuf ans. Ils étaient une force naturelle en même temps que des sujets de vénération et de terreur. Ils étaient nés de Paul Atréides, celui qui était devenu Muad'Dib, le Mahdi de tous les Fremen. Celui qui avait provoqué une explosion de l'humanité, explosion qui avait projeté les Fremen loin de leur monde en un jihad qui avait déferlé sur l'Univers humain, en un mascaret énorme et fervent de pouvoir religieux dont l'ampleur et l'autorité omniprésente avaient laissé leur empreinte sur chaque planète.

*Pourtant, ils sont faits de chair et de sang,* songeait Stilgar. *En deux coups de mon couteau, je peux leur percer le cœur et leur eau reviendra à la tribu.*

Son esprit enfiévré vacilla à cette seule pensée : *Tuer les enfants de Muad'Dib !*

Mais toutes ces années l'avaient rendu habile dans l'art de l'introspection. Et Stilgar connaissait l'origine de cette pensée terrible. Elle ne pouvait être née que de la main gauche des damnés et non de la main droite de ceux qui étaient bénis. L'*ayat* et le *burhat* de la Vie ne conservaient plus que quelques rares mystères pour lui. Jadis, avec fierté, il s'était considéré comme un Fremen véritable, le désert avait été son ami et ce monde s'était toujours appelé Dune et non pas Arrakis, ainsi que le dénommaient les cartes impériales.

*Les choses étaient si simples lorsque notre Messie n'était encore qu'un songe,* pensa-t-il. *En trouvant enfin notre Mahdi, nous avons libéré d'innombrables délires messianiques qui se sont répandus de par l'univers. Et chacun des peuples qui a été soumis par le Jihad porte maintenant en lui le rêve d'un chef à venir.*

Une fois encore, son regard fouilla l'obscurité de la chambre. *Si mon couteau rendait la liberté à ces peuples, feraient-ils de moi leur messie ?*

Leto se retourna nerveusement sur sa couche.

Stilgar soupira. Jamais il n'avait connu ce grand-père qui avait donné son nom à l'enfant. Mais nombreux étaient ceux qui considéraient que Muad'Dib avait hérité de sa force morale. Se pouvait-il que ce sens terrifiant de la *droiture* saute maintenant une génération ? Stilgar était incapable de répondre à une telle question.

*Le Sietch Tabr est mien,* songea-t-il. *J'en demeure le maître. Pour les Fremen, je suis le Naib. Et, sans moi, il n'y aurait pas eu de Muad'Dib. A présent, il y a ces enfants jumeaux... Par Chani, qui est leur mère et fille de ma race, mon sang coule dans leurs veines. Je suis avec Muad'Dib, et Chani, ainsi qu'avec tous les autres. Qu'avons-nous fait à notre univers ?*

Stilgar n'aurait su dire pourquoi de telles pensées lui venaient ainsi dans la nuit, ni pour quelle raison il se sentait à ce point coupable. Il s'accroupit dans les replis de sa robe. La réalité ne ressemblait absolument pas au rêve.

Le Désert Ami qui, autrefois, se déployait d'un pôle à l'autre, était désormais réduit de moitié. Le paradis immense et verdoyant promis par les légendes n'avait apporté que le doute. Non, ce n'était pas le rêve. Et, en même temps que ce monde, Stilgar avait changé. Jamais le chef de sietch n'avait été cet homme aux pensées complexes ; il n'avait pas connu toutes ces choses, le pouvoir et les conséquences formidables des plus infimes décisions. Même en cet instant, pourtant, il devinait que tout ce savoir, cette nouvelle subtilité appartenaient à une mince couche de vernis qui recouvrait un bloc solide et dense de connaissance pareil à du métal. Et c'était vers ce bloc plus ancien que se détournaient ses pensées, attirées par un retour à de plus saines valeurs.

Les rumeurs matinales du sietch finirent par troubler le

cours de ses pensées. Ceux qui s'étaient éveillés se déplaçaient à l'intérieur de la grotte. Une faible brise effleura les joues de Stilgar : les sceaux des portes venaient d'être levés et la fraîcheur venait. Bientôt, l'aube suivrait. Et cette brise parlait à Stilgar. Elle lui évoquait le temps, et aussi la négligence. Les gens du sietch n'observaient plus la stricte discipline de l'eau qu'ils avaient connue dans les anciens jours. Et pourquoi en aurait-il été autrement sur une planète qui désormais connaissait la pluie, sur laquelle dérivaient des nuages, alors que l'on disait que huit Fremen avaient été noyés par une crue soudaine dans un wadi ? Une *noyade.* Jamais auparavant le mot n'était apparu dans la langue de Dune. Mais Dune n'était plus qu'Arrakis... Et ce matin était celui d'un jour important.

*Jessica,* songea Stilgar. *La mère de Muad'Dib, la grand-mère des jumeaux royaux revient aujourd'hui sur cette planète. Pourquoi a-t-elle décidé de mettre un terme à cet exil volontaire ? Pourquoi veut-elle quitter la sécurité et le confort de Caladan pour les périls d'Arrakis ?*

Mais il nourrissait d'autres craintes encore : Jessica devinerait-elle ses doutes, elle, sorcière du Bene Gesserit, formée par l'intense éducation des Sœurs, elle, Révérende Mère de plein droit ? Les femelles du Bene Gesserit avaient l'esprit acéré et elles étaient dangereuses. Dame Jessica exigerait-elle de lui qu'il tombe sur son couteau, ainsi qu'en avait reçu l'ordre l'Umma-Protecteur de Liet-Kynes ?

*Et lui obéirai-je alors ?* se demanda Stilgar.

Encore une question à laquelle il ne pouvait répondre. Ses pensées se portaient maintenant sur Liet-Kynes, le planétologue qui, autrefois, avait fait le rêve de changer Dune en ce monde vert et hospitalier qu'il était à présent. Liet-Kynes était le père de Chani. Sans lui, jamais le rêve n'eût existé, non plus que Chani et les jumeaux royaux. La fragilité de cette chaîne troublait Stilgar.

*Comment nous sommes-nous rencontrés ici ? Comment avons-nous pu mêler nos existences et dans quel but ? Est-il de mon devoir de mettre un terme à tout cela ? De détruire cette puissante conjonction ?*

A présent, Stilgar affrontait ce choix effrayant. Il pouvait renier l'amour et la famille et prendre une décision, ainsi qu'il convenait à un Naib en certaines occasions, une décision de mort pour que vive la tribu. D'un certain point de vue, ce serait un acte atroce en même temps qu'une trahison. *Tuer des enfants !* Pourtant, il ne s'agissait pas de simples enfants. Ils avaient absorbé le Mélange, ils avaient participé à l'orgie du Sietch. Ils avaient chassé la truite des sables au plus profond du désert et partagé les jeux des autres enfants Fremen... Et ils avaient leur place au Conseil Royal. Ils étaient à l'âge le plus tendre, mais leur sagesse leur permettait de siéger. En vérité, seule leur chair était jeune. De par leur expérience, ils étaient anciens, nés doués de l'accumulation de la mémoire génétique, héritiers d'une connaissance effrayante qui les rendait absolument différents des autres humains, tout comme leur tante Alia.

Tant de fois, durant combien de nuits, l'esprit de Stilgar avait fait le tour de cette différence avant que le tourment ne le tire du rêve pour le ramener dans les chambres des jumeaux, laissant ses songes inachevés.

Mais ses doutes, en cet instant, se précisaient. Son impuissance même à prendre une décision était une sorte de décision. Cela, il ne pouvait l'ignorer. Les jumeaux, de même que leur tante, avaient connu l'éveil dans la matrice, ils avaient recueilli tous les souvenirs de leurs ancêtres. Grâce à l'épice, par l'intoxication de leurs mères, Dame Jessica et Chani. Mais, avant d'avoir connu l'épice, Dame Jessica avait donné le jour à son fils, Muad'Dib. Alia, elle, était venue après l'épice. Rétrospectivement, cela était clair. D'innombrables générations de sélection Bene Gesserit avaient abouti à Muad'Dib, mais jamais il n'y avait eu la moindre place pour le Mélange dans les plans des Sœurs. Bien sûr, elles connaissaient cette possibilité autant qu'elles la redoutaient. C'était pour cela qu'elles l'avaient baptisée l'Abomination. Et elles devaient avoir leurs raisons. Si elles déclaraient qu'Alia était une Abomination, alors, cela devait également s'appliquer aux jumeaux. Car Chani avait connu l'épice, son corps en avait été saturé et ses gènes avaient en quelque sorte complété ceux de Muad'Dib.

Les pensées de Stilgar s'accélérèrent encore, entrèrent en fermentation. Il ne pouvait y avoir aucun doute : ces enfants étaient allés plus loin que leur père. Mais dans quelle direction ? Le garçon disait qu'il était son père, et il l'avait prouvé une fois par des souvenirs qu'il avait révélés et qui ne pouvaient appartenir qu'à Muad'Dib. Ou bien d'autres ancêtres veillaient-ils dans ce gigantesque éventail de passés, des ancêtres dont les croyances et les coutumes faisaient peser sur les humains vivants des menaces innommables ?

Des Abominations, avaient déclaré les saintes sorcières du Bene Gesserit. Pourtant, elles convoitaient la génophase de ces enfants, elles avaient besoin du sperme et des ovules mais non de la chair turbulente qui les produisait. Etait-ce pour cette raison que Dame Jessica revenait ? Elle avait rompu avec le Bene Gesserit pour soutenir son ducal époux, mais la rumeur disait que, depuis, elle avait repris sa place parmi les Sœurs.

*Je pourrais en finir avec tous ces rêves,* songea Stilgar. *Et ce serait tellement simple.*

Pourtant, une fois encore, il s'interrogea à son propos. Pouvait-il vraiment faire un tel choix ? Les enfants de Muad'Dib étaient-ils responsables de cette réalité qui occultait les rêves des autres ? Non. Ils n'étaient que les lentilles par lesquelles filtrait cette lumière qui révélait des formes nouvelles de l'univers.

Déchiré, l'esprit de Stilgar revenait aux croyances initiales des Fremen. *Le commandement de Dieu arrive. Ne cherche pas à le hâter. C'est à Lui de te montrer la voie, celle dont certains s'écartent.*

Par-dessus tout, il était troublé par la religion de Muad'Dib : pourquoi en avaient-ils fait un dieu ? Pourquoi, alors que l'homme était fait de chair et que tous le savaient ? Muad'Dib, *l'Elixir Doré de la Vie* avait engendré un monstre bureaucratique qui écrasait les choses humaines. Le Pouvoir et la Religion étaient désormais soudés et transgresser une Loi était un Péché. Mettre en doute les règles édictées par le gouvernement, c'était entrer dans le blasphème. La rébellion ne pouvait appeler que le feu de l'enfer et des jugements inexorables.

Pourtant, c'étaient des hommes qui forgeaient ces lois.

Tristement, Stilgar hocha la tête, indifférent aux serviteurs qui maintenant pénétraient dans l'Antichambre Royale pour vaquer à leurs taches matinales.

Ses doigts s'étaient posés sur le krys pendant à sa ceinture et ses pensées couraient vers le passé que cette arme symbolisait. Plus d'une fois, il avait sympathisé avec certains rebelles dont les soulèvements avortés avaient été écrasés sur ses ordres. La confusion gagnait dans son esprit. Il aurait tant voulu la rejeter, revenir aux évidences que ce couteau représentait. Mais l'univers ne reviendrait pas en arrière. C'était une machine géante lancée dans le champ gris de la non-existence. Si, par le couteau, il infligeait la mort aux jumeaux, il ne ferait qu'introduire de nouveaux échos dans ce vide, ajoutant ainsi à une trame complexe qui, résonnant avec l'histoire humaine, engendrerait des chaos différents, lançant l'humanité, peut-être, vers d'autres formes d'ordre ou de désordre.

Stilgar soupira, peu à peu conscient des mouvements alentour. Ceux des serviteurs, par exemple, qui formaient une sorte d'ordre autour des enfants de Muad'Dib. Ils allaient ainsi, d'un moment au suivant, affrontant chaque nécessité dans l'instant où elle se présentait.

*Mieux vaut cette émulation,* songea Stilgar. *Mieux vaut affronter ce qui vient quand cela vient. Moi-même, je suis un serviteur et mon maître est Dieu, le Miséricordieux, le Passionné...* Et il cita les versets familiers :

« *Il est vrai que Nous leur avons mis des chaînes au cou et jusqu'au menton afin que se redressent leurs têtes ; et Nous avons dressé une barrière devant eux, et derrière aussi ; et sur eux, Nous avons mis un toit, afin qu'ils ne puissent plus voir.* »

Ainsi était-il écrit dans l'ancienne religion Fremen.

A nouveau, Stilgar hocha la tête, en silencieuse approbation. *Voir,* connaître le moment à venir ainsi que l'avait su Muad'Dib qui discernait le futur, c'était là une force qui s'exerçait contre les choses humaines, créant d'autres lieux pour de nouvelles décisions. Si les chaînes tombaient, cela pouvait indiquer un nouveau caprice de Dieu, un acte dont la complexité transcendait l'entendement humain.

La main de Stilgar s'écarta du krys. Ses doigts demeuraient encore noués sur le souvenir de sa forme. Mais la lame, qui avait jadis brillé dans la gueule béante d'un ver des sables, resta dans son fourreau. Car Stilgar savait qu'il ne pourrait la brandir pour sacrifier les jumeaux. Il avait pris sa décision. Mieux valait conserver cette ancienne vertu qu'il avait toujours chérie : la loyauté. Mieux valent les difficultés que l'on pense connaître que celles qui défient la connaissance. Mieux vaut le présent que l'avenir du rêve. Et les rêves peuvent être vides et déchirants : il le savait au goût amer qui lui venait maintenant à la bouche.

*Non ! Plus de rêves !*

**QUESTION : « Avez-vous vu le Prêcheur ? »**
**RÉPONSE : « J'ai vu un ver des sables. »**
**QUESTION : « Qu'est donc ce ver des sables ? »**
**RÉPONSE : « Il nous donne l'air que nous respirons. »**
**QUESTION : « Alors pourquoi détruire sa terre ? »**
**RÉPONSE : « Parce que Shai-Hulud (le dieu-ver) l'a ordonné. »**

— Les énigmes d'Arrakis, *par Harq al-Ada.*

SUIVANT L'USAGE FREMEN, LES JUMEAUX Atréides s'éveillaient une heure avant l'aube. Chacun dans sa chambre, au même instant, ils bâillèrent et s'étirèrent. Autour d'eux, les activités matinales de la grotte avaient commencé. Dans l'antichambre, ils pouvaient entendre les serviteurs qui préparaient le petit déjeuner, une simple bouillie avec des noix et des dattes mêlées à un liquide qui provenait de la fermentation partielle de l'épice. La lumière jaune et douce des brilleurs filtrait depuis le seuil. A cette seule clarté, en même temps, les deux enfants s'habillèrent. Ils revêtirent, ainsi qu'ils l'avaient décidé ensemble, le distille qui les protégerait des vents desséchants du désert. Ensemble, ils firent leur apparition dans l'antichambre et tous ceux qui se trouvaient là s'immobilisèrent en même temps.

Chacun remarqua que Leto portait une cape de cuir ourlée de noir par-dessus le tissu gris et brillant de son distille. La cape de sa sœur était verte et, comme la sienne, maintenue au cou par une agrafe d'or, le faucon des Atréides, aux yeux de gemme rouge.

Harah, l'une des épouses de Stilgar, déclara : « Je vois que vous avez choisi d'honorer votre grand-mère par votre tenue. »

Leto prit son bol en silence avant de lever les yeux sur le visage sombre et ridé de Harah.

Lentement, il secoua la tête : « Comment sais-tu que ce n'est pas nous-mêmes que nous honorons ? »

Harah soutint son regard impérieux sans ciller.

« Mes yeux sont aussi bleus que les vôtres », dit-elle enfin.

Ghanima se mit à rire. Harah demeurait une adepte du jeu Fremen des questions. Par cette simple phrase, elle venait de dire : « Ne me défie pas, mon garçon. Tu es peut-être de sang royal, mais nous portons tous deux les stigmates du Mélange. Est-il un Fremen qui puisse désirer une autre parure, un plus grand honneur ? »

Leto sourit, hochant la tête d'un air de regret.

« Harah, mon amour, si tu étais plus jeune et si tu n'appartenais pas à Stilgar, je te ferais mienne. »

Harah accepta cette petite victoire et fit signe aux serviteurs de se remettre à leurs tâches. Ce jour était important.

« Mangez, ajouta-t-elle à l'intention des jumeaux. Vous aurez besoin de force aujourd'hui. »

« Tu admets donc que nous ne sommes pas trop beaux pour notre grand-mère ? » demanda Ghanima, la bouche pleine de bouillie.

« Il ne faut pas la craindre, Ghanima », dit Harah.

Leto avala une nouvelle cuillerée et jeta un regard inquisiteur à l'adresse de Harah. Elle disposait d'un tel bon sens qu'elle se faufilait sans la moindre difficulté dans le jeu des subtilités.

« Croira-t-elle que nous la craignons ? » demanda Leto.

« Je ne le pense pas. Elle était notre Révérende Mère, ne l'oubliez pas. Je la connais. »

« Comment Alia est-elle vêtue ? » demanda Ghanima.

« Je ne l'ai pas encore vue », répondit laconiquement Harah, tout en se détournant.

Leto et Ghanima échangèrent un regard lourd de secrets partagés avant de retourner à leur bol. Un instant plus tard, ils s'engageaient dans le grand passage central du sietch.

« Ainsi, aujourd'hui, nous recevons une grand-mère », déclara Ghanima dans l'une des langues anciennes qu'elle avait reçue en mémoire génétique.

« Alia est très inquiète », commenta Leto.

« Qui pourrait se défaire avec joie de tant de pouvoir ? »

Leto rit doucement, un étrange rire d'adulte dans ce corps d'enfant.

« Il y a plus que cela », dit-il.

« L'œil de sa mère saura-t-il voir ce que nous avons vu ? »

« Pourquoi pas ? »

« Oui... réfléchit Ghanima. Ce pourrait bien être ce que redoute Alia. »

« Qui d'autre connaît mieux l'Abomination que l'Abomination elle-même ? »

« Nous pourrions faire erreur, sais-tu », remarqua Ghanima.

« Mais nous avons raison. » Et Leto cita le Livre d'Azhar du Bene Gesserit : « *C'est avec raison et avec une terrible expérience que nous appelons le pré-né :* Abomination. *Car qui peut dire quelle persona maudite et perdue dans notre abominable passé a pu s'emparer de cette chair vive ?* »

« Je connais l'histoire, dit Ghanima. Mais, si elle est vraie, pourquoi ne sommes-nous pas assaillis nous-mêmes ? »

« Peut-être parce que nos parents veillent à l'intérieur de nous », dit Leto.

« En ce cas, pourquoi ne le font-ils pas pour Alia ? »

« Je l'ignore. Peut-être est-ce parce que l'un de ses parents demeure parmi les vivants. Ou, plus simplement, parce que nous sommes encore jeunes et plus forts. Il est possible que, lorsque nous deviendrons plus âgés et plus cyniques... »

« Nous allons devoir faire attention, avec cette grand-mère », dit Ghanima.

« Et éviter de discuter de ce Prêcheur qui parcourt le monde avec des paroles hérétiques ? »

« Tu ne penses pas qu'il est notre père ? »

« Je n'ai aucun jugement à cet égard, mais Alia en a peur. »

Ghanima secoua violemment la tête.

« Je ne peux croire à cette absurdité de l'Abomination ! »

« Tu as autant de souvenirs que moi. Tu peux croire ce que tu désires croire. »

« Tu penses que c'est parce que nous n'avons pas encore tenté la transe d'épice comme Alia ? »

« C'est très exactement ce que je pense. »

Ils se turent, suivant lentement le flot de la foule qui s'écoulait dans le passage. Il faisait frais dans le Sietch Tabr, mais les distilles les protégeaient, et Ghanima tout comme Leto avait rejeté en arrière le capuchon de son condenseur, dégageant ses cheveux roux.

Leurs visages étaient presque identiques, avec la même bouche généreuse et les mêmes yeux absolument bleus de l'Ibad.

Leto fut le premier à déceler l'approche de leur tante.

« La voilà », dit-il simplement, employant le langage de bataille des Atréides.

Comme Alia s'avançait, Ghanima inclina la tête et déclara : « La *prise de guerre* salue son illustre parente. »

Employant ainsi le Chakobsa, elle entendait mettre l'accent sur le sens véritable de son nom, Ghanima — *prise de guerre.*

« Comme vous le voyez, chère tante, dit Leto, nous nous sommes préparés afin de rencontrer votre mère. »

Entre tous, dans la maison royale, Alia était la seule à ne jamais s'émouvoir du comportement adulte de ces enfants. Elle leur décocha un regard furibond avant de siffler : « Tenez votre langue, vous deux ! »

Ses cheveux couleur de bronze étaient rejetés en arrière et maintenus par deux anneaux d'eau en or. Sa bouche pulpeuse n'était plus qu'un trait roide. L'ovale de son visage était déformé par le souci et de minuscules rides entouraient ses yeux deux fois bleus.

« Je vous ai prévenus l'un et l'autre de l'attitude que vous devrez adopter aujourd'hui. Et vous en connaissez les raisons aussi bien que moi. »

« Nous connaissons vos raisons, ma tante, mais il se peut que vous ignoriez les nôtres », remarqua Ghanima.

« Ghani ! » gronda Alia.

Leto se redressa : « Ce jour entre tous, nous ne tolérerons pas de jouer ce rôle d'enfants demeurés ! »

« Personne ne vous le demande, dit Alia. Mais nous considérons qu'il ne serait pas sage de susciter de dangereuses pensées chez ma mère. Irulan est d'accord avec moi. Qui peut savoir quel rôle va choisir Dame Jessica ? Après tout, elle est une Bene Gesserit. »

Leto hocha la tête, songeant : « *Pourquoi Alia ne devine-t-elle pas ce que nous soupçonnons ? Est-elle déjà allée trop loin ?* Il nota tout particulièrement les subtils repères génétiques qui, sur le visage de sa tante, trahissaient la présence de son grand-père maternel. Le Baron Vladimir Harkonnen n'avait pas été un personnage particulièrement plaisant. Comme en réponse à cette pensée, le trouble revint en lui et il se dit en écho : *Mais il est aussi mon ancêtre.*

« Dame Jessica a été éduquée pour régner », prononça-t-il.

Ghanima acquiesça : « Pourquoi a-t-elle choisi ce moment pour revenir ? »

Brièvement, Alia fronça les sourcils. « Peut-être veut-elle seulement revoir ses petits-enfants ? »

*C'est ce que vous espérez, ma chère tante,* pensa Ghanima. *Mais c'est diablement improbable.*

« Elle ne peut régner ici, reprit Alia. Elle possède Caladan. Cela devrait lui suffire. »

Sur un ton conciliant, Ghanima demanda : « Lorsque notre père est allé mourir au désert, il vous a nommée Régente. Il... »

« Vous avez une plainte à formuler ? »

« C'était un choix raisonnable, dit Leto, emboîtant le pas à sa sœur. Vous étiez la seule à savoir ce qu'il en était que d'être née comme nous étions nés. »

« La rumeur, coupa Alia, prétend que ma mère est retournée auprès des Sœurs. Et vous savez l'un et l'autre ce que le Bene Gesserit pense de... »

« L'Abomination », dit Leto.

« Oui ! » cria Alia d'un ton rageur.

« Sorcière un jour, sorcière toujours, renchérit Ghanima. C'est ce que déclarent les Sœurs. »

Et Leto songea : *Sœurette, tu joues un jeu bien dangereux.* Il vint à sa rescousse : « Notre grand-mère était plus simple que toute personne de même rang. Vous avez ses souvenirs en vous, ma tante. Vous savez donc certainement à quoi vous attendre. »

« Simple ! » s'exclama Alia en secouant la tête. Son regard courut dans la foule avant de revenir sur les jumeaux. « Si ma mère avait été moins complexe, vous ne seriez pas ici, et moi non plus. J'aurais été son premier enfant et rien de tout ceci. (Elle haussa à demi les épaules.) Je vous avertis tous les deux : Faites très attention, aujourd'hui. (Ses yeux se portèrent au loin, dans le passage.) Mais voici ma garde ! »

« Et vous persistez à penser qu'il ne serait pas sûr pour nous de vous accompagner au spatioport ? » demanda Leto.

« Attendez-moi ici. Je vous la ramènerai. »

Leto jeta un bref regard à sa sœur.

« Vous nous avez dit bien des fois que tous ces souvenirs que nous portons en nous et qui nous viennent de nos ancêtres ne nous seront utiles qu'une fois que nous aurons acquis suffisamment d'expérience dans notre chair pour qu'ils acquièrent quelque réalité. Nous le croyons. Nous pensons que l'arrivée de notre grand-mère annonce de dangereux changements. »

« En ce cas, gardez-en la conviction », dit Alia avant de rejoindre ses gardes qui, aussitôt, l'entourèrent et l'escortèrent en hâte vers l'entrée officielle où étaient garés les ornithoptères.

Ghanima essuya une larme au coin de son œil droit.

« De l'eau pour le mort ? » murmura Leto en lui prenant le bras.

Elle inspira profondément, et ce fut comme un soupir. Elle avait observé sa tante, elle avait fait appel au mieux à toutes les expériences ancestrales accumulées en elle.

« C'est la transe de l'épice qui a accompli cela ? » demanda-t-elle. Mais elle savait déjà à ce que son frère allait répondre.

« Tu as une meilleure suggestion ? »

« En supposant que ce soit vrai... Pourquoi notre père... et notre grand-mère tout aussi bien n'ont-ils pas succombé, eux ? »

Leto observa sa sœur durant un instant.

« Tu connais la réponse aussi bien que moi. Lorsqu'ils sont arrivés sur Arrakis, leurs personnalités étaient déjà fixées. La transe de l'épice... eh bien... (Il eut un haussement d'épaules las.) Ils n'étaient pas natifs de ce monde, ils n'y avaient pas reçu l'héritage de leurs ancêtres. Alia, de son côté... »

« Pourquoi n'a-t-elle pas cru aux mises en garde du Bene Gesserit ? demanda Alia en se mordant la lèvre inférieure. Elle avait les mêmes sources d'information que nous. »

« Les Sœurs l'appelaient déjà l'Abomination. Est-ce que tu aurais envie de voir si tu peux être plus forte que toutes ces... »

« Non, je n'en ai pas envie ! »

Ghanima évita le regard incisif de son frère et frémit. Il lui suffisait de consulter sa mémoire génétique pour découvrir l'éclatant relief des avertissements du Bene Gesserit. Les pré-nés tendaient généralement à devenir d'haïssables adultes. Et la cause probable... Elle frémit de nouveau.

« Dommage que nous n'ayons pas quelques pré-nés parmi nos ancêtres », dit Leto.

« Peut-être en avons-nous. »

« Dans ce cas... Ah, oui... La vieille question sans réponse : avons-nous vraiment libre accès à la totalité des expériences et souvenirs de nos ancêtres ? »

Par la turbulence de ses propres émotions, Leto savait à quel point ces paroles devaient inquiéter sa sœur. Bien des fois, ils s'étaient ensemble posé la question, sans jamais y trouver de réponse.

« Chaque fois qu'elle nous incitera à la transe, nous devrons atermoyer, atermoyer sans cesse. Prendre garde à la surdose d'épice, telle est notre meilleure défense. »

« Une surdose demande beaucoup d'épice », observa Ghanima.

« Notre tolérance est certainement élevée. Il suffit de considérer ce qu'Alia doit absorber. »

« J'ai pitié d'elle. Elle a dû subir si longtemps cet attrait, cette approche lente et sournoise, jusqu'au moment où... »

« Oui, Alia est une victime, dit Leto, de l'Abomination. »

« Mais nous pourrions nous tromper. »

« Exact. »

« Souvent, je me demande si la prochaine mémoire ancestrale que je vais rencontrer ne sera pas celle... »

« Le passé est sous ton oreiller. »

« Il faut que nous ayons l'occasion d'en discuter avec notre grand-mère. »

« Et sa mémoire que je porte semble m'y inciter aussi », dit Leto.

Ghanima soutint son regard avant de conclure : « Trop de connaissance ne facilite pas les plus simples décisions. »

**Le sietch au seuil du désert**
**Fut celui de Liet, fut celui de Kynes,**
**Celui de Stilgar, puis de Muad'Dib,**
**Et encore celui de Stilgar, plus tard.**
**L'un après l'autre les Naibs dorment au désert,**
**Mais le sietch veille auprès du sable.**

— Extrait d'un chant Fremen.

EN S'ÉLOIGNANT DES JUMEAUX, ALIA avait le cœur battant. Durant quelques secondes, elle avait failli céder à une impulsion qui la poussait à demeurer à leurs côtés et à implorer leur assistance. Faiblesse imbécile ! Ce souvenir seul répandait en son esprit un silence alarmant. Ces enfants oseraient-ils user de la prescience ? Ce chemin sur lequel leur père s'était perdu devait les fasciner, cette transe d'épice qui apportait des visions de l'avenir changeantes et imprécises, comme un paysage observé au travers d'un voile de gaze flottant sous un vent capricieux...

*Pourquoi ne puis-je voir l'avenir,* se demanda-t-elle. *Plus j'essaie de le discerner, plus il me fuit.*

Il faut que les jumeaux essaient, décida-t-elle. Il est possible de les séduire. Ils ont la curiosité des enfants et sont liés à des souvenirs qui ont des millénaires d'âge.

*Tout comme moi.*

Les gardes ouvrirent les sceaux de l'entrée officielle du sietch et s'écartèrent. Alia s'avança sur la plate-forme où étaient posés les ornis. La journée était claire, à peine embrumée par le vent de sable. Elle perçut l'accélération de ses pensées à la seconde même où elle quittait la clarté des brilleurs pour celle du soleil.

Pourquoi Jessica revenait-elle aujourd'hui ? Certaines rumeurs avaient-elles fini par atteindre Caladan ? Ces rumeurs qui disaient que la Régence...

« Il faut nous hâter, Ma Dame ! » lança l'un des gardes dans le sifflement du vent.

Tandis qu'on l'aidait à monter à bord et à passer le harnais de sécurité, Alia donna libre cours à ses pensées.

*Pourquoi maintenant ?*

A l'instant où s'inclinaient les ailes de l'orni, tandis que l'appareil glissait sur les courants ascendants, elle eut une conscience physique de l'éclat et de la force de sa position, mais c'était là des éléments fragiles, si fragiles !

*Pourquoi maintenant ?* se demanda-t-elle encore.

Pourquoi, alors que ses plans avaient presque abouti ?

Les nappes de poussière se déchirèrent en s'écartant et Alia découvrit le paysage changeant sous un clair soleil, les vastes archipels de végétation qui se déployaient là où, jadis, il n'y avait eu que la terre aride.

*Je peux échouer si je n'ai pas cette vision de l'avenir. Si seulement je pouvais voir, tout comme Paul, je pourrais accomplir des merveilles ! Et moi, je ne connaîtrai pas l'amertume de la prescience, oh, non !*

Elle éprouvait soudain une soif douloureuse et un frisson la parcourut. Elle aurait tant voulu rejeter son pouvoir, être comme les autres, aveugle dans la nuit la plus sûre, vivre la semi-existence hypnoïde dans laquelle le choc de la naissance projetait la plupart des êtres. Mais non ! Elle était de sang Atréides, née d'une mère intoxiquée par l'épice, victime d'une perception qui plongeait loin dans les siècles.

*Pourquoi ma mère revient-elle aujourd'hui ?*

Gurney Halleck serait avec elle. Il restait le dévoué serviteur qu'il avait été, la dague loyale, la mine laide, le cœur droit. Le musicien qui jouait les accords du meurtre sur sa lancette aussi bien que ceux du plaisir sur la balisette à neuf cordes. Certains prétendaient qu'il était devenu l'amant de Dame Jessica. Une chose qui restait à prouver et qui pouvait s'avérer un outil efficace.

Tout à coup, Alia ne souhaitait plus être comme chacun.

*Il faut que Leto accepte la transe.*

Elle se rappelait avoir demandé à l'enfant comment il se comporterait en face de Gurney Halleck. Et Leto, devinant les implications de la question, lui avait répondu que Halleck était loyal « à une faute », avant d'ajouter : « Il avait de l'adoration pour m... pour mon père. »

Cette hésitation, aussi brève qu'elle ait été, n'avait pas échappé à Alia. Leto avait bel et bien failli dire : « Pour moi. » Oui, il était difficile, à certains moments, de séparer la mémoire génétique de la voix vivante. Gurney Halleck ne rendrait certainement pas la chose plus aisée.

Un sourire dur joua sur les lèvres d'Alia.

Après la mort de Paul, Gurney avait choisi de regagner Caladan avec Dame Jessica. Son retour allait rendre bien d'autres choses plus complexes. Sur Arrakis, il ajouterait les lignes enchevêtrées de sa personnalité à l'écheveau existant. Il avait été au service du père de Paul. En vérité, il était passé de Leto Premier à Paul. Il ne ferait que passer à Leto Second. Il en était de même pour le programme Bene Gesserit : De Jessica à Alia, puis à Ghanima. Telle était la branche génétique. Oui, Gurney, en accentuant la confusion des identités pouvait jouer un rôle utile.

*Que ferait-il s'il venait à découvrir que nous portons en nous le sang des Harkonnens, ces mêmes Harkonnens qu'il hait avec tant de violence ?*

Le sourire d'Alia devint plus intérieur. Les jumeaux, en vérité, étaient des enfants. Des enfants aux parents innombrables, doués de leur mémoire propre en même temps que de celles des autres. Sur la plate-forme, au seuil du sietch, ils observaient le sillage du vaisseau de leur grand-mère glissant vers le Bassin Arrakeen. Cette trace ardente dans le ciel de la planète donnerait-elle plus de réalité à la venue de Jessica ?

Elle va m'interroger à propos de leur éducation, se dit Alia. *Suis-je suffisamment judicieuse dans la répartition des disciplines prana et bindu ? Je lui répondrai que les jumeaux s'éduquent par eux-mêmes, ainsi que je l'ai fait. Et je lui citerai son propre petit-fils : « Parmi les responsabilités du gouvernement, il y a le devoir de punir... mais seulement quand la victime l'exige. »*

Il vint alors à l'idée d'Alia que si elle incitait Jessica à porter toute son attention sur les jumeaux, certaines autres personnes pourraient échapper à un examen trop poussé.

Cela était possible. Leto était très semblable à Paul. Quoi d'étrange ? Il pouvait *être* Paul selon son gré. Ghanima, elle aussi, possédait ce don terrifiant.

*Tout comme je puis être ma mère ainsi que tous ceux qui ont laissé leur vie en moi.*

Alia repoussa cette pensée à l'instant où l'orni survolait la région du Mur du Bouclier. Puis elle songea : *Comment était-ce donc, pour elle, de quitter la douceur de Caladan, la sécurité de l'eau pour retrouver Arrakis, ce monde désertique où l'on a assassiné son Duc, où son fils est mort en martyr ?*

Pourquoi Dame Jessica revenait-elle à cette heure ?

Alia ne pouvait discerner la moindre réponse sûre. Elle pouvait partager les perceptions d'un ego étranger, mais lorsque les expériences suivaient des cours divergents, les motivations divergeaient de même. Le noyau des décisions résidait dans chacune des actions propres à l'individu. Pour les pré-nés, les *multi-nés* Atréides, cela demeurait une absolue réalité, une autre forme de naissance : la totale séparation de l'être de chair, de l'être qui respire, et de la matrice où il a reçu sa conscience multiple. Alia éprouvait à la fois de l'amour et de la haine pour sa mère et elle ne voyait rien d'étrange en cela. C'était une chose nécessaire, un équilibre qui ne tolérait pas les reproches, ni la culpabilité. Où pouvaient s'arrêter l'amour et la haine ? Pouvait-on reprocher au Bene Gesserit d'avoir dessiné une trajectoire particulière pour Dame Jessica ? Quand la mémoire couvrait des millénaires, la culpabilité et les reproches devenaient flous. Les Sœurs avaient tenté de parvenir au Kwisatz Haderach, l'équivalent mâle d'une Révérende Mère dans sa plénitude... Et, plus encore, un être humain doué d'une conscience et d'une sensibilité supérieures. Le Kwisatz Haderach, celui qui pouvait être simultanément en bien des lieux. Dame Jessica, simple pion dans ce jeu génétique, avait commis la faute grossière de tomber amoureuse du partenaire qui lui avait été assigné aux seules fins de reproduction. Soumise à la volonté de son Duc bien-aimé, elle avait ainsi donné le jour à un fils et non à la fille que le Bene Gesserit lui avait ordonné de concevoir comme premier-né.

*Et, avant de me porter comme second enfant, elle a été soumise à l'épice. A présent, le Bene Gesserit me rejette ! Les Sœurs me craignent ! Et elles ont de bonnes raisons pour cela !...* Paul, leur Kwisatz Haderach, était né une vie trop tôt. Erreur mineure si l'on considérait l'immensité du plan élaboré. Désormais, les Sœurs affrontaient un nouveau problème : l'Abomination. Celle qui portait ces gènes précieux qu'elles recherchaient depuis tant de générations.

Alia sentit une ombre passer sur elle et leva les yeux. Son escorte prenait sa formation de couverture, en prélude à l'atterrissage. Irritée par ses pensées, Alia secoua nerveusement la tête. Pouvait-elle espérer quelque assistance en appelant les existences anciennes qui se trouvaient en elle et en mêlant leurs multiples erreurs ? Seule comptait cette existence-ci, neuve et bien réelle.

Duncan Idaho lui-même avait fait appel à sa conscience de mentat, à ses facultés d'ordinateur humain pour tenter de répondre à la question du retour de Jessica. Et sa réponse était que Jessica revenait afin de s'emparer des jumeaux pour les Sœurs du Bene Gesserit qui convoitaient leurs gènes rarissimes. Il se pouvait bien que Duncan eût raison. Un motif d'une telle importance avait pu arracher Dame Jessica à Caladan. Les ordres des Sœurs étaient impérieux. Quelle autre raison, d'ailleurs, aurait pu la ramener sur ce monde où elle avait connu tant de peines ?

« Nous verrons bien », murmura Alia.

L'orni prit contact avec la terrasse de son Donjon et la secousse violente propagea en elle un pressentiment sinistre.

Mélange (Me'-lange **ou** ma,lanj) **nom commun masculin d'origine incertaine (présumé dériver de l'ancien langage Franzh terrien) : a) composition à base d'épices - b) épice propre à Arrakis (Dune) et dont les propriétés gériatriques furent relevées par Yanshuph Ashkoko, chimiste royal, sous le règne de Shakkad le Sage. Mélange Arrakeen : n'existe que dans le désert profond de la planète Arrakis. Lié aux visions prophétiques de Paul Muad' Dib (Atréides), premier Mahdi des Fremen. Employé également par les Navigateurs de la Guilde Spatiale et les Sœurs du Bene Gesserit.**

— Dictionnaire Royal, 5e édition.

DANS LA LUMIÈRE DE L'AUBE, LES DEUX grands félins bondissaient souplement vers la crête rocheuse. Ce n'était pas encore l'heure fiévreuse de la chasse ; ils faisaient simplement le tour de leur territoire. C'étaient des tigres Laza dont la race, génétiquement améliorée, avait été importée sur la planète Salusa Secundus huit mille ans auparavant. Les manipulations génétiques avaient effacé certains des traits dominants du tigre terrien pour en renforcer d'autres. Les crocs restaient longs mais les pattes, plus larges, permettaient aux tigres de se déplacer en terrain pulvérulent. De même, leurs griffes rétractiles atteignaient maintenant dix centimètres de long et leur extrémité était affûtée comme un rasoir par l'effet de l'abrasion du fourreau. Leur pelage roux et uni les rendait presque invisibles sur le sable. Un ultime détail les différenciait totalement de leurs ancêtres terrestres : des servo-stimulateurs avaient été implantés dans leur cerveau quelques jours après leur naissance. Pour l'homme qui manipulait l'émetteur, ils n'étaient plus que des marionnettes.

La journée était froide. Les deux fauves venaient de s'immobiliser. Ils exploraient l'horizon du regard, leur haleine se changeant en buée loin devant leur mufle. Cette région de Salusa Secundus était âpre et dénudée. On y trouvait encore quelques maigres truites des sables ramenées frauduleusement d'Arrakis et qui survivaient péniblement dans l'attente du jour improbable où s'effondrerait le monopole du Mélange. Le paysage que contemplaient les tigres Laza était ponctué de rochers ocres et de buissons épars dont les taches d'argent et de vert ocellaient les longues colonnes des ombres du matin.

Tout à coup, les félins furent en alerte. Un bref frémissement parcourut leur pelage. Lentement, leurs yeux pivotèrent vers la gauche, puis leur tête suivit. Au loin, dans le décor desséché, deux enfants se hissaient à grand-peine sur une crête rocheuse, se tenant par la main. Ils n'avaient pas plus de dix ans. Ils avaient tous deux les cheveux roux et, par-dessus leur distille, ils portaient un somptueux bourka blanc dont l'ourlet et la cagoule étaient décorés du faucon des Atréides brodé de rubis. Ils bavardaient joyeusement et leurs voix parvenaient clairement aux tigres en maraude. Les Lazas connaissaient bien ce jeu : ils y avaient participé, déjà, mais ils ne perdaient rien de leur calme pour l'heure, attendant le signal d'attaque de l'émetteur.

Un homme fit son apparition sur une éminence, derrière eux. Il s'immobilisa pour observer la scène, son regard scrutant tour à tour les enfants et les fauves. Il portait l'uniforme des Sardaukar, gris et noir, avec les insignes de Levenbrech, sous-Bashar. L'émetteur n'occupait qu'un volume réduit sur son torse. Il était maintenu simplement par un harnais passé à son cou et sous ses aisselles, les commandes étant ainsi à portée de la main.

Les félins n'eurent aucune réaction à sa vue. Ils connaissaient leur maître par l'odorat et l'ouïe. Le Sardaukar dévala la pente, s'immobilisa à moins de deux pas des fauves et, lentement, s'épongea le front. Si l'air était glacé, la poursuite était torride. Les yeux pâles du Levenbrech ne quittèrent les deux enfants que pour revenir aux tigres. Une mèche de cheveux blonds et humides de sueur glissa sur son front, qu'il repoussa nerveusement sous son casque noir de chasse. Puis, sa main se porta nerveusement vers le microphone implanté dans son larynx.

« Les fauves les ont repérés. »

« Nous les voyons », dit une voix dans les récepteurs implantés derrière ses oreilles.

« Maintenant ? » demanda le Levenbrech.

« Attaqueraient-ils sans en avoir reçu l'ordre ? »

« Ils sont prêts. »

« Très bien. Voyons donc si ces quatre séances auront suffi. »

« Dites-moi lorsque vous serez prêts. »

« Quand vous voudrez. »

« Alors, allons-y », dit le Levenbrech.

Il libéra tout d'abord une barre qui protégeait une touche rouge, à droite du clavier, sur laquelle il appuya. Les deux tigres, désormais, étaient libérés de leur laisse électronique. Néanmoins, le Levenbrech garda un doigt près de la touche noire, juste à côté de la rouge. Il lui suffirait de l'enfoncer pour arrêter net les fauves si jamais ils venaient à l'attaquer. Mais ils ne lui prêtèrent pas attention. Pour l'instant, ramassés sur eux-mêmes, ils venaient d'entamer leur progression en direction des enfants. Leurs énormes pattes effleuraient à peine le sable.

Rassuré, le Levenbrech s'assit pour les observer. Il n'était pas sans savoir que, quelque part, dissimulé, un transœil captait la scène pour quelque surveillant installé dans le Donjon de son Prince.

Tout à coup, les tigres progressèrent par bonds et se ruèrent à l'attaque.

Les enfants, tout occupés à leur escalade, n'avaient pas conscience du danger. L'un d'eux émit un rire aigu qui laissa dans l'air glacé des échos cristallins. L'autre, à la même seconde, perdit l'équilibre, se rétablit de justesse et, se retournant, aperçut les fauves. Il tendit la main : « Regarde ! »

Ils étaient encore ainsi, tournant la tête, étonnés, lorsque les deux Lazas bondirent. Ils moururent dans l'instant, sans drame, le cou brisé, et chacun des fauves entama son repas.

« Faut-il les rappeler ? » demanda le Levenbrech.

« Laissez-les finir. Ils ont bien travaillé. J'en étais certain : ils sont absolument superbes. »

« Ce sont les meilleurs que je connaisse », dit le Levenbrech.

« Oui, ils sont vraiment excellents. Nous vous envoyons un véhicule. A présent, nous devons décrocher. »

Tout en s'étirant, le Levenbrech se redressa. Il évitait soigneusement de regarder sur sa gauche, vers le haut, là où il avait repéré un reflet qui trahissait la présence du transœil qui avait transmis son exploit au Bashar installé là-bas, dans les vertes étendues du Capitol. Il eut un sourire. Ce beau travail lui vaudrait une promotion. C'était presque comme s'il sentait le nouvel insigne à son cou, celui de Bator. Plus tard, il serait Burseg, et un jour, peut-être, Bashar à son tour. Ceux qui servaient avec talent et loyauté dans le corps de Farad'n, le petit-fils de feu Shaddam IV, en étaient récompensés par des promotions généreuses. Plus tard encore, lorsque son Prince aurait pris la place qui lui revenait sur le trône, il y aurait des promotions plus importantes encore. Il pouvait espérer être plus qu'un Bashar : tant de Comtés et de Baronnies seraient disponibles sur les mondes innombrables de ce royaume... lorsque les jumeaux Atréides en auraient été bannis.

**Le Fremen se doit de retrouver sa foi ancienne, son ancien génie de former des communautés humaines. Il doit retrouver son passé et cette leçon de survie qu'il a apprise en luttant pour Arrakis. Le seul souci d'un Fremen devrait être d'ouvrir son âme aux enseignements intérieurs. Il n'y a nul message pour lui qui puisse venir des mondes de l'Imperium, du Landsraad, de la CHOM. Ceux-là ne sauraient que lui dérober son âme.**

— Le Prêcheur en Arrakeen.

Le transport spatial craquait et gémissait après sa traversée brûlante de l'atmosphère et, tout autour de Dame Jessica, aussi loin que pouvait porter son regard, un océan humain venait déferler sur l'étendue désertique. Un demi-million d'êtres, songea-t-elle, dont seulement moins d'un tiers de pèlerins, sans doute. Tous observaient un silence impressionnant, tous les regards étaient rivés sur la plate-forme de la nef. Dame Jessica et sa suite étaient encore invisibles dans l'ombre du panneau de débarquement.

Dans deux heures, le soleil serait au zénith mais déjà le ciel, au-dessus de la multitude, avait cette scintillance brumeuse qui annonçait un jour torride.

Jessica porta la main à ses cheveux de cuivre entretissés d'argent qui soulignaient l'ovale de son visage. Elle s'abritait sous le capuchon aba de Révérende Mère. Elle n'aimait guère le noir et n'ignorait pas que la fatigue du long voyage devait se lire sur ses traits. Mais la circonstance exigeait qu'elle fût ainsi vêtue. Les Fremen comprendraient le sens de l'aba. Elle eut un soupir. Les voyages spatiaux ne lui convenaient guère. Au cours de celui-ci, elle avait pu sentir le poids écrasant des souvenirs, de cet autre voyage de Caladan vers Arrakis en compagnie de son Duc, lorsqu'il avait été contraint de prendre possession de ce fief, contre le sentiment de sa raison.

Lentement, son regard parcourut l'étendue humaine en quête de l'infime détail qui ne pouvait échapper à ses sens de Bene Gesserit. Des capuches de distille du même gris terne : les Fremen du désert profond. Des robes blanches portant les marques de pénitence aux épaules : des pèlerins. Et, çà et là, des îlots de riches marchands, tête nue et légèrement vêtus pour bien marquer leur dédain de l'économie d'eau. Et puis, aussi... une délégation de la Société des Fidèles, robes vertes, capuchons lourds, isolés, enfermés dans leur sainteté.

Le regard de Jessica monta vers le ciel et, à cet instant seulement, elle retrouva l'atmosphère d'autrefois, du jour lointain où elle était arrivée sur Arrakis avec son Duc bien-aimé. Il y avait de cela combien de temps ? *Plus de vingt années !* Tant de battements de cœur... Cette idée l'emplissait d'effroi. En elle, le temps était une chose morte, un poids d'absence, comme si toutes ces années passées loin de ce monde ne pouvaient avoir rang d'existence réelle.

*Une fois encore, me revoici dans la gueule du dragon,* songea-t-elle. Ici même. dans cette plaine, son fils avait vaincu l'empereur Shaddam IV. Ces lieux avaient connu une convulsion historique dont l'empreinte sur l'esprit et les croyances des hommes n'étaient pas près de s'effacer.

Derrière elle, Jessica devina les murmures nerveux des gens de sa suite et, pour la seconde fois, elle émit un soupir. Ils attendaient tous Alia qui, pour quelque raison inconnue, avait été retardée. Mais la suite d'Alia approchait, là-bas, créant une espèce de vague à mesure que les Gardes Royaux ouvraient un chemin au sein de la foule.

Une fois encore, le regard de Jessica balaya la scène. Déjà, elle avait remarqué bien des différences. Un balcon de prière avait été ajouté à la tour de contrôle. Là-bas, sur la gauche, loin dans la plaine, se dressait l'amas terrifiant de plastacier qui avait été le bastion de Paul, sa « forteresse au-dessus des sables ». La plus gigantesque construction jamais conçue par un cerveau humain, qui aurait pu aisément contenir des cités entières et qui, pour l'heure, abritait le plus puissant gouvernement de l'Imperium, la Société des Fidèles qu'Alia avait construite sur le corps de son frère.

*Il faut balayer ça,* se dit Jessica.

A présent, la délégation d'Alia, qui avait atteint le bas de la rampe, attendait. Jessica reconnut le visage parcheminé de Stilgar ! Et... oui, plaise à Dieu ! C'était bien la Princesse Irulan, là-bas, son corps si séduisant, le casque d'or de ses cheveux à peine soulevés par la brise dissimulant parfaitement sa férocité. Irulan, qui semblait ne pas avoir vieilli d'un jour ! Quel affront ! Et là, à l'extrême pointe du triangle... Alia. Ses yeux étaient fixés sur la plate-forme noyée dans l'ombre, et Jessica, sondant le moindre trait du visage de sa fille, si impudent par sa jeunesse, fut soudain gagnée par un sentiment oppressant. Et le ressac de son existence revint tonner à ses oreilles. Non, les rumeurs n'avaient pas menti ! Horrible ! Horrible ! Alia était partie sur la voie interdite. N'importe quelle initiée aurait lu cela sur son visage. *Une Abomination !*

Dans le moment qui suivit, où elle trouva la force de dominer ses émotions, Jessica comprit que jamais elle n'avait cessé d'espérer que les rumeurs fussent l'écho de la calomnie.

*Mais les jumeaux ?* se demanda-t-elle. *Sont-ils donc condamnés eux aussi ?*

Lentement, ainsi qu'il convenait à la mère d'un dieu, elle sortit de l'ombre et s'avança sur la rampe. Derrière elle, les gens de sa suite n'esquissèrent pas le moindre mouvement, ainsi qu'elle le leur avait ordonné. Les instants qui allaient suivre seraient décisifs. Maintenant, elle se tenait seule devant la foule immense. Derrière elle, Gurney Halleck émit une toux nerveuse. *Pas même un bouclier ?* avait-il protesté. *Par les dieux des enfers, femme, vous perdez la tête !* Mais l'une des qualités les plus marquées de Gurney était son pouvoir d'obéissance. Il disait toujours ce qu'il avait à dire, mais ensuite, il obéissait. Maintenant comme toujours.

A l'instant où Jessica parut, un sifflement monta de l'océan humain, comme l'appel d'un ver géant. Elle leva les bras dans le geste de bénédiction requis par la prêtrise de l'Impérium. Réagissant aussitôt comme un seul et colossal organisme, avec quelques zones d'hésitation très précises, la foule se mit à genoux. Les gens de la suite officielle eux-mêmes s'inclinèrent.

Mais Jessica avait déjà identifié les hésitants et, certainement, d'autres regards que le sien, certains derrière elle et d'autres encore, ceux de ses agents immergés dans la cohue, avaient relevé la carte instantanée et précise des retardataires de la génuflexion. Gurney et ses hommes firent très vite leur apparition. Jessica demeura immobile, les bras levés. Ils s'engagèrent sur la rampe, indifférents aux regards de surprise des officiels et, rapidement, établirent le contact avec les agents qui s'identifiaient à leur approche par signes codés.

Ils s'infiltrèrent dans la foule comme des nervures, traversant les rangs serrés des fidèles. Quelques-uns parmi ceux qu'ils visaient prirent conscience du danger et tentèrent de fuir. Ils furent les premiers atteints : couteaux et cordes jaillirent, frappèrent, étranglèrent. Les fuyards tombèrent. Ceux qui n'avaient pas bougé furent ramenés, mains liés et pieds entravés.

Jessica n'avait pas un frémissement. Ses bras étaient toujours levés au-dessus de la foule qu'elle dominait et paralysait. Pourtant, elle n'en lisait pas moins clairement les rumeurs qui se répandaient et, entre toutes, celle qui avait été implantée : *La Révérende Mère est revenue pour éclaircir les rangs des moins zélés. Bénie soit la Mère de Notre Seigneur !*

Elle ne baissa les bras que lorsque tout fut terminé : quelques corps étendus sur le sable, des prisonniers enfermés dans les soutes de la tour de débarquement. Il ne s'était pas écoulé plus de trois minutes. Elle savait qu'il était peu probable que Gurney et ses hommes aient réussi à s'emparer des têtes du complot, des hommes les plus intelligents, les plus intuitifs, ceux qui représentaient la menace la plus sérieuse. On pouvait cependant espérer une prise intéressante parmi tous les captifs, lorsque les imbéciles et les incapables auraient été écartés.

A la seconde où Jessica baissa les bras, la foule des fidèles se releva avec un seul cri.

Seule, une fois encore, elle reprit sa marche, comme si nul incident n'était intervenu. Evitant sa fille, elle se concentra sur Stilgar. Elle remarqua les traces grises dans le flot noir de sa barbe qui jaillissait du haut de son distille en un delta touffu. Pourtant, dans son regard, elle retrouvait la même intensité que lors de leur toute première rencontre dans le désert. Stilgar savait ce qui venait de se passer et il l'approuvait. En véritable naib des Fremen, en chef absolu capable des plus sanglantes mesures. Ses premiers mots soulignèrent son attitude :

« Bienvenue en votre maison, Ma Dame. C'est toujours un

plaisir pour moi que le spectacle d'une action efficace et directe. »

Jessica se permit un sourire discret.

« Faites fermer le port, Stil. Que nul ne puisse en sortir avant que nous ayons interrogé les prisonniers. »

« C'est chose faite, Ma Dame. J'ai travaillé sur ce plan avec les hommes de Gurney. »

« C'étaient donc vos gens qui nous ont aidés. »

« Certains d'entre eux, Ma Dame. »

Elle lut clairement les réserves muettes du naib et acquiesça.

« Vous m'avez étudiée de très près, durant ces jours passés, Stil... »

« Ainsi que vous avez bien voulu me le dire autrefois, Ma Dame : *C'est en observant les survivants que l'on apprend d'eux.* »

C'est alors qu'Alia s'avança. Stilgar s'écarta et Jessica fut confrontée à sa fille.

Elle savait qu'il n'y avait aucun moyen de dissimuler ce qu'elle avait appris, et elle n'en essaya donc aucun. Alia pouvait lire en elle tout ce qu'elle désirait, de même que chaque Sœur. D'ores et déjà, les actes de Jessica avaient dû lui apprendre ce qui avait été vu et compris. Elles étaient ennemies. Quant au terme *mortelles,* il ne faisait que les effleurer.

Alia opta pour la colère, qui était la réaction la plus facile et la mieux adaptée au moment.

« Comment avez-vous pu décider une telle action sans même me consulter ? » demanda-t-elle en se penchant vers sa mère.

« Ainsi que tu l'as entendu, Gurney lui-même ne m'avait pas mis au courant de l'ensemble du plan. Nous pensions... »

« Et toi, Stilgar ? interrompit Alia. A qui es-tu donc loyal ? »

« J'ai prêté serment aux enfants de Muad'Dib, dit Stilgar d'un ton roide. Nous venons d'écarter une menace dirigée contre eux. »

« Mais cela ne devrait-il pas t'emplir de joie, ma fille ? » demanda Jessica.

Alia eut un battement de cils, regarda brièvement sa mère, puis maîtrisa la tempête qui se déchaînait en elle. Un sourire glacé vint jouer sur son visage.

« Mais, ma mère... Je *suis* bouleversée de joie. »

Et, à sa grande surprise, Alia découvrit qu'elle éprouvait une joie réelle, intense à cette confrontation ouverte entre elle et sa mère. L'instant qu'elle avait redouté était passé et l'équilibre du pouvoir n'en avait pas réellement été modifié.

« Nous discuterons de cela à un moment plus favorable », dit-elle, s'adressant à sa mère autant qu'à Stilgar.

« Mais, certainement », approuva Jessica en se tournant d'un mouvement définitif vers la Princesse Irulan.

Le temps de quelques battements de cœurs, Jessica et la Princesse se dévisagèrent en silence, comme deux Sœurs du Bene Gesserit qui avaient rompu leur serment pour la même cause : l'amour. Comme deux femmes qui avaient perdu l'homme qu'elles aimaient. En vain la Princesse Irulan avait-elle aimé Paul, en vain était-elle devenue sa femme et non sa compagne. Désormais, elle ne vivait plus que pour les enfants nés de la concubine de Paul, Chani.

« Où sont mes petits-enfants ? » demanda enfin Jessica.

« Au Sietch Tabr. »

« A ce que je comprends, il y a trop de danger ici pour eux. »

Irulan acquiesça d'un signe discret. Elle avait observé l'affrontement de Jessica et d'Alia mais elle l'interprétait ainsi que l'avait voulu Alia : « *Jessica est retournée auprès des Sœurs et nous savons l'une comme l'autre qu'elles ont conçu des plans pour les enfants de Paul.* »

Irulan avait toujours été loin d'être une parfaite adepte du Bene Gesserit ; plus que de toute autre raison, elle tirait sa valeur d'être la fille de l'empereur Shaddam IV, et elle était trop orgueilleuse pour faire l'effort de développer ses dons. A présent, elle prenait position d'une façon tranchante qui ne faisait guère honneur à son éducation.

« Vraiment, Jessica, dit-elle, le Conseil Royal aurait dû être avisé. Vous avez commis une faute en n'agissant que par... »

« Dois-je croire qu'il ne se trouve personne pour faire confiance à Stilgar ? »

Irulan savait bien qu'il ne pouvait y avoir de réponse à une telle question. A son grand soulagement, les délégués ecclésiastiques, incapables de contenir plus longtemps leur impatience, se pressaient autour d'elles. Le regard d'Irulan rencontra celui d'Alia et elle se dit : *Jessica, plus arrogante et sûre d'elle que jamais auparavant !* Un axiome Bene Gesserit s'imposa brusquement à son esprit : « *Les arrogants ne font rien d'autre que d'édifier des châteaux où ils cachent leurs craintes et leurs doutes.* »

Mais cela pouvait-il s'appliquer à Jessica ? Certes non. Donc, elle se donnait une attitude. Dans quel but ? Cette nouvelle question troublait Irulan.

Bruyamment, les prêtres s'agglutinaient autour de la mère de Muad'Dib. Quelques-uns seulement osaient poser la main sur son bras, la plupart se prosternaient en psalmodiant des souhaits de bienvenue. Ce fut enfin le tour des supérieurs qui, se pliant au protocole — le premier sera le dernier — se présentèrent devant la Très Sainte Révérende Mère pour l'inviter, avec le sourire de circonstance, à la cérémonie officielle de Lustration qui allait avoir lieu au Donjon, l'ancienne forteresse de Muad'Dib.

Jessica dévisagea les deux prêtres et les trouva repoussants. L'un se nommait Javid. Il était jeune, l'air hostile en dépit de ses joues rebondies. Dans la pénombre de ses orbites, elle lut distinctement tous ses soupçons. L'autre, qui répondait au prénom de Zebataleph, était le second fils d'un naib qu'elle avait connu durant les anciens jours d'Arrakis. Il ne manqua pas de le lui rappeler. Celui-là était facile à classer : impitoyable et paillard, barbe blonde encadrant un visage mince, il dégageait une impression d'émotions secrètes et de savoir profond. Pour Jessica, à l'évidence, Javid était le plus dangereux. Un être secret, tout à la fois magnétique et — elle ne pouvait trouver d'autre qualificatif — *repoussant.* Il s'exprimait, pensa-t-elle, avec un étrange accent, tout imprégné de Fremen ancien, comme s'il était natif de quelque communauté isolée.

« Dites-moi, Javid, demanda-t-elle, d'où venez-vous ? »

« Je ne suis qu'un simple Fremen du désert », répondit-il, et chacune des syllabes portait le sceau du mensonge.

Zebataleh intervint avec une déférence outrée, presque parodique :

« Nous avons beaucoup à dire à propos des jours anciens, Ma Dame. Je fus un des premiers, savez-vous, à reconnaître la Sainte Nature de la mission de votre fils. »

« Mais vous n'étiez pas de ses Fedaykin. »

« Non, Ma Dame. Mes inclinations étaient plus philosophiques. Je me vouais à la prêtrise. »

*Et tu sauvais ainsi ta peau,* songea Jessica.

« Ils nous attendent au Donjon, Ma Dame », intervint Javid.

Une fois encore, elle perçut un accent bizarre dans sa voix, comme une question qui appelait une réponse.

« Mais qui nous attend ? » demanda-t-elle.

« La Convocation de la Foi, tous ceux qui entretiennent la flamme du nom et des faits de votre fils très saint. »

Détournant le regard, elle vit le sourire d'Alia à l'adresse de Javid et demanda : « Cet homme est-il à ton service, ma fille ? »

Alia acquiesça : « Il est promis à de hauts faits. »

Mais Jessica remarqua que Javid ne semblait éprouver aucun plaisir à l'évocation de cette destinée et elle décida qu'il méritait l'attention toute spéciale de Gurney. Ce dernier réapparut à cet instant même, avec cinq parmi ses hommes les plus fidèles. Par gestes, il lui annonça que les suspects étaient soumis à la question. Gurney avait la démarche roulante d'un homme puissant ; son regard allait de gauche à droite, sans cesse, et chaque muscle de son corps répondait à l'énergie et à la souplesse que Jessica elle-même lui avait enseignées selon le manuel *prana bindu* du Bene Gesserit. Gurney était maintenant une véritable centrale de réflexes presque inhumains, un tueur parfait qui terrifiait la plupart de son entourage, et Jessica l'aimait ainsi : à ses yeux, il était supérieur à tous les autres.

La cicatrice du coup de vinencre reçu autrefois lui conférait une expression sinistre qu'un sourire dissipa quand il aperçut Stilgar.

« Bien joué, Stil », dit-il. Et ils se serrèrent les bras en signe d'effusion selon le mode Fremen.

« La Lustration », dit alors Javid en effleurant le bras de Jessica.

Elle fit un pas en arrière et choisit avec soin ses paroles sous le contrôle puissant de la Voix, le ton et la portée de sa déclaration étant calculés pour un effet émotionnel précis sur Javid et Zebataleph.

« Je suis revenue sur Dune pour revoir mes petits-enfants. Devons-nous consacrer le moindre temps à cette absurdité sacerdotale ? »

Zebataleph fut choqué. Il ouvrit la bouche et, l'air hagard, dévisagea ceux qui avaient pu entendre. Chaque regard accusait la stupéfaction. *Une absurdité sacerdotale !* Quel pouvait être l'effet de telles paroles venant de la mère du Messie ?

Javid, cependant, épousa l'argument de Jessica. Le pli de sa bouche se durcit, puis il sourit brusquement. Ses yeux, cependant, restèrent froids et il ne chercha pas à identifier un à un ceux qui écoutaient. Javid connaissait déjà chacun de ceux qui étaient présents. Désormais, il était en possession d'une carte auditive de tous ceux qu'il convenait de surveiller tout particulièrement. Quelques secondes plus tard, il cessa de sourire tout aussi brusquement, révélant ainsi qu'il savait s'être trahi. Il n'avait pas failli à sa tâche : il connaissait maintenant les pouvoirs d'observation de Dame Jessica. Inclinant brièvement, nerveusement la tête, il accusa cette connaissance.

En un éclair mental, Jessica évalua les mesures possibles. Il suffisait d'un signe subtil pour que Gurney se charge de l'existence de Javid. Celui-ci, par exemple, pouvait fort bien mourir ici, sur l'heure, pour l'effet, ou plus tard, en silence, accidentellement.

*C'est lorsque nous tentons de dissimuler nos plus secrètes pulsions que tout notre être hurle et nous trahit,* pensa Jessica.

C'est à partir de cette règle que l'éducation Bene Gesserit avait travaillé, enseignant à ses adeptes l'art de lui échapper tout en l'utilisant afin de lire dans le livre de chair des autres. Ainsi lisait-elle en cet instant que l'intelligence de Javid représentait une valeur, un poids momentané dans le jeu des équilibres. Si elle parvenait à se l'attacher, Javid pourrait bien être le maillon qui lui faisait défaut et qui, enfin, l'attacherait aux prêtres Arrakeen. Et Javid était l'homme d'Alia.

« Ma suite doit rester modeste, dit-elle. Néanmoins, nous pouvons nous permettre d'y accueillir un homme de plus. Soyez des nôtres, Javid. Je suis navrée, Zebataleph. Ah... Javid... Je veux bien participer à cette... cette cérémonie si vous y tenez. »

Javid se permit un soupir très bref et marmonna, très bas : « Il en sera selon le désir de la mère de Muad'Dib. » Puis il regarda Alia et Zebataleph tour à tour avant de s'adresser directement à Jessica : « Je suis chagriné de retarder ainsi les retrouvailles avec vos petits-enfants, mais il est... des raisons d'Etat... »

*Très bien,* songea Jessica. *C'est avant tout un excellent meneur d'affaires. Nous pourrons l'acquérir lorsque nous saurons quelle monnaie convient.*

Tout soudain, l'insistance de Javid à propos de cette cérémonie lui plaisait. Ce serait une mince victoire, certes, mais elle lui conférerait un certain pouvoir sur ses pairs, ainsi que tous le savaient déjà. En acceptant de participer à cette Lustration, Jessica payait ainsi Javid par avance pour ses services ultérieurs.

« Je suppose que vous avez prévu notre transport », demanda-t-elle.

**Je vous donne le caméléon du désert, qui sait se confondre avec le désert et dont le pouvoir vous dit tout ce qu'il vous faut savoir quant aux racines de l'écologie et aux fondements de votre identité propre.**

— Le Livre des Diatribes,
*d'après la Chronique de Hayt.*

LETO ÉTAIT ASSIS, JOUANT DE CETTE petite balisette que Gurney Halleck, profondément versé dans l'art de cet instrument, lui avait fait parvenir pour son cinquième anniversaire. Quatre ans s'étaient écoulés depuis, et Leto, grâce à une pratique quotidienne, avait acquis une habileté certaine. Pourtant, les deux cordes de grave lui tendaient encore quelques pièges. La balisette était un remède efficace à divers ennuis particuliers, ce qui, du reste, n'avait pas échappé à Ghanima.

Dans le crépuscule, il s'était installé sur un surplomb, à l'extrémité méridionale de l'affleurement rocheux qui protégeait le Sietch Tabr. Ses doigts frappaient doucement les cordes. Ghanima se tenait immobile à son côté. Sa silhouette menue était la vivante image de la réprobation.

Stilgar avait averti les jumeaux que leur grand-mère avait été retardée en Arrakeen et Ghanima avait refusé ensuite de s'aventurer ainsi à l'extérieur, si près de la tombée de la nuit.

« Eh bien, qu'est-ce que cela veut dire ? » demanda-t-elle, espérant vaincre le mutisme de son frère.

Pour toute réponse, il plaqua un accord.

Leto, depuis qu'il avait reçu ce présent, avait pour la première fois conscience de son origine. Cette balisette avait été conçue par un maître artisan de Caladan. Les mémoires des vies qu'il avait en lui pouvaient lui instiller ainsi la nostalgie profonde de la planète superbe où la Maison Atréides avait régné. A l'écoute de cette musique, il lui suffisait d'abaisser certaines barrières intérieures pour retrouver le souvenir de tous les moments passés où Gurney avait joué de la balisette pour son ami, son fardeau, Paul Atréides. Quand l'instrument vibrait sous ses doigts, comme à présent, Leto ressentait plus intensément encore la présence psychique de son père. Il jouait, et chaque note le soumettait un peu plus à l'instrument. Il y avait en lui, pour guider ses muscles d'enfant de neuf ans, une somme idéale de talents qui avaient exploré tous les secrets de la balisette.

Impatiente, Ghanima tapa du pied, suivant inconsciemment le rythme de la musique.

Avec une grimace de concentration, Leto interrompit le morceau qui lui était familier pour entamer un air plus ancien que tous ceux que Gurney avait pu lui jouer. Un air qui était déjà presque oublié lorsque les Fremen avaient émigré sur la cinquième planète du système et dont les paroles étaient marquées par un thème Zensunni. Elles venaient du fond de sa mémoire au fur et à mesure que jaillissaient les premières notes de la ballade.

*« La nature en sa beauté*
*Détient une superbe essence,*
*Pour certains le déclin.*
*C'est par son adorable présence*

*Que la vie nouvelle trouve son chemin.*
*Les larmes qui coulent en silence*
*Ont leur source au fond de l'âme.*
*C'est une autre vie*
*Pour la douleur d'exister*
*Un produit de ce regard*
*Dont la mort fait le tout.* »

Au dernier accord, Ghanima déclara :
« Quelle vieille chanson rance. Pourquoi la joues-tu ? »
« Parce qu'elle est de circonstance. »
« Tu vas la jouer à Gurney ? »
« Peut-être. »
« Je suis sûre qu'il va la trouver idiote. »
« Certainement. »
Leto tourna légèrement la tête pour contempler sa sœur. Elle connaissait cette ballade et ses paroles et cela ne le surprenait pas pour autant. Non, ce qui le surprenait brusquement, par contre, c'était la bizarrerie de leur existence de jumeaux, de leurs deux vies ainsi liées. Si l'un d'eux venait à mourir, l'autre hériterait de sa conscience, de ses souvenirs, sans la moindre altération. Il ne perdrait rien des moments vécus en commun. Il n'existait pas deux êtres aussi proches l'un de l'autre, et l'éternité de cette union effrayait Leto, aussi détourna-t-il un instant les yeux. Cette trame de laquelle ils étaient prisonniers, songea-t-il, était trouée. Et le trou le plus récent expliquait la peur qu'il ressentait. Leurs vies, il le savait, commençaient à se séparer, et il s'interrogea : *Comment puis-je lui parler de cette chose que moi seul j'ai éprouvée ?*

Il regarda le désert. Les ombres se déployaient au-delà des barachans, ces dunes élevées et migrantes, ces croissants de sable qui couraient comme des vagues sur toute la sphère d'Arrakis. *Kedem,* le désert intérieur, sur lequel, de plus en plus rarement, passait l'étrange broderie du sillage du ver. Le crépuscule lançait des lumières de sang sur le sable et les frontières des territoires de l'ombre semblaient habitées d'incendies soudains. Un faucon tomba depuis le ciel cramoisi et Leto le rencontra en vol à la seconde où il happait une perdrix des montagnes.

Tout en bas, dans le désert, les plantes formaient un tapis de verdure en camaïeu, irrigué par l'eau d'un qanat qui, parfois, brillait à ciel ouvert avant de s'éteindre dans les ténèbres d'un conduit souterrain. L'eau était captée par les gigantesques collecteurs des pièges à vent érigés sur les sommets alentour. Ici, la verte bannière des Atréides flottait librement.

*L'eau et la verdure.*

Les nouveaux symboles d'Arrakis.

Là-bas, une oasis en forme de diamants était posée sur la nuit et Leto porta vers elle toute la vigilance de ses sens Fremen. L'appel claironnant d'un oiseau de nuit, quelque part sous la falaise, vint amplifier l'impression qu'il avait soudain d'être projeté dans quelque moment du passé farouche.

*Nous avons changé tout cela* (*), pensa-t-il, retrouvant l'un des langages anciens qu'il utilisait en privé avec sa sœur. Et il soupira : *Oublier, je ne puis* (*).

Par-delà l'oasis, dans la clarté déclinante, il distinguait ces terres que les Fremen avaient appelées « le vide » et sur lesquelles, rien, jamais, ne poussait. Le plan écologique de même que l'eau était en train de modifier cela. Il existait, sur Arrakis, des zones où l'on pouvait voir des collines recouvertes du velours dense de la forêt. Des forêts sur Dune ! Les jeunes de la nouvelle génération avouaient parfois qu'ils avaient peine à se représenter le sable sous les verdoyantes ondulations des collines. A leurs yeux, les grandes feuilles gorgées d'eau des jeunes essences n'avaient rien de choquant. Mais Leto, désormais, pensait et jugeait selon l'Ancienne Manière Fremen, défiante à l'égard du changement, effrayée par le nouveau.

« Les enfants m'ont dit qu'ils ne trouvaient plus guère de truites des sables en surface, par ici », dit-il.

« Qu'est-ce que cela peut bien signifier ? » Il y avait une pointe d'arrogance dans le ton de Ghanima.

« Que les choses évoluent très vite. »

Une fois encore, l'appel de l'oiseau se fit entendre sous la falaise, et la nuit fondit sur le désert comme le faucon sur la perdrix. Avec elle, de nouveaux souvenirs affluèrent en Leto, issus d'existences multiples attachées à cet instant précis. Pour Ghanima, le phénomène n'était pas aussi redoutable. Mais elle comprenait l'inquiétude et le trouble de son frère et c'est avec tendresse qu'elle posa la main sur son épaule.

Les doigts de Leto plaquèrent un accord coléreux sur la balisette.

Comment pouvait-il expliquer à sa sœur ce qui survenait en lui ? Dans sa tête, il y avait des guerres, des vies sans nombre projetant une cascade de mémoires : accidents violents, langueurs amoureuses, lieux et visages multicolores... Chagrins enfouis et vibrants émois en multitude. Il retrouvait les élégies printanières de mondes depuis longtemps disparus, des danses vertes et des foyers dans la nuit, des plaintes et des appels, une moisson géante de conversations qui se mêlaient en une grange de sons. Un assaut qui était cent fois plus fort, ici, hors de l'abri du sietch.

---

**(*) En français dans le texte.**

« Ne devrions-nous pas rentrer, à présent ? » demanda Ghanima.

Leto secoua la tête et cette simple réaction apprit à sa sœur que son malaise, ce soir, était plus intense encore qu'elle ne l'avait jamais pensé.

*Pourquoi suis-je ici, aussi souvent, accueillant la nuit ?* se demanda-t-il.

La main de Ghanima quitta son épaule et il n'en eut pas conscience.

« Tu sais pourquoi tu te tourmentes ainsi », dit-elle.

Il saisit le doux reproche que recelait sa phrase. Oui, il savait. La réponse était là, évidente, dans le champ de sa connaissance : *parce que ce grand inconnu-connu qui est en moi me porte comme une vague.* Son passé était une lame qu'il chevauchait comme un surfer. Les souvenirs des visions prescientes de son père venaient se superposer à toute chose. Et pourtant, il voulait tout de ces passés. Il en avait besoin. Et ils étaient tellement dangereux. Il le savait absolument, désormais, avec ce nouvel élément dont il devrait faire part à Ghanima.

Le désert se mettait maintenant à luire sous la clarté de la Première Lune montante. Le regard de Leto courait sur les ondes du sable qui, faussement immobiles, se perdaient à l'infini. Tout près de lui, sur la gauche, se dressait le Serviteur, un rocher façonné par les tourmentes de sable en une sorte de ver sombre dressé entre les dunes. Un jour viendrait où le plateau rocheux lui-même serait ainsi érodé, où le Sietch Tabr ne survivrait que dans la mémoire de certains hommes. Qui lui ressembleraient. Il ne doutait pas qu'il y aurait quelqu'un qui lui ressemblerait.

« Pourquoi regardes-tu le Serviteur ? » demanda Ghanima.

Il eut un haussement d'épaules. En dépit de l'interdiction qui en avait été signifiée à leurs gardes, ils allaient souvent jusqu'au Serviteur, avec Ghanima. Ils y avaient découvert une cachette, mais Leto comprenait en cette seconde pourquoi ce lieu exerçait un tel attrait sur eux.

Là-bas, rendu proche par l'obscurité, un segment de qanat brillait au clair de lune. Des rides sombres couraient à sa surface, créées par les poissons carnassiers que les Fremen élevaient toujours dans leurs réserves d'eau afin d'éloigner les truites des sables.

« Je suis entre le poisson et le ver », murmura Leto.

« Comment ? »

Il répéta sa phrase.

Ghanima porta la main à sa bouche, soudain envahie d'un soupçon à l'égard de ce qui hantait son frère. Leur père avait agi ainsi : elle ne pouvait que tenter de voir en lui et comparer.

Leto fut parcouru d'un frisson. Les souvenirs qui l'unissaient à des lieux que jamais sa chair n'avait connus lui soufflaient maintenant des réponses à des questions que jamais il n'avait posées. Un écran immense n'en finissait pas de se déployer en lui, révélant une infinité de relations, d'événements. Le ver des sables de Dune ne pouvait franchir l'eau qui, pour lui, était un poison mortel. Pourtant, il y avait eu de l'eau sur ce monde, en des temps préhistoriques. Des dépôts de gypse attestaient l'existence passée de lacs et d'océans. Des forages profonds avaient permis de découvrir de l'eau dans des puits que les truites des sables ne tardaient pas à combler. Aussi clairement que s'il avait été directement témoin des faits, Leto connaissait ce qui s'était passé sur ce monde et devinait ainsi les transformations cataclysmiques provoquées par l'intervention de l'homme.

Sa voix ne fut plus qu'un murmure.

« Ghanima, je sais ce qui est advenu. »

Elle se pencha : « Oui ? »

« La truite des sables... »

Il s'interrompit et elle se demanda alors pourquoi il ne cessait de faire référence au stade haploïde (*) de l'existence du ver géant, mais elle s'interdit de l'interroger.

« Le ver des sables, reprenait-il, a été introduit sur Dune. Il est originaire d'un autre monde. En ce temps-là, Dune connaissait l'eau. Le ver a proliféré de telle façon que nul écosystème ne pouvait le freiner. La truite des sables a alors enkysté l'eau qui était disponible, elle a fait d'Arrakis un désert... Pour survivre, parce que seul un monde aride pouvait lui permettre d'accéder à la phase du ver. »

« La truite des sables ? » Ghanima secoua la tête. Elle ne doutait pas de ce que disait son Frère, mais elle n'avait aucune envie de le suivre dans les profondeurs d'où il tirait son raisonnement. *La truite des sables ?* répéta-t-elle en elle-même. Bien des fois, dans cette vie comme dans toutes les autres, elle avait joué à ce jeu d'enfant où l'on piégeait les truites dans un gant de membrane avant de recueillir leur dernière eau dans l'alambic. Il lui était difficile de s'imaginer que cette pauvre créature sans cervelle fût à l'origine d'événements prodigieux.

Leto hocha la tête. De tout temps, les Fremen avaient aleviné leurs citernes avec des variétés prédatrices. La truite des

(*) En biologie, concerne les gamètes dont les chromosomes sont réduits à un seul élément de chaque paire après la « réduction chromatique », ou méiose, qui est en fait la division de la cellule germinale.

sables, à son stade haploïde, luttait activement contre une importante accumulation d'eau à proximité de la surface ; les prédateurs évoluaient dans le qanat à quelques mètres de Leto. Le ver des sables vecteur pouvait traiter l'eau en quantité limitée, telle qu'on la rencontrait, par exemple, dans le tissu humain. Au-delà, les complexes de transformation chimique s'affolaient ; ils explosaient littéralement et généraient en mourant ce Mélange à l'état concentré, cette drogue psychotrope ultime que l'on absorbait en solution au cours des orgies de sietch.

A l'état pur, le Mélange avait projeté Paul Muad'Dib au travers des parois du Temps, jusque dans les abysses où jamais aucun être mâle ne s'était aventuré.

« Qu'as-tu fait ? » demanda Ghanima à son frère silencieux et tremblant.

Mais elle ne pouvait l'arracher aussi aisément à cet itinéraire de révélations.

« Moins de truites... La transformation écologique de la planète... »

« Oui, bien sûr, elles résistent », dit-elle. A présent, elle comprenait mieux la peur qui habitait la voix de Leto. Contre son gré, il l'entraînait dans la même direction.

« Quand la truite s'en va, les vers s'en vont aussi, dit Leto. Il faut que les tribus sachent. »

« La fin de l'épice », dit Ghanima.

Les mots frappaient simplement les points critiques de ce dispositif de péril qui menaçait les hommes intervenus dans le schéma si ancien des relations de Dune.

« Alia sait cela, reprit Leto, et elle jubile. »

« Comment peux-tu en être certain ? »

« Je le suis. »

Désormais, elle n'avait plus aucun doute : elle savait ce qui tourmentait son frère et elle en éprouvait une terreur glaçante.

« Si elle nous dément, jamais les tribus ne nous croiront », dit Leto. Il renvoyait ainsi leur dialogue à la question primordiale de leur existence : un Fremen pouvait-il croire en la sagesse d'un enfant de neuf ans ? Et Alia, que chaque journée éloignait de son intime héritage, jouait sur ce fait.

« Il faut convaincre Stilgar », dit Ghanima.

D'un même mouvement, leurs deux têtes se tournèrent vers le désert baigné de lune. Le paysage était autre, maintenant, transformé par quelques instants de perception. Jamais encore les liens qui existaient entre cet environnement et le comportement humain ne leur étaient apparus aussi évidents. Ils se sentaient l'un et l'autre devenus partie intégrante d'un système dynamique à l'équilibre fragile. Cette nouvelle perspective provoquait en eux un changement de conscience et un déferlement d'observations. Comme l'avait remarqué Liet-Kynes, l'univers était le théâtre d'une conversation permanente entre les populations animales. La truite des sables leur avait parlé en tant qu'animaux humains.

« Les tribus comprendraient une menace dirigée contre l'eau », dit Leto.

« Mais c'est plus que l'eau qui est menacé. C'est le... »

Ghanima se tut brusquement, consciente de l'implication profonde des mots. L'eau était le symbole absolu du pouvoir sur Arrakis. Dans leur essence, les Fremen demeuraient des animaux spécialisés, des survivants du désert, experts à gouverner dans certaines conditions de tension. Avec l'abondance de l'eau, un transfert étrange de symbole s'opérait en eux, alors même qu'ils comprenaient les anciennes nécessités.

« Tu penses que le pouvoir est menacé », rectifia Ghanima.

« C'est certain. »

« Mais nous croiront-ils ? »

« S'ils le voient, oui, s'ils voient ce déséquilibre. »

« L'équilibre », dit Ghanima. Et elle répéta les paroles prononcées autrefois par leur père : « C'est ce qui distingue un peuple d'une foule. »

Et Leto lui fit écho car leur père s'éveillait à nouveau en lui : « L'économie contre la beauté. Une histoire plus ancienne que Saba. (Il soupira et regarda sa sœur.) Je commence à avoir des rêves prescients, Ghani. »

Elle eut une exclamation sourde. Il reprit :

« Lorsque Stilgar nous a dit que notre grand-mère était retardée, je connaissais déjà cet instant. Mais mes autres rêves sont douteux. »

Les yeux embués, elle secoua la tête.

« Leto... Pour notre père, c'est venu plus tard. Est-ce que tu ne crois pas que ce pourrait être... »

« J'ai rêvé que j'étais enfermé dans une armure. Je courais parmi les dunes. Et je suis allé à Jacurutu. »

« Jacu... Cette vieille légende ! »

« C'est un lieu bien réel, Ghani. Je dois trouver cet homme qu'ils appellent le Prêcheur. Je dois l'interroger. »

« Tu penses qu'il... qu'il est notre père ? »

« Pose-toi la question. »

« Cela lui ressemble, dit-elle songeusement, mais... »

« Je sais les choses qu'il me faudra accomplir, et je ne les aime pas. Pour la première fois, je comprends mon père. »

Ghanima sut alors qu'elle venait d'être exclue de ses pensées.

« Le Prêcheur n'est peut-être qu'un vieux mystique. »

« Je prie pour que ce soit vrai, dit Leto dans un murmure. Si tu savais comme je prie ! »

Il se pencha tout en se redressant, pour prendre la balisette qui résonna doucement dans sa main.

« J'aimerais tant que ce soit Gabriel sans trompette », acheva-t-il.

Puis il se tut, et son regard courut sur le désert éclairé par la lune. Ghanima, l'imitant, vit, à la limite des jardins du sietch, la phosphorescence rousse de la végétation pourrissante puis, au-delà, le contour pur des lignes des dunes, le littoral du désert. Un domaine de vie. Le désert, qui jamais ne dormait tout à fait. Elle percevait de façon suraiguë sa vibration vitale, le passage furtif des animaux qui venaient boire dans le qanat. La révélation de Leto avait transformé le paysage nocturne, cet instant de la nuit devenant un moment de la vie, un moment où découvrir des régularités dans le changement perpétuel, où ressentir la longue transformation depuis leur passé Terranien, dont toutes les étapes étaient emprisonnées dans leurs mémoires.

« Pourquoi Jacurutu ? » demanda Ghanima, et son ton calme et froid détruisit ce qui s'édifiait.

« Eh bien... je ne sais pas. Quand Stilgar nous a dit pour la première fois qu'on tuait des gens, là-bas, et que ce lieu était tabou, j'ai pensé... ce que tu pensais. Mais c'est de là que le danger vient, à présent... Et du Prêcheur. »

Elle ne répondit pas, n'exigea pas qu'il partageât un peu plus ses rêves prescients. Elle n'ignorait pas qu'elle lui donnait ainsi la mesure de la terreur qu'elle éprouvait. Un tel cheminement ne pouvait conduire qu'à l'Abomination, et ils le savaient l'un et l'autre. Le mot s'inscrivit, se déploya dans la nuit au-dessus de Leto tandis qu'ouvrant la route, il se faufilait entre les rochers vers l'entrée du sietch. *L'Abomination.*

**L'Univers est à Dieu. Il est une chose, un tout à partir duquel toutes les séparations sont identifiables. La vie transitoire, y compris cette vie consciente et raisonnante que nous qualifions d'intelligente ne détient qu'un fragile mandat sur quelque partie que ce soit du tout.**

— Commentaires de la C.T.E.
(*Commission des Traducteurs Œcuméniques*).

HALLECK, TOUT EN S'EXPRIMANT A haute voix sur divers sujets, transmettait par signes le seul message important. Il détestait l'antichambre exiguë que les prêtres lui avaient attribuée et qui était certainement truffée d'appareils espions. Qu'ils essaient de décoder les signaux discrets de ses mains ! Sur ce plan, il ne craignait pas grand-chose : les Atréides avaient pratiqué ce mode de communication pendant des siècles, sans que personne le perce.

La nuit était venue. La salle ne comportait aucune ouverture. Des globes brilleurs avaient été placés dans les angles.

« La plupart de ceux que nous avons capturés étaient des gens d'Alia », transmit Halleck, et son regard ne quittait pas le visage de Jessica tandis qu'il l'informait que l'interrogatoire des prisonniers se poursuivait.

« C'est donc bien ce que vous aviez prévu », remarqua Jessica en quelques signes rapides. Puis, hochant la tête, elle déclara afin que chacun entendît : « Lorsque vous aurez obtenu satisfaction, Gurney, j'attends un rapport complet. »

« Certainement, Ma Dame. » Et les doigts agiles de Gurney poursuivirent : « Une dernière chose, assez troublante : sous l'influence de drogues majeures, certains prisonniers ont parlé de Jacurutu et ils sont morts dans la seconde même où ils prononçaient ce nom. »

« Un cardio-fusible ? » demanda Jessica. A haute voix : « Avez-vous relâché certains prisonniers ? »

« Quelques-uns, Ma Dame. Ceux qui ne présentaient aucun intérêt évident. » (« Nous soupçonnons un effet de contrainte cardiaque, oui, mais nous n'avons encore aucune preuve. Les autopsies sont en cours. Mais j'ai estimé qu'il fallait que je vous rapporte ce détail à propos de Jacurutu. »)

(« Tout comme mon Duc, j'ai toujours considéré Jacurutu comme une légende intéressante, partant sans doute d'un fait réel. ») Cette fois, les doigts de Jessica n'esquissèrent même pas ce signe de tristesse qui soulignait habituellement la moindre allusion à son amour défunt.

« Avez-vous d'autres instructions ? » demanda Halleck.

Jessica lui demanda de regagner le port et de ne se représenter qu'avec de nouvelles informations. Mais dans le même instant, ses doigts ordonnaient :

« Renouez le contact avec vos amis parmi les contrebandiers. Si Jacurutu existe, ces gens vivent en vendant de l'épice. Et ce sont les contrebandiers qui constituent leur seul marché possible. »

Il inclina brièvement la tête.

(« Cette démarche est en cours, Ma Dame. ») Et, parce qu'il ne pouvait oublier toutes ces années de vigilance, il ajouta : « Soyez prudente, ici. Alia est votre ennemie et la plupart des prêtres lui sont acquis. »

(« Pas Javid. Il hait les Atréides. Je pense que seul un adepte est à même de s'en rendre compte, mais, pour ma part, j'en suis certaine. Il conspire et Alia l'ignore. »)

« Je vais assigner des hommes supplémentaires à votre garde personnelle », dit soudain Halleck, haut et clair, s'attirant un bref regard de reproche de Jessica. « Il y a du danger, j'en suis certain. Allez-vous passer la nuit ici ? »

« Plus tard, nous gagnerons le Sietch Tabr », déclara Jessica, puis elle hésita, sur le point de lui demander de ne pas lui envoyer de gardes supplémentaires. Mais elle se tut. Il fallait se fier à l'instinct de Gurney. Bien des Atréides avaient appris cela, pour leur bien ou à leurs dépens.

« Il me reste encore à rencontrer le Maître des Novices, ajouta-t-elle. Ensuite, c'est avec plaisir que je quitterai cet endroit. »

**Et j'appelai une autre bête hors du sable. Et elle avait deux cornes tout comme un bélier, mais sa gueule était garnie de crocs, aussi féroce que celle du dragon, et tout son corps était ardent et luisant tandis qu'elle sifflait comme un serpent.**

— La Nouvelle Bible Catholique Orange.

Il s'était baptisé le Prêcheur, et ainsi était-il advenu une grande peur pour beaucoup sur Arrakis, qu'il fût Muad'Dib revenu du désert, et non pas mort. Muad'Dib pouvait être encore vivant, puisque nul n'avait vu son corps. Mais qui avait jamais revu un corps réclamé par le désert ? Quand même... Muad'Dib ? On pouvait déterminer des points de comparaison, encore que nul des anciens jours ne fût jamais venu déclarer : « Oui, j'ai bien vu Muad'Dib en cet homme. Je l'ai connu. »

Quand même... Tout comme Muad'Dib, le Prêcheur était aveugle. Ses orbites étaient noires, comme si elles avaient été carbonisées par un brûle-pierre. Et sa voix avait la même puissance de pénétration, la même force qui venait arracher des réponses loin au fond des êtres. Nombreux étaient ceux qui avaient remarqué cela. Il était maigre, ce Prêcheur, le visage tanné et ridé, les cheveux grisonnants. Mais le désert profond sculptait ainsi tant de visages. Il suffisait à chacun de se regarder dans un miroir pour en avoir la preuve. Il y avait un autre détail qui donnait lieu à maintes discussions : le Prêcheur était guidé par un jeune Fremen qui n'appartenait à aucun sietch et qui, lorsqu'on l'interrogeait, répondait qu'il avait loué ses services au Prêcheur, Mais Muad'Dib, faisait-on observer, avec sa connaissance de l'avenir, n'avait eu aucun besoin d'un guide, si ce n'est tout près de la fin, quand le chagrin l'avait submergé. A ce moment-là, oui, il lui avait fallu un guide, cela, chacun le savait.

Le Prêcheur était apparu un matin d'hiver dans les rues d'Arrakeen, s'appuyant d'une main brune aux veines saillantes sur l'épaule de son jeune guide. Le garçon, qui disait se nommer Assan Tariq, se frayait un chemin dans la foule et le poudroiement de silex avec l'assurance d'un natif, sans jamais perdre le contact avec son maître. L'aveugle, pouvait-on remarquer, portait la bourka traditionnelle par-dessus un distille comme ceux que l'on avait jadis confectionnés dans les cavernes des sietch du désert le plus reculé. Un distille qui n'avait rien de commun avec les vêtements négligés que l'on voyait depuis quelques années. Le tube nasal qui récupérait l'humidité de sa respiration pour les recycleurs cachés sous la bourka étaient soigneusement guipé avec cette vigne noire que l'on ne rencontrait plus guère. Le masque, sur la partie inférieure du visage, était maculé de taches vertes laissées par le vent de sable. En tout point, le Prêcheur était une figure surgie du passé de Dune.

Dans la foule de ce matin d'hiver, en Arrakeen, nombreux furent ceux qui le remarquèrent. Il est vrai que l'on connaissait peu d'aveugles parmi les Fremen. La Loi Fremen les attribuait toujours à Shai-Hulud. Certes, les temps modernes étaient plus cléments, adoucis par l'eau, mais les mots de la Loi demeuraient inchangés, depuis les anciens jours. L'aveugle était une offrande à Shaid-Hulud. Il devait être abandonné dans le *bled* où les grands vers viendraient le dévorer. Cela se passait toujours très loin — des histoires couraient jusqu'aux villes — dans ce désert encore dominé par les plus géants d'entre les vers, ceux que l'on appelait les Vieux Hommes du Désert. Un aveugle Fremen était donc une curiosité et, sur le passage de l'étrange couple, chacun s'arrêtait.

Le jeune guide devait avoir dans les quatorze ans. Il appartenait à cette nouvelle génération qui portait un distille modifié laissant le visage exposé à l'air. Il avait les traits minces, le nez petit sous les yeux bleu d'épice dont l'innocence dissimule souvent, chez l'enfant, le cynisme de la connaissance. Par contraste, l'aveugle marchait à longues enjambées, avec cette vigueur qui n'appartient qu'à ceux qui ont connu des années de sable, de marche ou de chevauchées sur les grands vers. Sa tête encapuchonnée avait ce port roide que les aveugles adoptent involontairement. Il ne l'inclinait, parfois, que pour prêter l'oreille à quelque son particulier.

L'étrange couple s'avança dans la foule jusqu'aux vastes degrés qui montaient au flanc de cette colline qu'était le Temple d'Alia, en face du Donjon de Paul. Le Prêcheur et son jeune compagnon ne s'arrêtèrent qu'au troisième palier, où les pèlerins du Hajj, comme chaque matin, attendaient l'ouverture des portes géantes qui dominaient les marches et qui auraient pu accueillir la plus haute des cathédrales des anciennes religions. On disait que le pèlerin, les franchissant, avait l'âme réduite à son *atomicité,* et qu'il pouvait dès lors passer par le chas d'une aiguille et accéder au paradis.

Au bord du troisième palier, le Prêcheur se retourna. Du fond de ses orbites vides, il parut tout observer : la marée des citadins paradant auxquels se mêlaient des Fremen dont la tenue ne faisait qu'imiter les distilles des jours d'autrefois. Il semblait dévisager chacun des pèlerins qui venaient de débarquer des transports de la Guilde et qui se pressaient pour franchir ce premier pas dans la dévotion, sur le chemin du paradis.

En vérité, ce palier était un lieu bruyant. Les Adeptes de l'Esprit de Mahdi, en robes vertes, portaient des faucons vivants, dressés à glapir l' « appel au paradis ». Des vendeurs ambulants clamaient leur menu, entrant en compétition avec les voix de mille autres marchands proposant mille autres choses sur des modes suraigus. Le Tarot de Dune, entre autres, avec ses commentaires enregistrés sur shigavrille. Tel bateleur proposait des fragments de vêtements exotiques « certifiés avoir été touchés par la main de Muad'Dib lui-même ! ». Tel autre des fioles contenant une « eau garantie pure du Sietch Tabr, résidence du Muad'Dib ». Tout cela dans un flot de conversations en une centaine ou plus de dialectes dérivés du

Galach, relevées de pépiements ou de cris gutturaux propres aux langages *extrines* de civilisation annexées par la bannière du Saint Impérium. Des danseurs-visages et des êtres nains des planètes artisanes et suspectes du Tleilaxu giraient et bondissaient en habits scintillants dans la cohue. Des visages, émaciés ou gonflés d'eau. Des milliers de pieds glissant sur le plastacier des larges marches, composant un fond crissant à la terrible cacophonie des prières. Une suite de notes dominait parfois, ou bien un appel : « Muaad'Dib ! Muaad'Dib ! Accueille mon âme ! Toi qui es l'oint de Dieu, accueille mon âme ! Muaad'Dib ! »

Non loin des pèlerins, deux mimes, pour quelques pièces, interprétaient la très populaire « Dispute d'Arminache et Léandriche ».

Le Prêcheur pencha la tête pour écouter.

Les mimes étaient des citadins d'âge moyen qui débitaient leur texte avec ennui. Obéissant à un ordre bref, le jeune guide entreprit de les décrire à son maître. Ils étaient vêtus de robes amples qui ne tentaient même pas d'imiter les formes d'un distille pour dissimuler leur corps gorgé d'eau. Assan Tariq trouvait cela plutôt amusant, et le Prêcheur lui en fit la réprimande.

Le mime qui interprétait le rôle de Léandriche achevait sa péroraison : « Bah ! Seule la main sensible peut agripper l'univers ! C'est elle qui conduit votre cerveau si précieux, de même qu'elle conduit tout ce qui vient de lui. Vous ne voyez que ce que vous avez créé, vous ne *devenez* sensible qu'après que votre main a accompli son travail ! »

Un concert d'applaudissements lui répondit.

Le Prêcheur redressa la tête et huma. Ses narines s'emplirent de toutes les riches odeurs du lieu : remugles révélateurs de distilles mal ajustés, muscs d'origines variées, senteur de silex de la poussière, exhalaisons chargées d'innombrables aliments exotiques, arômes subtils des brûle-parfum du Temple qui s'insinuaient dans la foule selon des courants savamment calculés. Tandis qu'il acquérait cette conscience olfactive de l'endroit, les pensées du Prêcheur se lisaient sur son visage : *Nous en sommes donc arrivés là, nous, les Fremen !*

Un événement soudain provoqua une onde d'agitation au sein de la foule sur le palier. Des Danseurs des Sables venaient de faire leur apparition sur la plaza au pied des marches. Ils devaient bien être cinquante, liés les uns aux autres par des cordes d'elacca. Il était visible qu'ils dansaient comme cela depuis des jours, en quête de l'extase. L'écume se formait sur leurs lèvres au rythme de leurs pas. Un tiers au moins d'entre eux étaient inconscients et n'obéissaient plus qu'aux mouvements des cordes qui les faisaient brinquebaler comme des marionnettes. Mais l'une de ces marionnettes humaines venait justement de s'éveiller, et la foule semblait attendre quelque chose.

« J'ai vuuuu ! hurla le danseur à peine éveillé. J'ai vuuuu ! (Il se cambra tout à coup contre l'appel des cordes et son regard sauvage se porta à droite, puis à gauche.) Là où se dresse cette cité, il n'y aura que du sable ! J'ai vuuu ! »

Un éclat de rire énorme jaillit des gorges, auquel se joignirent les nouveaux pèlerins eux-mêmes.

C'en était trop pour le Prêcheur. Il leva les bras et gronda d'une voix qui, certainement, avait commandé ceux qui chevauchaient les vers géants : « Silence ! »

C'était un cri de bataille et la foule tout entière, sur la plaza, se figea brusquement.

Le Prêcheur pointa un index desséché sur les deux mimes et nul n'aurait pu nier alors qu'il les voyait vraiment, en cette seconde.

« N'avez-vous pas entendu cet homme ? Blasphémateurs et idolâtres, tous autant que vous êtes ! La religion de Muad'Dib n'est pas Muad'Dib ! Il la rejette comme il vous rejette vous ! Le sable viendra couvrir ce lieu. Tout comme il viendra vous couvrir ! »

Sur cette phrase, il baissa les bras, posa la main sur l'épaule de son guide et lui ordonna : « Conduis-moi hors de cet endroit. »

Ce fut peut-être le choix particulier des mots : *Il la rejette tout comme il vous rejette vous !* Peut-être le ton sur lequel ils furent prononcés, un ton qui transcendait l'humain, un ton formé sans doute par l'art Bene Gesserit qui permettait de commander par un jeu subtil des inflexions. Peut-être, aussi, l'atmosphère mystique de ce lieu où, autrefois, Muad'Dib avait vécu, foulé ce sol et régné. En tout cas, quelqu'un se fit entendre du plus lointain du palier, criant à l'adresse du Prêcheur qui s'éloignait, d'une voix vibrante d'émotion religieuse : « Muad'Dib est-il donc revenu parmi nous ? »

Le Prêcheur s'arrêta net, plongea une main sous sa bourka et ramena au jour un objet que seuls purent identifier ceux qui se trouvaient à proximité. Une main momifiée par le désert, un ironique présent de la planète que l'on découvrait parfois dans le sable et universellement considéré comme un message de Shai-Hulud. Celle-ci, à l'extrémité d'un poing serré et desséché, montrait un os blanc rongé par les crocs du sable.

« J'apporte la Main de Dieu et c'est tout ce que j'apporte ! cria le Prêcheur. Je parle pour la Main de Dieu. Je suis le Prêcheur ! »

Certains entendirent par là que cette main était celle de

Muad'Dib. Mais d'autres n'entendirent que cette voix formidable et ne connurent plus que cette présence dominatrice, et ce fut là comment Arrakis apprit le nom du Prêcheur. Mais ce ne fut pas la dernière fois que sa voix se fit entendre.

> **On rapporte d'ordinaire, mon cher Georad, que l'expérience du Mélange est riche de grandes vertus naturelles. Pourtant, il subsiste en moi des doutes profonds quant à la nature vertueuse de chaque usage du Mélange. Il m'apparaît que certains, par défiance de Dieu, ont corrompu ces usages. Pour employer les termes de l'Œcumène, ils ont défiguré l'âme. Ils se satisfont d'écumer le Mélange en surface et croient ainsi atteindre à la grâce. Ils bafouent leurs amis, causant un grave tort à la déité et, en toute malice, ils déforment la signification de ce copieux présent, mutilation que tous les pouvoirs de l'homme ne sauraient réparer. Pour n'être vraiment qu'un avec la vertu de l'épice, sans corruption d'aucune sorte, investi d'honneur sans faille, un homme doit accorder ses faits et ses paroles. Lorsque vos actes dessinent une arborescence de conséquences néfastes, vous devez être jugé sur ces conséquences et non selon vos explications. C'est ainsi que nous devrions juger Muad'Dib.**
>
> — L'Hérésie Pédante.

IL Y AVAIT UNE ODEUR PIQUANTE D'OZONE dans la petite pièce plongée dans une pénombre grise au sein de laquelle on ne distinguait que la lueur sourde des brilleurs et l'éclat métallique bleu d'un écran de contrôle transvision. L'écran ne mesurait pas plus d'un mètre sur soixante centimètres. Il montrait pour l'instant un paysage désolé, une vallée rocailleuse, et deux tigres Laza qui se repaissaient des restes d'un récent carnage. Plus haut sur la pente, il y avait un homme.

Il était maigre et portait la tenue d'exercice des Sardaukar. L'insigne à son col était celui de Levenbrech. Il avait un clavier de servo-contrôle sur la poitrine.

Une femme aux cheveux clairs, d'âge indéterminé, était installée dans le siège vériforme à suspenseur, devant l'écran. Son visage avait la forme d'un cœur et ses mains fines étaient agrippées nerveusement aux accoudoirs. Une ample robe blanche à parements dorés estompait les lignes de son corps. L'homme qui se tenait sur sa droite, immobile, à moins d'un pas, était de stature massive. Ses cheveux étaient gris et ras au-dessus d'un visage carré, inexpressif. Son uniforme, bronze et or, était celui d'Aide-Bashar des Sardaukar de l'Impérium.

La femme toussota et remarqua : « Tout s'est déroulé comme vous l'aviez prévu, Tyekanik. »

« Assurément, Princesse », commenta l'Aide-Bashar d'une voix rauque.

Elle perçut sa tension et ajouta : « Dites-moi, Tyekanik, que dira mon fils en se retrouvant Empereur Farad'n Ier ? »

« Le titre lui convient, Princesse. »

« Ce n'est point ce que je vous demandais. »

« Il se pourrait qu'il n'approuve pas certaines démarches accomplies afin de lui gagner ce... ce titre. »

« Encore une fois... (Elle tourna la tête et ses yeux cherchèrent ceux du Sardaukar dans la pénombre.) Vous avez servi mon père avec honneur. Ce n'est pas par votre faute que les Atréides lui ont ravi son trône. Mais il n'en reste pas moins que cette perte a dû être aussi cruelle pour vous que pour n'importe quel... »

« La Princesse Wensicia a-t-elle une tâche particulière à m'assigner ? »

Si la voix restait rauque, le ton était plus tranchant.

« Vous avez la mauvaise habitude de m'interrompre, Tyekanik. »

Il sourit. Ses dents étaient bien plantées et elles brillaient dans la clarté de l'écran.

« Parfois, dit-il, vous me rappelez votre père. Toujours ces circonlocutions précédant l'annonce de quelque délicate... hmmm... mission ?

Elle détourna le regard pour tenter de dissimuler sa fureur.

« Croyez-vous vraiment que les Lazas donneront ce trône à mon fils ? »

« C'est tout à fait possible, Princesse. Vous devez admettre que la progéniture bâtarde de Paul Atréides serait un morceau de choix pour eux. Une fois que nous en serons débarrassés... » Il haussa les épaules.

« Le petit-fils de Shaddam IV deviendra alors l'héritier logique du pouvoir, acheva la Princesse. Pour autant que nous puissions vaincre les objections des Fremen, du Landsraad et de la CHOM, sans compter les Atréides encore vivants qui pourraient... »

« Javid m'a assuré que ses gens pouvaient aisément neutraliser Alia. Je ne considère pas Dame Jessica comme une Atréides. Alors, qui reste-t-il ? »

« Certes, le Landsraad et la CHOM suivront le profit où qu'il aille, admit-elle, mais les Fremen ?... »

« Nous les noierons dans leur religion. »

« Ce qui est plus facile à dire qu'à faire, mon cher Tyekanik. »

« Ainsi, nous revenons à cette vieille discussion. »

« La maison de Corrino a fait bien pire pour conquérir le pouvoir. »

« Mais embrasser cette... cette religion de Mahdi !... »

« Mon fils vous respecte », dit la Princesse.

« Comme tous les Sardaukar qui se trouvent ici, sur Salusa, je n'espère qu'une chose : que la Maison de Corrino reprenne la place qui lui revient. Mais si vous... »

« Tyekanik ! Cette planète se nomme Salusa *Secundus !* Ne tombez pas dans le piège des manières paresseuses qui se répandent dans notre Impérium. Donnez le nom complet, le titre intégral, veillez au moindre détail. Ce sont là des attributs qui renverront le sang des Atréides aux sables d'Arrakis. Le moindre détail, Tyekanik ! »

Il savait ce qu'elle tentait par cette offensive. Cela faisait partie des manœuvres rusées et changeantes qu'elle avait apprises de sa sœur Irulan. Mais il n'en perdait pas moins son assurance.

« Vous me comprenez, Tyekanik ? » demanda-t-elle.

« Je vous comprends, Princesse. »

« Je veux que vous vous convertissiez à la religion de Muad'Dib. »

« Princesse, je m'avancerais dans le feu pour vous, mais cela... »

« Cela est un ordre, Tyekanik ! »

La gorge nouée, il porta son regard vers l'écran. Les Lazas avaient fini de dévorer leur proie. Etendus sur le sable, maintenant, ils faisaient leur toilette. Leurs longues langues s'insinuaient avec aisance entre leurs griffes.

« J'ai dit : un ordre, Tyekanik. Est-ce bien compris ? »

« J'ai compris et j'obéis, Princesse », dit le Sardaukar, sans changer de ton.

La Princesse Wensicia soupira.

« Oh, si seulement mon père était encore vivant... »

« Oui, Princesse. »

« Ne raillez pas, Tyekanik ! Je sais la répugnance que vous éprouvez. Mais si vous donnez l'exemple... »

« Il pourrait ne pas le suivre, Princesse. »

« Il le suivra. »

Elle tendit le doigt vers l'écran.

« J'ai le sentiment que le Levenbrech pourrait poser un problème. »

« Un problème ? En quelle manière ? »

« Combien de gens connaissent cette histoire de tigres ? »

« Ce Levenbrech, qui est leur dresseur... Le pilote du transport stellaire, vous et... bien sûr... » Il porta la main à son torse.

« Et les acheteurs ? »

« Ils ne savent rien. Que craignez-vous donc ? »

« Mon fils est... disons intuitif. »

« Les Sardaukar savent garder les secrets. »

« Les morts également. »

Tendant la main, la Princesse appuya sur une touche rouge située sous l'écran. Immédiatement, les tigres Laza dressèrent la tête. Ils regardèrent en direction du Levenbrech. Puis, d'un seul élan, ils se ruèrent sur la pente. Calme tout d'abord, le Levenbrech se décida à déclencher une commande de son clavier de contrôle. Ses mouvements demeuraient encore assurés mais, comme les félins continuaient de se ruer sur lui, il fut saisi de frénésie et ses doigts se mirent à pianoter follement sur les touches. Une expression de stupéfaction apparut sur son visage et sa main se porta vers le manche du poignard passé dans sa ceinture. Trop tard. Une patte aux griffes acérées lui laboura la poitrine et l'envoya rouler sur le sol. Dans le même instant, le deuxième Laza referma ses crocs sur sa gorge et le secoua avec violence. Les vertèbres cédèrent.

« Le moindre détail compte », dit la Princesse. En se retournant, elle tressaillit. Tyekanik avait tiré son couteau, lui aussi. Mais c'était le manche qu'il lui présentait.

« Peut-être avez-vous besoin de mon arme pour un dernier détail », dit-il.

« Remettez ce poignard dans son étui et cessez de jouer à l'idiot ! Vraiment, Tyekanik, parfois vous me... »

« C'était un homme de valeur, Princesse. Un de mes meilleurs. »

« Un de *mes meilleurs* », le reprit-elle.

Il eut une inspiration profonde, vibrante, avant de rengainer son poignard.

« Et quant à mon pilote ? »

« Nous invoquerons un accident. Vous lui conseillerez de prendre les plus extrêmes précautions pour ramener les tigres.

Bien entendu, lorsqu'il aura livré ces charmants animaux aux gens de Javid... » Elle regarda le poignard de Tyekanik.

« Est-ce également un ordre, Princesse ? »

« Exactement. »

« Devrai-je donc... tomber sur mon poignard ou bien veillerez-vous à ce petit... détail ? »

La voix de la Princesse se fit encore plus calme, plus froide. « Tyekanik, si je n'étais pas absolument convaincue que vous êtes *prêt* à tomber sur votre arme dans la seconde où je vous en donnerai l'ordre, vous ne seriez pas ici, à mes côtés, armé. »

Il garda le silence, observant l'écran. Les tigres avaient entamé un second repas.

La Princesse dédaigna le spectacle. « Il serait aussi bien que vous disiez à nos acheteurs de cesser de nous amener tous les couples d'enfants qui correspondent à la description. »

« Il en sera fait selon vos ordres, Princesse. »

« Ne prenez pas ce ton avec moi, Tyekanik. »

« Bien, Princesse. »

Les lèvres de Wensicia n'étaient plus qu'un mince trait.

« Combien nous reste-t-il de ces costumes ? »

« Six paires, complètes avec distille et chaussures de sable, toutes avec l'insigne des Atréides. »

« Le tissu est-il aussi riche que celui-là ? » demanda-t-elle en désignant l'écran.

« Ainsi qu'il convient à la royauté, Princesse. »

« Veillons au moindre détail. Ces effets devront être expédiés sur Arrakis comme présents à nos royaux cousins. De la part de mon fils. Vous me comprenez bien, Tyekanik ? »

« Absolument, Princesse. »

« Faites-lui rédiger un mot de circonstance. Il dira qu'il envoie ces pauvres effets en témoignage de dévouement à la Maison des Atréides. Quelque chose de ce genre. »

« Et à quelle occasion ? »

« Anniversaire, ou jour saint, par exemple. Tyekanik, je vous laisse le soin de vous occuper de cela. Je vous fais confiance, mon ami. »

Il la dévisagea en silence.

Une expression plus dure se faisait jour sur les traits de Wensicia.

« Vous le savez, n'est-ce pas ? reprit-elle. En qui d'autre puis-je avoir confiance depuis la mort de mon mari ? »

Il haussa les épaules. La Princesse n'avait jamais autant

ressemblé à une araignée. Il valait mieux ne pas entretenir d'intimes relations avec elles. Ce que le Levenbrech avait sans doute osé, par contre.

« Et... Tyekanik... un autre détail. »

« Oui, Princesse ? »

« Mon fils est éduqué pour régner. Le temps viendra où il lui faudra prendre l'épée dans ses propres mains. Et vous devrez savoir quand cela se produira. Et je veux que vous m'en informiez immédiatement. »

« Il en sera fait selon vos ordres, Princesse. »

Elle se laissa aller en arrière et son regard plongea dans celui du Sardaukar.

« Vous ne m'approuvez pas, Tyekanik, et je le sais. Cela n'a aucune importance à mes yeux aussi longtemps que vous n'oublierez pas la leçon du Levenbrech. »

« Il s'y connaissait en animaux, mais on pouvait disposer de lui. Oui, Princesse, je sais. »

« Ce n'est pas ce que je veux dire ! »

« Non ? Alors... je ne comprends pas. »

« Une armée, reprit-elle, est composée d'éléments dont on peut disposer, remplaçables. Telle est la leçon du Levenbrech. »

« Des éléments remplaçables, dit-il. Le commandant suprême y compris ? »

« Les armées n'ont guère de raison d'être sans commandement suprême, Tyekanik. C'est pour cela que vous allez immédiatement embrasser la religion de Mahdi et, dans le même temps, commencer votre campagne de conversion auprès de mon fils. »

« Sur l'heure, Princesse. Je présume que vous ne désirez pas que je sacrifie son éducation dans les différents arts martiaux à cette... religion... »

Elle se dressa, le contourna et marcha jusqu'au seuil où elle s'arrêta un instant. Sans se retourner, elle dit :

« Un jour, Tyekanik, vous abuserez de ma patience. »

Sur ce, elle sortit.

**Il faut que nous abandonnions la Théorie de la Relativité, si longtemps en honneur, ou que nous cessions de croire à la prétention de prédire continuement et exactement le futur. Assurément, connaître le futur soulève une foule de questions qui ne peuvent être résolues dans les limites des hypothèses traditionnelles, à moins que l'on n'imagine d'abord de projeter un Observateur hors du Temps et en second lieu d'abolir tout mouvement. Si l'on accepte la Théorie de la Relativité, on peut prouver que le Temps et l'Observateur doivent rester en repos l'un par rapport à l'autre, sans quoi des inexactitudes interféreront. Cela semble vouloir dire qu'il est impossible de s'engager à une prédiction exacte du futur. Mais alors, comment expliquer la quête prolongée de cet accomplissement visionnaire par des savants respectés ? Et comment, en ce cas, expliquer Muad'Dib ?**

— Conférences sur la prescience,
*par Harq al-Ada.*

« IL FAUT QUE JE TE DISE QUELQUE chose, fit Jessica, bien que je sache que cela va te rappeler de nombreuses expériences de notre passé commun et te faire courir un risque. »

Elle s'interrompit, guettant les réactions de Ghanima.

Elles étaient seules, à demi étendues sur de larges coussins, dans une chambre du Sietch Tabr. Il avait fallu redoubler d'habileté pour arranger cette rencontre et Jessica n'était nullement certaine d'avoir été la seule à manœuvrer. Ghanima avait semblé prévoir et faciliter chacune de ses initiatives.

Le jour ne s'était levé que depuis deux heures environ. Les moments d'excitation des retrouvailles étaient presque loin, maintenant. Jessica dompta les battements de son cœur, les régularisa et concentra son attention sur la chambre, sur les parois de roche, les tentures sombres et l'éclat jaune des coussins. Pour résister à toutes les tensions accumulées, pour la première fois depuis bien des années, elle se récita la Litanie Contre La Peur du rituel Bene Gesserit :

« *Je ne connaîtrai pas la peur, car la peur tue l'esprit. La peur est la petite mort qui conduit à l'oblitération totale. J'affronterai ma peur. Je lui permettrai de passer sur moi, à travers moi. Et lorsqu'elle sera passée, je tournerai mon œil intérieur sur son chemin. Et là où elle sera passée, il n'y aura plus rien. Rien que moi.* »

Elle inspira ensuite profondément, calmement.

« Cela aide, parfois, dit Ghanima. Je veux dire : la Litanie. »

Jessica ferma les yeux pour dissimuler le choc de la surprise. Ghanima avait lu en elle. Il y avait si longtemps qu'un être n'avait pénétré aussi aisément dans ses pensées. Elle en était d'autant plus déconcertée que cet être avait le visage de l'enfance.

Néanmoins, elle faisait front à sa peur. Ouvrant à nouveau les yeux, elle découvrit la source de son trouble : *c'est pour mes petits-enfants que j'ai peur.* Ni l'un ni l'autre ne portait les stigmates de l'Abomination qui étaient comme une agressive parure chez Alia. Leto, cependant, semblait garder quelque secret terrifiant. Pour cette raison, Jessica l'avait adroitement exclu de cette rencontre.

Obéissant à une impulsion, Jessica laissa tomber tous ses masques émotionnels familiers : ils ne lui seraient que peu utiles et pourraient empêcher la communication. Ce fut un acte à la fois douloureux et gratifiant qu'elle n'avait plus accompli depuis ses ultimes moments d'amour avec son Duc. Ces faits qui demeuraient, il n'était pas de malédiction, de prière ou de litanie qui pût les balayer de l'existence. Nulle fuite ne pourrait les rejeter au loin. Ils ne pouvaient être ignorés. Les éléments de la vision de Paul avaient été réordonnés et le temps avait rattrapé ses enfants. Ils étaient un aimant dans le vide : le mal et les tristes abus du pouvoir se rassemblaient sur eux.

Ghanima, lisant le jeu des émotions sur le visage de sa grand-mère, découvrit avec stupéfaction que Jessica avait abaissé toutes ses défenses.

L'une et l'autre, alors, tournèrent la tête selon un mouvement remarquablement synchrone, leurs yeux s'ouvrirent et leurs regards se rencontrèrent, se sondèrent, scellant un pont silencieux de pensées.

Jessica : *Je veux que tu voies ma peur.*

Ghanima : *A présent, je sais que vous m'aimez.*

C'était un éclair de confiance absolue.

« Ton père n'était encore qu'un enfant, dit Jessica, lorsque j'ai convoqué une Révérende Mère sur Caladan afin de l'éprouver. »

Ghanima acquiesça. Elle portait en elle le souvenir particulièrement vif de ce moment.

« Nous autres, Bene Gesserit, veillons toujours à ce que les enfants que nous éduquons soient des humains et non des animaux. L'aspect extérieur n'est pas forcément révélateur »

« C'est ainsi que vous avez été éduquée », déclara Ghanima, et ce moment du passé afflua dans son esprit. Elle revit cette vieille Bene Gesserit, Gaius Helen Mohiam. Elle était venue au Castel Caladan avec le venin de son gom jabbar et sa boîte de douleur brûlante. Cette boîte dans laquelle Paul (Ghanima en cet instant) avait plongé la main tandis que la vieille femme lui déclarait calmement qu'il mourrait sur le champ si jamais il ne pouvait supporter la douleur de la boîte. Et la mort était cette aiguille qu'elle pointait sur le cou de l'enfant tandis que sa voix ancienne psalmodiait :

« *As-tu déjà entendu parler de ces animaux qui se dévorent une patte pour échapper à un piège ? C'est là une astuce animale. Un humain, lui, demeurera pris au piège. Il supportera la souffrance et feindra d'être mort afin de pouvoir tuer le trappeur et supprimer ainsi la menace qu'il représente pour l'espèce tout entière.* »

Ghanima secoua la tête pour repousser la douleur. Du feu ! Du feu ! Paul s'était imaginé que sa peau était carbonisée dans la boîte, qu'elle se couvrait de cloques, se plissait et s'effritait, laissant apparaître les os qui noircissaient à leur tour. Tout cela avait été un simulacre. Sa main était ressortie intacte. Pourtant, il y avait de la sueur sur le front de Ghanima, maintenant.

« Il est certain, dit Jessica, que je ne puis me souvenir comme toi. »

Un instant encore, entraînée par la mémoire, Ghanima vit sa grand-mère sous un jour différent : une femme qui, très tôt, avait été éduquée dans les écoles Bene Gesserit et qui, devant les nécessités impérieuses du moment pouvait... quoi ? Autant de questions nouvelles qui se posaient à propos de son retour sur Arrakis.

« Il serait ridicule de répéter une telle épreuve sur toi ou ton frère, reprit Jessica. Vous savez l'un et l'autre ce qu'il en fut. Je dois en conclure que vous êtes humains, que vous n'abuserez pas des pouvoirs dont vous avez hérité. »

« Mais vous n'en avez nullement la certitude », dit Ghanima.

Jessica hésita, puis comprit que les barrières s'étaient rétablies d'elles-mêmes. Une fois encore, elle les abattit et demanda : « Crois-tu à mon amour ? »

« Oui. (Ghanima leva la main à la seconde où Jessica allait reprendre la parole.) Mais cet amour ne vous empêchera pas de nous détruire. Oh, je connais le raisonnement : « Mieux vaut que l'animal meure qu'il ne se reproduise. » Et cela est d'autant plus vrai si l'animal-humain porte le nom d'Atréides. »

« Toi, au moins, tu es humaine, protesta Jessica. Je me fie à mon instinct. »

Ghanima lut la vérité dans les paroles de sa grand-mère,

mais elle remarqua : « Pour Leto, vous n'en êtes pas certaine. »

« Non. »

« L'Abomination ? »

Jessica ne put que hocher la tête.

« En tout cas, pas encore, dit Ghanima. Nous connaissons l'un comme l'autre ce danger. Nous pouvons le suivre dans Alia. »

Jessica mit les mains en coupe sur ses yeux. *L'amour même,* pensa-t-elle, *ne saurait nous protéger des faits que nous redoutons.* Et elle sut, en cette seconde, qu'elle aimait encore sa fille, tandis qu'elle maudissait en silence le destin : *Alia ! Oh, Alia ! J'ai tant de peine de prendre part à ta destruction !*

Ghanima émit un toussotement insistant.

Jessica, baissant les mains, songea : *Je puis pleurer ma pauvre fille, mais d'autres obligations attendent.*

« Tu as su reconnaître ce qui se passe en elle », dit-elle enfin.

« Nous l'avons vue naître, avec Leto. Nous étions impuissants, bien que nous ayons envisagé de nombreuses alternatives. »

« Es-tu certaine que ton frère est épargné par cette malédiction ? »

« J'en suis certaine. »

Jessica ne pouvait contrer la tranquille assurance de sa petite-fille. Elle devait l'accepter.

« Comment se fait-il que vous en ayez réchappé ? » demanda-t-elle.

Ghanima entreprit alors de lui exposer la théorie qu'elle avait développée avec Leto, qui reposait sur leur refus de la transe de l'épice qu'Alia provoquait souvent. Puis elle révéla à Jessica les rêves de Leto et les plans qu'ils avaient ébauchés. Elle lui parla même de Jacurutu.

Jessica eut un hochement de tête. « Alia est une Atréides, cependant, et cela pose des problèmes énormes. »

Ghanima demeura silencieuse, comprenant soudain que Jessica pleurait encore son Duc, tout comme s'il eût été assassiné la veille, et qu'elle préserverait son nom et sa mémoire contre toute menace. Des fragments de souvenirs propres au Duc affleurèrent alors à sa conscience, renforçant cette certitude, l'adoucissant par la compréhension vraie.

« Et ce Prêcheur ? demanda brusquement Jessica. J'ai entendu certains rapports inquiétants, hier, après cette maudite Lustration. »

« Il pourrait être... » Ghanima haussa les épaules.

« Paul ? »

« Oui, mais nous n'avons pu le voir afin de vérifier. »

« Cette rumeur fait rire Javid. »

Ghanima hésita, puis demanda : « Avez-vous confiance en ce Javid ? »

Un sourire amer apparut sur les lèvres de Jessica.

« Pas plus que toi. »

« Leto dit que Javid rit des choses qui ne prêtent pas à rire. »

« Laissons là Javid et son rire. Mais admets-tu vraiment cette idée que mon fils puisse être encore vivant, qu'il est revenu sous cette apparence ? »

« Nous pensons que c'est possible. Et Leto... » Ghanima s'interrompit, la bouche sèche, tout à coup, se rappelant l'étau de l'effroi sur sa poitrine. Elle dut lutter pour continuer et raconter à Jessica les révélations des autres rêves prescients de son frère.

Jessica se mit à dodeliner de la tête comme sous l'emprise de la douleur.

« Leto, acheva Ghanima, dit qu'il doit trouver ce Prêcheur afin d'être sûr. »

« Oui... bien entendu. Je n'aurais pas dû partir alors. J'ai été lâche. »

« Pourquoi vous accuser ? Vous aviez atteint une limite. Je le sais. Leto aussi. Et même Alia, peut-être. »

Jessica porta la main à sa gorge qu'elle massa brièvement.

« Oui, le problème d'Alia. »

« Elle exerce une étrange attraction sur Leto, dit Ghanima. C'est pour cela que j'ai facilité cette entrevue avec vous. Il reconnaît qu'il n'y a plus d'espoir, pourtant il s'arrange pour se trouver souvent en sa présence et... l'étudier. C'est... très troublant. Lorsque j'essaie de lui en faire le reproche, il s'endort. Il... »

« Est-ce qu'elle le drogue ? »

« Nooon... (Ghanima secoua la tête.) Mais il éprouve une étrange compréhension à son endroit. Et, dans son sommeil, souvent, il murmure *Jacurutu*. »

« Encore ! »

Et Jessica rapporta ce que Gurney avait appris des conspirateurs interrogés au port.

« Parfois, dit Ghanima, je crains qu'Alia ne veuille inciter Leto à partir en quête de Jacurutu. J'ai toujours considéré qu'il s'agissait d'une légende. Vous la connaissez, bien sûr. »

Jessica eut un frisson.

« Une horrible histoire. Horrible. »

« Que devons-nous faire ? J'ai peur de chercher dans toutes ces vies, tous ces souvenirs... »

« Ghani ! Je te le défends. Tu ne dois pas risquer... »

« Cela peut se produire même si je n'en cours pas le risque.

Comment savons-nous ce qui, réellement, éviterait cette... cette *possession.* » (Ghanima cracha le mot.)

« Eh bien... C'est de Jacurutu qu'il s'agit, non ? J'ai demandé à Gurney de retrouver cet endroit — s'il existe. »

« Mais comment peut-il ? Oh, oui, bien sûr : les contrebandiers. »

Jessica resta sans voix devant ce nouvel exemple de l'accord permanent de l'esprit de Ghanima avec tous ceux qu'elle portait en elle. Avec celui de Jessica ! C'était une chose si étrange, songea-t-elle, que cette chair si jeune pût porter en elle tous les souvenirs de Paul au moins jusqu'à l'instant où le sperme de Paul s'était séparé de son passé. C'était une intrusion dans la vie intime de l'être qui suscitait une réaction de révolte primitive chez Jessica. Pendant un instant, elle se répéta le jugement absolu et inflexible du Bene Gesserit : *Abomination!* Mais elle ne pouvait nier ce qu'il y avait de bon dans cette enfant, sa volonté de se sacrifier pour son frère.

*Nous ne sommes qu'une vie, projetée vers le futur obscur,* songea-t-elle. *Nous sommes un seul sang.*

Plus que jamais, elle était prête à assumer les événements qu'elle avait mis en branle avec Gurney Halleck. Il fallait séparer Leto de sa sœur, l'éduquer ainsi que le prescrivaient les Sœurs.

**J'entends le vent souffler sur le désert et je vois les lunes de la nuit d'hiver cingler dans le vide comme de grands vaisseaux. A elles, je fais serment : je serai déterminé et je ferai un art du gouvernement ; j'équilibrerai l'héritage du passé et je serai le magasin idéal des souvenirs préservés. Je serai connu pour ma bonté plutôt que pour mon savoir. Mon visage illuminera les couloirs du temps aussi longtemps qu'existeront les humains.**

— Le Serment de Leto,
*d'après Harq al-Ada.*

ALIA ATRÉIDES N'ÉTAIT ENCORE QU'UNE très jeune enfant quand elle s'était mise pour la première fois en transe *prana-bindu* durant quatre heures, afin d'essayer de consolider sa personnalité propre contre l'assaut de *toutes ces autres.* Elle connaissait le problème. On ne pouvait échapper au Mélange dans un sietch. Il se trouvait partout : dans les aliments, dans l'eau, dans l'air qu'elle respirait et même dans les draps entre lesquels elle pleurait la nuit. Très tôt, elle avait été familiarisée avec la coutume de l'orgie du sietch au cours de laquelle la tribu buvait l'eau-de-mort du ver.

Durant l'orgie, les Fremen libéraient les pressions accumulées de leurs mémoires génétiques tout en les reniant. Ainsi, Alia avait vu ses compagnons possédés pour un moment.

Pour elle, elle ne pouvait rien libérer, rien renier. Elle avait acquis pleine conscience bien avant de naître. Et, avec la conscience, la connaissance cataclysmique des circonstances : prisonnière dans la matrice du contact inévitable des personas de tous ses ancêtres et de ces entités que le *tau* d'épice avait transmises par-delà la mort jusqu'en Dame Jessica. Avant sa naissance, Alia détenait la moindre parcelle de la connaissance requise chez une Révérende Mère du Bene Gesserit, plus, bien plus au travers de *tous ces autres.*

Sachant cela, elle admettait une terrible réalité. l'Abomination. La totalité de cette connaissance l'affaiblissait. Les pré-nés ne pouvaient échapper. Pourtant, elle avait lutté contre les plus redoutables de ses ancêtres, remportant pour un temps une victoire à la Pyrrhus qui avait tenu durant l'enfance. Elle avait développé une personnalité propre qui n'était nullement immunisée contre les intrusions violentes de tous ceux qui vivaient le reflet de leurs vies à travers la sienne.

*Ainsi serai-je un jour,* songeait-elle. Et cette pensée était glaçante. S'infiltrer, se dissimuler dans la vie d'un enfant qu'elle aurait conçu, s'immiscer dans sa conscience, s'y agripper pour lui ajouter sa part d'expérience.

La peur avait dominé son enfance, puis sa puberté. Elle l'avait combattue seule, sans jamais demander d'aide. Qui aurait pu comprendre ce dont elle avait besoin ? Certainement pas sa mère, qui jamais ne s'écarterait du spectre inébranlable du jugement Bene Gesserit : le pré-né est l'Abomination.

Il y avait eu cette nuit où son frère s'était rendu seul au désert pour y chercher la mort, s'offrant à Shai-Hulud ainsi que devaient le faire les Fremen aveugles. Dans le même mois, Alia avait épousé le maître d'armes de Paul, Duncan Idaho, le mentat ressuscité d'entre les morts par les arts Tleilaxu. Alors, sa mère avait regagné Caladan et elle avait eu légalement la charge des enfants jumeaux de Paul.

Et la Régence.

Les pressions de sa charge avaient eu raison des peurs anciennes et elle s'était ouverte totalement aux vies qui étaient en elle, à leurs conseils, elle s'était plongée dans la transe d'épice en quête de visions qui sauraient la guider.

La crise survint par un jour comme tant d'autres, durant le printemps du mois de Laab. La matinée était claire, un vent froid venu du pôle soufflait sur le Donjon de Paul. Alia était encore vêtue de jaune, la couleur de deuil du soleil stérile. De plus en plus fréquemment, ces dernières semaines, elle s'était fermée à la voix intérieure de sa mère qui dénigrait les préparatifs des Journées Saintes dont le Temple serait le centre.

La conscience intérieure de Jessica s'était estompée, jusqu'à disparaître sur une dernière requête impersonnelle : Alia ferait mieux de travailler sur la Loi Atréides. De nouvelles vies exigèrent alors leur moment de conscience et Alia comprit qu'elle avait ouvert un puits sans fond. Des visages se rassemblaient comme une nuée de sauterelles. L'un d'eux s'imposa, devint plus net. Presque une bête : le vieux Baron Harkonnen. Bouleversée, elle s'était mise à hurler sous cet affreux assaut et, pour un temps, le silence s'était rétabli.

Ce matin-là, comme à l'accoutumée, Alia fit quelques pas dans le jardin-terrasse avant de prendre son petit déjeuner. Encore une fois, elle tenta de triompher dans cette bataille intérieure en maintenant la totalité de sa conscience dans l'admonition de Choda aux Zensunni :

« *Qui abandonne l'échelle peut tomber vers le haut !* »

Mais elle était distraite par l'éclat du jour sur les falaises du Mur du Bouclier. Des tapis élastiques d'herbe grasse s'étaient développés dans les sentiers du jardin. Ils étaient couverts de l'humidité prise à la nuit, des millions de gouttes de la rosée. Une multitude de reflets sur le passage d'Alia.

Cette multitude l'étourdit. Chacun de ses reflets portait l'empreinte d'un visage de la multitude intérieure.

Elle s'efforça de concentrer ses pensées sur ce que l'herbe impliquait. Le foisonnement de la rosée lui apprenait à quel point la transformation écologique d'Arrakis était avancée. Le climat, sous ces latitudes nordiques, se réchauffait. Le gaz carbonique, dans l'air, était en augmentation. Elle se souvint d'un nombre impressionnant d'hectares qui seraient ensemencés l'an prochain — et il fallait mille mètres cubes d'eau pour irriguer un hectare...

En dépit de tous ses efforts pour ramener ses pensées vers les choses du réel, elle ne pouvait échapper à tous ces autres qui tournaient en elle comme autant de squales. Elle porta la main à ses tempes en fermant les yeux.

La veille, les gardiens du temple lui avaient amené un prisonnier à juger, à l'heure du crépuscule, un certain Essas Paymon, un petit homme au teint sombre qui prétendait travailler pour une maison mineure, les Nebiros, spécialisée en objets religieux et articles de décoration. En fait, Paymon était connu comme espion de la CHOM. Sa mission était d'évaluer la récolte annuelle d'épice. Alia était sur le point de l'envoyer aux oubliettes lorsqu'il avait protesté bruyamment contre « l'injustice des Atréides ». Ces simples mots étaient suffisants pour qu'il meure sous le tripode de pendaison, mais son audace avait intrigué Alia. Depuis le Trône du Jugement, elle s'était adressée à lui avec une sévérité particulière, espérant l'effrayer afin qu'il lui révèle plus que ce qu'il avait dit aux inquisiteurs.

« Pourquoi nos récoltes d'épice sont-elles si intéressantes aux yeux du Combinat des Honnêtes Marchands ? Si tu nous le dis, tu seras peut-être gracié. »

« Je ne fais que ramasser ce que demande le marché. J'ignore ce que l'on peut faire de ma moisson. »

« Et c'est pour ce profit mesquin que tu entraves nos plans royaux ? »

« La royauté n'a jamais estimé que nous pouvions avoir nos propres plans », riposta Paymon.

Fascinée par son arrogance désespérée, Alia lui demanda : « Essas Paymon, travaillerais-tu pour moi ? »

Il eut un sourire grimaçant.

« Vous étiez sur le point de m'oblitérer sans remords. Aurais-je donc une valeur nouvelle pour que vous me proposiez ce marché ? »

« Une valeur simple et pratique. Tu as de l'audace et tu veux servir le plus offrant. Je puis offrir plus que quiconque dans tout l'Empire. »

Il lança alors une somme considérable pour ses services, mais Alia lui répondit par un rire et fit une contre-proposition qu'elle jugeait plus raisonnable et qui dépassait certainement de loin ce qu'avait jamais pu gagner Essas Paymon. Elle ajouta : « Et, bien sûr, j'ajoute en prime ta vie qui, je le présume, est pour toi d'une inestimable valeur. »

« Marché conclu ! » lança Paymon. Sur un geste d'Alia, il se retira, précédé du Maître des Audiences, Ziarenko Javid.

Moins d'une heure plus tard, comme Alia s'apprêtait à quitter la Salle des Jugements, Javid surgit et lui rapporta que l'on avait entendu Paymon marmonner les paroles fatidiques de la Bible Catholique Orange : « *Maleficos non patietis vivere.* »

« Point ne souffriras que vive une sorcière », traduisit Alia. C'était donc ainsi qu'il montrait sa gratitude ! Il était de ceux qui complotaient contre sa vie ! Dans un instant de rage tel qu'elle n'en avait jamais connu, elle ordonna l'exécution immédiate de Paymon et fit envoyer son corps au Temple : son eau, à tout le moins, serait de quelque valeur dans les coffres du clergé.

Cette nuit-là, elle fut hantée par le visage de Paymon.

Elle essaya tous les stratagèmes pour chasser son image obsédante, récitant le Bu Ji du Livre de Kreos des Fremen : « Il n'arrive rien ! Il n'arrive rien ! » Mais Paymon ne la quitta pas tout au long de cette nuit harassante, jusqu'à ce matin étincelant, où son visage avait rejoint tous les autres, dans les reflets de la rosée.

Une femme de la garde apparut derrière une haie de mimosa et lui annonça que le petit déjeuner était servi. Alia soupira. Elle n'avait guère le choix entre deux enfers : le tumulte dans son esprit ou le tumulte autour d'elle. Toutes ces voix étaient les mêmes, absurdes mais tellement insistantes dans leurs exigences, bruits de sablier qu'elle eût aimé éteindre sur le fil de son couteau.

Indifférente à la femme, Alia porta son regard vers le Mur du Bouclier. Sur le territoire préservé de son domaine, un *bahada* avait laissé une vaste moraine, un immense éventail de détritus, un delta de sable et de rochers que la lumière du matin soulignait. Pour un regard profane, songea Alia, cela pouvait être le lit desséché d'un grand fleuve, alors qu'en réalité c'était en ce lieu précis que son frère avait percé le Mur avec les atomiques des Atréides, ouvrant ainsi un passage aux vers géants montés par ses Fremen, une voie vers la victoire sur son prédécesseur, l'Empereur Shaddam IV. A présent, de l'autre côté du Mur du Bouclier, un large qanat empli d'eau constituait l'unique rempart contre les incursions des vers. Ils ne franchiraient pas l'eau : elle les empoisonnait.

*Est-ce donc une barrière de ce genre qui s'est érigée dans mon esprit ?* se demanda Alia.

Et cette seule pensée accrut son malaise, cette sensation inquiétante d'être séparée de la réalité.

*Les vers des sables ! Les vers des sables !*

Une collection d'images apparut dans son souvenir : le puissant Shai-Hulud, démiurge des Fremen, animal-fléau des profondeurs désertiques et source de l'inestimable richesse de l'épice. Il était si difficile, songea Alia, de se représenter l'évolution du redoutable ver à partir de cette chose timide, plate et tannée qu'étaient les truites des sables. Elles ressemblaient à la multitude bêlant dans sa conscience. Les truites, lorsqu'elles s'assemblaient, serrées les unes contre les autres, s'appuyant sur la plate-forme rocheuse d'Arrakis, formaient des citernes vivantes ; elles retenaient l'eau de sorte que leur vecteur, le ver des sables, puisse vivre. L'analogie était évidente : certains de *ces autres* qui hantaient son esprit recélaient des forces redoutables qui pouvaient la détruire.

La femme de sa garde appelait à nouveau et, cette fois, il y avait une note d'impatience dans sa voix.

Alia se retourna, irritée, et lui fit signe de se retirer.

La femme disparut, claquant rageusement la porte de la terrasse derrière elle.

Ce fut comme un signal : toutes ces vies qu'Alia avait réussi à repousser jusqu'alors déferlèrent en un atroce mascaret. Chacune portait un visage qui s'imposait au centre même de sa vision. Et tous ces visages formaient un nuage, et ils étaient tous différents. Certains avaient la peau calleuse, d'autres étaient vérolés, ou encore envahis d'ombres fuligineuses. Leurs bouches étaient comme autant de losanges visqueux. Leur multitude formait un courant puissant, une irrésistible marée de vies dans laquelle elle devait plonger, se laisser flotter.

« Non, murmura-t-elle. Non... non... non... »

Elle défaillit, sur le point de tomber. Ses ultimes forces lui permirent de gagner un banc proche. Elle essaya de s'asseoir, mais le poids de son corps l'entraîna. Elle demeura étendue sur le plastacier froid, protestant faiblement.

La marée continuait de monter en elle.

Son esprit était accordé sur le signal le plus ténu, elle était avertie du danger mais attentive à chaque clameur. Toutes ces voix exigeaient son attention totale en une cacophonie de : « Moi ! Moi ! Moi ! » Mais elle savait que si jamais elle venait à leur obéir, à écouter l'une de ces suppliques, elle serait perdue. En choisissant un visage parmi cette multitude, en acceptant les mots que criait sa bouche, elle deviendrait prisonnière de cet égocentrisme qui, avec elle, vivait son existence.

« C'est la prescience qui te vaut cela », murmura une voix.

Elle porta les mains à ses oreilles. *Je ne suis pas presciente ! La transe ne m'apporte rien !*

La voix insista :

« *Mais cela réussirait, si l'on t'aidait.* »

« Non ! Non ! » gémit-elle.

D'autres voix s'insinuaient dans son esprit.

« Moi, Agamemnon, ton ancêtre, j'exige audience ! »

« Non, non... »

Ses mains pressaient ses tempes. La douleur fusa dans sa chair.

Une voix coassante de dément s'éleva : « Qu'est devenu Ovide ? Evident. C'est John Bartlett ibid ! »

Les noms n'avaient pas de sens dans l'état où elle se trouvait. Elle voulait hurler pour les repousser, pour faire taire toutes les autres voix, mais elle ne savait plus où était sa propre voix.

Sur l'ordre des maîtres-serviteurs, la femme de la garde était revenue sur la terrasse. Depuis la haie de mimosas, elle aperçut

Alia étendue sur le banc et dit à une compagne : « Ahh, elle se repose. As-tu remarqué qu'elle n'avait pas dormi cette nuit ? Le *zaha* du matin lui fera du bien. »

Alia ne pouvait l'entendre. Des voix aiguës piaillaient en elle : « Nous sommes de vieux oiseaux moqueurs ! Hurrah ! » Les échos se heurtèrent dans sa tête et elle songea : *Je perds l'esprit ! Je vais devenir folle !*

Ses pieds esquissèrent quelques faibles mouvements. Si seulement, elle parvenait à retrouver l'usage de son corps, elle pourrait fuir. Il le fallait, sinon cette marée qui montait en elle l'emporterait dans le silence, contaminant son âme à tout jamais. Mais ses membres refusaient de lui obéir. Les forces colossales de l'univers impérial pouvaient se plier au moindre de ses caprices, mais son propre corps était sourd à ses ordres.

Elle perçut un rire profond, puis une voix de basse grondante : « D'un certain point de vue, mon enfant, chaque incident de la création représente une catastrophe. » A nouveau, ce rire qui semblait se moquer par avance du ton solennel de la voix. « Ma chère enfant, je t'aiderai, mais tu dois m'aider en retour. »

Claquant des dents, faiblement, par-dessus la clameur qui s'enflait, Alia voulut demander : « Qui... qui... »

Un visage se dessina à la surface de sa conscience. Un visage souriant et tellement adipeux qu'il aurait pu être celui d'un bébé, n'eût été la vivacité du regard. Alia tenta de le rejeter, mais elle ne réussit qu'à découvrir le corps auquel appartenait ce visage porcin, un corps énorme, bouffi, enveloppé dans une robe qui révélait, par quelques subtils renflements, que cet amas de graisse avait exigé le soutien de suspendeurs gravifiques.

« Tu vois, reprit la voix de basse, je suis ton grand-père maternel. Tu me connais. J'étais le Baron Vladimir Harkonnen. »

« Vous êtes... vous êtes mort ! »

« Mais bien sûr, ma chère ! La *plupart* de ceux qui sont là en toi sont morts. Mais aucun ne désire vraiment t'aider. Ils ne te comprennent pas. »

« Allez-vous-en ! supplia-t-elle. Je vous en prie !... »

« Mais tu as besoin d'aide, ma petite-fille ! » protesta le Baron.

*Il semble si exceptionnel,* pensa-t-elle, contemplant l'image du Baron derrière ses paupières closes.

« Moi, je veux t'aider, reprit-il. Ceux qui sont ici ne se battent que pour s'emparer de ta conscience. Chacun d'eux essaiera de te dominer totalement. Mais moi... je ne te demande qu'un petit coin. »

Une fois encore, la clameur des voix s'enfla. Une fois encore, la marée menaça de submerger Alia et elle entendit l'appel strident de sa mère. *Elle n'est pas morte,* se dit-elle.

« Silence ! » fit le Baron.

La volonté d'Alia vint renforcer cet ordre, se diffusant à toute sa conscience. Le silence revint alors comme une vague d'eau fraîche. Les martèlements de son cœur, peu à peu, retrouvèrent un rythme normal, redevinrent des battements.

Doucement, la voix du Baron demanda : « Tu vois ? Ensemble, nous sommes invincibles. Tu m'aideras et je t'aiderai. »

« Que... que voulez-vous ? »

Une expression songeuse apparut sur la face énorme du Baron.

« Ahh... ma petite-fille chérie... Je ne souhaite que quelques plaisirs très simples. Je veux seulement être en contact avec tes sens, parfois, pour un bref instant. Nul n'aura jamais à le savoir. Tu me donneras un tout petit peu de ta vie. Par exemple, lorsque tu seras entre les bras de ton amant. N'est-ce pas là un prix bien modeste ? »

« Ou-oui », admit-elle.

« Bien, bien ! glousssa le Baron. En échange, petite-fille chérie, je puis te rendre service de bien des façons. Je peux t'offrir mes conseils, t'apporter l'aide de mon expérience. Tu seras invincible, tant extérieurement qu'intérieurement. Tu balaieras toute opposition. L'Histoire oubliera ton frère pour n'adorer que ton nom. L'avenir t'appartiendra. »

« Vous... empêcherez... les autres... de me dominer ? »

« Ils ne peuvent pas nous résister ! Isolés, nous risquons de perdre, mais ensemble, nous tenons le pouvoir. Je puis te le prouver. Ecoute. »

Et le Baron se tut. Il effaça son image, retira sa présence. Et nulle mémoire, nul visage, nulle voix étrangère ne se manifesta.

Alia eut un soupir tremblant.

Et ce soupir seul ouvrit la voie à une pensée qui pénétra sa conscience comme si elle en était une émanation. Derrière, pourtant, elle devina des voix qui se taisaient.

*Le vieux Baron était mauvais. Il a tué ton père. Il a voulu vous tuer, toi et Paul. Il a essayé et a échoué.*

La voix du Baron se fit entendre sans que son visage apparût : « Bien sûr que je t'aurais tuée. N'étais-tu pas un obstacle sur mon chemin ? Mais il n'y a plus de conflit. C'est toi qui as gagné, mon enfant. Tu es la vérité nouvelle. »

Elle acquiesça. Sa joue effleura la surface rude du banc. Les paroles du Baron étaient sensées. Un précepte Bene Gesserit venait à l'appui de ses arguments : *« Le but d'un conflit est de changer la nature de la vérité. »*

*Oui,* songea-t-elle, *c'était ainsi que les Sœurs verraient cela.*

« Exactement ! exulta le Baron. Et je suis mort tandis que tu es vivante. Je n'ai qu'une très fragile existence. Je ne suis qu'un support-mémoire réfugié en toi. Tu m'as en ton pouvoir, entièrement. Et je te demande si peu contre la valeur des avis que je puis te donner. »

« Que me conseillez-vous donc de faire, maintenant ? » demanda-t-elle.

« Tu t'inquiètes à propos du jugement que tu as rendu la nuit dernière. Tu te demandes si les propos de Paymon t'ont été rapportés sincèrement. Peut-être Javid a-t-il vu en Paymon une menace dirigée contre sa position ?... N'est-ce pas là le doute qui t'est venu ? »

« Ou-oui... »

« Et ce doute se fonde sur une observation minutieuse, n'est-ce pas ? Javid fait montre d'une attitude de plus en plus intime envers ta personne. Duncan lui-même n'a pas été sans remarquer cela, non ? »

« Vous le savez. »

« Très bien. En ce cas, fais de Javid ton amant et... »

« Non ! »

« Tu te soucies de Duncan ? Mais ton époux est un mystique-mentat. Les actes de la chair ne peuvent le toucher ni le blesser. N'as-tu jamais senti à quel point il est distant de toi ? »

« M-mais il est... »

« La part mentat de Duncan comprendrait cela, dût-il même connaître un jour le procédé que tu auras employé pour détruire Javid... »

« Le détruire... »

« Certainement ! On peut utiliser des outils dangereux, mais il faut les rejeter dès qu'ils deviennent trop dangereux. »

« Mais alors... Pourquoi devrais-je... Je veux dire... »

« Ahh... Charmante ignorante ! A cause de la valeur contenue dans la leçon. »

« Je ne comprends pas. »

« Les valeurs, ma chère petite-fille, ne sont acceptées qu'à raison de leur succès. L'obéissance de Javid doit être inconditionnelle, son acceptation de ton autorité absolue, et son... »

« La morale de cette *leçon* échappe à ma... »

« Ne sois pas stupide, petite-fille ! La morale doit toujours être fondée sur l'efficacité pratique. Rends à César et toutes ces absurdités... Une victoire est sans objet si elle ne reflète pas tes désirs les plus profonds. N'est-il pas vrai que tu as éprouvé de l'admiration pour la virilité de Javid ? »

Alia hésita. Cet aveu lui était haïssable, mais elle y était contrainte, nue devant le voyeur qui était en elle.

« Oui. »

« Bien ! » Et ce simple mot éclatait de jovialité dans son esprit. « Maintenant, nous commençons à nous comprendre. Lorsqu'il sera à ta merci, dans ton lit, quand il sera convaincu que tu es *son bien,* pose-lui la question à propos de Paymon. Fais-le en plaisantant, comme si tu désirais en rire avec lui. Et quand il aura admis sa traîtrise, tu lui planteras un krys entre les côtes. Ahh... un flot de sang apporterait tant à ta satis... »

« Non ! souffla Alia, l'horreur desséchant tout à coup sa bouche. Non !... Non !... »

« Alors, je le ferai pour toi, s'il le faut. Tu l'admets. Si tu rassembles ces conditions, je suis prêt à assumer temporairement ton rôle... »

« Non ! »

« Ta peur est tellement transparente, ma chère petite-fille. Ma domination de tes sens ne saurait être que temporaire. Il en est d'autres, par ailleurs, qui pourraient prendre ta place avec une perfection telle que... Mais tu sais cela. Avec moi... Bah... Les gens décèleraient aussitôt ma présence. Tu connais la loi des Fremen en ce qui concerne les possédés. Ils te supprimeraient sur l'heure. Oui, même toi. Et tu sais bien que je ne souhaite nullement cela. Je supprimerai Javid pour toi et, quand ce sera fait, je me retirerai. Tu n'auras qu'à... »

« Est-ce de bon conseil ? »

« Tu te débarrasseras d'un outil dangereux. Et, mon enfant, tu scelleras en même temps nos relations de travail, des relations qui ne peuvent que t'enseigner de bonnes leçons en vue des jugements futurs que tu serais conduite à... »

« M'enseigner des leçons ? »

« Naturellement ! »

Alia plaça les mains sur ses paupières, essayant désespérément de réfléchir, sachant que la moindre de ses pensées pouvait être lue par celui qui était en elle, que d'autres pensées pouvaient émaner de cet esprit étranger, qu'elle risquait de les accepter comme siennes.

« Tu te tourmentes sans raison, ronronna le Baron. Ce Paymon, d'ailleurs, était... »

« Je me suis trompée ! J'étais lasse et j'ai agi trop vite. J'aurais dû chercher à appuyer... »

« Tu as agi sagement. Tes jugements ne peuvent être fondés sur des abstractions aussi stupides que cette notion d'égalité chère aux Atréides. C'est cela qui t'a ôté le sommeil, et non la mort de Paymon. Ta décision était bonne. Paymon n'était qu'un outil dangereux. Tu as voulu maintenir l'ordre dans ta société. Voilà une bonne justification pour un jugement, qui n'a rien à voir avec cette absurde histoire de *justice !* La justice dans l'égalité n'existe nulle part. Tenter de parvenir à ce faux équilibre, c'est menacer une société ! »

Alia ressentit du plaisir à ce plaidoyer pour la sentence qu'elle avait rendue contre Paymon, mais le concept amoral que recouvrait l'argument du Baron la choquait.

« La justice dans l'égalité était pour les Atréides... commença-t-elle. Etait...

Elle baissa les mains, mais ses paupières demeuraient closes.

« Tous les juges de ton clergé devraient être mis en garde contre cette erreur, dit le Baron. Les décisions doivent être pesées selon le pouvoir qu'elles ont de maintenir une société ordonnée. Bien des civilisations du passé ont sombré sur les écueils de la justice et de l'égalité. Une telle sottise détruit les hiérarchies naturelles qui sont plus importantes. Un individu n'a de sens que par les relations qu'il entretient avec l'ensemble de la société. Si cette société n'est pas logiquement organisée en strates, nul ne pourra y trouver sa place, de la plus élevée à la plus humble. Allons, allons, petite-fille ! Tu dois être la figure de proue de ton peuple. Ton devoir est de maintenir l'ordre ! »

« Tout ce que Paul a fait était... »

« Ton frère est mort ! Il a échoué ! »

« Tout comme vous ! »

« C'est vrai... Mais, dans mon cas, ce fut un accident échappant à mes desseins. Allons, il faut nous occuper de ce Javid ainsi que je te l'ai dit. »

Cette pensée fit refluer un peu de chaleur dans le corps d'Alia.

« Je dois réfléchir, dit-elle rapidement. Et elle songea : *Pour cela, il suffit de remettre Javid à sa place. Inutile de le tuer. Et cet idiot pourrait aussi bien se trahir... dans mon lit...*

« A qui parlez-vous, Ma Dame ? »

Un instant troublée, Alia crut à une nouvelle intrusion d'une des voix de la multitude intérieure. Mais celle-ci lui était familière. Elle ouvrit les yeux. Ziarenka Valefor, chef des Amazones de sa garde, se tenait auprès du banc, une expression inquiète sur le visage.

« Je parlais à mes voix intérieures », dit Alia en se redressant.

Elle se sentait mieux, soudain, soulagée par le silence désormais revenu en elle.

« Vos voix intérieures, Ma Dame », répéta Ziarenka. Il y eut une lueur dans ses yeux bleus de Fremen. Chacun savait qu'Alia la Sainte disposait de ressources inaccessibles à tout autre.

« Conduis Javid dans mes appartements, dit Alia. Je dois discuter avec lui d'un problème sérieux. »

« Dans vos appartements, Ma Dame ? »

« Oui, dans ma chambre. »

« Il en sera fait selon vos ordres, Ma Dame. »

Ziarenka s'apprêta à se retirer.

« Un instant, ajouta Alia. Maître Idaho est-il parti déjà pour le Sietch Tabr ? »

« Oui, Ma Dame. Il a pris le départ avant l'aube selon vos instructions. Désirez-vous que l'on envoie... »

« Non, je me chargerai de cela moi-même. Et... Zia... Personne ne doit savoir que j'ai convoqué Javid. Charge-toi de cela. C'est une affaire importante. »

Ziarenka porta la main au krys suspendu à sa poitrine.

« Ma Dame, y a-t-il une menace contre... »

« Oui, il y a une menace, et il se pourrait que Javid en soit la source. »

« Ma Dame, peut-être ne devrais-je pas... »

« Zia ! Me crois-tu incapable de me charger de lui ? »

Un sourire féroce se dessina sur les lèvres de Ziarenka.

« Pardonnez-moi, Ma Dame : je le conduis immédiatement à vos appartements mais... avec la permission de Ma Dame, je monterai la garde devant sa porte. »

« Toi seule, alors », dit Alia.

« Oui, Ma Dame. J'y vais de ce pas. »

Tandis que Ziarenka s'éloignait, Alia hochait la tête. Ainsi, ses gardes n'aimaient pas Javid. Un autre mauvais point à son encontre. Mais il gardait encore une certaine valeur, et même une grande valeur. Il était la clé de Jacurutu. Et, avec Jacurutu...

« Peut-être avez-vous raison, Baron », murmura Alia.

« Tu vois bien ! exulta la voix au centre de son esprit. Ahh ! J'aurai plaisir à te rendre ce service, mon enfant, et ce n'est qu'un début... »

**Voici les illusions d'histoire populaire qu'une religion prospère doit promouvoir : les hommes mauvais jamais ne réussissent ; seuls les braves méritent le bien ; l'honnêteté est la meilleure des conduites ; les actes vont plus loin que les mots ; la vertu triomphe toujours ; un bienfait est sa propre récompense ; tout être humain mauvais peut être ramené vers le bien ; les talismans religieux protègent de la possession par le démon ; seules les femelles entendent les mystères anciens ; les riches sont voués au malheur...**

— *Extrait du* Manuel d'instruction *de la Missionaria Protectiva.*

« ON M'APPELLE MURIZ », DIT LE Fremen au visage tanné.

Il était assis à même le sol de la caverne, dans la clarté de la lampe à épice qui révélait les parois humides et les trous noirs des passages qui conduisaient à l'extérieur. Des gouttes d'eau tombaient régulièrement, là-bas, dans l'un de ces passages. Le bruit de l'eau était l'essence du paradis Fremen mais, en ce moment, il n'apportait aucun réconfort aux six hommes ligotés qui faisaient face à Muriz.

L'odeur de moisi d'un distille de mort flottait dans la salle.

Un jeune homme qui ne devait pas avoir plus de quatorze ans surgit d'un passage et s'arrêta à la gauche de Muriz. Il brandit un krys dont la lame accrocha la pâle lueur jaune de la lampe. Il pointa son arme tour à tour sur chacun des prisonniers.

Muriz le désigna. « Voici mon fils, Assan Tariq, qui va subir son épreuve d'adulte. »

Muriz eut un râclement de gorge. Il dévisagea chacun des captifs qui formaient un demi-cercle devant lui. Ils avaient les mains liées dans le dos et les jambes maintenues croisées par des cordes en fibre d'épice. Une dernière boucle leur enserrait la gorge. Leurs distilles avaient été découpés à hauteur du cou.

Ils soutenaient le regard de Muriz. Deux d'entre eux portaient les effets vagues qui étaient la marque des riches citadins d'Arrakis. Ils avaient la peau plus douce, plus claire que leurs compagnons dont les traits acérés et le teint sombre révélaient qu'ils étaient natifs du désert.

Muriz leur ressemblait, mais ses yeux, profondément enfoncés dans leurs orbites, étaient comme deux puits d'ombre que ne pouvait atteindre la lumière jaune de la lampe à épice. Son fils semblait une copie ébauchée de Muriz. Ses traits, encore plats, ne dissimulaient pas, cependant, la violence qui bouillait en lui.

« Les Réprouvés ont une épreuve spéciale pour tester l'adulte, dit Muriz. Un jour, mon fils sera un juge en Shuloch. Il nous faut savoir s'il agira alors comme il le doit. Nos juges ne peuvent oublier Jacurutu et notre jour de désespoir. Kralizec, le Combat Typhon, vit en nos cœurs. »

Tout cela avait été dit avec la monotonie de paroles rituelles.

L'un des citadins à la peau claire protesta : « Vous agissez mal en nous menaçant et en nous retenant prisonniers. Nous sommes venus en paix selon l'*umma.* »

Muriz hocha la tête.

« Vous êtes venus en quête d'un éveil religieux personnel. Bien. Vous allez connaître cet éveil. »

« Si nous... »

Son voisin, un Fremen du désert, lui lança : « Silence, imbécile ! Ce sont des voleurs d'eau ! Ce sont ceux que nous croyions avoir exterminés. »

« Oh... cette vieille histoire », dit le citadin.

« Jacurutu est plus qu'une histoire, dit Muriz. (Une fois encore, il montra son fils.) Je vous ai présenté Assan Tariq. En ce lieu, je suis *arifa,* votre seul juge. Mon fils, lui aussi, sera éduqué afin de reconnaître les démons. Les anciens usages sont les meilleurs. »

« C'est pour cela que nous sommes venus dans le désert profond ! protesta l'homme à la peau claire. Nous avons choisi les anciens usages. Nous nous sommes rendus dans le... »

« Avec des guides rémunérés, l'interrompit Muriz en montrant les Fremen du désert. Vous vouliez donc acheter votre passage au paradis ? (Il se tourna vers son fils.) Assan, es-tu prêt ? »

« J'ai longtemps réfléchi à cette nuit où des hommes sont venus pour tuer notre peuple, dit Assan, et il y avait dans sa voix la tension de l'inquiétude. Ils nous doivent de l'eau. »

« Ton père te donne dix d'entre eux, répondit Muriz. Leur eau est nôtre. Leurs ombres sont tiennes, elles te garderont à jamais. Elles te protégeront des démons. Elles seront tes esclaves quand tu entreprendras la traversée vers l'*alam al-mythal.* Que dis-tu, mon fils ? »

« Je remercie mon père. »

Assan s'avança.

« J'accepte d'être un homme parmi les Réprouvés. Cette eau est notre eau. »

Le jeune Fremen se tut et s'approcha des prisonniers. Commençant par l'homme de gauche, il le saisit par les cheveux et enfonça rapidement son krys sous le menton, droit vers le cerveau. Ce fut un coup habile qui ne répandit qu'un minimum de sang. Seul l'un des citadins à peau claire se mit à crier lorsque le garçon l'empoigna. Les autres crachèrent sur Assan Tariq selon l'usage ancien qui signifiait : « *Vois le peu de valeur que je fais de mon eau quand ce sont des animaux qui la prennent !* »

Lorsque ce fut fait, Muriz frappa dans ses mains. Des serviteurs surgirent et emportèrent les corps vers le distille qui recueillerait leur eau.

Muriz se leva, regarda son fils qui respirait profondément, suivant des yeux les serviteurs qui s'éloignaient. Il lui dit : « A présent, tu es un homme. L'eau de nos ennemis abreuvera les esclaves. Et, mon fils... »

Assan Tariq eut un regard acéré à l'adresse de son père. Un mince sourire effleura ses lèvres d'adolescent.

« Le Prêcheur ne doit rien savoir de cela », acheva Muriz.

« Je comprends, père. »

« Tu as bien agi. Ceux qui trébuchent sur Shuloch ne doivent pas survivre. »

« Il en est ainsi que vous dites, père. »

« Tu as des devoirs importants. Je suis fier de toi. »

**Un humain sophistiqué peut devenir primitif. Cela signifie en réalité que l'existence humaine change. Les anciennes valeurs changent, sont reliées au paysage avec ses plantes et ses animaux. Cette forme de vie nouvelle exige une connaissance pratique de ce réseau complexe d'événements simultanés que l'on désigne sous le nom de** nature. **Elle exige une dose de respect pour la puissance d'inertie de tels systèmes** naturels. **Lorsqu'un humain acquiert cette connaissance pratique et ce respect, c'est alors qu'on le dit « primitif ». Le contraire, bien sûr, est également vrai : le primitif peut devenir sophistiqué, mais non sans subir d'effroyables dommages psychiques.**

— Le Commentaire de Leto,
*d'après Harq al-Ada.*

« Comment pouvons-nous être certains ? demanda Ghanima. Ceci est très dangereux. »

« Nous l'avons essayé auparavant », remarqua Leto.

« Ce pourrait être différent cette fois. Si — »

« C'est la seule voie qui nous demeure ouverte. Tu as admis que nous ne pouvions suivre celle de l'épice. »

Ghanima soupira. Elle n'aimait pas l'escrime des mots, mais elle avait conscience de la nécessité impérieuse qui animait son frère, de même qu'elle n'ignorait pas la peur qui était à la source de ses propres réticences. Il leur suffisait de contempler Alia pour connaître les périls du monde intérieur.

« Eh bien ? » s'impatienta Leto.

Elle soupira à nouveau.

Ils étaient assis, jambes croisées, dans l'un de leurs refuges, un boyau étroit qui s'ouvrait au flanc de la falaise. Depuis cet endroit, souvent, leur père et leur mère avaient contemplé ensemble le lever du soleil sur le *bled.*

Ils se trouvaient là depuis la fin du dîner, deux heures auparavant. A cette heure du soir, les jumeaux étaient censés donner de l'exercice à leur corps aussi bien qu'à leur esprit. Cette fois, ils avaient décidé d'assouplir leurs esprits.

« Si tu refuses de m'aider, reprit Leto. J'essaierai seul. »

Ghanima détourna les yeux sur les tentures noires des sceaux d'humidité qui isolaient le boyau de l'extérieur. Leto continuait de contempler le désert.

Depuis quelque temps, ils parlaient en un langage tellement ancien que son nom s'était perdu dans les âges. Ainsi, leurs pensées demeuraient-elles secrètes, empruntant une forme qu'aucun autre humain ne pouvait déchiffrer. Alia elle-même, qui se tenait à l'écart du dédale de son monde intérieur, ne pouvait disposer des liaisons mentales qui lui auraient permis de comprendre plus que quelques mots isolés.

Leto inspira profondément. Il perçut le relent caractéristique du sietch dans l'air stagnant de leur refuge. Mais, ici, ils échappaient au brouhaha sourd et à la chaleur moite de la caverne, ce qui était un soulagement.

« J'admets que nous avons besoin d'être guidés, dit Ghanima. Mais si nous — »

« Ghani ! Nous ne devons pas être guidés. Mais protégés ! »

« Peut-être n'y a-t-il pas de protection. »

Elle plongea le regard dans les yeux de son frère, les yeux vigilants d'un prédateur qui surprenaient dans ce visage placide.

« Nous devons échapper à la possession », dit-il. Il employait l'infinitif spécial du langage ancien, une forme absolument neutre quant à la voix et au temps, mais dont les implications étaient profondément actives.

Ghanima interpréta correctement la réflexion de son frère.

« Mohw' pwium d'mi hish pash moh'm ka ! » psalmodia-t-elle. *La capture de mon âme est la capture de mille âmes.*

« Bien plus que cela », fit Leto.

« Connaissant les dangers, tu persistes », répondit Ghanima. C'était une constatation, non une question.

« Wabum'k wabunat ! » *Dresse-toi, toi, le plus haut !*

Le choix qu'il faisait, il le sentait, était une nécessité évidente. Une telle chose serait mieux accomplie activement. Il leur fallait ramener le passé dans le présent pour lui permettre de se déployer dans leur avenir.

« Muriyat », admit Ghanima, à voix basse. *Cela doit être fait avec amour.*

« Bien sûr. (Il agita la main pour signifier une totale acceptation.) Nous consulterons donc ainsi que l'ont fait nos parents. »

Ghanima demeura silencieuse, luttant contre la boule qui s'était formée dans sa gorge. Instinctivement, elle porta les yeux vers le sud, vers le grand *erg*. Des lignes grises de dunes, estompées, apparaissaient encore dans les dernières lueurs du jour. Son père était parti là-bas, pour son dernier voyage dans le désert.

Leto, lui, regardait vers le bas, l'oasis du sietch au pied de la falaise. Le crépuscule était venu, mais il en connaissait les moindres formes, les plus subtiles couleurs : des bourgeons de cuivre, d'or, de jaune, de roux et de rouille se levaient entre les rocs qui balisaient les plantations du qanat. Au-delà, une étroite bande de végétation arrakeen achevait de pourrir, tuée par les herbes et les plantes étrangères, noyée par l'eau et formait à présent une barrière contre le désert.

« Je suis prête, dit Ghanima. Commençons. »

« Oui, au diable ! (Il tendit la main, lui prit le bras comme pour atténuer la violence de son exclamation.) S'il te plaît, Ghani... Chante-moi cette chanson. Ce sera plus facile comme ça. »

Elle se rapprocha alors de lui et son bras gauche vint enserrer sa taille. Elle prit deux profondes inspirations, s'éclaircit la gorge et commença de chanter d'une voix limpide les paroles que sa mère, si souvent autrefois, avait chantées à son père :

« *Voici que j'accomplis ta promesse,*
*Que j'amène sur toi la pluie.*
*La vie régnera hors du vent,*
*Mon amour, dans le palais de ta vie.*
*Tes ennemis retourneront au néant.*
*Toi et moi serons seuls sur le chemin,*
*Sur le parcours de notre tendresse,*
*Car moi seule connaîs le dessin,*
*Puisque mon amour est ta forteresse.* »

Le son de la voix de Ghanima glissa au désert, plongea vers ce silence total que le moindre murmure pouvait fracasser. Et Leto s'enfonça dans le tapis épais et mouvant des souvenirs de son père, déployé sur le proche passé comme une neige génétique.

*Pour ce bref instant,* se dit-il, *il me faut être Paul. Ce n'est plus Ghani qui se trouve là, à mes côtés, mais Chani, ma bien-aimée, dont les conseils éclairés nous ont bien des fois sauvés.*

Ghani, quant à elle, s'était infiltrée dans la mémoire de sa mère avec une aisance terrifiante, ainsi qu'elle l'avait prévu et craint. Pour la femelle, l'opération était plus facile, et bien plus dangereuse.

D'une voix devenue rauque, soudain, elle appela : « Regarde, mon bien-aimé ! » La Première Lune s'était levée et, sous sa froide lueur, ils pouvaient voir un arc de feu orange qui montait de l'ombre des sables à l'espace. Le transport qui avait amené Dame Jessica, ayant fait le plein d'épice, allait rejoindre la flotte en orbite.

Au tréfonds des souvenirs, des fragments précis de mémoire s'éveillèrent dans l'esprit de Leto, et leurs images étaient comme autant de carillons aux échos vifs et pressants. Dans un vacillement d'identité, il fut un autre Leto, le Duc de Jessica. L'urgence de l'instant eut raison de ces souvenirs, non sans qu'il ait eu le temps d'éprouver l'aiguillon de la souffrance et de l'amour.

*Je dois être Paul,* se rappela-t-il.

La transformation s'accomplit et le partagea de façon effrayante, comme s'il constituait un écran sombre sur lequel, soudain, était projeté l'image de son père. Il conservait sa chair propre mais il était aussi celle de son père, et la palpitation de leurs différences menaçait en permanence de le surprendre. « Aide-moi, père », souffla-t-il.

Le schéma de leurs identités changea et la projection devint différente. Cette fois, il se trouvait en position d'observateur, il était Leto, il se tenait d'un côté de la vision.

« Ma dernière vision ne s'est pas encore réalisée », dit-il. Sa voix était celle de Paul. Il se tourna vers Ghanima. « Tu sais ce que j'ai vu. »

Elle porta la main droite à la joue de son frère.

« Es-tu allé au désert pour y mourir, mon bien-aimé ? Est-ce bien là ce que tu as fait ? »

« Cela se pourrait... Mais cette vision... Ne serait-ce point là une raison de survivre ? »

« Aveugle ? »

« Même aveugle. »

« Mais où pourrais-tu aller ? »

Il eut une inspiration vibrante, douloureuse.

« A Jacurutu. »

« Mon aimé ! » Les larmes ruisselèrent sur les joues de Ghanima.

« Muad'Dib, le héros, doit être totalement effacé. Sinon, cet enfant ne pourra nous extraire du chaos. »

« Le Sentier d'Or. Ce n'est pas une bonne vision... »

« C'est la seule vision possible. »

« Alia a donc échoué... »

« Totalement. Tu sais ce qui a été écrit. »

« Ta mère est revenue trop tard. »

Elle acquiesça, et ce fut la sagesse de Chani qui s'imprima sur ses traits d'enfant. « Ne pourrait-il y avoir une autre vision ? Peut-être que si — »

« Non, mon aimée. Pas encore. Cet enfant ne peut encore discerner le futur et en revenir sauf. »

Une fois encore, le corps de Leto fut agité d'un souffle vibrant et l'enfant-Leto perçut l'aspiration violente de son père à retrouver une chair pour vivre, à prendre des décisions humaines... Et son désir désespéré de défaire les erreurs passées !

« Père ! » appela Leto, et ce fut comme s'il hurlait à tous les échos dans son crâne vide.

Lentement, profondément, il le sentit, son père se retirait, sa présence refluait. Ses sens et ses muscles lui revenaient.

« Mon aimé ! chuchota la voix de Chani. Et le repli s'interrompit. Mon aimé, que se passe-t-il ? »

« Ne t'en va pas encore », dit Leto, et la voix, aussi hésitante et rauque qu'elle fût, était la sienne.

« Chani, il faut que tu nous dises. Comment pouvons-nous éviter... ce qui est arrivé à Alia ? »

Ce fut Paul, le Paul qui-était-en-Leto qui répondit, et ses paroles furent pénibles, hésitantes, dans l'oreille interne de Leto :

« Rien... n'est... sûr. Tu... as vu... ce qui a... failli... se passer... avec moi... »

« Mais Alia... »

« Le maudit Baron la tient ! »

Leto eut soudain la gorge brûlante. « Est-il... Ai-je... »

« Il est en toi... mais... je... nous ne pouvons... parfois, nous communiquons mais tu... »

« Ne peux-tu lire mes pensées ? demanda Leto. Est-ce que tu ne saurais pas alors si... il... »

« Parfois, je perçois tes pensées... mais je... nous... ne vivons que par le... reflet de... ta conscience. Ta mémoire nous engendre. Le danger... c'est une mémoire précise. Et ceux d'entre nous... ceux d'entre nous qui aimaient le pouvoir...

ceux qui l'acquéraient à... à tout prix... peuvent être plus précis. »

« Plus forts ? » murmura Leto.

« Plus forts. »

« Je connais ta vision, dit Leto. Pour qu'il ne me possède pas, je deviendrai toi. »

« Non, pas cela ! »

Leto hocha la tête. Il avait conscience de la colossale volonté dont son père avait fait preuve en refluant, considérant les conséquences de tout échec à y parvenir. Il n'était pas *une seule possession* qui ne réduise le possédé à l'état d'Abomination. Il admit cela et en connut un sentiment de puissance accru, en même temps qu'il avait une perception anormalement intense de son corps et une totale et profonde connaissance de ses fautes passées. Les siennes propres et celles de ses ancêtres. Les faiblesses, il le voyait à présent, n'étaient dues qu'aux incertitudes. Pour un instant, en lui, la tentation affronta la crainte. Cette chair avait le pouvoir de transformer le mélange en une vision de l'avenir. Avec l'épice, il pourrait inspirer le vent du futur, écarter les rideaux du temps. La tentation était difficile à briser. Il riva ses mains l'une dans l'autre et se plongea dans la transe de perception *prana-bindu.* Sa chair rejeta la tentation. Elle portait le message que Paul avait appris dans le sang. Ceux qui allaient vers le futur espéraient en ramener les numéros gagnants. Au lieu de quoi ils se trouvaient pris au piège d'une vie entière dont ils connaissaient par avance chaque battement de cœur, chaque gémissement d'angoisse. L'ultime vision de Paul lui avait révélé le difficile itinéraire qui permettait d'échapper au piège, et Leto savait maintenant qu'il ne lui restait aucun autre choix.

« L'existence, dit-il. Sa joie, sa beauté sont contenues dans le fait que la vie peut vous surprendre. »

Une voix murmura doucement à son oreille : « J'ai toujours connu cette beauté. »

Leto tourna la tête et rencontra les yeux de Ghanima qui reflétaient le clair de lune. C'était Chani qui le regardait.

« Mère, dit-il, tu dois te retirer. »

« Ah, la tentation », fit-elle, et elle se pencha, et l'embrassa.

Il la repoussa.

« Prendrais-tu la vie de ta fille ? »

« C'est si facile... si bêtement facile. »

Gagné par la panique, Leto se souvint du terrifiant effort de volonté qu'il avait fallu à la persona de son père pour abandonner sa chair. Ghanima était-elle perdue dans ce monde d'observateurs où il s'était trouvé, épiant et écoutant, apprenant de son père la réponse qu'il avait requise.

« Je te mépriserai, mère », dit-il.

« Les autres ne me mépriseront point. Sois mon bienaimé. »

« Si cela était, tu sais ce que vous deviendriez l'une et l'autre. Mon père te méprisera. »

« Jamais ! »

« Je te mépriserai ! »

Ces mots jaillirent de sa gorge en dehors de sa volonté et ils portaient en eux les anciennes harmoniques de la Voix que Paul tenait de sa sorcière de mère.

« Ne dis pas cela ! » gémit-elle.

« Je te mépriserai ! »

« Je t'en prie. Ne le dis pas. »

Leto porta la main à son cou. Il sentit que ses muscles lui appartenaient de nouveau.

« Il te méprisera, dit-il. Il se détournera de toi. Il retournera dans le désert. »

« Non... non... »

Ghanima secouait violemment la tête.

« Mère, reprit-il. Tu dois te retirer. »

« Non... Non... » Mais il n'y avait plus autant de force dans la voix qui implorait.

Leto observa le visage de sa sœur. Chaque fibre de chaque muscle vibrait en réponse au tourbillon qui se déchaînait dans sa chair.

« Va-t-en, dit-il. Va-t-en. »

« Nooon... »

Il lui saisit le bras, sentit sous ses doigts les muscles qui tremblaient, les tendons qui tressaillaient. Elle se débattit, essayant de lui échapper, mais il la maintint fermement sans cesser de murmurer : « Va-t-en... Va-t-en... »

Dans ce moment, Leto ne cessa de se morigéner pour avoir obligé Ghani à se prêter encore une fois à ce *jeu des parents* auquel si souvent ils avaient joué mais qu'elle redoutait depuis quelque temps. Il était vrai que la femme se montrait plus faible dans cette bataille intérieure, dut-il admettre. De là les craintes Bene Gesserit.

Les heures passaient et le corps de Ghani continuait de trembler et de se convulser tandis que se déchaînait le conflit. Pourtant, vint un instant où Leto entendit la voix propre de sa sœur. S'adressant à l'imago qui refusait de céder, elle demandait : « Mère... je t'en prie ! Puis elle ajouta : Tu as vu Alia ! Désires-tu devenir ce qu'elle est ? »

Enfin, Ghanima se pencha vers son frère et lui souffla :

« Elle a accepté. Elle est partie ! »

Il posa la main sur sa joue.

« Ghanima, je suis navré, tellement navré. Jamais plus je

ne redemanderai de faire cela. J'ai été égoïste. Pardonne-moi. »

« Il n'y a rien à te pardonner, dit-elle et elle haletait légèrement, comme à l'issue d'un immense effort physique. Nous avons appris des choses que nous devions savoir. »

« Elle t'a parlé de tant de sujets. Nous verrons plus tard si... »

« Non ! C'est maintenant qu'il nous faut voir. Tu avais raison. »

« Mon Sentier d'Or ? »

« Ton maudit Sentier d'Or ! »

« La logique est inutile si elle n'est pas armée des données essentielles. Mais je... »

« Grand-mère est revenue afin de guider notre éducation et de veiller à ce que nous ne soyons pas... contaminés. »

« C'est ce que prétend Duncan. Il n'y a rien de nouveau dans... »

« Calcul élémentaire », admit-elle d'un ton plus ferme. Elle s'écarta de son frère, observa le désert plongé dans le silence absolu qui annonçait l'approche de l'aube. Cette bataille, cette connaissance leur avaient coûté une nuit. Les Gardes Royaux, qui attendaient derrière les tentures des sceaux, avaient dû fournir bien des explications. Leto leur avait donné pour mission que rien ne vînt les déranger.

« Souvent, en prenant de l'âge, les êtres apprennent la subtilité, dit Leto. Qu'apprenons-nous de toute cette expérience de l'âge qui puisse nous être utile ? »

« L'univers tel que nous le voyons n'est jamais exactement l'univers physique véritable. Nous ne devons pas concevoir cette grand-mère simplement comme une grand-mère. »

« Ce serait dangereux, admit Leto. Mais ce que je deman... »

« Il y a plus que la subtilité, l'interrompit-elle. Nous devons garder le moyen, dans notre conscience, de percevoir ce que nous ne pouvons préconcevoir. C'est pour cela... que ma mère me parlait souvent de Jessica. A la fin, quand nous sommes revenues à l'échange intérieur, elle m'a dit tant de choses... » Ghanima soupira. « Nous *savons* qu'elle est notre grand-mère. Hier encore, tu es restée pendant des heures avec elle. Est-ce pour cela que... »

« Si nous l'acceptons, ce que nous *savons* déterminera notre *réaction* à son égard. Ma mère n'a cessé de m'en avertir. Elle a cité notre grand-mère une fois et... (Elle toucha le bras de son frère.) L'écho était comme la voix de notre grand-mère, dans mon esprit. »

« Elle t'a averti », répéta Leto. Cette idée le déconcertait. Nul ne pouvait donc se fier à rien en ce monde ?

« Les plus mortelles erreurs, dit Ghanima, proviennent de

certitudes périmées. Ma mère me l'a répété plusieurs fois. »

« C'est du pur Bene Gesserit. »

« Si... si elle est vraiment retournée auprès des Sœurs... »

« Ce serait très dangereux pour nous, acheva Leto. Nous portons le sang de leur Kwisatz Haderach, le mâle du Bene Gesserit. »

« Elles ne renonceront pas à cette quête, dit-elle, mais elles peuvent renoncer à nous. Et notre grand-mère pourrait être leur instrument. »

« Il existe un autre moyen. »

« Oui... nous faire nous reproduire. Mais les Sœurs savent que les gènes récessifs peuvent compliquer cet accouplement. »

« C'est un pari sur lequel elles doivent s'entendre. »

« Ainsi qu'avec notre grand-mère. Non, ce moyen ne me plaît pas. »

« Pas plus qu'à moi. »

« Pourtant, ce ne serait pas la première fois qu'une lignée royale essaie de... »

« Cela me répugne », dit-il en frissonnant.

Elle garda le silence.

« Le pouvoir », dit Leto.

Et, par cette étrange alchimie des similitudes qui existait entre eux, elle connut le cheminement de ses pensées.

« Le pouvoir du Kwisatz Haderach doit être effacé », dit-elle.

« A leur manière », acheva-t-il.

A cet instant précis, le jour apparut sur le désert. Immédiatement, ils perçurent l'éveil de la chaleur. Les couleurs fusèrent des bosquets, au bas de la falaise. Les lances vertes et grises des plantes projetèrent des faisceaux d'ombres sur le sable. Le cimeterre argenté du soleil dilua l'obscurité en reflets jaunes et mauves qui se déployèrent sur les montagnes.

Leto se redressa, s'étira.

« Ce sera donc le Sentier d'Or », dit Ghanima, et elle s'adressait autant à son frère qu'à elle-même, sachant comment la dernière vision de son père se fondait dans les songes de Leto.

Quelque chose frôla la tenture des sceaux d'humidité, derrière eux, et des voix se firent entendre en un murmure sourd.

Leto, immédiatement, revint au langage perdu qu'ils avaient employé aux premières heures de la nuit :

« L'ii ani howr samis sm'kwi owr samit sut. »

La décision prenait d'elle-même sa place dans leur conscience. Littéralement, cela se traduit ainsi : *Nous nous tiendrons compagnie vers la mort, même si seul l'un de nous revient pour le raconter.*

Ghanima se leva à son tour et, ensemble, ils franchirent les sceaux et regagnèrent l'intérieur du sietch. Les gardes les entourèrent et les escortèrent jusqu'à leurs appartements. Sur leur passage, la foule s'écartait et les regards qui interrogeaient les gardes étaient différents, ce matin-là. Une vieille coutume Fremen voulait que les sages passent la nuit seuls au-dessus du désert. Tous les Umma avaient connu cette veille. De même que Paul Muad'Dib... et Alia. A présent, les jumeaux royaux venaient de s'y conformer.

Leto, conscient de la différence, la fit remarquer à Ghanima.

« Ils ne savent pas ce que nous avons décidé pour eux, dit-elle. Ils ne le savent pas. »

« Cela exige le plus fortuit des débuts », répondit-il dans le langage secret.

Ghanima hésita, façonnant ses pensées.

« Le temps venu, quand les jumeaux seront pleurés, cela devra être réel exactement, jusqu'à la confection de la tombe. Le cœur doit suivre le sommeil, de crainte qu'il n'y ait nul éveil. »

Dans le langage perdu, la phrase était extrêmement complexe, usant d'un complément d'objet pronominal distinct de l'infinitif. La syntaxe permettait à chaque segment intérieur de se retourner sur lui-même et d'acquérir plusieurs sens différents, chacun étant parfaitement distinct et défini bien que tous fussent interdépendants de façon subtile. Ainsi, Ghanima venait-elle de déclarer que l'un et l'autre risquaient la mort par le plan de Leto. Que cette mort fût réelle ou simulée ne faisait pas la moindre différence. Le changement qui en résulterait serait semblable à la mort, littéralement ce serait un « meurtre funéraire ». Une acception supplémentaire appelait de façon accusatrice quiconque était appelé à *survivre* pour raconter, à *jouer jusqu'au bout le jeu de la vie*. Le moindre faux pas, alors, annulerait l'ensemble du plan. Et le Sentier d'Or de Leto deviendrait une impasse.

« Extrêmement délicat », déclara Leto avant d'écarter les draperies qui masquaient l'antichambre de leurs appartements.

Le temps d'un battement de cœur, les serviteurs interrompirent leurs tâches tandis que les jumeaux s'engageaient dans le passage voûté qui conduisait aux appartements de Dame Jessica.

« Tu n'es pas Osiris », remarqua Ghanima.

« Et je n'essaierai pas de le devenir », répondit-il.

Elle lui agrippa le bras et le força à s'arrêter.

« Alia darsaty haunus m'smow ! »

Il rencontra son regard. Bien sûr, chacun des actes d'Alia répandait une odeur méphitique qui n'avait pu échapper à leur grand-mère. Il eut un sourire entendu. Ghanima avait mêlé le langage ancien à la superstition Fremen pour évoquer un des plus solides présages tribaux. *M'smow,* l'odeur fétide d'une nuit d'été, était le messager de la mort entre les mains des démons. Et Isis avait été la déesse-démon de la mort pour ce peuple dont ils parlaient la langue.

« Nous sommes des Atréides et nous avons une réputation d'audace », dit-il.

« Donc, nous *prendrons* ce qu'il nous faut. »

« A moins que nous ne voulions quémander auprès de notre Régente, commenta Leto. Alia aimerait sans doute cela. »

« Mais notre plan... »

*Notre plan,* pensa-t-il en écho. Ghanima y adhérait donc complètement. Il dit : « Je pense à notre plan comme à l'effort du *shaduf.* »

Ghanima se retourna, huma les odeurs de l'antichambre qu'ils venaient de franchir, les relents du matin qui évoquaient l'éternel recommencement. Elle aimait la façon dont Leto avait employé leur langage privé. *L'effort du shaduf.* C'était un hommage. Il avait traité leur plan de vile besogne agricole : fertilisation, irrigation, plantation, transplantation et émondage — en tenant compte, cependant, des implications Fremen : cette tâche se déroulait simultanément en un *A*utre *M*onde où elle symbolisait la culture de la richesse spirituelle.

Ils étaient immobiles, hésitants, dans le passage voûté, et Ghanima observa attentivement son frère. Il lui était peu à peu apparu à l'évidence que Leto plaidait sur deux niveaux différents : d'abord, pour le Sentier d'Or de la vision de son père et de la sienne, ensuite, pour que sa sœur lui laisse libre cours de développer jusqu'à son terme le dangereux mythe de création que le plan engendrerait. Et cela l'effrayait. Etait-il un autre élément de sa vision qu'elle n'avait pas partagé ? Se pouvait-il que Leto se considère comme une déité potentielle capable de conduire l'humanité vers une renaissance... Tel père, tel fils ?

Le culte de Muad'Dib avait viré à l'aigre, par les ferments des erreurs d'Alia, et par la prêtrise militaire qui, bride abattue, chevauchait la puissance Fremen. Ce que désirait Leto, c'était la régénération.

*Mais il me cache quelque chose,* se dit Ghanima.

Il lui revint ce que Leto lui avait rapporté de son rêve. Et ce rêve avait une telle réalité iridescente et magnifique que le rêveur avait pu le vivre encore des heures durant, dans la brume, sans jamais qu'il ne change.

« *Je suis sur le sable, dans la chaude clarté du jour, et pourtant il n'y a pas de soleil. C'est à ce moment que je comprends que je suis le soleil. Ma lumière se déploie en un Sen-*

*tier d'Or. Au moment où je comprends cela, je sors de moi-même. Je me retourne, m'attendant à me voir devenir soleil. Mais je vois autre chose : je ne suis qu'un dessin d'enfant. Mes yeux sont des éclairs et mes bras et mes jambes de simples bâtons. Pourtant, je tiens un sceptre dans la main gauche, un vrai sceptre, qui n'a rien à voir avec cet espèce de gribouillis que je suis. Alors, le sceptre bouge et je suis terrifié. Et cela m'éveille ; pourtant, je sais que je continue de rêver. C'est à ce moment que je prends conscience d'être enfermé dans quelque chose — une armure qui suit les mouvements de ma peau. Je ne peux voir vraiment cette armure, mais je la sens. C'est alors que la terreur me quitte, car je sens que cette armure me donne la puissance de dix mille hommes.* »

Il sentit avant même de le rencontrer le regard de sa sœur et il tenta de se dégager, de reprendre sa marche vers les appartements de Jessica. Mais Ghanima lui résista.

« Ce Sentier d'Or ne vaut peut-être pas mieux que tous les autres », dit-elle.

Il baissa les yeux sur le sol de roc, envahi par les doutes puissants de sa sœur.

« Je dois le faire », dit-il enfin.

« Alia est possédée. Cela pourrait bien nous arriver. Peut-être cela nous est-il déjà arrivé sans que nous en ayons conscience... »

« Non. (Il secoua la tête et affronta le regard de sa sœur.) Alia a résisté. Ce qui a augmenté la force des pouvoirs qui l'habitent. C'est par sa puissance qu'elle a été vaincue. Nous avons osé la quête intérieure, nous sommes partis à la recherche des langages anciens, des connaissances perdues. Nous sommes d'ores et déjà des amalgames vivants de ces existences que nous portons. Nous ne leur résistons pas. Nous nous laissons porter par elles. Voilà ce que j'ai appris de notre père la nuit dernière. C'est ce que je devais savoir. »

« Il n'a rien dit de ce qui est en moi. »

« Tu as écouté notre mère. C'est ce qui nous... »

« J'ai failli perdre. »

« Est-elle encore aussi forte en toi ? » demanda Leto, et la crainte se lisait sur son visage.

« Oui... mais à présent je crois qu'elle me protège par son amour. Tes arguments étaient excellents. Notre mère existe à présent pour moi dans l'*alam al-mythal* avec les autres, mais elle a goûté au fruit de l'enfer. Désormais, je peux l'écouter sans peur. Quant aux autres... »

« Oui, dit Leto. Et moi, tandis que j'écoute mon père, je pense que je suis en vérité le conseil de ce grand-père dont je porte le nom. Mais c'est peut-être justement ce nom qui facilite tout... »

« T'a-t-on dit de parler du Sentier d'Or à notre grand-mère ? »

Leto allait répondre mais se tut à l'instant où passait un serviteur portant le panier du petit déjeuner de Dame Jessica, suivi d'un sillage de parfum d'épice.

« Elle vit en nous en même temps qu'en sa propre chair, dit Leto. Il convient de la consulter deux fois. »

« Pas en ce qui me concerne, protesta Ghanima. Je ne m'y risquerai pas à nouveau. »

« Ce sera donc à moi. »

« Je pensais que nous avions admis l'un et l'autre qu'elle était retournée auprès des Sœurs. »

« Certainement. Elle a été élevée Bene Gesserit, elle a vécu sa propre vie ensuite, et puis elle est redevenue Bene Gesserit pour la fin. Mais rappelle-toi qu'elle porte elle aussi le sang des Harkonnens en elle, qu'elle en est plus proche que nous, et qu'elle a connu elle aussi cet échange intérieur. »

« De manière superficielle, dit Ghanima. Mais tu n'as pas répondu à ma question. »

« Je ne pense pas que je mentionnerai le Sentier d'Or. »

« Je pourrais le faire. »

« Ghani ! »

« Nous n'avons plus besoin des dieux Atréides ! Il faut retrouver le champ nécessaire à une certaine humanité ! »

« Ai-je donc jamais dit le contraire ? »

« Non. » Elle prit une profonde inspiration et détourna les yeux. Depuis le seuil de l'antichambre, les serviteurs les observaient, percevant la tension dans le ton, mais incapable de comprendre les mots anciens.

« Il faut que nous le fassions, reprit Leto. Sinon, nous ferions mieux de tomber sur nos couteaux. »

Ce disant, il employait l'ancienne forme Fremen qui avait le sens de « répandre notre eau dans la citerne tribale ».

Une fois encore, sa sœur l'observa attentivement. Elle ne pouvait qu'être en accord avec lui, mais elle était prise au piège d'une construction aux multiples murailles. L'un et l'autre savaient que, sur leur chemin, ils rencontreraient fatalement un jour d'expiation. Pour Ghanima, c'était une certitude que venaient renforcer ces autres vies-mémoires qui résidaient en elle, mais, en cet instant, ce qu'elle redoutait, c'était la puissance qu'elle communiquait à toutes les psychés dont elle utilisait les souvenirs. En elle, elles se tenaient tapies comme autant de harpies, d'ombres démoniaques en embuscade. Excepté sa mère, qui avait eu pouvoir sur sa chair et y avait renoncé. Ghanima était encore éprouvée par ce combat qui s'était déroulé en elle et qu'elle aurait perdu sans les exhortations de Leto

Leto prétendait que le Sentier d'Or était la seule issue qui pouvait les libérer du piège. Elle devait le croire. Même s'il gardait en lui quelque secret arraché à sa vision, il avait besoin de Ghanima, de sa créativité pour enrichir leur plan.

« On nous éprouvera », dit-il, sachant bien où résidaient les doutes de Ghanima.

« Ce ne sera pas l'épice. »

« Même dans l'épice. Certainement dans le désert et dans l'Epreuve de la Possession. »

« Jamais tu n'as mentionné cette Epreuve de la Possession ! Fait-elle partie de ton rêve ? »

La gorge sèche, il dut avouer :

« Oui. »

« Alors... nous serons... possédés ? »

« Non. »

Elle songea à l'Epreuve, à cet examen très ancien des Fremen qui souvent s'achevait en une mort hideuse. Le plan de Leto recelait donc d'autres complexités. Il les conduirait jusqu'à un seuil au-delà duquel la chute d'un côté ou d'un autre pourrait ne pas être supportée par l'esprit humain, cet esprit demeurant sain.

Devinant le cheminement des pensées de sa sœur, Leto déclara : « Le pouvoir attire les psychotiques. Toujours. C'est ce qu'il nous faut empêcher en nous-mêmes. »

« Tu es certain que nous ne serons pas... possédés ? »

« Nous ne le serons pas, si nous créons le Sentier d'Or. »

En proie au doute encore, elle dit :

« Je ne porterai pas ton enfant, Leto. »

Il secoua la tête, refoulant les désirs intérieurs, et lui répondit dans la forme royale du langage ancien : « Ma sœur, je vous aime plus que moi-même, mais vous n'êtes point le plus tendre de mes désirs. »

« Très bien, alors revenons à une autre discussion avant de retrouver notre grand-mère. Un couteau ne pourrait-il résoudre nos problèmes ? »

« Si tu crois cela, tu penses que nous pouvons tout aussi bien marcher dans la boue sans laisser de traces. Et, en ce domaine, qui donc a jamais eu la moindre chance avec Alia ? »

« On parle de ce Javid. »

« Duncan a-t-il donc les attributs de l'homme trompé ? »

Ghanima haussa les épaules.

« Un poison, deux poisons », dit-elle. C'était là l'étiquette commune appliquée selon l'usage royal aux proches et compagnons en raison de la menace qu'ils faisaient peser sur votre personne, une caractéristique universelle des dirigeants.

« Il faut agir selon mon précepte », dit Leto.

« Ce serait plus propre autrement », remarqua Ghanima.

De la réponse de sa sœur, Leto déduisit qu'elle avait rejeté ses doutes et qu'elle s'accommodait de son plan. A cette pensée, il n'éprouva aucune joie et, regardant ses mains, il se demanda si la crasse tiendrait.

**Voici l'œuvre de Muad'Dib : il vit dans la réserve subliminale de chaque individu une banque mémorielle inconsciente dont l'acquit remontait à la cellule primitive de notre genèse commune. Chacun d'entre nous, dit-il, peut mesurer la distance qui le sépare de cette origine commune. Il vit cela, il le révéla et accomplit le bond audacieux de la décision. Il se fixa pour tâche d'intégrer la mémoire génétique dans l'évaluation de l'évolution. Ainsi, il franchit les rideaux du Temps, il fit de l'avenir et du passé une seule et même chose. Telle fut la création de Muad'Dib incarnée dans son fils et dans sa fille.**

— Le Testament d'Arrakis,
*par Harq al-Ada.*

LE SOLEIL DE SALUSA SECUNDUS ALLAIT vers son zénith et Farad'n, arpentant le jardin privé du palais royal de son grand-père, regardait son ombre rétrécir. De temps à autre, il devait accélérer le pas pour rester à la hauteur du grand Bashar qui l'accompagnait.

« J'ai des doutes, Tyekanik, dit-il. Oh, bien sûr, je ne nie pas que le trône m'attire mais... (Il inspira profondément.) Tant de choses m'intéressent. »

Tyekanik, qui sortait tout juste d'une violente dispute avec la mère de Farad'n, regarda discrètement le Prince. Le jeune homme approchait de son dix-huitième anniversaire et ses traits changeaient, se faisaient fermes. Jour après jour, l'image de Wensicia s'estompait tandis que s'imposait celle du vieux Shaddam, qui avait sacrifié les charges du trône à ses passions personnelles. Ce qui lui avait finalement coûté le trône, son sens de l'autorité s'étant à la longue émoussé.

« Il faut faire un choix, dit Tyekanik. Certes, vous aurez encore le temps de vous adonner à ce qui vous intéresse par ailleurs, mais... »

Farad'n se mordit la lèvre inférieure. C'était le devoir qui le retenait ici, et il en ressentait de la frustration. Il aurait cent fois préféré se trouver dans l'enclave rocheuse où se déroulaient les expériences sur les truites des sables. Voilà un plan qui avait des implications gigantesques : s'ils réussissaient à arracher le monopole de l'épice aux Atréides, tout serait possible.

« Es-tu certain que ces jumeaux seront... éliminés ? » demanda-t-il.

« Rien n'est absolument sûr, Mon Prince, mais les perspectives sont bonnes. »

Farad'n haussa les épaules. L'assassinat faisait partie de la vie royale. L'élimination des personnages importants et ses subtiles variations étaient inscrites dans le langage. Un simple mot permettait de distinguer entre le poison dans une boisson et celui dans un mets. Farad'n estimait que les jumeaux Atréides seraient tués par le poison. Et cette pensée était déplaisante. A tous points de vue, les jumeaux étaient dignes d'intérêt.

« Faudra-t-il que nous nous rendions sur Arrakis ? »

« C'est préférable. Nous pourrons y exercer une plus grande pression. »

Farad'n semblait vouloir éviter une certaine question et Tyekanik se demandait bien laquelle.

« Je suis inquiet, Tyekanik », déclara Farad'n à l'instant où il contournait une haie pour s'approcher d'une fontaine enfouie sous des roses noires géantes. On entendait le claquement des cisailles de jardiniers invisibles.

« Oui ? » l'encouragea Tyekanik.

« Cette... cette religion que tu as épousée... »

« Rien d'étrange à cela, Mon Prince, commença Tyekanik, espérant que sa voix demeurerait ferme et convaincante. Cette religion s'adresse au guerrier qui est en moi. C'est une religion qui convient à un Sardaukar. »

Cela, au moins, était vrai.

« Oui... Mais cela semble tant plaire à ma mère. »

*Maudite Wensicia !* pensa Tyekanik. *Elle a rendu son fils soupçonneux !*

« L'avis de votre mère m'importe peu. La religion d'un homme ne concerne que lui, Peut-être y discerne-t-elle un moyen de faciliter votre accession au trône... »

« C'est ce que je me disais. »

*Ah, qu'il est malin !* songea Tyekanik, avant de reprendre :

« Penchez-vous sur cette religion. Vous verrez très vite pourquoi je l'ai choisie. »

« Pourtant... Le prêche de Muad'Dib ? Après tout, c'était un Atréides. »

« Tout ce que je puis dire, c'est que les voies de Dieu sont mystérieuses. »

« Je comprends. Dis-moi, Tyek, pourquoi m'as-tu demandé de faire cette promenade avec toi ? Il est presque midi et, d'ordinaire, tu es à l'extérieur sur les ordres de ma mère... »

Tyekanik s'arrêta auprès d'un banc de pierre, non loin de la fontaine aux roses géantes. Le spectacle des jets le calmait et il n'en détourna pas les yeux tandis qu'il déclarait :

« Mon Prince, j'ai fait une chose que votre mère pourrait bien ne pas apprécier. » Et il pensa : *S'il croit cela, ce maudit stratagème réussira. Amener ici ce satané Prêcheur ! Elle a été folle. Et à quel prix !*

Il demeura silencieux, et Farad'n demanda :

« D'accord, Tyek, et qu'as-tu donc fait ? »

« J'ai amené ici un expert en oniromancie. »

Le Prince lui décocha un regard acéré. Certains, parmi les plus vieux des Sardaukar, jouaient au jeu de l'interprétation des rêves, et de plus en plus depuis leur défaite par le « Rêveur Suprême », Muad'Dib. Ils se disaient que, quelque part dans leurs rêves, ils pourraient trouver la route qui les conduirait à nouveau à la puissance et à la gloire. Mais Tyekanik, lui, s'était toujours détourné de cette pratique.

« Ça ne te ressemble pas, Tyek », dit Farad'n.

« Alors, je ne puis que parler de ma nouvelle religion », répondit Tyekanik en s'adressant à la fontaine. C'était pour parler de la religion, bien sûr, qu'ils avaient pris le risque d'amener le Prêcheur sur ce monde.

« Parle-moi donc de cette religion », dit Farad'n.

« Comme mon Prince l'ordonne. »

Tyekanik se retourna et regarda en face l'adolescent qui portait en lui, désormais, tous les rêves distillés sur le chemin que la Maison de Corrino suivrait.

« L'Eglise et l'Etat, Mon Prince, de même que la foi et la raison scientifique, et même plus encore : la tradition et le progrès — tout est réconcilié dans les enseignements de Muad'Dib. Ils nous disent qu'il n'existe pas d'opposés absolus sinon dans les croyances des hommes et, parfois, dans leurs rêves. On découvre le futur dans le passé et l'un et l'autre sont une partie d'un tout. »

Malgré les doutes qu'il ne pouvait s'empêcher d'éprouver, Farad'n fut impressionné. Il avait lu dans la voix de Tyekanik un accent à la fois sincère et douloureux, comme si le Sardaukar était en lutte contre des pressions internes.

« Et c'est pourquoi tu m'as amené ce... cet interprète des rêves ? »

« Oui, Mon Prince. Peut-être votre songe pénètre-t-il le Temps. Vous retrouvez la conscience de votre être intérieur lorsque vous reconnaissez l'univers comme un ensemble cohérent. Vos rêves... eh bien... »

« Mais je n'ai jamais parlé sérieusement de mes rêves, protesta Farad'n. Ils sont curieux pour moi, c'est tout. Je n'ai pas soupçonné une seule fois que tu... »

« Mon Prince, il n'est pas une chose que vous puissiez faire qui soit sans importance. »

« C'est très flatteur, Tyek, mais crois-tu vraiment que ton homme peut voir dans le cœur des grands mystères ? »

« Je le crois, Mon Prince. »

« Alors, contrarions ma mère. »

« Vous acceptez de le voir ? »

« Bien sûr — du moment que tu l'as amené ici pour contrarier ma mère. »

*Est-ce qu'il se moque de moi ?* se demanda Tyekanik.

« Je dois vous avertir. Le vieil homme porte un masque. C'est un appareil ixien qui permet aux non-voyants de voir par leur peau. »

« Il est aveugle ? »

« Oui, Mon Prince. »

« Sait-il qui je suis ? »

« Je le lui ai dit, Mon Prince. »

« Très bien. Allons le retrouver. »

« Si Mon Prince veut bien attendre ici un instant, je lui amènerai cet homme. »

Le regard de Farad'n se posa sur la fontaine et il sourit. Cet endroit convenait aussi bien que n'importe quel autre pour cette folie.

« Tu lui as parlé de mes rêves ? » demanda-t-il.

« Seulement en termes généraux, Mon Prince. Il vous demandera de lui en faire vous-même le récit. »

« Oh, très bien. J'attends ici. Amène-moi ce personnage. »

Farad'n se retourna. Il entendit le pas pressé de Tyekanik qui s'éloignait. Ses yeux furent attirés par le chapeau brun d'un jardinier qui se montrait derrière une haie. Des cisailles brillaient au-dessus des feuilles selon un rythme hypnotique.

*Toute cette histoire de rêves est absurde,* pensa-t-il. *Tyek a eu tort de faire cela sans me consulter. Bizarre qu'il se convertisse à cette religion à son âge ! Et maintenant, ces rêves...*

Il entendit des pas. Celui de Tyek, d'abord, le pas net qui lui était familier, et un autre, plus traînant. Il se retourna et son regard se posa sur l'interprète des rêves. Le masque ixien était noir, fait d'une sorte de gaze. Il couvrait tout le visage, du front jusqu'à la pointe du menton. Il ne comportait pas de fentes pour les yeux. Pour celui qui croyait aux prouesses ixiennes, le masque était un œil unique et énorme.

Tyekanik s'arrêta à deux pas de Farad'n, mais le vieil homme s'approcha plus près encore.

« L'interprète des rêves », dit Tyekanik.

Farad'n hocha la tête.

Le vieil homme masqué eut un toussotement rauque et profond qui semblait venir de ses entrailles.

Farad'n reconnut le parfum aigre de l'épice. Il émanait de l'ample robe grise qui couvrait l'homme.

« Ce masque fait-il partie de ta chair ? » demanda-t-il, conscient, dans la même seconde, qu'il essayait d'éviter de parler immédiatement des rêves.

« Aussi longtemps que je le porte, dit le vieil homme. Et il y avait un rien d'amertume dans sa voix, de même qu'une trace d'accent Fremen. Parlez-moi de votre rêve. »

Farad'n haussa les épaules. *Pourquoi pas ?* C'était bien pour ça que Tyekanik avait amené le vieil homme. Ou sinon ?... Le doute assaillit soudain Farad'n. Il demanda : « Pratiques-tu vraiment l'oniromancie ? »

« Je suis venu interpréter votre rêve, puissant Seigneur. »

A nouveau, le Prince haussa les épaules. Ce personnage masqué le rendait nerveux. Il regarda dans la direction de Tyekanik, qui demeurait impassible, les bras croisés, les yeux fixés sur la fontaine aux roses.

« Votre rêve », insista le vieil homme.

Farad'n inspira profondément et entreprit son récit. Peu à peu, les mots lui vinrent plus aisément. Il parla de l'eau qui, dans le puits, coulait vers le haut, des mondes qui étaient autant d'atomes qui dansaient dans sa tête, du serpent qui se changeait en ver des sables pour finir en un nuage de poussière. Il fut surpris de s'apercevoir qu'il avait quelque difficulté à évoquer le serpent. Quelque chose en lui s'y opposait et il en conçut de la colère tandis qu'il parlait.

Le vieil homme demeura silencieux et impassible jusqu'à l'instant où Farad'n se tut. Son souffle animait doucement, régulièrement, le masque de gaze noire.

Comme le silence s'établissait et persistait, Farad'n demanda :

« Vous n'allez pas interpréter mon rêve ? »

« Je l'ai interprété. » La voix du vieil homme semblait venir d'une distance énorme.

« Et alors ? »

Il y avait un ton grinçant dans la voix de Farad'n, et il prit conscience de la tension créée par le récit de son rêve.

Le vieil homme demeurait silencieux.

« Dis-moi ! » Maintenant, il y avait de la colère dans le ton du Prince.

« J'ai dit que j'interpréterais votre rêve, mais je n'ai pas dit que je vous ferais part de mon interprétation. »

Tyekanik lui-même réagit à ces mots. Il laissa tomber ses bras et serra les poings et il grommela : « Comment ? »

« Je n'ai pas dit que je révélerais mon interprétation », répéta le vieil homme.

« Tu désires plus d'argent ? » demanda Farad'n.

« Je n'en ai pas demandé pour être conduit ici. »

Il y avait une fierté glacée dans cette réponse et la colère de Farad'n s'adoucit. Ce vieil homme était courageux, quoi qu'il en fût. Il devait savoir que la désobéissance pouvait entraîner la mort.

« Permettez-moi, Mon Prince, intervint Tyekanik, voyant que Farad'n allait reprendre la parole. Puis, se tournant vers le vieil homme : « Veux-tu nous dire pourquoi tu refuses de nous révéler ton interprétation ? »

« Oui, Mes Seigneurs. Le rêve me dit qu'il serait vain d'expliquer de telles choses. »

Farad'n ne put se contenir plus longtemps.

« Veux-tu dire que je connais déjà la signification de mon rêve ? »

« Peut-être, Mon Seigneur, mais tel n'est pas mon propos. »

Tyekanik s'avança pour se retrouver au côté de Farad'n. Ensemble, ils regardèrent le vieil homme.

« Explique-toi », dit le Sardaukar.

« Sur l'heure », ajouta Farad'n.

« Si je devais parler de ce rêve, explorer cette eau, cette poussière, ces serpents et ces vers, analyser ces atomes qui dansent dans votre tête comme dans la mienne... Ah, Puissant Seigneur, mes mots ne pourraient que vous troubler et vous prétendriez que je n'ai pas compris ! »

« Crains-tu que tes paroles ne provoquent ma colère ? » demanda Farad'n.

« Mon Seigneur ! Vous êtes déjà en colère ! »

« Ne nous fais-tu pas confiance ? » demanda Tyekanik.

« C'est presque cela, Mon Seigneur. Je ne vous fais nulle confiance, à l'un comme à l'autre, pour la simple raison que vous n'avez nulle confiance en vous-mêmes. »

« Tu t'approches dangereusement du bord, dit Tyekanik. Des hommes ont été exécutés pour s'être montrés moins retors que toi. »

Farad'n acquiesça : « Ne nous induis pas en fureur. »

« Les conséquences fatales de la fureur des Corrino sont

bien connues, Mon Seigneur de Salusa Secundus », dit le vieil homme.

Tyekanik posa une main apaisante sur le bras de Farad'n. « Nous provoques-tu afin de mourir ? »

Farad'n n'avait pas songé à cela. Il se sentit glacé à la pensée des implications d'une telle attitude. Ce vieil homme qui s'était donné le nom de Prêcheur... était-il plus qu'il ne semblait ? Quelles pourraient être les conséquences de sa mort ? Les martyrs pouvaient être dangereux.

« Je doute que vous m'assassiniez quoi que je puisse dire, fit le Prêcheur. Je pense que vous connaissez ma valeur, Bashar, et votre Prince la devine désormais. »

« Tu refuses absolument d'interpréter son rêve ? » insista Tyekanik.

« *Je l'ai interprété.* »

« Et tu ne révéleras pas ce que tu y vois ? »

« M'en voulez-vous, Mon Seigneur ? »

« En quelle manière peux-tu m'être utile ? » demanda Farad'n.

Le Prêcheur leva alors sa main droite et dit : « Si je fais ce geste, Duncan Idaho viendra à moi et m'obéira. »

« Quelle est donc cette absurde prétention ? » demanda Farad'n.

Tyekanik secoua la tête, se souvenant de sa dispute avec Wensicia.

« Mon Prince, cela pourrait être vrai. Ce Prêcheur a de nombreux fidèles sur Dune. »

« Pourquoi ne m'as-tu pas dit qu'il venait de ce monde ? »

Avant que Tyekanik ait pu répondre, le Prêcheur répondit à Farad'n : « Mon Seigneur, vous ne devez pas vous sentir coupable en ce qui concerne Arrakis. Vous n'êtes qu'un produit de votre temps. C'est le plaidoyer particulier que tout homme peut faire lorsqu'il est assailli par la culpabilité. »

« La culpabilité ! » répéta Farad'n, outré.

Le Prêcheur se contenta de hausser les épaules.

Et, de façon étrange, Farad'n passa de la colère à l'amusement. Il se mit à rire à gorge déployée et Tyekanik le regarda avec inquiétude.

« Je t'aime bien, Prêcheur », dit-il enfin.

« Cela m'est un plaisir, Prince. »

« Nous te trouverons un appartement ici, dans ce palais, reprit Farad'n. Tu seras mon interprète officiel des rêves, bien que tu ne m'aies pas révélé le moindre mot de ton interprétation. Tu pourras également me conseiller à propos de Dune. Ce lieu m'intéresse au plus haut point. »

« Je ne puis faire cela, Prince. »

La colère revint effleurer Farad'n. Ses yeux prirent un éclat dur comme ils se posaient sur le masque noir du Prêcheur.

« Pourquoi donc, dis-le moi ? »

« Mon Prince », intervint Tyekanik, posant à nouveau une main sur son bras.

« Qu'y a-t-il donc, Tyek ? »

« Nous l'avons amené ici sous contrat passé avec la Guilde. Il doit regagner Arrakis. »

« On me rappelle sur Arrakis », dit le Prêcheur.

« Qui te rappelle ? »

« Un pouvoir plus grand que le tien, Prince. »

Farad'n regarda Tyekanik : « Est-il un espion Atréides ? »

« C'est peu probable, Mon Prince. Sa tête a été mise à prix par Alia. »

« Alors, si ce ne sont pas les Atréides qui te rappellent sur Arrakis, qui ? » demanda Farad'n au Prêcheur.

« Un pouvoir plus grand que celui des Atréides. »

Farad'n eut un rire nerveux. Tout cela n'était qu'un ramassis de délires mystiques. Comment Tyek avait-il pu se laisser abuser ainsi ? Ce Prêcheur avait été *rappelé* sur Dune. Par un rêve, sans doute. De quelle importance étaient les rêves ?

« Tout ceci était une perte de temps, Tyek, dit-il. Pourquoi m'avoir convié à cette... cette farce ? »

« L'enjeu est double, Mon Prince. Cet interprète des rêves a promis de me livrer Duncan Idaho et d'en faire un agent de la Maison de Corrino. Tout ce qu'il m'a demandé a été de vous rencontrer pour interpréter votre rêve. »

Et Tyekanik songea : *C'est du moins ce qu'il a dit à Wensicia !* A nouveau, il était assailli par le doute.

« Pour quelle raison mon rêve est-il si important pour toi, vieil homme ? » demanda Farad'n.

« Il me dit que de grands événements se dirigent vers une conclusion logique. Je dois hâter mon retour. »

Ironique, Farad'n remarqua : « Et tu resteras impénétrable, me refusant ton conseil. »

« Les conseils, Prince, sont une facilité dangereuse. Mais je me permettrai quelques mots que vous pourrez accepter comme conseil ou dans tout autre sens qui vous conviendra. »

« Fais donc. »

Le Prêcheur redressa la tête et le masque de gaze noire se trouva face au visage de Farad'n.

« Les gouvernements s'érigent et s'effondrent pour des raisons qui semblent insignifiantes, Prince. Des événements si mineurs ! Une dispute entre deux femmes... La direction du vent un certain jour... un éternuement, une toux, la longueur d'une parure ou la rencontre improbable d'un grain de sable et de l'œil d'un courtisan. Ce ne sont pas toujours les soucis majeurs des ministres impériaux qui dessinent le cours de l'histoire, pas plus que ce ne sont les gestes des pontifes qui dirigent les mains de Dieu. »

Sans qu'il pût en expliquer la raison, Farad'n se sentit profondément troublé par ces paroles.

Une phrase, en particulier, avait éveillé l'attention de Tyekanik. Pourquoi le Prêcheur avait-il fait allusion à une « parure » ? Il pensa aux costumes impériaux qui avaient été adressés aux jumeaux Atréides, aux tigres dressés à l'attaque. Fallait-il voir un subtil avertissement dans les mots du vieil homme ? Que savait-il au juste ?

« Que signifie ce conseil ? » demanda Farad'n.

« Pour réussir, dit le Prêcheur, il vous faut ramener votre stratégie à son point d'application. Où applique-t-on une stratégie ? A un lieu particulier, à des personnes particulières. Même avec la plus grande minutie, il se trouvera un petit détail sans signification directe qui vous échappera. Votre stratégie, Prince, peut-elle être réduite aux ambitions de l'épouse d'un gouverneur de région ? »

D'une voix glacée, Tyekanik intervint : « Que signifie cette rengaine sur la stratégie, Prêcheur ? Que peut en retirer Mon Prince ? »

« On l'incite à désirer un trône, dit le Prêcheur. Je lui souhaite bonne chance, mais il lui faudra bien plus que de la chance. »

« Voilà de dangereuses paroles, dit Farad'n. Comment peux-tu avoir l'audace de les prononcer ? »

« Les ambitions tendent à ne pas se plier aux réalités. Je dis ces paroles audacieuses parce que vous êtes à un carrefour. Vous pourriez devenir admirable. Mais, pour l'heure, vous êtes entouré par ceux-là qui ne cherchent point de justifications morales, par des conseillers guidés par la seule stratégie. Vous êtes jeune, fort et dur, mais il vous manque une éducation d'un certain type grâce à laquelle votre caractère pourrait évoluer. Ce qui est triste, puisque vous avez des faiblesses dont je vous ai décrit les dimensions. »

« Que veux-tu dire ? » demanda Tyekanik.

« Prends garde à tes paroles, intervint Farad'n. Qu'est-ce donc que cette faiblesse ? »

« Vous n'avez pas accordé une pensée au genre de société qui aurait votre préférence. Vous ne prenez pas en considération les aspirations de vos sujets. Même la forme de l'Imperium que vous souhaitez est vague dans vos spéculations. (Le Prêcheur tourna son visage-masque vers Tyekanik.) Votre regard est fixé sur le pouvoir, et non sur ses subtils usages et ses risques. Ainsi, votre avenir est empli d'inconnues manifestes : disputes entre femmes, toux et jours de vent. Comment pouvez-vous déterminer une époque alors que vous ne pouvez voir jusqu'au moindre détail ? La force de votre esprit ne vous servira de rien. Votre faiblesse est là. »

Un long moment, Farad'n observa le vieil homme, réfléchissant aux implications profondes de ces pensées, à la persistance de concepts si discrédités. La morale ! Les objectifs sociaux ! Des mythes bons à mettre à côté de la croyance au mouvement ascendant de l'évolution.

« Nous avons entendu assez de paroles, dit Tyekanik. Qu'est-il du prix convenu, Prêcheur ? »

« Ducan Idaho est à vous. Veillez à bien vous en servir. C'est un joyau sans prix. »

« Oh, nous avons la mission qui lui convient, dit Tyekanik. Il regarda Farad'n : Pouvons-nous nous retirer, Mon Prince ? »

« Qu'il fasse ses bagages avant que je change d'idée, dit Farad'n. Et il ajouta, avec un regard dur : Je n'aime pas la façon dont tu t'es servi de moi, Tyek. »

« Pardonnez-lui, Prince, intervint le Prêcheur. Votre fidèle Bashar accomplit la volonté de Dieu sans le savoir. »

Sur ce, s'inclinant, le Prêcheur s'éloigna et Tyekanik lui emboîta précipitamment le pas.

Farad'n, tout en regardant les deux silhouettes qui allaient disparaître, songea : *Je dois me pencher sur cette religion que Tyek a épousée.* Il sourit tristement. *Quel interprète des rêves ! Mais qu'importe ? Mon rêve n'était pas une chose importante.*

**Et il eut la vision d'une armure. Elle n'était pas sa propre peau, elle était plus solide que le plastacier. Rien ne pouvait pénétrer cette armure, ni le couteau, ni le poison, ni le sable, pas même la poussière du désert ou sa chaleur desséchante. Dans sa main droite, il enserrait la puissance de la tempête Coriolis, il pouvait faire trembler la terre et l'éroder jusqu'à la nudité. Ses yeux étaient fixés sur le Sentier d'Or et, dans sa main gauche était le sceptre du pouvoir absolu. Au-delà du Sentier d'Or, ses yeux voyaient l'éternité, et il savait que l'éternité était la nourriture de son âme et de sa chair éternelle.**

— Heighia, le Rêve de Mon Frère,
*d'après Le Livre de Ghanima.*

« IL SERAIT MIEUX POUR MOI DE NE jamais être Empereur, dit Leto. Oh, je ne veux pas dire que j'ai commis la faute de mon père et que j'ai entrevu l'avenir grâce à un verre d'épice. Je parle par égoïsme. Ma sœur et moi avons désespérément besoin d'une période de liberté pour apprendre à vivre avec ce que nous sommes. »

Il se tut et posa un regard interrogateur sur Dame Jessica. Ghanima et lui s'étaient mis d'accord sur les termes qu'il avait employés. Quelle allait être la réponse de leur grand-mère ?

Dans la faible clarté des brilleurs de son appartement, Jessica observa le visage de son petit-fils. C'était à peine l'aube de son second jour dans le Sietch Tabr et elle venait d'être alarmée par les rapports concernant la nuit de veille des jumeaux. Que faisaient-ils ? Elle n'avait pas bien dormi et elle ressentait la morsure des acides de la fatigue, l'appelant à redescendre de l'hyper-niveau sur lequel elle s'était maintenue pour faire face à tous les devoirs qui lui avaient incombé depuis le moment crucial de l'astroport. Elle se trouvait à présent dans le sietch de ses cauchemars... mais au-dehors... le désert n'était pas celui dont elle avait le souvenir. *D'où sont venues toutes ces fleurs ?* se demandait-elle. Et l'atmosphère était bien trop humide. Et les jeunes se montraient si négligents à l'égard du distille.

« Qu'es-tu donc, enfant, pour avoir besoin de temps pour apprendre sur toi-même ? » demanda-t-elle enfin.

Il secoua la tête, doucement, conscient que c'était là un mouvement d'adulte sur un corps d'enfant, se rappelant qu'il lui fallait maintenir cette femme en situation de déséquilibre.

« D'abord, dit-il, je ne suis pas un enfant. Oh, oui... (Il toucha sa poitrine.) Ceci est un corps d'enfant, sans le moindre doute. Mais... *je ne suis pas un enfant.* »

Jessica se mordit la lèvre supérieure, sans se soucier de révéler son trouble. Son Duc, qui était mort depuis si longtemps sur cette maudite planète, avait ri bien souvent de cela. « *Ta seule réponse franche. Elle m'apprend que tu es inquiète et que je dois baiser ces lèvres pour qu'elles cessent de s'affoler.* »

A présent, ce petit-fils qui portait le prénom de son Duc l'enfermait dans le silence des battements de son cœur par son seul sourire tandis qu'il disait :

« Vous êtes inquiète. Je le vois : vos lèvres s'affolent. »

Il lui fallut faire appel au fondement de la discipline Bene Gesserit pour garder une apparence de calme.

« Tu me provoques ? » demanda-t-elle.

« Vous provoquer ? Jamais. Non, je désire seulement vous faire apparaître clairement la différence qui nous sépare. Laissez-moi vous remettre en mémoire cette ancienne orgie de sietch au cours de laquelle la Vieille Révérende Mère vous a transmis toutes ses vies, tous ses souvenirs. Elle s'est accordée sur vous et vous a donné ce... ce long chapelet de saucisses, chaque saucisse étant une personne. Vous le gardez en vous. Alors, vous devez savoir quelque chose de ce que nous vivons, Ghanima et moi. »

« Et Alia ? »

« N'en avez-vous pas déjà parlé avec Ghani ? »

« Je désire en parler avec toi. »

« Très bien. Alia a refusé ce qu'elle était, et elle est devenue ce qu'elle redoutait par-dessus tout. Le *passé intérieur* ne peut être relégué dans l'inconscient. Une telle démarche serait dangereuse pour n'importe quel être humain mais, pour nous, les pré-nés, c'est là un sort pire que la mort. Voilà tout ce que je puis dire à propos d'Alia. »

« Donc, tu n'es pas un enfant. »

« J'ai des millions d'années. Cela implique des adaptations qui jamais auparavant n'ont été nécessaires à un humain. »

Jessica hocha la tête. Elle se sentait plus calme à présent, mais aussi plus prudente qu'elle ne l'avait été avec Ghanima. Mais Ghanima, où était-elle donc ? Pour quelle raison Leto était-il venu seul ?

« Eh bien, grand-mère, dit-il à cet instant. Sommes-nous des Abominations ou le grand espoir des Atréides ? »

Eludant la question, Jessica demanda : « Où est ta sœur ? »

« Elle occupe Alia afin que celle-ci ne nous dérange pas. C'est nécessaire. Mais Ghani ne vous en dirait pas plus que je ne le fais. N'avez-vous pas compris cela hier ? »

« Ce que j'ai compris hier ne regarde que moi. Pourquoi tout ce bavardage à propos de l'Abomination ? »

« Bavardage ? Ne me faites pas votre numéro Bene Gesserit, grand-mère. Ou bien je vous le resservirai, mot pour mot, en le tirant de vos propres souvenirs. Non, il me faut autre chose que ces lèvres affolées. »

Jessica secoua la tête, percevant tout à coup la froideur de... cette *personne* qui avait en elle son sang. Les ressources dont disposait Leto étaient écrasantes. Elle essaya de se mettre à son diapason pour demander : « Que sais-tu de mes intentions ? »

Il redressa la tête.

« Vous n'aviez nul besoin de chercher à savoir si j'avais commis l'erreur de mon père. Je n'ai pas regardé hors de notre jardin de temps, du moins je n'ai pas cherché à en franchir la clôture. Il faut laisser la connaissance absolue de l'avenir à ces instants de *déjà vu* que vit tout être humain. Je sais les pièges de la prescience. L'existence de mon père m'a enseigné tout ce qu'il faut savoir à leur propos. Non, grand-mère, connaître l'avenir c'est se trouver pris au piège de cet avenir, totalement. Et le temps s'effondre. Le présent devient l'avenir. Non... il me faut plus de liberté que cela. »

Jessica sentit des mots sur sa langue, mais elle ne parla pas. Comment pouvait-elle lui donner une réponse qu'il ne connût pas déjà ? C'était monstrueux. *Il est moi ! Il est mon Leto bien-aimé !* En même temps que lui venait cette pensée, elle en fut choquée. Pour un instant, elle se demanda si ce visage d'enfant n'allait pas se transformer pour faire revivre celui qu'elle avait tant aimé... *Non !*

Leto baissa la tête, regarda sa grand-mère. Oui, après tout, elle aussi pouvait être manœuvrée.

« Lorsque vous pensez à la prescience, dit-il, rarement je l'espère, vous n'êtes probablement guère différente des autres. La plupart des gens croient que ce serait tellement bien que de connaître les cours de demain sur la fourrure de baleine. Ou si un Harkonnen reviendra une fois encore sur le trône de Giedi Prime ? Mais, bien sûr, nous connaissons les Harkonnens sans recourir à la prescience, n'est-ce pas, grand-mère ? »

Elle refusa de saisir l'appât qu'il lui tendait. Bien sûr, Leto savait que le sang maudit des Harkonnens coulait dans ses veines.

« Qui est un Harkonnen ? insista-t-il. Qui est Rabban la Bête ? N'importe qui de nous deux ? Mais je m'écarte du sujet. Je veux parler du mythe populaire de la prescience : *connaître* totalement l'avenir ! Quelles fortunes ne pourrait-on construire ou perdre, tout aussi bien, à partir de cette connaissance absolue. C'est ce que croit le commun. Il croit que si un peu est bon, beaucoup sera bien mieux. Excellent ! Quel satané cadeau ce serait que d'offrir à quiconque le scénario complet de sa vie, de toute sa vie, jusqu'à la seconde de sa mort ! Quel ennui ! Quel ennui infernal ! Chaque instant revécu. Pas la moindre différence. Chaque réponse, chaque réaction serait jouée comme elle est écrite, encore, encore et encore... (Il secoua la tête.) Non... L'ignorance a ses avantages. J'appelle de toutes mes forces un univers de surprises ! »

C'était une longue tirade, pour Jessica. Les intonations de Leto, ses tics de langage lui rappelaient son fils. Jusqu'à ses idées : il n'était pas un de ces mots que Paul n'aurait pu prononcer.

« Tu me rappelles ton père », dit-elle.

« Est-ce douloureux pour vous ? »

« D'une certaine façon, mais c'est également rassurant de savoir qu'il vit en toi. »

« Vous ne comprenez guère comment il vit en moi. »

Sa voix était neutre, mais, dans le même temps, lourde d'amertume. Jessica leva la tête et affronta le regard de son petit-fils.

« Pas plus que vous ne savez comment votre Duc vit en moi, poursuivit Leto. Grand-mère, Ghanima est *vous !* A un point tel que votre vie n'a pour elle aucun secret jusqu'à l'instant où vous avez porté notre père. Et moi ! Tout ce que je porte en moi de souvenirs charnels ! Il y a des moments où cela devient insupportable ! Vous êtes venue ici pour nous juger ? Pour juger Alia ? Nous ferions mieux de vous juger vous ! »

Jessica chercha une réponse en elle et n'en trouva aucune. Que faisait donc Leto ? Pourquoi insistait-il à ce point sur sa différence ? Cherchait-il à être rejeté ? Avait-il rejoint Alia dans sa condition d'Abomination ?

« Vous êtes inquiète », dit-il.

« Je suis inquiète. (Elle se permit un haussement d'épaules.) Oui, et pour des raisons que tu connais très bien. Je suis certaine que tu as exploré mon éducation Bene Gesserit. Ghanima me l'a avoué. Je connais Alia... Je la connaissais. Tu sais quelles peuvent être les conséquences de votre *différence.* »

Son regard se riva au sien avec une intensité troublante.

« Presque, dit-il. Nous n'avons pas pris cette voie, avec vous. (Elle perçut dans la voix de Leto un peu de la lassitude qu'elle éprouvait.) Nous connaissons les instants où vos lèvres s'affolent aussi bien que votre bien-aimé. Tous les mots d'amour qu'il a pu vous murmurer, nous pouvons les retrouver à notre gré. Il ne fait aucun doute que vous avez accepté cela, intellectuellement. Mais, dans ce cas, l'intellect seul ne saurait suffire. Si l'un de nous deux devient une Abomination, ce pourrait bien être le fait de votre présence intérieure ! De celle de mon père... ou de ma mère ! De votre Duc ! N'importe lequel d'entre vous est en mesure de nous posséder, et notre condition serait la même. »

Il y avait du feu dans la poitrine de Jessica, et de l'eau dans ses yeux.

« Leto... », commença-t-elle, et c'était la première fois qu'elle parvenait à prononcer ce prénom. La souffrance n'était pas aussi énorme qu'elle l'avait craint. « Que veux-tu de moi ? »

« J'aimerais apprendre quelque chose à ma grand-mère. »

« Mais quoi ? »

« Cette nuit, Ghani et moi, nous avons pris les rôles du père et de la mère. Nous en avons presque été détruits, mais nous avons beaucoup appris. Il est des choses que l'on peut savoir, à condition d'être conscients des conditions. Les actes sont prévisibles. Pour Alia... il est presque certain qu'elle complote afin de vous enlever. »

Jessica ne put s'empêcher d'accuser le choc. Pourtant, elle connaissait bien cette tactique : on engageait son interlocuteur sur une ligne de raisonnement précise, puis l'on introduisait un argument de choc, venu d'une autre ligne. Elle inspira brièvement, profondément.

« Je sais ce qu'Alia a fait... ce qu'elle est, mais... »

« Grand-mère, prenez-la en pitié. Servez-vous de votre cœur autant que de votre intelligence. Vous l'avez déjà fait. Vous représentez une menace, et Alia convoite l'Imperium pour elle seule, c'est tout au moins ce que veut la chose qu'elle est devenue. »

« Comment puis-je être certaine que ce n'est pas là le discours d'une autre Abomination ? »

Leto haussa les épaules. « C'est ici que votre cœur entre en jeu. Ghanima et moi savons comment elle est tombée. Ce n'est pas facile d'affronter la clameur de cette multitude intérieure. Supprimez leurs ego et ils reviendront en masse chaque fois que vous ferez appel à une mémoire. Et un jour... (Il s'interrompit, la gorge nouée.) Un jour, il y en aura un, plus fort, pour décider que le moment est venu d'habiter votre chair. »

« Et il n'y a rien à faire contre cela ? » demanda Jessica, mais déjà elle connaissait la réponse, et celle-ci l'effrayait.

« Nous croyons qu'il y a quelque chose à faire, oui. Nous ne pouvons succomber à l'épice : c'est là l'essentiel. Et il ne faut pas effacer totalement le passé. Il faut l'utiliser, l'amalgamer. Le but est de tous les mêler en nous-mêmes. Nous ne serons plus vraiment nous, certes — *mais nous ne serons pas possédés.* »

« Tu as parlé d'un complot pour m'enlever. »

« Il est évident. Wensicia a des ambitions pour son fils. Alia en a pour elle-même, et... »

« Alia et Farad'n ? »

« Ce n'est pas prouvé, mais les trajectoires d'Alia et de Wensicia sont désormais parallèles. Wensicia a placé une de ses sœurs dans la suite d'Alia. Quoi de plus simple qu'un message... »

« As-tu connaissance d'un tel message ? »

« Comme si je l'avais eu en main et que j'en aie lu chaque mot. »

« Mais tu ne l'as pas vu ? »

« Inutile. Il me suffit de savoir que les Atréides sont tous rassemblés ici, sur Arrakis. Toute l'eau dans une seule citerne. » D'un geste, il embrassa la planète tout entière.

« La Maison de Corrino n'oserait pas nous attaquer ici ! »

« Mais si cela advenait, Alia en tirerait profit. »

Il y avait de l'ironie dans sa voix et elle en conçut de l'agacement.

« Ce n'est pas à mon petit-fils de me faire la leçon ! »

« Bon sang, femme ! Cessez donc de me considérer comme votre petit-fils ! Pensez à moi comme le *Duc Leto !* »

Le ton, l'expression, le geste vif de la main étaient si vrais qu'elle demeura silencieuse, paralysée.

D'une voix sèche, lointaine, il ajouta : « J'ai essayé de vous préparer à cela. Reconnaissez-le, au moins. »

« Pourquoi Alia chercherait-elle à m'enlever ? »

« Pour en rejeter la faute sur la Maison de Corrino, bien sûr. »

« Je ne le crois pas. Même venant d'elle. Ce serait trop... monstrueux ! Et trop dangereux ! Comment pourrait-elle réussir sans... Non, je n'arrive pas à le croire ! »

« Quand cela arrivera, vous le croirez. Ahhh, grand-mère... Ghani et moi n'avons qu'à tendre l'oreille vers les voix qui sont en nous pour le savoir. C'est une simple attitude de défense. Comment pourrions-nous deviner autrement toutes les erreurs qui sont commises autour de nous ? »

« Je n'accepterai pas une seconde l'idée que cet enlèvement fasse partie d'un plan d'Alia... »

« Dieux damnés ! Comment vous, Bene Gesserit, pouvez-vous être aussi obtuse ? L'Imperium tout entier soupçonne la raison de votre venue. Les propagandistes de Wensicia sont prêts à vous discréditer. Alia n'attendra pas cet instant. Vous rabaissée, la Maison des Atréides subirait un coup fatal. »

« Que soupçonne l'ensemble de l'Imperium ? »

Elle avait formulé ces mots aussi froidement que possible, sachant bien qu'elle ne pouvait manipuler ce *non-enfant* par les sortilèges de la Voix.

« Dame Jessica a formé le projet d'accoupler les deux jumeaux ! gronda Leto. C'est ce que veulent les Sœurs ! L'inceste ! »

Elle battit des paupières. « Une vague rumeur. Le Bene Gesserit ne tolérera pas qu'elle se répande dans l'Imperium. (Elle tenta d'avaler, la gorge sèche.) Nous avons encore de l'influence, ne l'oublie pas. »

« Une rumeur ? Quelle rumeur ? Vous avez certainement laissé ouverte la voie à ce projet. (Il secoua la tête comme Jessica faisait mine de l'interrompre.) Non, ne le niez pas. Laissez-nous donc passer notre puberté dans la même demeure, avec *vous* dans cette demeure, et votre *influence* ne vaudra guère mieux qu'un chiffon agité sous la gueule d'un ver des sables. »

« Nous crois-tu absolument idiotes ? »

« Certainement. Vos Sœurs ne sont qu'une bande de vieilles folles qui n'ont jamais su voir au-delà de leur cher programme génétique ! Mais Ghani et moi, nous savons de quel levier elles disposent. C'est *nous* que *vous* prenez pour deux idiots ! »

« Un levier ? »

« Elles savent que vous êtes une Harkonnen ! Cela est inscrit dans leurs registres de reproduction : Jessica, née de Tanidia Nerus par le Baron Vladimir Harkonnen. Voilà une information qui, divulguée *accidentellement,* pourrait bien faire jeter au... »

« Tu penses vraiment que les Sœurs s'abaisseraient à un tel chantage ? »

« *Je le sais.* Oh, évidemment, ce serait bien enveloppé. Elles vous ont demandé de vérifier ces rumeurs qui circulent à propos de votre fille. Elles ont attisé votre curiosité, avivé vos craintes. Elles ont fait appel à votre sens de la responsabilité et vous ont instillé un sentiment de culpabilité pour avoir fui sur Caladan. Elles vous ont proposé de *sauver* vos petits-enfants. »

Jessica ne put que le regarder sans répondre. C'était comme s'il avait été présent à chacune des réunions qu'elle avait eues avec ses Supérieures. Subjuguée par les paroles de Leto, elle était tout à coup prête à admettre la réalité du projet d'Alia pour l'enlever.

« Voyez-vous, grand-mère, j'ai une décision difficile à prendre. Dois-je suivre la mystique des Atréides ? Dois-je vivre pour mes sujets... et mourir pour eux ? Ou bien puis-je choisir un autre chemin, qui me permettrait de vivre des milliers d'années ? »

Malgré elle, Jessica se cabra. Leto, avec désinvolture, touchait à un sujet presque impensable pour le Bene Gesserit. Les Révérendes Mères étaient nombreuses qui pouvaient choisir ce chemin, essayer de s'y engager. La manipulation de la chimie intérieure était à la portée des Sœurs initiées. Mais si l'une d'entre elles faisait ce choix, tôt ou tard, toutes les autres voudraient la suivre. Et il serait impossible de dissimuler l'existence de tant de femmes sans âge. Non, ce chemin ne pouvait que les conduire à la destruction. L'humanité qui vivait sa brève existence se tournerait contre elles. Non —c'était là une chose impensable.

« Je redoute le cours que suivent tes pensées », dit-elle.

« Vous ne les comprenez pas. Ghani et moi... (Il secoua la tête.) Alia tenait cela entre ses mains et elle l'a rejeté. »

« En es-tu sûr ? J'ai déjà informé les Sœurs qu'Alia se livre à la pratique de l'impensable. Regarde-la ! Elle n'a pas vieilli d'un jour depuis la dernière... »

« Oh, ça !... (D'un geste bref, il balaya l'allusion à la manipulation Bene Gesserit.) Je parle d'autre chose, d'une perfection de l'être qui transcende de loin tout ce que les humains ont jamais réussi. »

Jessica demeura silencieuse, stupéfaite par l'aisance avec laquelle il lui avait arraché semblable révélation.

Il ne pouvait ignorer que ce message équivalait, pour Alia, à une sentence de mort. Même s'il employait des termes différents, il ne pouvait parler que du même délit. Avait-il seulement conscience du danger de telles paroles ?

« Il faut t'expliquer », dit-elle.

« Comment ? Je ne peux commencer de vous expliquer, à moins que vous ne compreniez que le Temps n'est pas ce qu'il semble être. Mon père l'avait deviné. Il était au seuil de la compréhension, mais il a rebroussé chemin. A présent, c'est à Ghani et à moi de comprendre. »

« J'insiste pour que tu t'expliques », dit Jessica, et ses doigts se refermèrent sur l'aiguille empoisonnée qu'elle dissimulait dans un repli de sa robe. Le gom jabbar. Il ne faisait qu'effleurer, et la mort survenait en quelques secondes. *Elles m'ont averti que je pourrais avoir à m'en servir,* songea-t-elle. Les muscles de ses bras se mirent alors à frémir et elle eut une pensée reconnaissante pour la robe qui l'enveloppait.

« Très bien, dit-il dans un soupir. D'abord, à propos du Temps. Il n'y a pas de différence entre dix mille années et une année, pas de différence entre cent mille années et un battement de cœur. Aucune différence. Telle est la première vérité à propos du Temps. Et la seconde est : l'univers tout entier, avec tout son Temps, se trouve en moi. »

« Qu'est-ce donc que cette absurdité ? »

« Vous voyez ? Vous ne comprenez pas. Alors je vais essayer de vous expliquer autrement. (Il leva la main droite et ses gestes accompagnèrent les mots.) Nous allons de l'avant, nous revenons en arrière. »

« Mais cela n'explique rien ! »

« C'est exact. Il est des choses que les mots ne peuvent expliquer. Il faut les absorber sans l'aide des mots. Mais vous n'êtes pas prête pour une telle aventure, de même que vous ne me voyez pas lorsque vous me regardez. »

« Mais... je te regarde. Et je te vois ! »

Il y avait de la colère dans le regard de Jessica. Les paroles de Leto révélaient sa connaissance du Codex Zensunni tel qu'on le lui avait enseigné dans les écoles du Bene Gesserit : le jeu des mots visant à semer la confusion dans la compréhension que l'on pouvait avoir de la philosophie.

« Il est des choses qui échappent à votre contrôle », dit-il.

« Mais comment cela expliquerait-il cette... cette *perfection* qui surpasse toutes les expériences humaines ? »

Il hocha la tête.

« Repousser la vieillesse ou la mort par l'emploi du Mélange ou par cet équilibre de la chair qu'enseignent les Bene Gesserit et qu'elles redoutent si justement, ce n'est qu'un répit qui fait appel à une illusion de contrôle. Que l'on marche lentement ou que l'on coure, on traverse quand même le sietch. Et ce passage du temps est ressenti intérieurement. »

« Pourquoi cette jonglerie avec les mots ? J'ai usé mes dents de sagesse sur de telles absurdités bien avant que ton père soit né. »

« Mais seules les dents ont poussé. »

« Des mots ! Des mots ! »

« Ahh, vous commencez à comprendre ! »

« Vraiment ! »

« Grand-mère ? »

« Oui ? »

Il fut quelques secondes avant de reprendre la parole.

« Vous voyez ? Vous pouvez encore être vous-même. (Il lui sourit.) Mais vous ne pouvez voir au-delà des ombres. Je suis ici. (A nouveau, il lui sourit.) Mon père est presque venu jusqu'à ce seuil. Lorsqu'il vivait, il vivait, mais lorsqu'il est mort, il n'a pas réussi à mourir. »

« Que veux-tu dire ? »

« Montrez-moi donc son corps ! »

« Tu crois que ce Prêcheur... »

« C'est possible, mais, même ainsi, ce n'est pas son corps. »

« Tu n'as rien expliqué », dit Jessica d'un ton accusateur.

« Je vous avais prévenue. »

« Alors pourquoi... »

« Vous me l'avez demandé. Il fallait vous montrer. Revenons maintenant à Alia et à son plan pour vous enlever de... »

« Est-ce que tu prépares l'impensable ? » demanda-t-elle, et ses doigts sous sa robe étaient toujours serrés sur le gom jabbar.

« Est-ce vous qui l'exécuterez ? » demanda-t-il avec une douceur trompeuse. Il désigna l'endroit précis où elle dissimulait l'aiguille. « Croyez-vous qu'elle vous permette d'utiliser cela ? Croyez-vous que je vous laisserai faire ? »

Jessica demeura silencieuse, la gorge soudain serrée.

« Pour répondre à votre question, reprit Leto, je ne prépare pas l'impensable. Je ne suis pas aussi stupide. Mais vous me choquez. Vous osez juger Alia. Certes, elle a transgressé le précieux commandement Bene Gesserit ! Et alors, qu'attendiez-vous ? Vous la laissez ici avec la charge d'une reine mais pas le titre. Avec un tel pouvoir ! Et vous retournez sur Caladan panser vos plaies entre les bras de Gurney. C'est vraiment bien. Mais qui êtes-vous donc pour la juger ? »

« Laisse-moi te dire une chose. Je n'ai pas l'inten... »

« Oh, silence ! » s'écria-t-il avant de détourner les yeux avec dégoût. Il venait de s'exprimer avec la Voix, l'outil de domination du Bene Gesserit, et Jessica fut réduite au silence dans la seconde même, aussi sûrement que s'il eût plaqué la main sur sa bouche. Elle songea : *Qui d'autre saurait aussi bien user de la Voix sur moi ?* Pour ses sentiments blessés, c'était là une pensée adoucissante. Elle avait usé de la Voix tant de fois que jamais elle n'avait songé s'y trouver soumise... Non, plus jamais depuis les jours lointains de l'école...

A nouveau, Leto lui fit face. « Je suis désolé. Mais il se trouve que je sais que vous réagissez aveuglément quand... »

« Aveuglément ? Moi ? » Plus encore que la Voix qu'il avait osé utiliser contre elle, ces paroles la révoltaient.

« Oui, vous, insista-t-il. Aveuglément. S'il vous reste un rien d'honnêteté, vous devez admettre vos réactions. Il me suffit de prononcer votre nom et vous dites : oui ? J'impose le silence à votre langue. J'invoque tous vos mythes Bene Gesserit. Regardez donc en vous ainsi qu'on vous l'a enseigné. Au moins, c'est une chose que vous pouvez faire pour votre... »

« Comment peux-tu oser ? Que sais-tu de... » Elle se tut. Bien sûr qu'il savait...

« Regardez en vous, ai-je dit ! » répéta Leto d'une voix impérieuse.

Et, à nouveau, cette voix la subjugua. Ses sens étaient soudain paralysés, son souffle s'accélérait. Au-delà de ce qu'elle pouvait percevoir, se cachait un cœur oppressé, le halètement de... Brutalement, elle prit conscience que ce souffle rapide, ce cœur oppressé, n'étaient pas latents, qu'ils n'étaient pas tenus en échec par son contrôle Bene Gesserit. Elle comprit en un choc douloureux, ses yeux s'agrandirent et sa propre chair réagit à d'autres ordres. Lentement, elle recouvra son équilibre, mais elle n'oublia pas. Ce *non-enfant* avait joué d'elle comme d'un instrument bien accordé tout au long de leur dialogue.

« Maintenant, reprit-il, vous savez combien profondément vous avez été conditionnée par vos chères Sœurs. »

Elle ne put qu'acquiescer. Il ne restait rien du pouvoir qu'elle attendait des mots. Leto venait de l'obliger à regarder en face son propre univers physique, et elle ne sortait pas indemne de cette confrontation, une connaissance nouvelle se répandait dans son esprit.

« *Montrez-moi son corps !* » Mais il lui avait montré son corps à elle, comme s'il venait de naître. Jamais depuis les années scolaires de Wallach, jamais depuis ces jours terrifiants qui avaient précédé la venue des entremetteuses du Duc elle n'avait éprouvé une telle vacillante incertitude quant aux moments à venir.

« Il faudra vous laisser enlever », dit Leto.

« Mais... »

« Je ne souffrirai aucune discussion sur ce point. Vous devez accepter. Considérez cela comme un ordre de votre Duc. Plus tard, vous en comprendrez les raisons. Vous allez rencontrer un étudiant particulièrement intéressant. »

Leto se leva et ajouta : « Il est certaines actions qui ont une fin et pas de commencement, alors que d'autres commencent pour ne pas s'achever. Tout dépend de la position de celui qui observe. »

Il fit demi-tour et quitta la pièce.

C'est dans la seconde antichambre que Leto rencontra Ghanima, qui se hâtait vers leurs appartements. Elle s'arrêta net en l'apercevant et dit : « Alia est avec la Convocation de la Foi. Elle eut un regard interrogateur vers le passage qui conduisait aux appartements de Jessica.

« Cela a marché », dit Leto.

**L'atrocité est reconnue comme telle par la victime tout autant que par celui qui la perpètre, par tous ceux qui en ont connaissance à quelque degré que ce soit. L'atrocité n'a pas d'excuse, pas de circonstance atténuante. Jamais elle n'équilibre ni ne corrige le passé. Elle ne fait qu'armer l'avenir pour d'autres atrocités. Elle se perpétue d'elle-même selon une forme barbare d'inceste. Quiconque commet une atrocité commet toutes les atrocités futures ainsi engendrées.**

**— Les Apocryphes de Muad'Dib.**

PEU APRÈS MIDI, QUAND TOUS LES PÈLERINS se furent dispersés en quête de l'ombre fraîche ou de la boisson qu'ils pouvaient trouver, le Prêcheur pénétra dans la grande cour, sous le Temple d'Alia. Il s'appuyait au bras du jeune Assan Tariq. Sous les plis de sa robe, dans une poche, il avait rangé le masque de gaze noire qu'il avait porté sur Salusa Secundus. Il trouvait plaisante l'idée que le jeune garçon et le masque eussent une même fonction : masquer. Aussi longtemps qu'il aurait besoin des yeux du garçon, les doutes demeureraient vivants.

*Que le mythe grandisse,* pensa-t-il, *mais que les doutes survivent.*

Nul ne devait découvrir que le masque n'était qu'un simple fragment de tissu, qu'il ne devait rien aux talents Ixiens. Sa main ne devait pas quitter l'épaule osseuse d'Assan. Si, une seule fois, le Prêcheur venait à marcher comme un voyant en dépit de ses orbites vides, tous les doutes seraient dissipés. Et le mince espoir qu'il nourrissait serait mort. Chaque jour il appelait un changement, quelque différence sur laquelle il pourrait trébucher, mais Salusa Secundus elle-même n'avait été qu'un caillou dont il connaissait tous les aspects. Rien ne changeait, rien ne pouvait être changé... Pourtant...

Sous les arcades, devant les boutiques, nombreux étaient ceux qui regardaient passer l'aveugle, remarquant sa façon de tourner la tête, comme s'il fixait son regard sur tel ou tel seuil, telle ou telle personne. Il ne le faisait pas toujours comme un aveugle, et cela ne faisait qu'ajouter au mythe qui grandissait.

Derrière les remparts de son temple, Alia l'observait par une meurtrière dissimulée. Elle cherchait un signe certain permettant d'identifier ce visage ravagé. Elle avait écouté chacune des rumeurs qui circulaient. Et chacune d'elles avait réveillé sa peur.

Elle avait pensé que son ordre d'emprisonner le Prêcheur demeurerait secret, mais l'écho lui en était revenu également. Même au sein de sa garde, elle ne pouvait espérer le silence. Elle ne pouvait désormais que souhaiter l'exécution de ses ordres récents : le mystérieux aveugle ne devait pas être arrêté en un lieu public, au vu et au su de tout le monde.

La poussière montait dans l'air torride. Le jeune guide du Prêcheur avait remonté le voile de sa robe jusqu'au nez et l'on ne voyait plus que ses yeux sombres et un peu de son front. Le tube du distille saillait sous l'étoffe et Alia comprit que le Prêcheur et l'enfant arrivaient du désert. Où pouvaient-ils donc se cacher là-bas ?

Le Prêcheur, lui, offrait un visage nu à l'air desséchant. Il avait même rejeté le masque du distille et il se présentait le front haut dans la lumière et les ondes brûlantes qui faisaient trembler l'air au-dessus des dalles.

Sur les marches du Temple, un groupe de neuf pèlerins accomplissait ses devoirs avant de se retirer. Aux quatre côtés de la place, plongés dans l'ombre, il y avait peut-être cinquante autres fidèles, pour la plupart des pèlerins qui se soumettaient aux pénitences variées imposées par les prêtres. Quant aux badauds, ils étaient composés de commissionnaires et de quelques marchands qui n'avaient pas encore fait suffisamment d'affaires pour fermer boutique à cette heure, la plus chaude de la journée.

Tout comme son frère, qu'elle avait souvent surpris ainsi, Alia était partagée entre la pensée et la sensation. Elle demeurait immobile en face de la meurtrière, percevant le flux lourd de la chaleur au dehors, et le désir de plonger vers sa multitude intérieure montait en elle comme un murmure de plus en plus menaçant. Le Baron était là, consciencieux et dévoué, mais toujours prêt à jouer sur ses terreurs lorsque le jugement rationnel s'effaçait, et que les choses autour d'elle perdaient leur valeur de passé, de présent et d'avenir.

*Et si c'est vraiment Paul qui se trouve là ?* songea-t-elle.

« Absurde ! » clama la voix en elle.

Mais on ne pouvait mettre en doute les paroles prononcées par le Prêcheur. *Hérésie !* Et la seule pensée que Paul ait pu entreprendre de détruire ce qui avait été édifié sur son nom était terrifiante.

*Mais pourquoi pas ?*

Elle repensa à ce qu'elle avait déclaré devant le Conseil ce matin même, attaquant méchamment Irulan qui l'avait vivement pressée d'accepter les vêtements offerts par la Maison de Corrino.

« Tous les présents faits aux jumeaux sont soigneusement examinés », avait protesté Irulan.

« Et quand ils se révèlent inoffensifs ? » avait lancé Alia.

Ç'avait été le moment le plus effrayant, celui où ils avaient découvert que le cadeau de la Maison de Corrino ne recelait pas la moindre menace.

Les effets avaient donc été acceptés et l'on était passé à la proposition suivante : Dame Jessica devait-elle recevoir un siège au Conseil ? Alia avait réussi à retarder le vote.

Elle songeait à cela tout en observant le Prêcheur.

Sa Régence semblait subir les effets souterrains de la transformation de ce monde. Dune avait autrefois symbolisé la puissance du désert absolu. Physiquement, cette puissance avait diminué, mais le mythe de cette puissance avait grandi au même rythme. Seul demeurait aujourd'hui le désert-océan, le Grand Bled, avec ses lisières d'épineux. Le Grand Bled, que les Fremen nommaient encore la Reine de la Nuit. Par-delà les buissons d'épineux, s'élevaient de douces collines vertes que l'homme avait façonnées. Jusqu'à la dernière, elles avaient été ensemencées par des hommes qui avaient travaillé comme des nuées d'insectes. Et le vert de ces collines avait quelque chose de stupéfiant pour qui, comme Alia, avait été élevé dans un monde de dunes, de vagues d'ombre sur le sable. Dans l'esprit d'Alia, comme dans celui de tous les Fremen, le désert-océan était encore un étau dont l'emprise sur cette planète n'était pas près de se relâcher. Il lui suffisait de fermer les yeux un instant pour retrouver l'image de ce désert.

Mais les yeux qui s'ouvraient aux frontières du désert, désormais, découvraient les collines dont les verts pseudopodes humides s'insinuaient dans le sable. Pourtant, l'autre désert demeurait aussi puissant que jadis.

Alia secoua la tête, irritée. Ses yeux n'avaient pas quitté la sombre silhouette du Prêcheur.

Il avait gagné le premier degré des terrasses et se tournait vers la plaza presque déserte. Alia pressa sur le bouton qui commandait l'amplification des voix. Elle éprouva un instant de pitié pour elle-même. Elle se vit avec un certain recul, prisonnière dans la solitude et sans nul à qui elle pût se fier. Elle avait eu confiance en Stilgar mais il était maintenant contaminé par l'aveugle.

« Savez-vous comment il compte ? avait-il dit à Alia. Je l'ai entendu compter les pièces à son guide. Et ce fut très étrange à mes oreilles de Fremen. Ce fut une chose terrible. Il compte ainsi : « Shuc, ishcai, qimsa, chuascu, picha, sucta... »

Ainsi de suite. Je n'ai jamais entendu personne compter ainsi depuis très longtemps, depuis les années de désert. »

Depuis, Alia savait que Stilgar ne pourrait remplir la mission qu'elle avait pensé lui confier. Et elle devrait se montrer plus circonspecte encore avec ses gardes qui avaient tendance à traduire les moindres phrases de la Régence en ordres impératifs.

*Que fait-il donc ici, ce Prêcheur ?* se demanda-t-elle.

Tout autour, le marché, à l'abri de ses balcons et de ses arcades, offrait toujours la même image bigarrée. Quelques jeunes garçons veillaient sur les marchandises à l'éventaire, quelques marchands étaient encore à leur poste, guettant la monnaie d'épice cuite des provinces reculées ou les pièces tintantes des bourses des pèlerins.

Alia n'avait pas bougé. Le Prêcheur lui tournait le dos. Silencieux, il semblait hésiter à prendre la parole, comme si quelque chose l'en empêchait.

*Que fais-je donc ici à épier cet être en ruine ? Cette épave au seuil de la mort ne saurait être le « vaisseau de magnificence » que fut mon frère !*

Une frustration qui ressemblait à de la colère envahit Alia. Comment pourrait-elle connaître la vérité sur le Prêcheur *sans connaître la vérité ?* Elle était prise au piège. Elle ne pouvait se permettre de montrer plus qu'une curiosité passagère envers cet hérétique.

Irulan l'avait compris. Elle avait rejeté son fameux maintien Bene Gesserit pour hurler devant le Conseil : « Nous avons perdu le pouvoir de penser sainement de nous-mêmes ! »

Stilgar lui-même en avait été choqué.

Javid les avait ramenés à la raison : « Nous n'avons pas de temps pour de telles absurdités ! »

Javid avait raison : qu'importait la façon dont ils pensaient à eux-mêmes ? Leur unique souci était de conserver leur pouvoir sur l'Imperium.

Mais Irulan, recouvrant son empire sur elle-même, avait été plus dévastatrice encore.

« Nous avons perdu un élément vital, je vous le dis. Et nous avons perdu en même temps le pouvoir de prendre de justes décisions. Aujourd'hui, nous affrontons les décisions ainsi que nous affrontons un ennemi. Ou encore nous attendons, ce qui est une forme d'abandon, et nous accordons à d'autres le droit de nous mouvoir. Aurions-nous oublié que c'est nous qui avons libéré ce flot ? »

Et tout cela avait été dit à partir du débat sur le cadeau issu de la Maison de Corrino.

*Il faut nous débarrasser d'Irulan,* décida Alia.

Mais qu'attendait donc le vieillard sur la place ? Il s'était donné le titre de prêcheur. En ce cas, pourquoi ne prêchait-il pas ?

Irulan s'est trompée quant à notre pouvoir de décision, se dit Alia. *Je peux encore en prendre sans erreur !* L'être qui doit prendre des décisions de vie ou de mort doit les prendre sous peine de se trouver pris au piège du balancier. Paul avait toujours déclaré que la stase était la plus dangereuse des choses entre toutes celles qui n'étaient point naturelles. La seule permanence résidait dans la fluidité. Le changement était tout ce qui importait.

*Je vais leur montrer le changement !* songea Alia.

A cet instant, le Prêcheur étendit les bras dans le geste de la bénédiction.

Certains, parmi ceux qui se trouvaient sur la place, se rapprochèrent avec une lenteur dont Alia eut conscience. Oui, les rumeurs disaient que le Prêcheur avait suscité le mécontentement d'Alia. Elle se pencha vers le haut-parleur Ixien incrusté dans la muraille à côté de son regard d'espion. Elle perçut les murmures de l'assistance, le bruissement du vent et le grattement des pieds sur le sol.

« Je vous apporte quatre messages ! » lança le Prêcheur. Si forte était sa voix qu'Alia dut baisser le volume.

« Chacun d'eux est adressé à une personne en particulier, poursuivit le Prêcheur. Le premier de ces messages est pour Alia, souveraine du palais. (Le Prêcheur tendit le doigt vers le regard derrière lequel Alia s'était crue invisible.) Je lui apporte un avertissement : Toi qui gardes en tes entrailles le secret de la pérennité, tu as vendu ton futur contre une bourse vide ! »

*Comment ose-t-il ?* pensa-t-elle, glacée par ces mots.

« Mon second message, continua le Prêcheur, est pour Stilgar, le Naib des Fremen, qui croit pouvoir transformer la puissance des tribus en pouvoir de l'Imperium. Voici mon avertissement, Stilgar : de toutes les créations, la plus dangereuse est un code d'éthique rigide. Il se retournera contre toi et te conduira à l'exil ! »

*Il va trop loin !* se dit Alia. *Il faut que j'envoie les gardes, quelles que soient les conséquences.* Mais ses mains demeurèrent immobiles.

Le Prêcheur tourna alors son visage vers la façade du temple. Puis il escalada la seconde marche et pivota pour regarder à nouveau la plazza où s'étaient rassemblés les fidèles. Sa main gauche, tout ce temps, n'avait pas quitté l'épaule de son guide. Il cria :

« Mon troisième message est pour la Princesse Irulan ! Princesse ! L'humiliation est une chose que nul être ne saurait oublier. Je vous enjoins de fuir ! »

*Que dit-il ?* se demanda Alia. *Nous avons humilié Irulan, certes, mais... pourquoi lui conseiller de fuir ? Je viens à peine de prendre ma décision...* Elle sentit alors l'aiguillon de la peur. Comment le Prêcheur pouvait-il savoir ?

« Mon quatrième message est pour Duncan Idaho. Duncan ! On vous a appris à croire que la loyauté achète la loyauté. Oh, Duncan, ne croyez pas à l'histoire, car l'histoire est façonnée par tout ce qui tient lieu de monnaie. Duncan ! Prenez vos cornes et faites ce que vous savez le mieux faire ! »

Alia se mordit la main. *Des cornes !* Désespérément, elle voulut lever la main, appuyer sur le bouton qui déclencherait la ruée des gardes, mais elle était paralysée.

« Maintenant, je vais prêcher, dit le Prêcheur. Ceci est un sermon du désert. Je le dis pour les oreilles des prêtres de Muad'Dib, ceux qui pratiquent l'œcuménisme de l'épée. Oui, vous, apôtres de la destinée manifeste ! Ne savez-vous point que la destinée manifeste a un visage démoniaque ? Vous clamez l'exaltation que vous éprouvez à vivre dans les générations bénies de Muad'Dib. La sainteté a remplacé l'amour dans votre religion ! Vous encourez la vengeance du désert ! »

Le Prêcheur baissa la tête comme s'il se mettait en prière.

Alia eut un frisson. Par les dieux inférieurs ! Cette voix ! Les sables brûlants l'avaient érodée durant toutes ces années, mais elle avait cru y distinguer les échos de la voix de Paul.

Une fois encore, le Prêcheur leva la tête. Les gens avaient commencé de se rassembler, attirés par le spectacle étrange de cet être surgi du passé. La voix du Prêcheur gronda aux quatre coins de la plazza.

« Ainsi est-il écrit ! Ceux-là qui appellent la rosée au seuil du désert recueilleront le déluge ! Ils ne sauraient échapper à leur destin par les pouvoirs de la raison ! La raison naît de l'orgueil de l'homme qui peut ignorer qu'il a fait le mal. (La voix du Prêcheur baissa d'un ton.) On a dit de Muad'Dib qu'il mourut de prescience, que la connaissance de l'avenir l'a tué et qu'il a quitté l'univers de la réalité pour gagner le *alam al-mythal*. Je vous dis que cela est l'illusion de Maya. De telles pensées n'ont pas de réalité indépendante. Elles ne sauraient provenir de vous et accomplir des choses réelles. Muad'Dib a dit de lui-même qu'il ne possédait pas la magie Rihani qui lui aurait permis de déchiffrer l'univers. Ne doutez pas de lui. »

Le Prêcheur étendit à nouveau les bras et lança d'une voix tonnante : « J'avertis ici les prêtres de Muad'Dib ! Le feu sur la falaise vous brûlera ! Celui qui a appris à trop bien se trahir périra de cette trahison. Le sang d'un frère ne saurait être lavé ! »

Il avait baissé les bras et, appuyé sur son jeune guide, il quittait la plazza quand Alia sortit enfin de sa transe. Tant d'impudence dans l'hérésie ! Ce ne pouvait être que Paul. Elle devait donner l'alerte à ses gardes. Ils n'oseraient jamais attaquer ouvertement ce *Prêcheur.* Ce qu'elle voyait maintenant confirmait cette idée. Personne ne se mettait en travers du chemin du Prêcheur, même après son discours hérétique. Il n'y avait pas un garde du Temple pour se ruer à ses trousses, pas un pèlerin pour l'arrêter au passage. L'aveugle était protégé par son charisme ! Tous ceux qui le voyaient ou l'entendaient percevaient son pouvoir, le reflet d'un talent divin.

Dans la terrible chaleur du jour, Alia, soudain, se sentit glacée. Elle avait tout à coup la sensation physique de la minceur de son emprise sur l'Imperium. Elle porta les mains vers la muraille, s'agrippa aux arêtes de la meurtrière comme pour retenir son pouvoir, songeant à sa fragilité.

Au centre du pouvoir, il y avait le Landsraad, instrument d'équilibre, la CHOM et la force Fremen, tandis que dans l'ombre, la Guilde Spatiale et le Bene Gesserit continuaient silencieusement leur travail. Sans cesse, les développements prohibés de la technologie arrivaient des marches les plus avancées de la colonisation humaine pour ronger le pouvoir central. Les produits autorisés issus des ateliers ixiens et tleilaxu étaient impuissants à endiguer cette pénétration. Et, à la périphérie, il y avait Farad'n de la Maison de Corrino, héritier de tous les titres et prétentions de Shaddam IV.

Sans les Fremen, sans le monopole de la Maison des Atréides sur l'épice gériatrique, Alia n'aurait plus rien entre les mains. Rien ne subsisterait de son pouvoir. Déjà, elle le sentait glisser. Le peuple se tournait vers ce Prêcheur. Le réduire au silence serait un acte dangereux, tout aussi dangereux que le laisser continuer à parler ainsi qu'il l'avait fait aujourd'hui devant le Temple.

Pour Alia, les présages annonciateurs de sa chute étaient visibles et les grandes lignes du problème se dessinaient clairement dans son esprit. Elles avaient été définies par les Sœurs :

« C'est une situation commune dans notre univers que celle d'un peuple important maintenu sous la coupe d'une force réduite mais puissante. Et nous connaissons les conditions majeures qui conduisent le peuple à se tourner contre ses maîtres :

« La première : lorsque ce peuple se trouve un chef. C'est la menace la plus fréquente contre le pouvoir et celui-ci se doit de contrôler les chefs.

« La deuxième : lorsque le peuple prend conscience de l'existence de ses chaînes. Il faut que le peuple demeure aveugle et muet.

« La troisième : lorsque le peuple discerne un espoir de

pouvoir échapper à ses entraves. Il faut qu'il ne puisse même l'imaginer ! »

Alia secoua la tête avec violence. Tous ces signes étaient évidents au sein de son peuple. Tous les rapports qu'elle recevait de ses espions aux mille coins de l'Imperium ne faisaient que renforcer sa certitude. Les incessantes batailles du Jihad Fremen avaient laissé leur marque sur tous les mondes. Sur tous ces mondes touchés par l' « Œcuménisme de l'épée », le peuple avait une attitude de soumission, les gens devenaient défensifs, secrets, fuyants. Toute manifestation d'autorité — d'autorité *religieuse* essentiellement — suscitait le ressentiment. Certes, les pèlerins affluaient encore par millions et beaucoup étaient sans doute de vrais dévôts mais, pour sa plus grande part, le pèlerinage avait d'autres motivations. Généralement, c'était une sorte d'assurance toute prête pour l'avenir. Il faisait ressortir l'obédience et permettait de gagner ainsi une forme réelle de pouvoir qui était aisément convertie en richesse. Les Hajji qui revenaient d'Arrakis se voyaient confier de nouvelles fonctions sur leur monde, ils accédaient à un statut social supérieur. Les Hajji pouvaient prendre certaines décisions économiques très profitables devant lesquelles leurs concurrents non-pèlerins ne pouvaient que s'incliner.

Alia connaissait bien la devinette populaire : « Qu'y a-t-il donc dans la bourse vide que j'ai ramenée de Dune ? » Et la réponse était : « Les yeux de Muad'Dib (des diamants de feu). »

Tous les moyens traditionnels pour réprimer la sédition défilaient dans l'esprit d'Alia : les gens devaient apprendre que l'opposition était toujours punie et que le soutien au pouvoir était toujours récompensé. Les forces impériales devaient être déplacées selon les lois du hasard. Les appoints majeurs au pouvoir de l'Empire devaient être tenus secrets. Chacun des mouvements de la Régence contre une attaque potentielle requérait désormais un minutage délicat afin de maintenir l'opposition en situation de déséquilibre.

Et Alia s'interrogea : *Ai-je perdu mon sens du temps ?*

« Est-ce bien le moment de rêvasser ? » demanda une voix en elle, et elle redevint plus calme aussitôt. Oui, le plan du Baron était bon. Ainsi, elle éliminerait la menace représentée par Dame Jessica et, du même coup, elle discréditerait la Maison de Corrino. Oui.

Plus tard, il serait temps de s'occuper du Prêcheur. Elle comprenait son attitude : le symbolisme était suffisamment clair. Le Prêcheur représentait l'ancien esprit de spéculation débridée, l'esprit de l'hérésie libre et vivant dans le désert de l'orthodoxie d'Alia. Telle était sa force. Peu importait qu'il fût Paul... aussi longtemps que le doute subsisterait. Mais ses facultés Bene Gesserit disaient à Alia que la faiblesse du Prêcheur ne pouvait résider que dans sa force.

*Il y a en lui une faille que nous découvrirons. Je vais le faire espionner, le surveiller sans cesse. Et dès que la moindre occasion se présentera, je briserai son image.*

**Je ne répondrai pas aux Fremen qui prétendent à l'inspiration divine pour propager la révélation religieuse. C'est leur prétention parallèle à une révélation idéologique qui m'inspire,** moi, **la dérision dont je les douche. Bien sûr, ils avancent cette double prétention avec l'espoir que leur mandarinat en sera renforcé et qu'ils pourront encore durer dans un univers qui ne veut plus supporter leur oppression. C'est au nom de tous les peuples opprimés que je lance cet avertissement aux Fremen : l'opportunisme à court terme échoue toujours à long terme.**

— Le Prêcheur en Arrakeen.

DANS LA NUIT, AVEC STILGAR, LETO avait gagné l'étroite saillie au sommet de la croupe rocheuse que les gens du Sietch Tabr avaient baptisée le Serviteur. De là, sous la pâle clarté de la Deuxième Lune, ils contemplaient un immense panorama : le mur du Bouclier avec le Mont Idaho au nord, la Grande Etendue vers le sud et les vagues des dunes qui couraient vers l'orient, vers la Chaîne de Habbanya. Les derniers tourbillons de poussière d'une tempête occultaient encore l'horizon sud. La crête du Bouclier était une ligne de gel brillant sous la lune.

Stilgar était venu là contre son gré, cédant sans doute à la curiosité que Leto avait su éveiller en lui. Pourquoi cette périlleuse promenade dans le sable à cette heure de la nuit ? L'enfant avait menacé le vieux naib de se lancer seul à l'aventure s'il refusait de l'accompagner. Tout cela, néanmoins, dérangeait beaucoup Stilgar. Deux cibles si importantes isolées dans la nuit !

Leto était assis, jambes croisées, regardant vers le sud. De temps à autre, il se frappait le genou comme sous l'effet d'une frustration. Stilgar attendait. C'était un art dans lequel il excellait. Il était resté debout, bras croisés, à deux pas de Leto, les plis de sa robe flottant doucement à la brise.

Pour Leto, traverser le sable constituait une réponse au désespoir intérieur, à un besoin de chercher une nouvelle disposition de son existence, en un conflit silencieux auquel Ghanima ne pouvait plus se risquer. Il avait manœuvré afin que Stilgar l'accompagne dans cette excursion parce qu'il y avait certaines choses que Stilgar devait connaître en préparation des jours à venir.

Une fois encore, Leto martela son genou. Il était difficile de reconnaître un commencement ! A certains moments, il n'était plus qu'une extension de toutes ces vies qui étaient en lui, toutes aussi réelles et présentes que la sienne. Dans leur flux, il n'y avait nul terme, nul accomplissement, rien qu'un éternel commencement. Mais ces vies pouvaient être une foule, tout aussi bien, dont il recevait l'énorme clameur comme s'il était une fenêtre unique à laquelle chacun voulait apparaître. Et c'était en cela que résidait le danger qui avait eu raison d'Alia.

Il leva les yeux vers les ultimes traînées d'argent de la tempête. Les plis de sable des dunes roulaient sous la lune, dans la Grande Etendue. Grains de silice semés par le vent, façonnés en crêtes : gravier, sable et cailloux. Une fois encore, Leto était prisonnier d'un instant figé, juste avant l'aube. Et le temps exerçait sa pression sur lui. Déjà, on était au mois d'Akkad et il avait derrière lui une si longue attente : jours interminables et torrides dans les chemins desséchés des vents, nuits de tourbillons et de tornades jaillies des terres-fournaises du Désert Faucon. Par-dessus son épaule, il regarda en direction du Bouclier, ligne brisée sur fond d'étoiles. Là-bas, derrière ce mur qui les séparait du Bassin du Nord se trouvait le centre de tous ses problèmes.

Dans l'ombre brûlante, l'aube pointait, maintenant. Le soleil se glissait entre les turbans de poussière et de minces franges blêmes se dessinaient entre les replis rouges de la tempête qui s'éloignait. Fermant les yeux, Leto essaya d'imaginer la venue de ce jour sur Arrakeen, et la cité fut là, soudain, au centre de son esprit, comme un jeu de boîtes dispersées entre la lumière et les ombres nouvelles esquissées par le jour. Le désert... les boîtes... le désert...

Il ouvrit les yeux et seul le désert subsista. Une plage sans mer, couleur de curry, taraudée par les vents changeants. Au pied de chaque dune, une mare d'ombre huileuse rappelait le fleuve de la nuit. Elles coulaient parfois l'une vers l'autre. Un instant, les pensées de Leto retrouvèrent cette nuit, avec Stilgar à son côté, silencieux et troublé, inquiet des raisons secrètes qui avaient poussé son jeune maître à gagner ce lieu. Il avait dû vivre tant de fois ce moment avec son Muad'Dib tant aimé. Aujourd'hui encore, il était sur le qui-vive, à l'affût du moindre danger, ses yeux fouillant sans cesse le désert. Stilgar détestait se trouver exposé dans la pleine lumière. C'était un Fremen dans la pure tradition.

A regret, Leto abandonna le souvenir de cette nuit et de la fatigue si douce de leur marche dans le sable. Il partageait les craintes de Stilgar sous le soleil levant. Le noir de la nuit, avec son silence, était une seule et simple chose, même lorsque rôdaient les terreurs en suspens. La lumière, elle, pouvait être trop de choses. Les peurs de la nuit avaient leur odeur, le bruit des choses rampantes. La nuit avait ses dimensions et tout y était amplifié. Les cornes étaient plus acérées, les lames plus aiguisées. Mais les terreurs du jour pouvaient être pires.

Stilgar s'éclaircit la gorge et Leto déclara sans se retourner : « J'ai un problème grave, Stil. »

« Je m'en doutais. » La voix de Stilgar était profonde et tendue. L'enfant avait eu les intonations de son père, de façon troublante. Il y avait là une trace de la magie interdite et la répulsion était apparue en Stilgar. Les Fremen connaissaient les terreurs de la *possession*. Ceux qui étaient possédés étaient de plein droit mis à mort et leur eau répandue sur le sable afin de ne pas contaminer la citerne tribale.

Les morts devaient rester morts. Un enfant pouvait porter l'immortalité mais il n'avait en aucune façon le droit d'assumer une forme du passé.

« Mon problème, reprit Leto, c'est que mon père a laissé tant de choses inachevées. Tout spécialement au centre de nos vies. L'empire ne peut continuer ainsi, Stil, sans que la vie humaine ait un centre véritable. Je parle de la vie, Stil, me comprends-tu ? De la vie, non de la mort. »

« Votre père, une fois, m'a parlé en ce sens, alors qu'il était troublé par une vision. »

Leto fut tenté d'échapper à cette interrogation et à cette peur par une réponse désinvolte. Il faillit suggérer qu'ils interrompent leur jeûne en prenant conscience de sa faim. Ils avaient mangé la veille à midi et Leto avait insisté pour qu'ils jeûnent toute la nuit. Mais c'était une autre faim qui le poussait à présent.

*Le mal de ma vie est le mal de ce lieu,* songea-t-il. *Pas de création préliminaire. Je vais toujours en arrière, toujours plus loin jusqu'à ce que les distances s'estompent. Je ne peux voir la Chaîne de Habbanya. Je ne peux retrouver le lieu original de l'épreuve.*

« Il n'existe aucun substitut à la prescience, dit-il. Peut-être devrais-je tenter l'épice... »

« Pour être détruit comme votre père ? »

« C'est un dilemme. »

« Votre père m'a confié une fois qu'une connaissance trop parfaite de l'avenir équivalait à être prisonnier de cet avenir, sans la moindre possibilité de changement. »

« C'est le paradoxe qui est notre problème. La prescience est une chose puissante et subtile. L'avenir, c'est ce qui commence maintenant. Etre voyant au pays des aveugles, cela comporte bien des risques. Si l'on essaie d'interpréter ce que l'on voit pour le bénéfice des aveugles, on a tendance à oublier que les aveugles, par leur cécité même, sont animés d'un mouvement inhérent. Ils sont comme de monstrueuses machines lancées sur des trajectoires bien définies. Avec leurs vitesses, leurs fixations propres. Les aveugles me font peur, Stil. Ils peuvent si aisément broyer ce qui se trouve sur leur chemin. »

Stilgar contemplait le désert. L'aube de craie était devenue l'acier du jour.

« Pourquoi être venus ici ? » demanda-t-il.

« Parce que je voulais que tu voies l'endroit où il se peut que je meure. »

Stilgar se roidit. « Ainsi, vous avez eu une vision ! »

« Mais peut-être n'était-ce qu'un rêve ? »

« Pourquoi cet endroit si dangereux ? insista Stilgar, et son regard chargé de reproche se posa sur lui. Il nous faut partir immédiatement. »

« Je ne mourrai pas aujourd'hui, Stil. »

« Non ? Qu'y avait-il dans cette vision ? »

« J'ai vu trois chemins, répondit Leto, et sa voix avait la lourdeur ensommeillée du souvenir. Dans l'un de ces avenirs, je devais tuer notre grand-mère. »

Comme s'il craignait que Dame Jessica pût les entendre malgré la distance, Stilgar jeta un regard nerveux vers le sietch.

« Pourquoi ? » demanda-t-il.

« Pour ne pas perdre le monopole de l'épice. »

« Je ne comprends pas. »

« Pas plus que moi. Mais il y avait cette préoccupation dans mon esprit quand j'ai levé mon couteau. »

« Ohhh... (Stilgar comprenait le couteau. Il inspira profondément.) Et sur le second chemin ? »

« Ghani et moi étions unis pour sceller le sang des Atréides. »

« Pouaah ! » lança Stilgar en un violent sursaut de dégoût.

« Jadis, c'était courant chez les rois et les reines, dit Leto.

Mais Ghani et moi avons pris la décision de ne pas nous accoupler. »

« Je vous conseille de vous en tenir absolument à cette décision ! » dit Stilgar d'un ton mortel. De par la Loi Fremen, l'inceste était puni par la mort sur le trépied de pendaison. Il se racla la gorge, demanda :

« Et le troisième chemin ? »

« On me conduit à ramener l'image de mon père à des proportions humaines. »

« Il était mon ami », murmura Stilgar.

« Il était ton dieu ! Je dois lui ôter sa déité ! »

Tournant le dos au désert, Stilgar posa les yeux sur le Sietch Tabr, sur cette oasis qu'il aimait tant. De tels échanges éveillaient toujours un malaise en lui.

Leto eut conscience du mouvement de son compagnon par l'odeur de sa sueur. Il devait lutter pour ne pas céder à la tentation de repousser tous les sujets importants. Ils pouvaient bavarder jusqu'à la mi-journée, passer du spécifique à l'abstrait, s'éloigner des véritables décisions, des nécessités les plus impérieuses. Il ne faisait pas le moindre doute que la Maison de Corrino était une menace tangible dirigée contre des existences tangibles — la sienne et celle de Ghani. Mais tout ce qu'il entreprendrait désormais devrait être éprouvé et soupesé par rapport aux nécessités secrètes. Stilgar avait voté une fois en faveur de l'assassinat de Farad'n, préconisant l'emploi subtil du chaumurky, le poison dans le breuvage. Il était notoire que Farad'n avait un penchant pour certaines liqueurs douces. Mais on ne pouvait tolérer cela.

« Si je meurs ici, dit Leto, tu dois te garder d'Alia. Elle n'est plus ton amie, désormais. »

« Que signifie ce discours sur la mort et sur votre tante ? » explosa Stilgar. *Quoi ? Tuer Dame Jessica ? Se garder d'Alia ? Mourir ici ?*

« Sur son ordre, les hommes petits changent de visage, dit Leto. Celui qui gouverne n'a nul besoin d'être un prophète. Il ne doit même pas prétendre à être un dieu. Il doit seulement être sensible. Je t'ai amené ici afin de rendre clairs les besoins de l'Imperium. Il lui faut un bon gouvernement. Cela ne dépend pas des lois ou des précédents historiques, mais des qualités personnelles de celui qui gouverne. »

« Notre Régente s'acquitte plutôt bien des tâches impériales, remarqua Stilgar. Lorsque vous aurez l'âge de... »

« J'ai largement cet âge ! Je suis le plus vieux de tous, ici ! Tu n'es qu'un bébé à côté de moi ! Mes souvenirs remontent à plus de cinquante siècles dans le temps. Oui ! Je me souviens de l'époque où les Fremen vivaient encore sur Thurgrod ! »

« Et à quoi vous sert de jouer avec ces rêveries ? » demanda Stilgar d'un ton sévère.

Leto ne répondit rien. Oui, à quoi cela lui servait-il ? Pourquoi chercher ainsi à retrouver les siècles passés ? C'étaient les Fremen du présent qui posaient un problème urgent, les Fremen qui n'étaient pour la plupart que des sauvages à demi domptés, prompts à rire du malheur de l'innocent.

« Le krys se dissout à la mort de son possesseur, dit-il enfin. Muad'Dib s'est dissous. Pourquoi les Fremen existent-ils encore ? »

C'était là un de ces brusques retournements de pensée qui déconcertaient tant Stilgar. Un instant, il demeura sans réaction : s'il comprenait ces paroles, il n'en discernait pas le sens.

« On veut que je sois Empereur, reprit Leto, mais je dois demeurer le serviteur. (Par-dessus son épaule, il jeta un bref coup d'œil à Stilgar.) Mon grand-père, dont je porte le nom, ajouta une phrase à sa devise lorsqu'il arriva sur Dune : *Ici je suis, ici je reste.* »

« Il n'avait pas le choix », remarqua Stilgar.

« C'est exact, Stil. Pas plus que je ne l'ai. Je dois être Empereur de par ma naissance, de par la qualité de mon intellect, et par tout ce dont je suis fait, et même par ce que je sais : l'Imperium a besoin d'un bon gouvernement. »

« Le titre de Naib a un sens très ancien. Il signifie : serviteur du Sietch. »

« Je me souviens de ce que tu m'as enseigné, Stil. Pour être bien gouvernée, la tribu doit avoir la possibilité de choisir des hommes dont la vie est le reflet de ce que devrait être un gouvernement. »

La réponse de Stilgar vint des profondeurs de son âme Fremen.

« S'il en est ainsi pour vous, vous revêtirez le Manteau Impérial. Mais d'abord, il vous faut prouver que vos actes seront ceux d'un chef ! »

Leto eut un rire inattendu.

« Douterais-tu de ma sincérité, Stil ? »

« Certes non. »

« De ma naissance ? »

« Vous êtes ce que vous êtes. »

« Et si j'accomplis ce que l'on attend de moi, je donne ainsi la mesure de ma sincérité ? »

« C'est la coutume Fremen. »

« Alors, je ne puis faire appel à mes sentiments profonds pour guider mes actes ? »

« Je ne comprends pas ce que vous... »

« Si j'agis constamment avec justesse, quoi qu'il m'en coûte de réprimer mes désirs propres, en ce cas, je donne ma mesure. »

« Telle est l'essence de la maîtrise de soi, jeune homme. »

« Jeune homme ! Leto secoua la tête. Ah, Stil ! Tu viens de me donner la clé d'une éthique rationnelle de gouvernement. Il me faut être constant, enraciner chacun de mes actes dans le passé. »

« C'est raisonnable. »

« Mais mon passé remonte plus loin que le tien ! »

« Quelle différence... »

« Je ne suis pas une première personne du singulier, Stil. Je suis une personne multiple qui possède le souvenir de traditions plus anciennes que ce que tu pourrais imaginer. Et c'est là mon fardeau, Stil. Je suis orienté sur le passé. Je suis empli d'un savoir inné qui résiste au changement et à la nouveauté. Pourtant, Muad'Dib a changé tout cela. »

Leto, d'un geste, montra le désert, tout le désert par-delà le Mur du Bouclier.

Stilgar se retourna pour observer le vaste rocher. Un village avait été construit sous le Mur depuis l'époque du Muad'Dib. Les planétologues qui vivaient là-bas ensemençaient le désert, propageaient la végétation. Les yeux de Stilgar étaient fixés sur ce signe évident de la présence de l'homme dans le paysage d'Arrakis. Le changement ? Oui. Le dessin du village, son évidence étaient une offense. Immobile, indifférent à la morsure des grains de sable glissés sous son distille, Stilgar réfléchissait. Ce village était une offense à ce monde tout entier, à ce qu'il avait été. Et soudain, Stilgar appela de toutes ses forces le vent, le tourbillon hurlant de la tempête sur ces dunes, sur ce village. Il fallait effacer ce lieu. Sa haine le laissa tremblant.

« As-tu remarqué, Stil, demanda Leto, que les nouveaux distilles sont de fabrication plutôt négligée ? Nous perdons trop d'eau. »

Stilgar faillit demander : *Ne l'ai-je point déjà dit ?* Il se contenta de remarquer : « Nos gens dépendent de plus en plus de ces pilules. »

Leto acquiesça. Les pilules réduisaient la perte en eau, équilibraient la température du corps, elles étaient moins coûteuses et plus pratiques que les distilles. Mais ceux qui les adoptaient connaissaient d'autres inconvénients : les réactions se faisaient plus lentes et la vision, parfois, devenait floue.

« Est-ce pour cette raison que nous sommes là ? demanda Stilgar. Pour discuter de la fabrication des distilles ? »

« Pourquoi pas ? Du moment que tu refuses d'affronter ce que je dois te dire. »

« Pourquoi faudrait-il que je me garde de votre tante ? » Il y avait une trace de colère dans la voix de Stilgar.

« Parce qu'elle joue sur la résistance au changement des vieux Fremen, mais qu'elle peut amener des changements plus terribles que tu ne peux l'imaginer. »

« Vous faites un drame de peu ! Elle est une vraie Fremen. »

« Oui... et le vrai Fremen s'attache aux usages du passé et mon passé à moi est ancien, Stil. Si je cédais à cette tendance, je construirais une société fermée, totalement dépendante des coutumes sacrées de jadis. Je contrôlerais les migrations, parce qu'elles drainent des idées nouvelles et que les idées nouvelles constituent une menace dirigée contre toute la structure de la vie. Chaque petite *polis* planétaire serait livrée à elle-même, suivrait son évolution propre. Et, finalement, l'Empire s'effondrerait sous le poids de ses disparités. »

Stilgar avait la gorge sèche. Ces mots, Muad'Dib aurait pu les prononcer tout aussi bien. Ils portaient son sceau. Ils étaient chargés de paradoxe, effrayants. Mais si quiconque permettait un changement... Il secoua la tête.

« Le passé peut t'indiquer la bonne voie si tu vis dans le passé, Stil, mais les circonstances changent. »

Stilgar ne pouvait qu'accepter cet argument. Oui, les circonstances changeaient. Comment agir, alors ? Son regard, par-delà Leto, se posa à nouveau sur le désert. Il le voyait sans le voir. Dans ce paysage, Muad'Dib avait marché. Comme le soleil montait dans le ciel, des ombres d'or se déployaient sur le désert, et des ombres violettes, et des vapeurs de poussière flottaient sur les ruisseaux gréseux. Dans le lointain, l'habituel brouillard de poudre était visible au-dessus de la Chaîne de Habbanya, une île sombre au bout du grand océan des vagues de sable dont les crêtes finissaient par se confondre. Derrière les premiers rideaux d'air torride, Stilgar distinguait les franges vertes des plantes, à la lisière du désert. Muad'Dib avait apporté la vie en ce lieu de désolation. De l'autre côté des ombres denses des buissons, il y avait des fleurs couleur d'or, de cuivre et de sang, des fleurs rousses, des fleurs de rouille, des feuilles pâles, des épines noires. Déjà, les ombres aiguës vibraient sur le sable.

« Je ne suis que chef parmi les Fremen, dit Stilgar. Vous êtes fils de Duc. »

« Sans savoir ce que tu disais, tu l'as dit », fit Leto.

Stilgar fronça les sourcils. Autrefois, Muad'Dib l'avait tancé de la même façon.

« Tu t'en souviens, n'est-ce pas, Stil ? Nous étions près de la Chaîne de Habbanya et il y avait ce capitaine Sardaukar — Aramsham, tu ne l'as pas oublié, non ? Il avait tué son ami afin de sauver sa propre vie. Plusieurs fois, ce jour-là, tu avais grommelé contre l'idée d'épargner la vie des Sardaukars qui avaient surpris nos secrets. Et finalement, tu dis qu'ils ne pourraient que révéler ce qu'ils avaient vu : il fallait les tuer. C'est alors que mon père t'a dit : *Sans savoir ce que tu disais, tu l'as dit.* Et cela t'a blessé. Tu lui as dit que tu n'étais qu'un *simple* chef parmi les Fremen. Les Ducs doivent avoir connaissance de choses plus importantes. »

Stilgar le regarda. *Nous étions près de la Chaîne de Habbanya!* Quoi, ce... cet enfant qui n'avait pas même été conçu alors connaissait chaque détail de cet instant, des détails que seul pouvait connaître quelqu'un qui avait vécu cet instant. Encore une fois, cela prouvait que les enfants Atréides ne pouvaient être jugés selon les normes ordinaires.

« A présent, tu vas m'écouter, dit Leto. Si jamais je meurs ou disparais dans le désert, tu devras fuir le Sietch Tabr. Je te l'ordonne. Tu prendras Ghani et... »

« Vous n'êtes pas encore mon Duc ! Vous êtes un... un enfant ! »

« Je suis un adulte dans un corps d'enfant ! (Leto tendit le doigt, désignant une étroite fissure dans la roche, juste en-dessous de l'endroit où ils se trouvaient.) Si je meurs, ce sera là, exactement. Tu verras mon sang. Tu le sauras. Alors, tu prendras ma sœur et... »

« Je vais faire doubler votre garde, dit Stilgar. Et vous ne viendrez plus ici. Maintenant, nous allons rentrer... »

« Stil ! Tu ne peux me retenir. Pense encore à ce qui s'est passé près de la Chaîne de Habbanya. Tu n'as pas oublié ? La chenille de l'usine était là, dans le désert, et un grand Faiseur approchait. Il était impossible que l'engin échappe au ver. Mon père déplorait cette perte inévitable. Mais Gurney, lui, ne pensait qu'aux hommes qui étaient là, condamnés à périr dans le sable. Te rappelles-tu ce qu'il dit alors ? *Votre père se serait plutôt soucié des hommes qu'il ne pouvait sauver.* Stil, je te charge de sauver des vies. Elles sont plus importantes que les choses. Et Ghani entre toutes parce que, moi disparu, elle restera l'unique espoir des Atréides. »

« Je ne veux plus vous écouter », dit Stilgar. Sur ce, il se détourna et entreprit de redescendre des rochers en direction de l'oasis. Derrière lui, il entendit les pas de Leto qui ne tarda pas à le rattraper, puis à le dépasser. Il se retourna alors, regarda le vieux Naib et dit : « Stil, as-tu remarqué comme les jeunes femmes sont belles, cette année ? »

**La vie d'un humain, tout comme la vie d'une famille ou celle de tout un peuple, persiste en tant que mémoire. Mon peuple doit en venir à considérer cela comme faisant partie de son processus de maturation. Il constitue un organisme et, par cette mémoire persistante, il accumule ses expériences dans un réservoir subliminal. L'humanité espère pouvoir utiliser si besoin est ce matériau dans un univers changeant. Mais une grande part de ce qui est stocké dans ce réservoir peut être perdue par ce jeu de hasard accidentel que nous appelons « le destin ».**

**Une autre grande part peut ne pas être intégrée aux relations évolutionnaires ; ainsi, elle ne peut pas être évaluée et activée par ces modifications permanentes de l'environnement qui affectent la chair. L'espèce peut oublier ! Voici la valeur spéciale du Kwisatz Haderach que le Bene Gesserit n'a jamais soupçonnée : le Kwisatz Haderach ne peut oublier.**

— Le Livre de Leto,
*d'après Harq al-Ada.*

INEXPLICABLEMENT, STILGAR FUT PROFONDÉMENT troublé par la remarque futile de Leto. Ses paroles se diffusèrent jusqu'au centre de son esprit tandis qu'ils franchissaient le détroit de sable qui les séparait du Sietch Tabr. Stilgar prit conscience qu'elles étaient maintenant plus importantes pour lui que tout ce que Leto avait pu dire, cette nuit, là-bas, sur le Serviteur.

C'était vrai que les jeunes femmes d'Arrakis étaient particulièrement belles cette année. De même que les jeunes hommes. Les visages avaient la riche sérénité de l'eau. Les regards étaient dirigés vers l'extérieur, très loin. Souvent, les jeunes Fremen allaient le visage nu, refusant le masque du distille, l'écheveau des tubes. Fréquemment, au dehors, ils ne portaient même pas de distille, préférant ces nouveaux vêtements flous qui, à chacun de leurs mouvements, révélaient les lignes sveltes de leur corps.

Cette beauté humaine répondait à la beauté nouvelle du paysage. Par contraste avec l'ancienne Arrakis, c'était un choc pour le regard que ces touffes de tiges vertes éclatant sur le brun rouge des rochers. Et les sietchs de la civilisation des métropoles troglodytes, avec leurs sceaux d'humidité et leurs pièges à vent aussi nombreux que complexes cédaient peu à peu la place à des villages construits à l'extérieur, souvent avec des briques de boue. De la boue !

*Pourquoi ai-je souhaité voir le village détruit ?* se demanda Stilgar, et il trébucha dans le sable. Il n'ignorait pas qu'il appartenait à une race agonisante. Les vieux Fremen observaient, stupéfaits, les marques de la nouvelle prodigalité de leur monde, comme cette eau que l'on gaspillait dans l'air à seule fin de pouvoir façonner des briques. L'eau que dépensait une seule famille du village aurait permis à tout un sietch de survivre une année durant.

Ces nouvelles constructions avaient même des ouvertures transparentes qui permettaient à la chaleur du soleil de pénétrer dans les demeures et de dessécher un peu plus les corps. Des fenêtres qui ouvraient sur l'extérieur, qui permettaient aux Fremen des maisons de boue de contempler leur nouveau paysage. Ils n'étaient plus prisonniers d'un sietch. Et, comme la vision changeait, l'imagination changeait aussi. Stilgar en avait conscience. Cette vision nouvelle unissait les Fremen à tout l'univers impérial, leur rendait sensible l'espace sans limites. Eux qui autrefois avaient été liés à ce monde aride par l'esclavage de ses rudes nécessités. Jamais encore, ils n'avaient connu cette ouverture de l'esprit qui était la marque des habitants de la plupart des planètes de l'Imperium.

Stilgar percevait ces changements par contraste avec ses propres craintes et ses doutes. Dans les jours anciens, rares avaient été les Fremen à oser imaginer qu'ils pourraient un jour quitter Arrakis pour commencer une vie nouvelle sur l'un des mondes riches en eau. C'était un *rêve* d'évasion interdit.

Les yeux de Stilgar se posèrent sur la silhouette de Leto qui cheminait à quelques pas devant lui. Leto avait fait allusion à une interdiction de l'émigration. Ma foi, cela avait toujours été la réalité pour une grande partie des étrangers. Mais l'isolement planétaire n'avait nulle part été aussi total que sur Arrakis. Les Fremen s'étaient repliés sur eux-mêmes, ils s'étaient barricadés dans leurs esprits tout comme ils s'étaient barricadés dans leurs cavernes.

Le sens véritable du sietch — refuge pour les périodes troublées — avait été perverti, transformé en un lieu monstrueux de réclusion pour tout un peuple.

Leto avait dit la vérité : Muad'Dib avait changé tout ceci.

Stilgar se sentait perdu. Ses vieilles certitudes s'effritaient. Cette vision nouvelle sur l'extérieur suscitait la vie, une vie qui voulait échapper à la contrainte.

« *Comme les jeunes femmes sont belles cette année !* »

Les anciens usages (*mes* usages ! admit Stilgar) avaient obligé le peuple à ignorer toute histoire qui ne concernait pas directement son propre labeur. Les Fremen d'autrefois avaient lu l'histoire au travers de leurs terribles migrations, de leurs exodes de persécution en persécution. L'ancien gouvernement planétaire n'avait fait qu'appliquer la politique imposée par l'ancien Imperium. Il avait étouffé la créativité et la notion de progrès, d'évolution. La prospérité était dangereuse pour l'ancien Imperium et ceux qui le gouvernaient.

Brutalement, Stilgar comprit que ces éléments étaient tout aussi dangereux pour la ligne que suivait Alia.

Une fois encore, il trébucha et perdit encore quelques pas sur Leto.

Pour les usages anciens, les religions anciennes, il n'y avait pas eu d'avenir, rien qu'un *présent* immuable. Avant Muad'Dib, les Fremen avaient été conditionnés à croire en l'échec, jamais en l'accomplissement possible. Bien sûr, ils avaient eu foi en Liet-Kynes, mais sa projection embrassait quarante générations. Ce n'était pas un accomplissement, non, Stilgar se l'avouait maintenant, mais un rêve qui s'était aussi refermé sur lui-même.

*Muad'Dib avait changé cela !*

Pendant le Jihad, les Fremen avaient beaucoup appris sur le vieil Empereur Padishah, Shaddam IV. Le quatre-vingt-cinquième Padishah de la Maison de Corrino à s'asseoir sur le Trône du Lion d'Or, à régner sur cet Imperium de mondes innombrables, avait utilisé Arrakis comme banc d'essai de toutes les politiques pouvant renforcer l'empire. Les gouverneurs planétaires qui s'étaient succédé sur Arrakis avaient entretenu un pessimisme endémique à seule fin d'étayer leur pouvoir. Ils s'étaient appliqués à ce que chacun, sur ce monde, y compris les libres nomades qu'étaient les Fremen, devînt familier d'injustices multiples et de problèmes insolubles. On avait appris au peuple à se considérer comme désespéré, hors de toute assistance.

« *Comme les jeunes femmes sont belles cette année !* »

Regardant une fois encore Leto qui s'éloignait, gagnant du terrain sur lui, Stilgar se demanda comment cet enfant avait pu libérer ce flot de pensées en lui, par cette seule remarque anodine. Il avait suffi de ces quelques mots pour qu'il considère Alia et son propre rôle au sein du Conseil sous un jour totalement nouveau.

Alia se plaisait à déclarer que les anciens usages cédaient du terrain lentement. Stilgar admit en lui-même qu'il avait toujours été à demi rassuré par ce constat. Le changement était dangereux. L'initiative devait être réprimée et la volonté individuelle combattue. N'était-ce donc pas la fonction des prêtres que de combattre la volonté de l'individu ?

Alia répétait que les occasions de compétition ouverte devaient être ramenées à l'intérieur de strictes limites. Mais cela signifiait que la menace récurrente de la technologie ne pouvait servir qu'à contenir les peuples — tout comme elle avait servi ses maîtres d'autrefois. Toute technologie autorisée devait être enracinée dans un rituel. Autrement... autrement...

Stilgar trébucha à nouveau. Il avait atteint le qanat, à présent. Il aperçut Leto qui l'attendait, au-delà du verger d'abricotiers, sur la berge. Stilgar s'aperçut alors que ses pieds foulaient l'herbe folle.

*De l'herbe folle ! A quoi puis-je croire ?*

Un Fremen de sa génération considérait que tout individu devait avoir un sens profond de ses limitations propres. Les traditions étaient très certainement l'élément de contrôle le plus efficace d'une société stable. Les gens devaient connaître les frontières de leur temps, de leur société, de leur territoire. Le sietch fournissait le modèle de toute pensée : quoi de néfaste en cela ? Le sentiment de clôture devait pénétrer chaque choix individuel, imprégner la famille, la communauté et tous les actes d'un bon gouvernement.

Stilgar s'arrêta. Il regarda Leto et vit son sourire.

*Sait-il seulement quel tourbillon j'ai dans la tête ?*

Le vieux Naib des Fremen essaya de se réfugier dans le catéchisme traditionnel de son peuple. Chacun des aspects de la vie requérait une seule forme, sa circularité propre étant fondée sur la connaissance secrète de ce qui fonctionnerait et de ce qui échouerait. Le modèle de la vie, pour la communauté, pour chaque élément de cette société plus vaste qui allait plus haut et plus loin que la cime des gouvernements — ce modèle devait être le sietch et sa contrepartie dans le sable : Shai-Hulud. Le ver géant était certes une créature formidable, mais il se réfugiait dans les profondeurs impénétrables du sable lorsqu'on la menaçait.

*Le changement est dangereux !* se répéta Stilgar. L'uniformité et la stabilité devaient être les objectifs du gouvernement.

Mais les jeunes gens étaient beaux.

Et ils se souvenaient des paroles de Muad'Dib lorsqu'il avait déposé Shaddam IV : « *Je ne souhaite pas une longue vie pour l'Empereur, je souhaite une longue vie pour l'Empire.* »

*N'est-ce pas ce que je me suis dit à moi-même ?* se demanda Stilgar.

Il se remit en marche, se dirigeant vers l'entrée du sietch. Il se trouvait sur la droite de Leto et celui-ci obliqua pour le rejoindre.

Muad'Dib avait dit autre chose, se souvint Stilgar : « *Les sociétés, les gouvernements et les civilisations, tout comme les individus, naissent, grandissent, se reproduisent et meurent.* »

Dangereux ou non, le changement viendrait. Ces jeunes Fremen si beaux le savaient. Ils pouvaient déjà le voir en regardant au loin, et s'y préparer.

Stilgar dut s'arrêter. Leto lui barrait le chemin. Il lui adressa un regard perçant et dit : « Tu vois, Stil ? La tradition n'est pas ce guide absolu que tu croyais. »

**Lorsqu'un Fremen, trop longtemps, se trouve éloigné du désert, il meurt ; nous disons que c'est « le mal de l'eau ».**

— Les Commentaires de Stilgar.

« Il est difficile pour moi de te demander cela, dit Alia, mais... je dois veiller à ce que les enfants de Paul héritent d'un empire. La Régence n'a pas d'autre raison d'être. »

Elle se détourna du miroir devant lequel elle était assise pour sa toilette matinale. Elle regarda son époux, mesurant la pénétration de ses paroles. En de pareils moments, il convenait de guetter ses réactions avec vigilance. Il ne faisait aucun doute qu'il était infiniment plus subtil et dangereux que le Duncan Idaho d'autrefois, maître d'armes de la Maison des Atréides. Son apparence n'avait pas changé. Ses traits restaient anguleux et sombres sous sa longue chevelure noire mais, durant toutes ces années, depuis qu'il avait quitté son état de ghola, il avait subi une profonde métamorphose intérieure.

Comme tant de fois auparavant, Alia se demanda ce que la renaissance-après-la-mort du ghola avait pu laisser comme marque dans le moi secret de Duncan. Avant que les Tleilaxu aient exercé sur lui leur science subtile, les réactions de Duncan avaient été frappées du sceau des Atréides : loyauté, adhésion fanatique au code moral de ses ancêtres mercenaires, prompt au calme. Il s'était montré implacable dans sa vengeance contre la Maison des Harkonnens et il était mort en sauvant Paul. Mais les Tleilaxu avaient acheté son corps aux Sardaukar et, dans leurs cuves de régénération, ils avaient conçu un zombi-katrundo, avec la chair de Duncan Idaho, sans aucun de ses souvenirs conscients. Il avait reçu l'éducation d'un mentat avant d'être adressé comme présent à Paul, ordinateur humain, outil d'absolue précision armé d'une compulsion hypnotique de meurtre dirigée contre son possesseur. La chair de Duncan Idaho avait résisté à cette compulsion et, dans cette terrible lutte, son passé cellulaire avait resurgi.

Alia avait décidé depuis longtemps qu'il était dangereux de songer à lui en tant que Duncan Idaho dans ses pensées intimes. Mieux valait le nommer par son nom de ghola : Hayt. Infiniment mieux. Et il était essentiel que jamais il ne puisse entrevoir, aussi brièvement que ce soit, l'image du vieux Baron Harkonnen, là, dans son esprit.

Duncan, s'apercevant qu'Alia l'étudiait, se détourna. L'amour ne pouvait dissimuler les changements intervenus en elle, pas plus qu'il ne pouvait rendre opaques ses motivations. Les yeux de métal à facettes que les Tleilaxu avaient donnés à Duncan étaient d'une cruelle clairvoyance quant à la traîtrise. Ils lui faisaient maintenant apparaître Alia comme un être irradiant la méchanceté, presque masculin, et cette vision lui était insupportable.

« Pourquoi ne veux-tu pas me regarder ? » demanda-t-elle.

« Il faut que je réfléchisse, dit-il. Dame Jessica est... une Atréides. »

« Et tu es loyal envers la Maison des Atréides et non envers moi, n'est-ce pas ? »

« Ne me prête pas des raisonnements aussi inconstants. »

Alia pinça les lèvres. Avait-elle agi trop vivement ?

Duncan s'approcha de la lucarne par laquelle on pouvait observer un coin de la plazza. Les pèlerins avaient commencé de se rassembler, suivis par les marchands qui se pressaient autour comme des prédateurs encerclant un troupeau. Le regard de Duncan se fixa sur un groupe particulier. Ces gens-là se frayaient leur chemin d'un air décidé. Ils portaient des paniers en fibre d'épice et des mercenaires Fremen les suivaient, un pas en arrière.

« Ils vendent des morceaux de marbre corrodé, dit Duncan en les désignant. Savais-tu cela ? Ils les déposent dans le désert et les vents de sable les sculptent. Parfois, les formes sont intéressantes. Ils disent que c'est une nouvelle forme d'art, très populaire, de véritables œuvres du vent de Dune. J'ai acheté une de ces pièces la semaine dernière, un arbre doré à cinq branches. Gracieux mais très fragile. »

« Ne change pas de sujet », dit Alia.

« Je n'ai pas changé de sujet. C'est beau, mais ça n'est pas de l'art. Les humains créent l'art par leur violence propre, par leur seule volonté. (Il posa la main droite sur le rebord de la lucarne.) Les jumeaux détestent cette cité et je crains de comprendre leurs motifs. »

« Je ne parviens pas à comprendre le rapport, dit Alia. Enlever ma mère n'est pas la supprimer. Elle sera sauve en étant ta prisonnière. »

« Cette cité a été construite par des aveugles, continua Duncan. Savais-tu que Leto et Stilgar ont quitté le Sietch Tabr, la semaine dernière, et qu'ils se sont rendus dans le désert ? Ils ont été absents toute la nuit. »

« On m'a rapporté cela. Ces babioles de marbre — veux-tu que j'interdise leur vente ? »

« Ce serait mauvais pour le commerce, dit Duncan en se retournant. Sais-tu ce que Stilgar m'a répondu quand je lui ai demandé pourquoi ils étaient sortis ? Il m'a dit que Leto souhaitait communier avec l'esprit de Muad'Dib. »

Alia ressentit soudain le froid de la panique et elle riva son regard au miroir pour recouvrer son calme. Jamais Leto n'aurait quitté le sietch de nuit pour une raison aussi absurde. Avait-elle donc affaire à une conspiration ?

Idaho leva une main devant ses yeux pour oblitérer l'image de son épouse.

« Stilgar a ajouté qu'il a accompagné Leto parce qu'il continue de croire en Muad'Dib. »

« Bien sûr qu'il continue d'y croire ! »

Idaho eut un rire bizarrement creux. « Il prétend qu'il continue d'y croire parce que Muad'Dib prenait toujours le parti des petites gens. »

« Que lui as-tu répondu, toi ? » demanda Alia, et sa voix ne pouvait cacher sa peur.

Il baissa la main. « Je lui ai dit : cela te range parmi les petites gens. »

« Duncan ! Voilà un jeu dangereux ! En harcelant ce Naib des Fremen, tu pourrais bien éveiller une bête qui nous détruirait tous ! »

« Il continue de croire en Muad'Dib, c'est notre protection. »

« Qu'a-t-il répondu ensuite ? »

« Qu'il savait qui il était. »

« Je vois. »

« Non... je ne crois pas que tu voies. Les choses qui mordent ont les dents plus longues que Stilgar. »

« Je n'arrive pas à te comprendre, aujourd'hui, Duncan. Je te demande d'accomplir une chose importante, vitale... Pourquoi tout ce verbiage ? »

Elle semblait si irritée... Duncan revint à la lucarne.

« Lorsque j'ai reçu l'éducation de mentat... C'est très difficile, Alia, de comprendre comment fonctionne ton propre esprit. On t'apprend d'abord que tu dois laisser ton esprit fonctionner par lui-même. C'est très étrange. Tu peux faire jouer tes muscles, les exercer, les développer, mais l'esprit ne dépend que de lui-même. Quelquefois, quand tu as réussi à apprendre cela, il te montre des choses que tu ne désires pas voir. »

« Et c'est pour cela que tu as voulu insulter Stilgar ? »

« Stilgar ne connaît pas son esprit. Il ne le laisse pas libre. »

« Sauf pour les orgies d'épice. »

« Même pas. C'est ce qui fait de lui un Naib. Il est un chef, il contrôle et limite ses réactions. Il fait ce que l'on attend de lui. Lorsque tu sais cela, tu connais vraiment Stilgar et tu peux mesurer la longueur de ses dents. »

« C'est ainsi que font les Fremen... Eh bien, Duncan, feras-tu ce que je te demande ? Il faut l'enlever et que l'on croie que la Maison de Corrino est derrière cela. »

Il demeura silencieux, soupesant le ton de sa voix et les arguments qu'elle invoquait avec ses facultés de mentat. Ce plan pour l'enlèvement de Dame Jessica révélait une cruauté et une froideur dont les dimensions, tout soudain, le choquaient. Ainsi, Alia mettait en jeu la vie de sa propre mère pour les raisons qu'elle avait avancées ? Non, elle mentait. Peut-être les bruits qui couraient à propos de Javid et d'Alia étaient-ils fondés. A cette pensée, il ressentit comme un aiguillon de glace au creux de son estomac.

« Tu es le seul en qui je puisse avoir confiance », dit Alia.

« Je sais. »

Elle prit ces simples mots pour un assentiment et sourit à son image dans le miroir.

« Tu sais, reprit Idaho, le mentat apprend à considérer chaque être humain comme une chaîne de relations. » Elle ne répondit pas. Elle s'était assise et un souvenir lui revenait. Ses traits étaient vides, tout à coup. Idaho, l'observant par-dessus son épaule, vit son expression. Il frissonna. Alia semblait en communion avec des voix intérieures.

« Des relations », murmura-t-il. Et il songea :

*On doit se débarrasser de ses vieilles souffrances comme le serpent se débarrasse de sa peau pour en acquérir de nouvelles et accepter leurs limites. C'est la même chose pour les gouvernements, même la Régence. Les gouvernements anciens sont comme autant de mues abandonnées. Ce plan doit être exécuté, mais pas ainsi que me l'ordonne Alia.*

Haussant les épaules, Alia dit enfin : « Leto ne devrait pas sortir ainsi en ce moment. Je le réprimanderai. »

« Pas même avec Stilgar ? »

« Pas même avec lui. »

Elle se leva, s'approcha d'Idaho et posa une main sur son bras.

En elle, quelque chose le révoltait. Il réprima un nouveau frisson, se réfugia dans une brève évaluation mentat.

Il y avait quelque chose en elle.

Il ne parvenait plus à la regarder vraiment. Le parfum du Mélange de son maquillage parvenait à ses narines. Il s'éclaircit la gorge.

« Aujourd'hui, dit-elle, il faut que j'examine les présents de Farad'n. »

« Les vêtements ? »

« Oui. Ce qu'il fait ne correspond jamais aux apparences. Et il ne faut pas oublier que son Bashar, Tyekanik, est un adepte du chaumurky, du chaumas et autres subtilités dans l'art du régicide. »

« Le prix du pouvoir, dit Duncan en s'écartant. Mais nous sommes mobiles et Farad'n ne l'est pas. »

Elle étudia son profil acéré. Parfois, il lui était difficile d'imaginer ses pensées. Croyait-il que la liberté d'action engendrait la puissance militaire ? Ma foi, l'existence sur Arrakis était depuis trop longtemps tranquille. Les sens jadis en éveil par des dangers permanents dégénéraient au repos.

« Oui, dit-elle, nous avons encore les Fremen. »

« La mobilité, répéta Duncan. Nous ne pouvons dégénérer en une armée d'infanterie. Ce serait de la folie. »

Irritée, elle dit : « Farad'n usera de tous les moyens pour nous détruire ! »

« Nous y voilà. Voilà une forme d'initiative, une mobilité que nous n'avions pas autrefois. Nous avions un code, le code de la Maison des Atréides. Nous achetions toujours notre passage et laissions à l'ennemi le rôle de pillard. Cette restriction ne tient plus, bien entendu. Nous sommes aussi mobiles l'un et l'autre, la Maison des Atréides et la Maison de Corrino. »

« Nous écartons ma mère du pouvoir pour la mettre hors de danger autant que pour toute autre raison, dit Alia. Nous vivons toujours selon le code ! »

Duncan baissa les yeux sur elle. Elle connaissait le danger qu'il y avait à inciter un mentat à la réflexion. Ne voyait-elle donc pas à quoi il était parvenu ? Pourtant... il l'aimait encore. Il passa la main devant ses yeux. Elle paraissait si jeune. Dame Jessica avait raison : Alia donnait réellement l'impression de n'avoir pas vieilli d'un jour depuis le temps qu'ils vivaient ensemble. Elle possédait la douceur de traits de sa mère Bene Gesserit, mais ses yeux étaient ceux d'une Atréides — calculateurs, impérieux, dominateurs. Et maintenant, une chose, rusée et cruelle, semblait guetter au fond de ces yeux.

Idaho avait servi la Maison des Atréides trop d'années pour ne pas en connaître les faiblesses aussi bien que les forces. Mais cette chose qu'il percevait chez Alia... Oui, cette chose était nouvelle. Les Atréides étaient capables de duplicité envers leurs ennemis, mais jamais envers leurs alliés ou leurs amis, et certainement pas avec la Famille. C'était une racine de la morale des Atréides : soutiens ton peuple au mieux de tes capacités ; montre-lui combien l'existence est meilleure sous la bannière des Atréides. Donne la preuve de ton amitié par la sincérité de ton comportement. Mais ce qu'Alia demandait, maintenant, n'était pas d'une Atréides. Duncan le sentait, dans toute sa chair, par chacun de ses nerfs. En cet instant, il n'était plus qu'un détecteur vivant qui enregistrait l'attitude nouvelle et étrangère d'Alia.

Brusquement, son sensorium mentat s'établit au plus haut niveau de perception et son esprit bascula dans la transe glacée où le Temps n'existait pas, où seule était la computation. Alia comprendrait aisément ce qui advenait en lui, mais il n'y pouvait rien. Il s'abandonna à la computation mentat.

Computation : il y avait, dans la conscience d'Alia, un *reflet* de Dame Jessica qui vivait une pseudo-vie. Il perçut ce reflet aussi nettement que celui du pré-ghola Duncan Idaho qui demeurait une constante de sa propre conscience. Alia possédait cette conscience parce qu'elle était une pré-née. Lui, Duncan, l'avait acquise dans les cuves de régénération Tleilaxu. Pourtant, Alia rejetait ce reflet, mettait la vie de sa mère en question. Donc, elle n'était pas vraiment en contact avec cette pseudo-Jessica qui se trouvait en elle. Donc, elle était *totalement* possédée par une autre pseudo-vie qui excluait toutes les autres.

*Possédée !*

*Aliénée !*

*Abomination !*

Parce qu'il était mentat, il accepta cela et examina d'autres facettes du problème. Tous les Atréides étaient présents sur cette unique planète. La Maison de Corrino oserait-elle attaquer depuis l'espace ? L'esprit de Duncan passa en revue, en un éclair, tous les accords qui avaient mis fin aux formes primitives de conflit armé :

— Un : toutes les planètes étaient vulnérables à une attaque spatiale. Ergo : tous les dispositifs de représailles/vengeance devaient être sis hors-planète par chaque Maison Majeure. Farad'n devait parfaitement savoir que les Atréides n'avaient pu omettre cette précaution élémentaire.

— Deux : les boucliers énergétiques constituaient un moyen de défense absolue contre les projectiles et explosifs de type non-atomique, et c'était la raison première du retour à des formes de combat au corps-à-corps. Mais l'infanterie avait ses limitations. Il était possible que la Maison de Corrino eût reconstitué les Sardaukar tels qu'ils étaient avant la bataille d'Arrakeen, mais ils ne pouvaient être à la mesure de la joyeuse cruauté des Fremen.

— Trois : le féodalisme planétaire se trouvait constamment exposé au danger venant d'une vaste classe de techniciens, mais les effets du Jihad Butlérien tempéraient encore les excès technologiques. Les Tleilaxu, Ixiens et quelques autres mondes dispersés des Marches constituaient à cet égard la seule menace, et ces mondes étaient tout aussi vulnérables que les autres au courroux de l'ensemble de l'Imperium. Le Jihad Butlérien ne serait pas défait. La guerre mécanisée requérait une importante classe technicienne. L'Imperium des Atréides avait canalisé cette force sur d'autres voies. Aucune classe à haute technicité n'échappait à sa vigilance. Et l'Empire demeurait résolument féodal, naturellement, puisque c'était là la meilleure forme de société qui fût lorsqu'il s'agissait d'essaimer par-delà les frontières lointaines et mal connues, vers des mondes nouveaux.

Duncan eut conscience du scintillement de sa perception mentat transperçant les strates de souvenir qui lui étaient propres, totalement imperméables au passage du Temps. Il atteignit une conviction : la Maison de Corrino ne se risquerait pas à une attaque atomique *illégale*. Le chemin de la décision, la computation-éclair l'avaient conduit à cette certitude mais, dans le même temps, il était absolument conscient des éléments qui étayaient sa conviction : l'Imperium contrôlait autant d'armes nucléaires et assimilées que toutes les Grandes Maisons réunies. La moitié au moins de ces dernières réagiraient sans réfléchir si la Maison de Corrino violait la Convention. Le dispositif de représailles des Atréides sis hors-planète serait soutenu par une force écrasante sans qu'il soit besoin de battre le ban. La peur seule suffirait à rameuter les autres Maisons. Salusa Secundus et ses alliés s'évanouiraient en nuages torrides. Non, la Maison de Corrino ne courrait pas le risque d'un tel holocauste. Elle était certainement très sincère lorsqu'elle soutenait la thèse qui voulait que l'arme atomique fût gardée en réserve à une seule fin : défendre l'humanité contre la menace d'une éventuelle « intelligence étrangère », que nul n'avait rencontrée jusque-là.

Les pensées de computation avaient des bords nets, un relief aigu. Elles ne recelaient aucune zone intermédiaire floue. Alia avait choisi l'enlèvement et la terreur parce qu'elle était devenue étrangère, non-Atréides. La Maison de Corrino était une menace, mais une menace qui ne correspondait nullement au tableau qu'Alia en avait donné devant le Conseil. Si elle voulait écarter Dame Jessica, c'était uniquement parce que l'intelligence pénétrante de la Bene Gesserit avait découvert ce qui ne lui était, à lui, apparu clairement qu'à l'instant.

Idaho s'arracha à la transe mentat et découvrit Alia, immobile devant lui, l'observant avec une expression froide et calculatrice.

« Ne préférerais-tu pas faire assassiner Dame Jessica ? » demanda Duncan.

L'éclair-étranger de sa joie filtra entre ses paupières avant d'être éteint par le faux rideau de l'outrage.

« Duncan ! »

Oui, cette Alia étrangère préférait le matricide.

« Tu as peur *de* ta mère et non *pour* ta mère », dit-il.

Lorsqu'elle lui répondit, il n'y eut pas le moindre changement dans son regard.

« Oui, j'ai peur. Elle a fait son rapport sur moi aux Sœurs. »

« Que veux-tu dire ? »

« Est-ce que tu ignorerais donc ce qui tente par-dessus tout une Bene Gesserit ? (Elle se rapprocha de lui, l'observa entre ses cils, soudain séductrice.) Mon seul désir était de demeurer forte et vigilante pour le bien des jumeaux. »

« Tu parles de tentation », remarqua Duncan, et il y avait la froideur du mentat dans sa voix.

« C'est ce que les Sœurs dissimulent le plus profondément, ce qu'elles redoutent avant tout. C'est pour cela qu'elles m'ont appelée *Abomination.* Elles savent que leurs inhibitions ne suffiront pas à me retenir. La Tentation... Mais non, elles parlent avec emphase, elles disent : *La Grande Tentation.* Tu vois, nous autres qui employons les enseignements Bene Gesserit, nous pouvons influer sur des choses telles que l'équilibre interne des enzymes dans nos organismes. Ce qui peut prolonger notre jeunesse, plus encore que le Mélange. Discernes-tu les conséquences que cela pourrait avoir si les Bene Gesserits se livraient à cela ? Chacun pourrait le remarquer. Je suis certaine que tu peux mesurer l'exactitude de mes propos. C'est le Mélange qui fait de nous la cible de tant de complots. Nous avons le contrôle d'une substance qui prolonge la vie. Qu'adviendrait-il si l'on venait à apprendre que le Bene Gesserit détient un secret plus important encore ? Tu vois ! Aucune Révérende Mère ne serait plus en sûreté. L'enlèvement et la torture des Sœurs deviendrait une pratique courante... »

« Tu es parvenue à cet équilibre des enzymes », dit Duncan, et c'était une constatation, non une question.

« J'ai défié les Sœurs ! Les rapports que ma mère enverra aux Sœurs feront des Bene Gesserits les alliées inconditionnelles de la Maison de Corrino. »

*C'est très plausible,* pensa Duncan.

« Mais il est certain que ta mère ne se tournerait pas contre toi ! »

« Elle a été une Bene Gesserit longtemps avant d'être ma mère. Duncan, elle a accepté que son fils, mon frère, soit soumis à l'épreuve du *gom jabbar !* Elle l'a organisée. Et elle savait qu'il pourrait ne pas y survivre ! Les Bene Gesserits ont toujours eu peu de foi et beaucoup de pragmatisme. Elle se retournera contre moi si elle pense qu'il y va de l'intérêt du Bene Gesserit. »

Il acquiesça. Oui, Alia était si convaincante, songea-t-il avec tristesse.

« Nous devons conserver l'initiative, reprit-elle. C'est notre meilleure arme. »

« Il y a le problème de Gurney Halleck. Faudra-t-il que je tue mon vieil ami ? »

« Gurney est parti en mission d'espionnage dans le désert. Il ne nous gênera pas », répondit-elle, sachant pertinemment que Duncan était déjà au courant.

« Très bizarre. Le Gouverneur Régent de Caladan exécutant des missions ici, sur Arrakis. »

« Pourquoi pas ? Il est son amant. Sinon en fait, du moins dans ses rêves. »

« Oui, bien sûr », admit Duncan, et il se demanda si elle décelait le mensonge dans sa voix.

« Quand comptes-tu l'enlever ? »

« Il vaut mieux que tu ne le saches pas. »

« Oui... oui, je vois. Et où l'emmèneras-tu ? »

« Là où on ne pourra pas la retrouver. Sois certaine qu'elle ne sera plus une menace pour toi. »

Il lut nettement la joie dans ses yeux.

« Mais où vas-tu ?... »

« Si tu l'ignores, tu ne pourras le révéler à un Diseur de Vérité. Tu diras que tu ne sais rien. »

« Ahh... très habile, Duncan. »

*Maintenant, elle croit vraiment que je vais tuer Dame Jessica,* se dit-il.

« Au revoir, ma bien-aimée. »

Elle ne comprit pas ce qu'il y avait de définitif dans sa voix et elle l'embrassa furtivement lorsqu'il la quitta.

Et, tandis qu'il suivait les couloirs du labyrinthe du Temple pareils à ceux d'un sietch, Idaho se frottait les yeux, car même les yeux Tleilaxu ne sont pas immunisés contre les larmes.

**Toi qui aimais Caladan,**
**Tu te lamentais de son hôte perdu,**
**Mais la souffrance t'a dit**
**Que les amants nouveaux ne peuvent effacer**
**Cet éternel fantôme du passé.**

— *Refrain de*
La Lamentation de Habbanya.

STILGAR FIT QUADRUPLER LA GARDE des jumeaux dans le sietch, tout en sachant bien que c'était inutile. Le garçon était bien comme son grand-père. Tous ceux qui avaient connu le Duc le remarquaient. Il avait son regard évaluateur, sa prudence, certes, mais cela devait être mesuré par rapport à la fureur latente, l'inclination à de dangereuses décisions.

Ghanima ressemblait plus à sa mère. Elle avait les cheveux roux de Chani, ainsi que ses yeux, et une façon très calculée de s'adapter aux difficultés. Elle disait souvent qu'elle ne faisait que ce qu'elle devait faire mais, lorsque Leto ordonnait, elle suivait.

Et Leto allait les entraîner vers le danger.

Pas une seule fois, Stilgar n'envisagea de s'ouvrir de ce problème auprès d'Alia. Ce qui éliminait Irulan, qui consultait Alia à propos de tout et de rien. Prenant cette décision, Stilgar eut conscience qu'il admettait que Leto avait correctement jugé Alia.

*Elle utilise les êtres avec dureté et désinvolture,* songea-t-il. *Même Duncan. Non seulement elle pourrait se retourner contre moi et me tuer, mais elle irait jusqu'à me rejeter.*

Tandis que la garde était renforcée, Stilgar arpentait son sietch comme un spectre voilé, observant tout. Dans le même temps, il ne cessait de torturer son esprit avec les doutes que Leto y avait semés. Si l'on ne pouvait plus se fier à la tradition, alors, sur quel roc pouvait-on ancrer son existence ?

Durant l'après-midi de la Convocation de Bienvenue pour Dame Jessica, Stilgar avait surpris Ghanima en compagnie de sa grand-mère, au seuil de la salle d'assemblée du sietch. Il était tôt et Alia n'était pas encore arrivée. Déjà, pourtant, les participants affluaient et les regards, au passage, se posaient sur l'adulte et l'enfant.

Stilgar s'était réfugié dans la pénombre d'une alcôve, à l'écart du mouvement de la foule. Il observait Ghanima et Jessica sans pouvoir deviner les paroles qu'elles échangeaient dans le bourdonnement qui montait de la multitude. La population des tribus affluait en masse pour rendre hommage à son ancienne Révérende Mère. Le regard de Stilgar était rivé sur Ghanima, cependant. Sur ses yeux, sur la façon qu'ils avaient de danser lorsqu'elle parlait ! Cela le fascinait. Ces yeux bleus profonds, calmes, impérieux et calculateurs. Et ce mouvement brusque de la tête qu'elle avait pour rejeter ses longs cheveux roux de son épaule. C'était Chani. La ressemblance était surnaturelle, comme s'il rencontrait un fantôme.

Lentement, il se rapprocha, gagna une autre alcôve.

Ghanima avait une façon d'observer qu'il ne pouvait comparer à celle d'aucun enfant, son frère excepté. Où était Leto ? Stilgar fouilla du regard le couloir envahi par la foule. Ses gardes auraient déjà certainement donné l'alerte si quelque fait inquiétant était survenu. Il secoua la tête. Ces jumeaux étaient une menace contre sa santé mentale. Jour après jour, ils érodaient la paix de son esprit. Il en venait presque à les détester. Nulle famille n'était à l'abri de la haine, mais le sang (et l'eau précieuse qu'il recelait) appelaient un soutien qui transcendait tout autre souci. Les jumeaux étaient la plus haute responsabilité de Stilgar.

Ghanima et Jessica étaient deux silhouettes sur le fond de brume ambrée de la grande salle. Un reflet couleur de rouille dessinait les épaules de Ghanima, auréolant ses cheveux tandis qu'elle se tournait pour observer la foule. Elle portait sa nouvelle robe blanche.

*Pourquoi Leto a-t-il semé ces doutes en moi ?* songea Stilgar. Il était certain que l'enfant l'avait fait délibérément. *Peut-être voulait-il que je partage un peu de son expérience mentale ?* Stilgar *savait* que les jumeaux étaient différents mais, constamment, il avait dû admettre que ses processus de raisonnement étaient impuissants à accepter ce qu'il savait. La matrice, pour lui, n'avait pas été la prison d'une conscience éveillée, d'une perception développée dès le second mois de la gestation, à ce que l'on murmurait.

Leto lui avait dit une fois que sa mémoire était semblable à « un hologramme intérieur, dont la forme ne changeait jamais, mais qui s'accroissait et se précisait depuis le choc initial de cet éveil ».

Pour la première fois, tandis qu'il observait Ghanima et Dame Jessica, Stilgar commença de comprendre ce que ce devait être de vivre dans l'inextricable réseau de ces mémoires, sans pouvoir se replier ni se réfugier dans une chambre secrète de l'esprit. Devant une telle situation, il fallait intégrer la folie, sélectionner et rejeter une multitude d'offres provenant d'un système dans lequel les réponses changeaient aussi rapidement que les questions.

Il ne pouvait exister de tradition fixe. Il ne pouvait y avoir de réponses absolues à des questions à double sens. Qu'est-ce qui a un sens ? Ce qui n'a pas de sens. Qu'est-ce qui n'a pas de sens ? Ce qui a un sens. Il reconnaissait ce schéma. C'était celui du vieux jeu de devinettes Fremen. Question : « Il apporte la mort et la vie ? » Réponse : « Le vent Coriolis. »

*Pourquoi Leto veut-il donc que je comprenne cela ?* se demanda Stilgar. Ses prudentes investigations lui avaient appris que les jumeaux avaient une vue identique de leur différence : ils la considéraient comme une affliction. *Le canal de la naissance ne serait donc qu'un égout pour eux,* se dit-il. L'ignorance atténue le choc de certaines expériences, mais, pour les jumeaux, il n'était pas question d'ignorance quant à la naissance. A quoi pouvait ressembler une vie dont on connaissait tous les éléments qui *pouvaient* mal tourner ? Ce devait être une guerre permanente contre les doutes. Un fossé qui vous séparait de tous les êtres proches. Alors, il pouvait bien vous venir à l'idée de leur faire goûter ce que vous éprouviez. Et votre première question serait : « Pourquoi moi ? » Question sans réponse.

*Et que me suis-je donc demandé ?* songea Stilgar avec un sourire douloureux. *Pourquoi moi ?*

Considérant les jumeaux de cet œil neuf, il comprenait les risques mortels qu'ils prenaient avec leurs corps inachevés. Ghanima l'avait exprimé succinctement lorsqu'il lui avait interdit d'escalader la face ouest escarpée de la falaise, au-dessus du Sietch Tabr :

« Pourquoi redouterais-je la mort ? Je me suis déjà trouvée là... bien des fois. »

*Comment puis-je prétendre éduquer de tels enfants ?* se demanda Stilgar. *Comment quiconque pourrait-il le prétendre ?*

Bizarrement, les pensées de Jessica prenaient un cours similaire tandis qu'elle parlait avec sa petite-fille. Elle songeait à la difficulté qu'il y avait à entretenir des pensées mûres dans des corps immatures. Le corps devait apprendre ce que l'esprit connaissait déjà, il devait ajuster réponses et réflexes. L'ancien entraînement *prana-bindu* pouvait être une aide mais, ici encore, l'esprit devançait la chair. C'était pour Gurney une tâche suprêmement difficile que d'exécuter ses ordres.

« Stilgar nous observe depuis une alcôve », dit Ghanima.

Jessica ne bougea pas. Mais elle était soudain frappée par ce qu'elle venait de lire dans la voix de sa petite-fille : Ghanima aimait le vieux Fremen comme un parent. Elle le provoquait, elle le taquinait, elle parlait de lui avec désinvolture, mais elle l'aimait. Prenant conscience de cela, Jessica porta un regard neuf sur le naib et elle eut une révélation gestalt de ce que Stilgar et les jumeaux partageaient. Ce nouveau monde qu'était

Arrakis ne convenait guère à Stilgar. Pas plus que ce nouvel univers n'était adapté à ses petits-enfants.

Un adage Bene Gesserit s'imposa à son esprit : « *Soupçonner sa propre mortalité, c'est connaître le commencement de la terreur. Apprendre irréfutablement que l'on est mortel, c'est connaître le terme de la terreur.* »

Oui, la mort ne serait pas un joug trop pesant, mais la vie était un feu qui couvait et brûlait lentement Stilgar et les jumeaux. Ils ne rencontraient qu'un monde difficile et aspiraient à d'autres chemins dont les variations pourraient être explorées sans évoquer de menace. Ils étaient les enfants d'Abraham, ils apprenaient plus d'un faucon tournoyant au-dessus des sables que de tous les livres jamais écrits.

Ce matin même, Leto avait surpris Jessica. Ils se trouvaient sur la berge du qanat qui coulait juste en dessous du sietch. Il avait dit : « L'eau nous prend à son piège, grand-mère. Nous ferions mieux de vivre comme la poussière car le vent, alors, pourrait nous porter plus haut que les plus hautes falaises du Bouclier. »

Aussi familière qu'elle fût avec l'étrange maturité des propos de ces enfants, Jessica avait été prise à l'improviste, se contentant de répondre tant bien que mal : « Ton père aurait pu dire cela. »

Leto avait lancé une poignée de sable en l'air et la regardant retomber, dit :

« Oui, il aurait pu le dire... Mais mon père n'avait pas compris avec quelle rapidité l'eau peut ramener au sol tout ce qui en a surgi. »

En cet instant, auprès de Ghanima, Jessica éprouvait de nouveau le choc de ces paroles. Se retournant, elle regarda brièvement la foule mouvante, accrocha la silhouette sombre de Stilgar, dissimulé dans son alcôve. Le Naib n'avait rien d'un Fremen domestiqué, il n'avait pas été dressé à rassembler des brindilles pour le nid : c'était encore un faucon. Lorsqu'il pensait *rouge,* il voyait du sang et non des fleurs.

« Vous êtes bien silencieuse, soudain, remarqua Ghanima. Quelque chose ne va pas ? »

Jessica secoua la tête. « C'est seulement ce que Leto m'a dit ce matin, c'est tout. »

« Quand vous êtes allés dans les plantations ? Qu'a-t-il dit ? »

Jessica revit l'étrange expression de sagesse adulte qui était sur le visage de son petit-fils ce matin même. Elle la retrouvait à présent sur le visage de Ghanima.

« Il se rappelait l'arrivée de Gurney, lorsqu'il revint de chez les contrebandiers pour rallier la bannière des Atréides », dit-elle.

« Alors vous parliez de Stilgar... »

Jessica ne s'interrogea pas sur cette nouvelle divination. Les jumeaux semblaient capables de se transmettre leurs pensées.

« Oui, c'est vrai. Stilgar n'aimait pas que Gurney appelle Paul... son Duc. Mais, à cause de Gurney, l'usage s'est répandu chez tous les Fremen. Gurney n'a jamais cessé de dire *Mon Duc.* »

« Je vois, fit Ghanima. Et, bien sûr, Leto a fait observer qu'il n'était pas encore, *lui,* le Duc de Stilgar. »

« C'est exact. »

« Bien entendu, vous savez ce qu'il visait. »

« Je n'en suis pas certaine », avoua Jessica, et elle en fut particulièrement troublée parce qu'il ne lui était pas apparu que Leto eût tenté de la manœuvrer.

« Il essayait de réveiller en vous les souvenirs de notre père, dit Ghanima. Il est toujours avide de connaître notre père du point de vue des autres, de ceux qui l'ont connu. »

« Mais... Leto ne peut-il... »

« Oui, il peut écouter sa *vie intérieure.* Mais ce n'est pas la même chose. Vous avez parlé de lui, bien sûr. De notre père, je veux dire. Vous en avez parlé comme de votre fils. »

« Oui », dit Jessica, et elle ne continua pas. Elle éprouvait un sentiment désagréable à l'idée que ces enfants pouvaient la faire réagir selon leur bon vouloir, lui extraire des souvenirs afin de les examiner, sonder toute émotion susceptible de les intéresser. C'était ce que Ghanima faisait en ce moment même !

« Leto a dit quelque chose afin de vous troubler. »

Jessica dut lutter pour réprimer sa colère et cela la bouleversa.

« Oui... » admit-elle.

« Le fait qu'il connaisse notre père tel que notre mère l'a connu ne vous plaît guère, de même qu'il connaisse notre mère telle que notre père l'a connue... Ce que vous n'aimez pas, ce sont les implications — ce que nous pourrions apprendre sur vous, par exemple... »

« Je n'ai jamais envisagé cela ainsi », dit Jessica, d'une voix crispée.

« Habituellement, dit Ghanima, c'est la connaissance des choses sensuelles qui est la plus troublante. C'est votre conditionnement. Vous vous êtes aperçue qu'il est extrêmement difficile pour vous de nous considérer autrement que comme des enfants. Mais il n'est pas un geste de nos parents, privé ou public, qui échappe à notre connaissance. »

Pour un bref instant, Jessica se surprit à réagir ainsi qu'elle l'avait fait au bord du qanat mais, à présent, sa réaction était dirigée contre Ghanima.

« Il vous a probablement parlé de la " sensualité en rut "

de votre Duc, dit Ghanima. Quelquefois, je pense que Leto mériterait d'être bâillonné. »

*N'y a-t-il donc rien que ces jumeaux ne puissent profaner ?* se demanda Jessica, passant du choc à l'outrage, puis à la révulsion. Comment osaient-ils faire allusion à la sensualité de son Leto ? L'homme et la femme qui s'aimaient d'amour partageaient le plaisir de leurs corps ! C'était une chose aussi privée que belle et que l'on ne pouvait galvauder dans n'importe quelle conversation entre une enfant et une adulte...

*Une enfant et une adulte !*

Brutalement, Jessica comprit que Leto pas plus que Ghani n'avaient parlé à la légère.

Voyant que sa grand-mère demeurait silencieuse, Ghanima déclara : « Nous vous avons choquée. Je vous présente nos excuses. Connaissant Leto, je sais bien qu'il ne songerait même pas à s'excuser. Parfois, lorsqu'il suit un sentier précis, il en vient à oublier à quel point nous sommes différents... de vous, par exemple... »

Jessica pensa : *Et c'est pour cette raison que vous faites cela, l'un et l'autre.* Vous m'enseignez ! *Mais qui d'autre enseignez-vous encore ? Stilgar ? Duncan ?*

« Leto essaie de voir les choses telles que vous les voyez, dit Ghanima. Les souvenirs ne suffisent pas. Même lorsque vous vous y essayez de toutes vos forces, vous échouez le plus souvent. »

Jessica soupira.

La main de Ghanima se posa sur son bras.

« Bien des choses que votre fils n'a pas dites doivent pourtant l'être, et même à vous. Pardonnez-nous, mais... il vous aimait. Ne le savez-vous pas ? »

Jessica se détourna pour cacher les larmes dans ses yeux.

« Il connaissait vos peurs, continua Ghanima. Tout autant que celles de Stilgar. Cher Stil... Notre père était son " Docteur des Bêtes " et Stil n'était rien de plus que l'escargot vert replié dans sa coquille. »

Et elle fredonna la musique de la chanson dont elle venait de citer quelques paroles. Et la chanson tout entière, fit irruption dans l'esprit de Jessica :

« *O, Docteur des Bêtes,*
*Vers cette coquille d'escargot verte*
*Et son timide miracle,*
*Cachée dans l'attente de la fin,*
*Tu viens comme le divin !*
*Les escargots eux-mêmes n'ignorent point*
*Que les dieux oblitèrent*
*Et que les remèdes sont sévères,*

*Que le paradis n'est entrevu*
*Qu'a travers une porte de flamme.*
*O, Docteur des Bêtes,*
*Je suis l'homme-escargot,*
*Et je vois ton œil unique*
*Qui transperce ma coquille !*
*Pourquoi, Muad'Dib ? Pourquoi ?*

« Malheureusement, déclara Ghanima, notre père a laissé bien des hommes-escargots dans notre univers. »

**Le postulat selon lequel les humains vivent dans un univers fondamentalement impermanent, s'il est considéré comme un précept opératoire, exige que l'intellect devienne un instrument d'équilibration totalement conscient. Mais l'intellect ne peut réagir de la sorte sans impliquer l'organisme entier. Un tel organisme pourrait être décelé à son comportement ardent et tendu vers une fin. Ainsi en est-il avec une société considérée comme un organisme. Mais nous affrontons ici une vieille inertie. Les sociétés sont mues par des impulsions anciennes, réactionnelles. Elles demandent la permanence. Toute tentative pour révéler l'univers de l'impermanence éveille des schèmes de rejet, de peur, de colère et de désespoir. Comment, dès lors, expliquer l'acceptation de la prescience ? Simplement ainsi : celui qui livre ses visions prescientes, parce qu'il évoque un futur absolu (permanent), peut être accueilli avec allégresse par l'humanité même quand il prédit les plus funestes événements.**

— Le Livre de Leto,
*d'après Harq al-Ada.*

« C'EST COMME SI JE ME BATTAIS DANS l'obscurité », dit Alia.

Elle arpentait furieusement la Chambre du Conseil, allant sans cesse des hautes draperies argentées qui adoucissaient le soleil du matin aux fenêtres d'Orient jusqu'aux divans qui avaient été rassemblés sous les grands panneaux décoratifs, à l'autre extrémité de la salle. Sans cesse, elle foulait de ses sandales les rèches tapis de fibre d'épice, les lattes du parquet, puis les dalles de grenat, et les tapis, à nouveau. Enfin, elle s'arrêta devant Irulan et Idaho, qui étaient assis face à face sur les divans tendus de fourrure de baleine grise.

Idaho n'était revenu qu'à regret du Sietch Tabr. Alia avait dû lui adresser un ordre péremptoire. Plus que jamais l'enlèvement de Jessica était nécessaire, mais pourtant, il fallait attendre. Elle avait besoin des pouvoirs mentat de Duncan.

« Tous ces faits dérivent du même schéma, dit-elle. Ils sentent le complot en profondeur. »

« Peut-être pas », suggéra Irulan, mais, dans le même temps, elle adressait un regard perplexe à Duncan.

Alia eut une brève expression de mépris. Comment Irulan pouvait-elle se montrer si naïve ? A moins que... Elle eut un regard perçant et interrogateur à l'adresse de la Princesse. Irulan portait une simple robe aba noire qui allait parfaitement avec les ombres qui hantaient l'indigo de ses yeux. Ses cheveux blonds étaient ramenés en un chignon serré sur la nuque, accentuant la maigreur de son visage, durci par toutes ces années d'Arrakis. Elle conservait un peu de l'attitude hautaine qui lui avait été enseignée à la cour de son père et, souvent, Alia se surprenait à songer que ce maintien orgueilleux pouvait dissimuler des pensées de conspiration.

Idaho paradait nonchalamment en uniforme noir et vert de la Garde de la Maison des Atréides, sans insignes. Ce que réprouvaient en secret la plupart des gardes d'Alia, tout spécialement ses amazones, qui arboraient fièrement l'insigne de leur fonction. La présence même de ce ghola-maître d'armes et mentat leur déplaisait d'autant plus qu'il était l'époux de leur maîtresse.

« Ainsi, les tribus souhaitent que Dame Jessica soit réintégrée dans le Conseil de Régence, dit Idaho. Comment cela peut-il... »

« Leur demande est unanime ! s'écria Alia tout en désignant la feuille de papier d'épice gaufré posée sur le divan à côté d'Irulan. Farad'n est une chose, mais ceci... ceci sent à plein nez la manœuvre ! »

« Qu'en pense Stilgar ? » demanda Irulan.

« Ce papier porte sa signature ! »

« Mais s'il... »

« Comment pourrait-il renier la mère de son dieu ? » lança Alia, méprisante.

Idaho leva les yeux sur elle et songea : *Elle va trop loin avec Irulan !* A nouveau, il se demanda pourquoi Alia l'avait rappelé ici alors qu'elle savait qu'il devait absolument être présent au Sietch Tabr pour mener à bien l'enlèvement de Jessica. Se pouvait-il qu'elle ait eu vent du message que lui avait adressé le Prêcheur ? A cette pensée, quelque chose pesa au creux de sa poitrine. Comment ce mendiant mystique pouvait-il donc connaître le signal secret dont Paul Atréides s'était toujours servi pour convoquer son maître d'armes ? Duncan bouillait d'impatience : il fallait mettre un terme à cette réunion inutile et recommencer à chercher une réponse à cette question.

« Il ne fait aucun doute que le Prêcheur a quitté cette planète, reprit Alia. La Guilde n'oserait pas nous tromper. Je vais le faire... »

« Prudence ! » dit Irulan.

« Oui, prudence, intervint Duncan. La moitié de la population de ce monde considère qu'il est... (Il haussa les épaules.) Ton frère. »

Il espérait que son ton restait suffisamment désinvolte. Mais comment cet homme connaissait-il le signal ?

« Mais s'il est un messager, ou un espion de... »

« Il n'a eu aucun contact avec la CHOM ou la Maison de Corrino, dit Irulan. Nous pouvons être certains que... »

« Nous ne pouvons être certains de rien ! » Alia, à présent, n'essayait plus de voiler son mépris. Elle tourna le dos à la Princesse pour faire face à Idaho. Il savait pourquoi il se retrouvait ici ! Pourquoi ne réagissait-il pas comme elle l'avait escompté ? Il était dans la Chambre du Conseil à cause d'Irulan. Jamais nul n'oublierait l'histoire qui avait amené une Princesse de la Maison de Corrino sous la bannière Atréides. Lorsque l'allégeance changeait une fois, elle pouvait changer encore. Les pouvoirs mentat de Duncan devaient lui révéler les failles du comportement d'Irulan, ses plus subtiles déviations.

Idaho parut s'éveiller. Son regard se posa sur la Princesse. Il y avait des moments où il ne pouvait supporter les obligations rigides imposées à ses dons de mentat. Il savait ce qu'Alia pensait. Et Irulan le savait aussi, sans doute. Mais cette épouse-Princesse de Paul Muad'Dib avait surmonté les décisions qui avaient fait d'elle l'inférieure de Chani, la concubine royale. On ne pouvait douter de sa dévotion aux jumeaux. Elle avait renoncé à sa famille et au Bene Gesserit en se consacrant aux Atréides.

« Ma mère fait partie de ce complot ! insista Alia. Pour quelle autre raison les Sœurs l'auraient-elles envoyée ici en ce moment ? »

« Ce n'est pas l'hystérie qui nous aidera beaucoup », dit Duncan.

Comme il l'avait espéré, Alia se détourna brusquement de lui. Il préférait ne pas avoir à regarder ce visage qu'il avait tant aimé et qui était maintenant déformé par une possession étrangère.

« Ma foi, dit Irulan, on ne peut absolument se fier à la Guilde... »

« La Guilde ! » ricana Alia.

« Nous ne pouvons écarter l'hostilité de la Guilde ou du Bene Gesserit, dit Idaho, mais il nous faut leur assigner une catégorie particulière, celle de combattants passifs. La Guilde s'en tiendra à son principe de base : Ne jamais Gouverner. Ils sont une excroissance parasite, et ils le savent. Ils ne feront jamais rien qui risque de tuer l'organisme qui les fait vivre. »

« Il se pourrait qu'ils se fassent une autre idée que nous de cet organisme, insinua Irulan. Et elle avait ce ton paresseux qui se rapprochait le plus chez elle de l'ironie et qui signifiait présentement : « Tu as oublié un point, mentat. »

Alia parut décontenancée. Elle ne s'était pas attendue à l'intervention d'Irulan sur ce sujet. Une conspiratrice ne saurait souhaiter que l'on examine un tel point de vue.

« Sans doute, admit Duncan, mais la Guilde n'affrontera pas directement la Maison des Atréides. D'un autre côté, les Sœurs risqueraient une cassure politique... »

« Si elles bougent, il leur faudra trouver une couverture, un groupe ou une personnalité qu'elles puissent désavouer, dit Irulan. Le Bene Gesserit n'a pas traversé tous ces siècles sans connaître la valeur de l'effacement. Les Sœurs préfèrent se trouver derrière le trône plutôt que de s'y asseoir. »

*L'effacement ?* pensa Alia. Etait-ce donc là le choix qu'avait fait Irulan ?

« Exactement la position que je définis pour la Guilde », souligna Duncan. Il trouvait un certain soulagement dans le jeu de la discussion et de l'explication. Cela détournait son esprit d'autres problèmes.

Alia s'approcha des fenêtres illuminées par le soleil. Elle connaissait la tache aveugle de Duncan. C'était celle de tous les mentats. Ils devaient se prononcer. Ce qui développait en eux une tendance à dépendre d'absolus, à tracer des limites définies. Ils en étaient avertis car cela faisait partie de leur éducation. Pourtant, ils continuaient d'agir à l'intérieur de paramètres définis, se limitant d'eux-mêmes.

*Je n'aurais pas dû le rappeler du Sietch Tabr,* se dit Alia. *Il aurait mieux valu livrer Irulan à Javid pour qu'il la soumette à la question...*

Au centre de son crâne, une voix gronda : « Exactement ! »

*Taisez-vous ! Taisez-vous !* supplia-t-elle. Elle devinait une faute dangereuse, en cet instant, sans pouvoir en définir la forme. Elle avait seulement conscience du péril. Idaho devait l'aider à sortir de cette passe. C'était un mentat. Les mentats étaient nécessaires, depuis que les ordinateurs humains avaient remplacé les appareils mécaniques que le Jihad Butlérien avait détruits. *Tu ne feras point de machine à l'esprit de l'homme semblable !* Mais Alia aurait tant aimé disposer d'une machine obéissante. Une machine affranchie des limitations d'Idaho, dont jamais elle n'aurait à se méfier.

« Une ruse dans une ruse qui cache une ruse, dit la voix paresseuse de la Princesse. Nous connaissons tous la forme ordinaire de l'attaque contre le pouvoir. Je ne puis en vouloir à Alia de ses soupçons. Bien sûr, elle soupçonne n'importe qui — nous y compris. Mais, pour l'heure, il faut ne pas en tenir compte. Ce qui demeure l'arène première des motivations est notre premier souci. Quelle est la source de danger la plus fertile pour la Régence ? »

« La CHOM », déclara Duncan, et il avait le ton neutre du mentat.

Alia eut un sourire dur. La Compagnie Universelle ! Le Combinat des Honnêtes Ober Marchands ! Mais la Maison des Atréides était majoritaire de la CHOM avec cinquante et un pour cent des actions. La Prêtrise de Muad'Dib possédait une autre part de cinq pour cent, ce qui impliquait le consentement pratique des Grandes Maisons au contrôle de Dune sur le précieux Mélange. Ce n'était pas sans raison que l'épice était souvent appelée « la monnaie secrète ». Privés du Mélange, les Navigateurs dc la Guilde Spatiale étaient paralysés. C'était le Mélange qui suscitait cette « transe de navigation » qui leur permettait de « voir » le sentier transluminique que devait suivre le vaisseau. Sans le Mélange et le développement du système immunitaire humain qu'il assurait, les plus riches verraient leur espérance de vie divisée par quatre. Même la classe moyenne de l'Imperium absorbait le Mélange en petite quantité, mais au moins une fois par jour, au cours d'un d'un repas.

Alia, pourtant, avait su lire la sincérité du mentat dans les paroles de Duncan ; c'était un son particulier qu'elle avait guetté avec angoisse.

La CHOM. La grande Compagnie était bien plus que la Maison des Atréides, bien plus que Dune, que la Prêtrise ou le Mélange. Elle était le vinencre, la fourrure de baleine, la shigavrille, les artefacts et les jeux ixiens, le commerce entre les gens, entre les lieux, Le Hajj, ces produits qui venaient de la technologie semi-légale du Tleilax. C'était aussi les drogues à accoutumance et les techniques médicales, les transports (la Guilde) et tout l'hyper-complexe commercial d'un empire qui embrassait des milliers de mondes connus, plus quelques autres qui vivaient sur les franges, tolérés pour services rendus. Lorsque Duncan Idaho disait CHOM, il évoquait un ferment permanent, un nœud d'intrigues, un réseau de forces dans lequel un changement de la douzième décimale des intérêts versés pouvait amener la chute du propriétaire d'une planète.

Alia revint vers la Princesse et Duncan.

« A propos de la CHOM, vous avez une inquiétude précise ? »

« Certaines Maisons continuent de spéculer activement sur le stockage de l'épice », dit Irulan.

Alia se frappa nerveusement les cuisses avant de désigner la feuille de papier d'épice, à quelques centimètres d'Irulan.

« Cette *exigence* ne vous intrigue donc pas, venant ainsi... »

« Très bien ! éclata Duncan. Finissons-en. Que me dissimules-tu ? Tu ne peux quand même pas garder des informations secrètes et exiger de moi que je fonctionne comme... »

« Récemment, dit Alia, le commerce des hommes s'est développé de façon très significative dans quatre spécialités particulières. » Dans le même instant, elle se demandait si cette information serait tellement neuve pour Duncan et Irulan.

« Quelles spécialités ? » demanda Irulan.

« Maîtres d'armes, Mentats " tordus " du Tleilax, Médecins conditionnés de l'école Suk et trésoriers comptables... plus particulièrement ces derniers. Pourquoi une telle demande de vagues employés aux écritures en ce moment ? »

La question visait Duncan.

*Raisonnement mentat !* se dit-il, et c'était un ordre qu'il s'adressait car cela valait mieux que d'affronter ce qu'Alia était devenue. Il se concentra sur ses paroles, les soumit au filtre de son esprit. *Des maîtres d'armes ?* Jadis il avait porté ce titre. Les maîtres d'armes étaient, certes, bien plus que des spécialistes du combat : ils pouvaient réparer les boucliers énergétiques, dresser des plans de campagnes militaires, organiser l'intendance des armées, improviser des armes... *Les mentats « tordus » ?* Il semblait évident que les Tleilaxu avaient décidé de poursuivre cette duperie. En tant que mentat, Duncan était au fait de la fragilité de cette prétention Tleilaxu. Les Maisons Majeures qui faisaient l'acquisition de tels Mentats espéraient les contrôler totalement. C'était impossible ! Même Piter de Vries, qui avait servi les Harkonnens pendant leur guerre contre la Maison Atréides avait réussi à maintenir l'essentiel de sa dignité, allant jusqu'à préférer la mort à l'abandon de son intégrité. *Des docteurs Suk ?* Leur conditionnement était censé garantir leur loyauté envers leurs patients propriétaires. Ils étaient devenus très coûteux. Un accroissement de la demande impliquerait des échanges de fonds très importants.

Idaho compara ces facteurs à l'augmentation du marché des trésoriers comptables.

« Computation première, dit-il, indiquant ainsi qu'il avait l'assurance soigneusement pesée de parler d'un fait induit. Un accroissement de richesse a récemment été enregistré chez les Maisons Mineures. Certaines s'apprêtent à acquérir discrètement le statut de Maison Majeure. Cet accroissement financier ne peut provenir que de modifications spécifiques dans les alignements politiques. »

« Et nous en venons au Landsraad », dit Alia, exprimant sa propre conviction.

« La prochaine réunion du Landsraad aura lieu dans deux années standard », lui rappela Irulan.

« Mais les marchandages politiques ne s'interrompent jamais, dit Alia. Et je suis bien certaine (elle désigna une fois encore le document posé près d'Irulan) que certains signataires de ces tribus appartiennent à ces Maisons Mineures qui ont quitté leur alignement. »

« Peut-être », dit Irulan.

« Le Landsraad... Quelle meilleure couverture pour le Bene Gesserit ? Et quel meilleur agent pour les Sœurs que ma propre mère ? (Alia se planta devant Idaho.) Eh bien ? »

*Pourquoi ne pas raisonner en mentat ?* se demanda-t-il. Il discernait le grand soupçon d'Alia, maintenant. Après tout, il avait été le garde personnel de Dame Jessica durant bien des années.

« Duncan ? » insista Alia.

« Il faut enquêter minutieusement sur toute législation consultative qui serait en préparation pour la prochaine session du Landsraad. Ils pourraient s'opposer sur une base légale au veto de la Régence sur certaines catégories de législation — plus précisément à propos des réajustements de taxations et de la direction des cartels. Il en existe d'autres, mais... »

« Ce genre de pari ne serait guère pragmatique de leur part, s'ils adoptaient une telle position », dit Irulan.

« Je suis d'accord, fit Alia. Les Sardaukar n'ont plus de crocs et il nous reste encore nos légions Fremen. »

« Prudence, Alia, dit Idaho. Nos ennemis ne souhaiteraient rien de mieux que de nous faire apparaître monstrueux. Quel que soit le nombre de légions dont on dispose, le pouvoir, en définitive, s'appuie sur la souffrance populaire dans un empire aussi dispersé que celui-ci. »

« La souffrance populaire ? » s'étonna Irulan.

« Tu veux dire la souffrance des Grandes Maisons », dit Alia.

« Combien de Grandes Maisons allons-nous affronter avec cette nouvelle alliance ? demanda Idaho. L'argent s'amasse en des lieux bien étranges ! »

« Les franges ? » demanda Irulan.

Il haussa les épaules. On ne pouvait répondre à une telle question. Chacun d'eux se doutait bien qu'un jour viendrait où le Tleilax ou les apprentis technologues des franges de l'Empire réussiraient à annuler l'Effet Holtzmann. Ce jour-là, les boucliers deviendraient inutiles. L'équilibre précaire qui maintenait les féodalités planétaires serait rompu.

Alia repoussa cette possibilité.

« Nous ferons avec ce que nous avons. Et ce que nous avons, c'est la conviction du directorat de la CHOM que nous pouvons détruire l'épice s'ils nous y forcent. Ils ne courront pas un tel risque. »

« Et nous voici revenus à la CHOM », remarqua Irulan.

« A moins, dit Idaho, que quelqu'un ne soit parvenu à reproduire le cycle truite-ver des sables sur une autre planète. (Il posa un regard méditatif sur Irulan, que cette hypothèse semblait exciter.) Salusa Secundus ? »

« Mes contacts y sont encore sûrs. Non, pas Salusa... »

« Je maintiens donc ma réponse, dit Alia. Nous ferons avec ce que nous avons. »

*A moi de jouer,* songea-t-il. Et il demanda : « Pourquoi m'avoir arraché à un *travail important ?* Tu aurais pu en arriver là par toi-même. »

« Tu n'as pas à employer un tel ton avec moi ! »

Les yeux de Duncan s'agrandirent. Durant un bref instant, il avait entraperçu l'étranger sur les traits d'Alia, et ç'avait été une vision troublante. Il regarda Irulan, mais elle semblait ne rien avoir vu — à moins qu'elle jouât l'indifférence.

« Je n'ai pas besoin de sermons élémentaires ! » ajouta Alia, et il y avait encore la trace d'une fureur étrangère dans sa voix.

Duncan parvint à sourire tristement, mais il éprouvait tout à coup une douleur sourde au creux de la poitrine.

« Lorsque nous abordons le problème du pouvoir, dit Irulan de son ton nonchalant, nous ne nous éloignons jamais vraiment de la richesse et de tous ses masques. Paul était une mutation sociale et nous ne devons pas oublier qu'il a modifié l'ancien équilibre de cette richesse. »

« De telles mutations ne sont pas irréversibles, dit Alia en se détournant, comme si elle n'avait pas déjà révélé sa terrifiante différence. Où que soit la richesse dans cet empire, ils le savent. »

« Ils savent aussi, dit Irulan, qu'il existe trois personnes pour perpétuer cette mutation : les jumeaux et... » Elle désigna Alia.

*Sont-elles folles, toutes les deux ?* se demanda Duncan.

« Ils vont tenter de m'assassiner ! » lança Alia.

Idaho resta silencieux, perplexe, pris dans le tourbillon de sa réflexion mentat. Assassiner Alia ? Pourquoi ? Ils pouvaient la discréditer plus aisément. Ils pouvaient la couper facilement de la masse Fremen et la réduire aux abois selon leur bon vouloir. Mais les jumeaux... Duncan savait qu'il ne disposait pas du calme mentat qui convenait à une telle évaluation. Il lui faudrait être aussi précis que possible. Dans le même temps, il n'ignorait pas que la pensée précise contenait des absolus inassimilés. La nature n'était pas précise. L'univers, ramené à son échelle, n'était pas précis : il était vague, flou, saturé de variations et de mouvements inattendus. L'humanité considérée comme un tout devait être incluse en tant que phénomène naturel dans cette computation. Tout ce processus d'analyse précise représentait une partition, retranchée du courant incessant de l'univers. Il lui fallait parvenir à ce courant, l'observer en mouvement.

« Nous avions raison de nous concentrer sur la CHOM et le Landsraad, dit Irulan. Et la suggestion de Duncan nous offre une première ligne d'enquête pour... »

« L'argent considéré comme une traduction de l'énergie ne peut être séparé de l'énergie qu'il exprime, dit Alia. Nous le savons tous. Mais il nous faut répondre à trois questions spécifiques : Quand ? Avec quelles armes ? Où ? »

*Les jumeaux... Les jumeaux !* pensa Idaho. *C'est eux qui sont en danger et non Alia !*

« Qui et comment, cela ne vous préoccupe pas ? » demanda Irulan.

« Si la maison de Corrino, la CHOM ou tout autre groupe emploie des instruments humains sur cette planète, dit Alia, nous avons plus de soixante pour cent de chances de les découvrir avant qu'ils passent à l'action. L'instant et le lieu de cette action sont notre levier. Comment ? Cela revient à demander *avec quelles armes,* non ? »

*Pourquoi ne le voient-elles pas comme moi ?* songea Duncan.

« Très bien, dit Irulan. Quand ? »

« Quand notre attention sera fixée sur quelqu'un d'autre », dit Alia.

« Lors de la Convocation, remarqua Irulan, l'attention était fixée sur votre mère et il n'y a pas eu de tentative. »

« Le lieu ne convenait pas. »

*Mais que fait-elle donc ?* se demanda Duncan.

« Où donc, en ce cas ? » insista Irulan.

« Ici même, dans le Donjon, dit Alia. C'est l'endroit où je me sens le plus en sûreté. »

« Avec quelles armes ? »

« Des armes conventionnelles. Ce qu'un Fremen peut avoir sur lui : un krys empoisonné, un pistolet maula, un... »

« Ils n'ont pas essayé de chercheur-tueur depuis fort longtemps. »

« Impossible dans la foule. Et il leur faut la foule. »

« Une arme biologique ? » demanda Irulan.

« Un agent infectieux ? » Alia ne put dissimuler son incrédulité : comment Irulan pouvait-elle seulement imaginer qu'un agent infectieux pût venir à bout des barrières immunologiques des Atréides ?

« Je pensais plutôt à quelque animal, dit Irulan. Un petit animal domestique dressé à mordre une victime désignée. C'est la morsure qui serait empoisonnée. »

« Les furets de la Maison le dépisteraient. »

« Mais s'il s'agissait de l'un d'eux ? »

« C'est impossible. Les furets repousseraient un étranger, ils le tueraient. Vous le savez bien. »

« J'examinais seulement certaines possibilités dans l'espoir de... »

« Je vais alerter mes gardes », dit Alia.

A l'instant où elle prononçait le mot *gardes,* Duncan porta la main à ses yeux Tleilaxu, essayant de lutter contre la force qui déferlait soudain en lui. C'était le Rhajia, le mouvement de l'Infini tel que la Vie l'exprime, le calice latent de l'immersion totale en perception mentat qui attendait à l'affût en chaque mentat. La perception de Duncan se déploya comme un filet à travers l'univers, retomba, dessinant les formes prises dans ses mailles. Il vit les jumeaux accroupis dans les ténèbres et des griffes géantes qui fauchaient l'air autour d'eux.

« Non », murmura-t-il.

« Qu'y a-t-il ? » Alia le regardait avec surprise, comme si elle ne s'était pas attendu à le voir encore là, auprès d'elle.

Il écarta la main de ses yeux.

« Ces vêtements que la Maison de Corrino a envoyés ? Ont-ils été donnés aux jumeaux ? »

« Bien sûr, dit Irulan. Ils sont absolument sans danger. »

« Nul ne s'attaquera aux jumeaux dans le Sietch Tabr, dit Alia. Pas avec les gardes de Stilgar aux alentours. »

Idaho la regarda. Il ne disposait d'aucun élément susceptible d'étayer un argument issu de la computation mentat, mais il savait. *Il savait.* Ce qu'il venait de vivre était très proche du pouvoir visionnaire de Paul. Jamais Irulan ni Alia n'ajouteraient foi à cette révélation, venant de lui.

« J'aimerais alerter les autorités portuaires, dit-il, afin qu'elles interdisent l'importation d'animaux étrangers. »

« Tu ne peux prendre l'hypothèse d'Irulan au sérieux ! » s'exclama Alia.

« Pourquoi courir le moindre risque ? »

« Adresse-toi aux contrebandiers, alors... Je préfère me fier aux furets. »

Il secoua la tête. Que pourraient les furets de la Maison contre des griffes comme celles qu'il avait vues ? Mais Alia avait raison, cependant. Quelques pots-de-vin aux bons endroits, un navigateur de la Guilde consentant, et tout lieu du Quart Vide pouvait devenir un port. La Guilde refuserait certes de figurer en première ligne lors d'une attaque directe contre la Maison des Atréides, mais si le prix offert était assez élevé... Ma foi, il conviendrait de considérer la Guilde comme une espèce de barrière géologique qui rendait une attaque difficile mais non impossible. Ils pourraient toujours faire valoir qu'ils n'étaient qu'une « agence de transport ». Comment pourraient-ils savoir quel usage serait fait de telle ou telle cargaison ?

Alia intervint dans le silence. Elle eut un geste purement Fremen : le poing levé, le pouce horizontal. Ce qui signifiait : « Je libère le Conflit Typhon ». A l'évidence, elle se considérait comme l'unique cible logique des assassins et, par son geste, elle se dressait contre un univers empli de menaces encore informulées, elle déclarait qu'elle lancerait le vent mortel contre quiconque oserait l'attaquer.

Duncan Idaho était conscient de la vanité de toute protestation de sa part tout en comprenant qu'Alia n'avait plus de soupçons à son égard. Il allait regagner le Sietch Tabr et elle espérait qu'il exécuterait parfaitement l'enlèvement de Dame Jessica. La colère l'effleura et il s'arracha au divan, pensant : *Si seulement Alia était la cible ! Si seulement les assassins pouvaient la frapper !* Une fraction de seconde, sa main se posa sur le manche de son arme... mais il n'avait pas le cœur de le faire. Il eût mieux valu pourtant qu'elle meure en martyre plutôt que d'être déconsidérée et traquée vers un tombeau de sable.

« Oui, dit Alia, croyant déchiffrer le souci sur le visage de son époux, il vaut mieux que tu regagnes rapidement le Sietch. » Et elle songea : *Quelle folie que d'avoir soupçonné Duncan ! C'est à moi qu'il appartient, et non à Jessica !*

Elle dut s'avouer qu'elle avait été bouleversée par cette revendication des tribus. Comme Duncan quittait la salle, elle agita la main.

Lui s'éloignait avec un sentiment de désespoir. Non seulement Alia était aveuglée par cette possession, mais à chaque crise elle se montrait plus folle. D'ores et déjà, elle avait franchi la limite dangereuse : elle était condamnée. Mais que pouvait-on encore faire pour les jumeaux ? Qui pouvait-il espérer convaincre ? Stilgar ? Mais Stilgar pouvait-il faire plus que ce qu'il faisait déjà ?

*Et Dame Jessica ?* songea Duncan.

Oui, il lui fallait envisager cette possibilité. Mais il se pouvait que Dame Jessica, elle aussi, fût engagée dans un complot avec ses Sœurs. Il ne conservait guère d'illusions quant à cette concubine Atréides. Elle pouvait exécuter n'importe quel ordre de ses Bene Gesserits. Elle irait même jusqu'à se retourner contre ses petits-enfants.

> **Le bon gouvernement ne dépend jamais des lois, mais des qualités personnelles de ceux qui gouvernent. La machine gouvernementale est toujours subordonnée à la volonté de ceux qui l'administrent. Il s'ensuit donc que l'élément le plus important de l'art du gouvernement est la méthode selon laquelle les chefs sont choisis.**
>
> — Loi et Gouvernement,
> *Manuel de la Guilde Spatiale.*

*Pour quelle raison Alia souhaite-t-elle que je sois présente à la séance du matin ?* se demanda Jessica. *Ma réintégration dans le Conseil n'a pas encore été votée.*

Elle se trouvait dans l'antichambre de la Grande Salle du Donjon. Sur tout autre monde qu'Arrakis, cette antichambre eût été la Grande Salle. Le pouvoir des Atréides, la concentration de la richesse et de la puissance avaient encore accru le gigantisme des constructions. Cette salle semblait habitée de toutes les craintes de Jessica. Elle haïssait son immense carrelage qui représentait la victoire de son fils sur Shaddam IV.

La porte de plastacier poli qui la séparait de la Grande Salle lui renvoyait son image et elle examina les signes du temps sur ses traits : des lignes infimes sillonnaient l'ovale de son visage et le regard de ses yeux indigo était plus dur. Elle se souvenait d'un temps où il y avait eu du blanc autour de ses prunelles bleues. Il lui fallait désormais les soins attentifs d'un coiffeur professionnel pour garder à sa chevelure ce lustre de bronze qu'elle avait eu. Son nez était demeuré petit, le dessin de sa bouche généreux et son corps était encore svelte, mais les muscles — même ceux d'une Bene Gesserit — avaient tendance à s'amollir avec le temps. Cela pouvait échapper à bien des humains qui disaient : « Vous n'avez changé en rien ! » Mais l'éducation Bene Gesserit était une arme à double tranchant : les changements les plus subtils de l'être échappaient difficilement à celles qui avaient été ainsi éduquées.

Et l'absence totale de changements chez Alia n'avait pas échappé à Jessica.

Javid, qui tenait le rôle d'huissier auprès d'Alia, était campé près de la grande porte en une attitude très officielle. Il y avait un sourire cynique sur sa figure ronde. Jessica le vit tel un djinn en robe. Aux yeux de Jessica, Javid était un paradoxe : un Fremen bien nourri.

Conscient de l'examen de Jessica, Javid haussa les épaules avec un sourire entendu. Ainsi qu'il l'avait prévu, son séjour dans le proche entourage de Jessica avait été bref. Il avait de la haine pour les Atréides mais il était l'homme d'Alia de plus d'une façon, si l'on en croyait les rumeurs.

Jessica nota sa réaction et pensa : *Cet âge est celui du haussement d'épaules. Il sait que j'ai entendu toutes les histoires qui courent à son sujet et il ne s'en soucie point. Notre civilisation pourrait bien périr d'indifférence avant même que de succomber à une attaque de l'extérieur...*

Les gardes que Gurney lui avait assignés avant de rejoindre les contrebandiers dans le désert n'avaient pas apprécié sa décision de venir seule. Mais Jessica se sentait étrangement en sécurité. S'il venait à quiconque l'idée de faire d'elle une martyre en ce lieu, Alia n'y survivrait pas. Et elle le savait.

Voyant que Jessica ne réagissait pas à son haussement d'épaules ni à son sourire, Javid toussota. Pour un Fremen, c'était une sorte de torture du larynx qui demandait une longue pratique. C'était comme un langage secret, et ainsi Javid venait de dire : « Nous comprenons l'absurdité de toute cette pompe, Ma Dame. N'est-ce point merveilleux ce que l'on peut faire croire aux humains ? »

*Merveilleux !* se dit Jessica, mais il n'y eut pas le moindre reflet de cette pensée sur son visage.

L'antichambre était presque comble, maintenant que tous les suppliants du matin avaient reçu le droit d'entrer. Les portes extérieures avaient été refermées. Suppliants et serviteurs se tenaient à distance respectueuse de Jessica, mais ils pouvaient tous remarquer qu'elle portait la traditionnelle robe aba des Révérendes Mères. Ce qui allait susciter bien des questions. Elle n'arborait aucun insigne de la prêtrise de Muad'Dib. La foule bourdonnante partageait donc son attention entre Jessica et la petite porte dérobée par laquelle Alia ferait son entrée afin de les accueillir dans la Grande Salle. Il était évident pour Jessica que le vieux schéma qui définissait les pouvoirs de la Régence venait d'être quelque peu bousculé.

*Et il m'a suffi de venir,* se dit-elle. *Pourtant, je ne suis venue que parce qu'Alia m'a invitée.*

Tout en relevant les signes de trouble, Jessica prit conscience qu'Alia prolongeait délibérément cette attente afin de permettre aux courants subtils qui s'étaient formés de mieux se dessiner. Certainement, elle observait toute la scène par quelque regard secret. Il était peu de ruses de sa part qui fussent encore ignorées de Jessica. Au fil des minutes, Jessica mesurait à quel point elle avait eu raison d'accepter la mission des Sœurs.

« On ne peut permettre aux événements de suivre ce cours plus longtemps, lui avait déclaré le chef de la délégation Bene Gesserit. Assurément les signes du déclin n'ont pu vous échapper. A vous, surtout ! Nous savons pourquoi vous nous avez quittées, mais nous savons aussi comment vous avez été éduquée. Rien ne vous a été épargné. Vous êtes une adepte de la Panoplia Prophetica et vous devez savoir à quel moment le pourrissement d'une religion puissante nous menace toutes. »

Les lèvres serrées, Jessica avait réfléchi intensément, immobile devant la fenêtre, lisant les premières traces douces du printemps de Castel Caladan. Il lui déplaisait de donner ce cours logique à ses pensées. L'une des premières leçons du Bene Gesserit était de conserver une attitude d'interrogation méfiante envers tout ce qui s'habillait de logique. Mais les membres de la délégation le savaient, elles aussi.

L'air avait été si humide, ce matin-là, se rappela Jessica tout en promenant son regard dans l'antichambre. Si frais et si humide. Ici, l'air était moite, comme imprégné de sueur, et Jessica, découvrant le malaise qu'il provoquait en elle, songea : *J'ai retrouvé mes sens Fremen.* Oui, l'air était trop humide dans ce sietch-au-dessus-du-sol. Que faisait donc le Maître des Distilles ? Jamais Paul n'aurait toléré semblable négligence.

Javid, remarqua-t-elle, le visage lisse, l'air composé, le regard vif, ne semblait pas s'être aperçu de la moiteur anormale qui régnait dans l'antichambre. Une faute grave pour un natif d'Arrakis.

Les membres de la délégation Bene Gesserit lui avaient demandé si elle voulait des preuves de leurs allégations. Rageusement, elle leur avait cité un de leurs propres manuels : « Toutes les preuves conduisent inévitablement à des propositions qui n'ont pas de preuves ! Toutes choses sont connues parce que nous voulons croire en elles ! »

« Mais ces questions ont été soumises à des mentats ! » avait protesté le chef de la délégation.

Jessica lui avait adressé un regard de surprise.

« Je m'étonne que vous ayez atteint votre présente situation sans connaître encore les limitations des mentats. »

Les Sœurs s'étaient alors détendues. Apparemment, tout cela n'avait été qu'un test, qu'elle avait réussi. Elles avaient craint, bien sûr, qu'elle eût perdu tout contact avec les pouvoirs d'équilibre qui constituaient le noyau de l'éducation B.G.

Elle se fit plus attentive en voyant que Javid quittait son poste près de la porte pour s'approcher d'elle.

Il s'inclina.

« Ma Dame. Il m'apparaît qu'il se pourrait que vous n'ayez point entendu relater le dernier exploit du Prêcheur.

« Je reçois des rapports quotidiens sur tout ce qui se passe ici », répondit Alia. Et elle se dit : *Qu'il aille donc répéter ça à Alia !*

Javid sourit.

« Alors vous savez qu'il se répand en invectives contre votre famille. La nuit dernière, il a prêché dans le faubourg sud et nul n'a osé porter la main sur lui. Bien sûr, vous savez pourquoi. »

« Parce qu'ils croient que mon fils est revenu parmi eux », dit-elle d'une voix lasse.

« Cette question n'a pas encore été soumise au mentat Idaho. Peut-être cela permettrait-il d'y répondre définitivement et de régler ce problème. »

Jessica songea : *En voilà un qui ignore certainement les limitations des mentats, encore qu'il fasse porter des cornes à Duncan — en rêve, sinon en fait.*

« Les mentats, dit-elle, partagent les faiblesses de ceux qui les utilisent. L'esprit de l'homme, comme celui de n'importe quel animal, est un résonateur. Il répond aux résonances de l'environnement. Le mentat a appris à étendre sa conscience sur différentes boucles parallèles de causalité et à induire de longues chaînes de conséquences à partir de ces boucles. »

*Qu'il rumine ça !*

« Ainsi, ce Prêcheur ne vous inquiète pas ? »

Le ton de Javid était tout à coup sombre et compassé.

« C'est un signe bienfaisant, dit-elle. Je ne veux pas qu'on l'importune. »

Javid ne s'était visiblement pas attendu à une réponse aussi tranchante. Il tenta vainement de sourire.

« Bien sûr, si vous insistez, le Conseil de l'église qui a déifié votre fils s'inclinera devant votre volonté. Mais il est certain que quelque explication... »

« Peut-être préféreriez-vous que je vous explique, moi, comment je m'insère dans vos plans. »

Javid l'observa attentivement.

« Je ne vois aucune raison logique, Ma Dame, à votre refus de dénoncer ce Prêcheur. Il ne peut être votre fils. Je fais une demande raisonnable : dénoncez-le. »

*Tout cela était préparé,* songea-t-elle. *Il suit les instructions d'Alia.*

« Non », dit-elle.

« Mais il défie le nom de votre fils ! Il prêche des choses abominables, vitupère votre sainte fille. Il incite la populace à se tourner contre nous. Lorsqu'on le questionne, il ose dire que vous avez en vous la nature du Mal et que votre... »

« Il suffit de ces commérages ! Allez dire à Alia que je refuse. Depuis mon retour, je n'ai entendu que des histoires à propos de ce Prêcheur ! Il m'ennuie. »

« Ma Dame trouve-t-elle ennuyeux son dernier discours profane où il a dit que Ma Dame ne s'opposerait point à lui ? Et voici que, clairement, Ma Dame... »

« Même avec tout le mal que je porte en moi, je ne le dénoncerai pas. »

« Il n'y a pas là matière à plaisanterie, Ma Dame ! »

Jessica leva la main d'un geste irrité.

« Disposez ! » lança-t-elle d'une voix assez forte pour que chacun pût l'entendre et que Javid soit obligé de se retirer.

Ses yeux luisaient de colère, mais il s'inclina avec raideur et regagna son poste près de la porte.

Cette altercation, se dit Jessica, correspondait parfaitement aux observations qu'elle avait déjà faites. Lorsqu'il parlait d'Alia, la voix de Javid avait les accents rauques d'un amant, sans conteste. Les rumeurs étaient très certainement fondées. Alia avait laissé son existence dégénérer d'une façon terrible. Et Jessica, pour la première fois, fut gagnée par le soupçon qu'Alia pouvait être consentante à l'Abomination. Etait-ce là l'expression d'un désir pervers d'auto-destruction ? Car, cela ne faisait aucun doute, elle travaillait à sa fin et à l'effondrement du pouvoir né des enseignements de son frère.

De faibles signes de malaise devinrent apparents dans l'antichambre. Les aficionados du lieu devaient savoir quand Alia tardait trop et, maintenant, tous avaient pu entendre Jessica renvoyer péremptoirement le favori d'Alia.

Elle soupira. Elle sentait bien que son corps était entré ici d'abord, son âme rampant à la suite. Les mouvements des courtisans étaient si transparents ! Leur quête des personnages importants était comme la danse des épis sous le vent dans un champ de céréales. Les résidents informés de cet endroit fronçaient les sourcils et situaient pragmatiquement leurs voisins sur une échelle d'évaluation, selon leur importance. A l'évidence, Javid avait été touché par sa rebuffade. Bien peu lui adressaient la parole depuis cet instant. Mais les autres ! L'œil exercé de Jessica lui permettait de lire la cote de tous les satellites attendant l'arrivée de la vraie puissance.

*Ils se défient de moi parce que je suis dangereuse. Alia a peur de moi et c'est cette odeur que je porte.*

Elle regarda autour d'elle et les yeux se détournèrent. Ces gens étaient si sérieusement futiles qu'elle fut sur le point de se mettre à hurler contre leurs justifications toutes faites pour des existences sans but. Oh, si seulement le Prêcheur pouvait voir l'antichambre en cet instant !

Son attention fut attirée par une bribe de conversation proche. Un Prêtre, grand et maigre, s'adressait à sa coterie, formée, sans nul doute, des suppliants placés sous ses auspices.

« Souvent, je dois parler autrement que je pense, disait-il. On appelle cela : diplomatie. »

Les rires furent trop bruyants, et trop vite suspendus : certains, dans le groupe, voyaient que Jessica avait surpris ces paroles.

*Celui-là, mon Duc l'aurait jeté dans l'oubliette la plus lointaine qu'il aurait pu trouver !* se dit Jessica. *On ne peut pas dire que je sois revenue trop tôt !*

Elle savait à présent que, sur la lointaine Caladan, elle avait vécu dans une capsule étanche que seuls les excès les plus outranciers d'Alia avaient réussi à percer. En cela, songea-t-elle, je n'ai fait que contribuer à mon existence rêvée. Caladan avait été comme une de ces frégates de première classe que les longs-courriers de la Guilde emportaient dans leurs flancs et qui réagissaient à peine aux manœuvres les plus violentes.

*Il est si séduisant de vivre en paix,* pensa-t-elle.

Plus elle découvrait la cour d'Alia, plus elle éprouvait de sympathie pour les déclarations du Prêcheur qui lui avaient été rapportées. Oui, Paul aurait pu émettre de tels jugements en voyant ce qu'il était advenu de son royaume. Et Jessica se demanda ce que Gurney avait bien pu découvrir chez les contrebandiers.

Le jour de son retour, sa première réaction, en Arrakeen, avait été la plus juste. Lorsqu'elle était entrée dans la cité en compagnie de Javid, son attention avait été attirée par les écrans armés disposés autour des demeures, par les chemins et les allées lourdement gardés, les sentinelles vigilantes à chaque carrefour, les hautes murailles et les fondations épaisses qui annonçaient autant de profonds abris souterrains. Arrakeen était devenu un lieu hostile, assiégé, une cité folle et pharisienne à l'image dure.

Brusquement, la petite porte de l'antichambre s'ouvrit. Les prêtresses-amazones qui précédaient Alia jaillirent dans la pièce et formèrent un bouclier roide et mouvant, chacun de leurs mouvements suggérant une force réelle et terrifiante. Alia avait une expression composée et il n'y eut pas la moindre trace d'émotion sur ses traits lorsqu'elle posa son regard sur sa mère. Mais Jessica tout comme elle savait que l'heure de la bataille avait sonné.

Sur l'ordre de Javid, les portes gigantesques de la Grande Salle furent ouvertes dans un silence absolu qui évoquait de formidables énergies cachées.

Alia vint se placer au côté de sa mère tandis que les gardes se refermaient en rideau sur elles.

« Pouvons-nous entrer, mère ? » demanda-t-elle.

« Il est grand temps », dit Jessica. Et, lisant la joie dans les yeux d'Alia, elle se dit : *Elle pense qu'elle peut me détruire et demeurer indemne ! Elle est folle !*

Et elle se demanda soudain si ce n'était pas ce dont Duncan avait cherché à la prévenir en lui adressant ce message auquel elle avait été incapable de répondre tant il était énigmatique : « *Danger. Je dois vous voir.* » Le message avait été rédigé dans une variante de l'ancien Chakobsa, où le mot particulier choisi pour désigner le danger signifiait *complot*.

*Je dois le voir immédiatement, dès que je regagnerai le Sietch Tabr,* décida Jessica.

**Telle est l'erreur du pouvoir : il ne s'exerce, en définitive, que dans un absolu, un univers limité. Mais la grande leçon de notre univers relativiste est que les choses changent. Tout pouvoir doit toujours affronter un pouvoir plus grand. Paul Muad'Dib enseigna cette leçon aux Sardaukar dans les plaines d'Arrakeen. Ses descendants ont encore à l'apprendre pour leur compte.**

— Le Prêcheur en Arrakeen.

LE PREMIER SUPPLIANT DE L'AUDIENCE du matin était un troubadour Kadeshien, un pèlerin du Hajj qui s'était fait vider sa bourse par des mercenaires de la cité.

Immobile sur les dalles vert d'eau, il ne semblait pas mendier une faveur.

Deux trônes identiques avaient été mis en place sur la plate-forme qui dominait la salle de ses sept degrés. C'étaient les trônes de la mère et de la fille, mais Jessica remarqua que Alia était placée à sa droite, ce qui correspondait à la position *masculine*.

Jessica admirait l'air décidé du troubadour. Il était bien évident que les gens de Javid ne l'avaient admis que pour cette qualité. Ils escomptaient que le troubadour distrairait les courtisans présents. C'était la seule forme de paiement qu'il pouvait assurer, puisqu'il n'avait plus d'argent.

Selon le rapport du Prêtre-Avocat qui plaidait à présent le cas, le Kadeshien n'avait plus que son vêtement et la balisette qu'il portait sur l'épaule, maintenue par une lanière de cuir.

« Il déclare qu'on lui a fait absorber un breuvage sombre, disait l'Avocat, réprimant difficilement un sourire. Qu'il n'en déplaise à Votre Sainteté, cette boisson l'aurait maintenu éveillé mais hors d'état de rien faire tandis qu'on lui prenait sa bourse. »

Jessica observa le troubadour tandis que l'Avocat continuait de bourdonner son plaidoyer pétri de fausse soumission, la bouche pleine de fausses morales. Le Kadeshien était grand, il atteignait près de deux mètres. Il avait un regard inquisiteur où elle lut de l'intelligence et de l'humour. Suivant la mode de sa planète, il portait ses cheveux blonds dorés longs jusqu'aux épaules. La robe grise du Hajj ne pouvait dissimuler la virilité de son corps élancé, de sa poitrine puissante. Il répondait au nom de Tagir Mohandis et il était le descendant d'ingénieurs marchands, fier de lui et de ses ancêtres.

Alia interrompit le plaidoyer d'un simple geste et déclara sans détourner la tête : « Dame Jessica, pour honorer son retour parmi nous, va rendre ce premier jugement ! »

« Merci, ma fille », dit Jessica, mettant l'accent sur son ascendance afin que chacun entendît. *Ma fille !* Ainsi donc, ce Tagir Mohandis faisait partie de leur plan... Ou bien n'était-il qu'une dupe innocente ? Ce jugement marquait l'ouverture des hostilités contre elle, se dit Jessica. L'attitude d'Alia le confirmait clairement.

« Sais-tu bien jouer de cet instrument ? » demanda-t-elle en désignant la balisette à neuf cordes du troubadour.

« Aussi bien que le grand Gurney Halleck lui-même ! »

Tagir Mohandis s'était exprimé d'une voix forte, à l'intention de toute l'audience et il y eut quelques mouvements révélateurs parmi les courtisans.

« Tu es en quête de l'argent nécessaire à ton voyage, dit Jessica. Où te conduira-t-il ? »

« Jusqu'à Salusa Secundus, à la cour de Farad'n, dit-il. J'ai entendu dire qu'il recherchait des ménestrels et troubadours, qu'il encourage les arts et qu'il édifie une manière de renaissance et de nouvelle culture autour de lui. »

Jessica se retint de regarder Alia. Ils savaient tous, bien sûr, ce que Mohandis demanderait. Mais cette comédie lui plaisait. La croyaient-ils incapable de parer le coup ?

« Voudrais-tu jouer pour payer ton passage ? demanda-t-elle. Mes conditions sont à la manière Fremen. Si ta musique me plaît, je pourrai te garder ici pour apaiser mes soucis ; si elle offense mes oreilles, je pourrai t'envoyer gagner l'argent de ton voyage dans le désert... Mais si je juge que ta façon de jouer puisse convenir à Farad'n, qu'on dit un ennemi des Atréides, je t'enverrai à lui avec ma bénédiction. Veux-tu jouer selon ces conditions, Tagir Mohandis ? »

Le troubadour rejeta la tête en arrière et partit d'un immense rire rauque. Ses cheveux blonds voletèrent tandis qu'il prenait sa balisette en main et l'accordait habilement, indiquant par-là qu'il acceptait le marché.

La foule voulut se rapprocher, mais elle fut maintenue à distance par les courtisans et les gardes.

Mohandis pinça une note, éveillant et soutenant le chant grave des cordes sises sur le côté de la balisette, averti de leur vibration qui forçait l'attention. Puis il chanta, d'une voix mélodieuse de ténor. Il était évident qu'il improvisait, mais le ton était si juste que Jessica tomba sous le charme avant de se concentrer sur les paroles :

« Tu dis pleurer Caladan et ses mers
Où les Atréides autrefois régnèrent
Sans rémission.
Mais les exilés sont en terres étrangères !
Tu dis qu'en des heures amères, des hommes rudes
Ont vendu tes rêves de Shai-Hulud
Pour nourritures fades.
Et les exilés vivent en terres étrangères !
Tu fis pousser Arrakis infirme
Et rendis silencieux le passage du ver
Et tu conclus ton temps
Tandis qu'exilés vivent en terres étrangères.
Alia ! Toi qu'on nomme Coan-Teen,
L'esprit invisible qui chemine
Jusqu'au moment de... »

« *Assez !* cria Alia. Elle se dressa à demi. Je vais te faire... »

« Alia ! » Jessica s'était exprimée avec suffisamment de force, ajustant sa voix afin d'éviter l'affrontement tout en captivant l'attention de l'audience. C'était là un usage émérite de la Voix et tous ceux qui l'avaient entendue ne pouvaient que reconnaître une puissance parfaitement contrôlée dans cette démonstration. Alia s'était rencoignée dans son trône et Jessica remarqua qu'elle ne montrait pas le moindre signe de contrariété.

*Cela également était prévu,* se dit-elle. *Très intéressant...*

« Ce premier jugement m'appartient », rappela Jessica.

« Très bien », acquiesça Alia d'une voix presque inaudible.

« Voici un présent qui conviendrait à Farad'n, dit Jessica. Sa langue a le tranchant du krys. La saignée que cette langue pourrait administrer ferait du bien à notre cour, mais je préférerais qu'il la réserve à la Maison de Corrino. »

Une vague légère de rires parcourut la salle. Alia souffla violemment :

« Savez-vous de quoi il m'a traitée ? »

« Mais de rien, ma fille. Il n'a fait que rapporter ce qu'il a entendu comme tant d'autres dans les rues. On vous a surnommée la Coan-Teen... »

« L'esprit-femelle de la mort qui marche sans pieds », grinça Alia.

« Si vous écartez ceux dont les rapports sont exacts, remarqua Jessica d'une voix douce, il ne vous restera que ceux qui savent ce que vous voulez entendre. Pour moi, il n'est rien de plus toxique que de croupir dans la puanteur de ses propres reflets. »

Elle put entendre les exclamations étouffées de ceux qui étaient proches de l'estrade.

Elle concentra son attention sur Mohandis. Celui-ci demeurait silencieux, indifférent. Il semblait que n'importe quel jugement lui serait absolument étranger. C'était là, songea Jessica, le type d'homme que son Duc aurait aimé avoir à ses côtés en des temps difficiles : confiant en son propre jugement, mais acceptant ce qui en résultait, même la mort, sans maudire son destin. Pourquoi avait-il donc choisi d'agir ainsi ?

« Pourquoi as-tu chanté de telles paroles ? » demanda Jessica.

Il leva la tête pour mieux se faire entendre.

« J'ai entendu dire que les Atréides étaient gens d'honneur et qu'ils avaient l'esprit ouvert. Je voulais les mettre à l'épreuve et ainsi, peut-être, demeurer ici à votre service, ce qui me donnerait le temps de retrouver mes voleurs et de disposer d'eux à ma manière. »

« Il ose nous mettre à l'épreuve ! » marmonna Alia.

« Pourquoi pas ? » demanda Jessica.

Elle sourit au troubadour pour lui signifier son assentiment. Il n'était venu dans cette salle que pour une autre aventure, un autre voyage dans son univers. Jessica éprouvait l'envie de l'attacher à son propre entourage, mais la réaction d'Alia ne présageait que le mal pour le brave Mohandis. Et puis, il y avait tous ces signes qui indiquaient nettement que c'était bien la conduite que l'on attendait de Dame Jessica, qu'elle prenne à son service un beau et brave troubadour, tout comme elle avait pris Gurney Halleck. Non, il valait mieux que Mohandis fût autorisé à poursuivre sa route, même si la pensée d'un tel présent entre les mains de Farad'n était ulcérante.

« Qu'on l'envoie à Farad'n, dit Jessica. Veillez à ce qu'il reçoive l'argent de son passage et que sa langue aille donc tirer le sang de la Maison de Corrino. Nous verrons bien comment il survivra. »

Alia regarda fixement le sol avant d'esquisser un sourire tardif.

« Que la sagesse de Dame Jessica décide », déclara-t-elle et, d'un geste, elle ordonna à Mohandis de se retirer.

*Cela ne s'est pas passé comme elle le désirait,* pensa Jessica, mais certains détails de l'attitude d'Alia lui annonçaient une épreuve plus décisive.

On amenait un nouveau suppliant.

Observant la réaction de sa fille, Jessica fut assaillie par les premiers doutes. Elle aurait besoin des enseignements de la leçon des jumeaux. Alia pouvait être l'*Abomination,* mais elle était une pré-née. Elle pouvait connaître sa mère aussi bien qu'elle se connaissait. Et elle ne pouvait méjuger de ses réactions dans cette affaire du troubadour. *Pourquoi a-t-elle donc monté cette confrontation ?* se demanda Jessica. *Pour faire diversion ?*

Elle n'avait plus le temps de réfléchir. Le second suppliant attendait, au bas des deux trônes, son Avocat près de lui.

C'était un Fremen, un vieil homme qui portait les marques d'un natif du désert sur son visage. Il n'était pas de très haute taille, mais son corps sec et nerveux et la longue *dishdasha* d'ordinaire portée sur un distille lui conféraient une certaine majesté. La robe s'accordait à son visage long et étroit, à son nez d'aigle et au regard intense de ses yeux bleus d'*ibad.* Il ne portait pas de distille et ne semblait pas être à son aise ainsi. La Salle d'Audience immense devait ressembler pour lui à l'air libre qui vole la précieuse humidité de la chair. Il avait rejeté à demi son capuchon et Jessica put voir qu'il portait le chignon *keffiya* d'un Naib.

« Je suis Ghadhean al-Fali, dit-il en posant un pied sur la première marche pour marquer son rang. « J'appartenais aux commandos de la mort de Muad'Dib et je suis ici pour un sujet qui concerne le désert. »

Alia ne se trahit que par un infime tressaillement. Le nom

d'al-Fali figurait au bas de la requête présentée par les tribus pour la réintégration de Jessica au sein du Conseil.

*Un sujet qui concerne le désert !* pensa Jessica.

Ghadhean al-Fali avait parlé avant même que son Avocat ait entamé sa plaidoirie. Par cette simple phrase Fremen, il venait de notifier à chacun qu'il allait s'ouvrir d'une affaire qui concernait Dune tout entière et qu'il parlait nanti de l'autorité d'un Fedaykin qui avait risqué sa vie aux côtés de Paul Muad'Dib. Jessica doutait qu'il se fût annoncé ainsi auprès de Javid ou de l'Avocat Général. Ce qui lui fut confirmé aussitôt : un membre de la Prêtrise accourait du fond de la salle, brandissant le chiffon noir de l'intercession.

« Mes Dames ! N'écoutez pas cet homme ! lança-t-il. Il est venu ici sous une fausse... »

A l'instant où elle vit le Prêtre, Jessica entrevit le geste d'Alia, à la limite de son champ visuel. Dans l'ancien langage de bataille des Atréides, la main de sa fille faisait le geste : « Allez ! » Sans chercher à savoir à qui ce signal pouvait s'adresser, elle réagit instinctivement. Elle se jeta violemment sur la gauche, entraînant le trône avec elle. Elle tomba et elle roula loin du trône à la seconde où il s'écrasait. Elle se redressa et perçut le claquement net d'un pistolet maula... Puis un autre. Elle courait déjà. Quelque chose frappa sa manche droite. Elle plongea dans la foule des courtisans et suppliants rassemblés sous le dais. D'un bref regard, elle constata qu'Alia n'avait pas fait un mouvement.

Au sein de la foule, elle s'arrêta. Elle vit que Ghadhean al-Fali s'était jeté de l'autre côté du dais, mais son Avocat était resté là où il se trouvait.

Tout s'était déroulé avec la rapidité d'une embuscade, mais ceux qui se trouvaient dans la Salle savaient à quoi des réflexes entraînés auraient conduit quelqu'un pris par surprise. Alia, de même que l'Avocat, était demeurée figée sur place.

L'attention de Jessica fut attirée par un remous au centre de la salle. Elle se fraya un chemin dans la foule et vit alors quatre suppliants qui s'étaient emparés du Prêtre. Le chiffon noir de l'intercession était tombé à ses pieds, révélant le pistolet maula.

Al-Fali devança Jessica, s'arrêta et regarda successivement le pistolet et le Prêtre. Avec un cri de rage, il leva la main gauche, les doigts rigides, et frappa en *achag*. Les doigts de pierre atteignirent la gorge du Prêtre et il s'effondra. Sans même un regard en arrière, le vieux Naib se tourna vers le dais, une expression de fureur sur le visage.

« Dalal-il' an-nubuwwa ! lança-t-il, plaçant les paumes de ses mains sur son front, puis les abaissant. Le Qadis as-Salaf ne permettra pas que je sois réduit au silence ! Si je ne terrasse pas ceux qui interfèrent, d'autres le feront ! »

*Il pense que c'était lui qui était visé !* se dit Jessica. Ses yeux se portèrent sur sa manche et elle enfila un doigt dans le trou laissé par la fléchette maula. Empoisonnée, sans doute.

Les suppliants avaient lâché le Prêtre. Le larynx écrasé, il était agité d'ultimes convulsions. Jessica désigna deux courtisans effrayés qui se trouvaient à sa gauche : « Je veux que cet homme soit sauvé et soumis à la question. S'il meurt, vous mourrez aussi ! » Les deux courtisans hésitèrent, regardant désespérément vers le dais, et elle fit usage de la Voix : « Allez ! »

Ils obéirent.

Jessica se porta au côté d'al-Fali :

« Ne soyez pas stupide, Naib ! C'était à moi qu'ils en voulaient, pas à vous ! »

Quelques-uns parmi ceux qui les entouraient, l'entendirent. Il y eut un silence stupéfait. Al-Fali leva les yeux sur le dais, sur le trône renversé et brisé, et sur Alia, toujours immobile. La compréhension se fit jour sur ses traits, si clairement qu'un novice pouvait la lire.

« Fedaykin », dit Jessica, lui rappelant le vieil attachement qu'il avait avec sa famille, « nous qui avons connu le feu, savons nous tenir dos à dos. »

« Ayez confiance en moi, Ma Dame », dit-il, comprenant aussitôt.

Il y eut un cri étouffé. Jessica pivota, et al-Fali, accompagnant son mouvement, demeura rivé à son dos. Une femme Fremen, vêtue dans le style excentrique de la cité, se redressait. Le Prêtre gisait à ses pieds et les deux courtisans étaient invisibles. La femme n'accorda pas le moindre regard à Jessica. D'une voix aiguë, elle entonna l'ancienne lamentation de son peuple, l'appel aux servants des distilles de mort à l'heure où l'eau d'un corps doit être recueillie dans la citerne tribale. C'était un appel incongru dans la bouche d'une femme ainsi vêtue. Mais Jessica sentait la marque des usages de jadis aussi sûrement qu'elle voyait l'image vaine de la cité dans cette créature qui venait de tuer le Prêtre pour assurer son silence.

*Pourquoi s'être donné cette peine ?* se demanda Jessica. *Il suffisait d'attendre qu'il meure d'asphyxie.*

Ç'avait été là un geste de désespoir, le signe d'une peur profonde.

Alia se pencha en avant, le regard brillant, vigilant. Une femme élancée, portant les tresses nouées qui étaient l'insigne de la garde personnelle d'Alia dépassa Jessica, se pencha brièvement sur le corps du Prêtre puis, se redressant, annonça : « Il est mort. »

« Qu'on l'enlève ! ordonna Alia. Puis, faisant signe aux gardes qui se trouvaient en bas : Redressez le siège de Dame Jessica ! »

*Tu vas donc essayer de sauver la face !* pensa Jessica. Alia pensait-elle vraiment que quelqu'un avait été dupe ? Al-Fali avait évoqué le Qadis as-Salaf, appelant sur lui la protection des saints pères de la mythologie Fremen. Mais ce n'était pas une organisation surnaturelle qui avait introduit le pistolet maula dans ce lieu où aucune arme n'était tolérée. La seule explication était un complot de Javid et de ses gens, et l'impavidité d'Alia quant à sa propre existence ne plaidait pas pour son innocence.

Le vieux Naib se pencha sur l'épaule de Jessica.

« Acceptez mes excuses, Ma Dame. Nous, gens du désert, nous venons à vous car vous êtes notre ultime espoir. Nous comprenons maintenant que vous avez encore besoin de nous. »

« Le matricide ne sied pas à ma fille. »

« Les tribus entendront parler de cela », promit al-Fali.

« Mais si je suis votre dernier espoir, demanda Jessica, pourquoi ne pas m'avoir approchée à la Convocation du Sietch Tabr ? »

« Stilgar ne l'aurait point permis. »

*Ahhh,* se dit-elle, *c'est vrai... La règle des Naibs ! A Tabr, la parole de Stilgar fait loi.*

On avait redressé le trône. Alia fit signe à sa mère et déclara :

« Que tous aient connaissance de la mort de ce Prêtre qui nous a trahis. Ceux qui me défient meurent. (Elle posa son regard sur al-Fali.) Mes remerciements, Naib. »

« C'était une erreur, grommela al-Fali. Il regarda Jessica : Vous aviez raison. Ma colère nous a ôté quelqu'un que nous aurions dû interroger. »

« Souvenez-vous de ces deux courtisans et de cette femme en robe bariolée, Fedaykin, murmura Jessica. Je veux qu'ils soient soumis à la question. »

« Ce sera fait. »

« Si nous sortons d'ici vivants. Venez... Il faut jouer nos rôles. »

« Comme vous voudrez, Ma Dame. »

Ensemble, ils revinrent vers le dais. Jessica regagna sa place auprès d'Alia et al-Fali reprit la position du suppliant.

« Avançons », dit Alia.

« Un instant, ma fille. (Jessica leva le bras, montrant du doigt sa manche trouée.) Cette agression était dirigée contre moi. Le projectile a failli m'atteindre alors même que je tombais. Vous remarquerez tous que le pistolet maula ne se trouve plus ici. (Elle tendit le doigt.) Qui l'a pris ? »

Il n'y eut pas de réponse.

« Peut-être pourrait-on le chercher », suggéra Jessica.

« Absurde ! s'exclama Alia. C'était *moi* qui étais... »

Jessica se tourna à demi vers sa fille, leva la main gauche.

« Quelqu'un, dans cette salle, a ce pistolet. Ne crains-tu pas... »

« C'est l'une de mes gardes qui l'a récupéré ! »

« Alors qu'elle me l'amène », dit Jessica.

« Elle l'a déjà emporté. »

« Comme c'est pratique. »

« Que voulez-vous dire ? »

Jessica se permit un sourire grinçant.

« Ce que je veux dire ? Je veux dire que deux de tes gens avaient mission de sauver ce *prêtre-traître*. Je les ai prévenus que s'il venait à mourir, ils mourraient aussi. Ils mourront. »

« Je l'interdis ! »

Jessica se contenta de hausser les épaules.

Alia désigna al-Fali : « Nous avons ici un brave Fedaykin. Notre discussion peut attendre. »

« Elle peut attendre éternellement », dit Jessica, employant le langage Chakobsa afin que ses paroles prennent un double sens pour Alia, qu'elles lui disent qu'aucun argument ne pouvait s'opposer à sa sentence de mort.

« Nous verrons ! dit Alia. Elle se tourna de nouveau vers al-Fali. Pourquoi es-tu ici, Ghadhean al-Fali ? »

« Pour voir la mère de Muad'Dib, dit le Naib. Ce qui reste des Fedaykin, de cette poignée de frères qui a servi son fils, tous se sont unis et ont rassemblé leurs pauvres ressources afin que je puisse acheter mon passage aux gardiens avaricieux qui protègent les Atréides des réalités d'Arrakis. »

« Ce que les Fedaykin requièrent, commença Alia, il leur suffit de... »

« C'est moi qu'il est venu voir, coupa Jessica. De quoi avez-vous désespérément besoin, Fedaykin ? »

« Je parle au nom des Atréides ici, dit Alia. Qu'est-ce... »

« Silence, Abomination meurtrière ! cria Jessica. Tu as tenté de me faire tuer, *ma fille !* Je le dis pour que tous l'entendent. Tu ne peux faire tuer tous ceux qui se trouvent dans cette salle pour leur imposer silence, comme tu l'as fait pour ce prêtre. Oui, le coup que lui a porté le Naib aurait pu le tuer, mais on aurait pu le sauver. Et l'interroger ! Ton seul souci était de le faire taire ! Proteste tant que tu voudras : ta culpabilité est inscrite dans chacun de tes actes ! »

Alia demeura dans un silence glacé, le visage blême. Jessica épia le jeu complexe des émotions sur le visage de sa fille. Puis elle surprit un mouvement affreusement familier de ses mains, une réaction inconsciente qui, autrefois, avait été la marque d'un ennemi mortel des Atréides. Les doigts d'Alia pianotaient selon un rythme précis : deux fois le petit doigt, trois fois l'index, deux fois l'annulaire, une fois le petit doigt, deux fois l'annulaire... et la même chose à nouveau.

Le vieux Baron !

Alia suivit le regard de sa mère, sa main s'immobilisa. Lorsque ses yeux rencontrèrent à nouveau ceux de Jessica, elle y lut la terrible révélation. Un sourire méchant apparut sur ses lèvres.

« C'est ainsi que vous vous vengez de nous », murmura Jessica.

« Etes-vous devenue folle, mère ? » demanda Alia.

« Je préférerais cela », dit Jessica. Et elle songea : *Elle sait que je vais confirmer cela aux Sœurs. Elle le sait. Elle peut même se douter que je vais le révéler aux Fremen et la faire soumettre au Jugement de Possession. Elle ne peut me laisser sortir vivante d'ici.*

« Notre courageux Fedaykin attend pendant que nous discutons », dit Alia.

Jessica reporta son attention sur le vieux Naib. Elle reprit tout son contrôle et demanda : « Ainsi, tu es venu me voir, Ghadhean. »

« Oui, Ma Dame. Nous, gens du désert, nous assistons à de terribles événements. Les Petits Faiseurs sortent du sable ainsi qu'il avait été dit dans les anciennes prophéties. On ne peut plus trouver Shai-Hulud que dans les profondeurs du Quart Vide. Nous avons abandonné notre ami, le désert ! »

Jessica jeta un coup d'œil à Alia qui lui fit signe de poursuivre. Elle observa la foule et lut la même inquiétude sur tous les visages. L'importance de la lutte entre la mère et la fille n'avait pas échappé à l'assistance qui se demandait pourquoi l'audience se poursuivait.

« Ghadhean, que signifie cette histoire à propos des Petits Faiseurs et de la rareté des vers des sables ? »

« Mère de l'Humidité, répondit-il en lui donnant son ancien titre Fremen, nous avons été prévenus de cela dans le Kitab al-Ibar. Nous t'implorons. Fais que l'on n'oublie pas qu'au jour de la mort de Muad'Dib, Arrakis a été livrée à elle-même ! Nous ne pouvons abandonner le désert. »

« Haha ! ricana Alia. La racaille superstitieuse du Désert Intérieur redoute la transformation écologique ! Elle... »

« Je t'entends, Ghadhean, interrompit Jessica. Si les vers s'en vont, l'épice s'en va. Si l'épice s'en va, avec quelle monnaie achèterons-nous notre vie ? »

Dans toute la salle, il y eut des exclamations de surprise, des chuchotements qui revinrent en écho dans la chambre d'audience.

« Superstition absurde ! » s'exclama Alia avec un haussement d'épaules.

Al-Fali leva la main droite et désigna Alia :

« Je m'adresse à la Mère de l'Humidité, pas à la Coan-Teen ! »

Alia demeura assise, mais ses deux mains se crispèrent sur les accoudoirs.

Al-Fali revint à Jessica : « Jadis, sur ce territoire, il ne poussait rien. Maintenant, il y a des plantes. Elles prolifèrent comme la vermine autour d'une blessure. Il y a eu des nuages et de la pluie le long de la ceinture de Dune ! De la pluie, Ma Dame ! Oh, précieuse mère de Muad'Dib, le sommeil est le frère de la mort, de même que la pluie qui tombe sur la ceinture de Dune. Elle est notre mort à tous ! »

« Nous ne faisons qu'exécuter ce que Liet-Kynes et Muad' Dib lui-même nous ont enseigné, intervint Alia. Que signifie ce jargon superstitieux ? Nous révérons les paroles de Liet-Kynes qui nous a dit : *Je souhaite voir cette planète prise dans un filet de plantes vertes.* Et il en sera ainsi. »

« Et que deviendront les vers et l'épice ? » demanda Jessica.

« Il y aura toujours une *espèce* de désert. Les vers survivront. »

*Elle ment,* pensa Jessica. *Oui, mais pourquoi ?*

« Aide-nous, Mère de l'Humidité », dit al-Fali.

Avec le brusque sentiment d'une double vision, Jessica sentit sa conscience s'éveiller, projetée au loin par les paroles du vieux Naib. C'était l'*adab,* la mémoire qui exige et s'impose. Elle ne l'avait pas appelée, mais ses sens étaient paralysés tandis que défilait la leçon du passé dont elle était absolument prisonnière, tel un poisson pris au filet. Pourtant, l'exigence de l'*adab,* telle qu'elle l'éprouvait, était un moment de l'*extrême-humain* dont chaque parcelle portait le souvenir de la création. Chaque élément de la mémoire-leçon était réel mais insubstantiel dans son changement constant, et Jessica savait que jamais elle n'avait été plus proche de l'expérience de prescience qui s'était abattue sur son fils.

*Alia a menti parce qu'elle est possédée par un esprit qui veut la destruction des Atréides. Elle est elle-même une première destruction. Ainsi, al-Fali a dit la vérité : les vers sont condamnés à disparaître si l'on ne modifie pas le cours de la transformation écologique.*

Sous la pression de la révélation, Jessica eut une image ralentie de la foule et chaque rôle lui devint apparent. Elle identifia ceux qui devaient veiller à ce qu'elle ne quitte pas vivante cette salle ! Et le chemin qu'elle devait suivre pour leur échapper était une ligne lumineuse au centre de sa conscience.

La confusion se répandait, l'un feignait de heurter l'autre, les groupes devenaient une mêlée. Mais elle vit aussi qu'elle n'échapperait à la Grande Salle que pour tomber en d'autres mains. Alia se souciait peu de faire d'elle une martyre... Non, *c'était la chose qui la possédait* qui n'avait pas ce souci...

En cet instant de temps figé, Jessica choisit un chemin. Il fallait sauver le vieux Naib et l'envoyer comme messager. Le tracé de la fuite était indélébile et tellement simple ! Elle voyait des bouffons dont les yeux étaient protégés par des barricades, dont les épaules étaient roidies en une défense inamovible. Elle lisait chaque position sur la vaste carte du sol comme une collision atropique arrachant autant de squelettes à la chair morte. Les corps, les vêtements, les visages étaient révélateurs d'enfers particuliers, de terreurs contenues, de souffles retenus. L'hameçon rutilant d'un bijou était un substitut d'armure, les bouches étaient des jugements pleins d'absolus glacés et, dans les prismes cathédrales érigés sous les sourcils, il y avait des sentiments religieux et élevés que le ventre rejetait.

Dans ces forces qui se rassemblaient sur Arrakis, Jessica pouvait percevoir la dissolution. La voix d'al-Fali avait été comme un signal distrans dans son âme, elle avait éveillé une bête qui dormait au plus profond d'elle.

En un clin d'œil, elle passa de l'*adab* à l'univers du mouvement, mais c'était un univers différent de celui qu'elle avait quitté la seconde auparavant.

Alia s'apprêtait à prendre la parole et Jessica dit : « Silence ! »

Puis elle reprit : « Il en est qui craignent que je sois revenue entièrement acquise aux Sœurs. Mais depuis ce jour où, dans le désert, les Fremen nous firent don de la vie, à mon fils et à moi, je suis restée Fremen ! (Elle continua alors dans l'ancien langage, car seuls ceux auxquels elles étaient destinées comprendraient ses paroles.) Onsar akhaka zeliman aw maslumen ! *Soutiens ton frère quand il en a besoin, qu'il soit ou non dans son droit !* »

Elle obtint l'effet souhaité : les positions changèrent subtilement. Mais elle poursuivit, sur le ton de la colère :

« Cet honnête Fremen, Ghadhean al-Fali, est venu me dire ici ce que d'autres auraient dû me révéler. Nul ne peut le nier ! La transformation écologique est devenue une tempête qui échappe à tout contrôle ! »

Les confirmations silencieuses étaient évidentes à son regard.

« Et ma fille se repaît de ceci ! poursuivit Jessica. Mektub al-mellah ! Vous avez inscrit des blessures dans ma chair et vous y avez écrit avec du sel. Pourquoi les Atréides ont-ils établi leur demeure ici ? Parce que le *Mohalata* était naturel à leurs yeux. Pour eux, le gouvernement a toujours été une association de protection, le *Mohalata* tel que les Fremen l'ont toujours connu. Maintenant, regardez-la ! (Jessica désigna Alia.) Seule, la nuit, elle rit devant le spectacle du mal qu'elle a fait ! La production d'épice sera réduite à néant, au mieux à une fraction de ce qu'elle était au début ! Et quand la nouvelle se répandra... »

« Nous aurons le monopole du produit le plus précieux dans tout l'univers ! » cria Alia.

« Nous aurons le monopole de l'enfer ! »

« A présent, vous savez, *mère !* dit lentement Alia, passant à l'ancien langage Chakobsa, avec ses clappements et ses coups de glotte si complexes. Pensiez-vous qu'une petite-fille du Baron Harkonnen ne saurait pas tirer profit de toutes les vies que vous avez répandues dans ma conscience avant même que je sois née ? Lorsque je maudissais vos actes, il me suffisait de me demander ce que le Baron aurait fait. Et il me répondait ! Vous comprenez cela, chienne Atréides ? Il me répondait, *à moi !* »

Jessica reçut la charge de venin en même temps que la confirmation de ce qu'elle avait soupçonné. *L'Abomination !* Alia avait été investie, possédée de l'intérieur par ce *cahueit* du mal, le Baron Vladimir Harkonnen. C'était le Baron lui-même qui s'exprimait par sa bouche, sans plus se soucier de révéler la vérité. Il voulait que Jessica voie sa vengeance, qu'elle comprenne que rien ne pourrait le chasser.

*Et je devrais demeurer ici, impuissante,* se dit-elle. Alors, sur cette pensée, elle s'élança sur le chemin révélé par l'*adab* en criant : « Fedaykin, suivez-moi ! »

Il y avait six Fedaykin dans la salle et, finalement, cinq parvinrent à la quitter avec elle.

**Quand je suis plus faible que vous, je vous demande la liberté car cela s'accorde à vos principes ; quand je suis plus fort que vous, je prends votre liberté car cela s'accorde à mes principes.**

— Paroles d'un philosophe ancien, *attribuées par Harq al-Ada à un certain Louis Veuillot.*

LETO SE PENCHA A L'EXTÉRIEUR PAR l'issue secrète. La muraille de la falaise se perdait au-dessus de lui, hors de portée de sa vue. Le soleil de fin d'après-midi dessinait de larges stries d'ombre dense entre les plis verticaux de la roche. Un papillon-squelette dansait dans la lumière et ses ailes, à contre-jour, étaient une transparente dentelle. Leur fuite, pensa Leto, commençait dans la beauté.

Là-bas, il découvrait le verger d'abricotiers et les enfants occupés à ramasser les fruits tombés. Plus loin brillait le qanat. Les jumeaux avaient faussé compagnie à leurs gardiens en se mêlant à un groupe de travailleurs à l'instant où ceux-ci faisaient irruption dans le sietch. Ensuite, il leur avait été plutôt aisé de s'insinuer dans un boyau d'aération qui donnait sur l'escalier et menait à cette issue dissimulée. Maintenant, il leur suffisait de rejoindre les enfants dans le verger, puis de gagner le qanat et de sauter dans le tunnel. Ils nageraient au milieu des petits poissons prédateurs qui empêchaient les truites des sables d'enkyster les voies d'irrigation de la tribu. Les Fremen ne penseraient pas qu'un humain puisse se risquer à l'immersion.

Leto rampa hors du passage. A droite comme à gauche, la falaise semblait maintenant horizontale, jusqu'à l'infini. Ghanima le suivit. Ils portaient chacun un petit panier à fruits en fibre d'épice mais qui contenait un paquet soigneusement enveloppé : Fremkit, pistolet maula, krys... et les nouvelles robes que Farad'n leur avait envoyées.

A la suite de son frère, Ghanima s'engagea entre les abricotiers. Ils se mêlèrent aux enfants. Les visages étaient dissimulés sous les distilles. Maintenant, ils n'étaient plus que deux travailleurs comme les autres. Pourtant, en quelques secondes, en quelques gestes, Ghanima sentit que son existence quittait les chemins connus, s'écartait des limites sûres. Le pas avait été si simple à franchir, d'un danger à un autre !

Ces vêtements que leur avait offerts Farad'n avaient un rôle à jouer, un rôle dont ils n'ignoraient rien. Ghanima, symboliquement avait brodé leur maxime personnelle en Chakobsa, *Nous Partageons,* au-dessus de la crête de faucon qui ornait le devant des robes. Le crépuscule viendrait bientôt et, au-delà du qanat qui délimitait les terres cultivées du sietch, ce serait le soir, tel qu'il n'existait peut-être nulle part ailleurs dans l'univers. La douce clarté du désert. son éternelle solitude, le sentiment absolu que chaque créature qui vivait là était seule dans un univers nouveau.

« On nous a vus », souffla Ghanima en se penchant près de son frère, sans cesser de ramasser les fruits.

« Les gardiens ? »

« Non... Les autres. »

« Bien. »

« Il faut faire vite. »

Leto commença aussitôt à s'éloigner de la falaise en s'avançant dans le verger. Il pensait avec les pensées de son père : *Dans le désert, tout est mobile ou bien périt.* Au loin, il distinguait Le Serviteur. Ils devaient se mouvoir. Les rochers, eux, étaient immobiles, rigides et vigilantes énigmes. Année après année, ils subissaient l'assaut du vent de sable. Un jour, Le Serviteur retournerait au sable.

En approchant du qanat, ils entendirent de la musique, venant d'une entrée du sietch perchée haut sur la falaise. Un groupe de Fremen jouait d'instruments dans le style ancien : des flûtes à deux trous, des tambourins et des timbales faites de peau tendue sur des caisses en plastique d'épice. Nul ne demandait jamais de quel animal sur cette planète provenait une peau de cette taille.

*Stilgar se rappellera ce que je lui ai dit à propos de cette faille du Serviteur,* songea Leto. *Il viendra dans la nuit, quand il sera trop tard — et il comprendra.*

Ils avaient atteint le qanat. Ils se glissèrent dans un tube ouvert et descendirent à l'aide de l'échelle d'inspection jusqu'à la corniche. Il faisait sombre, humide et froid dans le qanat. Autour d'eux, invisibles, ils entendaient sauter les poissons prédateurs. Les truites des sables dont la surface interne s'amollissait au contact de l'eau qu'elles essayaient de voler, ne pouvaient résister aux carnassiers. Les humains eux-mêmes se méfiaient des poissons, gardiens de l'eau.

« Attention », murmura Leto en s'avançant sur la corniche glissante. Sa mémoire se fixait sur des moments et des lieux que jamais sa chair n'avait connus. Ghanima le suivait.

Au bout du qanat, ils découvrirent leurs distilles et revêtirent par-dessus leurs nouvelles robes. Ils abandonnèrent leurs vieilles robes Fremen avant de regagner le désert par un autre tube d'inspection. Ils rampèrent au flanc d'une première dune et redescendirent l'autre versant. Là, hors de vue du sietch, ils ceignirent leurs couteaux et leurs pistolets maula, passèrent les Fremkits sur leurs épaules. Ils n'entendaient plus la musique.

Leto se redressa et se mit en marche entre les dunes. Ghanima lui emboîta le pas. Elle se déplaçait avec l'aisance arythmique de l'expérience sur l'étendue de sable.

Ils s'arrêtaient sous la crête de chaque dune et rampaient jusqu'au versant abrité avant de regarder derrière eux. Lorsqu'ils atteignirent les premiers rochers, cependant, aucun poursuivant ne s'était encore montré.

Ils firent le tour du Serviteur dans l'ombre des rochers et gagnèrent un surplomb qui dominait le désert. Les couleurs du soir scintillaient sur toute l'étendue du *bled*. L'air teinté par la nuit avait la fragilité d'un fin cristal. Le paysage que découvrait leur regard était au-delà de la pitié ; jamais il ne s'interrompait, pas plus qu'il n'hésitait. Le regard, sans repère dans cette immensité, semblait accompagner le paysage dans sa course immobile.

*C'est l'horizon de l'éternité,* pensa Leto.

Ghanima s'accroupit auprès de lui et songea : *Ils attaqueront bientôt*. Elle prêtait l'oreille au moindre son, tout son corps n'était plus qu'un unique sens, d'une absolue vigilance.

Leto était également sur le qui-vive. Il atteignait en cet instant le paroxysme de tout ce que lui avaient appris ces vies qui partageaient la sienne. Dans ce paysage farouche, l'homme en venait à dépendre totalement de ses sens, de *tous* ses sens. La vie devenait un trésor de perceptions engrangées dont chacune était liée à un moment de survie.

Ghanima escalada les rochers et observa par un interstice le chemin qu'ils venaient de suivre. La sécurité du sietch lui semblait appartenir à une autre vie, maintenant qu'elle découvrait les formes brunes et pourpres des falaises dans le lointain. Les ultimes rayons du soleil soulignaient les franges de poussière des crêtes. Entre le sietch et Le Serviteur, elle ne découvrit aucune trace de vie. Elle revint auprès de Leto.

« Ce sera un animal prédateur, lui dit-il. C'est ma computation tertiaire. »

« Je pense que tu t'es arrêté trop vite, dit Ghanima. Il n'y aura pas qu'un animal. La Maison de Corrino a appris à ne pas mettre tous ses espoirs dans un seul panier. »

Il acquiesça.

Son esprit, soudain, lui semblait extraordinairement lourd de cette multitude de vies qui était l'héritage de sa *différence,* de ces vies qui remontaient dans le temps, longtemps avant sa naissance, qui le saturaient au point qu'il avait envie de fuir sa propre conscience. Ce monde intérieur était une bête énorme et affamée qui pourrait bien le dévorer.

Nerveusement, il se redressa et remplaça Ghanima à son poste d'observation entre lès rochers. Là-bas, en dessous de la falaise, il pouvait voir la ligne nette du qanat, entre la mort et la vie. Au seuil de l'oasis, les touffes de sauge, les épis de fromental, l'alfalfa sauvage et l'herbe de gobi. Dans la lumière déclinante, les oiseaux qui picoraient l'alfalfa étaient de mouvantes taches noires. Les aigrettes des graminées se couchaient au souffle du vent qui dessinait de grandes ombres mouvantes jusqu'au verger. Ce mouvement pénétra la conscience de Leto. Il vit que les ombres portaient dans leur forme fluide un changement plus vaste, et que ce changement payait rançon aux arcs-en-ciel changeants du ciel chargé de poussière d'argent.

*Que va-t-il se passer là-bas ?* se demanda Leto.

Il savait : ce serait la mort, ou bien le jeu de la mort, et il en serait l'objet. Ghanima reviendrait seule, elle croirait à la réalité de sa mort, parce qu'elle l'aurait vue ou bien parce qu'elle obéirait à une compulsion hypnotique profonde. Elle rapporterait le meurtre de son frère.

Les inconnues de ce lieu le hantaient. Il aurait été si facile de succomber à la tentation de la prescience, de projeter sa conscience vers un avenir absolu, immuable. Mais la brève vision de son rêve était suffisamment mauvaise. Il ne pouvait risquer d'en voir plus.

Il retourna auprès de Ghanima.

« Toujours pas de poursuite », dit-il.

« Les bêtes qu'ils vont lancer à nos trousses seront grosses, dit Ghanima. Nous aurons le temps de les voir approcher. »

« Pas si elles viennent de nuit. »

« Il fera sombre, bientôt. »

« Oui. Il est temps de gagner *notre* place. » Il désigna les rochers, sur leur gauche un peu en dessous, là où le vent de sable avait creusé une mince crevasse dans le basalte, juste assez large pour les accueillir, juste assez étroite pour que des créatures plus grosses ne puissent s'y introduire. Leto n'avait pas envie de gagner ce refuge mais il savait qu'il ne pouvait en être autrement. C'était l'endroit qu'il avait indiqué à Stilgar.

« Ils pourraient réussir à nous tuer », remarqua-t-il.

« C'est le risque que nous devons courir. Il le faut, pour notre père. »

« Je le sais. »

*C'est le bon chemin,* songea-t-il. *Nous faisons ce qu'il est juste de faire.*

Mais il savait à quel point il était dangereux d'être *juste* dans cet univers. Leur survie, maintenant, exigeait de l'adaptation et de la vigueur ainsi que la compréhension des limitations de chaque instant. Les mœurs Fremen étaient leur meilleure armure, et leur science Bene Gesserit une force qu'ils gardaient en réserve. Ils pensaient désormais comme des soldats vétérans Atréides sans nulle autre défense que la dureté Fremen que ne suggéraient pas leurs corps d'enfants ni leurs vêtements de parade.

Leto posa le doigt sur le manche du krys à la pointe empoisonnée, à sa ceinture et, inconsciemment, Ghanima imita son geste.

« Nous descendons ? » demanda-t-elle. Et, à l'instant où elle parlait, elle entrevit un mouvement, loin en dessous, un mouvement rendu moins inquiétant par la distance.

Elle se raidit et Leto fut en alerte avant qu'elle ait pu dire un mot.

« Des tigres », fit-il.

« Des tigres Laza », corrigea-t-elle.

« Ils nous ont vus. »

« Il vaudrait mieux nous hâter. Un maula n'arrêtera jamais ces bêtes. Elles ont sûrement été entraînées pour ça. »

« Il devrait y avoir un moniteur humain aux alentours », dit Leto tout en s'engageant rapidement entre les rochers.

Ghanima hocha la tête sans répondre : il lui fallait économiser ses forces. Mais il devait y avoir un humain quelque part, c'était certain. Ces tigres ne seraient pas livrés à eux-mêmes avant le moment opportun.

Les tigres bondissaient rapidement de rocher en rocher dans la dernière clarté du jour. Ils obéissaient à leurs yeux, mais bientôt, il ferait nuit, ce serait le domaine des créatures qui obéissaient à leurs oreilles. L'appel d'un oiseau nocturne s'éleva des rochers du Serviteur comme pour annoncer le changement. Déjà, les créatures de l'obscurité chassaient dans les ombres des crevasses.

Les tigres demeuraient visibles au regard des jumeaux. Ils étaient l'image de la puissance. Dans chacun de leurs mouvements, elle se lisait en ondulations dorées.

Leto sentit qu'il était venu dans cet endroit pour se débarrasser de son âme. Il courait, certain que lui et Ghanima atteindraient à temps le refuge de la crevasse mais, sans cesse, ses yeux fascinés se portaient sur les fauves qui approchaient.

*Une chute et nous sommes perdus,* pensa-t-il.

Cette seule pensée ébranla sa certitude et il se mit à courir plus vite.

**Vous autres, Bene Gesserits, vous avez donné à votre activité de Panoplia Prophetica le nom de « Science de la Religion ». Très bien. Moi, chercheur héritier d'un autre genre de scientifique, je trouve cette définition appropriée. Bien sûr, vous édifiez vos propres mythes, mais ainsi font toutes les sociétés. Cependant, je dois vous avertir. Vous agissez comme bien d'autres scientifiques abusés l'ont fait avant vous. Vos actions révèlent que vous cherchez à prendre** (arracher) **quelque chose à la vie. Il est temps de vous rappeler ce que vous avez si souvent professé : on ne peut avoir une seule chose sans son contraire.**

— Le Prêcheur en Arrakeen : *Un Message aux Sœurs.*

DANS L'HEURE QUI PRÉCÉDAIT L'AUBE, Jessica se tenait immobile sur un tapis d'épice élimé. Les roches nues qui l'entouraient étaient celles d'un sietch ancien et pauvre, un des tout premiers refuges. Il était situé sous la Faille Rouge, abrité des vents d'ouest. C'était ici que al-Fali et ses frères l'avaient conduite. Ils attendaient à présent un mot de Stilgar. Les Fedaykin s'étaient cependant montrés prudents dans leurs communications : Stilgar ne devait pas connaître leur retraite.

Les Fedaykin savaient déjà qu'ils faisaient l'objet d'un *procès-verbal* (*), un rapport officiel pour crimes commis contre l'Imperium. Alia avait donné comme version que sa mère avait été subornée par des ennemis du royaume, sans nommer toutefois le Bene Gesserit. La nature tyrannique et arbitraire de son pouvoir était pleinement révélée, désormais, et elle allait avoir l'occasion de vérifier si, en contrôlant la Prêtrise, elle contrôlait les Fremen, ainsi qu'elle le croyait.

Le message que Jessica avait adressé à Stilgar était simple et direct : « *Ma fille est possédée et doit être jugée.* »

La peur détruit les valeurs, cependant, et l'on savait déjà que certains Fremen préféraient ne pas croire à cette accusation. Les tentatives faites pour utiliser l'accusation comme un passeport avaient entraîné deux batailles durant la nuit. Les ornithoptères volés par les gens d'al-Fali avaient permis de ramener les fugitifs jusqu'au refuge précaire du Sietch de la Faille Rouge. De là, ils cherchaient à entrer en contact avec

(*) En français dans le texte.

les autres Fedaykin, mais il ne devait pas en rester plus de deux cents sur Arrakis. La plupart occupaient des postes aux quatre coins de l'Empire.

Réfléchissant à tout cela, Jessica en vint à se demander si elle n'avait pas abouti au lieu de sa mort. Certains des Fedaykin le croyaient, mais les commandos de la mort acceptaient assez facilement cette idée. Lorsque certains parmi les plus jeunes avaient exprimé leurs craintes, al-Fali s'était contenté de lui sourire.

« Quand Dieu a ordonné à une créature de mourir en un lieu particulier, avait dit le vieux Naib, Il fait en sorte que les désirs de cette créature la guident vers ce lieu. »

Les rideaux rapiécés s'écartèrent en bruissant et al-Fali entra. Le visage mince et buriné du Naib était sombre et son regard fiévreux. Il était évident qu'il n'avait pas pris un moment de repos.

« Quelqu'un arrive », dit-il.

« Envoyé par Stilgar ? »

« Peut-être. » Il baissa les yeux vers la gauche, à la façon des vieux Fremen quand ils étaient porteurs de mauvaises nouvelles.

« Qu'y a-t-il ? » demanda Jessica.

« Tabr nous a fait savoir que vos petits-enfants ne sont plus là-bas », dit-il sans la regarder.

« Alia... »

« Elle a ordonné que les jumeaux soient confiés à sa garde, mais le Sietch Tabr rapporte que les enfants ne sont pas là. C'est tout ce que nous savons. »

« Stilgar les a envoyés dans le désert », dit-elle.

« C'est possible, mais on sait qu'il les a cherchés toute la nuit. Peut-être était-ce une ruse de sa part... »

« Ce n'est pas dans sa façon », dit-elle. Et elle pensa : *A moins que les enfants ne l'y aient incité*. Mais cela non plus ne semblait pas probable. Elle s'interrogea alors à son propre sujet : elle n'avait pas à lutter contre la panique. Ses craintes pour la vie des jumeaux étaient tempérées par ce que Ghanima lui avait révélé. Elle regarda al-Fali. Il l'observait et il y avait de la pitié dans ses yeux.

« Ils sont partis dans le désert seuls », dit-elle.

« Seuls ? Ces deux enfants ? »

Elle ne prit pas la peine de lui expliquer que « ces deux enfants » en savaient probablement plus sur la survie dans le désert que la plupart des Fremen vivants. Ses pensées revenaient plutôt au comportement bizarre de Leto, lorsqu'il avait insisté pour qu'elle accepte de se laisser enlever. Elle voulait repousser ce souvenir mais il s'imposait à elle. Il lui avait dit qu'elle saurait à quel moment elle devrait obéir.

« Le messager devrait être dans le sietch, maintenant, dit al-Fali. Je vais vous l'amener. »

Il disparut derrière les rideaux. Le regard de Jessica se posa sur le tissu. Il était rouge, fait de fibres d'épice tissées, mais les pièces rapportées étaient bleues. On disait que ce sietch avait refusé de tirer profit de la religion de Muad'Dib, qu'il s'était ainsi fait l'ennemi de la Prêtrise d'Alia. Les gens de ce sietch auraient fait le projet d'élever des chiens grands comme des poneys, pour leur intelligence qui leur permettait de garder les enfants. Mais tous les chiens étaient morts. On avait prétendu que c'était l'œuvre du poison et que les Prêtres étaient les coupables.

Jessica secoua la tête pour chasser ces idées, les reconnaissant pour ce qu'elles étaient : le *ghafla,* la mouche qui vous distrait.

Où sont donc allés ces enfants ? A Jacurutu ? Ils avaient un plan. *Ils ont essayé de m'éclairer jusqu'aux limites de ce que je pouvais accepter.* Et, lorsqu'ils avaient atteint ces limites telles qu'ils les définissaient, Leto lui avait ordonné d'obéir.

Il lui avait ordonné *d'obéir, à elle !*

Il avait reconnu ce que faisait Alia, cela était évident. Les deux jumeaux avaient évoqué « l'affliction » de leur tante, alors même qu'ils la défendaient. Alia pariait sur la *justesse* de sa position dans la Régence. Elle ne faisait que confirmer cette position en exigeant la garde des jumeaux. Un rire rauque monta dans la poitrine de Jessica : La Révérende Mère Gaius Helen Mohiam s'était plu, autrefois, à expliquer cette erreur à son élève, Jessica : « *Si tu concentres ta conscience seulement sur la justesse de ton attitude, tu appelles les forces d'opposition à te balayer. C'est une erreur très commune. Moi-même, qui suis ton professeur, je l'ai commise.* »

« Et moi-même, qui fus votre élève, je l'ai répétée », murmura Jessica.

Elle perçut alors le bruissement des étoffes dans le passage, au-delà des rideaux. Puis deux jeunes Fremen firent leur apparition. Ils faisaient partie des réfugiés arrivés durant la nuit. Ils étaient visiblement impressionnés de se trouver ainsi en présence de la mère de Muad'Dib. Jessica les avait sondés : des non-pensants, prêts à s'attacher à n'importe quel pouvoir pour l'identité qu'il leur conférait. Ils étaient vides, donc dangereux.

« Al-Fali nous a envoyés afin de vous préparer », dit l'un d'eux.

Quelque chose se referma sur la poitrine de Jessica. Elle avait soudain du mal à respirer mais elle maîtrisa sa voix : « Me préparer à quoi ? »

« Le messager de Stilgar est Duncan Idaho. »

Elle abaissa d'un geste inconscient le capuchon de son *aba* sur ses cheveux. *Duncan ?* Mais il était l'instrument d'Alia.

Le jeune Fremen qui avait parlé fit un demi-pas en avant. « Idaho déclare qu'il est venu afin de vous conduire en lieu sûr, mais al-Fali ne voit pas comment cela pourrait être. »

« Cela semble très étrange, en vérité, dit Jessica. Mais il est bien des choses plus étranges encore dans notre univers. Qu'on l'introduise. »

Ils échangèrent un bref regard avant d'obéir, et se retirèrent si vivement qu'ils firent un nouvel accroc dans le rideau usé.

Idaho fit son entrée. Les deux jeunes Fremen étaient sur ses talons, suivis par al-Fali, la main posée sur la poignée de son krys. Idaho avait un air solennel. Il portait la tenue d'exercice des Gardes de la Maison des Atréides, un uniforme qui avait peu changé en quatorze siècles. Arrakis avait seulement remplacé la lame de plastacier à poignée d'or par un krys, mais c'était un détail mineur.

« On me dit que vous souhaitez me venir en aide », dit Jessica.

« Aussi bizarre que cela puisse paraître », dit-il.

« Mais Alia ne vous a-t-elle pas envoyé afin de m'enlever ? »

Il haussa à peine ses noirs sourcils. Ce fut l'unique marque de surprise dans son visage. Ses yeux Tleilaxu continuaient de la dévisager.

« Tels étaient ses ordres », dit-il enfin.

Les doigts d'al-Fali devinrent blancs sur la poignée de son krys, mais il ne le tira pas.

« J'ai passé la plus grande partie de cette nuit à repenser à toutes les fautes que j'ai commises avec ma fille », dit Jessica.

« Elles sont nombreuses, dit Idaho, et j'ai participé à la plupart. »

Jessica remarqua alors que ses maxillaires tremblaient.

« Il était bien facile de prêter l'oreille aux arguments qui nous ont séparés, dit-elle. Je voulais ne plus revoir ces lieux... Et vous... vous vouliez une fille qui était une image plus jeune de moi. »

Il accepta ces paroles en silence.

« Où sont mes petits-enfants ? » demanda-t-elle, la voix soudain rauque. Il battit des paupières avant de répondre :

« Stilgar croit qu'ils se sont enfuis dans le désert, qu'ils se cachent. Peut-être ont-ils vu la crise approcher. »

Jessica entrevit le hochement de tête d'al-Fali.

« Que fait Alia ? »

« Elle risque la guerre civile », dit Idaho.

« Croyez-vous qu'on ira jusque-là ? »

Il haussa les épaules. « Probablement pas. Les temps ne s'y prêtent pas. Trop de gens préfèrent écouter des arguments plus séduisants. »

« J'en conviens. Bon, une fois pour toutes : Et mes petits-enfants ? »

« Stilgar les retrouvera, si... »

« Oui, je vois. (C'était au tour de Gurney Halleck de jouer, maintenant. Elle se tourna pour observer la paroi rocheuse à sa gauche.) Alia tient fermement le pouvoir, désormais. (Elle regarda Idaho.) Vous comprenez ? On utilise le pouvoir en le tenant avec légèreté. Si on le serre trop fort, on est pris par lui, on en devient la victime. »

« C'est ce que mon Duc m'a toujours dit », fit Idaho.

Jessica comprit qu'il faisait allusion à Leto, et non à Paul.

« Si j'accepte que l'on... m'enlève... où me conduira-t-on ? » Idaho lui adressa un regard perçant, comme s'il tentait de lire sur son visage en dépit des ombres portées par sa capuche.

Al-Fali s'avança. « Ma Dame, vous ne pensez pas sérieusement à... »

« N'est-ce pas mon droit que de décider de mon propre destin ? » demanda Jessica.

« Mais ce... » Al-Fali, de la tête, désigna Idaho.

« Cet homme était mon gardien le plus loyal avant la naissance d'Alia, avant qu'il meure en sauvant la vie de mon fils et la mienne. Les Atréides honorent toujours certaines obligations. »

« Vous viendrez donc avec moi ? » demanda Idaho.

« Où avez-vous l'intention de la conduire ? » intervint al-Fali.

« Il vaut mieux que vous l'ignoriez », dit Jessica.

Le Naib fronça les sourcils et demeura silencieux. L'indécision se lisait sur son visage : il comprenait la sagesse des paroles de Jessica mais il conservait un doute profond envers le loyalisme de Duncan Idaho.

« Et les Fedaykin qui m'ont accordé leur aide ? » demanda Jessica.

« Ils auront le soutien de Stilgar s'ils parviennent à gagner Tabr », dit Idaho.

Jessica fit face à al-Fali : « Je vous ordonne de vous rendre là-bas, mon ami. Stilgar aura besoin des Fedaykin pour rechercher mes petits-enfants. »

Le vieux Naib baissa les yeux.

« Il en sera ainsi que l'ordonne la mère de Muad'Dib. »

*C'est encore à Paul qu'il obéit,* pensa Jessica.

« Nous devrions quitter cet endroit rapidement, intervint Idaho. Il est certain que les recherches s'étendront jusqu'ici, et très vite. »

Jessica se redressa et se leva avec cette grâce fluide qui n'abandonnait jamais vraiment les Bene Gesserits, même avec le poids des ans. Et Jessica ressentait ce poids, maintenant, après cette nuit de vol. Son esprit demeurait fixé sur cette entrevue avec son petit-fils. Que faisait-il ? Elle secoua la tête tout en ajustant son capuchon. Il était trop facile de sous-estimer Leto, ce qui était un piège. La vie avec des enfants ordinaires ne pouvait que donner une fausse vision de l'héritage psychique des jumeaux.

L'attention de Jessica fut alors attirée par l'attitude d'Idaho. Il se détendait, se préparant à la violence, un pied devant l'autre, immobile, ainsi qu'elle le lui avait enseigné. Jessica décocha un regard rapide aux deux jeunes Fremen, à al-Fali : le vieux Naib était toujours assailli par le doute et les deux jeunes gens le sentaient.

« Je suis prête à confier ma vie à cet homme, dit-elle en s'adressant à al-Fali. Et ce n'est pas la première fois. »

« Ma Dame, protesta al-Fali, c'est seulement que... (Il lança un regard brûlant à Idaho.) C'est l'époux de la Coan-Teen ! »

« Et il a été formé par mon Duc et par moi. »

« Mais il est un *ghola !* » Et ce fut comme si l'on arrachait ces mots à al-Fali.

« Le ghola de mon fils », ajouta Jessica.

C'en était trop pour un ancien Fedaykin qui avait jadis fait serment de défendre Muad'Dib jusqu'à la mort. Al-Fali soupira, s'écarta et fit signe aux deux jeunes gens d'écarter les rideaux.

Jessica s'avança, et Idaho la suivit. Sur le seuil, elle se retourna pour s'adresser à al-Fali : « Rends-toi auprès de Stilgar. Tu peux lui faire confiance. »

« Oui », dit simplement le Naib, mais sa voix était encore chargée de doutes.

Idaho posa la main sur le bras de Jessica.

« Il nous faut partir. Y a-t-il quelque chose que vous souhaitiez emporter ? »

« Rien que mon bon sens. »

« Pourquoi ? Craignez-vous de commettre une erreur ? »

Elle le regarda. « Vous avez toujours été notre meilleur pilote d'orni, Duncan. »

Il ne trouva rien d'amusant à cela. Sans un mot, il la précéda d'un pas rapide, suivant très exactement le chemin qu'il avait suivi à l'aller. Al-Fali s'approcha de Jessica :

« Comment saviez-vous qu'il était venu en orni ? »

« Il ne porte pas de distille », dit-elle.

Al-Fali parut stupéfait de cette évidente déduction. Mais cela ne le réduisit pas au silence pour autant.

« Notre messager l'a conduit ici directement, dit-il. On a pu les voir. »

« Est-ce que l'on vous a vus, Duncan ? » demanda-t-elle.

« Vous devriez le savoir, dit-il. Nous sommes restés en dessous des crêtes. »

Ils s'engagèrent dans un passage latéral qui accédait à un escalier en spirale. Ils se retrouvèrent dans une vaste salle éclairée par des brilleurs. Un ornithoptère était posé près de la muraille opposée, comme un gros insecte prêt à déployer ses élytres. La muraille devait être fausse, elle dissimulait l'ouverture sur le désert. Le sietch était pauvre, mais il n'en maintenait pas moins les moyens du secret et de la mobilité.

Idaho ouvrit la porte de l'orni et aida Jessica à prendre place dans le siège de droite. Comme elle passait devant lui, elle vit la transpiration qui brillait sur son front où flottait une mèche de cheveux noirs. Aussitôt, une image lui revint, celle de ce même visage ensanglanté dans une caverne emplie du fracas de la bataille. Le regard d'acier des yeux Tleilaxu l'arracha à ce souvenir. Rien ne correspondait plus à l'apparence du passé. Elle boucla en hâte sa ceinture.

« Il y a bien longtemps que vous n'avez été mon pilote, Duncan », dit-elle.

« Si longtemps », dit-il. Il se penchait déjà sur les contrôles.

Al-Fali et les deux jeunes Fremen se tenaient prêts devant les commandes de la fausse paroi.

« Croyez-vous que je conserve des doutes à votre égard ? » demanda Jessica d'une voix douce.

Idaho, sans quitter les cadrans des yeux, lança les turbines et surveilla une aiguille. Un sourire effleura sa bouche, un sourire bref et dur dans son visage acéré, qui s'effaça aussi rapidement qu'il était né.

« Je suis encore une Atréides, reprit Jessica. Alia ne l'est plus. »

« N'ayez crainte, dit-il. Je sers encore les Atréides. »

« Alia n'est plus une Atréides », insista Jessica.

« Vous n'avez pas à me le rappeler ! Maintenant, taisez-vous et laissez-moi piloter cet engin ! »

Il y avait dans sa voix un accent désespéré qui la surprit : il ne correspondait pas à l'Idaho qu'elle avait connu. Repoussant à nouveau sa peur, elle demanda : « Où allons-nous, Duncan ? Vous pouvez me le dire, à présent. »

Mais il se contenta de hocher la tête à l'adresse d'al-Fali et la fausse muraille rocheuse s'abaissa, laissant entrer la clarté argentée du jour. L'orni s'élança dans le vrombissement grave de ses ailes, le grondement de ses tuyères. Ils montaient dans le ciel vide. Idaho mit le cap sur la Chaîne de Sahaya qui apparaissait comme une ligne noire sur le désert.

« N'ayez pas des pensées aussi sévères à mon égard, Ma Dame », dit-il enfin.

« Je n'ai pas eu la moindre pensée sévère à votre égard depuis cette fameuse nuit où vous avez fait irruption dans la grande salle d'Arrakeen, ivre de bière d'épice », dit-elle. Mais les paroles d'Idaho n'avaient fait que réveiller ses craintes et elle se relaxa, se préparant à une complète défense *prana-bindu*.

« Je me souviens très bien de cette nuit-là, dit Idaho. J'étais très jeune et... encore inexpérimenté. »

« Mais le meilleur maître d'armes dans la suite de mon Duc. »

« Pas vraiment, Ma Dame. Gurney se montrait meilleur que moi six fois sur dix. (Il se tourna vers elle.) Où est-il ? »

« Il exécute mes instructions. »

Idaho se contenta de hocher la tête.

« Savez-vous où nous allons ? » demanda Jessica.

« Oui, Ma Dame. »

« Alors, dites-le moi. »

« Très bien. J'ai promis de mettre au point un complot crédible contre la Maison des Atréides. Il n'y a vraiment qu'un moyen pour ça. »

Il appuya sur un bouton près du volant de pilotage. Un cocon de protection jaillit du siège de Jessica et l'enveloppa, fermement et doucement. Seule sa tête demeura libre.

« Je vous conduis sur Salusa Secundus, dit Idaho. Vers Farad'n. »

En un spasme exceptionnel, instinctif, Jessica lutta contre la pression des sangles. Elle les sentit se resserrer, répondant à ses mouvements, ne se relâchant que lorsqu'elle se détendait. Elle redevint calme en devinant la mortelle présence de la shigavrille dans le tissu de renforcement.

« La fermeture de la shigavrille a été bloquée, dit Idaho sans la regarder. Et n'essayez pas d'utiliser la voix contre moi : autrefois, vous pouviez me dompter ainsi mais les années ont passé. (Il la regarda enfin.) Les Tleilaxu m'ont immunisé contre ce genre d'artifice. »

« Vous obéissez à Alia, et elle... »

« Pas à Alia. Nous exécutons les ordres du Prêcheur. Il veut que vous éduquiez Farad'n comme vous avez jadis éduqué... Paul. »

Elle conserva un silence glacé, se souvenant soudain des paroles de Leto : elle devait être confrontée à un étudiant particulièrement intéressant.

« Ce Prêcheur, dit-elle, est-ce mon fils ? »

La voix d'Idaho semblait venir d'une infinie distance :

« J'aimerais le savoir. »

**L'univers est simplement là : c'est la seule manière dont un Fedaykin puisse le voir et rester maître de ses sens. L'univers ne menace ni ne promet. Il contient des choses qui échappent à notre influence : la chute d'un météore, l'éruption d'épice, la vieillesse et la mort. Telles sont les réalités de l'univers et il faut les affronter sans se soucier de ce que l'on ressent à leur propos. On ne peut les écarter par des mots. Elles n'auront pas de mots quand elles viendront à vous et alors, alors vous comprendrez ce que l'on entend par « la vie et la mort ». Et, comprenant cela, vous serez plein de joie.**

— Muad'Dib à son Fedaykin.

« VOILA LES CHOSES QUE NOUS AVONS mises en mouvement, dit Wensicia. Les choses que nous avons faites *pour toi.* »

Farad'n n'eut pas un geste. Il était assis en face de sa mère, dans le salon matinal de celle-ci. La clarté dorée du soleil projetait son ombre sur le tapis blanc qui couvrait le sol. La lumière reflétée par les murs clairs dessinait un halo autour de la chevelure de Wensicia. Elle portait la robe blanche brodée d'or qui datait des jours du royaume. Son visage en forme de cœur avait une expression calme et composée, mais Farad'n n'ignorait pas que sa mère épiait ses moindres réactions. Il venait juste de prendre son petit-déjeuner, et pourtant son estomac semblait étrangement creux.

« Tu n'approuves pas ? » demanda Wensicia.

« Que puis-je approuver ? »

« Eh bien... que nous t'ayons caché cela jusqu'à présent. »

« Oh, ça... » Il étudia sa mère, essayant de situer sa position complexe dans cette occasion. Une seule chose lui venait à l'esprit : depuis quelque temps, Tyekanik n'appelait plus Wensicia « Ma Princesse ». Mais quel autre titre lui donnait-il alors ? Reine Mère ?

*Pourquoi cette impression de perte ?* songea Farad'n. *Que suis-je donc en train de perdre ?* La réponse était évidente : l'insouciance et la liberté, toutes ces heures durant lesquelles il pouvait s'adonner à ces jeux de l'esprit qui l'attiraient tant. Si le complot de sa mère aboutissait, tout cela serait à jamais perdu. Il devrait se consacrer à ses nouvelles responsabilités et, il en prenait conscience à présent, cela lui répugnait. Comment osaient-ils prendre de telles libertés avec son temps ? Sans même le consulter !

« Il suffit ! Parle ! ordonna Wensicia. Qu'y a-t-il ? »

« Et si ce plan échoue ? » demanda Farad'n. C'était la première chose qui lui fût venue à l'esprit.

« Comment pourrait-il échouer ? »

« Je ne sais pas... N'importe quel plan peut échouer. Quel est le rôle d'Idaho dans tout cela ? »

« Idaho ? Pourquoi cet intérêt dans... Oh, oui, ce mystique que Tyek a introduit ici sans me consulter. Il a eu tort. Le mystique a parlé d'Idaho, n'est-ce pas ? »

C'était un mensonge bien maladroit et Farad'n leva sur sa mère un regard surpris. Elle n'avait rien ignoré du Prêcheur !

« C'est seulement que je n'ai jamais vu un ghola », dit-il.

Elle accepta son argument.

« Nous réservons un rôle important à Idaho. »

Farad'n se mordit la lèvre supérieure en silence.

Wensicia réalisa qu'il lui rappelait ainsi son père défunt. Dalak était parfois ainsi, complexe, intériorisé, difficile à percer à jour. Il était parent du Comte Hasimir Fenring, se souvint-elle. Il y avait eu chez ces deux êtres un peu du dandy et du fanatique. Farad'n suivrait-il cette voie ? Elle commençait à regretter d'avoir demandé à Tyekanik d'initier le garçon à la religion d'Arrakis. Qui savait où cela pouvait le conduire ?

« Comment Tyek vous appelle-t-il à présent ? » demanda tout à coup Farad'n.

« Comment ? » fit Wensicia, déconcertée par ce changement de sujet.

« J'ai remarqué qu'il ne vous disait plus " Ma Princesse ". »

*Il est très observateur,* se dit-elle, tout en se demandant pourquoi elle en éprouvait de l'inquiétude. *Croit-il que Tyek est devenu mon amant ? Absurde. Cela n'aurait aucune importance. Alors, pourquoi cette question ?*

« Il dit : " Ma Dame " », répondit-elle.

« Pourquoi ? »

« Parce que telle est la coutume dans toutes les Grandes Maisons. »

*Y compris celle des Atréides,* songea Farad'n.

« C'est moins suggestif, expliqua-t-elle. Certains penseront que nous avons renoncé à nos légitimes aspirations. »

« Qui serait assez stupide pour le croire ? »

Elle plissa les lèvres, renonçant à argumenter. C'était un détail, mais les grandes campagnes étaient faites de tant de petits détails.

« Dame Jessica n'aurait pas dû quitter Caladan », dit-il.

Elle secoua violemment la tête. Que signifiait cela ? L'esprit de son fils allait soudain en tous sens.

« Que veux-tu dire ? » demanda-t-elle.

« Qu'elle n'aurait jamais dû regagner Arrakis. Mauvaise stratégie de sa part. On peut s'interroger : n'était-il pas préférable que ses petits-enfants lui rendent visite sur Caladan ? »

*Il a raison,* pensa Wensicia, étonnée que cette évidence lui ait échappé. Il faudrait que Tyek explore cela sur l'heure.

Une fois encore, elle secoua la tête. *Non !* Que faisait donc Farad'n ? Il devait savoir que la Prêtrise n'accepterait jamais que les deux jumeaux ensemble courent le risque d'un voyage spatial.

Elle le lui dit.

« La Prêtrise ou Dame Alia ? » demanda-t-il, remarquant que les pensées de sa mère avaient pris le cours qu'il souhaitait. Il en ressentit une certaine exaltation : les jeux de l'esprit pouvaient servir aux intrigues de la politique. Depuis longtemps, il avait perdu tout intérêt pour l'esprit de sa mère. On la manœuvrait trop facilement.

« Tu penses qu'Alia vise le pouvoir personnel ? » demanda Wensicia.

Il détourna le regard. Bien sûr qu'Alia voulait le pouvoir pour elle seule ! Tous les rapports qui émanaient de cette maudite planète confirmaient cela. Les pensées de Farad'n prirent un cours nouveau.

« J'ai lu ce qui a été écrit sur ce planétologue, dit-il. Il doit exister une indication concernant les vers et les haploïdes quelque part... »

« Laisse cela aux autres ! lança Wensicia, perdant brusquement patience. Est-ce tout ce que tu as à dire à propos de ce que nous avons fait pour toi ? »

« Vous n'avez pas fait cela pour moi. »

« Com... Comment ? »

« Vous l'avez fait pour la Maison de Corrino, et la Maison de Corrino, c'est vous. Je n'ai pas encore été investi. »

« Mais tu as des responsabilités ! Toute cette population qui dépend de toi... »

Comme si les paroles de sa mère avaient libéré quelque mystérieuse détente, il ressentit brusquement le poids de tous les espoirs et de tous les rêves qu'avait drainés la Maison de Corrino.

« Oui, dit-il, je comprends, mais je trouve que certaines choses accomplies *en mon nom* sont répugnantes ! »

« Répu... Comment peux-tu dire cela ? Nous n'avons fait que ce que toute Grande Maison doit faire pour assurer ses intérêts ! »

« Vraiment ? Je pense quand même que vous y êtes allés un peu fort. Non ! Ne m'interrompez pas ! Si je dois être Empereur, vous feriez bien d'apprendre à m'écouter. Croyez-vous vraiment que je ne sache pas lire entre les lignes ? Comment ces tigres ont-ils été entraînés ? »

Elle demeura sans voix devant cette cinglante démonstration des capacités analytiques de son fils.

« Je vois, reprit-il. Eh bien, je garderai Tyek car je sais que c'est vous qui l'avez obligé à cela. C'est un bon officier dans la plupart des circonstances, mais il ne combattra pour ses principes personnels que dans une arène amicale. »

« Ses... *principes ?* »

« La différence entre un bon et un mauvais officier est la force de caractère et... environ cinq battements de cœur. Le bon officier maintient ses principes lorsqu'ils sont défiés. »

« Les tigres étaient nécessaires », dit Wensicia.

« Je le croirai s'ils réussissent. Mais je n'excuserai pas ce qui a été fait pour les entraîner. Ne protestez pas. C'est évident. Ils ont été *conditionnés*. Vous l'avez dit vous-même. »

« Que vas-tu faire ? »

« Attendre et voir, dit-il. Peut-être deviendrai-je Empereur. »

Elle porta la main à sa poitrine et soupira. Pendant quelques instants, il l'avait terrifiée. Elle avait failli croire qu'il allait la dénoncer. Des principes ! Mais elle pouvait voir maintenant qu'il s'était résigné.

Il se leva, marcha jusqu'à la porte et sonna les serviteurs.

« Nous en avons fini, n'est-ce pas ? » demanda-t-il en regardant Wensicia.

« Oui. (Elle leva la main alors qu'il s'apprêtait à quitter le salon.) Où vas-tu ? »

« A la bibliothèque. Depuis quelque temps, je me passionne pour l'histoire de Corrino. »

Il sortit, conscient de l'engagement qu'il avait désormais avec sa mère.

*Qu'elle aille au diable !* pensa-t-il. Mais, il le savait, son engagement existait bel et bien. Et il s'avoua qu'il existait une profonde différence émotionnelle entre l'histoire telle qu'elle était enregistrée sur shigavrille, celle qu'on lisait selon son bon plaisir, et l'histoire que l'on vivait. Cette histoire nouvelle et vivante qui se rassemblait autour de lui plongeait vers un avenir irréversible. Il était emporté désormais par les désirs de tous ceux dont les destinées accompagnaient la sienne. Et il trouvait étrange qu'il ne pût inscrire ses désirs propres dans ce courant.

**On rapporte que Muad'Dib, apercevant une herbe qui tentait de croître entre deux rochers, écarta l'un des rochers. Plus tard, lorsqu'il apprit que l'herbe était florissante, il vint et la recouvrit du deuxième rocher. « Tel était son destin », expliqua-t-il.**

— Les Commentaires de Stilgar.

« MAINTENANT ! » CRIA GHANIMA.

Leto la précédait de deux foulées. Il n'hésita pas et plongea dans l'étroite crevasse. Il rampa jusqu'à ce que les ténèbres l'avalent. Il entendit Ghanima plonger à sa suite, puis il y eut un brusque silence et sa voix lui parvint, sans frayeur ni panique :

« Je suis coincée. »

Il se redressa, sachant que sa tête se trouvait ainsi à la merci de coups de griffes aveugles. Il fit demi-tour dans l'étroite fissure, sans hésiter. Sa main rencontra celle de Ghanima.

« C'est ma robe, dit-elle. Elle est accrochée. »

Il entendit les rochers qui roulaient à quelques mètres, tira désespérément sur la main de Ghanima.

Quelque chose haletait, tout près, grondait.

Leto rassembla ses forces, prit appui contre la roche et pesa sur le bras de sa sœur. Le tissu se déchira et elle bascula vers lui. Elle siffla entre ses dents et il sut qu'elle souffrait, mais il tira une fois encore, plus fort. Elle s'effondra à ses côtés. Mais ils étaient encore trop près de l'orifice. Leto se retourna et, à quatre pattes, progressa dans l'obscurité. Ghanima le suivit. Il lut dans son souffle et dans ses mouvements qu'elle avait été blessée. En atteignant le fond de la crevasse, il se retourna et leva les yeux vers l'ouverture béante de leur refuge, à moins de deux mètres au-dessus d'eux. Il vit le ciel. Mais quelque chose occultait les étoiles.

Un rugissement sourd leur parvint. C'était un son profond, ancien et menaçant : celui du chasseur parlant à sa proie.

« Tu es gravement blessée ? » demanda Leto, maîtrisant sa voix.

Elle l'imita, s'efforçant au calme.

« L'un d'eux m'a griffée. Mon distille est déchiré sur la jambe gauche. Je saigne. »

« Très fort ? »

« Une veine. Je peux l'arrêter. »

« Appuie, dit-il. Ne bouge pas. Je vais m'occuper de nos amis. »

« Attention. Ils sont plus gros que je l'avais prévu. »

Leto, sans répondre, sortit son krys et brandit la lame au-dessus de sa tête. Il savait que le tigre essayait de les atteindre. Ses griffes crissaient sur les parois du passage étroit où son corps ne pouvait s'engager.

Lentement, très lentement, il levait le couteau. Brusquement, quelque chose frappa la lame. Il ressentit le choc dans tout son bras et faillit lâcher son arme. Puis le sang gicla sur sa main, ruissela sur son visage et il y eut un miaulement assourdissant. Les étoiles redevinrent visibles. Au-dehors, quelque chose bondissait et roulait entre les rochers dans un concert de feulements.

Puis, à nouveau, les étoiles disparurent et ils entendirent un grondement. Le deuxième tigre était là, insouciant du sort de son compagnon.

« Ils sont têtus », dit Leto.

« Tu en as eu un, c'est certain, dit Ghanima. Ecoute ! »

Les plaintes et les rauquements étaient plus faibles. Mais le deuxième tigre était encore là, masse noire sur le fond étoilé du ciel.

Leto remit son arme au fourreau et posa la main sur le bras de sa sœur.

« Donne-moi ton couteau. Pour celui-là, il me faut une pointe neuve. »

« Crois-tu qu'ils en aient un troisième en réserve ? » demanda Ghanima.

« C'est peu probable. Les tigres Laza chassent par paire. »

« Tout comme nous. »

« Tout comme nous », répéta-t-il. Il sentit la poignée du krys de sa sœur se glisser dans sa paume et referma les doigts. Une nouvelle fois, il leva le couteau et fouailla vers le haut, prudemment, lentement. Mais sa lame ne rencontra que le vide, même lorsqu'il se hissa jusqu'à un niveau où il se trouvait à portée des griffes. Il redescendit, perplexe.

« Il n'est pas là ? » demanda Ghanima.

« Il ne se comporte pas comme l'autre. »

« Il est pourtant toujours là. Tu le sens ? »

Il déglutit, la gorge sèche. Il perçut une senteur fétide en même temps que le parfum de musc du chat. Les étoiles étaient toujours occultées et le premier fauve s'était tu : le poison du krys avait fait son effet.

« Je crois qu'il faut que je me lève », dit-il.

« Non ! »

« Il faut que je l'excite pour qu'il soit à portée de couteau. »

« Oui, mais nous avons décidé que si l'un de nous pouvait éviter d'être blessé... »

« Et tu es blessée, et c'est donc toi qui dois revenir. »

« Mais si tu es gravement blessé à ton tour, je ne pourrai pas te laisser. »

« Tu as une meilleure idée ? »

« Rends-moi mon couteau. »

« Mais ta jambe ! »

« Je peux me tenir sur l'autre. »

« Mais cette bête peut t'arracher la tête d'un seul coup de patte. Peut-être que le maula... »

« Si quelqu'un nous entend, il risque de comprendre que nous nous attendions à... »

« Je ne veux pas que tu coures ce risque ! »

« Celui qui nous guette ne doit pas savoir que nous avons des maulas. (Elle toucha le bras de son frère.) Je serai prudente, je baisserai la tête. »

Comme il demeurait silencieux, elle ajouta : « Tu sais que c'est à moi de faire cela. Rends-moi ce couteau. »

A regret, il tâtonna, trouva sa main tendue et lui rendit le krys. C'était la seule démarche logique mais, en lui, la logique était en conflit avec l'émotion.

Il devina que Ghanima s'écartait de lui, il perçut le bruissement de sa robe contre le sable et la roche. Elle eut un cri étouffé et il comprit qu'elle venait de se redresser. *Prudence !* pensa-t-il, de toutes ses forces. Il faillit la retenir au dernier instant, insister pour qu'ils se servent de leurs pistolets. Mais quiconque était posté aux alentours saurait alors qu'ils étaient armés. Pire encore : le tigre pouvait leur échapper et ils seraient pris au piège avec un fauve blessé caché quelque part dans les rochers.

Ghanima inspira profondément et s'appuya contre la muraille. *Il faut que je fasse vite,* songea-t-elle. Elle pointa le couteau vers le haut. Une douleur lancinante s'était éveillée dans sa jambe gauche, déchirée par les griffes. Le sang était brûlant sous la croûte fraîche. L'hémorragie ne tarderait pas à reprendre. *Vite !* Tous ses sens plongèrent dans le calme Bene Gesserit qui préparait à la crise, repoussait la douleur ainsi que toutes les autres distractions hors de la conscience. Le félin devait frapper ! Lentement, elle promena la lame dans l'ouverture. Où était passé ce satané chat ? Une fois encore, elle frappa dans le vide. Rien. Il fallait provoquer le fauve.

Prudemment, elle huma les odeurs de la nuit. Sur sa gauche, il y avait une haleine tiède. Elle se prépara, aspira l'air à pleins poumons et cria : « Taqwa ! » C'était l'ancien cri de bataille Fremen dont les vieilles légendes rapportaient le sens véritable : « *Le prix de la liberté !* » Dans le même temps, elle frappa vers le haut et le krys décrivit un arc dans l'ouverture de la faille. Les griffes atteignirent son épaule avant que la pointe du couteau n'ait rencontré la chair du fauve. Elle eut à peine le temps de pivoter le poignet et de viser l'endroit d'où émanait la douleur avant que la souffrance véritable envahisse son bras, du coude au poignet. Confusément, elle sentit que la pointe du krys s'enfonçait dans la chair du fauve, avant que l'arme soit violemment arrachée de ses doigts soudain engourdis. Les étoiles furent libres à nouveau et, une fois encore, un chat mourant miaula au fond de la nuit. Il tombait, entraînant les rochers sur son passage. Puis ce fut le silence.

« Il a eu mon bras », dit Ghanima, tout en essayant de tordre un pan de sa robe autour de la blessure.

« C'est grave ? »

« Je crois. Je ne sens plus ma main. »

« Laisse-moi faire un peu de lumière et... »

« Pas avant que nous soyons à l'abri ! »

« Je ferai vite. »

Elle l'entendit farfouiller, en quête de son Fremkit. Le tissu lisse d'un écran de nuit effleura ses joues, glissa au-dessus de sa tête et Leto l'ajusta dans son dos. Il ne se soucia pas d'en assurer l'étanchéité.

« Le couteau est par-là, dit-elle. Je sens la poignée avec mon genou. »

« Laisse-le. »

Il alluma un petit brilleur et Ghanima cligna des yeux. Il posa le globe sur le sable, s'avança et étouffa un cri en découvrant son bras. La griffe du tigre avait tracé sur la face postérieure du bras un sillon sanglant qui tournait du coude au poignet, déchirant l'intérieur du bras. Le geste de Ghanima se lisait clairement dans cette blessure.

Ghanima regarda une fois la blessure puis ferma les yeux et entreprit de réciter la litanie contre la peur.

Lui aussi avait envie de réciter cette litanie, mais il repoussa la clameur de ses émotions car il lui fallait avant tout s'occuper de cette blessure. Et il devait être assez habile pour arrêter l'hémorragie tout en donnant l'illusion d'une intervention maladroite que Ghanima n'avait pu pratiquer que par elle-même. Il la laissa serrer le dernier nœud de sa main libre, les dents serrées sur le bandage.

« Maintenant, jetons un coup d'œil à la jambe », dit-il.

L'autre blessure n'était pas aussi profonde. Deux griffes avaient entaillé le mollet. Le sang s'était répandu dans le distille. Il nettoya la blessure du mieux qu'il put, la banda sous le distille et rajusta le vêtement par-dessus le bandage.

« J'ai laissé du sable, dit-il. Il faut faire nettoyer cela dès que tu seras de retour. »

« Du sable dans nos blessures, dit Ghanima. Pour les Fremen, c'est une vieille histoire. »

Il s'efforça de sourire tout en s'asseyant.

Ghanima inspira profondément et déclara : « Nous les avons repoussés. »

« Pas encore. »

Elle avala sa salive, luttant pour récupérer des suites du choc. Son visage paraissait pâle dans la clarté du brilleur.

*Nous devons faire vite, à présent,* pensa-t-elle. *Celui qui dirigeait ces tigres ne saurait être loin.*

Observant sa sœur, Leto ressentit tout à coup un douloureux sentiment de perte. C'était une souffrance qui s'ancrait profondément dans sa poitrine. Lui et Ghanima devaient se séparer maintenant. Durant les années qui avaient suivi leur naissance, ils n'avaient fait qu'une personne. Mais leur plan exigeait maintenant qu'ils subissent une métamorphose, qu'ils deviennent uniques, indépendants, sans que les expériences du quotidien vécu jour après jour puissent jamais les unir à nouveau, comme ils l'avaient été jadis.

Il choisit de se réfugier dans l'urgence pratique.

« Voici mon Fremkit, dit-il. J'ai utilisé les bandages. Quelqu'un pourrait l'examiner. »

« Oui. » Elle échangea son équipement contre le sien.

« Il y a certainement quelqu'un dans les environs, avec un émetteur pour les fauves. Il va très probablement nous attendre près du qanat, pour s'assurer de notre sort. »

Ghanima porta la main au pistolet maula, posé sur le Fremkit. Elle prit l'arme et la glissa dans sa ceinture sous sa robe.

« Ma robe est déchirée », dit-elle.

« Oui... Ecoute, ceux qui nous recherchent seront bientôt ici. Il pourrait y avoir un traître parmi eux. Il vaut mieux que tu rentres seule et discrètement. Harah te cachera. »

« Je... je vais faire rechercher ce traître dès que je serai rentrée », dit Ghanima.

Elle chercha le regard de son frère, partageant l'absolue et douloureuse certitude que, désormais, ils vivraient des heures différentes et que jamais plus ils ne seraient qu'un seul être, partageant un savoir que nul autre ne pouvait comprendre.

« Je vais aller à Jacurutu », dit Leto.

« Fondak », dit-elle.

Il acquiesça en silence. Jacurutu/Fondak... Ce devait être un seul et même lieu. Ce n'était qu'ainsi que la cité légendaire avait pu se dissimuler. C'était le fait des contrebandiers, cela ne faisait pas le moindre doute. Il leur avait été si facile de remplacer un nom par un autre, d'agir sous le couvert de cette convention tacite qui leur permettait d'exister. Toute famille régnant sur un monde devait disposer d'une issue de secours en cas d'urgence. Et une faible participation aux profits de la contrebande suffisait pour que les verrous restent ouverts. A

Jacurutu/Fondak, les contrebandiers s'étaient emparés d'un sietch totalement opérationnel que n'encombrait aucune population résidente. Et ils avaient choisi de dissimuler Jacurutu en la plaçant au vu de tous, à l'abri du tabou qui en écartait les Fremen.

« Il ne se trouvera jamais un Fremen pour me chercher là-bas, dit Leto. Bien sûr, ils interrogeront les contrebandiers, mais... »

« Nous ferons ce que nous avons décidé, coupa Ghanima, mais il faut seulement... »

« Je sais. »

Leto, entendant sa propre voix, réalisa qu'ils ne faisaient que prolonger ces moments qu'ils vivaient en commun. Un sourire amer effleura ses lèvres et il eut soudain quelques années de plus. Ghanima comprit qu'elle observait son frère au travers du voile du temps, qu'elle voyait un Leto plus vieux, et des larmes brûlèrent ses yeux.

« Il est encore trop tôt pour donner ton eau aux morts, lui reprocha Leto en effleurant ses joues. J'irai assez loin pour que nul n'entende parler de moi et j'appellerai un ver. (Il montra les hameçons à Faiseur accrochés à son Fremkit.) D'ici deux jours, avant l'aube, je serai à Jacurutu. »

« Ne t'attarde pas, mon vieil ami », murmura Ghanima.

« Je te reviendrai, mon unique amie. N'oublie pas de te montrer prudente au qanat. »

« Et toi, choisis un bon ver », dit-elle, prononçant les paroles qui étaient de tradition chez les Fremen à l'heure de la séparation. De la main gauche, elle éteignit le brilleur et plia le sceau de nuit dans son Fremkit. L'étoffe crissa sous ses doigts et elle entendit Leto qui s'éloignait : il semblait effleurer doucement le sable tout en progressant entre les rochers, chacun de ses gestes se fondant aussitôt dans le silence.

Alors, elle se redressa, prête pour la tâche qu'il lui restait à accomplir. Leto devait mourir pour elle. Elle devait s'en persuader. Dans son esprit, il ne pouvait être question de Jacurutu, son frère ne pouvait être en quête d'un lieu perdu dans la mythologie Fremen. Désormais, elle ne pouvait penser à Leto comme à un être vivant. Elle devait s'auto-conditionner à cette seule pensée : son frère était mort, tué par les tigres Laza. Rares étaient les humains qui pouvaient duper un Diseur de Vérité, mais elle savait qu'elle pouvait y parvenir... qu'elle le devait. Les vies multiples qu'ils partageaient, son frère et elle, leur avaient enseigné la voie à suivre : un processus hypnotique qui était déjà ancien au temps de la Reine de Saba. Mais Ghanima était peut-être le dernier être humain à se souvenir de la Reine de Saba. Les compulsions avaient été soigneusement inscrites en profondeur et, bien après le départ de Leto, Ghanima s'exerça sur sa fausse conscience, construisant et renforçant l'image de la sœur solitaire, de la jumelle survivante, jusqu'à ce qu'elle devînt totalement crédible. Et le monde intérieur devint silencieux, étouffé par cette intrusion, effacé. C'était un effet secondaire qu'elle n'avait pas prévu.

*Si seulement Leto avait vécu assez longtemps pour apprendre cela,* pensa-t-elle, et cette pensée n'était pas un paradoxe.

Elle se leva et son regard plongea vers le désert où le tigre avait emporté Leto. Un bruit devenait perceptible, un son familier à l'oreille des Fremen, celui du passage d'un ver. Les vers étaient devenus rares, dans ces régions, mais il en venait un. Peut-être était-ce l'agonie du premier tigre qui avait... Oui, Leto avait tué l'un des fauves avant que le second ait eu raison de lui. La venue de ce ver était un symbole étrange. La compulsion de Ghanima était si profonde qu'elle distingua nettement trois taches sombres là-bas, loin sur le sable : les deux tigres et Leto. Puis le ver surgit et il ne demeura que de nouvelles vagues de sable dans le sillage de Shai-Hulud. C'était un grand ver, mais pas un géant. Et sa compulsion l'empêcha de distinguer une silhouette perchée sur le dos annelé de la créature.

Luttant contre son chagrin, elle ferma le Fremkit et rampa prudemment hors du refuge. La main sur son pistolet maula, elle inspecta les environs. Il n'y avait aucun signe de la présence d'un moniteur humain. Elle escalada les rochers, se glissant sur l'autre versant entre les ombres denses du clair de lune, s'arrêtant régulièrement pour essayer de deviner où se trouvait l'assassin qui l'attendait.

Dans le lointain, elle distinguait des torches près du sietch, les signes d'une activité fébrile. Un sombre chemin était tracé sur le désert, entre le Serviteur et Tabr. Ghanima choisit de faire un long détour vers le nord pour éviter ceux qui approchaient. Elle se mit en route entre les dunes, attentive à briser le rythme de ses pas pour ne point éveiller un ver. Lentement, elle s'éloignait du lieu où Leto venait de trouver la mort. En atteignant le qanat, se dit-elle, elle devrait être particulièrement vigilante. Rien ne devait l'empêcher de rapporter de quelle façon son frère avait été tué en la sauvant des griffes des tigres.

**Les gouvernements, lorsqu'ils durent, tendent toujours vers des formes aristocratiques. Aucun gouvernement de l'histoire n'a échappé à ce processus. Et, au fur et à mesure du développement de l'aristocratie, le gouvernement a de plus en plus tendance à n'agir exclusivement que dans l'intérêt de la classe dirigeante, que celle-ci soit une royauté héréditaire, une oligarchie fondée sur des empires financiers ou une bureaucratie installée.**

— De la politique considérée comme un phénomène répétitif : *Manuel d'entraînement Bene Gesserit.*

« Pourquoi nous fait-il cette offre ? demanda Farad'n. Elle est essentielle. »

Il se trouvait en compagnie de Tyekanik le Bashar dans le salon de ses appartements privés. Wensicia était assise à quelque distance sur un divan bleu. Elle assistait plus qu'elle ne participait à cet entretien. Elle en éprouvait de l'amertume mais Farad'n avait changé de façon terrifiante depuis ce fameux matin où elle lui avait révélé les plans qu'elle avait dressés pour lui.

C'était la fin de l'après-midi au Château Corrino et la faible lumière qui filtrait dans la pièce soulignait son aspect de tranquille confort. Le salon était empli de véritables livres reproduits en plastino, de bobines entassées sur les rayonnages, de blocs mémo, de bandes shigavrille et d'amplificateurs mnémoniques. Tous les détails révélaient que cette pièce était fréquemment utilisée, comme tout ce qu'elle recelait. Les livres étaient usés, le métal des amplificateurs était patiné et les blocs mémo étaient cornés. Le divan était l'unique meuble important, mais les sièges — des flotteurs sensiformes d'un confort discret — étaient nombreux.

Farad'n tournait le dos à l'une des fenêtres. Il portait l'uniforme strict de Sardaukar, gris et noir, avec les griffes de lion d'or comme simple décoration aux revers de son col. Il avait choisi de convoquer le Bashar et sa mère dans ce salon avec l'espoir de créer une atmosphère plus détendue qu'il n'eût été possible dans un cadre plus officiel. Mais les « Mon Seigneur » et « Ma Dame » répétés de Tyekanik maintenaient les distances.

« Mon Seigneur, je ne pense pas qu'il nous aurait fait cette offre s'il ne pouvait l'honorer. »

« Bien sûr que non ! » intervint Wensicia.

Farad'n se contenta d'un bref coup d'œil pour réduire sa mère au silence avant de demander : « Nous n'avons exercé aucune pression sur Idaho ? Nous n'avons pas fait la moindre tentative pour obtenir cette livraison sur la promesse du Prêcheur ? »

« Aucune », dit Tyekanik.

« Alors, en ce cas, pour quelle raison Duncan Idaho, renommé durant toute son existence pour sa loyauté fanatique envers les Atréides propose-t-il maintenant de nous livrer Dame Jessica ? »

« Ces rumeurs qui circulent à propos de troubles sur Arrakis... », hasarda Wensicia.

« Elles ne sont pas confirmées, dit Farad'n. Est-il possible que le Prêcheur soit à la base de ceci ? »

« Possible, dit Tyekanik, quoique je ne voie pas à quel motif il aurait pu obéir. »

« Il prétend vouloir lui trouver un asile, dit Farad'n. Cela pourrait correspondre à ces rumeurs... »

« Exactement », fit Wensicia.

« A moins que ce ne soit quelque ruse », remarqua Tyekanik.

« Nous pouvons faire quelques suppositions et les analyser, dit Farad'n. Par exemple, Idaho pourrait-il être tombé en disgrâce auprès d'Alia ? »

« Ce qui éclairerait la situation, réfléchit Wensicia, mais il... »

« Toujours aucune nouvelle des contrebandiers ? coupa Farad'n. Pourquoi ne pouvons-nous... »

« Les communications sont toujours lentes en cette saison, dit Tyekanik, et les besoins de la sécurité... »

« Oui, bien sûr, mais pourtant... (Farad'n secoua la tête.) Non, cette supposition ne me plaît pas. »

« Ne l'abandonne pas trop vite, dit Wensicia. Toutes ces histoires qui courent à propos d'Alia et de ce Prêtre... Quel est son nom déjà ? »

« Javid, dit Farad'n. Mais il est évident que cet homme... »

« Il a été une source d'informations précieuse pour nous », dit Wensicia.

« J'allais dire qu'il est évident que cet homme est un agent double. On ne peut lui faire confiance. Il y a trop de signes... »

« Je n'arrive pas à les discerner », remarqua Wensicia.

La lenteur d'esprit de sa mère l'irrita soudain.

« Contentez-vous de ma parole ! Les signes sont là ! Je vous expliquerai plus tard ! »

« Je crains de devoir accepter », dit Tyekanik.

Wensicia conserva un silence vexé. Comment avaient-ils pu

oser l'écarter comme cela du Conseil ? Comme si elle n'était qu'une tête folle...

« Il ne faut pas oublier que Idaho a été un ghola, reprit Farad'n. Les Tleilaxu... » Il eut un regard de biais à l'adresse du Bashar.

« Nous explorerons cette voie », dit Tyekanik. Il éprouvait de l'admiration pour la manière dont l'esprit de Farad'n fonctionnait : il était vif, curieux, incisif. Oui, les Tleilaxu, en redonnant la vie à Duncan Idaho, avaient peut-être planté en lui un puissant hameçon à leur propre usage.

« Mais je ne trouve aucun motif Tleilaxu », ajouta Farad'n.

« Un investissement dans nos projets ? suggéra Tyekanik. Une petite assurance contre des faveurs futures ? »

« Je dirais plutôt un gros investissement », dit Farad'n.

« Dangereux », dit Wensicia.

Farad'n ne put qu'acquiescer. Les pouvoirs de Dame Jessica étaient notoires au sein de l'Empire. Après tout, c'était elle qui avait éduqué Muad'Dib.

« Si l'on venait à savoir que nous la détenons », songea Farad'n.

« Oui, ce pourrait être une arme à double tranchant, dit Tyekanik, mais nul n'a besoin de savoir. »

« Supposons que nous acceptions cette offre. Quelle est son exacte valeur ? Pouvons-nous l'échanger contre quelque chose de plus important ? »

« Pas ouvertement », dit Wensicia.

« Bien sûr que non ! » Farad'n se tourna vers Tyekanik et le regarda d'un air interrogateur.

« Cela reste à voir », dit le Bashar.

Farad'n hocha la tête.

« Oui, je crois que si nous acceptons, nous devons considérer Dame Jessica comme de l'argent placé en banque pour un usage non encore déterminé. Après tout, la richesse n'a pas nécessairement de but particulier. Elle est... potentiellement utile. »

« Ce sera une prisonnière très dangereuse », dit Tyekanik.

« Il faut considérer cela, c'est certain. On m'a dit que ses talents Bene Gesserit lui permettent de manipuler une personne par un usage subtil de sa voix... »

« Ou de son corps, ajouta Wensicia. Irulan m'a rapporté une fois quelques-unes des choses qu'elle a apprises. Elle aimait se vanter, à cette époque, et je n'ai jamais vu aucune preuve de cela. Néanmoins, il est bien évident que les Bene Gesserits ont leurs façons de parvenir à leurs fins. »

« Voulez-vous insinuer qu'elle pourrait me séduire ? » demanda Farad'n.

Wensicia se contenta de hausser les épaules.

« Je dirais qu'elle est peut-être un peu âgée pour moi, non ? » demanda Farad'n.

« Avec une Bene Gesserit, rien n'est jamais certain », dit Tyekanik.

Farad'n ressentit un frisson d'excitation coloré de peur. Ce jeu pour restaurer le pouvoir de la Maison de Corrino l'attirait et lui répugnait dans le même temps. Aussi séduisant qu'il fût, Farad'n avait souvent envie de retourner à ses activités favorites : la recherche historique et l'apprentissage de ses devoirs essentiels de souverain, ici, sur Salusa Secundus. La reconstitution de ses forces Sardaukar était une œuvre en elle-même et, pour une telle tâche, Tyek restait un outil solide. Une planète était, après tout, une énorme responsabilité. Mais l'Empire, certes, était une responsabilité plus vaste et plus attrayante quant à l'exercice du pouvoir. Plus il lisait à propos de Paul Atréides/Muad'Dib, plus il était fasciné par les divers usages du pouvoir. Quelle réussite ce serait pour l'héritier de Shaddam IV et de la Maison de Corrino que de restituer le Trône du Lion à sa lignée. Il voulait cela. Il le voulait ! Et c'était en se répétant souvent cette litanie qu'il en était venu à chasser ses doutes passagers.

« ... et, bien sûr, disait Tyekanik, le Bene Gesserit enseigne que la paix encourage l'agression, provoquant ainsi la guerre. Le paradoxe de... »

« Comment en est-on arrivé à ce sujet ? » demanda Farad'n, détournant son attention de ses spéculations intérieures.

« Eh bien, dit Wensicia avec douceur, ayant remarqué l'expression rêveuse de son fils, je demandais simplement à Tyek s'il connaissait la philosophie qui anime les Sœurs. »

« La philosophie devrait être abordée de façon irrévérencieuse, dit Farad'n. Il se tourna vers Tyekanik : Pour en revenir à l'offre de Idaho, je pense que nous devrions l'examiner encore. C'est lorsque nous croyons savoir quelque chose qu'il faut justement réfléchir un peu plus profondément. »

« Ce sera fait », promit Tyekanik.

Il appréciait la prudence de Farad'n tout en espérant qu'elle ne s'étendait pas aux affaires militaires qui exigeaient de la précision et de la célérité.

Apparemment hors de propos, Farad'n demanda tout à coup : « Savez-vous ce qui m'intéresse le plus dans l'histoire d'Arrakis ? C'est la coutume des anciens Fremen de tuer à vue tous ceux qui ne portaient pas le distille avec son capuchon bien en place. »

« Et qu'est-ce qui vous fascine dans le distille ? » demanda Tyekanik.

« Tu l'as remarqué, n'est-ce pas ? »

« Comment ne pas faire autrement ? » ironisa Wensicia.

Farad'n la regarda avec irritation. Pourquoi l'interrompait-elle constamment ? Il dirigea à nouveau son attention sur Tyekanik.

« Le distille, Tyek, est la clé du caractère de cette planète. C'est la marque de Dune. Les gens ont tendance à se concentrer sur les caractéristiques physiques : le distille conserve l'humidité du corps, il la recycle et permet ainsi de survivre sur un tel monde. Savais-tu que la coutume des Fremen était d'avoir un seul distille pour chacun des membres d'une famille, *sauf* pour ceux qui nourrissaient la tribu et qui en avaient de rechange. Mais remarquez bien... (Il se tourna pour inclure sa mère) que les vêtements qui ressemblent à des distilles, mais qui n'en sont pas, sont à la mode dans tout l'Empire. C'est une des caractéristiques dominantes des humains que de copier le conquérant ! »

« Vous considérez que cette information a une grande valeur ? » demanda Tyekanik d'un ton perplexe.

« Tyek... Tyek... Sans cette information, on ne peut gouverner. J'ai dit que le distille était la clé de leur caractère et c'est vrai ! C'est une chose conservatrice. Les fautes qu'ils commettront seront des fautes conservatrices. »

Tyekanik regarda Wensicia. Elle observait son fils, les sourcils froncés. Cet aspect du caractère de Farad'n séduisait et ennuyait le Bashar. Cela ne ressemblait pas au vieux Shaddam. Celui-là avait été essentiellement un Sardaukar, un tueur militaire presque dépourvu d'inhibitions. Mais Shaddam avait été défait par les Atréides, par ce maudit Paul. Ce qu'il avait lu à propos de Paul Atréides correspondait aux aspects de Farad'n qu'il découvrait à présent. Il se pouvait que Farad'n hésite moins que les Atréides à retenir des solutions brutales, mais ce n'était que le résultat de sa formation de Sardaukar.

« Bien des gens ont gouverné sans ce genre d'information », dit Tyekanik.

Farad'n se contenta de le fixer du regard avant de répondre : « Gouverné et échoué. »

Tyekanik serra les lèvres devant cette allusion évidente à l'échec de Shaddam. Ç'avait été aussi l'échec d'un Sardaukar et les Sardaukar n'aimaient pas y repenser.

« Vois-tu, Tyek, reprit Farad'n, nul n'a jamais réellement mesuré l'influence d'une planète sur l'inconscient collectif de ses habitants. Pour vaincre les Atréides, non seulement il nous faut comprendre Caladan mais aussi Arrakis : une planète de douceur et une autre qui est le terrain d'exercice des décisions difficiles. Ce mariage des Atréides et des Fremen, ce fut un événement unique. Nous devons savoir comment il s'est produit, sinon nous ne serons pas à même de les affronter, encore moins de les vaincre. »

« Mais quel est le rapport avec l'offre d'Idaho ? » demanda Wensicia.

Il regarda sa mère avec pitié.

« Nous commencerons à les vaincre par les tensions que nous introduirons dans leur société. La tension : voilà un outil très puissant. De même que l'absence de tension. Avez-vous remarqué à quel point les Atréides ont rendu les choses plus douces, plus faciles ici même ? »

Tyekanik acquiesça brièvement. Sur ce point, Farad'n avait raison. Il ne fallait pas que les Sardaukar deviennent trop mous. Mais l'offre d'Idaho continuait de le contrarier.

« Il vaudrait peut-être mieux refuser », dit-il.

« Pas encore, dit Wensicia. Nous avons un éventail de choix possibles. Il nous faut en identifier autant que nous le pourrons. Mon fils a raison : nous avons besoin d'informations supplémentaires. »

Farad'n la regarda, essayant de mesurer son intention autant que ses paroles.

« Mais saurons-nous quand nous aurons atteint le point où nous n'aurons plus d'autre choix ? » demanda-t-il.

Tyekanik eut un rire amer.

« Si vous voulez mon avis, nous avons depuis longtemps passé le point de non-retour. »

Farad'n rit à gorge déployée.

« Mais il nous reste d'autres choix, Tyek ! L'important, c'est de savoir à quel moment on a atteint le bout du rouleau ! »

**En cet âge où les humains disposent de moyens de transport capables de traverser les profondeurs de l'espace hors-temps ou de survoler des surfaces planétaires virtuellement infranchissables, l'idée d'entreprendre de longs voyages à pied semble étrange. Pourtant, la marche demeure le premier moyen de locomotion sur Arrakis. On attribue ce fait aussi bien à un choix délibéré qu'aux rudes traitements que cette planète réserve à toute espèce de mécanique. Dans les rigueurs d'Arrakis, la chair de l'homme est le recours le plus durable et le plus sûr du Hajj. Peut-être est-ce la conscience implicite de ce fait qui explique qu'Arrakis soit l'ultime miroir de l'âme.**

— Guide du Hajj.

LENTEMENT, PRUDEMMENT, GHANIMA revenait vers le Sietch Tabr, dans les ombres noires des dunes. Elle s'était accroupie, silencieuse, pour laisser passer, plus au sud, ceux qui la cherchaient.

La conscience de la terrible réalité s'était refermée sur elle : le ver avait emporté les tigres et le corps de Leto. Leto était parti, son jumeau ne serait plus jamais là. Il y avait encore d'autres dangers devant elle. Elle refoula ses larmes, et chérit sa rage. En cela, elle réagissait en pure Fremen. Découvrant cela, elle en éprouva de la joie.

Elle comprenait ce que l'on racontait à propos des Fremen. Ils étaient censés ne pas avoir de conscience puisqu'ils l'avaient perdue dans leur soif de vengeance contre ceux qui les avaient chassés de monde en monde au cours d'un long exode. C'était idiot, bien sûr. Seul le primitif le plus cru n'a pas de conscience. Les Fremen avaient une conscience évoluée qui était centrée sur leur propre intérêt en tant que peuple. Ils n'étaient des brutes qu'aux yeux des étrangers, tout comme ceux-ci l'étaient pour les Fremen. Chaque Fremen savait très bien qu'il pouvait commettre un acte brutal sans en éprouver de culpabilité. La culpabilité, chez les Fremen, apparaissait pour des raisons différentes que chez les autres peuples. Leurs rites les libéraient de toutes les culpabilités qui, autrement, auraient pu les détruire. Au plus profond de leur conscience, ils savaient que toute transgression pouvait être attribuée, au moins en partie, à des circonstances atténuantes parfaitement reconnues : « l'échec de l'autorité », ou une « mauvaise tendance *naturelle* » partagées par tous les humains, ou bien à la « malchance » que n'importe quel être doué de raison était à même de définir comme la collision de la chair mortelle et du chaos extérieur qu'est l'univers.

Dans ce contexte, Ghanima se percevait comme une pure Fremen, le prolongement soigneusement élaboré de la brutalité tribale. Elle n'avait besoin que d'une cible, et celle-ci, à l'évidence, était la Maison de Corrino. Elle n'avait plus qu'une aspiration : voir le sang de Farad'n répandu à ses pieds.

Aucun ennemi ne la guettait près du qanat. Ceux qui la cherchaient s'étaient maintenant éloignés. Elle franchit l'eau sur le pont de terre et, dans l'herbe haute, rampa vers l'entrée secrète du sietch. Une lumière jaillit brusquement devant elle et elle s'aplatit contre le sol. Après un temps, elle risqua un coup d'œil entre les grands épis d'alfalfa. Une femme venait de s'engager dans le passage dissimulé, venant de l'extérieur. Quelqu'un s'était souvenu de préparer ce passage comme devaient l'être toutes les issues du sietch. En période troublée, le nouveau venu était accueilli par une brillante lumière. Il était ainsi ébloui, ce qui accordait aux gardiens le temps de la décision. Mais cette lumière ne devait jamais être projetée vers le désert. Celle que voyait Ghanima signifiait que les sceaux extérieurs avaient été écartés.

Elle éprouva une bouffée d'amertume devant cette trahison de la sécurité du sietch, cette lumière visible. Les mauvais usages des Fremen à dentelle devaient-ils donc se répandre partout ?

La lumière projetait un éventail clair sur le sol, au pied de la falaise. Une jeune fille surgit des ténèbres du verger en pleine lumière. Chacun de ses mouvements était marqué par la frayeur. A présent, Ghanima distinguait le globe d'un brilleur, dans le passage, entouré d'un halo d'insectes. La lumière projetait deux ombres allongées, celle d'un homme et celle de la fille. Ils se tenaient par la main, et leurs regards étaient rivés l'un dans l'autre.

Il y avait en eux quelque chose d'anormal. Ce n'étaient pas deux amoureux venus là pour voler un instant de liberté. La lumière était suspendue au-dessus d'eux et plus loin dans le passage. Ils se parlaient dans cette arche de clarté qui projetait leurs ombres vers le désert comme un spectacle que n'importe qui pouvait observer. De temps à autre, l'homme libérait une main pour accomplir dans la lumière des gestes vifs, presque furtifs, qui, achevés, se dissolvaient dans l'ombre.

Les appels solitaires des créatures de la nuit emplissaient l'obscurité autour de Ghanima, mais elle ne se laissait pas distraire.

Que faisaient donc ces deux-là ?

Les mouvements de l'homme étaient si calmes, si prudents.

Il se retourna. La robe de la fille refléta la clarté et Ghanima découvrit un visage rougeaud et rude au nez cramoisi et épaté. Elle le reconnut et retint soudain sa respiration. *Palimbasha !* C'était le petit-fils d'un Naib dont les fils étaient tombés au service des Atréides. Lorsqu'il se tourna et que sa robe s'entrouvrit, l'image fut complète. Il portait en effet une ceinture sous sa robe, et, sur cette ceinture, était fixée une boîte sur laquelle brillaient des cadrans et des touches. Un instrument conçu par les Tleilaxu ou les Ixiens, cela ne faisait pas le moindre doute. Ce devait être l'émetteur qui avait contrôlé les tigres Laza. Palimbasha... Cela voulait dire qu'une autre famille Naibate était passée à la Maison Corrino.

Mais qui était la fille ? Aucune importance pour l'instant. Elle n'était qu'une créature utilisée par Palimbasha.

Une pensée Bene Gesserit s'imposa à l'esprit de Ghanima : *Chaque planète a sa période propre, et chaque vie de même.*

Elle se rappelait très bien Palimbasha tandis qu'elle l'épiait, qu'il parlait à cette fille, levant furtivement les mains, et que l'émetteur brillait à sa ceinture. Palimbasha professait les mathématiques à l'école du sietch. Palimbasha était un rustre parfaitement mathématique qui avait essayé d'expliquer Muad'Dib par les mathématiques avant que la Prêtrise ne le censure. Il avait pour don de réduire les esprits en esclavage et le processus s'expliquait fort simplement : il transmettait ses connaissances techniques mais ne transmettait pas les valeurs.

*J'aurais dû le soupçonner plus tôt,* se dit Ghanima. *Ces signes étaient déjà évidents.*

Une étreinte acide serra son estomac : *Il a tué mon frère !*

Elle s'efforça au calme. Palimbasha la tuerait, elle aussi, si elle tentait de pénétrer dans le sietch par l'entrée secrète. A présent, elle comprenait la raison de cette lumière, de cette exhibition absolument anti-Fremen de l'ouverture cachée : Palimbasha et la fille essayaient de voir si leurs victimes étaient parvenues à s'enfuir. Ce devait être une chose terrible, pour eux, que d'attendre là, sans savoir. Ghanima, maintenant qu'elle avait vu l'émetteur, s'expliquait mieux les gestes de Palimbasha. Il appuyait simplement et nerveusement sur l'une des touches. C'était un geste de colère.

Ce couple apprenait bien des choses à Ghanima. Il était vraisemblable que la plupart des accès étaient ainsi gardés.

Elle se gratta le nez. Des élancements douloureux montaient dans sa jambe, et son bras, lorsqu'il ne brûlait pas, était engourdi. Ses doigts demeuraient gourds. Si elle devait se battre au couteau, il lui faudrait se servir de sa main gauche.

Elle songea un instant à faire usage du pistolet maula, mais son bruit caractéristique attirerait par trop l'attention. Il lui fallait trouver un autre moyen.

Une fois encore, Palimbasha s'éloigna de l'entrée du passage. Sa silhouette était nettement dessinée sur le fond lumineux. Tandis qu'il continuait de parler, la femme plongea le regard dans la nuit du dehors. On lisait en elle une sorte de vivacité, de vigilance : elle savait déchiffrer les ombres, utiliser les frontières de son regard. Donc, elle était plus qu'un jouet utile. Elle faisait partie de la conspiration.

Ghanima se souvenait maintenant que Palimbasha aspirait à devenir un Kaymakam, un gouverneur politique dépendant de la Régence. Il était clair que sa démarche s'insérait dans un plan plus vaste. Il y en avait certainement beaucoup d'autres comme lui. Ici même, dans Tabr. Ghanima examina les franges du problème ainsi posé, puis tenta de le pénétrer. Si elle parvenait à prendre vivant un seul de ces gardes, beaucoup d'autres seraient neutralisés ?

Le souffle d'un petit animal venu boire dans le qanat attira l'attention de Ghanima. Des sons naturels et des choses naturelles. Sa mémoire s'aventura par-delà une étrange barrière de silence dans son esprit, découvrit une prêtresse de Jowf capturée en Assyrie par Sennacherib. Les souvenirs de cette prêtresse apprirent à Ghanima ce qui devait être fait ici. Palimbasha et cette fille n'étaient que des enfants, impulsifs, dangereux. Ils ne savaient rien de Jowf, ils ignoraient même le nom de la planète sur laquelle Sennacherib et la prêtresse étaient redevenus poussière. Ce qui allait arriver aux deux conspirateurs n'aurait pu leur être expliqué qu'en termes actuels : cela commençait maintenant. Ici.

Et cela finissait ici. Maintenant.

Roulant sur le côté, Ghanima libéra son Fremkit et extirpa le snorkel des sables de son étui. Elle l'ouvrit, retira le long filtre qui se trouvait à l'intérieur. Maintenant, elle disposait d'un simple tube. Elle choisit alors une aiguille dans la trousse de réparation, sortit le krys de son fourreau et inséra l'aiguille dans le trou empoisonné, à la pointe de la lame, à l'endroit que jadis un nerf de ver des sables avait occupé. Son bras blessé ne lui facilitait pas la tâche. Ses gestes étaient lents et attentifs tandis qu'elle tenait avec précaution l'aiguille et prélevait une touffe de fibre d'épice de son logement dans le sac. La hampe de l'aiguille s'enfonça solidement dans la bourre de fibre, formant un missile qui glissa tout juste dans le tube du snorkel des sables.

Maintenant l'arme soigneusement à l'horizontale, Ghanima rampa en direction de la lumière, veillant à ne créer aucun bruissement dans les tiges d'alfalfa. Elle étudiait les insectes qui tourbillonnaient autour de la lampe. Oui, des mouches *piume* avaient rejoint le nuage. Elles étaient connues pour piquer les humains. L'aiguille empoisonnée passerait pour un dard : elle serait simplement écartée d'un geste, comme une mouche. Restait l'ultime décision : quelle cible frapper, la femme ou l'homme ?

*Muritz.* Le nom s'imposa soudain à l'esprit de Ghanima. C'était celui de la fille. Elle se souvint alors de certaines choses à son propos. Elle tournait autour de Palimbasha comme les insectes, en ce moment, autour de la lampe. Elle était faible, vulnérable.

Très bien. Palimbasha n'avait pas choisi la bonne compagne pour cette nuit.

Ghanima porta le tube à sa bouche et, toute la mémoire de la prêtresse de Jowf dans sa conscience, elle visa avec soin et souffla violemment.

Palimbasha porta une main à sa joue. Il y avait du sang sur ses doigts. L'aiguille était invisible. Elle avait dû être arrachée par son mouvement.

La fille murmura quelques mots pour le calmer et Palimbasha répondit par un rire. Il riait encore quand ses jambes se dérobèrent sous lui. Il défaillit, s'appuya contre la fille. Celle-ci vacillait encore sous ce poids mort à l'instant où Ghanima surgit auprès d'elle et appuya la pointe nue du krys sur sa hanche.

D'une voix calme, elle lui dit : « Pas de geste brusque, Muritz. Cette lame est empoisonnée. Tu peux laisser tomber Palimbasha, maintenant. Il est mort. »

**Dans toutes les forces socialisantes majeures vous trouverez un mouvement sous-jacent visant à gagner et à conserver le pouvoir par l'usage des mots. C'est le même phénomène, du docteur-miracle au bureaucrate en passant par le prêtre. La masse gouvernée doit être conditionnée afin d'accepter les mots-pouvoir comme des choses réelles, afin de confondre le système symbolisé avec l'univers tangible. Dans le maintien d'une telle structure de pouvoir, certains symboles sont tenus à l'écart de la commune compréhension, tels ceux qui ont trait à la manipulation économique ou encore ceux qui définissent l'interprétation locale de la santé mentale. De tels secrets quant aux symboles conduisent au développement de sous-langages fragmentaires, chacun signalant que ses utilisateurs accumulent une certaine forme de puissance. Avertie de ce processus de création de pouvoir, notre Force de Sécurité Impériale devrait être constamment attentive à la naissance de tels sub-langages.**

— Conférences au Collège de Guerre d'Arrakeen, *par la Princesse Irulan.*

« SANS DOUTE N'EST-IL PAS NÉCESSAIRE de vous en informer, dit Farad'n, mais, afin d'éviter toute erreur, je tiens à vous prévenir qu'un muet a reçu l'ordre de vous abattre tous deux si je donne signe de succomber à la sorcellerie. »

Il ne s'était pas attendu à une quelconque réaction de la part de Dame Jessica ou de Duncan Idaho et leur mutisme en fut la confirmation.

Il avait choisi avec soin le lieu de ce premier contact : la vieille Salle d'Audience de Shaddam. Le manque de grandeur de la pièce était largement compensé par la décoration exotique. A l'extérieur, c'était un après-midi d'hiver sur Salusa Secundus mais la pièce était baignée dans l'éternelle clarté dorée d'un jour d'été qui émanait de brilleurs taillés dans le cristal Ixien le plus pur et habilement distribués.

Les nouvelles venues d'Arrakis emplissaient Farad'n d'un tranquille soulagement. Leto, l'héritier mâle des Atréides, était mort, tué par un tigre-assassin. Ghanima, sa sœur survivante, était, disait-on, un otage entre les mains de sa tante. L'ensemble du rapport expliquait amplement la présence ici de Idaho et de Dame Jessica. Ils cherchaient un asile. Les espions de Corrino faisaient mention d'une trêve inquiète sur Arrakis. Alia avait accepté de se soumettre à une épreuve appelée « Jugement de Possession » dont le but n'avait pas été clairement défini. Cependant, aucune date n'avait été fixée et deux des espions estimaient que le jugement n'aurait sans doute jamais lieu. Une chose était certaine, en tout cas : il y avait eu combat entre des Fremen du désert et les Militaires Fremen de l'Empire, une guerre civile qui avait temporairement paralysé le gouvernement. Les bases de Stilgar étaient désormais terrain neutre après un échange d'otages. Il était évident que Ghanima faisait partie de ces otages, quoique la démarche fût encore obscure.

Jessica et Idaho avaient été amenés dans la Salle d'Audience soigneusement ligotés dans des sièges suspenseurs. Les liens shigavrille qui les maintenaient se resserreraient de façon cruelle au moindre de leur mouvement. Les deux soldats Sardaukar s'étaient retirés en silence après avoir examiné consciencieusement les liens.

Il était évident que l'avertissement de Farad'n n'était nullement nécessaire. Jessica avait vu le muet armé qui se tenait immobile contre le mur, à sa droite. Son pistolet à projectile était ancien mais efficace. Elle promena le regard sur la salle. Les larges feuilles du précieux buisson de fer avaient été incrustées de perles et tressées de façon à former le croissant central du plafond en dôme. Le sol était composé de blocs de bois-diamant alternant avec des coquilles de kabuzu, entre quatre bordures faites d'os de passaquet. Ces dernières avaient été taillées au laser, puis polies. Les murs étaient décorés de matériaux durs qui faisaient ressortir les quatre positions du symbole du Lion revendiqué par les descendants de Shaddam IV. Les lions étaient faits d'or brut.

Farad'n avait décidé de demeurer debout pour recevoir les prisonniers. Il portait un short militaire et une veste légère en soie d'elfe à col ouvert. Il arborait une seule décoration : l'étoile de prince de sang royal, agrafée sur sa poitrine. Auprès de lui se tenait le Bashar Tyekanik, portant la tenue de cuir et les hautes bottes de Sardaukar, un pistolet laser richement ornementé glissé dans un étui sur la boucle de son ceinturon. Jessica connaissait ce visage aux traits lourds : elle l'avait vu dans les rapports Bene Gesserit. Le Bashar se tenait légèrement en retrait de Farad'n, à trois pas de distance. Derrière eux, il n'y avait qu'un unique trône, de bois sombre, installé à même le sol près d'un mur.

« Et maintenant, dit Farad'n en s'adressant à Jessica, avez-vous quelque chose à dire ? »

« Je voudrais demander pourquoi nous sommes attachés de la sorte », déclara-t-elle en désignant les liens de shigavrille.

« Nous venons juste de recevoir certains rapports d'Arrakis qui expliqueraient votre présence ici. Peut-être vais-je vous libérer à présent (il sourit), si vous... » Il s'interrompit comme sa mère franchissait la grande porte d'Etat, dans le dos des captifs.

Wensicia passa près de Jessica et de Duncan sans leur accorder un regard. Elle tendit à son fils un cube-message tout en l'activant. Farad'n se pencha sur la face qui s'était illuminée, regardant parfois Jessica. Puis il rendit l'objet à sa mère et lui demanda de le présenter à Tyekanik. Ensuite, il observa Jessica en fronçant les sourcils.

Wensicia vint prendre place à la droite de son fils, le cube au creux de sa main, en partie dissimulé par un pli de sa robe blanche.

Jessica chercha en vain le regard de Duncan Idaho.

« Le Bene Gesserit me reproche la mort de votre petit-fils, dit Farad'n. Les Sœurs croient que j'en suis responsable. »

Jessica effaça toute émotion de son visage et pensa : *Ainsi, elles croient l'histoire de Ghanima, à moins que...* Les inconnues qu'elle devinait ne lui plaisaient guère.

Idaho ferma les yeux, puis les ouvrit et la regarda. Elle observait Farad'n. Idaho lui avait rapporté sa vision Rhajia, mais elle n'avait pas paru troublée. Il ne savait à quoi attribuer son absence d'émotion. Il était évident qu'elle savait quelque chose qu'elle ne pouvait révéler.

« Telle est la situation », dit Farad'n, et il entreprit d'expliquer tout ce qu'il avait appris des événements survenus sur Arrakis sans rien omettre, concluant : « Votre petite-fille est sauve, mais on dit qu'elle est sous la garde de Dame Alia. Cela devrait vous rassurer. »

« Avez-vous tué mon petit-fils ? » demanda Jessica.

Il lui répondit avec sincérité : « Non, je ne l'ai pas tué. J'ai récemment appris l'existence d'un complot, mais il n'était pas de mon fait. »

Jessica regarda Wensicia, lut la joie méchante sur son visage en forme de cœur et songea : *C'est elle ! La lionne a comploté pour son lionceau !* La lionne aurait à regretter ce jeu.

« Mais les Sœurs pensent que c'est vous qui l'avez assassiné », dit Jessica, s'adressant de nouveau à Farad'n.

Farad'n se tourna vers sa mère : « Montrez-lui le message. »

Wensicia hésita et il ajouta avec un trait de colère que Jessica nota précieusement : « J'ai dit : montrez-lui le message ! »

Un peu plus pâle, Wensicia s'avança et activa le cube devant les yeux de Jessica. Des mots se formèrent, répondant à son regard : « *Le Conseil Bene Gesserit de Wallach IX dépose une plainte officielle contre la Maison de Corrino pour l'assassinat de Leto Atréides II. Les éléments de preuve et les conclusions sont adressés à la Commission de Sécurité Interne du Lansraad. Un terrain neutre devra être choisi et les noms des juges seront soumis à l'approbation de toutes les parties. Votre réponse immédiate est requise. Sabit Rekush, pour le Landsraad.*

Wensicia revint auprès de son fils.

« Qu'avez-vous l'intention de répondre ? » demanda Jessica.

« Puisque mon fils n'est pas encore légalement à la tête de la Maison de Corrino, commença Wensicia, je vais... Où vas-tu ? » Ces derniers mots s'adressaient à Farad'n qui se dirigeait vers une porte dérobée, non loin du muet vigilant.

Il s'arrêta et se tourna à demi.

« Je retourne à mes livres et à tous les sujets qui ont pour moi plus d'intérêt. »

« Comment oses-tu ? » lança Wensicia, les joues empourprées.

« J'ose faire certaines choses en mon nom propre. Vous avez pris certaines décisions en mon nom, décisions qui me déplaisent à l'extrême. Ou bien je prendrai désormais moi-même les décisions faites en mon nom ou bien vous trouverez un autre héritier à la Maison de Corrino ! »

Le regard de Jessica passa rapidement de l'un à l'autre des antagonistes. Elle lut la colère sur le visage de Farad'n. Le Bashar se tenait raide au garde-à-vous, affectant de ne rien avoir entendu. Quant à Wensicia, elle était au bord de la rage. Farad'n semblait prêt à toutes les issues, après ce coup de dés. Jessica admirait son calme. Dans cette dispute, il y avait tant de choses qui lui seraient précieuses plus tard. Il apparaissait que la décision de lancer les tigres assassins contre ses petits-enfants avait été prise sans que Farad'n eût été consulté. Il était difficile de douter de sa sincérité lorsqu'il disait n'avoir appris l'existence de ce complot qu'après son exécution. Et la colère que Jessica percevait dans ses yeux signifiait qu'il était prêt en cet instant à accepter n'importe quelle décision.

Wensicia eut une inspiration profonde, tremblante.

« Très bien. L'investiture officielle aura lieu demain. Tu peux d'ores et déjà agir sans attendre. » Elle regarda Tyekanik, qui détourna les yeux.

*Dès qu'ils seront sortis,* se dit Jessica, *la dispute va reprendre. Ils vont encore hurler, mais je crois bien qu'il a gagné.* Ses pensées revinrent au message du Landsraad. Les Sœurs avaient choisi leurs messagers avec une subtilité qui forçait l'admiration pour les capacités d'organisation du Bene Gesserit. Dans cette note officielle de protestation, était caché un message à l'intention de Jessica. Il disait que les espions des

Sœurs connaissaient sa situation et qu'ils avaient très précisément prévu que Farad'n montrerait le cube-message à sa prisonnière.

« J'aimerais obtenir une réponse à ma question », dit Jessica, comme Farad'n se tournait de nouveau vers elle.

« Je vais dire au Lansraad que je n'ai rien à voir avec cet assassinat. J'ajouterai que je partage la répugnance des Sœurs pour la manière dont il a été perpétré, quoique l'issue ne puisse totalement me déplaire. Mes excuses pour le chagrin que cela a pu vous causer. La fortune tourne à son gré. »

*La fortune tourne à son gré !* se répéta Jessica. C'était un des dictons préférés de son Duc et quelque chose, dans l'attitude de Farad'n, lui disait qu'il le savait. Il lui vint l'idée qu'ils avaient pu vraiment tuer Leto et elle se contraignit à la rejeter. Elle devait présumer que les craintes que Ghanima éprouvait pour son frère l'avaient incitée à révéler l'ensemble de leur plan. Les contrebandiers provoqueraient la rencontre de Gurney et de Leto et les plans des Sœurs seraient alors exécutés. Leto devait être éprouvé. Il le fallait. S'il ne subissait pas l'épreuve, il était condamné, tout comme Alia. Quant à Ghanima... cela pouvait attendre. Il n'y avait aucun moyen d'envoyer les pré-nés devant une Révérende Mère Gaius Helen Mohiam.

Jessica soupira profondément.

« Tôt ou tard, dit-elle, quelqu'un en viendra à considérer que ma petite-fille et vous pourriez réunir nos deux maisons et guérir ainsi les vieilles blessures. »

« On m'a déjà indiqué cette possibilité, dit-il. J'ai répondu que je préfère attendre le développement des récents événements d'Arrakis. Une décision hâtive n'est pas nécessaire. »

« Il y a toujours la possibilité que vous ayez été joué par ma fille », dit Jessica.

Farad'n se roidit. « Expliquez-vous ! »

« La situation sur Arrakis n'est pas telle qu'elle peut vous sembler. Alia joue son propre jeu, celui de l'Abomination. Si Alia ne trouve pas un moyen de l'utiliser, ma petite-fille est en danger. »

« Vous voudriez me faire croire que vous et votre fille vous vous affrontez ? Que des Atréides combattent des Atréides ? »

Jessica regarda Wensicia, puis revint à Farad'n.

« Corrino se bat contre Corrino. »

Un sourire désabusé apparut sur les lèvres de Farad'n.

« Bien répondu. Mais comment aurais-je été joué par votre fille ? »

« En étant impliqué dans la mort de mon petit-fils, en me faisant enlever. »

« Enlever... »

« N'écoute pas cette sorcière », intervint Wensicia.

« C'est à moi de choisir qui je dois écouter, mère. »

« Pardonnez-moi, Dame Jessica, mais je ne comprends pas cette histoire d'enlèvement. Je croyais que vous et votre servant fidèle... »

« Qui est le mari d'Alia », dit Jessica.

Farad'n posa sur Idaho un regard évaluateur, puis se tourna vers le Bashar.

« Qu'en penses-tu, Tyek ? »

Les pensées de Tyekanik, apparemment, suivaient un cours identique à celles que professait Jessica.

« J'aime son raisonnement, dit-il simplement. Attention ! »

« C'est un ghola-mentat, dit Farad'n. Nous pourrions l'interroger jusqu'à la mort sans obtenir de réponse certaine. »

« Si nous présumons que nous avons été dupés, reprit Tyekanik, nous disposons d'un bon postulat de travail. »

Jessica sut que le moment était venu pour elle de jouer. Si seulement le chagrin d'Idaho pouvait l'enfermer dans le rôle qu'il avait choisi. Il lui déplaisait de l'utiliser ainsi, mais il y avait d'autres considérations, plus vastes, dont elle devait tenir compte.

« Pour commencer, dit-elle, je pourrais annoncer publiquement que je suis venue ici de mon plein gré. »

« Intéressant », dit Farad'n.

« Il faudrait que vous me fassiez confiance et que je sois complètement libre sur Salusa Secundus. Il ne faut absolument pas que je donne l'impression de parler sous la contrainte. »

« Non ! » lança Wensicia.

Farad'n ignora son intervention.

« Et quelle raison invoquerez-vous ? » demanda-t-il.

« Je dirai que je suis une plénipotentiaire des Sœurs venue en mission pour votre éducation. »

« Mais les Sœurs m'accusent... »

« Cela requiert un acte décisif de votre part. »

« Ne lui fais pas confiance ! » dit Wensicia.

Avec une infinie douceur, Farad'n se tourna vers elle et dit : « Si vous m'interrompez encore une fois, je donnerai à Tyek l'ordre de vous escorter hors de cette pièce. Il vous a entendu donner votre accord à mon investiture. Ce qui le met à *mon* service désormais. »

« Je te dis que ce n'est qu'une sorcière ! »

Le regard de Wensicia était fixé sur le muet, toujours immobile près de la porte dérobée.

Farad'n eut une brève hésitation, puis demanda :

« Tyek, que t'en semble ? Suis-je ensorcelé ? »

« Pas selon mon jugement, Mon Seigneur. Elle... »

« Vous êtes tous les deux ensorcelés ! »

« Mère ! »

Le ton de Farad'n était neutre, définitif.

Wensicia serra les poings, elle voulut parler puis tourna les talons et quitta la pièce.

« Le Bene Gesserit consentirait-il à cela ? » demanda Farad'n.

« Certainement. »

Farad'n réfléchit aux implications possibles avec un furtif sourire.

« Qu'attendent donc les Sœurs de tout cela ? »

« Votre mariage avec ma petite-fille. »

Idaho fut sur le point de parler. Il lança un regard perplexe à Jessica, parut sur le point de parler mais demeura silencieux.

« Duncan, vous étiez sur le point de dire quelque chose », fit Jessica.

« J'allais dire que le Bene Gesserit désire ce qu'il a toujours désiré : un univers qui ne lui résisterait pas. »

« Présomption évidente, dit Farad'n, mais je ne vois pas pour quelle raison vous l'exprimez ici. »

Les sourcils d'Idaho exprimèrent le haussement d'épaules que lui interdisaient les liens de shigavrille. Puis, de façon déconcertante, il sourit.

Farad'n aperçut ce sourire et demanda : « Je vous amuse ? »

« Cette situation tout entière m'amuse. Quelqu'un de votre famille a compromis la Guilde Spatiale en l'utilisant pour transporter sur Arrakis les instruments de l'assassinat, instruments dont on pouvait difficilement dissimuler la fonction. Vous avez offensé le Bene Gesserit en tuant un mâle qu'elles réservaient pour leur programme géné... »

« Tu me traites de menteur, Ghola ? »

« Non, je crois que vous ignoriez ce complot. Mais j'ai pensé que la situation devait être nettement posée. »

« N'oubliez pas qu'il est un mentat », dit Jessica.

« Je ne pense qu'à ça, dit Farad'n. Il se tourna de nouveau vers elle : « Admettons que je vous libère et que vous fassiez cette déclaration. Il reste encore le problème de la mort de votre petit-fils. Le mentat a raison. »

« Est-ce le fait de votre mère ? » demanda Jessica.

« Mon Seigneur ! » lança Tyekanik.

« Tout va très bien, Tyek, dit Farad'n en agitant doucement la main. Et si je dis que c'est effectivement ma mère ? »

Risquant le tout pour le tout en sondant cette brèche au cœur de la Maison de Corrino, Jessica déclara :

« Alors, vous devez la dénoncer et la bannir. »

« Mon Seigneur, dit encore Tyekanik, le piège pourrait bien cacher un autre piège ! »

« C'est nous, Dame Jessica et moi, qui avons été pris au piège ! » dit Idaho.

Farad'n serra les mâchoires.

Et Jessica supplia en elle-même : *N'interviens pas, Duncan ! Pas maintenant !* Mais les paroles de Duncan avaient eu un résultat immédiat : elles venaient d'éveiller ses facultés logiques de Bene Gesserit. Elle se demanda s'il était possible qu'elle fût utilisée à des fins qu'elle ne comprenait pas. Ghanima et Leto... Les pré-nés pouvaient s'appuyer sur d'innombrables expériences intérieures, une réserve d'informations plus importante encore que celle dont disposait le Bene Gesserit. Et puis, il y avait cette autre question : Les Sœurs avaient-elles été totalement sincères avec elle ? Elles pouvaient encore se défier d'elle. Après tout, elle les avait trahies une fois... pour l'amour de son Duc.

Farad'n se tourna vers Idaho, fronçant les sourcils d'un air intrigué.

« Mentat, je veux savoir ce que le Prêcheur signifie pour toi. »

« Il a arrangé ce voyage. Je... Nous n'avons pas échangé plus de dix mots. Il avait des assistants. Il pourrait être... Il pourrait bien être Paul Atréides, mais je n'ai pas assez d'informations pour en avoir la certitude. Ce dont je suis persuadé, c'est qu'il était temps pour moi de partir et il avait les moyens de me le permettre. »

« Tu as dit que vous aviez été pris au piège », lui rappela Farad'n.

« Alia espère que vous allez nous exécuter bien proprement et que toutes les preuves en seront effacées, dit Idaho. Je l'ai débarrassée de Dame Jessica et je ne lui suis plus utile. Et Dame Jessica, ayant servi les desseins de ses Sœurs, ne leur est plus utile non plus. Alia demandera des comptes au Bene Gesserit, mais les Sœurs gagneront. »

Jessica ferma les yeux et se concentra. Il avait raison ! Elle lisait la fermeté du mentat dans sa voix, la sincérité profonde du jugement. Le schéma se mettait en place parfaitement. Elle prit deux profondes inspirations et déclencha la transe mnémonique. Les informations déferlèrent dans son esprit. Quittant la transe, elle ouvrit les yeux. Durant ce bref intervalle de temps, Farad'n s'était simplement rapproché à moins d'un demi-pas d'Idaho, ce qui signifiait qu'il n'avait pas fait plus de trois pas.

« Ne dis plus rien, Duncan », fit-elle, et elle pensa avec tristesse à ce que Leto lui avait dit de son conditionnement Bene Gesserit.

Duncan, qui avait été sur le point de parler, scella ses lèvres.

« Je te l'ordonne, mentat, dit Farad'n. Poursuis ! »

Idaho demeura silencieux.

Farad'n se tourna à demi pour observer Jessica.

Elle avait les yeux fixés sur un point précis du mur, repensant à ce que Idaho et la transe avaient construit. Bien sûr, le Bene Gesserit n'avait pas abandonné la lignée Atréides. Mais les Sœurs visaient le contrôle d'un Kwisatz Haderach et elles avaient par trop investi dans leur programme de reproduction. Elles voulaient un conflit ouvert entre les Atréides et Corrino, une situation qui les poserait en arbitres. Et Duncan avait raison. Elles sortiraient de ce conflit avec le contrôle absolu de Ghanima et de Farad'n. C'était le seul compromis possible. Le plus étonnant était qu'Alia ne l'ait pas compris. Jessica avait la gorge nouée. Alia... L'Abomination ! Ghanima avait pitié d'elle à juste titre. Mais qui aurait pitié de Ghanima ?

« Les Sœurs ont promis de vous placer sur le trône et de vous donner Ghanima pour compagne », dit-elle.

Farad'n fit un pas en arrière. Cette sorcière lisait-elle dans les esprits ?

« Elles ont travaillé en secret, sans passer par votre mère. Elles vous ont dit que je n'étais pas dans le secret de leurs plans. »

Elle lut clairement la révélation sur les traits de Farad'n. Comme il était ouvert. Mais c'était vrai, toute cette structure était vraie. Idaho avait donné la preuve de la maîtrise de ses dons de mentat en perçant la réalité à partir des données limitées dont il disposait.

« Ainsi, dit Farad'n, elles ont joué le double jeu et vous l'ont dit. »

« Elles ne m'ont rien dit de cela, dit Jessica. Duncan ne s'est pas trompé : elles m'ont prise au piège. J'ai été dupée. »

Elle hocha la tête. C'était une action de retardement classique dans le style traditionnel des Sœurs — une histoire raisonnable, facilement acceptée parce qu'elle cadrait avec ce que l'on pouvait supposer de leurs motivations. Mais elles voulaient écarter Jessica de leur chemin. Elle n'était qu'une sœur suspecte qui avait failli une fois de trop.

Tyekanik s'avança : « Mon Seigneur ! Ils sont trop dangereux pour que... »

« Attends un peu, Tyek... Il y a tant d'éléments en jeu. (Il se tourna vers Jessica.) Nous avons eu toute raison de croire qu'Alia se proposait en mariage. »

Idaho réprima trop tard un mouvement violent. Le sang commença à goutter de son poignet gauche, mordu par le shigavrille.

Jessica ne se permit qu'une furtive réaction : ses yeux s'agrandirent l'espace d'une seconde. Elle, qui avait connu le premier Leto comme amant, comme père de ses enfants, comme ami et confident, il lui fallait donc retrouver ce trait de son caractère, cette capacité à raisonner froidement, filtrée, déformée par l'Abomination.

« Est-ce que vous accepterez ? » demanda Idaho.

« La chose est à considérer. »

« Duncan, je vous ai demandé de garder le silence, dit Jessica. Elle s'adressa à Farad'n : Le prix qu'elle demandait était deux morts de peu d'importance — les nôtres. »

« Nous avons soupçonné une perfidie. N'était-ce pas votre fils qui déclarait " la perfidie engendre la perfidie " ? »

« Les Sœurs s'apprêtent à prendre le contrôle des Atréides et des Corrinos, dit Jessica. Cela n'est-il pas évident ? »

« Nous soupesons votre offre, pour l'instant, Dame Jessica. Quant à Duncan Idaho, il devrait être renvoyé à sa chère épouse. »

*La douleur est une fonction des nerfs,* pensa Duncan. *Elle leur parvient comme la lumière parvient à nos yeux. L'effort vient des muscles, et non des nerfs.* C'était un vieil exercice mentat. Il le réalisa en un souffle, replia son poignet droit et trancha l'artère sur la shigavrille du lien.

Tyekanik bondit, libéra en un éclair le verrou qui commandait les liens tout en appelant une aide médicale. Des serviteurs surgirent presque aussitôt par des portes secrètes, avec une rapidité éloquente.

*Il y a toujours eu un rien de folie chez Duncan,* songea Jessica.

Pendant que des médecins se penchaient sur Idaho, Farad'n étudiait sa prisonnière.

« Je n'ai jamais dit que j'allais accepter la proposition de son Alia », dit-il.

« Ce n'est pas pour cette raison qu'il s'est tranché le poignet. »

« Vraiment ? Je croyais qu'il voulait simplement se retirer. »

« Vous n'êtes pas aussi stupide. Cessez de jouer cette comédie avec moi. »

Il sourit. « Je sais parfaitement qu'Alia me détruirait Même le Bene Gesserit ne peut s'attendre à ce que j'accepte. »

Jessica le soupesa du regard. Quel était donc ce jeune rejet de la Maison de Corrino ? Il ne savait pas jouer à l'idiot. A nouveau, elle se souvint des paroles de Leto : elle devait rencontrer un étudiant intéressant. Et la volonté du Prêcheur était identique, avait déclaré Idaho. Elle souhaita avoir rencontré le Prêcheur.

« Bannirez-vous Wensicia ? » demanda Jessica.

« Cela semble un marché raisonnable. »

Jessica regarda Idaho. Les médecins s'étaient retirés. Il était maintenu par des liens moins dangereux, à présent.

« Les mentats, dit-elle, devraient se méfier des absolus. »

« Je suis fatigué, dit Idaho. Vous ne pouvez imaginer à quel point. »

« La loyauté, lorsqu'elle est trop sollicitée, dit Farad'n, finit par s'user. »

Une fois encore, Jessica le soupesa du regard.

Farad'n s'en aperçut et il songea : *Un temps viendra où elle me connaîtra avec certitude et cela pourrait être de quelque prix. Une renégate du Bene Gesserit de mon côté ! C'est là une des rares choses qu'avait son fils et que je n'ai pas. Qu'elle ait donc quelques aperçus de moi maintenant. Elle découvrira le reste plus tard.*

« Un échange honnête, dit-il. J'accepte les termes de votre proposition. »

Ses doigts se nouèrent vivement à l'adresse du muet, toujours immobile contre le mur. L'homme hocha la tête et Farad'n, se penchant en avant, libéra Jessica.

« Mon Seigneur, êtes-vous certain ?... » demanda Tyekanik.

« Ne venons-nous pas d'en discuter ? » demanda Farad'n.

« Oui, mais... »

Farad'n se mit à rire et, s'adressant à Jessica :

« Tyek doute de mes sources. Mais ce n'est que dans les livres et les bobines que l'on peut apprendre que certaines choses peuvent être faites. Le véritable enseignement ne se fait qu'en réalisant ces choses. »

En quittant ses liens, Jessica réfléchissait à cela. Puis son esprit revint au message des doigts de Farad'n. C'était un langage de bataille dans le style Atréides ! Farad'n s'était livré à une analyse profonde. Quelqu'un, ici, copiait consciencieusement les Atréides.

« Bien entendu, fit Jessica, vous attendez de moi l'enseignement que dispense le Bene Gesserit. »

Il eut un regard exultant.

« Voilà une offre à laquelle je ne saurais résister ! »

**Le mot de passe me fut donné par un homme qui est mort dans les oubliettes d'Arrakeen. C'est là, d'ailleurs, que j'ai trouvé cette bague en forme de tortue. C'était dans le suk, à l'extérieur de la ville, là où les rebelles me cachaient. Le mot de passe ? Oh, il a changé bien des fois depuis... C'était « persistance ». Et la réponse était « tortue ». C'est grâce à ça que je m'en suis tiré vivant. C'est pour ça que j'ai acheté cette bague : c'est un souvenir.**

Tagir Mohandis :
*Conversations avec un ami.*

LETO S'ÉTAIT AVANCÉ LOIN SUR LE sable quand il entendit derrière lui approcher le ver, obéissant à son marteleur et à l'épice qu'il avait répandue près des tigres. Leur plan semblait bien amorcé par cet heureux présage : les vers étaient plutôt rares, ces derniers temps, dans la région. Certes, le ver n'était pas essentiel à la réussite mais il représentait un appoint majeur. Ghanima, ainsi, n'aurait pas à s'expliquer sur la disparition du corps de son frère.

Leto sut alors que Ghanima était parvenue à s'imposer l'idée de sa mort. Elle ne garderait qu'une minuscule capsule isolée de conscience et de vérité, un souvenir parfaitement muré qui ne pourrait être rappelé que par des mots précis de cet ancien langage qu'ils étaient seuls à connaître dans tout l'univers : *Secher Nbiw*. Si Ghani entendait ces mots qui signifiaient *Le Sentier d'Or...* alors, seulement, elle se souviendrait de son vrai destin. Jusque-là, pour elle, il était mort.

Et Leto, désormais, était vraiment seul.

Il progressait selon le rythme brisé qui imitait les échos naturels du désert, trompant le ver formidable aux aguets des bruits réguliers de l'humain. Comme tous les Fremen, Leto avait été élevé dans l'art de cette marche. Il y avait été conditionné à tel point qu'il n'avait plus besoin d'y penser et que ses pieds semblaient se mouvoir d'eux-mêmes selon des rythmes non mesurables. Le son de ses pas pouvait être attribué au vent, au travail de la pesanteur. Nul humain ici.

Quand le ver eut accompli son office, Leto s'accroupit derrière une dune et observa le Serviteur. Oui, désormais, il était suffisamment loin. Alors, il planta un marteleur et appela un ver transporteur. Celui-ci vint si rapidement que Leto eut à peine de temps de se mettre en position avant que le ver n'engloutisse le marteleur. Lorsque le ver passa devant lui, il lança les hameçons à Faiseur et se hissa sur son flanc. Il ouvrit un des anneaux directionnels et le monstre des sables obliqua vers le sud-est. C'était un ver de petite taille, mais puissant. Leto le sentait à la façon dont il progressait en sifflant entre les dunes. Une brise leur venait par l'arrière et rabattait sur Leto la chaleur qu'engendrait leur passage, la friction par laquelle le ver amorçait l'élaboration de l'épice dans ses entrailles.

Accompagnant la course du ver dans le désert, l'esprit de Leto volait. Stilgar l'avait accompagné lors de sa première chevauchée. Il suffisait à Leto d'ouvrir sa mémoire pour entendre la voix du Naib, calme, précise, pleine d'une courtoisie qui venait d'un âge différent. Loin de Stilgar l'ivresse titubante et menaçante du Fremen saoul de liqueur d'épice. Loin de Stilgar les cris et les imprécations. Stilgar avait ses devoirs. Il était instructeur royal. « Aux temps anciens, les oiseaux étaient dénommés selon leur chant. Chaque vent avait son nom. A six degrés, c'était le Pastaza, à vingt, le Cueshma, et un vent de cent degrés de force devenait le Heinali, le pousseur d'hommes. Et il y avait le vent du démon, dans le grand désert : Hulasikali Wala, le vent qui ronge la chair. »

Et Leto, qui connaissait déjà toutes ces choses, hochait la tête avec gratitude.

Mais la voix de Stilgar pouvait délivrer tant de paroles précieuses :

« Dans les temps anciens, on connaissait certaines tribus qui chassaient l'eau. On les appelait des Iduali, ce qui signifie " insectes d'eau ", parce qu'ils n'hésitaient pas à voler l'eau des autres Fremen. Celui qui les rencontrait seul dans le désert était certain de leur laisser jusqu'à l'eau de sa chair. L'endroit où ils vivaient s'appelait le Sietch Jacurutu. Un jour, les autres tribus s'unirent pour les balayer. C'était il y a bien longtemps, avant Kynes, lui-même, au temps de mon arrière-arrière-grand-père. Et, depuis ce jour, aucun Fremen n'est plus retourné à Jacurutu. C'est un lieu tabou. »

Ainsi, Leto avait retrouvé une connaissance qui était assoupie dans sa mémoire. Cette leçon sur le fonctionnement du souvenir avait été importante. La mémoire seule ne suffisait pas, même lorsqu'elle était composée de passés multiformes. Il fallait en connaître l'usage et sa valeur devait être révélée au jugement. Jacurutu devait disposer d'eau, d'un piège à vent, de tous les attributs d'un sietch avec, en plus, cette qualité sans comparaison : aucun Fremen ne s'y risquait. La plupart des jeunes Fremen devaient même ignorer son existence. Bien sûr, ils avaient entendu parler de Fondak, mais c'était un repaire de contrebandiers.

Pour un mort, Jacurutu était le lieu de retraite idéal, entre les contrebandiers et les morts d'un autre âge.

*Merci, Stilgar.*

A l'approche de l'aube, le ver donna des signes de fatigue. Leto se laissa glisser jusqu'au sol et le regarda se creuser un trou entre les dunes pour s'enfouir et dormir au creux du sable.

*Il va me falloir attendre toute la journée,* se dit-il. Au faîte d'une dune, il promena son regard sur le désert : du vide, du vide, du vide. Les traces du ver étaient le seul signe perceptible dans toute l'étendue de sable.

Le cri lourd d'un oiseau nocturne salua le lambeau de lumière verte qui apparaissait à l'orient. Leto s'enfouit dans le sable, comme l'avait fait le ver, gonfla une tente distille autour de son corps et mit en place le snorkel des sables.

Durant un long moment, avant que le sommeil ne vienne, immobile dans l'obscurité de la tente, il réfléchit à la décision que lui et Ghanima avaient prise. Cela n'avait pas été facile, tout particulièrement pour Ghanima. Il ne lui avait pas tout révélé de sa vision, ni du raisonnement qu'elle lui avait inspiré. Ç'avait été un rêve, initialement mais, désormais, il y songeait comme à une vision. Mais la singularité de la chose était qu'il la percevait maintenant comme une vision d'une vision. S'il existait un argument susceptible de le convaincre que son père vivait encore, c'était dans cette vision-vision qu'il résidait.

*La vie du prophète nous enferme dans sa vision,* se dit-il. *Et un prophète ne pourrait s'échapper de cette vision qu'en créant sa propre mort, en opposition avec la vision.* Cela apparaissait ainsi dans la vision redoublée de Leto et il s'interrogea sur le choix qu'il avait fait. *Pauvre Jean-Baptiste,* se dit-il. *Si seulement il avait eu le courage de mourir autrement... Mais peut-être son choix était-il le plus courageux... Comment puis-je savoir les alternatives qu'il affrontait ? Mais je sais quelles étaient les alternatives qu'affrontait mon père.*

Il soupira. Tourner le dos à son père revenait à trahir un dieu. Mais l'Empire des Atréides devait être secoué, qui était tombé dans le pire de la vision de Paul. Il effaçait les hommes avec tant de désinvolture. Sans même y réfléchir. Le ressort de la folie religieuse avait été remonté à fond et abandonné à lui-même.

*Et nous sommes enfermés dans la vision de mon père.*

Le Sentier d'Or était une issue possible. Leto le savait. Son père l'avait vu. Mais l'humanité pourrait s'écarter de ce Sentier d'Or, regarder en arrière, vers le temps de Muad'Dib, un âge meilleur à ses yeux. L'humanité devait faire l'expérience de l'alternative à Muad'Dib, pourtant, ou ne jamais comprendre ses propres mythes.

*La sécurité... la paix... la prospérité...*

Devant une telle proposition, on ne pouvait douter du choix des citoyens de l'Empire.

*Bien qu'ils me haïssent,* pensa Leto. *Bien que Ghanima me haïsse.*

Comme sa main droite le démangeait, il songea au gant terrible de sa vision-vision. *Il sera,* se dit-il. *Oui, il sera.*

*Arrakis, donne-moi la force !* Sous lui, autour de lui, cette planète, sa planète, demeurait puissante et vivante. Il le sentait dans l'étreinte du sable sur sa tente : Dune était une géante qui comptait ses richesses. C'était une entité trompeuse, à la fois belle et d'une laideur grossière. L'unique monnaie réellement connue de ses marchands était le pouls de leur propre puissance, quelle que fût la façon dont cette puissance avait été accumulée. Ils possédaient cette planète comme un homme pourrait posséder une maîtresse captive, ou bien comme les Bene Gesserits possédaient les Sœurs.

Il n'était pas surprenant que Stilgar éprouve de la haine pour les prêtres-marchands.

*Merci, Stilgar.*

Leto se souvint des anciens usages du sietch, de leur beauté, de la vie telle qu'elle existait avant la technocratie impériale. Son esprit suivit le cours des rêves de Stilgar. Avant les brilleurs et les lasers, avant les ornithoptères et les récolteuses d'épice, il avait existé une autre vie : des mères à la peau brune portant leur enfant sur la hanche, des lampes qui brûlaient l'huile d'épice dans un lourd parfum de cannelle, des Naibs qui savaient convaincre leur peuple sans le contraindre. La vie était alors un essaim noir dans les creux des rochers...

*Un gant terrible rétablira l'équilibre,* pensa Leto.

Il s'endormit.

**J'ai vu son sang et un fragment de sa robe qui avait été lacéré par des griffes. Sa sœur nous a raconté en détail l'attaque des tigres. Nous avons interrogé l'un des conspirateurs, et d'autres sont morts ou bien détenus. Tous les éléments nous portent à présumer un complot de la Maison de Corrino. Un Diseur de Vérité est garant de ce témoignage.**

— Rapport de Stilgar à la Commission du Landsraad.

PAR LE CIRCUIT D'ESPIONNAGE, FARAD'N épiait Duncan Idaho, en quête d'une clé qui lui permettrait de comprendre l'étrange comportement du mentat. C'était peu après midi. Idaho avait demandé audience à Dame Jessica et il attendait devant la porte de son appartement. Accepterait-elle de le recevoir ? Bien sûr, elle ne pouvait ignorer qu'on les espionnait en permanence, mais... accepterait-elle de le recevoir ?

La salle où se trouvait Farad'n était celle-là, précisément, où Tyekanik avait supervisé l'entraînement des tigres Laza, une pièce illégale, emplie d'instruments interdits façonnés par les Ixiens et les Tleilaxu. En manipulant les commandes à portée de sa main droite, Farad'n pouvait observer Idaho sous six angles différents ou bien passer à l'intérieur de l'appartement de Dame Jessica où les systèmes d'espionnage étaient tout aussi sophistiqués.

Farad'n était préoccupé par les yeux d'Idaho. Ces globes de métal que les Tleilaxu avaient donné à leur ghola dans les cuves de régénération le différenciaient absolument des autres humains. Instinctivement, Farad'n porta la main à ses paupières. Ses doigts rencontrèrent la surface lisse et dure des lentilles de contact qui dissimulaient le bleu absolu de l'œil, l'*ibad* de l'épice. Les yeux d'Idaho devaient lui révéler un univers bien différent. Farad'n aurait presque voulu rencontrer les chirurgiens Tleilaxu pour obtenir lui-même la réponse à cette question.

*Pourquoi Idaho a-t-il tenté de se tuer ?*

*Le voulait-il vraiment ? Il devait savoir que nous ne pouvions permettre cela.*

*Plus que jamais, il est un point d'interrogation dangereux.*

Tyekanik avait demandé à le retenir captif sur Salusa Secundus ou à le tuer.

Peut-être cette dernière solution était-elle préférable...

Farad'n passa à une vue de face : Idaho était assis sur un banc rustique, près de la porte de l'appartement de Dame Jessica. Il était là depuis plus d'une heure, dans ce foyer lambrissé décoré de pennons de lances, et il semblait décidé à attendre durant une éternité. Farad'n se pencha plus près de l'écran. Ce maître d'armes des Atréides, cet instructeur de Paul Muad'Dib avait profité de toutes ces années passées sur Arrakis. Il y avait comme une nouvelle jeunesse dans sa démarche. Certes, le régime à base d'épice avait eu son effet, de même que cet équilibre métabolique qui ne se trouvait que dans les cuves Tleilaxu. Mais Idaho se souvenait-il encore de son passé véritable, avant sa renaissance de ghola ? Nul de tous ceux que les Tleilaxu avaient ressuscité ne pouvait le prétendre. Ce Duncan Idaho était une énigme...

Les rapports sur sa mort étaient dans la bibliothèque. Le Sardaukar qui l'avait terrassé avait rapporté que dix-neuf d'entre eux étaient tombés aux pieds d'Idaho. Dix-neuf Sardaukar ! Cette chair méritait bien les cuves de régénération. Pourtant, les Tleilaxu avaient choisi d'en faire un mentat. Etrange créature revenue d'entre les morts. Par-dessus tous ses talents, il était devenu computeur humain. Qu'en éprouvait-il ?

Pourquoi a-t-il tenté de se tuer ?

Farad'n connaissait les talents qui lui étaient propres et il n'entretenait que peu d'illusions à cet égard. Il était archéologue et historien, juge des hommes. La nécessité avait fait de lui un expert dans l'étude de ceux qui allaient le servir, la nécessité et l'analyse attentive des Atréides. Il considérait que tel était le prix que l'on avait toujours exigé de l'aristocratie. Exercer le pouvoir, cela impliquait des jugements précis et incisifs sur ceux qui soutenaient votre pouvoir. Combien de souverains s'étaient effondrés par les fautes et les excès de leurs subordonnés.

L'étude approfondie des Atréides révélait un talent exceptionnel dans l'art de choisir ses serviteurs. Ils avaient su préserver la loyauté, entretenir l'ardeur de leurs soldats.

Idaho ne se conformait pas à ce personnage.

*Pourquoi ?*

Farad'n plissa les paupières comme s'il voulait voir au-delà de la peau de cet homme. Il émanait d'Idaho une impression de durée, le sentiment qu'il ne pouvait connaître l'usure du temps. Il formait un tout, un ensemble organisé et solidement intégré. Cet être qui était sorti des cuves Tleilaxu transcendait l'humain. Farad'n en était persuadé. Il percevait dans ce nouvel homme une sorte de mouvement auto-régénérateur, tout comme s'il agissait en accord avec des lois immuables, renaissant chaque matin, transformé à chaque terme. Il se déplaçait selon une orbite fixe, solidement, comme une planète autour de son étoile. Les pressions ne pouvaient le casser, elles ne parviendraient qu'à modifier imperceptiblement son orbite sans opérer le moindre changement radical.

*Pourquoi s'est-il tranché le poignet ?*

Quel qu'ait pu être son motif, il n'avait agi que pour les Atréides, pour sa Maison. Il orbitait autour de l'étoile des Atréides à tout jamais.

*On dirait qu'il considère que la présence de Dame Jessica ici, en mon pouvoir, ne fait que renforcer celui des Atréides. Mais,* se souvint Farad'n, *c'est un mentat qui pense ainsi.* Cela donnait à cette conclusion une autre profondeur.

Les mentats se trompaient, mais rarement.

Ayant atteint cette conclusion, Farad'n fut sur le point d'ordonner à ses serviteurs de renvoyer Dame Jessica en même temps que Duncan Idaho.

Il hésita, puis renonça. Cet homme et cette femme — ce ghola-mentat et cette sorcière Bene Gesserit — étaient des pions d'une valeur inconnue dans ce jeu du pouvoir. Il fallait renvoyer Idaho sur Arrakis car cela y provoquerait certainement des troubles, mais Dame Jessica devrait demeurer ici et déverser son étrange savoir pour le bien de Corrino.

Farad'n n'ignorait pas qu'il jouait un jeu subtil et mortel, désormais. Mais, depuis des années, il s'était préparé à cette possibilité, depuis qu'il avait pris conscience de son intelligence supérieure, de sa sensibilité supérieure par rapport à tous ceux qui l'entouraient. Pour l'enfant qu'il était, cette découverte avait été effrayante. La bibliothèque avait été un asile, pour lui, de même que son professeur.

Pourtant, il était maintenant assailli par le doute et se demandait s'il était bien à la hauteur du jeu. Il avait rejeté sa mère, avait écarté ses conseils, mais les décisions qu'elle avait prises avaient toujours été dangereuses pour lui. Les tigres ! Leur entraînement avait relevé de l'atrocité et leur usage de la stupidité. Ils avaient été dépistés si aisément ! Wensicia ne pourrait qu'être reconnaissante d'être simplement frappée de bannissement... Sur ce point, se dit-il, le conseil de Dame Jessica épousait parfaitement ses aspirations. Elle devrait lui révéler les voies de cette réflexion Atréides.

Les doutes de Farad'n commençaient à s'estomper. Il pensa à ses Sardaukar qui redevenaient rudes et vifs grâce à l'entraînement rigoureux et à l'existence stricte qu'il avait prescrits. Ses forces étaient minimes mais elles étaient capables, à nouveau, d'affronter les Fremen d'égal à égal. Ce qui ne servait pas à grand-chose aussi longtemps que les limitations du Traité d'Arrakeen s'étendraient à l'importance des forces armées. Les Fremen continueraient de dominer les Sardaukar en nombre, aussi longtemps qu'ils ne seraient pas affaiblis et bloqués par la guerre civile.

Il était encore trop tôt pour envisager une bataille entre Fremen et Sardaukar. Il avait besoin de temps. Il avait besoin d'alliés nouveaux qui lui viendraient des Maisons Majeures mécontentes et des Maisons Mineures récemment consolidées. Il avait besoin du financement de la C.H.O.M. Il avait besoin d'un délai pour permettre à ses Sardaukar de devenir plus forts et aux Fremen de s'affaiblir.

Il revint à l'écran, à l'image du ghola si patient. Pourquoi Idaho désirait-il voir Dame Jessica en un tel moment ? Il devait savoir qu'on les espionnait, que chacun de leurs gestes, de leurs mots était enregistré et analysé.

*Pourquoi ?*

Le regard de Farad'n s'écarta de l'écran pour se poser sur l'étagère à côté de la console de contrôle. Il pouvait distinguer dans la pâle lumière électronique les bobines qui contenaient les tout derniers rapports d'Arrakis. Il eut une pensée de reconnaissance pour ses espions : ils accomplissaient consciencieusement leur mission, il lui fallait le reconnaître. Il y avait des motifs de plaisir et d'espérance dans ces bobines. Farad'n ferma les yeux et les passages importants défilèrent dans son esprit, dans ce style bizarrement littéraire qu'il donnait aux bobines pour son usage personnel :

*La planète devenant fertile, les Fremen se trouvent libérés des pressions de la terre et leurs nouvelles communautés perdent le caractère traditionnel du sietch-refuge. Dans la vieille culture du sietch, depuis l'enfance, les Fremen s'entendaient enseigner le dogme : « Tout comme la connaissance de ton être propre, le sietch forme une base ferme à partir de laquelle tu t'avances dans le monde et dans l'univers. »*

*Les Fremen traditionalistes disent : « Regarde le Massif », entendant par-là que la Loi est la science maîtresse. Mais la nouvelle structure sociale a provoqué le relâchement de ces vieilles restrictions légales : la discipline devient laxiste. Les nouveaux chefs Fremen ne connaissent plus que le Bas Catéchisme de leurs ancêtres, et que cette part de leur histoire qui est camouflée dans la structure mythique de leurs chants. La population des communautés nouvelles est plus ouverte, moins constante. Ses membres se querellent plus souvent et réagissent plus difficilement à l'autorité. Le vieux peuple des sietch est plus discipliné, plus enclin à des actions de groupe et à un travail plus intense. De même, il est plus prudent quant à ses ressources. Le vieux peuple continue de croire que l'accomplissement de l'individu est dans la société organisée. Les plus jeunes ont tendance à s'écarter de cette croyance. Les survi-*

*vants de l'ancienne culture, lorsqu'ils regardent les jeunes, déclarent : « Le vent de mort a rongé leur passé. »*

Farad'n aimait le mordant de son propre résumé. Cette nouvelle diversité que connaissait Arrakis ne pouvait engendrer que la violence. Tous les concepts essentiels étaient désormais gravés sur ces bobines :

*La religion de Muad'Dib est fermement fondée sur la tradition culturelle de l'ancien sietch Fremen alors que la nouvelle culture s'éloigne de plus en plus de ces disciplines.*

Et, une fois encore, Farad'n se demanda pourquoi Tyekanik avait embrassé cette religion. Avec cette nouvelle morale, son comportement était devenu bizarre. Il semblait parfaitement sincère tout en donnant l'impression d'être manipulé contre sa volonté. Comme s'il s'était aventuré dans un tourbillon pour en connaître la force et s'était retrouvé prisonnier de forces contre lesquelles il ne pouvait lutter. Ce qui troublait Farad'n, c'était la plénitude absolument neutre de la conversion du Bashar.

C'était un retour à de très vieux usages Sardaukar. Un avertissement : les jeunes Fremen pourraient bien un jour opérer un tel retour, les traditions infuses, enracinées prévaudraient.

Une nouvelle fois, les pensées de Farad'n revinrent aux rapports inscrits dans les bobines. Il y lisait une chose inquiétante : la persistance d'un vestige culturel hérité du plus lointain passé Fremen — « L'Eau de Conception ». Le liquide amniotique était recueilli à la naissance de l'enfant et, distillé, il devenait la première eau de sa vie. La tradition voulait qu'une marraine serve cette eau à l'enfant en disant : « Voici l'eau de ta conception. » Même les jeunes Fremen continuaient de suivre cette tradition.

*L'eau de ta conception.*

L'idée de boire une eau distillée à partir du liquide amniotique était révoltante pour Farad'n. Il songea à Ghanima, dont la mère était morte alors qu'elle absorbait cette eau étrange. Avait-elle repensé à ce lien singulier qui l'unissait à son passé ? Probablement pas. Elle avait été éduquée en Fremen. Tout ce qui était naturel et admissible pour les Fremen l'était pour elle.

Farad'n regretta brusquement la mort de Leto II. Il aurait aimé discuter de ce point avec lui. Peut-être en aurait-il l'occasion avec Ghanima.

*Mais pourquoi Idaho a-t-il voulu se trancher le poignet ?*

La question revenait chaque fois que ses yeux se posaient sur l'écran-espion. Avec ses doutes. Il aurait tant voulu s'abîmer dans la mystérieuse transe de l'épice, comme Paul Muad' Dib, percer l'avenir et *connaître* les réponses à ces questions qui le hantaient. Quelle que fût la quantité de Mélange qu'il absorbait, sa conscience ordinaire persistait en un flot singulier de *maintenant,* ne reflétant qu'un univers d'incertitudes.

Sur l'écran, une servante venait d'ouvrir la porte de l'appartement de Dame Jessica. Elle fit signe à Idaho qui se dressa immédiatement et passa le seuil. La servante ne manquerait pas de faire un rapport détaillé à Farad'n mais, sa curiosité à nouveau piquée, il appuya sur une touche pour observer Idaho qui pénétrait dans le salon des appartements de Jessica.

Le mentat semblait si calme et contrôlé. Et ses yeux de ghola étaient insondables.

**Avant toute chose, le mentat doit être un généraliste, et non un spécialiste. Il est sage que, dans les moments importants, les décisions soient supervisées par des généralistes. Les experts et les spécialistes vous conduisent rapidement au chaos. Chasseurs de poux vétilleux, ils sont une source intarissable de chicaneries inutiles. Le mentat-généraliste, d'un autre côté, doit apporter un solide bon sens à ses décisions. Il ne doit pas se couper du courant principal des événements de l'univers. Il doit demeurer capable de déclarer : « Pour le moment, il n'y a pas de vrai mystère. Ceci est ce que nous voulons maintenant. Cela peut apparaître faux plus tard, mais nous ferons les corrections nécessaires quand le moment sera venu. » Le mentat-généraliste doit comprendre que tout ce que nous pouvons identifier comme étant notre univers fait simplement partie de phénomènes plus vastes. L'expert, au contraire, regarde en arrière, dans les catégories étroites de sa propre spécialité. Le généraliste, lui, regarde au loin ; il cherche des principes vivants, sachant pertinemment que de tels principes changent, qu'ils se développent. Le mentat-généraliste regarde les caractéristiques du changement lui-même. Il ne peut exister de catalogue permanent pour de tels changements, aucun traité ou manuel. C'est sans préconception qu'il faut les regarder, tout en se demandant : « Que fait cette chose ? »**

— Le Guide du Mentat

C'ÉTAIT LE JOUR DU KWISATZ HADERACH, le premier Jour Saint pour ceux qui suivaient Muad'Dib. Il célébrait Paul Muad'Dib, devenu dieu, comme une personne qui était partout simultanément, le mâle Bene Gesserit en qui les descendants mâle et femelle s'étaient fondus en une puissance indivisible qui faisait de lui Celui-qui-a-Tout. Les fidèles appelaient ce jour *Ayil,* le Sacrifice, pour commémorer sa mort qui avait rendu sa présence « réelle en tout lieu ».

Le Prêcheur choisit le matin de ce jour pour réapparaître sur la plaza, devant le temple d'Alia, défiant ouvertement l'ordre d'arrestation lancé contre lui et que nul ne pouvait ignorer. La trêve fragile était maintenue entre la Prêtrise et les tribus qui s'étaient rebellées dans le désert, mais elle était un élément tangible et omniprésent qui engendrait le malaise chez tous ceux qui se risquaient dans Arrakeen. Le Prêcheur ne ferait que renforcer cette atmosphère.

C'était le vingt-huitième jour du deuil officiel du fils de Muad'Dib. Six jours s'étaient écoulés depuis la cérémonie du souvenir, à la Vieille Passe, qui avait été retardée par la rébellion. Pourtant, même les combats n'avaient pas interrompu le Hajj. Le Prêcheur savait qu'il y aurait foule sur la plaza en ce jour. La plupart des pèlerins essayaient d'être présents sur Arrakis pour le *Ayil* « pour sentir la Sainte Présence du Kwisatz Haderach en ce jour qui est le Sien ».

Le Prêcheur arriva à la première lueur du jour sur la place déjà bondée de fidèles. Sa main était posée sur l'épaule de son jeune guide et il sentait dans sa démarche tout l'orgueil cynique que le garçon éprouvait. Comme le Prêcheur s'avançait, les pèlerins épièrent la moindre nuance de son comportement. Une telle attention n'était pas complètement désagréable pour le jeune guide et le Prêcheur acceptait cela comme une simple nécessité.

Il s'arrêta sur le troisième palier du Temple et attendit que s'éteignent les murmures et les chuchotements. Le silence passa comme une vague sur la foule. Aux limites de la plaza, des bruits de pas précipités annoncèrent que d'autres badauds accouraient pour entendre. Le Prêcheur s'éclaircit la gorge. Il faisait encore froid à cette heure et la plaza demeurait plongée dans l'ombre, le soleil effleurant à peine le haut des maisons.

« Je suis venu rendre hommage à Leto Atréides II et prêcher à sa mémoire ! commença le Prêcheur de cette voix puissante qui évoquait irrésistiblement celle des appeleurs de ver. Je le fais par compassion pour tous ceux qui souffrent. Je vous le dis : Leto mort a appris que demain n'est pas encore là et qu'il pourrait bien ne pas venir. Le moment présent est le seul instant et le seul lieu par nous observable dans notre univers. Je vous le dis : savourez ce moment et comprenez ce qu'il vous enseigne. Apprenez que la croissance et la mort d'un gouvernement se lisent dans la croissance et la mort de ses citoyens. »

Un murmure d'inquiétude courut sur la plaza. Le Prêcheur ironisait-il sur la mort de Leto II ? L'assistance se demanda si les Gardes de la Prêtrise n'allaient pas surgir, maintenant, pour arrêter le blasphémateur.

Mais Alia savait que le Prêcheur ne serait pas interrompu. Elle avait ordonné qu'il fût épargné en ce jour. Elle se trouvait au second rang de l'assistance et elle ne perdait pas un seul geste du Prêcheur. Elle avait revêtu un vrai distille dont le masque d'humidité lui dissimulait le nez et la bouche, ainsi qu'une robe dont elle avait rabattu le capuchon sur ses cheveux.

Etait-il possible que ce fût Paul ? se demandait-elle. Les années auraient fort bien pu le changer ainsi. Il avait toujours magnifiquement usé de la Voix, ce qui rendait difficile son identification par le discours du Prêcheur. Celui-ci, pourtant, savait obtenir ce qu'il voulait par la Voix et Paul n'aurait pu faire mieux. Alia se dit qu'elle devait absolument connaître l'identité du Prêcheur avant d'agir contre lui. Elle était pour l'heure éblouie par ses paroles.

Elle n'y lisait aucune ironie. Il séduisait par des sentences définitives prononcées avec une sincérité convaincante. Son auditoire pouvait parfois trébucher sur leur sens et comprendre que telle avait été son intention afin de mieux leur enseigner. Conscient de la réaction de la foule, il reprit : « L'ironie dissimule parfois l'impuissance à réfléchir plus loin que les suppositions d'autrui. Je ne suis pas ironique. Ghanima vous a dit que l'on ne pourrait laver le sang de son frère. Je l'approuve.

« On dira que Leto est allé là où son père s'en est allé, qu'il a fait ce qu'il avait fait. L'Eglise de Muad'Dib dit que, au nom de sa propre humanité, il a choisi un chemin qui pouvait sembler absurde et téméraire, mais que l'histoire reconnaîtra. Dès maintenant, cette histoire est récrite.

« Je vous dis encore, moi, qu'il y a une autre leçon à tirer de ces vies et de leur terme. »

Alia, à l'aguet de la moindre nuance, se demanda pourquoi le Prêcheur parlait de *terme* et non de *mort*. Cela impliquait-il que l'un ou l'autre, ou les deux, n'étaient pas réellement morts ? Comment cela était-il possible ? Un Diseur de Vérité avait confirmé le récit de Ghanima. Que cherchait donc ce Prêcheur ? Exposait-il un mythe ou une réalité ?

« Ecoutez bien cette autre leçon ! gronda-t-il brusquement en levant les bras. Si vous voulez posséder votre humanité, abandonnez l'univers ! »

Puis il baissa les bras et le regard de ses orbites vides se posa droit sur Alia. Il parut s'adresser intimement à elle. Son attitude était si nette que nombreux furent ceux qui se retournèrent pour observer Alia. Elle frissonna, effrayée par la puissance qui émanait du Prêcheur. Ce pouvait être Paul ! Ce devait l'être.

« Mais je réalise, dit-il, que les humains ne peuvent guère supporter la réalité. Nombreuses sont les vies qui ne sont que des fuites hors de soi-même. Nombreux sont ceux qui préfèrent les vérités de l'écurie. Vous plongez la tête dans le râtelier et vous mâchez tout votre soûl jusqu'à votre mort. Les autres vous utilisent à leurs fins. Jamais vous ne quittez l'écurie, jamais vous ne dressez la tête pour être vous-même. Muad'Dib est venu vous parler de cela. Si vous ne comprenez pas son message, vous ne pouvez le révérer ! »

Quelqu'un réagit, au sein de la foule. Peut-être un Prêtre déguisé dont la mâle voix rauque monta en un cri : « Tu ne vis pas la vie de Muad'Dib ! Comment oses-tu dire aux autres comment ils doivent le révérer ? »

« Parce qu'il est mort ! » tonna le Prêcheur.

Alia tourna la tête pour voir qui avait eu l'audace d'interpeller le Prêcheur. Elle ne parvint pas à l'apercevoir mais sa voix lui parvint à nouveau, entre les têtes innombrables : « Si tu le crois vraiment mort, alors tu es seul désormais ! »

C'est un Prêtre, certainement, pensa Alia. Mais elle n'arrivait pas à identifier cette voix.

« Je ne suis venu que pour poser une simple question, dit le Prêcheur. La mort de Muad'Dib doit-elle être suivie du suicide moral de tous les hommes ? Est-ce donc ce qui suit inévitablement le Messie ? »

« Alors tu admets qu'il est le Messie ! » hurla la voix.

« Pourquoi pas, puisque je suis le prophète de son temps ? » demanda le Prêcheur.

Il y avait une telle assurance, un tel calme dans sa voix et dans son attitude que son contradicteur fut réduit au silence. Un murmure inquiet, comme une plainte sourde et animale monta de la plaza.

« Oui, reprit le Prêcheur, je suis le prophète de ces âges. »

Alia, qui concentrait toute son attention sur lui, décela les subtiles inflexions de la Voix. Certainement, il parviendrait à contrôler la foule. Avait-il reçu l'entraînement Bene Gesserit ? Etait-ce encore un nouveau tour de la Missionaria Protectiva ? Peut-être n'y avait-il là rien qui pût se rapporter à Paul. Peut-être n'était-ce qu'un nouvel épisode de l'éternel jeu du pouvoir ?

« J'énonce le mythe, j'énonce le rêve ! Je suis le docteur qui délivre l'enfant et annonce qu'il est né. Pourtant, je viens à vous à l'heure de la mort. N'êtes-vous pas surpris ? Cela devrait secouer vos âmes ! »

Il y avait de la colère dans ces paroles, mais Alia comprit

ce qu'elles indiquaient. Avec tant d'autres, elle se rapprocha un peu plus de cet homme immense au vêtement d'un autre temps. Son attention fut alors attirée par son jeune guide : il avait le regard étincelant et il semblait si insolent. Muad'Dib aurait-il pu s'attacher les services de ce jeune cynique ?

« Je veux vous déranger ! cria le Prêcheur. Telle est mon intention ! Je suis venu ici combattre la fraude et les tricheries de votre religion conventionnelle, institutionnalisée ! Comme toutes les autres religions, elle glisse vers la lâcheté, vers la médiocrité, l'inertie et l'autosatisfaction. »

Des murmures de colère se firent entendre au centre de la foule.

Alia perçut les tensions qui venaient d'apparaître et se demanda avec une joie mauvaise si des troubles n'allaient pas éclater. Le Prêcheur pourrait-il les dominer ? Sinon, il risquait fort de mourir ici-même.

« Toi, Prêtre qui m'as contredit ! » lança le Prêcheur en tendant le doigt.

*Il sait !* se dit Alia, et un frisson d'excitation passa en elle, éveillant une émotion presque sexuelle. Ce Prêcheur jouait un jeu dangereux, mais il le faisait avec art.

« Toi, Prêtre dans ton mufti, tu n'es que l'aumônier de l'autosatisfaction. Ce n'est pas Muad'Dib que je suis venu défier mais toi ! Ta religion peut-elle donc être réelle quand elle ne te coûte rien et ne comporte aucun risque ? Est-elle réelle dès lors que tu t'engraisses sur elle ? Est-elle réelle alors que tu commets des atrocités en son nom ? D'où vient que vous ayez dégénéré depuis la révélation originale ? Réponds-moi, Prêtre ! »

Mais le contradicteur, cette fois-ci, resta silencieux. Et Alia prit conscience que la foule, à nouveau, buvait avidement les paroles du Prêcheur. En attaquant la Prêtrise, il venait de s'acquérir leur sympathie. Et, si les espions ne se trompaient pas, la plupart des pèlerins et des Fremen croyaient que cet homme était Muad'Dib.

« Le fils de Muad'Dib a payé de sa vie ! Ils ont payé le prix ! Et qu'a donc laissé Muad'Dib ? Une religion qui se défait de lui ! »

*Comme ces paroles seraient différentes si elles venaient de Paul,* songea Alia. *Il faut que je sache !*

Elle se rapprocha encore et d'autres avec elle. Elle aurait presque pu, maintenant, en tendant la main, toucher ce mystérieux prophète. Il se dégageait de lui une odeur de désert, faite d'épice et de silex. Le Prêcheur et son jeune guide étaient couverts de poussière, comme s'ils arrivaient tout droit du bled. Les mains du Prêcheur étaient marquées de veines saillantes. Il avait dû porter une bague à la main gauche : la trace était encore visible. Paul avait porté une bague, au même doigt, très précisément : le Faucon des Atréides que l'on gardait désormais au Sietch Tabr et que Leto aurait porté à son tour s'il avait vécu... si elle lui avait permis d'accéder au trône.

Une fois encore, le Prêcheur parut fixer Alia de ses orbites vides et son ton redevint intime, alors même que sa voix restait assez forte pour que chacun pût l'entendre.

« Muad'Dib vous a montré deux choses : un futur certain et un futur incertain. En pleine conscience, il a affronté l'ultime incertitude du plus vaste univers. Il s'est écarté *aveuglément* de sa position sur ce monde. Il nous a montré que les hommes doivent toujours faire ainsi, et choisir l'incertain plutôt que le certain. »

Alia remarqua que sa voix, comme il prononçait ces derniers mots, avait un accent de prière. Elle tourna la tête de tous côtés et glissa la main jusqu'au manche de son krys. *Si je le tuais là, maintenant, que feraient-ils ?* A nouveau, elle se sentait excitée, à la lisière du plaisir. *Si je le tuais avant de me dévoiler et de dénoncer le Prêcheur comme un imposteur, un hérétique ?*

Mais s'ils lui prouvaient qu'il était bien Paul ?

Quelqu'un la poussa en avant, encore un peu plus près de lui. Elle luttait contre la colère tout en étant subjuguée par la présence du Prêcheur. Etait-ce Paul ? Par les dieux inférieurs, que pouvait-elle faire ?

« Pourquoi nous a-t-on pris un autre Leto ? demanda le Prêcheur, et il y avait un chagrin sincère dans sa voix. Répondez-moi si vous le pouvez ! Ahhhh, leur message est clair : abandonnez la certitude. (Il répéta cela avec une force de stentor.) Abandonnez la certitude ! C'est l'ordre le plus profond de la vie. C'est tout ce qu'est la vie. Nous sommes lancés dans l'inconnu, dans l'incertain. Pourquoi ne pouvez-vous pas entendre Muad'Dib ? Si la certitude revient à la connaissance absolue d'un avenir absolu, alors ce n'est que la mort déguisée ! Un tel avenir devient *maintenant !* Il vous a montré cela ! »

Avec une précision terrifiante, le Prêcheur tendit la main et la referma sur le bras d'Alia. Il avait agi sans la moindre hésitation, sans le moindre tâtonnement. Elle essaya de lui échapper, mais il serra les doigts et son emprise devint douloureuse. Il lui parla en face et ceux qui entouraient Alia refluèrent en hâte.

« Que t'a dit Paul Atréides, femme ? » demanda-t-il.

*Comment sait-il que je suis une femme ?*

Elle aurait voulu plonger dans ses vies intérieures, chercher leur protection, mais le monde qui était en elle était silencieux, effrayé, fasciné tout comme elle par cette figure du passé.

« Il t'a dit que l'achèvement équivaut à la mort ! cria le

Prêcheur. La prédiction absolue est un achèvement... elle est la mort ! »

Elle tenta de se dégager. Elle songea à prendre son couteau et à frapper, mais elle n'osa pas. Elle n'avait jamais été paralysée de la sorte.

Il leva la tête pour s'adresser au-delà d'elle à la foule.

« Je vous donne les mots de Muad'Dib ! Il a dit : " Je vais vous plonger le nez dans ces choses que vous tentez d'éviter ? Je ne trouve pas étrange que vous ne vouliez croire qu'à ce qui vous rassure. Comment autrement les humains inventeraient-ils les pièges qui nous font tomber dans la médiocrité ? Comment définir autrement la lâcheté ? " Voilà ce que vous a dit Muad' Dib ! »

Brusquement, il lâcha le bras d'Alia et la repoussa. S'il n'y avait pas eu de nouveau la foule autour d'elle, elle serait tombée.

« Exister, c'est se dresser, se détacher de l'arrière-plan, reprit le Prêcheur. Vous ne pensez pas, vous n'existez pas vraiment si vous n'êtes pas prêts à risquer jusqu'à votre équilibre dans le jugement de votre existence. »

Il s'avança et, une fois encore, sans hésitation, il prit le bras d'Alia. Mais il le fit plus doucement. Il se pencha, baissa la voix pour qu'elle fût seule à l'entendre et dit : « Cesse de me renvoyer dans l'arrière-plan, ma sœur. »

Puis, posant la main sur l'épaule de son guide, il s'avança dans la foule. Les gens s'écartèrent et des mains se tendirent, avec une douceur bizarre, comme effrayées de ce qu'elles pouvaient rencontrer sous cette robe poussiéreuse.

Alia demeura seule, immobile, tandis que la foule s'éloignait derrière le Prêcheur.

C'était Paul. Elle en était certaine. Il ne subsistait plus aucun doute en elle. C'était bien son frère. Elle comprenait maintenant ce que ressentait la foule. Elle avait été en sa présence sacrée et, maintenant, son univers s'effondrait autour d'elle. Elle aurait voulu s'élancer derrière lui, lui demander de la sauver d'elle-même, mais elle ne pouvait esquisser le moindre geste. Tous couraient à la suite du Prêcheur et de son guide, et elle restait là, paralysée, dans un désespoir absolu, une détresse si profonde qu'elle s'abandonna à un tremblement irrépressible.

*Que vais-je faire ? Que vais-je faire ?*

Duncan n'était plus là pour la soutenir, et sa mère non plus. Les vies intérieures restaient muettes. Il lui restait Ghanima, maintenue sous bonne garde dans le Donjon, mais Alia ne pouvait infliger son désarroi à celle qui avait survécu alors que son frère était mort.

*Ils sont tous contre moi,* se dit-elle. *Que faire ?*

**La vue borgne de notre univers vous dit que vous ne devez pas chercher des problèmes loin dans les champs. De tels problèmes pourraient ne jamais se poser. Surveillez plutôt le loup qui a franchi la clôture. Les meutes qui courent au-dehors pourraient bien ne pas exister.**

— Le Livre d'Azhar : Shamra 1-4.

JESSICA ATTENDAIT IDAHO PRÈS DE LA fenêtre de son salon. C'était une pièce confortable, meublée de divans moelleux et de chaises anciennes. Il n'y avait pas un seul suspenseur dans tout l'appartement et les brilleurs étaient taillés dans un cristal d'un autre âge. La fenêtre ouvrait sur un jardin intérieur, un étage plus bas.

Elle entendit la servante ouvrir la porte, puis guetta le pas d'Idaho, d'abord sur le plancher, puis sur l'épais tapis. Elle gardait les yeux fixés sur la pelouse ocellée de lumière. Le conflit effrayant et silencieux de ses émotions devait être réprimé, maintenant. Elle inspira profondément selon le mode *prana-bindu* et sentit le calme affluer en elle.

La poussière dansait dans un rayon de soleil dardé sur la cour, iluminant la fragile roue d'argent d'une toile d'araignée tissée entre les branches d'un tilleul dont les feuilles effleuraient sa fenêtre. Il faisait frais dans l'appartement mais, au-dehors, derrière la fenêtre hermétique, l'air vibrait de chaleur. Castel Corrino se trouvait dans un site étouffant et le jardin de la cour était une verte exception.

Idaho s'était immobilisé tout près d'elle.

Sans se retourner, elle lui dit : « Le don des mots est celui de la duperie et de l'illusion, Duncan. Pourquoi désirez-vous échanger des mots avec moi ? »

« Il se pourrait qu'un seul de nous survive », dit-il.

« Et vous souhaitez que je rende un rapport favorable sur vos efforts ? »

Elle se retourna enfin, découvrit son calme, le regard de ses yeux gris métalliques qui ne semblaient vraiment fixés sur rien. Ils semblaient si vides !

« Duncan, est-il possible que vous soyez soucieux de votre place dans l'histoire ? »

Elle s'était adressée à lui sur un ton accusateur et elle se souvint alors d'un affrontement précédent avec Duncan Idaho. Il avait bu. Il était alors chargé de l'espionner et il était déchiré par un conflit entre ses obligations. Mais c'était avant le ghola

Duncan. Cet homme était différent. Il n'était pas divisé entre ses actes, il n'était pas déchiré.

Son sourire la confirma dans ses pensées.

« L'histoire a son propre tribunal et prononce ses propres sentences. Je doute que je sois concerné lorsque viendra mon tour. »

« Pourquoi êtes-vous ici ? »

« Pour la même raison que vous, Ma Dame. »

Aucun signe extérieur n'accompagna ces simples paroles à la force confondante. Jessica réfléchit à une allure folle : *Sait-il réellement pourquoi je suis ici ?* Comment le peut-il ? Seule Ghanima savait. Les éléments dont il disposait lui avaient-ils permis une computation mentat ? C'était possible. Et s'il parlait ? Mais le ferait-il, s'il partageait les raisons de Jessica ? Il ne pouvait ignorer que chacun de leurs mouvements, chacune de leurs paroles étaient épiés par Farad'n ou par ses serviteurs.

« La Maison des Atréides est arrivée à un carrefour bien amer, dit-elle. La famille se bat contre elle-même. Vous étiez parmi les hommes les plus loyaux de mon Duc, Duncan. Lorsque le Baron Harkonnen... »

« Ne parlons pas des Harkonnens, dit-il. Cela remonte à un autre âge et votre Duc est mort. » Et il se demanda : *Ne devine-t-elle pas que Paul m'a révélé la présence de sang Harkonnen chez les Atréides ?* Paul avait alors couru un risque terrible et Duncan Idaho n'en avait été que plus attaché à lui. La confiance impliquée par cette révélation avait été d'un prix difficilement imaginable. Paul savait ce que les hommes du Baron avaient fait à Idaho.

« La Maison des Atréides n'est pas morte », dit Jessica.

« Qui est la Maison des Atréides ? demanda-t-il. Est-ce vous ? Ou Alia ? Ou bien Ghanima ? Ou encore les gens qui servent la Maison des Atréides ? Je les regarde et je vois qu'ils portent le sceau d'un labeur qui transcende les mots ! Comment peuvent-ils être Atréides ? Votre fils l'a dit très justement : « Le labeur et la persécution sont le lot de tous ceux qui me suivent. » Je voudrais échapper à cela, Ma Dame. »

« Vous vous êtes vraiment rallié à Farad'n ? »

« N'est-ce point ce que vous-même avez fait, Ma Dame ? N'êtes-vous pas venue ici pour convaincre Farad'n qu'un mariage avec Ghanima résoudrait tous nos problèmes ? »

*Le pense-t-il réellement ?* se demanda-t-elle. *Ou bien ne parle-t-il ainsi que pour les espions qui nous écoutent ?*

« La Maison des Atréides a toujours été essentiellement une idée, dit-elle. Vous le savez, Duncan. Nous achetons la loyauté avec la loyauté. »

« Servir le peuple, railla-t-il. Ahh... combien de fois n'ai-je pas entendu le Duc répéter cela. Il ne doit guère connaître le repos dans sa tombe, Ma Dame. »

« Croyez-vous vraiment que nous soyons tombés si bas ? »

« Ma Dame, ignorez-vous donc que des Fremen se sont rebellés ? Ils s'appellent « Maquis du Désert Intérieur ». Ils maudissent le nom des Atréides et même celui de Muad'Dib. »

« J'ai entendu le rapport de Farad'n », dit-elle, se demandant où Idaho entraînait leur conversation.

« Il y a plus que cela, Ma Dame. Plus que le rapport de Farad'n. Je les ai entendus moi-même. Voici ce qu'ils crient : « Que le feu s'abatte sur vous, Atréides ! Que vous n'ayez plus d'âme, plus d'esprit, plus de corps, plus de formes, plus de magie et plus d'os, plus de cheveux, plus de gestes ni de mots. Que vous n'ayez plus de tombe, plus de maison, plus de trou ni de tombeau. Que vous n'ayez plus de jardin, d'arbres ni de buissons. Que vous n'ayez plus d'eau, plus de pain, plus de lumière ni de feu. Que vous n'ayez plus d'enfants, plus de famille, plus d'héritiers ni de tribu. Que vous n'ayez plus de tête, plus de bras, plus de jambes, plus d'allure ni de semence. Que vous n'ayez plus de foyer sur aucune planète. Vos âmes ne reviendront pas des profondeurs et jamais elles ne retourneront parmi ceux qui vivent sur la terre. Jamais vous ne rencontrerez Shai-Hulud, vous serez enfermés, enchaînés au plus profond de l'abomination et pour l'éternité vos âmes ne verront plus la gloire de la lumière. » C'est ainsi qu'ils vous maudissent, Ma Dame. Pouvez-vous imaginer tant de haine chez des Fremen ? Ils vouent tous les Atréides à la main gauche des damnés, au Soleil-Femme qui est le feu le plus ardent. »

Jessica haussa les épaules. Il ne faisait aucun doute que Duncan avait répété ces paroles sur le même ton qu'il les avait entendues. Pourquoi voulait-il que la Maison de Corrino les connaisse ? Elle se représentait le Fremen, terrifiant dans sa fureur, lançant cette malédiction ancienne devant toute la tribu. Mais pourquoi Duncan voulait-il que Farad'n l'entende ?

« Voilà un argument solide pour le mariage de Ghanima et de Farad'n », dit-elle.

« Vous avez toujours abordé les problèmes de façon étroite. Ghanima est Fremen. Elle ne peut épouser que celui qui ne paie pas de *fai,* pas d'impôt de protection. La Maison de Corrino a abandonné toutes ses actions de la C.H.O.M. à votre fils et à ses héritiers. Farad'n vit de la tolérance des Atréides. Et rappelez-vous que, lorsque votre Duc a planté la bannière du Faucon sur Arrakis, rappelez-vous qu'il a dit : “ Ici je suis, ici je reste ! ” Ses os sont toujours là-bas. Et Farad'n devrait vivre sur Arrakis, avec ses Sardaukar. »

Idaho secoua la tête à la seule pensée d'une telle alliance.

« Un vieux proverbe dit que l'on pèle un problème comme

un oignon », dit Jessica d'un ton froid. *Comment ose-t-il me faire la leçon ? A moins qu'il ne joue la comédie pour les yeux attentifs de Farad'n...*

« Je ne parviens pas à concevoir les Fremen et les Sardaukar se partageant une planète, dit Idaho. Une couche qui ne veut pas quitter l'oignon. »

Elle n'aimait pas les pensées que les paroles d'Idaho pouvaient susciter chez Farad'n et ses conseillers.

« La Maison des Atréides est toujours la loi dans cet Empire ! » dit-elle d'un ton dur. Et elle pensa :

*Idaho veut-il que Farad'n croie qu'il peut retrouver son trône sans les Atréides ?*

« Ah, oui ! fit Idaho. J'avais presque oublié. La Loi des Atréides ! Telle qu'elle est transcrite, bien sûr, par les Prêtres de l'Elixir d'Or. Il me suffit de fermer les yeux pour entendre votre Duc me dire que toute terre est toujours acquise et conservée par la violence ou la menace. La fortune va où elle veut, comme le chantait Gurney. La fin justifie les moyens. Ou bien serais-je en train de confondre les proverbes ? Ma foi, peu importe que la force armée soit exercée ouvertement par les légions Fremen ou Sardaukar, ou bien qu'elle se dissimule dans la Loi des Atréides... elle est là. Et cette dernière couche restera sur l'oignon, Ma Dame. Vous savez, je me demande quelle force Farad'n va choisir ? »

*Mais que fait-il ?* se demanda Jessica.

La Maison de Corrino allait littéralement boire cet argument, avec ravissement !

« Ainsi, vous pensez que les Prêtres n'accepteraient pas que Ghanima épouse Farad'n ? » demanda-t-elle, essayant de comprendre où il voulait la conduire.

« Accepter ? Par les dieux inférieurs ! Les Prêtres feront tout ce que décrétera Alia. Elle pourrait épouser Farad'n elle-même ! »

*Est-ce donc là qu'il voulait en arriver ?*

« Non, Ma Dame, poursuivit-il, ce n'est pas la solution. Le peuple de cet Empire ne peut plus distinguer le gouvernement des Atréides de celui de Rabban la Bête. Chaque jour, des hommes meurent dans les oubliettes d'Arrakeen. Je suis parti parce que mon épée ne pouvait servir les Atréides une seule heure de plus ! Ne comprenez-vous pas ce que je dis, pourquoi je me présente devant vous, qui représentez les Atréides ici ? L'Empire des Atréides a trahi votre Duc et son fils. J'aimais votre fille, mais elle a pris un chemin et moi un autre. S'il le faut, je conseillerai à Farad'n d'accepter la main de Ghanima, ou celle d'Alia, mais seulement selon ses propres conditions ! »

*Ah... Il plante le décor pour présenter solennellement sa démission du service des Atréides,* songea Jessica. Mais ces autres sujets qu'il évoquait, savait-il à quel point ils allaient dans son sens et lui facilitaient la tâche ? Elle le regarda en fronçant les sourcils.

« Vous savez que des espions écoutent chacune de nos paroles, non ? »

« Des espions ? Il rit. Ils écoutent, comme j'écouterais si j'étais à leur place. Savez-vous comment ma loyauté a pu diverger ? J'ai passé tant de nuits seul dans le désert. Les Fremen ont raison. Dans le désert, la nuit surtout, ce sont les dangers de la pensée que l'on affronte. »

« Est-ce là que vous avez entendu les Fremen nous maudire ? »

« Oui. Chez les al-Ourouba. Je les ai rejoints sur les ordres du Prêcheur. Nous nous donnons le nom de Zarr Sadus, ceux qui refusent de se soumettre aux Prêtres. Je suis ici pour annoncer solennellement à une Atréides que je suis passé dans le camp ennemi. »

Elle l'observa, en quête du moindre signe révélateur, mais il était impossible de savoir si Idaho mentait ou s'il avait des intentions cachées. Etait-il possible qu'il se soit mis du côté de Farad'n ? Jessica se souvint d'une maxime des Sœurs : *dans les affaires humaines, rien n'est jamais persistant ; toutes se déplacent en spirale, tournent et puis s'échappent*. Si Idaho avait vraiment rejeté les Atréides, cela expliquait son comportement présent. Il tournait et s'éloignait. Elle devait tenir compte de cette possibilité.

*Mais pourquoi a-t-il insisté sur le fait qu'il exécutait les ordres du Prêcheur ?*

Ses pensées se précipitaient. Plusieurs solutions se présentaient et elle prit conscience qu'elle allait devoir tuer Duncan Idaho. Le plan dans lequel elle avait placé tous ses espoirs demeurait si fragile qu'elle ne pouvait autoriser la moindre interférence. Pas la moindre. Et les paroles d'Idaho laissaient entendre qu'il connaissait son plan. Elle mesura leurs positions et se déplaça pour se mettre en position de porter un coup mortel.

« J'ai toujours considéré que l'effet normalisateur des *faufreluches* était un pilier de notre pouvoir », dit-elle. Qu'il se demande pourquoi elle détournait leur conversation vers le système des différences de classes ! « Le Conseil du Landsraad, les Sysselraads régionaux méritent notre... »

« Vous ne détournez pas mon attention », fit Idaho.

Les actes de Jessica étaient devenus si transparents. Il s'en étonna. Etait-ce qu'elle savait moins dissimuler ou bien était-il enfin parvenu à percer le bouclier de son éducation Bene Gesserit ? C'était plutôt cela, décida-t-il, mais il y avait pourtant quelque chose de changé en elle, avec le temps. Il en éprouvait de la tristesse, tout comme il en éprouvait en décelant les petites différences qui séparaient les nouveaux Fremen des anciens. La disparition du désert c'était la disparition de quelque chose de précieux pour l'homme, une chose qu'il ne saurait décrire, pas plus qu'il ne pouvait décrire ce qui se passait en Dame Jessica.

Elle le regardait avec un étonnement sincère, sans essayer de dissimuler sa réaction. Etait-il possible qu'il pût lire aussi facilement en elle ?

« Vous ne me frapperez pas », dit-il simplement. Et ses mots furent ceux de l'avertissement Fremen : « Ne jette pas ton sang sur mon couteau. »

*Je suis devenu très Fremen,* pensa Idaho. Les usages de cette planète sur laquelle il avait vécu sa seconde vie étaient profondément inscrits en lui, réalisa-t-il, et il en conçut un sentiment de continuité déformée.

« Je crois que vous feriez mieux de vous retirer », dit Jessica.

« Pas avant que vous n'ayez accepté ma démission du service des Atréides. »

« Je l'accepte ! » lança-t-elle. L'instant d'après, elle comprit qu'elle avait obéi à un simple réflexe. Elle avait besoin de temps pour réfléchir. Comment Idaho avait-il pu savoir ce qu'elle ferait ? Elle ne croyait pas qu'il fût capable de pénétrer le Temps par l'épice.

Il s'éloigna d'elle sans se retourner jusqu'à ce que son dos rencontre la porte. Il s'inclina.

« Une fois encore, je vous dis Ma Dame, et ce sera la dernière fois. Je vais conseiller à Farad'n de vous renvoyer sur Wallach, discrètement, rapidement, dès que ce sera possible. Vous êtes un jouet bien trop dangereux, quoique je ne pense pas qu'il vous considère comme un jouet. Vous travaillez pour les Sœurs, et non pour les Atréides. Je me demande à présent si vous avez jamais travaillé pour eux, d'ailleurs. Les sorcières telles que vous vivent en des régions si lointaines et si obscures que les simples mortels ne sauraient leur faire confiance. »

« Un ghola qui se considère comme un simple mortel », dit-elle d'un ton sarcastique.

« Par rapport à vous, oui. »

« Vous pouvez disposer ! »

« Telle est mon intention. » Et Idaho franchit le seuil, sous le regard perplexe de la servante qui, évidemment, n'avait pas perdu une parole de leur affrontement.

*C'est fait,* songea-t-il. *Et, pour eux, cela ne peut avoir qu'un seul sens.*

**Ce n'est que dans le domaine des mathématiques que vous comprendrez la vision précise du futur de Muad'Dib. Ainsi : postulons un nombre quelconque de dimensions du point dans l'espace. (C'est le classique agrégat étendu à n-plis, un agrégat à n dimensions.) Partant de cette structure, le Temps que nous concevons communément devient un agrégat de propriétés unidimensionnelles. Si l'on applique cette conception au phénomène Muad'Dib, soit on se trouve confronté à de nouvelles propriétés du Temps, soit encore (à l'aide d'une réduction par le calcul infinitésimal) nous avons affaire à des systèmes distincts qui comprennent n propriétés d'objet. Nous retiendrons cette dernière hypothèse pour ce qui est de Muad'Dib. Comme la réduction le démontre, les dimensions de l'espace à n-plis ont nécessairement une existence distincte dans différentes structures de Temps. On démontre ainsi la coexistence de dimensions distinctes du Temps. Cela constituant une conclusion inévitable, les prédictions de Muad'Dib impliquaient qu'il perçoive l'espace à n-plis non comme un agrégat étendu, mais comme une opération à l'intérieur d'une seule structure. Par suite, il a figé son univers dans cette structure particulière qui correspondait à sa vision du Temps.**

— *Palimbasha :*
Conférences au Sietch Tabr.

LETO, ÉTENDU AU SOMMET D'UNE DUNE, observait la forme sinueuse d'un rocher qui émergeait du sable. C'était comme un immense ver minéral, plat et menaçant dans la lumière du soleil matinal. Rien ne bougeait. Pas un animal sur le sol, pas un oiseau dans le ciel. Les fentes d'un piège à vent étaient visibles au centre du « ver » rocheux. Là-bas, il y avait de l'eau. Ce rocher aurait pu normalement abriter un sietch, n'eût été l'absence totale de traces de vie. Immobile, à demi recouvert par le sable, Leto attendait, guettait.

Une ballade de Gurney Halleck le harcelait, monotone, lancinante :

*Près de la colline où court le renard*
*Le soleil éparpille ses miroirs*
*Sur mon unique amour silencieux.*

*Près de la colline dans le fenouil caché*
*Je regarde mon amour qui ne peut s'éveiller*
*Il repose dans la terre*
*Près de la colline sous les cieux.*

Où était l'entrée ? se demanda Leto.

Il ne doutait pas que ce fût Jacurutu/Fondak mais, en plus de l'absence inquiétante de toute vie animale, il devinait quelque chose d'anormal. Un message d'alarme clignotait aux limites de sa perception consciente.

Qu'est-ce qui se cachait près de la colline ?

Cette absence d'animaux était bizarre. Elle éveillait en lui la vieille prudence Fremen : *L'absence, lorsqu'il faut survivre au désert, est plus éloquente que la présence.* Mais il y avait ce piège à vent. Donc, il devait y avoir de l'eau, et des humains pour s'en servir. C'était bien l'endroit tabou qui se cachait sous le nom de Fondak et dont l'autre identité s'était perdue dans le souvenir de la plupart des Fremen.

Et Leto n'apercevait aucun oiseau, aucune bestiole aux alentours. Aucun humain. Pourtant, ici, commençait le Sentier d'Or.

Son père avait dit une fois : « L'inconnu est autour de nous à chaque moment. C'est là que tu dois rechercher la connaissance. »

Leto regarda sur sa droite, suivant la ligne des crêtes. Une tempête-mère était passée là récemment. Le Lac Azrak, la plaine de gypse avait été mise à nu, sa couverture de sable balayée. La superstition Fremen voulait que quiconque voyait le Biyan, les Terres Blanches, avait droit à un vœu à double tranchant, qui pouvait être bénéfique ou bien détruire. En cet instant, Leto ne voyait qu'une plaine de gypse qui lui apprenait qu'une étendue d'eau avait été présente, autrefois, sur Arrakis.

Tout comme elle serait présente bientôt.

Il leva les yeux et son regard courut dans le ciel, en quête d'un mouvement, quel qu'il fût. Après la tempête, le ciel avait une qualité poreuse, la lumière qu'il filtrait devenait laiteuse, donnant l'impression d'un soleil d'argent perdu, invisible, dans les écharpes de poussière qui s'étaient déployées en haute altitude.

L'attention de Leto revint au rocher sinueux. Il prit les jumelles dans son Fremkit, ajusta les lentilles à huile et observa attentivement la surface grise de ce lieu qui, autrefois, s'était appelé Jacurutu. Il découvrit un buisson d'épineux, de l'espèce que les Fremen avaient baptisé Reine de la Nuit. Il avait poussé dans l'ombre d'une fissure qui pouvait être une voie d'accès au sietch. Lentement, Leto suivit le rocher sur toute sa longueur. Dans la clarté poudreuse du soleil, les rouge devenaient gris et le rocher devenait plat.

Roulant sur lui-même, il tourna le dos à Jacurutu et observa les alentours. Aucune trace du passage d'un humain dans tout le désert qui l'entourait. Le vent avait déjà effacé sa piste. Seul subsistait un creux à peine perceptible à l'endroit où il avait quitté le ver, au milieu de la nuit.

Il revint à Jacurutu. En dehors du piège à vent, il ne décelait aucun signe du passage des hommes. Et le rocher était l'unique présence minérale dans l'étendue du sable, d'un horizon à l'autre.

Leto comprit soudain qu'il se trouvait là parce qu'il avait refusé de se laisser enfermer dans le système que ses ancêtres lui avaient légué. Il songea à la façon dont les gens le regardaient, à cette erreur qu'il lisait dans chaque regard, sauf dans ceux de Ghanima.

*Si l'on écarte les guenilles de ces mémoires étrangères, cet enfant n'a jamais été un enfant.*

*Je dois accepter la responsabilité de la décision que nous avons prise.*

Il observa une fois encore le rocher-ver. Toutes les descriptions correspondaient : ce devait être Fondak. Et nul autre lieu ne pouvait être Jacurutu. Leto avait conscience d'une étrange résonance qui s'établissait entre lui et le tabou de ce lieu. A la Manière Bene Gesserit, il ouvrit son esprit à Jacurutu, ne cherchant pas à en connaître quoi que ce fût. *Connaître* était une barrière qui interdisait d'apprendre. Durant quelques instants, il ne s'autorisa qu'à résonner, ne posant aucune question, n'exigeant rien.

Le problème résidait dans l'absence de vie animale, mais ce fut un détail particulier qui le mit en éveil. Il l'identifia : il n'y avait ici aucun charognard : ni aigles, ni vautours, ni faucons. Quand les autres formes de vie se cachaient, les charognards demeuraient. Là où il y avait de l'eau, dans le désert, la chaîne de la vie était présente. A l'extrémité de cette chaîne, omniprésents, il y avait les charognards. Leto connaissait bien les « chiens de garde du sietch », ces oiseaux voûtés, perchés en longue ligne sombre sur la crête de Tabr, fossoyeurs guettant la chair. « Nos concurrents », comme le disaient les Fremen. Mais ils le disaient sans jalousie car les oiseaux, souvent, leur annonçaient l'approche de l'étranger.

*Et si Fondak a été désertée par les contrebandiers eux-mêmes ?* se demanda-t-il.

Il aspira un peu d'eau d'un des tubes de son distille.

*Et s'il n'y a pas d'eau ici ?*

Il réfléchit à sa position. Il avait épuisé deux vers pour arriver ici, chevauchant même la nuit. Cette région était le Désert

Intérieur. Les contrebandiers ne pouvaient se trouver qu'ici. Et, si la vie existait, si elle *pouvait* exister, il fallait que l'eau soit présente.

*S'il n'y a pas d'eau ? Si ceci n'est pas Jacurutu/Fondak ?*

Une fois encore, il observa le piège à vent à travers ses jumelles. Les bords en étaient recouverts de sable. Le piège avait besoin d'être entretenu, mais il devait y avoir de l'eau, là en bas.

*Et s'il n'y en avait pas ?*

Un sietch abandonné pouvait perdre son eau par évaporation. Pourquoi n'y avait-il plus aucun charognard ? Parce qu'ils avaient été tués pour leur eau ? Par qui ? Et pourquoi n'en restait-il pas un seul ? Le poison ?

*De l'eau empoisonnée.*

Il n'était pas question de citerne empoisonnée dans la légende de Jacurutu, mais cela était possible. Si les premières hardes avaient été anéanties, pourquoi ne s'étaient-elles pas reconstituées ? Les Iduali avaient été défaits des générations auparavant et jamais les récits n'avaient parlé de poison. Il examina de nouveau le rocher avec ses jumelles. Mais comment un sietch tout entier avait-il pu disparaître ? Certains s'étaient sûrement échappés. Il était rare que tous les habitants d'un sietch se trouvent rassemblés. Des groupes patrouillaient dans le désert, d'autres accompagnaient des caravanes vers les villes.

Avec un soupir de résignation, Leto reposa les jumelles, redescendit le versant caché de la dune et, consciencieusement, entreprit d'installer sa tente-distille et d'effacer toute trace de son intrusion avant d'affronter les heures torrides. La fatigue enveloppa ses membres à l'instant où les ténèbres de la tente remplacèrent le jour. Les heures passèrent. Somnolent à demi, il tenta d'imaginer les erreurs qu'il avait pu commettre. Il rêva de défense, mais il ne pouvait y avoir de défense dans cette épreuve que lui et Ghanima avaient choisie. S'ils échouaient, leurs âmes finiraient dans les flammes. Il mangea des biscuits d'épice et dormit, s'éveilla, mangea à nouveau, but et se replongea dans le sommeil. Il avait des muscles d'enfant et le voyage avait été long.

Vers le soir, il s'éveilla, reposé, guettant des signes de vie. Il s'extirpa de son linceul de sable. Des nuages de poussière défilaient dans le ciel dans une direction, mais des grains de sable venaient frapper sa joue selon une autre orientation — un signe certain que le temps allait changer. Il sentit qu'une tempête approchait.

Avec précautions, il se hissa vers le sommet de la dune et observa l'énigmatique rocher. La masse d'air approchante était jaune. Tous les signes annonçaient une tempête de Coriolis, le vent qui portait la mort, un formidable ruban de sable furieux qui pouvait couvrir quatre degrés de latitude. L'étendue désolée et blanchâtre de gypse était maintenant entièrement jaune, reflétant les grands nuages de poussière. Le jour mourut soudain et ce fut la nuit, la nuit brutale du Désert Intérieur. Les rochers furent changés en pics anguleux givrés par la clarté de la Première Lune. Des aiguilles de sable mordirent sa peau. Il y eut un grondement de tonnerre, comme l'écho de tambours lointains et, entre le clair de lune et les ténèbres, il surprit un mouvement : des chauves-souris. Il perçut le bruissement de leurs ailes, puis leurs couinements.

*Des chauve-souris.*

A dessein ou par hasard, il se dégageait de ce lieu un sentiment d'absolue désolation. Là devait se trouver le refuge semi-légendaire des contrebandiers : Fondak. Mais si ce n'était pas Fondak ? Si le tabou persistait et que ce rocher ne soit que la coquille du fantôme de Jacurutu ?

Leto se blottit à l'abri du vent et attendit que la nuit s'installe dans ses rythmes familiers. Patience et prudence, se dit-il. Prudence et patience. Il s'amusa en se récitant l'itinéraire de Chaucer, de Londres à Canterbury, énumérant tous les lieux à partir de Southwark : deux milles jusqu'à St Thomas, cinq milles jusqu'à Deptford, six milles jusqu'à Greenwich, cinquante-cinq milles jusqu'à Boughton sous Blean, cinquante-huit milles jusqu'à Harbledown, et soixante jusqu'à Canterbury. Il éprouva un sentiment d'intemporelle légèreté en songeant que peu d'hommes dans cet univers devaient se souvenir de Chaucer ou connaître une ville du nom de Londres, si l'on exceptait le village de la planète Gansireed. St Thomas avait été préservé par la Bible Catholique Orange et le Livre d'Azhar, mais Canterbury avait quitté la mémoire des hommes, tout comme la planète qui l'avait porté. Tel était le fardeau des souvenirs, de toutes ces vies qui menaçaient parfois de le submerger. Il avait vraiment fait ce voyage jusqu'à Canterbury, autrefois.

Mais le voyage qu'il faisait maintenant était plus long et plus dangereux.

Il rampa jusqu'au sommet de la dune, le franchit et descendit vers les rochers baignés de lune. Il se fondait dans les ombres, s'infiltrait entre les replis du sable, veillant à ne pas produire le moindre son susceptible de révéler sa présence.

Comme souvent, dans le moment qui précédait la tempête, la poussière avait disparu et la nuit était plus claire que jamais. S'il n'avait décelé aucune trace de vie durant la journée, il entendait maintenant de petites créatures nocturnes qui chassaient dans les rochers.

Brusquement, entre deux dunes, il tomba sur une famille de

gerboises qui décampèrent vivement. Il fit une pause sur la crête suivante, assailli par l'anxiété. Cette fissure qu'il avait aperçue accédait-elle à une quelconque entrée ? Et d'autres questions se posaient : les anciens sietch avaient toujours été protégés par des pièges : des pointes empoisonnées disposées dans des puits camouflés, des aiguilles végétales enduites de poison... Il était pris dans les agrapha Fremen : *l'oreille sensible de la nuit*. Il était aux aguets du son le plus infime.

L'amas de rochers gris le surplombait, à présent. La proximité rendait ses proportions gigantesques. Leto épiait la nuit et il entendait des oiseaux invisibles au long de cette muraille, la plainte douce de proies ailées. Des oiseaux diurnes qui ne s'étaient éveillés qu'avec la nuit. Qu'est-ce qui avait fait basculer leur monde ? Les prédateurs humains ?

Brusquement, il se figea dans le sable. Du feu était apparu sur la falaise, un ballet mystérieux de gemmes sur le noir tissu de la nuit. Un signal comme ceux que les sietch envoyaient aux errants perdus dans le *bled*. Qui vivait là ? Il rampa dans les ombres denses, au bas des rochers, tendit la main et tâtonna, cherchant la fissure qu'il avait découverte durant le jour. Il la trouva à son huitième pas, sortit le snorkel du Fremkit et sonda les ténèbres. Il s'avança un peu plus et quelque chose s'abattit sur lui, lui liant instantanément les bras et les épaules, le clouant au sol.

*Piège-à-vigne !*

Il résista au réflexe de lutte qui ne pouvait que resserrer le piège végétal. Il lâcha le snorkel, parvint à replier les doigts de sa main droite et chercha le couteau à sa ceinture. Il avait agi comme un pauvre innocent en ne lançant pas quelque chose dans cette fissure, pour sonder les ténèbres, avant de s'y risquer. Mais son esprit avait été obnubilé par le feu sur la falaise.

A chaque mouvement, la vigne le serrait plus fort mais, finalement, il effleura des doigts le manche de son krys. Doucement, il commença à l'extraire de son étui.

La lumière jaillit brutalement et le paralysa.

« Haha ! Belle prise ! » C'était une voix masculine et profonde. Elle venait de derrière lui et il y décelait des résonances vaguement familières. Il voulut tourner la tête, tout en n'ignorant pas que le piège-à-vigne avait tendance à broyer les corps trop frénétiques.

Une main le débarrassa de son couteau, puis palpa son corps, prélevant les petites choses qu'il avait préparées avec Ghanima pour leur survie. Rien n'échappa à celui qui le fouillait et qu'il ne pouvait voir, rien, pas même le garrot de shigavrille qu'il avait dissimulé dans ses cheveux.

Leto n'avait pas encore vu l'homme.

Les doigts agiles se posèrent sur le piège-à-vigne et Leto put à nouveau respirer librement.

« N'essaie pas de lutter, Leto Atréides, dit la voix. Ton eau est dans ma coupe. »

Leto, par un suprême effort, parvint à demeurer calme.

« Vous connaissez mon nom ? »

« Bien sûr ! Quand on prépare un piège, c'est pour y prendre quelque chose ou quelqu'un. On attend toujours une proie précise, non ? »

Leto garda le silence mais ses pensées s'étaient mises à tourbillonner.

« Tu te sens trahi ! » dit la voix profonde. Des mains le prirent, le retournèrent, doucement mais assez fermement pour donner une preuve de puissance. Un adulte montrant à un enfant le rapport des forces.

Leto leva les yeux vers l'éblouissante lumière de deux flotteurs et discerna la forme noire du masque d'un distille, un capuchon, puis une partie du visage, la peau sombre, les yeux bleus de l'épice.

« Tu te demandes pourquoi nous nous sommes donné tout ce mal », dit l'homme. Sa voix semblait curieusement étouffée, comme s'il voulait dissimuler un accent.

« Il y a longtemps que je ne m'étonne plus du nombre de gens qui veulent assassiner les jumeaux Atréides, dit Leto. Leurs motifs sont évidents. »

Son esprit tournait furieusement, comme à l'intérieur d'une cage, lançant frénétiquement des questions dans l'inconnu. Un piège ? Mais personne ne savait, hormis Ghanima. Impossible. Jamais Ghanima ne trahirait son frère. Quelqu'un qui le connaissait au point de prévoir ses actes ? Qui ? Sa grand-mère ?

« On ne pouvait pas te permettre de continuer ainsi, dit l'homme. Très mauvais. Avant d'accéder au trône, il convient de t'éduquer. (Les yeux bleus d'*ibad* s'abaissèrent sur Leto.) Tu te demandes comment nous pouvons prétendre éduquer une personne telle que toi ? Toi, avec les connaissances d'une multitude de vies dans tes souvenirs ? Mais c'est justement cela. Tu te crois éduqué mais tu n'es que le dépositaire de toutes ces vies mortes. Tu n'as pas encore de vie propre. Tu te repais des autres, et ils n'ont qu'un but — chercher la mort. Ce n'est pas bon pour un chef, de chercher la mort. Tu finirais par être encombré des cadavres qui t'entoureraient. Ton père, par exemple, n'a jamais compris le... »

« Vous osez parler ainsi de lui ? »

« Je l'ai osé bien souvent. Après tout, il n'était que Paul Atréides. Eh bien, mon garçon, bienvenue à l'école. »

L'homme sortit la main de dessous sa robe, effleura la joue

de Leto. Celui-ci ne ressentit qu'une simple piqûre et il plongea dans une obscurité où flottait un grand drapeau vert : la bannière des Atréides avec les symboles du jour et de la nuit, sa hampe de Dune qui renfermait un tube à eau. Comme sa conscience basculait, Leto crut entendre l'eau qui glougloutait. A moins que ce ne fût quelqu'un qui riait ?

**Nous pouvons encore nous souvenir des jours dorés qui précédèrent Heisenberg, qui montra aux humains les murs qui enfermaient leurs arguments prédestinés. Les vies que je porte en moi trouvent cela amusant. La connaissance, voyez-vous, est inutile si elle n'a pas de but, mais c'est justement le but qui édifie les murs.**

— *Leto Atréides II :* Sa Voix.

ALIA VENAIT D'INTERPELLER AVEC hargne les gardes qui s'étaient présentés dans le foyer du Temple. Ils étaient neuf, dans l'uniforme gris et poussiéreux des patrouilles suburbaines, encore haletants et couverts de sueur. C'était la fin de l'après-midi et une lumière dorée filtrait par la porte entrouverte. Il ne restait plus un seul pèlerin aux alentours.

« Ainsi, mes ordres n'ont plus de sens pour vous ? »

Tout en parlant, Alia s'étonnait de cette colère qu'elle ne maîtrisait plus, qu'elle laissait éclater, le corps tremblant. Idaho était parti... avec Jessica... Elle n'avait reçu aucun rapport de lui... Les rumeurs les situaient sur Salusa. Pourquoi n'avait-il envoyé aucun message ? Qu'avait-il donc fait ? Etait-il possible qu'il fût au courant au sujet de Javid ?

Alia était vêtue de jaune, la couleur du deuil Arrakeen, celle du soleil ardent de l'histoire des Fremen. Dans quelques instants, elle allait conduire la deuxième et ultime procession funéraire jusqu'à la Vieille Faille. Là, au cours de la nuit, serait érigé le monument de pierre qui commémorerait la disparition de son neveu, de celui qui aurait pu devenir le chef des Fremen.

Les gardes de la prêtrise avaient une attitude de défiance devant sa colère. Ils ne semblaient pas éprouver la moindre honte. Ils demeuraient parfaitement immobiles, enveloppés d'une âcre odeur de sueur que leurs légers distilles de citadins ne pouvaient atténuer. Celui qui les commandait, un Kaza grand et blond dont la bourka s'ornait des symboles de la famille de Cadelam écarta son masque pour mieux se faire entendre. Il y avait dans sa voix les accents orgueilleux que l'on pouvait attendre d'un descendant de la famille régnant jadis sur le Sietch Abbir.

« Nous avons tout tenté pour le capturer ! lança-t-il, visiblement outragé. Il a blasphémé ! Nous avons entendu vos ordres, mais lui, nous l'avons entendu de nos propres oreilles ! »

« Et vous n'avez pas réussi à le prendre ! » gronda Alia.

Un autre garde, une femme de petite taille, jeune, essaya de prendre la défense de son chef.

« La foule était si dense ! On aurait vraiment dit que les gens étaient contre nous ! »

« Nous ne perdrons pas sa trace, dit le Cadelam. Nous n'échouons pas à tous les coups. »

Alia fronça les sourcils.

« Pourquoi ne voulez-vous pas comprendre et m'obéir ? »

« Ma Dame, nous... »

« Et que ferez-vous donc, rejeton du *Cade Lamb,* si, après l'avoir capturé, vous découvrez qu'il est mon frère ? »

Elle avait accentué son nom de famille et il n'en parut pourtant pas le moins du monde conscient, bien qu'il fût un garde de la prêtrise parfaitement éduqué et intelligent. Avait-il l'intention de se sacrifier ?

Le garde avala sa salive et dit enfin :

« Nous devons le tuer nous-mêmes, car il sème le désordre », dit-il enfin.

Les autres gardes demeurèrent muets mais toujours méfiants. Ils savaient ce qu'ils avaient entendu.

« Il appelle les tribus à se révolter contre vous », reprit le Cadelam.

Alia avait compris comment il devait être manipulé. Elle déclara d'un ton calme : « Je vois. S'il vous faut vous sacrifier de la sorte, en l'arrêtant au vu de tous, je pense que vous considérez que c'est votre devoir. »

« Me sacrifier... » Il s'interrompit, regarda ses compagnons. Il était leur Kaza, leur chef, il avait le droit de s'exprimer en leur nom mais, visiblement, il souhaitait soudain garder le silence. Les gardes s'agitèrent, mal à l'aise. Dans l'ardeur de la chasse, ils pouvaient défier Alia.

Défier « La Matrice du Paradis »... Cela donnait à réfléchir.

Inquiets, les gardes s'écartèrent quelque peu de leur Kaza.

« Pour le bien de l'Eglise, dit Alia, notre réaction officielle devrait être sévère. Vous comprenez cela, n'est-ce pas ? »

« Mais il... »

« Je l'ai entendu moi-même. Mais ceci est un cas spécial. »

« Il est impossible qu'il soit Muad'Dib, Ma Dame ! »

*Qu'en sais-tu ?* songea-t-elle.

« Nous ne pouvons prendre le risque de l'attaquer à découvert, sous les yeux de tous. Bien sûr, si une autre occasion se présentait... »

« Depuis quelque temps, il est toujours entouré par la foule ! »

« Je crains, dit-elle, que vous ayez à faire preuve de patience. Bien entendu, si vous persistez à me défier... »

Elle n'acheva pas sa phrase, laissant dans le silence les conséquences possibles que les gardes connaissaient bien. Le Cadelam était ambitieux, promis à une brillante carrière.

« Nous n'avions pas l'intention de vous défier, Ma Dame. Il avait parfaitement repris le contrôle de lui-même, à présent. Nous avons agi hâtivement. Je le comprends maintenant. Pardonnez-nous, mais il... »

« Il n'est rien arrivé, je n'ai rien à pardonner », dit Alia, reprenant la formule des Fremen. C'était ainsi qu'une tribu maintenait la paix parmi les siens et ce Cadelam était encore assez Fremen de l'ancienne tradition pour s'en souvenir. Sa famille avait régné longtemps. La culpabilité était le fouet du Naib, dont il devait user modérément. Sans ressentiment ni culpabilité, les Fremen n'en étaient que meilleurs.

Il accepta son jugement en inclinant la tête et en répondant : « Pour le bien de la tribu. Je comprends. »

« Allez vous rafraîchir. La procession commencera dans quelques minutes. »

« Oui, Ma Dame. »

Ils s'éloignèrent précipitamment, visiblement soulagés.

Une voix de basse gronda dans la tête d'Alia : « Ahh ! Tu t'en es bien tirée. Ils sont un ou deux à croire encore que tu désires la mort du Prêcheur. Ils trouveront un moyen. »

« Silence ! souffla-t-elle. Silence ! Je n'aurais jamais dû vous écouter ! Regardez ce que vous avez fait ! »

« Je t'ai ouvert la route de l'immortalité », gronda la voix.

Les échos se prolongèrent dans son crâne et elle se demanda : *Où puis-je me cacher ? Je ne puis aller nulle part !*

« Ghanima a un couteau pointu, dit le Baron. N'oublie pas cela. »

Elle cligna des yeux. Oui, elle ne devait pas oublier cela. Le couteau d'Alia pouvait encore les libérer de cette situation difficile.

**Quand vous croyez à certains mots, vous croyez à leurs arguments cachés. Quand vous croyez que quelque chose est exact ou faux, juste ou injuste, vous croyez aux hypothèses contenues dans les mots qui expriment les arguments. De telles hypothèses sont souvent pleines de trous, mais elles ont la qualité précieuse de convaincre.**

— La Preuve Ouverte.
*Extrait de la Panoplia Prophetica.*

L'ESPRIT DE LETO VOGUAIT DANS UN véritable bouillon d'odeurs violentes. Il reconnaissait le parfum lourd de cannelle du Mélange, le remugle des corps en sueur, l'acre senteur d'un distille de mort ouvert, et d'innombrables parfums entre lesquels dominait le silex. Dans le sable de ses rêves, ces odeurs façonnaient les formes brumeuses d'un paysage de mort. Il savait qu'elles voulaient lui dire quelque chose, mais une partie de son esprit n'était pas encore prête à l'entendre.

Les pensées, lentement, dérivaient comme des spectres.

*Dans ce temps, je n'ai pas de visage, je n'ai que tous les traits de mes ancêtres. Le soleil qui s'enfonce dans le sable est celui qui s'enfonce dans mon âme. Seule était grande cette multitude que je portais en moi, mais elle n'est plus. Je suis Fremen et je finirai comme un Fremen. Le Sentier d'Or s'arrête avant de commencer. Ce n'est rien d'autre qu'une piste qu'efface le vent. Nous autres, Fremen, nous connaissons toutes les astuces pour échapper au regard : nous ne laissons rien derrière nous, ni eau, ni fèces, ni trace... Regardez, ma piste disparaît...*

« Je pourrais te tuer, Atréides, dit une voix d'homme près de son oreille. Je pourrais te tuer, Atréides. » La phrase fut répétée tant de fois qu'elle devint une simple sonorité monotone qui accompagnait le songe de Leto, une sorte de litanie. « Je pourrais te tuer, Atréides. »

Il s'éclaircit la gorge et cela lui parut ébrouer ses sens.

« Qui... » parvint-il à formuler, la gorge sèche.

« Je suis un Fremen cultivé et j'ai tué mon homme. Vous, les Atréides, vous nous avez pris nos dieux. Qu'avons-nous à faire de votre maudit Muad'Dib ? Votre dieu est mort ! »

Etait-ce vraiment la voix d'un Ouraba ou bien cela faisait-il encore partie de son rêve ? Leto ouvrit les yeux. Débarrassé de ses liens, il était allongé sur un lit dur. Il leva les yeux, découvrant la surface du rocher, les brilleurs à l'éclat assourdi et le visage penché sur lui, si proche qu'il en recevait le souffle, un visage sans masque, indéniablement Fremen avec sa peau sombre, ses traits ascétiques. Cet homme ne connaissait pas les villes et leur eau. C'était un Fremen du désert profond.

« Je suis Namri, père de Javid, dit-il. Me connais-tu, Atréides ? »

« Je connais Javid », souffla Leto,

« Oui, ta famille connaît bien mon fils. Je suis fier de lui. Il se pourrait que les Atréides le connaissent encore mieux très bientôt. »

« Comment... »

« Je suis l'un de tes éducateurs, Atréides. Ma fonction est unique : c'est moi qui devrais te tuer. Et je le ferais avec joie. Dans cette école, réussir, c'est survivre. Si tu échoues, ton sort sera entre mes mains. »

Leto ne pouvait douter de l'implacable sincérité qu'il distinguait dans cette voix. Il en fut glacé. Cet homme était un gom-jabbar humain, l'ennemi suprême dont le rôle était d'éprouver son droit à la compétition humaine. Il retrouva l'image de sa grand-mère dans cette scène et, en arrière-plan, les innombrables silhouettes sans visage des Sœurs du Bene Gesserit. Cette seule vision le fit se recroqueviller.

« C'est avec moi que commence ton éducation, reprit Namri. Cela est juste. Cela est logique. Parce qu'elle pourrait bien s'achever avec moi. Ecoute-moi attentivement maintenant. Chacun de mes gestes recèle ta mort. »

Leto jeta un regard autour de lui : il ne vit que les murailles nues, sa couche, les soleils flous des brilleurs et, derrière Namri, un passage ténébreux.

« Tu ne parviendras pas à passer », dit Namri. Et Leto le crut.

« Pourquoi faire cela ? » demanda-t-il.

« Je l'ai déjà expliqué. Pense à tous les plans que tu as en tête ! Tu es ici maintenant et tu ne peux dresser l'avenir dans ton état. Les deux ne vont pas ensemble : maintenant et l'avenir. Mais si tu connais vraiment ton passé, si tu regardes en arrière et si tu découvres par quoi tu es passé, peut-être retrouveras-tu quelque raison. Sinon, ce sera ta mort. »

Leto remarqua que le ton de Namri n'était pas totalement dépourvu de douceur, mais il était ferme et on ne pouvait nier le message de mort qu'il portait.

Namri se balança sur ses talons et son regard se porta sur la voûte rocheuse.

« Autrefois, les Fremen, à l'heure de l'aube, faisaient face à l'est. L'*eos,* tu connais ? C'est l'aube dans l'une des langues anciennes. »

Avec un orgueil amer, Leto dit : « Je parle cette langue. »

« Ainsi, tu ne m'as pas écouté, dit Namri, et il y avait comme le fil d'une lame dans sa voix. La nuit était le temps du chaos. Le jour, celui de l'ordre. C'était ainsi au temps de cette langue que tu prétends parler : l'obscurité-désordre, l'ordre-lumière. Nous, les Fremen, nous avons changé cela. *Eos,* c'était la lumière que nous rejetions. La lumière que nous préférions, c'était celle de la lune, des étoiles. La lumière, c'était trop d'ordre, et trop d'ordre pouvait nous être fatal. Tu vois ce que l'*Eos* des Atréides a apporté ? L'homme est la créature de la seule lumière qui puisse le protéger. Sur Dune, le soleil était notre ennemi. (Namri baissa les yeux sur Leto.) Quelle lumière préfères-tu, Atréides ? »

Leto devina, à l'attente de Namri, que sa question pesait lourd. L'homme le tuerait-il s'il jugeait sa réponse insatisfaisante ? C'était possible. La main du Fremen était posée, calmement, près du manche poli de son krys. Un anneau à l'emblème de la tortue magique brillait à l'un des doigts qui tenaient le couteau.

Leto se redressa sur les coudes et son esprit explora les croyances Fremen. Les anciens Fremen se fiaient à la Loi et se plaisaient à en entendre les leçons sous forme d'analogies. La lumière de la lune ?

« Je préfère... commença-t-il... la clarté de *Lisanu L'haqq.* » Il épiait Namri, en quête de ses plus subtiles réactions. Le Fremen parut déçu, mais sa main s'écarta du manche du krys.

« C'est la lumière de la vérité, poursuivit Leto, la lumière de l'homme parfait dans lequel on peut clairement discerner l'influence de l'al-Mutakallim. Quelle autre lumière pourrait donc préférer un être humain ? »

« Tu parles comme quelqu'un qui récite, et non comme quelqu'un qui croit », dit Namri.

*J'ai récité,* se dit Leto. Mais il commençait à percevoir le courant que suivaient les pensées de Namri, comment ses paroles étaient filtrées par l'apprentissage précoce de l'ancien jeu des énigmes. Il y avait des milliers de ces énigmes dans l'éducation des Fremen et il suffit à Leto de se concentrer un instant sur cette coutume pour que des exemples apparaissent dans son esprit : « *Question : Qu'est-ce que le silence ? Réponse : L'ami du pourchassé.* »

Namri hocha la tête comme s'il partageait cette pensée et déclara : « Il existe une caverne qui est la caverne de la vie pour les Fremen. C'est une vraie caverne que le désert a cachée. C'est Shai-Hulud, l'arrière-arrière grand-père de tous les Fremen qui l'a scellée. Mon oncle Ziamad me l'a dit et il ne m'a jamais menti. Cette caverne existe. »

Leto devina la question informulée lorsque Namri eut fini de parler. *La caverne de la vie ?*

« Mon oncle Stilgar lui aussi m'a parlé de cette caverne, dit-il. Elle a été scellée pour que les lâches n'y trouvent point refuge. »

Le reflet d'un brilleur dans les orbites noires de Namri.

« Est-ce que les Atréides ouvriraient cette caverne ? Vous cherchez à contrôler la vie par une administration : par votre Ministère central de l'Information, l'Auquaf et le Hajj. Le Maulana en poste est appelé Kausar. Il a parcouru bien du chemin depuis les débuts de sa famille dans les mines de sel de Nnazi. Dis-moi, Atréides, qu'est-ce qui ne va pas dans votre ministère ? »

Leto s'assit. Il savait maintenant avec certitude qu'il jouait avec Namri au jeu des énigmes et que l'enjeu était la mort. Il ne pouvait se tromper : le Fremen se servirait de son krys à la première réponse erronée.

Namri, voyant que Leto avait compris, lui dit : « Crois-moi, Atréides. Je suis le casseur de mottes, je suis le Marteau de Fer. »

Leto comprit soudain. Namri se considérait comme Mirzabah, le Marteau de Fer avec lequel on frappe les morts qui n'ont pu répondre convenablement aux questions qui leur sont posées avant leur entrée au paradis.

*Quel est donc le vice de ce Ministère Central qu'Alia et ses prêtres ont créé ?*

Il repensa aux raisons qui l'avaient poussé vers le désert et il espéra de nouveau, faiblement, que le Sentier d'Or pourrait exister dans cet univers.

Par sa question, Namri ne faisait que viser les motifs qui avaient conduit le fils de Muad'Dib dans le désert.

« Dieu est là pour nous montrer le chemin », dit-il.

Namri baissa violemment le menton et le regarda d'un œil perçant.

« Est-il vrai que tu puisses croire cela ? »

« C'est pour cela que je suis ici », dit Leto.

« Pour trouver le chemin ? »

« Pour moi. (Il posa un pied sur le sol. Le rocher était nu, froid.) Les prêtres ont créé ce ministère pour cacher le chemin. »

« Tu parles comme un vrai rebelle, dit Namri, et il frotta la tortue magique de son anneau. Nous verrons. Ecoute-moi attentivement, une fois encore. Tu connais le grand Mur du Bouclier de Jalal-ul-Din ? Il porte les marques de ma famille. Elles y ont été gravées aux tout premiers jours. Javid, mon fils, a vu ces marques. Abedi Jalal, mon neveu, les a vues. Ainsi que Mujahid Shafquat des Autres. Lui aussi a vu ces marques. A la saison des tempêtes, aux approches de Sukkar, je me suis rendu là-bas avec mon ami Yakup Abad. Les vents étaient aussi brûlants et desséchants que les tourbillons qui nous ont appris nos danses. Nous n'avons pas eu le temps de voir les marques parce qu'une tempête nous barrait le chemin. Mais, lorsqu'elle s'est éloignée, nous avons eu la vision de Thatta dans les nuages de sable. Nous avons vu le visage de Shakir Ali pendant un moment. Il nous regardait depuis la ville des tombes. La vision a disparu, mais nous l'avions tous vue. Dis-moi, Atréides, où puis-je trouver cette ville des tombes ? »

*Les tourbillons qui nous ont appris nos danses,* dit Leto. *La vision de Thatta et de Shakir Ali.* C'étaient là les mots d'un vagabond Zensunni, ceux qui se considéraient comme les seuls vrais hommes du désert.

*Et l'on interdisait aux Fremen d'avoir des tombes.*

« La ville des tombes est au bout du sentier que suivent tous les hommes, dit-il. Et il récita la bénédiction Zensunni : c'est dans un jardin de mille pas carrés. Il y a un beau couloir d'entrée long de deux cent trente-trois pas et large de cent, entièrement pavé de marbre de l'antique Jaipur. C'est le domaine d'ar-Razzaq, qui offre la table à ceux qui le demandent. Au Jour de la Reconnaissance, tous ceux qui se lèvent et cherchent la ville des tombes ne la trouveront point. Car il est écrit : ce que tu as connu dans un monde, tu ne pourras le trouver dans un autre. »

« Tu récites encore sans y croire, grinça Namri. Mais je vais accepter cela car je crois que tu sais pourquoi tu es ici. (Un sourire glacé effleura ses lèvres.) Je te donne un avenir *provisoire,* Atréides. »

Leto l'observa avec méfiance. Etait-ce une nouvelle question dissimulée ?

« C'est bien ! dit Namri. Ta conscience a été préparée. J'en ai rentré les barbelures. Encore une chose. As-tu entendu dire que l'on portait des imitations de distilles dans les cités de la lointaine Kadrish ? »

Namri demeura silencieux tandis que Leto cherchait quelque sens caché à sa question. *Des imitations de distilles ? On en portait sur tant de planètes.*

« Les habitudes des bellâtres de Kadrish sont une vieille histoire. L'animal sage se fond dans le paysage. »

Namri hocha lentement la tête.

« Celui qui t'a capturé et t'a conduit ici va venir te voir. Ne tente pas de quitter ces lieux. Ce serait ta mort. »

Namri se leva et s'engagea dans le passage obscur.

Longtemps après son départ, Leto garda les yeux fixés sur l'entrée du passage. Il percevait des sons, les voix tranquilles des gardes. L'histoire de la vision-mirage de Namri continuait de le préoccuper. Il repensa à sa longue traversée du désert jusque là. Peu importait désormais que ce fût Jacurutu/Fondak. Namri n'était pas un contrebandier. Il était plus important. Et le jeu qu'il jouait portait la trace de Dame Jessica et du Bene Gesserit. Leto y percevait un péril pressant. Mais le passage qu'avait emprunté Namri était le seul chemin de fuite possible. Et, plus loin, il y avait un étrange sietch, avant le désert, au-delà. L'hostilité de ce désert, avec son chaos ordonné de mirages et de dunes à l'infini lui semblait faire partie du piège auquel il avait succombé. Il pouvait franchir à nouveau le sable, mais où le conduirait sa fuite ? Cette pensée était comme une eau stagnante. Elle ne pouvait étancher sa soif.

**A cause de cette conscience unidirectionnelle du Temps dans laquelle reste immergé l'esprit conventionnel, les humains tendent à considérer toute chose selon un schéma continu défini par les mots. Ce piège mental produit des concepts d'efficacité et de conséquences à très court terme, et engendre une condition de réactions invariables et non préparées à toute crise.**

— *Liet-Kynes :*
Le Précis d'Arrakis.

PAROLES ET MOUVEMENTS SIMULTANÉS, se dit Jessica, et elle rassembla ses pensées en vue de la préparation mentale que la prochaine entrevue nécessitait.

C'était le matin, peu après le petit déjeuner. La clarté dorée du soleil de Salusa Secundus ne faisait qu'effleurer à peine le mur du jardin qu'elle pouvait contempler de sa fenêtre. Jessica avait tout particulièrement veillé à sa tenue. Elle portait la cape noire à capuchon de Révérende Mère dont chaque ourlet, de même que chacun des revers de ses poignets, était brodé au fil d'or de la crête des Atréides. Tournant le dos à la fenêtre, elle se drapa soigneusement dans son vêtement, présentant son bras gauche à hauteur de la hanche, le motif du faucon bien en évidence.

Farad'n ne put que remarquer le symbole des Atréides, et le dit mais il ne marqua ni colère ni surprise. Elle devina même de l'humour dans sa voix et cela l'intrigua. Elle remarqua qu'il portait la tenue de combat grise qu'elle avait suggérée. Il s'assit sur le divan bas, revêtu de tissu vert, qu'elle lui avait désigné et il se détendit, le bras droit allongé sur le dossier.

*Pourquoi lui faire confiance ?* se demandait-il. *C'est une sorcière Bene Gesserit !*

Jessica put lire sa pensée en notant la différence entre l'expression de son visage et l'attitude détendue de son corps. Elle sourit et dit : « Vous me faites confiance parce que vous savez que le marché que je vous propose est bon et que vous avez besoin de ce que je peux vous enseigner. »

Il fut sur le point de froncer les sourcils, elle s'en rendit compte, et elle leva la main.

« Non, je ne lis pas dans les pensées. Je lis dans les visages, dans les corps, les attitudes, les manières, le ton de la voix, la position des bras. Chacun peut arriver à cela avec les leçons Bene Gesserit. »

« Et vous allez me les enseigner ? »

« Je suis certaine que vous avez étudié les rapports qui nous concernent. Y'en a-t-il un seul qui révèle que nous n'avons pas tenu une seule promesse directe ? »

« Aucun, mais... »

« Nous survivons en partie grâce à la confiance totale que chacun peut avoir en notre sincérité. Celle-ci n'a pas changé. »

« Cela me paraît raisonnable, dit Farad'n. J'ai hâte de commencer. »

« Je suis surprise que vous n'ayez jamais fait appel à un professeur du Bene Gesserit, dit-elle. Les Sœurs n'auraient rien demandé de mieux que de vous compter parmi leurs débiteurs. »

« Ma mère refusait de m'écouter quand je la pressais de le faire. Mais à présent... » Il haussa les épaules, ce qui était un commentaire éloquent sur le bannissement de sa mère et ajouta : « Quand commençons-nous ? »

« Il eût mieux valu commencer quand vous étiez plus jeune,

dit Jessica. Ce sera plus difficile à présent et sans doute plus long. Il faut d'abord que vous commenciez par apprendre la patience, la patience extrême. Je souhaite que vous ne trouviez pas le prix trop élevé. »

« Pas pour ce que vous me proposez. »

Elle lut la sincérité dans sa voix, le poids de ses espoirs et, en même temps, une trace de respect. C'était là un bon moment pour commencer, et elle lui dit : « Alors, nous abordons l'art de la patience avec quelques exercices *prana-bindu* élémentaires pour les bras, les jambes et la respiration. Nous verrons les mains et les doigts plus tard. Etes-vous prêt ? »

Elle prit place sur un tabouret en face de lui.

Il acquiesça, affichant une expression d'attente qui n'était destinée qu'à masquer une soudaine montée de la peur. Tyekanik l'avait averti de la possible présence d'un piège dans la proposition de Dame Jessica, quelque stratagème préparé par les Sœurs.

« Vous ne pouvez raisonnablement croire qu'elle les a abandonnées à nouveau ou qu'elles l'ont rejetée ! »

Farad'n avait repoussé les arguments du Bashar avec des paroles coléreuses qu'il avait immédiatement regrettées. Mais la violence de sa réaction lui avait permis d'accepter plus rapidement les précautions prises par Tyekanik.

Dans tous les recoins de cette pièce brillaient des gemmes qui n'étaient pas véritablement des gemmes. Tout ce qui se produirait dans cette pièce serait enregistré et des esprits avertis analyseraient plus tard la moindre nuance de voix, le moindre mot, le geste le plus léger.

Jessica sourit en surprenant le faible coup d'œil de Farad'n, mais elle décida de ne pas lui révéler qu'elle devinait ses pensées.

« Afin d'apprendre la patience dans la Manière Bene Gesserit, vous devez commencer par admettre l'instabilité brute, essentielle, de notre univers. Nous appelons la nature — dans la totalité de toutes ses manifestations — le Non-Absolu Ultime. Afin de libérer votre vision et de vous permettre de reconnaître les modifications constantes de cette nature conditionnelle, je vais vous demander de tendre vos deux mains devant vous. Regardez-les, en commençant par les paumes puis regardez les dos de vos mains. Examinez les doigts, dessus, dessous. Faites-le. »

Farad'n s'exécuta, tout en se sentant ridicule. Ces mains étaient les siennes. Il les connaissait parfaitement.

« Imaginez ces mains vieillissant, dit Jessica. Elles doivent devenir vieilles sous vos yeux. Très, très vieilles. Remarquez combien la peau devient sèche... »

« Mes mains ne changent pas », dit-il. Déjà, il le sentait, les muscles de ses avant-bras tremblaient.

« Continuez de regarder vos mains. Faites-les vieillir, autant que vous pouvez l'imaginer. Cela peut prendre du temps. Mais quand vous les verrez devenir vieilles, inversez le processus. Ramenez-les vers la jeunesse, aussi loin que vous pourrez l'imaginer. Ensuite, faites-les se promener de la jeunesse à la vieillesse, à votre gré... »

« Elles ne changent pas ! » protesta-t-il. Il avait mal aux épaules.

« Si vous faites appel à vos sens, vos mains changeront. Concentrez-vous sur la visualisation de l'écoulement du temps : de l'enfance à la vieillesse, de la vieillesse à l'enfance. Cela peut vous prendre des heures, des jours, des mois. Mais vous pouvez y arriver. L'inversion du flot du temps vous apprendra à voir tout système comme un tourbillon en état de stabilité relative... seulement relative. »

« Je croyais que je devais apprendre la patience », dit-il. Il y avait de la colère dans sa voix, et une trace de frustration.

« Et la stabilité relative, dit Jessica. C'est une perspective que vous créez par votre propre conviction, et les convictions peuvent être manipulées par l'imagination. On ne vous a appris à observer l'univers que d'une façon limitée. A présent, il faut que vous fassiez de l'univers votre propre création. Ceci vous permettra d'exploiter toute stabilité relative à votre propre usage, à toutes fins que vous pouvez imaginer. »

« Combien de temps dites-vous que cela prendra ? »

« Patience », dit Jessica.

Il eut un sourire spontané et voulut la regarder.

« Vos mains ! » lança-t-elle.

Son sourire s'effaça aussitôt. Son regard ne quitta plus un point imaginaire de concentration, entre ses deux mains tendues.

« Que dois-je faire quand mes bras seront à bout de force ? » demanda-t-il.

« Cessez de parler et concentrez-vous. Si la fatigue devient trop grande, arrêtez-vous. Reprenez après quelques minutes de détente et de repos. Il faut persévérer jusqu'à ce que vous y parveniez. A votre stade, c'est encore plus important que vous pouvez le croire. Si vous n'assimilez pas cette leçon, les autres ne suivront jamais. »

Il inspira profondément, se mordit les lèvres et fixa son regard sur ses mains. Il les tourna lentement : le dos, la paume, le dos à nouveau... Ses épaules tremblaient d'épuisement. Paume, dos... Rien ne changeait.

Jessica se leva et se dirigea vers la porte.

« Où allez-vous ? » demanda-t-il sans détourner les yeux de ses mains.

« Vous travaillerez mieux si vous êtes seul. Je reviendrai dans une heure. Patience. »

« Je sais ! »

Elle l'observa un instant. Il semblait si résolu. Brusquement, et son cœur se serra, il lui rappela son fils perdu. Elle se permit un soupir et dit : « Lorsque je reviendrai, je vous indiquerai les exercices pour soulager vos muscles. Il faut du temps. Vous serez surpris de ce que votre corps et vos sens peuvent faire. »

Elle sortit.

Comme d'habitude, les gardes la suivirent à trois pas de distance. Leur respect et leur crainte étaient évidents. C'étaient des Sardaukar qui connaissaient tout de ses prouesses, qui avaient grandi dans les récits de leur défaite par les Fremen d'Arrakis. Cette sorcière était une Révérende Mère Fremen, une Bene Gesserit et une Atréides.

Se retournant, elle vit leurs visages sévères et elle les considéra comme une borne dans son plan. Elle se détourna en atteignant l'escalier, le descendit et s'engagea dans un passage qui accédait au jardin, sous la fenêtre de son appartement.

*A présent, si Duncan et Gurney jouent leur rôle...* songea-t-elle en foulant le gravier d'une allée dans la lumière dorée que filtrait le feuillage.

**Dans la prochaine phase de votre éducation mentat, vous apprendrez les méthodes de communication intégrée. Il s'agit d'une fonction gestalt qui recouvrira les canaux d'information dans votre conscience, afin de traiter les questions complexes et les masses de données provenant des techniques de l'index-catalogue mentat que vous avez déjà maîtrisées. Les tensions de rupture introduites par l'assemblage divergent d'informations sur des détails et des sujets spécialisés seront votre problème initial. Soyez-en avertis. Sans l'intégration mentat surjacente, vous risquez d'être submergés par le Problème de Babel, qui est le nom que nous donnons au danger omniprésent de parvenir à des combinaisons erronées à partir d'une information exacte.**

— Le Guide du Mentat.

UN SIMPLE FROISSEMENT DE TISSU, ET des étincelles de conscience jaillirent dans l'esprit de Leto. Il fut surpris de constater qu'il avait réglé sa sensibilité au point de reconnaître exactement les tissus au bruit qu'ils faisaient. Là, une robe Fremen frottait l'étoffe rude du rideau masquant une porte. Il se tourna vers la source du son. Elle se situait dans le passage que Namri avait emprunté quelques minutes auparavant. Leto vit entrer celui qui l'avait capturé. Il reconnut la peau sombre au-dessus du masque du distille, les yeux perçants. L'homme leva la main vers son masque, ôta le tube de ses narines et, dans le même mouvement, abaissa le masque et rejeta son capuchon. Avant même que son regard eût rencontré la cicatrice de vinencre sur sa joue, Leto l'avait reconnu. Aucun doute n'était possible. Ce petit homme, ce guerrier-troubadour, c'était Gurney Halleck ! Son image fut absorbée comme un tout par sa conscience : les détails viendraient plus tard.

Les mains de Leto se refermèrent et il serra les poings momentanément bouleversé par cette rencontre. Jamais les Atréides n'avaient eu plus loyal serviteur. Nul n'avait jamais été plus habile que Gurney Halleck dans le combat au bouclier. Il avait été le professeur et le confident de Paul !

Il servait Dame Jessica.

Toutes ces pensées affluaient et se mêlaient dans son esprit. Gurney l'avait capturé. Gurney et Namri conspiraient de concert. Et Jessica était derrière tout cela.

« Je crois savoir que tu as rencontré Namri, dit Halleck. Je te prie de le croire, jeune homme. Il a une fonction et une seule. Il est capable de te tuer s'il en est besoin. »

Leto répondit automatiquement avec les intonations de son père : « Ainsi, vous vous êtes joint à mes ennemis, Gurney ! Je n'aurais jamais pensé que le... »

« N'essaie pas sur moi tes tours diaboliques, mon garçon ! dit Halleck. Je suis immunisé. J'ai suivi les ordres de ta grand-mère. Ton éducation a été préparée jusqu'au plus infime détail. C'est elle qui a approuvé le choix de Namri. Ce qui va suivre, aussi pénible que cela semble, c'est à elle que tu le dois. »

« Et qu'a-t-elle ordonné ? »

Gurney Halleck leva la main, qui, jusque-là, était restée dissimulée dans les plis de sa robe. Ses doigts tenaient une seringue Fremen, primitive mais efficace, dont le tube transparent était plein d'un liquide bleu.

Leto se recroquevilla sur sa couche, contre la paroi rocheuse. A cet instant, Namri fit son apparition et vint prendre place au côté de Gurney, une main sur son krys. L'unique chemin de fuite était absolument inaccessible.

« Je vois que tu as reconnu l'essence d'épice, dit Halleck. Oui, tu vas faire le *voyage du ver,* mon garçon. Il le faut. Ton père a osé le faire et, si tu n'oses pas, tu en supporteras les conséquences pour le reste de tes jours. »

Leto hocha la tête sans un mot. Cette chose, Ghanima et lui le savaient, pouvait les écraser. Gurney n'était qu'un ignorant et un sot ! Comment Jessica pouvait-elle... Leto perçut alors la présence de son père, dans sa mémoire. Il progressait dans son esprit, essayant d'abattre ses défenses. Il voulut crier, mais ses lèvres refusèrent de s'ouvrir. Mais cette chose silencieuse était ce que sa conscience de pré-né redoutait entre toutes. C'était la transe de prescience, la lecture de l'immuable avenir avec toute sa fixité et ses terreurs. Jessica n'avait pu ordonner une pareille épreuve pour son petit-fils ! Mais elle était également là, présente dans son esprit, avec des arguments pour qu'il se soumette. La litanie de la peur s'imposa à lui, ou plutôt lui fut imposée, en un bourdonnement répété : « *Je ne connaîtrai pas la peur, car la peur tue l'esprit. La peur est la petite mort qui conduit à l'oblitération totale. J'affronterai ma peur. Je lui permettrai de passer sur moi, au travers de moi. Et lorsqu'elle sera passée...* »

Lançant un juron qui était déjà ancien quand la Chaldée était jeune, Leto essaya de bouger, de bondir sur les deux hommes penchés sur lui, mais ses muscles refusèrent de lui obéir. C'était comme si la transe, déjà, l'eût emporté. Il vit bouger la main d'Halleck, s'approcher la seringue. La lumière d'un brilleur scintillait dans le liquide bleu. La seringue toucha son bras ; la douleur le pénétra, gagna jusqu'aux muscles de son cou ; jusqu'à sa tête.

Brusquement, il se trouva devant une jeune femme. Elle était assise devant une hutte primitive, dans la lumière de l'aube. Elle se trouvait en face de lui, occupée à griller ses grains de café, ajoutant de la cardamone et du Mélange. La musique d'un rebec s'élevait de quelque part derrière Leto. Ses échos se diffusaient dans sa tête, se répondaient, s'infiltraient dans son corps. Et il se sentait gros, très gros. Il n'était plus du tout un enfant ! Et sa peau n'était pas la sienne. Il connaissait cette sensation. Sa peau n'était pas la sienne. La chaleur affluait en lui. Brutalement, aussi brutalement que s'était imposée la première vision, il fut dans les ténèbres. C'était la nuit. Les étoiles tombaient en une pluie de brandons ardents depuis le cosmos scintillant.

Une part de son esprit savait qu'il n'y avait pas de fuite possible mais, pourtant, il tenta de lutter jusqu'à l'intervention de son père. « Je vais te protéger durant la transe. Les autres ne pourront s'emparer de toi. »

Le vent renversa Leto, il roula au loin, étouffant, enveloppé par la poussière et le sable, les bras lacérés, le visage griffé, les vêtements déchirés, réduits en lambeaux désormais inutiles. Mais il n'éprouvait aucune souffrance et, sous ses yeux, ses plaies se refermaient aussi vite qu'elles apparaissaient. Mais il continuait de rouler sous le vent. Et sa peau n'était pas la sienne.

*Ce sera !* pensa-t-il.

Mais cette pensée était lointaine comme s'il ne l'avait pas formulée lui-même ; elle ne lui appartenait pas plus que sa peau.

La vision l'emporta. Elle évoluait à l'intérieur d'une mémoire stéréologique qui distinguait le passé et le présent, le futur et le présent, le futur et le passé. Et chaque couple se fondait dans une vision trinoculaire qui devait être, il le sentait, la carte en relief multidimensionnelle, de son existence future.

*Le temps est une mesure de l'espace,* songea-t-il, *tout comme un télémètre est une mesure de l'espace. Mais le fait de mesurer nous condamne à demeurer dans le lieu que nous mesurons.*

La transe s'approfondissait. Elle devenait comme une amplification de sa conscience intérieure que son identité absorbait et par laquelle il percevait son propre changement. Le Temps était vivant et il ne pouvait en capturer un instant. Des fragments de mémoire, venus de l'avenir et du passé, déferlaient sur lui. Mais ils existaient comme un montage-filé. Leurs rapports étaient soumis à une danse permanente. La mémoire de Leto était une lentille, un faisceau lumineux qui repérait des fragments, les isolait, mais ne parvenait pas à immobiliser le mouvement perpétuel et la modification permanente qui s'imposaient à sa vue.

Ce que lui et Ghanima avaient prévu apparut dans le faisceau, dominant tout, et cela le terrifia. La réalité de la vision le pénétra douloureusement. Son inéluctabilité hiératique pesa sur son ego jusqu'à l'humilier.

*Et sa peau n'était pas la sienne !* Le passé et le présent se heurtaient en lui, submergeant les barrières de sa terreur. Il ne pouvait isoler l'un de l'autre. A un moment, il fut emporté par le Jihad Butlérien. Il était avide de détruire les machines qui imitaient la conscience de l'homme. Ce devait être le passé. Oublié, enfui. Pourtant, ses sens lui faisaient revivre l'expérience du moment, en absorbaient les détails les plus infimes, et il entendait un compagnon-pasteur déclarer en chaire : « *Il nous faut rejeter les machines-qui-pensent. C'est aux humains qu'il revient de définir leur conduite. C'est une chose que les machines ne peuvent faire. Le raisonnement dépend du programme et non de la quincaille et nous sommes le programme ultime !* »

Les voix étaient claires à ses oreilles et les lieux familiers à ses yeux : un vaste hall lambrissé aux sombres fenêtres, éclairé par des flambeaux vacillants. Son compagnon reprenait : « *Notre Jihad est un programme-débarras. Nous nous débarrassons des choses qui détruisent notre humanité !* »

Et, dans l'esprit de Leto, celui qui parlait avait été un servant d'ordinateurs, il les avait connus et entretenus. Mais la scène s'effaça et ce fut soudain Ghanima qui se trouva devant lui. « *Gurney sait,* dit-elle. *Il me l'a dit. Ce sont les mots de Duncan et Duncan s'exprimait en qualité de mentat. Si vous faites le bien, évitez de le faire savoir ; si vous faites le mal, évitez de le savoir.* »

Ça, ce devait être l'avenir, le lointain avenir. Mais Leto le percevait comme la réalité. C'était aussi intense et vrai que la multitude des vies qui étaient en lui. Il murmura : « N'est-ce pas vrai, père ? »

Mais la présence-père en lui, l'avertit : « *N'invite pas le désastre ! Tu apprends la conscience stroboscopique. Sans elle, tu pourrais bien aller trop loin, perdre ton repère dans le Temps.* »

Et l'imagerie bas-relief persista. D'autres intrusions lui donnèrent l'assaut. Passé-présent-maintenant. Il n'existait pas de véritable séparation. Il savait qu'il devait se laisser emporter par ce courant, mais il était terrifié. Comment pourrait-il jamais regagner un lieu reconnaissable ? Pourtant, il le sentait, on le contraignait à cesser toute esquisse de résistance. Il ne parvenait pas à appréhender son nouvel univers en autant de parcelles, immobiles, étiquetées. Il n'était pas une miette qui acceptât de rester en place. Les choses ne pouvaient être éternellement ordonnées et formulées. Il lui fallut trouver le rythme du changement et, dans les intervalles, discerner le changement lui-même. Ignorant le commencement, il se déplaçait dans un immense Moment de Bonheur. Il lisait le passé dans l'avenir, le présent dans le passé, le *maintenant* tout à la fois dans le passé et l'avenir. L'accumulation des siècles entre deux battements de cœur.

Sa conscience flottait librement, sans la moindre barrière, sans psyché objective pour remplacer le sentiment du moi. L' « avenir provisoire » de Namri demeurait à la lisière de sa mémoire mais il était environné dans sa conscience par d'autres avenirs. Et, dans cette conscience explosive, la totalité de son passé lui appartenait, de même que chaque vie intérieure. Et, avec l'assistance de la plus grande d'entre elles, il assura son empire. Ils étaient *siens*.

Il pensa : *Lorsque l'on observe un objet d'une certaine distance, on peut ne plus voir que son principe.* Il avait conquis cette distance et il pouvait observer sa vie : le passé-multiple et ses souvenirs étaient son fardeau, sa joie et son besoin. Mais le *voyage du ver* y avait ajouté une autre dimension et son père ne montait plus la garde en lui parce que cela n'était plus nécessaire. Leto distinguait clairement par-delà les distances : le passé et le présent. Et le passé lui révélait un ancêtre ultime. Son nom était Harum et, sans lui, le lointain avenir ne pouvait être. Ces claires distances apportaient des principes nouveaux, de nouvelles dimensions de partage. Quelle que fût l'existence qu'il choisirait désormais, il devrait la conformer à une sphère autonome d'expériences amassées, à une chaîne d'existences si complexe qu'une vie entière n'aurait pas suffi à dénombrer les générations qui la composaient. Cette conscience de masse, une fois éveillée, était assez puissante pour dominer son moi. Elle pouvait s'imposer à un individu, une nation, une société ou une civilisation tout entière. Pour cette raison, bien sûr, Gurney avait appris à le craindre. Pour cette raison, le couteau de Namri veillait. Il ne fallait pas qu'ils découvrent ce pouvoir en lui. Nul ne devrait jamais l'apercevoir dans sa plénitude, pas même Ghanima.

Leto se redressa. Il vit que seul Namri était demeuré auprès de lui et l'observait.

D'une voix âgée, il déclara : « Il n'existe pas d'ensemble unique de bornes fixées pour tous les hommes. La prescience universelle est un mythe vide de sens. On ne peut prévoir que les courants locaux les plus puissants du Temps. Mais, dans un univers infini, ce qui est *local* peut-être assez énorme pour que l'esprit s'affaisse. »

Namri secoua la tête sans comprendre.

« Où est Gurney ? » demanda Leto.

« Il s'est retiré au cas où je devrais te tuer. »

« Est-ce que tu vas me tuer, Namri ? » Il le suppliait presque.

Namri ôta la main de son couteau.

« Puisque tu me le demandes, je ne le ferai pas. Mais si tu étais indifférent... »

« C'est la maladie de l'indifférence qui détruit tant de choses, dit Leto. Oui... même les civilisations en meurent. Comme s'il s'agissait du prix exigé pour parvenir à de nouveaux degrés de complexité ou de conscience. (Il regarda Namri.) Ainsi, on t'a dit de guetter l'indifférence en moi ? »

Il vit alors que Namri était plus qu'un tueur : il était rusé.

« Oui, comme un signe de pouvoir indiscipliné », dit-il, mais il mentait.

« Le pouvoir indifférent... oui, dit Leto dans un soupir. Il n'y avait aucune grandeur dans la vie de mon père, Namri, rien qu'un piège local qu'il a construit pour lui-même. »

**O Paul, toi, Muad'Dib,**
**Mahdi de tous les hommes,**
**Que ton souffle libère**
**Et porte l'ouragan.**

**— Chants de Muad'Dib.**

« JAMAIS ! LANÇA GHANIMA. JE LE tuerai le soir de nos noces ! »

Elle s'exprimait avec un entêtement farouche qui, jusque-là avait résisté à toutes les approches. Alia et ses conseillers avaient passé plus de la moitié de la nuit auprès d'elle. La fièvre régnait dans les appartements royaux. De nouveaux conseillers étaient sans cesse mandés, sans cesse, on apportait mets et boissons. Le Temple tout entier de même que le Donjon vibraient dans l'attente de décisions qui se faisaient attendre.

Ghanima était assise, solennelle, dans une chaise verte à

flotteur, au centre de sa chambre dont les murs avaient été laissés nus et brunis pour rappeler le roc du sietch. Le sol, toutefois, était dallé de noir et le plafond était un énorme cristal d'imbar où palpitait une lumière bleutée. Les meubles étaient rares : un petit secrétaire, cinq sièges à flotteur et un lit étroit dans une alcôve, à la mode Fremen. Ghanima portait une robe de deuil jaune.

« Tu n'es pas une personne libre qui peut disposer de tous les aspects de sa vie », fit remarquer Alia pour la centième fois. *Cette petite idiote doit admettre cela tôt ou tard ! Il faut qu'elle accepte de se fiancer à Farad'n. Il le faut ! Qu'elle le tue plus tard si elle le veut, mais les fiançailles doivent être acceptées par les Fremen.*

« Il a tué mon frère, dit Ghanima, se raccrochant à l'ultime argument. Tout le monde le sait. Si je consentais à ces fiançailles, les Fremen cracheraient en entendant mon nom ! »

*Et c'est bien l'une des raisons de ces fiançailles,* songea Alia.

« Sa mère était coupable, dit-elle. Il l'a bannie pour cela. Que veux-tu de plus ? »

« Je veux son sang. C'est un Corrino ! »

« Il a renié sa propre mère. Pourquoi te préoccuper de ce que raconte la populace Fremen ? Ils accepteront ce que nous leur dirons d'accepter. Ghani, la paix de l'Empire exige... »

« Je n'accepterai pas. Vous ne pouvez annoncer ces fiançailles sans mon consentement. »

Irulan, entrant dans la chambre sur ces entrefaites, décocha un coup d'œil perplexe à l'adresse d'Alia et des deux conseillères découragées qui se tenaient auprès d'elle. Alia leva les deux bras d'un air dégoûté et se laissa tomber dans un siège, en face de Ghanima.

« Parlez-lui, Irulan », demanda-t-elle.

Irulan prit un flotteur et s'installa près d'elle.

« Irulan, vous êtes une Corrino, protesta Ghanima. Ne risquez pas trop votre chance avec moi. »

Elle se leva, marcha droit jusqu'à son lit et s'y assit, jambes croisées, le regard furieux. Irulan, elle le vit enfin, avait revêtu une aba noire tout comme Alia. Le capuchon rejeté en arrière permettait d'admirer ses cheveux dorés. Des cheveux de deuil dans la clarté jaune des brilleurs.

Irulan regarda Alia, se leva et fit face à Ghanima.

« Ghani, si cela devait résoudre les problèmes, je le tuerais de ma propre main. Et Farad'n est de mon sang, comme tu me l'as fait si gentiment remarquer. Mais tu as des devoirs qui transcendent le respect que tu dois aux Fremen. »

« Ça ne me paraît pas meilleur venant de vous que de ma

chère tante, dit Ghanima. On ne peut laver le sang d'un frère. Il ne s'agit pas d'un petit aphorisme Fremen. »

Irulan pinça les lèvres.

« Farad'n retient ta grand-mère prisonnière. Duncan est également son prisonnier et si nous ne... »

« Le récit que vous m'avez fait de ces événements ne me satisfait pas, dit Ghanima, regardant tour à tour Irulan puis sa tante. Jadis, Duncan serait mort plutôt que de laisser l'ennemi s'emparer de mon père. Peut-être cette nouvelle chair de ghola n'est-elle pas la même... »

« Duncan avait mission de protéger la vie de ta grand-mère ! lança Alia en faisant pivoter son siège. Je suis persuadée qu'il a choisi la seule solution possible ! » Et elle songea : *Duncan ! Duncan ! Non, tu n'étais pas censé agir ainsi !*

Ghanima lut la dissimulation dans sa voix et la regarda dans les yeux.

« Vous mentez, O, Matrice du Paradis. Je suis au courant de cette dispute que vous avez eue avec ma grand-mère. Que craignez-vous donc de nous avouer à son propos et à celui de votre précieux Duncan ? »

« Tu sais déjà tout, dit Alia, mais elle ressentit l'aiguillon de la peur devant cette accusation ouverte et ce qu'elle pouvait impliquer. La fatigue, se dit-elle, l'avait rendue imprudente. Elle se tourna vers Irulan : Occupez-vous d'elle. Il faut qu'elle... »

Ghanima l'interrompit d'un juron Fremen, particulièrement choquant dans sa bouche d'enfant. Dans le silence, elle déclara : « Vous me considérez encore comme une enfant, vous pensez que vous avez des années pour vous occuper de moi, que je finirai bien par accepter. Mais réfléchissez, O, Régente des Cieux : plus que quiconque, vous savez combien d'années je porte en moi. C'est leur discours que j'écouterai, non le vôtre. »

Alia réprima difficilement sa colère, sa réponse violente, et elle se contenta de soutenir le regard de Ghanima. *L'Abomination ?* Qu'était donc cette enfant ? Une peur nouvelle s'insinua en elle. Ghanima avait-elle accepté le compromis avec ces vies qui s'étaient installées en elle dès sa pré-naissance ?

« Il est encore temps pour toi d'entendre la raison », dit-elle.

« Et il se pourrait qu'il soit encore temps pour moi de voir le sang de Farad'n répandu par mon couteau, dit Ghanima. Cela dépend... Si jamais on me laisse seule avec lui, il est certain que l'un de nous deux périra. »

« Tu crois que tu aimais ton frère plus que moi ? demanda Irulan. Tu joues un jeu stupide ! J'ai été un peu sa mère tout comme je l'ai été pour toi. J'ai été... »

« Vous ne l'avez jamais connu, dit Ghanima. Vous tous,

sauf parfois ma *très chère tante,* persistez à nous considérer comme des enfants. Vous êtes des sots. Alia sait. Regardez comme elle évite... »

« Je n'évite rien », dit Alia, mais elle se détourna d'Irulan et de Ghanima et fixa les deux amazones qui faisaient semblant d'ignorer la dispute. Elles avaient renoncé à s'intéresser à Ghanima. Peut-être éprouvaient-elles de la sympathie pour elle. Ulcérée, Alia les renvoya. Elles s'exécutèrent avec un soulagement manifeste.

« Vous vous dérobez », reprit Ghanima.

« J'ai choisi de vivre comme il me convient », dit Alia, pivotant sur elle-même pour considérer Ghanima assise en tailleur sur le lit. Etait-il possible qu'elle eût conclu ce terrible pacte intérieur ? Alia tenta d'en percevoir les signes, mais demeura incapable d'en déceler le moindre indice. Elle s'interrogea : « A-t-elle pu voir cette chose en moi ? Comment l'aurait-elle pu ? »

« Vous craignez d'être la fenêtre d'une multitude », l'accusa Ghanima. « Mais nous, les pré-nés, nous savons. Vous serez leur fenêtre, que vous le vouliez ou non. Vous ne pouvez les renier. » Et elle pensa : *Oui. Je te connais pour ce que tu es. — Abomination. Et peut-être deviendrai-je ce que tu es, mais sur l'heure je ne puis avoir pour toi que de la pitié et du mépris.*

Un rideau de silence s'abattit entre Ghanima et Alia, presque palpable, et cela alerta les réflexes Bene Gesserit d'Irulan. Elle les dévisagea tour à tour :

« Pourquoi vous taisez-vous ainsi tout d'un coup ? »

« Il m'est venu une pensée qui demande beaucoup de réflexion », dit Alia.

« Réfléchissez tant que vous voudrez, chère tante », ricana Ghanima.

Alia, surmontant sa colère engendrée par la fatigue, fit : « C'est assez. Laissons-la réfléchir. Peut-être deviendra-t-elle raisonnable. »

Irulan se leva :

« L'aube est proche. Ghani, veux-tu entendre, avant que nous te quittions, le dernier message de Farad'n ? »

« Sûrement pas, dit Ghanima. Et cessez désormais de m'appeler par ce diminutif ridicule : Ghani ! Il ne fait que renforcer l'idée ridicule que je suis une enfant que vous pouvez... »

« Pourquoi toi et Alia vous êtes-vous tues tout à coup ? » dit Irulan, revenant à sa première question mais l'exprimant maintenant avec l'accent de la Voix, sur le mode du tact.

Ghanima se mit à rire à gorge déployée.

« Irulan. Vous essayez la Voix sur moi ? »

« Quoi ? » fit Irulan, déconcertée.

« Vous apprendriez à votre grand-mère l'art de gober les œufs. »

« Je... quoi ? »

« Le fait que je me souvienne de cette expression et que vous ne l'ayez jusqu'à présent jamais entendue devrait vous donner à réfléchir », dit Ghanima. « C'était déjà une vieille expression de mépris du temps où le Bene Gesserit balbutiait. Mais si ça ne vous suffit pas, demandez-moi à quoi pensaient vos parents quand ils vous ont baptisée Irulan ? A la Ruine ? »

Malgré son entraînement, Irulan rougit. « Tu essaies de m'irriter, Ghanima. »

« Et vous, vous avez essayé d'utiliser la Voix contre moi. Contre moi ! Mais je me souviens des premières tentatives humaines dans cette voie. Je me souviens d'*alors,* Irulan La Ruine. Et maintenant, déguerpissez toutes les deux. »

Mais l'attention d'Alia était maintenant retenue par une suggestion singulière qui venait de l'intérieur de son esprit et qui lui fit négliger la fatigue. « Il me vient une idée qui pourrait te faire changer d'avis, Ghani. »

« Toujours Ghani. » Ghanima laissa échapper un rire cassant, puis dit : « Réfléchissez une seconde. Si je souhaite tuer Farad'n, je n'ai qu'à accepter votre projet. Je suppose que vous y avez pensé. Méfiez-vous de *Ghani* quand elle fait la douce. Comme vous le voyez, je suis d'une sincérité touchante. »

« Comme je l'espérais, dit Alia. Si tu... »

« On ne peut laver le sang d'un frère. Je n'irai pas tant que nos Fremen seront incapables de chérir un traître à ce précepte. *Ne pardonne ni n'oublie.* C'est notre catéchisme, non ? Je te préviens, et je le redirai devant témoins : tu ne me fianceras pas à Farad'n. D'ailleurs, qui le croirait, me connaissant ? Farad'n lui-même ne le croirait pas. Les Fremen, en apprenant ces fiançailles riraient sous cape en disant : « Ecoute. Elle l'attire dans un piège. Si vous... »

« Je le comprends », dit Alia se plaçant à côté d'Irulan. Celle-ci attendait, silencieuse et choquée, sachant déjà vers quoi tendait cette discussion, et Alia s'en aperçut.

« Et bien sûr, je l'attirerai dans un piège, dit Ghanima. Si c'est bien votre intention, je suis d'accord, mais lui peut ne pas s'y laisser prendre. Si vous vous servez de ces fausses fiançailles comme d'une fausse monnaie pour racheter ma grand-mère et votre cher Duncan, je n'y vois pas d'inconvénient. Mais c'est votre affaire. Rachetez-les. Quant à Farad'n, il m'appartient. Lui je le tuerai. » Irulan fit face à Alia avant qu'elle ait pu répondre.

« Alia. Si nous revenons sur notre parole... »

Elle laissa sa phrase en suspens, tandis qu'une Alia souriante méditait la fureur potentielle des Grandes Maisons dans les Assemblées de Faufreluches, les effets destructeurs de la confiance en l'honneur des Atréides, la perte de la foi religieuse, tous les grands et petits éléments de l'édifice social qui basculeraient.

« Cela se retournerait contre nous, protesta Irulan. Toute foi dans le prophétisme de Paul disparaîtrait. Cela... l'Empire... »

« Qui oserait contester notre droit à décider du juste et de l'injuste ? demanda Alia, d'une voix douce. Nous arbitrons entre le bien et le mal. Il me suffit de proclamer... »

« Vous ne pouvez le faire, insista Irulan. La mémoire de Paul... »

« ... n'est qu'un instrument de l'Eglise et de l'Etat, dit Ghanima. Ne parlez pas si sottement, Irulan. »

Ghanima caressa le krys à sa ceinture et leva les yeux vers Alia. « J'ai sous-estimé l'astuce de ma tante, Régente de Tout ce qui est Saint dans l'Empire de Muad'Dib. Je vous ai, assurément, sous-estimée. Attirez donc Farad'n dans votre salon si c'est ce que vous voulez. »

« C'est d'une imprudence folle ! » plaida Irulan.

« Tu acceptes ces fiançailles, Ghanima ? » demanda Alia, ignorant Irulan.

« Selon mes conditions », dit Ghanima, la main posée sur le manche de son krys.

« Je m'en lave les mains, dit Irulan faisant le geste approprié. Je ne suis venue que pour discuter de fiançailles véritables qui pourraient guérir le... »

« La blessure que nous allons infliger, Alia et moi, intervint Ghanima, sera encore plus difficile à guérir. Si jamais Farad'n vient, amenez-le moi rapidement. Peut-être acceptera-t-il, après tout. Comment pourrait-il se méfier d'une enfant si jeune ? Préparons la cérémonie des fiançailles comme s'il devait être présent. Si l'occasion m'est donnée de me trouver seule avec lui... rien qu'une minute ou deux... »

Irulan frémit d'horreur en l'entendant : Ghanima était en tout point Fremen, et l'enfant dans ce peuple n'était pas moins sanguinaire que l'adulte. Les enfants Fremen avaient pour coutume d'achever les blessés sur le champ de bataille, libérant ainsi de cette tâche les femmes pour qu'elles puissent ramasser les corps et les amener aux distilles. Et Ghanima, s'exprimant avec une voix d'enfant Fremen, redoublait l'horreur par le choix de ses mots, d'une maturité étudiée, et aussi par la dimension de vendetta qui se déployait autour d'elle comme une aura.

« C'est entendu, dit Alia, luttant pour empêcher sa voix et son expression de manifester son triomphe. Nous allons préparer la cérémonie des fiançailles. Les signatures seront attestées par un échantillon convenable de Grandes Maisons. Farad'n ne pourra se douter... »

« Il se doutera, mais il viendra, dit Ghanima. Et il aura des gardes. Mais penseront-ils à le garder de moi ? »

« Pour l'amour de ce que Paul a tenté, protesta Irulan, faisons au moins que la mort de Farad'n paraisse un accident ! Ou encore le produit d'une malveillance de quelque... »

« C'est avec joie que je présenterai ma lame sanglante à mes frères ! » cria Ghanima.

« Alia, je vous en prie, insista Irulan. Oubliez cette folie ! Prononcez le *kanly* contre Farad'n. N'importe quoi qui puisse... »

« Nous n'avons pas besoin d'une déclaration officielle de vendetta, dit Ghanima. L'Empire tout entier doit savoir ce que nous ressentons. (Elle désigna la manche de sa robe.) Nous portons le jaune du deuil. Lorsque j'échangerai cette robe contre ma noire tenue de fiancée Fremen, qui sera abusé ? »

« Prie que Farad'n le soit, dit Alia, de même que les délégués des Grandes Maisons que nous inviterons afin qu'ils témoignent de... »

« Chacun d'eux se retournera contre vous, dit Irulan. Vous le savez ! »

« C'est parfait ! s'exclama Ghanima. Alia, il faut que vous choisissiez soigneusement ces délégués. Afin que nous n'ayons aucun remords à les éliminer plus tard. »

Irulan eut un geste d'exaspération et se retira en hâte.

« Qu'elle soit placée sous étroite surveillance, dit Ghanima. Elle pourrait prévenir son neveu. »

« N'essaie pas de m'apprendre à mener un complot », dit Alia. Sur ce, elle suivit Irulan, d'un pas plus lent. Les gardes qui veillaient à l'extérieur, de même que les serviteurs, furent aspirés dans son sillage comme des particules de sable dans le tourbillon d'un ver géant.

Ghanima secoua tristement la tête à l'instant où la porte se refermait et elle songea : *C'est bien comme nous le pensions, le pauvre Leto et moi. Par les dieux inférieurs ! J'aurais préféré que le tigre me tue, moi, plutôt que lui !*

**Nombreuses furent les factions qui cherchèrent à s'assurer le contrôle des jumeaux Atréides et, à l'annonce de la mort de Leto, le jeu des complots se trouva encore accéléré. Notons les motivations relatives : les Sœurs redoutaient Alia, Abomination adulte, mais continuaient de convoiter les caractéristiques génétiques dont les Atréides étaient les dépositaires. La hiérarchie de l'Eglise de l'Auqaf et du Hajj n'était intéressée que par le pouvoir implicite assuré par le contrôle de l'héritière de Muad'Dib. La C.H.O.M. ne désirait qu'un moyen d'accéder à la richesse de Dune. Farad'n et ses Sardaukar voulaient restaurer la gloire de la Maison de Corrino. La Guilde Spatiale craignait l'équation Arrakis = Mélange. Sans l'épice, ses navigateurs ne pouvaient être. Quant à Jessica, elle souhaitait réparer ce qu'avait provoqué sa désobéissance au Bene Gesserit. Peu nombreux furent ceux qui s'interrogèrent quant aux jumeaux et à leurs plans, jusqu'au moment où il fut trop tard.**

— Le Livre de Kreos.

PEU APRÈS LE REPAS DU SOIR, LETO aperçut un homme, au bout du passage voûté qui accédait à sa chambre, et son esprit accompagna cet homme. On avait laissé le passage ouvert et Leto avait pu observer des signes d'activité : Des bannes d'épice qu'on faisait rouler, puis trois femmes vêtues avec recherche selon une mode étrangère, qui devaient faire partie des contrebandiers. Puis cet homme, enfin, que rien ne distinguait d'un autre, n'était sa démarche qui évoquait celle de Stilgar, d'un Stilgar bien plus jeune.

L'esprit de Leto suivait un parcours singulier. Le temps avait pénétré sa conscience pour devenir un globe stellaire. Il voyait à travers des espaces-temps à l'infini, mais il devait s'enfoncer dans son propre avenir avant de savoir en quel moment se trouvait sa chair. Ses vies-mémoires aux facettes multiples émergeaient et s'estompaient tour à tour, mais maintenant elles lui appartenaient. Elles étaient comme des vagues déferlant sur une plage, mais lorsqu'elles devenaient trop hautes, il pouvait les maîtriser et elles reculaient, laissant derrière elles le royal Harum.

De temps en temps, il écoutait ces vies-mémoires. C'était parfois comme si un souffleur émergeait de la scène de sa vie pour lui indiquer les prochaines répliques de ses actes. Son père apparut durant la promenade de son esprit et lui dit : « Tu es un enfant qui cherche à devenir un homme. Lorsque tu seras un homme, c'est en vain que tu chercheras l'enfant que tu étais. »

Il était constamment harcelé par les puces et les poux qui étaient les hôtes de ce sietch pauvrement tenu. Les serviteurs qui lui apportaient ses repas lourdement assaisonnés d'épice ne semblaient pas s'en inquiéter. Ces gens étaient-ils donc immunisés contre les parasites ou bien s'y étaient-ils habitués au point de les ignorer définitivement ?

Mais qui étaient-ils, ces gens qui s'étaient rassemblés autour de Gurney ? Comment étaient-ils arrivés là ? Cet endroit était-il réellement Jacurutu ? Ses vies-mémoires lui soufflaient souvent des réponses qu'il n'aimait guère. Ces gens, autour de lui, étaient laids et Gurney était certainement le plus laid de tous. Pourtant, la perfection flottait en ce lieu. Elle dormait, plutôt, attendant sous la surface de laideur.

Une part de lui savait qu'il demeurait soumis à l'épice, enchaîné par les doses importantes de Mélange que l'on incorporait à tous les mets. Sa persona s'enchantait de la présence immédiate de souvenirs charriés et récoltés sur des milliers d'éons tandis que tout son corps d'enfant désirait se révolter.

Son esprit revint de promenade et il se demanda si son corps était vraiment demeuré là, dans cette chambre. L'épice établissait la confusion dans ses sens. Il sentait monter en lui les pressions dues à ses limitations comme les longues dunes barachan du bled qui s'exhaussent lentement au pied d'une falaise du désert, jusqu'à ce qu'un jour, quelques grains passent la crête, puis d'autres et d'autres encore, et que seul demeure apparent le sable sous le ciel.

Mais la falaise subsiste, ensevelie.

*Je suis encore dans la transe,* se dit-il.

Bientôt, il le savait, il atteindrait une fourche qui mènerait vers la mort ou la vie. Ses geôliers ne cessaient de le renvoyer dans le royaume psychique de l'épice, insatisfaits des réponses qu'il leur donnait à chaque retour. Et toujours, le rusé Namri attendait, avec son krys. Leto connaissait désormais des passés et des futurs innombrables mais il continuait d'ignorer ce qui satisferait Namri... ou Gurney Halleck. Ils voulaient tirer quelque chose qui dépassât ses visions. Cette fourche de vie ou de mort l'attirait. Sa vie, il le savait, devrait posséder quelque signification interne qui l'élèverait au-dessus de la vision. Il songea alors que sa conscience intérieure était son être vrai et que la transe était son existence extérieure. Et cela le terrifia.

Il ne voulait pas se retrouver dans ce sietch, avec toutes ces puces, avec Namri, et Gurney Halleck.

*Je suis un lâche,* se dit-il.

Mais un lâche, même un lâche, peut mourir bravement, avec un simple geste. Quel était ce geste qui ferait de lui, à nouveau, un tout ? Comment pouvait-il s'éveiller de la transe et de la vision et retrouver l'univers que désirait Gurney ? S'il ne prenait pas ce tournant, s'il ne s'arrachait pas à ces visions sans but, il savait qu'il pouvait mourir dans la prison de son choix. En cela, il lui fallait bien coopérer enfin avec ses geôliers. Il lui fallait trouver la sagesse quelque part, un équilibre intérieur qui se réfléchirait sur l'univers et qui lui renverrait une image de force tranquille. Alors seulement il pourrait chercher son Sentier d'Or et survivre à cette peau qui n'était pas la sienne.

Au-dehors, quelqu'un jouait de la balisette. Leto se dit que son organisme percevait sans doute cette musique dans le présent. Il sentait la couche sous son dos. Cette musique, il l'*entendait.* C'était Gurney, ce joueur de balisette. Nul autre que lui ne pouvait prétendre à une maîtrise pareille de cet instrument difficile. Il jouait un vieil air Fremen, ce que l'on appelait un *hadith,* en raison de son sujet, et la voix qui invoquait ces thèmes implorait la survie sur Arrakis. La chanson disait le déroulement des travaux des humains dans un sietch.

La musique emporta Leto dans le monde merveilleux d'une des anciennes cavernes. Il vit les femmes piétiner les résidus d'épice pour les brûler, filtrant l'épice pour la fermentation, les tissant. Le Mélange était omniprésent dans le sietch.

Des moments vinrent où Leto ne pouvait plus distinguer entre la musique et les gens qui peuplaient la caverne de la vision. La plainte et le claquement d'un métier à tisser étaient ceux de la balisette. Mais, dans sa vision intérieure, il y avait des tissus faits de cheveux humains, de longues toisons de rats mutants, des cordes de coton du désert et des rubans tressés à partir de peaux d'oiseaux. Il vit une école du sietch. L'écolangage de Dune se répandit dans son esprit, porté par des ailes de musique. Il vit des cuisines alimentées par le soleil, de longues salles où l'on fabriquait les distilles et où ils étaient entretenus. Il vit des liseurs de temps examinant le dessin des bâtonnets ramassés dans le sable.

Quelque part au cours de ce voyage, quelqu'un lui apporta son repas et le fit manger à la cuiller, en lui maintenant la tête. Il perçut cette sensation comme appartenant au temps réel mais, en lui, le merveilleux théâtre continuait.

Comme si elle succédait normalement au repas d'épice, une tempête de sable se déchaîna. Le souffle du sable se pétrifia en reflets dorés dans les yeux d'un papillon, et la vie entière de Leto s'inscrivit dans la piste sinueuse d'un insecte rampant.

Des mots de la Panoplia Propheticus défilèrent en lui : « Il est dit qu'il n'est rien de solide, rien d'équilibré ni de durable dans tout l'univers, que rien ne demeure en son état, que chaque jour, chaque instant de chaque heure apporte le changement. »

*Cette vieille Missionaria Protectiva savait bien ce qu'elle faisait,* songea-t-il. *Elle connaissait les Buts Terribles. Elle connaissait l'art de manipuler les religions et les peuples. Mon père lui-même n'a pu y échapper, pas à la fin.*

C'était l'indice qu'il cherchait. Il l'examina. La force revenait dans sa chair, il le sentait. C'était comme si les mille facettes de son être se retournaient et contemplaient l'univers. Il s'assit. Il était seul dans la pénombre de sa cellule où ne filtrait que la faible clarté du passage où il avait entrevu cet homme qui avait emporté son esprit, tant de siècles auparavant.

« Bonne fortune à nous tous ! » cria-t-il selon la tradition Fremen.

Gurney Halleck apparut sur le seuil, sa tête se détachant en une sombre silhouette sur le fond éclairé du passage.

« De la lumière », dit Leto.

« Tu veux être testé encore ? »

Il rit. « Non, c'est à mon tour de vous tester. »

« Nous verrons. »

Halleck s'absenta un instant, revint avec un brilleur à l'éclat bleuté au creux de son bras gauche. Il le libéra et le laissa dériver dans la pièce au-dessus de leurs têtes.

« Où est Namri ? » demanda Leto.

« Dehors, à portée de voix. »

« Ahh... Le Vieux Père Eternité attend patiemment. » Leto éprouvait un curieux sentiment de délivrance, comme s'il se trouvait au seuil d'une découverte importante.

« Tu donnes à Namri le nom que l'on réserve à Shai-Hulud ? » demanda Gurney.

« Son couteau est une dent de ver, dit Leto. Donc, il est bien le Vieux Père Eternité. »

Gurney grimaça un sourire mais ne répondit pas.

« Vous attendez toujours de prononcer sur moi un jugement, reprit Leto, et, je l'admets, il est impossible d'échanger des informations sans prononcer de jugements. Mais vous ne pouvez exiger de l'univers qu'il soit précis. »

Un bruissement d'étoffe, derrière Gurney, annonça l'entrée de Namri. Il s'arrêta à moins d'un pas, sur la gauche de Gurney.

« Ah ! La main gauche des damnés », remarqua Leto.

« Il n'est pas sage de plaisanter à propos de l'Infini et de l'Absolu », grommela Namri, en jetant un regard de biais à Gurney.

« Es-tu donc Dieu, Namri, pour invoquer l'Absolu ? » rétorqua Leto. Mais son attention ne quittait pas Gurney. C'était de lui qu'il attendait un jugement.

Les deux hommes le regardèrent sans répondre.

« Tout jugement oscille sur la pointe de l'erreur, dit Leto. Prétendre à l'absolue connaissance, c'est devenir un monstre. La connaissance est une perpétuelle aventure à la lisière de l'incertitude. »

« Quel est donc ce jeu auquel tu joues avec les mots ? » demanda Halleck.

« Laissez-le parler », dit Namri.

« C'est le jeu que m'a appris Namri, dit Leto, et le hochement de tête du vieux Fremen ne put lui échapper : il avait certainement reconnu le jeu des énigmes. Nos sens ont toujours au moins deux niveaux. »

« Le trivia et le message », dit Namri.

« Excellent ! s'exclama Leto. Tu m'as donné le trivia, je te donne le message. Je vois, j'entends, je détecte les odeurs, je touche ; je perçois les changements de température, de goût. Je sens le passage du temps. Je peux prendre des exemples émotionnels : Aaahh ! Je suis heureux ! Vous voyez, Gurney ? Namri ? Il n'y a pas de mystère dans la vie humaine. Ce n'est pas un problème qu'il faut résoudre, mais une réalité dont il faut faire l'expérience. »

« Tu abuses de notre patience, mon garçon, dit Namri. Est-ce donc ici que tu veux mourir ? »

Mais Halleck tendit la main.

« D'abord, je ne suis pas un enfant, dit Leto en faisant le signe du poing près de son oreille droite. Tu ne me frapperas pas : j'ai placé un fardeau d'eau sur toi. »

Namri tira à demi le krys de son fourreau et s'exclama : « Je ne te dois rien ! »

« Mais Dieu a créé Arrakis pour éprouver le fidèle. Non seulement je t'ai montré ma foi, mais je t'ai rendu conscient de ta propre existence. La vie appelle la dispute. Tu l'as appris — par moi ! Tu as su que ta réalité diffère de toutes les autres. Ainsi, tu as compris que tu étais vivant. »

« Avec moi, l'irrespect est un jeu dangereux », dit Namri laissant son krys à demi tiré.

« L'irrespect est l'ingrédient le plus nécessaire de la religion, dit Leto. Pour ne rien dire de son importance dans la philosophie. L'irrespect est le seul moyen que nous conservions d'éprouver notre univers. »

« Tu crois donc comprendre l'univers ? » demanda Halleck

en s'écartant légèrement, ouvrant ainsi un espace entre Namri et lui.

« Ou-oui », dit Namri, et la mort était dans sa voix.

« L'univers ne peut être compris que par le vent, dit Leto. La raison n'a pas d'assise puissante dans le cerveau. La création est la découverte. Dieu nous a découverts dans le Vide parce que nous nous déplacions sur un fond qu'Il connaissait déjà. Ce mur était nu. Puis il y eut le mouvement. »

« Tu joues à cache-cache avec la mort », le prévint Halleck.

« Mais vous êtes l'un et l'autre mes amis », dit Leto. Il se tourna vers Namri : « Quand tu proposes un candidat comme Ami de ton Sietch, ne sacrifies-tu pas un faucon et un aigle ? Et la réponse n'est-elle pas : " Dieu envoie chaque homme à son terme, de même que les faucons, de même que les aigles, et de même que les amis " ? »

La main de Namri quitta le manche de son couteau. La lame rentra dans son fourreau. Les yeux écarquillés, il fixa Leto. Chaque sietch gardait secret son rituel de l'amitié, et pourtant Leto venait d'en citer exactement une partie.

« Ce lieu est-il ton terme ? » demanda Halleck.

« Je sais ce que vous voulez entendre de moi, Gurney, dit Leto en guettant le jeu de l'espoir et de la suspicion sur le visage laid. Il porta la main à sa poitrine : Cet enfant n'a jamais été un enfant. Mon père vit en moi, mais il n'est pas moi. Vous l'avez aimé et c'était un humain valeureux dont les actes rejaillirent sur de hauts rivages. Son intention était de clore le cycle des guerres, mais il avait compté sans le mouvement de l'infini tel que la vie l'exprime. C'est le Rhajia ! Namri le sait. Tout mortel peut observer son mouvement. Méfions-nous des sentiers qui rétrécissent les possibilités à venir. Ils nous détournent de l'infini vers des pièges mortels. »

« Qu'est-ce donc que je veux entendre de toi ? » demanda Gurney.

« Il ne fait que jouer avec les mots », dit Namri, mais sa voix était lourde d'hésitations, de doutes.

« Contre mon père, je m'allie à Namri, dit Leto. Et mon père, en moi, s'allie avec nous contre ce que l'on a fait de lui. »

« Pourquoi ? » demanda Gurney.

« Parce que c'est l'*amor fati* que j'apporte à l'humanité, l'acte de la connaissance ultime de soi. Dans cet univers, je choisis de me rassembler contre toute force qui puisse apporter l'humiliation à l'humanité. Gurney ! Gurney ! Vous n'êtes pas né dans le désert, vous n'y avez pas été élevé. Votre chair ne peut connaître la vérité dont je parle. Mais Namri la connaît. En terrain ouvert, une direction est aussi bonne qu'une autre. »

« Je n'ai toujours pas entendu ce que je dois entendre ! » gronda Gurney.

« Il parle pour la guerre et contre la paix », dit Namri.

« Non, dit Leto, pas plus que mon père ne parlait contre la guerre. Mais regardez ce que l'on a fait de lui. La paix, dans cet Impérium, n'a qu'un sens. Elle maintient une unique manière de vivre. On vous ordonne d'être satisfaits. Sur toutes les planètes, comme dans le Gouvernement Impérial, la vie doit être uniforme. L'objet principal de toutes les études de la prêtrise est de découvrir les formes correctes de comportement humain. Pour cela, elle se réfère aux paroles de Muad'Dib ! Dis-moi, Namri, es-tu satisfait ? »

« Non ! » Le mot avait été lâché sèchement, spontanément.

« Donc, tu blasphèmes ? »

« Bien sûr que non ! »

« Mais tu n'es pas satisfait. Vous voyez, Gurney ? Namri nous donne la preuve. Il n'y a pas une seule réponse correcte à chaque problème, à chaque question. Il faut admettre la diversité. Un monolithe est instable. Alors, pourquoi exiger de moi une déclaration correcte et unique ? Est-ce là la mesure de votre jugement monstrueux ? »

« M'obligeras-tu à te faire tuer ? » demanda Halleck, et il y avait de la douleur dans sa voix.

« Non, j'aurai pitié de vous, dit Leto. Faites dire à ma grand-mère que je vais coopérer. Il se pourrait bien que les Sœurs aient à le regretter, mais un Atréides n'a qu'une parole. »

« Il nous faut un Diseur de Vérité pour établir la valeur de cette promesse, dit Namri. Ces Atréides... »

« Devant sa grand-mère, dit Gurney, il aura sa chance de dire ce qu'il convient de dire. » Et il hocha la tête en montrant le passage.

Namri hésita un bref instant avant de sortir, regardant Leto. « Je prie pour que nous n'ayons pas commis d'erreur en lui laissant la vie », dit-il.

« Allez, amis, fit Leto. Allez, et réfléchissez. »

Les deux hommes le laissèrent seul et Leto s'étendit sur le dos, appréciant le contact froid de la couche contre son épine dorsale. D'un mouvement de la tête, il franchit la barrière de la conscience d'épice. En cet instant, il vit la planète tout entière, chacun de ses villages, chacune de ses villes, ses jardins et ses déserts. Et toutes les formes qui s'imposaient à sa vision entretenaient des relations étroites avec un mélange d'éléments qui se trouvaient en elles et hors d'elles. Il vit les structures de la société impériale reproduites dans les structures physiques de ses planètes et de leurs communautés. Comme si les volets de quelque plan gigantesque se déployaient en lui, il vit cette révélation telle qu'elle était : une fenêtre ouverte sur les aspects invisibles de la société. Et il comprit alors que chaque système recelait une fenêtre semblable. Jusqu'au système composé de lui et de son univers. Voyeur cosmique, il se pencha alors sur toutes ces fenêtres.

C'était ce que sa grand-mère et les Sœurs du Bene Gesserit avaient cherché ! Il en était certain. Sa perception venait de passer à un niveau nouveau, supérieur. Il sentit le passé charrié dans ses cellules, dans ses souvenirs, dans les archétypes qui hantaient ses présupposés, dans les mythes qui l'habitaient, dans tous ses langages et leurs détritus préhistoriques. Toutes les formes de son passé humain et non humain, toutes les vies auxquelles il commandait à présent étaient enfin intégrées en lui. Il était pris dans le flux et le reflux des nucléotides. Sur la toile de fond de l'infini, il était une créature protozoaire chez laquelle la naissance et la mort étaient virtuellement simultanées, mais il était à la fois infini et protozoaire, une créature aux souvenirs moléculaires.

*Nous, les humains, sommes une forme d'organisme-colonie !* pensa-t-il.

Ils voulaient sa coopération. En la leur promettant, il s'était une fois encore soustrait à la lame de Namri. En appelant la coopération, ils cherchaient à reconnaître un guérisseur.

*Mais je ne leur amènerai pas l'ordre social qu'ils espèrent !*

Une grimace vint déformer ses lèvres. Il savait qu'il n'avait pas été aussi inconsciemment malveillant que l'avait été son père — le despotisme à une extrémité et l'esclavage à l'autre — mais cet univers pourrait bien appeler de ses pierres le retour à « ce bon vieux passé ».

Son père, en lui, prudemment, incapable d'exiger l'attention, demanda à s'exprimer.

Et Leto lui répondit : « Non. Nous leur donnerons assez de complexités pour leur occuper l'esprit. Il y a bien des façons de fuir le danger. Comment pourraient-ils savoir que je suis dangereux sans m'avoir pratiqué durant des millénaires ? Oui, mon-père-en-moi, je vais leur donner des points d'interrogation. »

**Il n'y a pas de culpabilité ni d'innocence en vous. Tout cela est le passé... La culpabilité s'acharne sur les morts et je ne suis pas le Marteau de Fer. Vous qui êtes la multitude des morts, vous n'êtes qu'autant de gens qui ont accompli certaines choses et c'est le souvenir de ces choses qui éclaire mon chemin.**

— Leto II à ses vies-mémoires,
*d'après Harq al-Ada.*

« ELLE CHANGE D'ELLE-MÊME ! » SOUFfla Farad'n.

Il se tenait devant le lit de Dame Jessica et ses gardes s'étaient alignés, juste derrière lui. Dame Jessica s'était redressée dans son lit, appuyée sur un coude, drapée dans une scintillante robe blanche de parasoie, un ruban blanc assorti dans ses cheveux à l'éclat de cuivre. Farad'n avait fait irruption dans son appartement l'instant auparavant. Il était en tenue de combat grise, à la fois excité et épuisé par sa course au long des couloirs du palais.

« Quelle heure est-il ? » demanda Jessica.

« L'heure ? » répéta-t-il, surpris.

« C'est la troisième heure après minuit, Ma Dame », répondit l'un des gardes en risquant un regard effrayé en direction de Farad'n. Comme ses compagnons, il avait été arraché à son poste par le jeune prince surexcité, au milieu de la nuit.

« Mais elle change ! insista Farad'n en présentant sa main gauche, puis sa droite. Je les ai vues toutes les deux diminuer et devenir des poings potelés et, alors, je me suis souvenu. C'étaient mes mains quand j'étais un enfant. Et je me souvenais de cet âge... mais c'était là... un souvenir plus clair. Mes vieux souvenirs se réorganisaient ! »

« Très bien, dit Jessica, gagnée par l'excitation du Prince. Et que s'est-il produit quand vos mains sont devenues vieilles ? »

« Mon... mon esprit était... lent... Et je ressentais une douleur dans le dos. Ici. » Il posa la main près de son rein gauche.

« Vous avez appris une leçon très importante, dit Jessica. Savez-vous laquelle ? »

Il laissa retomber ses mains et la regarda en face.

« Mon esprit contrôle ma réalité ! dit-il, les yeux brillants, et il répéta, plus fort : Mon esprit contrôle ma réalité ! »

« C'est le début de l'équilibre *prana-bindu,* dit Jessica. Mais ce n'est que le début. »

« Que dois-je faire ensuite ? »

« Ma Dame, intervint le garde qui avait répondu à Jessica l'instant d'auparavant. L'heure... »

*N'y a-t-il donc plus d'espions postés à cette heure ?* se demanda-t-elle, avant de répondre : « Retirez-vous. Nous avons du travail. »

« Mais, Ma Dame », dit le garde, hésitant, son regard effrayé allant de Jessica à Farad'n.

« Vous croyez que je vais tenter de le séduire ? » demanda-t-elle.

L'homme se raidit.

Farad'n éclata d'un rire joyeux. Puis il agita la main.

« Vous l'avez entendue. Allez-vous-en. »

Les gardes échangèrent un regard perplexe, mais ils obtempérèrent.

Farad'n s'assit au bord du lit.

« Et maintenant ? » Il secoua la tête. « Je désirais vous croire, mais je ne vous croyais pas. Et puis... ce fut comme si mon esprit fondait. J'étais las. Mon esprit avait abandonné. Il ne luttait plus contre vous. Ça s'est produit... comme ça ! » Il claqua des doigts.

« Ce n'était pas moi que votre esprit combattait », dit Jessica.

« Bien sûr, avoua-t-il. C'était moi. Je luttais contre moi-même, contre les absurdités que j'ai apprises. Et maintenant, que faisons-nous ? »

Elle sourit.

« Je dois avouer que je ne m'attendais pas à vous voir réussir aussi vite. Cela ne fait que huit jours, après tout... »

« J'ai été patient », remarqua-t-il en souriant.

« Et vous avez également commencé à apprendre la patience. »

« Commencé ? »

« Vous venez à peine de franchir le bord de cette connaissance. A présent, vous êtes véritablement un enfant. Auparavant... vous n'étiez qu'un potentiel, vous n'étiez pas même né. »

Les coins de la bouche du Prince s'affaissèrent.

« Ne soyez pas sombre, reprit Jessica. Vous y êtes parvenu. C'est important. Combien peuvent se vanter d'être nés une seconde fois ? »

« Et ensuite ? »

« Vous allez pratiquer les choses que je vous ai enseignées. Je veux que vous soyez en mesure de les exécuter à volonté et avec aisance. Plus tard, vous pourrez emplir cette zone nouvelle de votre conscience qui s'est ouverte. Avec la possibilité de tester n'importe quelle réalité selon vos propres exigences. »

« Est-ce donc tout ce que je fais maintenant... pratiquer le... »

« Non. Maintenant, vous pouvez entreprendre l'entraînement musculaire. Dites-moi, pouvez-vous bouger le petit orteil de votre pied gauche sans bouger aucun autre muscle de votre corps ? »

« Mon... » Elle lut une expression lointaine sur son visage à l'instant où il essayait de bouger son orteil. Il regardait son pied. De la sueur apparut sur son front et il dit en haletant : « Non, je ne peux pas. »

« Mais si, vous le pouvez. Vous apprendrez à y parvenir. Vous allez apprendre à connaître jusqu'au moindre muscle de votre corps. Vous finirez par les connaître aussi parfaitement que vos mains. »

Il déglutit péniblement, impressionné par cette perspective.

« Que voulez-vous faire de moi ? demanda-t-il. Vous avez un plan ? »

« J'ai l'intention de vous lâcher sur l'univers. Vous deviendrez ce que vous désirez être le plus profondément. »

Il rumina un instant.

« Quoi que je désire ? »

« Oui. »

« C'est impossible. »

« A moins que vous n'appreniez à contrôler vos désirs comme vous contrôlez votre réalité », dit Jessica. Et elle songea : *Là ! Que ses analystes examinent donc ca ! Ils donneront leur approbation, avec prudence, mais Farad'n fera un pas de plus vers la compréhension de ce que j'accomplis en vérité.*

Comme pour confirmer ses pensées, il dit : « C'est une chose que de dire à une personne qu'elle va réaliser les aspirations de son cœur. C'en est une autre que d'assurer effectivement cette réalisation. »

« Vous êtes allé plus loin que je ne pensais. Très bien. Je vous le promets : si vous achevez ce programme d'éducation, vous serez vous-même. Quoi que vous fassiez, vous l'aurez décidé par vous-même. »

*Qu'ils mettent un Diseur de Vérité là-dessus !* pensa-t-elle.

Farad'n se leva et la regarda avec une expression presque amicale sur le visage.

« Vous savez, je vous crois. Je ne sais pas bon sang pour quoi, mais je vous crois ! Et je ne dirai pas un mot de toutes les autres choses auxquelles je pense. »

Jessica le suivit du regard tandis qu'il quittait la chambre. Puis elle éteignit les brilleurs, s'étendit sur le dos. Ce Farad'n, songea-t-elle, est plus que profond. Il lui avait presque dit qu'il commençait à discerner son propos mais qu'il acceptait de son plein gré de conspirer avec elle.

*Attendons qu'il commence à apprendre ses propres émotions,* se dit Jessica. Sur ce, elle se prépara à retrouver le sommeil. Le lendemain, elle le savait, serait encombré de rencontres apparemment fortuites avec le personnel du palais qui lui poserait autant de questions trompeusement bénignes.

**Périodiquement, l'humanité connaît une accélération de ses activités, retrouvant ainsi la compétition entre la vitalité renouvelable du vivant et l'attirante viciation de la décadence. Dans cette course périodique, toute pause est un luxe. Alors seulement on peut se dire que tout est permis, que tout est possible.**

— L'Apocryphe de Muad'Dib.

LE CONTACT DU SABLE EST IMPORTANT, se dit Leto.

Assis sous le ciel brillant, il percevait les grains sous lui. On lui avait de nouveau administré de force une dose massive de Mélange et son esprit tournait sur lui-même à la façon d'un tourbillon. Une question demeurait sans réponse, au cœur du tourbillon : *Pourquoi insistent-ils pour que je le dise ?* Gurney était obstiné, cela ne faisait aucun doute. Et il avait certainement reçu des ordres précis de Dame Jessica.

Ils l'avaient porté en plein jour hors du sietch pour cette « leçon ». Il avait l'étrange impression d'avoir laissé son corps effectuer le court trajet du sietch au désert tandis que son être intérieur arbitrait une bataille entre le Duc Leto Ier et le vieux Baron Harkonnen. Ils se battaient en lui, à travers lui, parce qu'il ne les autorisait pas à communiquer directement. Le combat lui avait appris ce qui était arrivé à Alia. Pauvre Alia.

*J'avais raison de redouter le voyage de l'épice,* songea-t-il. Il se sentit envahi d'une terrible amertume à l'égard de

Dame Jessica. Elle et son satané gom jabbar ! Il fallait se battre et gagner, ou mourir dans la tentative. Elle ne pouvait poser l'aiguille empoisonnée sur son cou, mais elle pouvait l'envoyer dans cette vallée de péril où s'était perdue sa fille.

Des sons traversèrent sa conscience : des reniflements. Ils se faisaient plus forts par instants, puis s'éloignaient avant de revenir, puis de repartir. Il lui était impossible de savoir s'ils existaient dans la réalité du présent ou s'ils étaient un produit de l'épice.

Le corps de Leto s'affaissa sur ses bras croisés. Le sable était brûlant sous ses fesses. Il y avait un tapis devant lui, mais il était accroupi dans le sable. Il y avait une ombre sur le tapis : celle de Namri. Leto plongea son regard dans les dessins boueux du tapis, devina les chapelets de bulles qui montaient du fond. Sa conscience dériva, suivant un courant particulier au sein d'un paysage qui se déployait jusqu'à un horizon d'arbres ébouriffés.

Des tambours battaient dans son crâne. Il avait chaud, il était fiévreux. Cette fièvre qui l'envahissait progressait comme un incendie dans les forêts de ses sens, détruisant sa perception physique, le laissant seul devant les ombres mouvantes du péril. Namri et le couteau. La pression s'accentua... Leto était maintenant suspendu entre le ciel et le sable, l'esprit obsédé par la fièvre. Il attendait que quelque chose se produise, un événement qui serait le premier et le dernier. Le soleil était un marteau torride qui repoussait le cuivre du paysage, sans rémission, sans tranquillité. *Où est mon Sentier d'Or ?* Partout, les punaises rampaient. Partout. *Ma peau n'est pas à moi.* Il propagea des messages au long de ses nerfs, guettant les réponses des personnes-autres.

*Tête droite !* ordonna-t-il à ses nerfs.

Une tête qui aurait pu être la sienne se redressa, regarda les taches de vide dans l'éblouissante clarté.

Quelqu'un murmura : « Il est en plein dedans, maintenant. »

Pas de réponse.

Rien que le feu du soleil, escalier de chaleur.

Tout en se déployant, lentement, le courant de sa conscience l'emporta au-delà d'un dernier écran de verdure, et là, par-delà les vagues basses des dunes, là, à moins d'un kilomètre de l'ultime trait de craie d'une falaise, il vit le bourgeonnement vert de l'avenir, gonflé, s'écoulant en une verdure infinie, qui s'enflait et s'épandait, vert et vif, vert et vertical, éternel.

Un vert immense où ne demeurait plus un seul ver géant.

Une croissance frénétique et l'enchevêtrement de la richesse. Sans Shai-Hulud.

Leto comprit qu'il avait franchi des frontières anciennes pour pénétrer dans un territoire nouveau que l'imagination seule avait pu observer. Il contemplait maintenant, là, ce qui existait par-delà ce rideau que l'humanité, dans son ennui, appelait *L'inconnu.*

L'avide réalité.

Il perçut le fruit rouge de sa vie se balançant à l'extrémité d'un rameau, perdant son fluide, et ce fluide était l'essence d'épice qui courait dans ses veines.

Sans Shai-Hulud, plus d'épice.

Il avait vu un avenir où le grand ver-serpent de Dune n'existait pas. Il le savait, et pourtant il ne pouvait s'arracher à la transe pour se détourner d'une telle voie.

Brutalement, sa conscience plongea en arrière, loin en arrière, loin de ce funeste avenir. Ses pensées suivirent les convolutions de ses entrailles, elles devinrent primitives, ne réagissant qu'aux plus intenses émotions. Il était incapable de se concentrer sur un aspect particulier de sa vision ou de son environnement, mais, en lui, il y avait une voix. Elle parlait une langue ancienne et il comprenait parfaitement ce qu'elle disait. C'était une voix musicale, mélodieuse. Mais les mots qu'il entendait étaient comme autant de coups.

« Ce n'est pas le présent qui influence l'avenir, idiot, mais c'est l'avenir qui forme le présent. Tu as tout compris à l'envers. Puisque l'avenir est déterminé, le déroulement des événements qui assureront cet avenir est inévitable et fixé. »

Ces paroles le transpercèrent. La terreur plongea de lourdes racines dans son corps. Alors, il sut que son corps existait toujours, mais l'énorme puissance et le caractère aventureux de sa vision le laissaient contaminé, vulnérable, impuissant à commander à ses muscles. Il savait qu'il se soumettait encore un peu plus à l'assaut de ces vies collectives dont les souvenirs mêlés lui avaient permis de croire qu'il était réel. La peur l'envahit. Il en vint à penser qu'il allait perdre son contrôle intérieur pour sombrer dans l'Abomination.

La terreur tordit ses membres.

Il en était venu à dépendre de sa victoire et de la récente coopération des vies-mémoires. Mais elles s'étaient retournées contre lui, toutes, même le royal Harum en qui il avait eu confiance. Il gisait, miroitant, sur une surface sans racines, incapable de donner quelque expression à sa propre existence. Il tenta de se concentrer sur une image mentale de lui-même et fut confronté à des figures qui se chevauchaient, toutes d'un âge différent : l'enfant sur le vieillard chenu. Il se souvint des premiers exercices de son père : *Laisse tes mains devenir jeunes, puis vieilles.* Mais son corps tout entier était maintenant immergé dans cette réalité perdue et toute la progression des images se fondait en d'autres visages, les visages de ceux qui lui avaient donné leurs souvenirs.

Un éclair de diamant le fracassa.

Les fragments de sa conscience se dispersèrent, et pourtant il conservait une notion de lui-même, quelque part entre être et non-être. A l'espoir succéda le souffle. Son corps respirait. Dedans... Dehors... Il inspira profondément : *yin.* Il laissa l'air s'échapper : *yang.*

Quelque part, hors de sa portée, il y avait un endroit de suprême indépendance, une victoire absolue sur toutes les confusions engendrées par la multitude des vies. Non pas un faux contrôle mais un triomphe véritable. Maintenant, il savait où avait résidé son erreur : il avait cherché le pouvoir dans la réalité de sa transe plutôt que d'affronter les peurs que Ghanima et lui avaient entretenues.

*C'est la peur qui a détruit Alia !*

Mais la quête du pouvoir démasquait un autre piège, l'attirant vers le rêve. Il vit l'illusion. Le processus d'illusion tout entier pivota d'un demi-tour et il se trouva un centre. A partir duquel il pouvait observer sans but le cours de ses visions, le défilement de ses vies intérieures.

Un sentiment d'élation l'envahit. Il aurait voulu rire, mais il se refusa ce luxe, sachant qu'il risquait ainsi de forclore les portes de sa mémoire.

*Ahhh ! Mes mémoires !* songea-t-il. *J'ai percé votre illusion. Vous n'inventerez plus à ma place le prochain moment. Vous vous contentez de me montrer comment susciter de nouveaux moments. Je ne m'enfoncerai pas dans les vieilles ornières.*

Cette pensée fut comme un chiffon humide sur sa conscience dont la surface fut propre à nouveau. Sur son passage, il eut la perception de son corps tout entier, un *einfall* qui lui proposait un rapport précis sur l'état de chaque cellule, de chaque nerf. Il entra alors dans un état de calme intense. Et, dans ce calme, il entendit des voix. Il sut qu'elles lui parvenaient depuis des distances énormes, mais elles étaient claires et lointaines à la fois comme des échos dans un ravin.

L'une des voix était celle d'Halleck : « Nous lui en avons peut-être trop donné. »

Voix de Namri : « Nous lui avons administré la dose exacte qu'elle nous a indiquée. »

Voix de Halleck : « Il faudrait peut-être que nous retournions auprès de lui. »

Voix de Namri : « Sabiha excelle dans ce genre de chose. Si quelque chose tournait mal, elle nous appellerait aussitôt. »

Voix de Halleck : « Je n'aime guère ce qu'elle fait. »

Voix de Namri : « Elle est un ingrédient nécessaire. »

La lumière était vive autour de lui, sentit Leto, alors que les ténèbres étaient toujours présentes en lui. Mais elles étaient tièdes, secrètes, protectrices. Puis une autre lumière apparut et se diffusa. Il se rendit compte qu'elle émanait du plus profond de lui-même, qu'elle tourbillonnait comme un nuage de clarté. Son corps devint transparent, l'emporta vers le haut, sans qu'il perdît ce contact de l'*einfall* avec toutes ses cellules et ses nerfs. La multitude des vies intérieures se réarrangea, ne laissant rien d'enchevêtré ou de mélangé. Les vies revinrent au calme, redoublant de leur silence son silence intérieur, chaque vie-mémoire devenant distincte, formant une entité incorporelle et indivisée.

Il s'adressa à ses vies-mémoires : « Je suis votre esprit. Je suis l'unique existence que vous puissiez accomplir. Je suis la demeure de votre esprit en cette contrée qui est nulle part, la seule qui puisse encore vous abriter. Sans moi, l'univers intelligible retourne au chaos. Le créatif et l'abyssal sont inextricablement unis en moi, et moi seul peux arbitrer entre eux. Sans moi, l'humanité s'abîmera dans la fange et la vanité du savoir. Par moi, avec elle, vous découvrirez le seul chemin qui conduise hors du chaos : *vivre c'est comprendre.* »

Sur ce, il s'abandonna et devint lui-même, sa personne embrassant l'entièreté de son passé. Ce n'était pas la victoire, pas la défaite, mais une chose neuve qu'il partagerait avec celle des vies intérieures qu'il choisirait. Leto savoura cette nouveauté, la laissant s'emparer de chaque cellule, de chaque nerf, abandonnant ce que l'*einfall* lui avait révélé pour recouvrer la totalité dans l'instant même.

Après un temps, il s'éveilla dans des ténèbres blanches. Un éclair de conscience l'avertit de la situation de sa chair : il était assis dans le sable à moins d'un kilomètre de la falaise qui délimitait la frontière nord du sietch. Et ce sietch, il le reconnaissait, à présent : Jacurutu assurément... et Fondak. Mais ce lieu était bien différent de l'image qu'en donnaient les mythes, les légendes et les rumeurs que faisaient circuler les contrebandiers.

Une jeune femme était assise sur le tapis, juste en face de lui. Le brilleur qui flottait un peu au-dessus de sa tête était attaché à sa manche gauche. A l'instant où Leto détourna les yeux du globe du brilleur, il découvrit des étoiles. Il connaissait cette jeune femme : elle appartenait à sa vision précédente, c'était elle qui faisait griller du café d'épice. Elle était la nièce de Namri et tout aussi prompte que lui au maniement du couteau. L'arme reposait au creux de ses cuisses. Elle portait une simple robe verte par-dessus son distille gris. Son nom était *Sabiha*. Oui... et Namri avait des projets pour elle.

Sabiha lut l'éveil dans son regard : « Ce sera bientôt l'aube. Tu as passé toute la nuit ici. »

« Et presque une journée. Tu fais du bon café. »

Ces paroles la déconcertèrent mais elle les ignora aussitôt avec une aisance qui impliquait un entraînement sévère ainsi que des instructions inflexibles quant à son attitude présente.

« C'est l'heure des assassins, poursuivit Leto. Mais ton couteau est maintenant inutile. »

Il fixait le krys dans son giron.

« Namri est seul juge », dit-elle.

*Mais pas Halleck ?...* songea-t-il. Cela confirmait ce que lui avait appris sa conscience intérieure.

« Shai-Hulud est un grand avaleur d'ordures et un grand effaceur de preuves gênantes, dit-il. Je l'ai moi-même utilisé de la sorte. »

Elle posa doucement la main sur la poignée de son krys.

« L'endroit où nous nous asseyons, la façon dont nous nous asseyons en révèlent tant sur nous... Toi, tu es assise sur le tapis, et moi sur le sable. »

Ses doigts épousèrent la forme du manche du krys.

Leto bâilla, si intensément que ses maxillaires en restèrent douloureux. « Dans une de mes visions, tu étais présente », dit-il.

Il décela un peu de détente dans le mouvement de ses épaules.

« Nous avons été très injustes envers Arrakis, dit-il. Très barbares. Il y a un certain élan dans ce que nous avons entrepris mais, à présent, il nous faut défaire une partie du travail. Il faut retrouver un meilleur équilibre. »

Sabiha fronça les sourcils d'un air perplexe.

« C'est ma vision, reprit-il. Si nous ne restaurons pas la danse de la vie sur Dune, il n'y aura plus de dragon sur le sol du désert. »

Il avait utilisé le nom que les Anciens Fremen donnaient au ver géant et, un moment, elle comprit ce qu'il disait. Puis elle demanda : « Les vers ? »

« Nous sommes engagés dans un passage sombre. Sans épice, l'Empire s'effritera. La Guilde ne bougera pas. L'une après l'autre, les planètes perdront lentement tout souvenir clair du reste du monde. Elles se replieront sur elles-mêmes. Quand les Navigateurs de la Guilde perdront leur maîtrise, l'espace redeviendra une frontière. Et nous serons cloués sur nos dunes, ignorant ce qui est au-dessus de nous comme ce qui est en dessous. »

« Tes paroles sont bien étranges. Comment *me* voyais-tu dans ta vision ? »

*Fais confiance à la superstition Fremen !* se dit-il.

« Je suis devenu pasigraphique. Je suis un glyphe vivant destiné à inscrire les changements qui doivent survenir. Si je ne le fais pas, vous connaîtrez des chagrins tels que nul être humain ne devrait en éprouver. »

« Que signifient donc ces mots ? » demanda-t-elle, mais sa main reposait à peine sur la poignée du couteau.

Sans répondre, Leto tourna la tête vers les rochers de Jacurutu. La clarté sourde qui se répandait dans le ciel était celle de la Seconde Lune qui, bientôt, annoncerait l'aube au-dessus du sietch. Très loin, s'éleva le cri d'agonie poussé par un lièvre des sables. Leto surprit le frisson de Sabiha. Puis, il entendit bruire les ailes d'un rapace nocturne. Il devina les brandons des yeux des créatures qui volaient par-dessus sa tête vers les lézardes de la falaise.

« Je dois obéir aux ordres de mon nouveau cœur, dit enfin Leto. Tu me considères comme un enfant, Sabiha, mais... »

« Ils m'ont avertie à ton propos », dit-elle, et ses épaules se roidirent à la seconde où elle retrouva la méfiance. Il perçut la peur dans sa voix.

« Il ne faut pas me redouter, Sabiha, reprit-il. Tu as vécu huit années de plus que cette chair qui est mienne. Pour cela, je te respecte. Mais je porte des milliers d'années d'autres vies. Ne me regarde pas comme un enfant. J'ai survolé les nombreux avenirs et, dans l'un d'eux, je nous ai vus, unis par l'amour. Toi et moi, Sabiha. »

« Quelles... Ça ne peut pas... » Elle ne put achever.

« Cette idée pourrait faire son chemin en toi, dit-il. A présent, aide-moi à regagner le sietch. Je suis allé dans bien des lieux lointains et ces voyages m'ont affaibli. Namri doit entendre mon récit. »

Elle eut une hésitation qu'il devina.

« Ne suis-je pas l'Invité de la Caverne ? Namri doit apprendre ce que j'ai appris. Nous avons tant de choses à faire pour empêcher que notre univers dégénère. »

« Je ne crois pas... A propos des vers. »

« Ni à propos de notre amour ? »

Elle secoua la tête. Mais il pouvait voir les pensées voler dans sa tête comme des plumes emportées par le vent. Ce qu'il avait dit la fascinait et la repoussait à la fois. Epouser le pouvoir était certes chose attirante. Mais il y avait les ordres de son oncle. Un jour, pourtant, ce fils de Muad'Dib régnerait peut-être sur Dune et sa domination s'étendrait jusqu'aux confins de l'univers. Elle réagit alors de façon extrêmement Fremen avec toute l'aversion de la caverne envers un tel avenir. La compagne de Leto serait vue de tous, et deviendrait un sujet de racontars et de spéculations. Certes, elle pourrait être riche, mais...

« Je suis le fils de Muad'Dib, je puis voir l'avenir », dit-il simplement.

Lentement, elle remit son arme dans son fourreau, se leva du tapis avec des gestes souples, s'approcha de lui et l'aida à se mettre sur ses pieds. Puis elle replia soigneusement le tapis et le plaça sur son épaule droite, ce qui amusa Leto. Il lut ensuite dans son regard qu'elle mesurait leur différence de taille et qu'elle songeait : ... *Les liens de l'amour ?*

*La taille, une autre chose qui change,* se dit-il.

Elle lui prit le bras pour l'aider. Il trébucha et elle l'avertit sèchement : « Nous sommes trop loin du sietch *pour ça !* » Ce qui signifiait qu'il risquait d'attirer un ver.

Leto, maintenant, avait conscience de son corps comme d'une coquille desséchée qui aurait été abandonnée par un insecte. Il connaissait cette coquille : elle ne faisait qu'une avec la société qui avait été édifiée sur le commerce du Mélange et sur la Religion de l'Elixir d'Or. Ses excès l'avaient vidée. Les plus hautes visées de Muad'Dib étaient retombées dans la sorcellerie, soutenue par le bras armé de l'Auqaf. La religion de Muad' Dib, désormais, avait un autre nom : le Shien-san-Shao, une dénomination ixienne pour la folie et l'entêtement de ceux qui croyaient qu'ils pouvaient conduire l'univers au paradis de la pointe de leur couteau. Mais cela changerait, comme Ix avait changé. Ix n'était après tout que la neuvième planète de son système et ses habitants avaient même oublié le langage auquel ils devaient ce nom.

« Le Jihad, marmonna Leto, était une sorte de folie collective. »

« Comment ? »

Sabiha s'était appliquée à le faire marcher sans rythme dans le sable. Une seconde, elle réfléchit à ses paroles, puis décida qu'elles n'étaient qu'un autre produit de sa fatigue. Elle percevait la faiblesse de Leto, le vide laissé en lui par la transe. Tout cela lui apparaissait absurde et cruel. Si Leto devait être tué, ainsi que l'avait préconisé Namri, alors mieux valait que ce fût fait sans drame. Pourtant, Leto avait parlé d'une révélation étonnante. Etait-ce ce que Namri attendait ? Ce qui expliquait l'attitude de la grand-mère de cet enfant ? Comment expliquer autrement que Notre Dame de Dune ait pu donner son assentiment à ces actes périlleux dirigés contre un enfant ?

*Un enfant ?*

A nouveau, elle médita ses paroles.

Ils avaient atteint le pied de la falaise, à présent. Sabiha s'arrêta, laissant son fardeau humain se reposer puisqu'ils étaient presque en sécurité. Elle le regarda dans la pâle lumière des étoiles : « Comment les vers pourraient-ils disparaître ? » demanda-t-elle.

« Il n'y a que moi qui puisse empêcher cela. Ne crains rien. Je peux tout changer. »

« Mais c'est... »

« Il est certaines questions, dit-il, qui n'ont pas de réponse. J'ai vu cet avenir, mais ses contradictions ne feraient que te troubler. Nous sommes dans un univers changeant et nous sommes le plus étrange de tous les changements. Nous résonnons selon tant d'influences. Nos futurs exigent d'être constamment réajustés. Nous sommes devant une barrière qu'il nous faut renverser. Ce qui exige de notre part des actes violents, que nous nous opposions à nos désirs les plus profonds, les plus chers... Mais cela doit être fait. »

« Qu'est-ce qui doit être fait ? »

« As-tu jamais tué un ami ? » demanda-t-il soudain, et, se détournant, il précéda Sabiha vers la fissure qui montait vers l'accès caché du sietch. Il allait aussi rapidement que son épuisement le lui permettait, mais Sabiha parvint à le rattraper. Elle le prit par sa robe et l'arrêta.

« Que veux-tu dire : tuer un ami ? »

« Il mourra de toute façon, dit Leto. Je n'ai pas à le faire, mais je pourrais l'empêcher. Si je ne l'empêche pas, est-ce que je ne le tue pas ? »

« Qui est-ce ?... Qui va mourir ? »

« L'alternative m'impose le silence. Il se pourrait que je doive livrer ma sœur à un monstre. »

A nouveau, il s'éloigna d'elle et, cette fois, lorsqu'elle tenta de le retenir par sa robe, il résista et refusa de lui répondre. *Il vaut mieux qu'elle ne sache pas jusqu'à ce que le moment vienne,* songea-t-il.

**La sélection naturelle a été décrite comme un tri sélectif par l'environnement de ceux qui auront une progéniture. En ce qui concerne les humains, cependant, ce point de vue apparaît comme très limitatif. La reproduction par le sexe tend à l'innovation et à l'expérimentation. Cela soulève bien des questions, entre autres celle, très ancienne, de savoir si l'environnement est un agent sélectif qui intervient après les variations, ou bien s'il joue un rôle présélectif en déterminant les variations qu'il crible. Dune ne répondit pas vraiment à ces questions. Elle en posa simplement d'autres auxquelles Leto et les Sœurs pourraient tenter de répondre durant les cinq cents prochaines générations.**

— La catastrophe de Dune,
*d'après Harq al-Ada.*

LES ROCS BRUNS ET DÉNUDÉS DU MUR du Bouclier se dressaient dans le lointain. Pour Ghanima, ils matérialisaient cette apparition qui menaçait son avenir. Elle était dans le jardin-terrasse, au sommet du Donjon, tournant le dos au soleil couchant. La lumière, filtrée par les grands nuages de poussière qui s'étaient déployés dans le ciel, était d'un orangé intense, une couleur aussi vive que celle des lèvres d'un ver géant. Ghanima soupira et songea : *Alia... Alia... Ton destin devra-t-il être le mien ?*

Ces derniers jours, la clameur des vies intérieures s'était enflée en elle. Dans la société Fremen, on disait que les femmes — que cela fût ou non une différence réellement sexuelle — étaient plus vulnérables à cette marée intérieure. Sa grand-mère l'avait mise en garde alors même qu'elles tissaient leurs plans, puisant dans la sagesse accumulée par le Bene Gesserit, mais éveillant aussi les menaces de cette sagesse en Ghanima.

« L'Abomination, avait dit Jessica, est le terme que nous employons pour le pré-né. Il a derrière lui une longue histoire faite d'expériences amères. Le principe semble résider dans la division des vies intérieures. Elles se répartissent en deux sortes, bénigne et maligne. La bénigne demeure docile, utile, alors que la maligne semble s'unir pour former une puissante psyché qui tente alors de prendre possession de la chair vive et de sa conscience. On sait que ce processus exige du temps mais les signes en sont bien connus. »

« Pourquoi avez-vous abandonné Alia ? »

« Je me suis enfuie parce que j'ai été terrifiée par ce que j'avais créé, avait dit Jessica à voix basse. J'ai abandonné. Et mon fardeau, à présent... Peut-être ai-je abandonné trop tôt... »

« Que voulez-vous dire ? »

« Je ne peux pas encore l'expliquer mais... peut-être... Non ! Je ne dois pas te donner de faux espoirs. *Ghafla,* la distraction abominable, a une histoire très longue dans la mythologie de l'humanité. On lui a donné bien des noms mais, principalement, celui de *possession.* C'est ce à quoi elle ressemble. On s'abandonne à la malignité et elle prend possession de vous. »

« Leto... » avait dit Ghanima. « Il craignait l'épice. » Elle s'apercevait qu'elle pouvait parler calmement de lui. Le prix terrible que l'on exigeait d'eux !

« Avec juste raison », avait dit Jessica, avant de se taire définitivement.

Mais Ghanima avait pris le risque d'explorer ses vies-mémoires, osant un regard derrière un voile étrangement flou, s'avançant vainement dans les peurs Bene Gesserit. Savoir ce qui était advenu d'Alia ne l'aidait en rien. Pourtant, les expériences accumulées des Sœurs semblaient indiquer une issue possible et, lorsque Ghanima se résolut à tenter la communion intérieure, elle fit d'abord appel au *Mohalata,* l'association avec le bénin qui pourrait la protéger.

Elle se rappelait cette communion, en cet instant, debout, dans la clarté du couchant, entre les frondaisons du jardin du Donjon. Aussitôt, elle ressentit la présence-mémoire de sa mère. Chani était là, tout à coup, comme si elle se surimposait entre le regard de Ghanima et les lointaines falaises du Bouclier.

« Pénètre ici et tu goûteras le fruit du Zaqquum, le mets de l'enfer ! dit Chani. Condamne cette porte, ma fille. C'est là ta seule sauvegarde ! »

La clameur intérieure se fit alors plus violente autour de la vision et Ghanima dut fuir, enfouir sa conscience dans le Credo des Sœurs, réagissant plus au désespoir qu'à la confiance. Elle le récita très vite, et sa voix était un infime murmure :

« *La religion est l'émulation de l'adulte par l'enfant. La religion est l'enkystement des croyances passées : la mythologie, qui est conjecture ; tous les postulats secrets de confiance dans l'univers ; les déclarations faites par des hommes en quête de pouvoir personnel ; tout cela mêlé à quelques lambeaux de clarté. Et, toujours, ce commandement suprême et tacite : " Tu ne questionneras point ! " Mais nous questionnons. Nous transgressons naturellement cette règle. Le travail que nous nous sommes fixé est la libération de l'imagination, une imagination mise au service du sens de créativité le plus profond de l'humanité.* »

Lentement, un certain ordre se rétablit dans les pensées de Ghanima. Tout son corps tremblait, cependant, et elle savait combien était fragile cette paix qu'elle venait d'établir. Et le voile flou demeurait dans son esprit.

« Leb Kamai ! souffla-t-elle, cœur de mon ennemi, tu ne seras point mon cœur. »

Elle appela un souvenir des traits de Farad'n, de son visage jeune et saturnin aux sourcils épais, à la bouche au pli ferme.

*La haine me rendra forte,* se dit-elle. *Dans la haine, je puis résister au destin d'Alia.*

Mais la fragilité tremblante de sa position demeurait la même et elle ne put penser qu'à la ressemblance de Farad'n avec son oncle, feu Shaddam IV.

« Te voilà ! »

Irulan venait de surgir à sa droite. Elle progressait au long du balcon avec une allure presque masculine.

Ghanima, se détournant, songea : *Elle est la fille de Shaddam.*

« Pourquoi t'entêtes-tu ainsi à te cacher seule ? » demanda Irulan, s'arrêtant devant elle et la dominant de toute sa taille, le visage courroucé.

Ghanima faillit répondre qu'elle était loin d'être seule et que des gardes l'avaient vue monter sur la terrasse. La colère d'Irulan, elle le savait, venait du fait qu'elles étaient à découvert sur la terrasse et à la merci d'une arme à longue portée.

« Vous ne portez pas de distille, dit-elle. Savez-vous qu'autrefois on tuait quiconque était surpris hors du sietch sans distille ? Gaspiller l'eau équivalait à mettre toute la tribu en danger. »

« L'eau ! L'eau ! cria Irulan. Moi, je voudrais savoir pourquoi tu risques ta propre vie ainsi ! Reviens à l'intérieur. Tu nous mets toutes deux dans l'embarras. »

« Mais quel danger y a-t-il ? demanda Ghanima. Stilgar a puni les traîtres. Et les gardes d'Alia sont tous à leurs postes. »

Irulan leva les yeux vers le ciel qui s'assombrissait. Déjà, quelques étoiles apparaissaient.

« Je ne discuterai pas avec toi, dit-elle enfin. J'étais venue te dire que nous avons reçu un message de Farad'n. Il accepte, mais, pour quelque raison que nous ignorons, il souhaite reporter la cérémonie. »

« De combien de temps ? »

« Nous ne le savons pas encore. Nous négocions. Mais il nous renvoie Duncan. »

« Et ma grand-mère ? »

« Pour l'heure, elle a décidé de demeurer sur Salusa. »

« Qui pourrait l'en blâmer ? » demanda Ghanima.

« Cette dispute stupide avec Alia ! »

« N'essayez pas de m'abuser, Irulan ! Cette dispute n'avait rien de stupide. Je connais les histoires que l'on raconte... »

« Les Sœurs ont peur — »

« Qu'elles soient vraies ! Eh bien, vous avez transmis votre message. Profiterez-vous de cette nouvelle occasion de me dissuader ? »

« J'y ai renoncé. »

« Vous ne devriez pas essayer de me mentir », dit Ghanima.

« Très bien ! Je continuerai donc à essayer de te dissuader. Ce projet est une folie ! »

Irulan se demanda pourquoi elle permettait à Ghanima de se montrer si irritante. Une Bene Gesserit n'avait nul besoin d'être irritée. Elle dit :

« Le danger extrême que tu cours m'inquiète, reprit-elle. Tu le sais. Ghani... Tu es la fille de Paul. Comment peux-tu... »

« Parce que je suis sa fille. Les Atréides savent ce qu'il y a dans leur sang. Notre lignée remonte à Agamemnon. N'oubliez jamais cela, femme sans enfant de mon père. Notre histoire est sanglante et nous n'en avons pas fini avec le sang. »

Déconcertée, Irulan demanda : « Qui est Agamemnon ? »

« Votre chère éducation Bene Gesserit révèle des lacunes, dit Ghanima. J'oublie toujours que vous observez l'histoire en raccourci. Mais mes souvenirs remontent à... » Elle s'interrompit. Mieux valait ne pas éveiller ces ombres au fragile sommeil.

« Quels que soient tes souvenirs, dit Irulan, tu dois savoir à quel point ton attitude est dangereuse pour... »

« Je le tuerai. Il me doit une vie. »

« Je l'empêcherai si je le peux. »

« Nous le savons l'une et l'autre... Mais vous n'en aurez pas la possibilité. Alia va vous envoyer dans l'une des nouvelles cités du sud en attendant que ce soit accompli. »

Irulan secoua la tête, montrant sa détresse.

« Ghani, j'ai fait serment de te garder de tout danger. Je tiendrai ce serment au prix de ma vie. Si tu crois que je vais accepter de languir dans quelque Djedida pendant que tu... »

« Il y a toujours le Huanui, dit Ghanima d'une voix très douce. » Le puits de mort est une alternative. Je suis certaine que vous ne pourriez plus vous interposer alors. »

Irulan blémit et porta la main à sa bouche, oubliant brusquement tout de son entraînement. Cette soudaine peur animale donnait la mesure de son affection pour Ghanima. Lorsqu'elle parla, ses lèvres étaient tremblantes.

« Ghani, je n'ai pas peur pour moi. Je me jetterais dans la gueule d'un ver pour toi. Oui, je suis ce que tu dis : la femme sans enfant de ton père, mais toi, tu es l'enfant que je n'ai pas eue. Je te supplie... » Des larmes brillèrent dans ses yeux.

Ghanima sentit sa gorge se nouer et lutta pour répliquer :

« Il existe une autre différence entre nous. Vous n'avez jamais été une Fremen. Je ne suis rien d'autre. Tel est le fossé qui nous sépare. Alia le sait. Elle est ce que l'on veut, mais elle sait cela. »

« Tu ne peux savoir ce que sait Alia, dit Irulan avec amertume. Si je ne savais pas qu'elle est une Atréides, je jurerais qu'elle a fait serment de détruire sa propre Famille. »

*Mais comment pouvez-vous savoir qu'elle est encore une Atréides ?* se demanda Ghanima. Comment Irulan pouvait-elle être à ce point aveugle ? Elle était une Bene Gesserit et qui, mieux que les Sœurs, connaissait l'histoire de l'Abomination ? Irulan refusait même d'y penser, encore moins de le croire. Alia avait dû employer quelque sorcellerie contre cette malheureuse.

« J'ai une dette d'eau envers vous, dit Ghanima. Pour cela, je protégerai votre vie. Quant à votre cousin, il est perdu... Mieux vaut n'en plus parler. »

Irulan réussit à maîtriser le tremblement de ses lèvres. Elle s'essuya les yeux.

« J'aimais ton père, murmura-t-elle. Je ne l'ai su que lorsqu'il est mort. »

« Mais peut-être n'est-il pas mort. Ce Prêcheur... »

« Ghani ! Parfois, je ne te comprends pas. Paul attaquerait-il sa propre famille ? »

Ghanima haussa les épaules. Puis elle leva les yeux vers le ciel assombri.

« Il pourrait trouver quelque amusement dans ce — »

« Comment peux-tu parler aussi légèrement de... »

« Pour tenir à l'écart les profondeurs obscures. Les dieux savent que je ne veux pas vous accabler, mais je ne suis pas seulement la fille de mon père : je suis chacun de ceux qui ont apporté leur semence aux Atréides. Vous refusez de penser à l'Abomination, mais moi je ne pense qu'à cela. Je suis une prénée. Je sais ce que je porte en moi. »

« Cette vieille superstition idiote à propos de... »

« Non ! (Ghanima tendit la main vers la bouche de la Princesse.) Je suis également chacune des Bene Gesserit de ce satané programme génétique, je suis ma grand-mère. Et plus encore ! (D'un coup d'ongle, elle fit jaillir le sang sur la paume de sa main gauche.) Ce corps est jeune, mais ses expériences... Oh, dieux ! Irulan... Mes expériences !... Non ! (Une fois encore, elle leva la main pour repousser Irulan qui faisait mine de s'approcher.) Je sais tout de ces avenirs que mon père a explorés. J'ai en partage la sagesse de tant de vies, mais aussi leur ignorance... leurs faiblesses. Si vous devez m'aider, Irulan, apprenez d'abord qui je suis. »

Instinctivement, la Princesse se pencha et la prit dans ses bras, la serra, joue contre joue.

*Faites que je n'aie pas à tuer cette femme,* pria Ghanima. *Ne le permettez pas !*

Comme cette pensée coulait en elle, la nuit recouvrit le désert tout entier.

**Par son bec écarlate et bariolé**
**Le petit oiseau t'a chanté.**
**Sur le Sietch Tabr il a pleuré**
**Et sur la Plaine Funèbre tu t'es avancé.**

— Lamentation pour Leto II.

Le tintement des anneaux d'eau dans la chevelure d'une femme éveilla Leto. Son regard se porta vers l'entrée de sa cellule et il découvrit Sabiha. Elle était assise, immobile et, dans la semi-conscience de l'épice, il la vit dessinée telle que la vision la lui avait révélée. Elle avait passé de deux ans l'âge auquel une fille Fremen devait trouver époux ou fiancé. Donc, sa famille la préservait pour quelque chose... ou quelqu'un. Elle était nubile, c'était évident. Ses yeux encore envahis par la vision lui découvraient une créature venue droit du lointain passé terranique de la race humaine : les cheveux noirs, la peau claire, des orbites profondes qui donnaient un reflet vert à ses yeux bleus d'*ibad*. Son nez était petit et sa bouche large sur son menton ferme. Elle était la preuve vivante que le plan des Bene Gesserit était connu ou tout au moins soupçonné, ici, dans Jacurutu. Ainsi, elles espéraient ressusciter l'Impérialisme Pharaonique à travers lui ? Mais pourquoi les Sœurs avaient-elles formé le projet de lui faire épouser sa sœur ? Sabiha, très certainement, ne pourrait empêcher cela.

Il n'en restait pas moins que ceux qui le détenaient avaient connaissance de ce plan. Comment ? Ils n'avaient pu partager sa vision. Ils n'avaient pu le suivre là où la vie était une membrane qui se déplaçait dans d'autres dimensions. Dans la subjectivité circulaire et réfléchie des visions qui révélaient que Sabiha était à lui et à lui seul.

Une fois encore, les anneaux d'eau tintèrent et le son réveilla ses visions. Il savait où il avait été et ce qu'il avait appris. Rien ne pourrait l'effacer. Non, il n'était pas dans un palanquin, emporté par un Grand Faiseur au rythme des chansons des voyageurs et du tintinabulement des anneaux dans les cheveux des femmes. Non... Il était bien là, dans une cellule de Jacurutu, embarqué pour le plus dangereux des voyages, emporté loin du monde réel des sens pour y revenir. Le *Ahl as-sunna wal-jamas*.

Que faisait Sabiha dans le tintement de ses anneaux ? Oh, oui... Elle préparait encore un peu de cette potion qui était censée le retenir prisonnier, ce brouet chargé d'essence d'épice qui le maintenait à demi hors de l'univers véritable et qui l'y maintiendrait encore jusqu'à ce qu'il meure ou que le plan de sa grand-mère réussisse. Chaque fois qu'il croyait avoir gagné, ils le renvoyaient. Dame Jessica avait raison, bien sûr... Vieille sorcière ! Aussi longtemps qu'il n'aurait pas ordonné les informations qu'elles contenaient, aussi longtemps qu'il ne pourrait les évoquer à sa guise, les vies-mémoires qui étaient en lui et dont il se souvenait totalement ne seraient d'aucune utilité. Elles étaient faites de la matière brute de l'anarchie. Toutes ou même une seule de ces vies aurait pu triompher de lui, le submerger. L'épice et sa situation particulière, ici, à Jacurutu, avaient représenté un pari désespéré.

*A présent, Gurney attend ce signe que je refuse de lui donner. Jusqu'où ira sa patience ?*

Il regarda Sabiha. Elle avait rejeté son capuchon et les tatouages tribaux étaient visibles sur ses tempes. Tout d'abord, il ne les reconnut pas, puis il se souvint de l'endroit où il se trouvait. Oui, Jacurutu vivait encore.

Il ne savait pas s'il devait éprouver de la haine ou de la reconnaissance pour sa grand-mère. Elle voulait qu'il ait des instincts au niveau de la conscience. Mais les instincts n'étaient que des souvenirs de l'espèce permettant d'affronter les crises. Ses souvenirs directs des vies antérieures lui en apprenaient bien plus. Il les avait ordonnées, maintenant, et il comprenait le danger qu'il y avait à le révéler à Gurney. Impossible de cacher la révélation à Namri. Et Namri était un autre problème.

Sabiha pénétra dans la cellule, tenant une coupe. Il admira les couleurs d'arc-en-ciel que la lumière du dehors faisait naître sur le pourtour de sa chevelure. Doucement, elle lui souleva la tête et commença à le nourrir. Alors, seulement, il prit la mesure de sa faiblesse. Il se soumit docilement tandis que son esprit vagabondait. Il se souvint de la rencontre avec Namri et Gurney. Ils le croyaient ! Namri plus que Gurney, mais Gurney lui-même ne pouvait nier ce que ses sens lui avaient déjà appris sur l'état de cette planète.

Avec le revers de sa robe, Sabiha lui essuya la bouche.

*Ah, Sabiha,* pensa-t-il, se rappelant cette autre vision qui emplissait son cœur de chagrin. *Bien des nuits j'ai rêvé auprès de l'eau libre, écoutant les vents souffler au-dessus de moi. Bien des nuits ma chair est demeurée dans l'antre du serpent et j'ai rêvé de Sabiha dans la chaleur de l'été. Je l'ai vue empiler les pains d'épice cuits sur des feuilles de plastacier rougies. J'ai vu l'eau limpide du qanat, si douce et si brillante, mais une tempête se déchaînait dans mon cœur. Elle boit du café et elle mange. Ses dents brillent dans la pénombre. Elle met mes anneaux d'eau dans ses cheveux. Le parfum ambré de ses seins pénètre mes sens. Elle me tourmente et m'oppresse par son existence.*

La pression de ses multi-mémoires fit éclater le globe de temps gelé auquel il avait tenté de résister. Il perçut les corps enchevêtrés, les bruits du sexe, les rythmes inscrits dans chaque impression sensorielle : lèvres, souffles, haleines humides, langues. Quelque part dans sa vision, des formes en hélices tournaient, noires comme le charbon, et il perçut leur pulsation régulière, en lui-même. Une voix implorait au centre de son crâne : « Je vous en prie, je vous en prie... » Il y eut une turgescence d'adulte venant de ses reins. Sa bouche s'ouvrit, mordit à l'ultime rambarde de l'extase. Un soupir, la houle attardée de la douceur, l'oubli.

Oh, comme il serait doux d'en passer par là.

« Sabiha ! souffla-t-il. Oh, ma Sabiha ! »

Lorsqu'il fut évident qu'il était retombé dans une transe profonde, Sabiha reprit la coupe et se retira. Elle s'arrêta sur le seuil et dit à Namri : « Il m'a encore appelée. »

« Alors, retourne auprès de lui. Il faut que je trouve Halleck et que nous discutions de cela. »

Sabiha posa la coupe et revint vers Leto. Elle s'assit près de lui et observa son visage, dans la pénombre.

Il ouvrit alors les yeux, tendit la main et effleura la joue. Puis il lui parla, lui raconta la vision où il venait de la retrouver.

Comme il parlait, elle mit une main sur la sienne. Il était si doux... si... Elle s'effondra sur la couche, soutenue par la main de Leto, inconsciente. Leto se redressa, découvrant le poids énorme de sa faiblesse. Les visions de l'épice avaient absorbé ses forces. Il fit appel aux dernières traces d'énergie qui subsistaient dans ses cellules et parvint à quitter sa couche sans déranger Sabiha. Il devait partir mais il savait qu'il ne pourrait aller très loin. Lentement, il scella son distille, enfila sa robe et s'engagea dans le passage. Il ne fit que de rares rencontres qui l'ignorèrent. Bien sûr, on le reconnaissait, mais la garde de Leto ne leur incombait pas ; on pensait que Namri et Halleck savaient ce qu'il faisait et que Sabiha, de toute façon, ne devait pas être très loin.

Il découvrit enfin le passage latéral qu'il cherchait et s'y engagea sans hésitation.

Sabiha dormit paisiblement jusqu'à ce que Halleck l'éveille. Elle s'assit en se frottant les yeux, vit la couche vide, son oncle debout derrière Halleck, la colère sur leurs visages.

Namri répondit à sa question muette.

« Oui. Il est parti. »

« Comment l'as-tu laissé fuir ? explosa Halleck. Comment cela est-il possible ? »

« On l'a vu se diriger vers la sortie inférieure », dit Namri d'une voix étrangement calme.

Sabiha se faisait toute petite devant eux, essayant de se souvenir.

« Comment ? » répéta Halleck.

« Je ne sais pas. Je ne sais pas. »

« Il fait nuit et il est affaibli, dit Namri. Il n'ira pas loin. »

Halleck se tourna vers lui brusquement.

« Tu veux qu'il meure ? »

« Ce ne serait pas pour me déplaire. »

Halleck, sans répondre, s'adressa de nouveau à Sabiha.

« Dis-moi ce qui est arrivé. »

« Il m'a touché la joue. Il parlait de sa vision... où nous étions ensemble, lui et moi... (Elle regarda la couche vide.) Il m'a fait dormir. Il s'est servi de quelque tour magique... »

« Est-ce qu'il ne pourrait pas se cacher quelque part dans le sietch ? » demanda Halleck à Namri.

« Non. Nulle part sans être vu, sans qu'on le retrouve. Il cherchait une sortie. Il est dans le désert, à présent. »

« De la magie », murmura Sabiha.

« Non, ce n'est pas de la magie, dit Namri. Il t'a hypnotisée. Il y est presque parvenu avec moi, tu ne t'en souviens pas ? Il disait que j'étais son ami. »

« Il est très faible », fit Halleck.

« Son corps seul est faible. Mais il n'ira pas loin. J'ai neutralisé les pompes à talons de son distille. Sans eau, il mourra si nous ne le retrouvons pas. »

Halleck faillit le frapper, mais il se maîtrisa. Jessica l'avait prévenu que Namri serait peut-être obligé de tuer l'enfant. Dieux inférieurs ! Dans quelle situation étaient-ils ! Les Atréides contre les Atréides !

« Est-il possible qu'il soit encore dans la transe d'épice ? » demanda-t-il.

« Quelle différence cela fait-il ? S'il nous échappe, il mourra. »

« Nous commencerons les recherches à la première lueur du jour. Avait-il un Fremkit ? »

« Il y en a toujours quelques-uns près des sceaux. Il n'est pas assez bête pour ne pas en avoir pris un. Il ne m'a jamais fait l'impression d'être bête. »

« Il faut envoyer un message à nos amis, dit Halleck. Il faut leur dire ce qui est arrivé. »

« Pas de message cette nuit. Une tempête approche. Les tribus la repèrent depuis trois jours. Elle devrait être sur nous vers minuit. Les communications sont déjà coupées. Les satellites ont isolé ce secteur depuis deux heures. »

Halleck eut un soupir profond. Si la tempête de sable s'abattait sur l'enfant, il était irrémédiablement condamné. Le vent dévorerait sa chair et réduirait ses os en esquilles, en poussière. La mort simulée deviendrait bien réelle. Rageusement, il frappa sa paume de son poing. La tempête les piégeait dans le sietch. Ils ne pouvaient même pas monter une expédition de recherche. Et les parasites de la tempête isolaient déjà le sietch du réseau des communications.

« Un distrans », dit-il soudain, pensant qu'ils pouvaient imprimer un message sur le cri d'une chauve-souris et lui faire porter à destination le signal d'alerte.

Mais Namri secoua la tête : « Même les chauve-souris reculent devant la tempête. Allons : elles sont plus sensibles que nous. Elles resteront terrées dans les falaises jusqu'à ce que le vent tombe. Il vaut mieux attendre que la liaison soit rétablie avec les satellites. Après, nous aurons le temps de retrouver ses restes. »

« S'il a un Fremkit, il se cachera dans le sable », dit Sabiha.

Jurant sourdement, Halleck se détourna brusquement et partit vers l'intérieur du sietch.

**La paix exige des solutions, mais nous ne parvenons jamais à des solutions vivantes, nous ne faisons qu'œuvrer dans leur direction. Une solution définitive est par définition une solution morte. Le défaut majeur de la paix est qu'elle tend à punir les fautes plutôt qu'à récompenser la valeur.**

— Les Paroles de Mon Père :
*Relation de Muad'Dib*
*retranscrite par Harq al-Ada.*

« ELLE L'ÉDUQUE ? ELLE ÉDUQUE Farad'n ? »

Alia fixait sur Duncan Idaho un regard où se mêlaient la colère et l'incrédulité. Le transport de la Guilde s'était placé en orbite autour d'Arrakis à midi heure locale. Une heure plus tard, la navette avait amené Duncan en Arrakeen sans qu'il fût annoncé. Et, quelques minutes après, un orni le déposait sur la terrasse du Donjon. C'est là qu'Alia, avertie de son arrivée imminente, l'avait accueilli, froide et cérémonieuse devant ses gardes. A présent ils se trouvaient dans ses appartements, sous la face nord. Duncan venait de faire son rapport, avec sincérité, avec précision, mettant en relief chaque élément, à la façon mentat.

« Elle a perdu l'esprit », dit Alia.

Il soumit ces paroles à une analyse mentat et déclara :

« Tous les paramètres indiquent pourtant qu'elle demeure très équilibrée et saine d'esprit. J'ajouterai que son indice de santé était plutôt... »

« Assez ! A quoi peut-elle donc songer ? »

Idaho, sachant que son propre équilibre émotionnel dépendait maintenant d'une retraite dans la froideur mentat, répondit : « Je compute qu'elle a en tête les fiançailles de sa petite-fille. »

Ses traits restaient absolument neutres. C'était un masque qui recouvrait le chagrin qui montait en lui et menaçait de l'engloutir. Ce n'était pas Alia qu'il avait devant lui. Alia était morte. Pendant un temps, il avait maintenu l'existence d'un mythe-Alia à l'usage de ses sens, un être qu'il avait construit selon ses désirs, mais un mentat ne pouvait ainsi s'abuser lui-même que pour un temps limité. Cette créature d'apparence humaine était possédée. Elle était conduite par une psyché démoniaque. Les myriades de facettes de ses yeux d'acier transmettaient aux centres de sa vision une multitude d'Alias mythiques. Mais, lorsqu'il les combinait toutes en une image unique, Alia n'existait plus. Son visage répondait à d'autres exigences ; elle n'était plus qu'une coquille vide dans laquelle des atrocités avaient été commises.

« Où est Ghanima ? » demanda-t-il.

Elle éluda la question. « Je l'ai confiée à la garde de Stilgar, ainsi qu'Irulan. »

*Territoire neutre,* songea-t-il. *Il y a de nouvelles négociations en cours avec les tribus rebelles. Elle perd du terrain et ne le sait pas... Ou bien le sait-elle ? Y aurait-il une autre raison ? Stilgar s'est-il retourné contre elle ?*

« Les fiançailles, dit Alia. Que se passe-t-il dans la Maison Corrino ? »

« Salusa grouille de parents plus ou moins lointains de Farad'n. Ils s'affairent tous autour de Farad'n, espérant en recevoir quelque chose s'il revient au pouvoir. »

« Et elle lui inculque les principes Bene Gesserit... »

« Est-ce que cela ne convient pas au futur époux de Ghanima ? »

Alia sourit intérieurement en songeant à la rage adamantine de Ghanima. Oui, Farad'n pouvait bien recevoir cet enseignement Bene Gesserit, après tout. Jessica entraînait un cadavre. Tout se terminerait bien.

« Il faut que je réfléchisse à tout ceci, dit-elle. Tu es bien calme. »

« J'attends tes questions. »

« Je vois... Tu sais, j'étais très en colère contre toi. Oser la livrer à Farad'n ! »

« Tu m'avais ordonné d'agir afin que cela ait l'air vrai. »

« J'ai été obligée de déclarer que vous aviez été fait prisonniers tous deux. »

« J'ai exécuté tes ordres. »

« Tu agis parfois à la lettre, Duncan... Cela m'effraie presque. Mais si tu n'avais pas fait cela, eh bien... »

« Dame Jessica est hors de danger, dit-il. Et, pour le bonheur de Ghanima, nous devrions être heureux de... »

« Immensément heureux », acheva-t-elle. Et elle songea : *Je ne puis plus me fier à lui. Il entretient encore cette satanée loyauté envers les Atréides. Il faut que je trouve un prétexte pour l'envoyer en expédition... et le faire éliminer. Un accident, bien sûr.*

Elle posa la main sur sa joue. Il se força à répondre à cette caresse et lui embrassa les doigts.

« Duncan, Duncan, dit-elle. Je ne peux te garder ici auprès de moi. Il se passe trop de choses et je ne puis me fier qu'à si peu. »

Il lâcha sa main, attendit.

« J'ai été *contrainte* d'envoyer Ghanima à Tabr. Il y a une profonde agitation ici. Des commandos venus de la Terre Brisée ont détruit les qanats du Bassin de Kagga et répandu l'eau dans le sable. L'eau a dû être rationnée en Arrakeen. Il y a des truites partout dans le Bassin ; elles ruinent la moisson d'eau. Nous luttons, bien sûr, mais nous sommes trop peu nombreux. »

Il s'était déjà aperçu du faible nombre des amazones d'Alia visibles dans le Donjon.

*Le Maquis du Désert Intérieur veut sonder ses défenses,* se dit-il. *Est-ce qu'elle ignore vraiment cela ?*

« Tabr demeure territoire neutre, reprit-elle. Les négociations se poursuivent, là-bas. Javid est à la tête de la délégation de la Prêtrise. Mais j'aimerais que tu sois aussi présent là-bas pour les surveiller, Irulan surtout. »

« Elle est une Corrino », acquiesça-t-il.

Il lisait maintenant dans ses yeux qu'elle le rejetait. Cette créature qui n'avait que le nom d'Alia était devenue si transparente !

Elle agita une main : « Va, à présent, Duncan, avant que je ne succombe et te garde auprès de moi. Tu m'as tant manqué... »

« Toi aussi », dit-il simplement, et il y avait dans sa voix toute la peine qu'il éprouvait.

Elle le regarda intensément, surprise par sa tristesse.

« Fais-le pour moi, Duncan. » Elle pensa : *C'est dommage, Duncan.* « Zia va te conduire à Tabr. Il faut qu'elle ramène l'orni ici. »

*Son amazone favorite,* se dit-il. *Avec celle-là, il faut se tenir sur ses gardes.*

« Je comprends. » Une fois encore, il lui prit la main, l'embrassa. Une dernière fois, il regarda cette chair qui avait été Alia, son Alia. Mais il ne put affronter son regard. Ce regard de quelqu'un d'autre.

Tout en montant vers la terrasse du Donjon, Idaho sentit de nouvelles interrogations affluer en lui. Cette entrevue avec Alia avait été extrêmement éprouvante pour le mentat qu'il était et qui ne cessait de déchiffrer les signes. Il attendit près de l'ornithoptère en compagnie d'une des amazones du Donjon, regardant sombrement vers le sud, son imagination l'emportant par-delà le Bouclier, vers le Sietch Tabr. *Pourquoi Zia me conduit-elle là-bas ? Ramener cet orni est une tâche qui n'est pas de son rang. Pourquoi tarde-t-elle ? Parce qu'elle reçoit de nouvelles instructions ?*

Il ne jeta qu'un coup d'œil à la vigilante amazone avant de se hisser dans le siège de pilotage. Puis il se pencha :

« Dis à Alia que je renverrai immédiatement cet appareil avec l'un des hommes de Stilgar. »

Avant que la fille ait pu protester, il avait fermé la porte et lancé le moteur. Elle resta indécise. Pouvait-elle s'opposer à l'époux d'Alia ?

L'orni décolla avant qu'elle ait réussi à prendre une décision.

Seul dans le ciel, Duncan laissa éclater son chagrin en sanglots violents. Il avait perdu Alia. Plus jamais il ne la reverrait. Des larmes jaillirent de ses yeux Tleilaxu et il murmura : « Que toute l'eau de Dune se perde dans le sable. Elle n'est rien devant mes larmes. »

Cet excès d'émotion n'était pas dans la manière mentat, cependant, et, l'ayant admis il se domina pour affronter les nécessités de l'instant. Le pilotage, par exemple. Après un moment, il en éprouva du soulagement, au fur et à mesure que les gestes jadis familiers lui revenaient.

*Ghanima est à nouveau en compagnie de Stilgar. Et Irulan.*

Pourquoi Zia avait-elle été désignée spécialement pour l'accompagner ? Il transforma la question en problème mentat et la solution le laissa glacé : *C'était pour qu'il m'arrive un accident fatal.*

**Ce mausolée de rocs qui recouvre le crâne de celui qui régna ne mérite nulle prière. Il est maintenant le tombeau des lamentations. Seul le vent entend la voix de ce lieu. Les plaintes des créatures de la nuit et le miracle des deux lunes disent que ce jour s'est achevé. Il ne vient plus de suppliants. Les invités ont déserté la fête. Comme il est nu le sentier qui descend de la montagne.**

— Poème au Mausolée d'un Duc Atréides.
*Anonyme.*

POUR LETO, LA CHOSE AVAIT LA TROMPEUSE apparence de la simplicité : éviter la vision, faire ce qui n'avait pas été vu. Il savait quel était le piège que dissimulait cette pensée : les fils lâches d'un avenir bloqué pouvaient s'entremêler jusqu'à le retenir, mais il avait une nouvelle prise sur ces fils. Jamais il ne s'était vu fuyant Jacurutu. Il fallait d'abord trancher le fil qui le reliait à Sabiha.

Dans l'ultime clarté du jour, il était accroupi sur le rebord oriental du rocher qui protégeait Jacurutu. Son Fremkit lui avait procuré de la nourriture ainsi que des tablettes énergétiques. Il attendait que ses forces reviennent. A l'ouest s'étendait le Lac Azrak, la plaine de gypse où, jadis, au temps d'avant les vers, il y avait eu l'eau. A l'est, invisible de l'endroit où se trouvait Leto, il y avait Bene Sherk, une poussière de colonies empiétant sur le *bled*. Au sud, s'étendait le Tanzerouft, le Pays de la Terreur : trois mille huit cents kilomètres de désolation ponctués de dunes herbeuses irriguées par des pièges-à-vent, le produit de la transformation écologique qui remodelait le paysage de Dune. Leur entretien était assuré par des équipes aéroportées qui passaient un minimum de temps dans le *bled*.

*J'irai au sud,* se dit Leto. *C'est là que Gurney me cherchera.* Ce n'était pas le moment d'agir de façon complètement imprévisible.

La nuit complète s'installerait bientôt et il pourrait quitter ce refuge provisoire. Il porta les yeux vers l'horizon du sud. Le ciel était sombre et brun ; il roulait là comme un nuage de fumée, comme une ligne brûlante de poussière ondulante : une tempête. Le centre supérieur de la tempête montait maintenant au-dessus de la plaine, pareil à la tête d'un ver colossal qui se serait dressé, inquiet. Une longue minute, Leto observa attentivement ce spectacle. Le centre de la tempête n'oscillait ni à droite ni à gauche. Le vieux dicton Fremen s'imposa à son esprit : *Quand le centre ne bouge pas, tu es dans son sentier.*

Cette tempête modifiait les choses.

Un moment, il regarda vers l'ouest, en direction du Tabr, vers l'étendue grise de sable trompeusement paisible dans le soir, vers la grande cuvette de gypse blanc cernée de colliers de cailloux érodés, vers les solitudes blanches et éblouissantes qui reflétaient le passage des nuages de poussière. Nulle part, dans aucune de ses visions, il ne s'était vu échappant au serpent gris d'une mère-tempête ou trop profondément enfoui dans les profondeurs du sable pour survivre. Il s'était seulement vu porté par le vent... mais cela pourrait venir plus tard.

Et une tempête arrivait, déployée sur plusieurs degrés de latitude, fouettant le monde et le soumettant à sa fureur. Il pouvait courir ce risque. De vieilles histoires avaient été rapportées de bouche en bouche. On disait qu'il était possible d'arrimer un ver épuisé à la surface en calant un hameçon à Faiseur sous l'un des anneaux les plus larges. Le ver immobilisé, on pouvait survivre à la tempête en s'abritant ainsi du vent. Ce passage de l'audace à la folie le tentait. Cette tempête ne serait pas là avant minuit au plus tôt. Il lui restait assez de temps. Combien de fils pourrait-il encore couper ? Tous, y compris le dernier ?

*Gurney s'attend à ce que je marche au sud, mais pas dans une tempête.*

Il chercha du regard un passage vers le sud et découvrit la rivière d'ébène d'une gorge profonde qui s'éloignait en s'incurvant du rocher de Jacurutu. Il distingua des rouleaux de sable chimera, pareils à des tourbillons d'eau boueuse. Le canyon était comme un torrent. Il se redressa et s'engagea sur le passage qui y accédait, assurant le Fremkit sur ses épaules, la soif broyant déjà son gravier dans sa bouche. Il faisait encore assez jour pour qu'il fût repéré, mais il avait conscience de jouer avec le temps.

Dès qu'il atteignit l'entrée du canyon, la nuit profonde du désert s'abattit sur lui. C'était un chemin givré de lune qui se déployait maintenant devant lui, vers le Tanzerouft. Son cœur battit plus vite sous l'afflux des craintes qui emplissaient toutes ses vies-mémoires. Il sut qu'il risquait de marcher vers Huanuinaa, la plus géante des tempêtes que les Fremen évoquaient avec terreur : Le Distille de Mort de la Terre. Mais, quoi qu'il advienne désormais, cela échappait à sa vision. Chaque pas l'éloignait du *dhyana* de l'épice, cette extension de sa nature intuitive qui se déployait dans la chaîne immobile de la causalité.

Pour cent pas en avant, il en faisait au moins un de côté, au-delà des mots, en communion avec cette réalité interne qu'il venait de saisir.

*D'une façon ou d'une autre, père, je viens à toi.*

Dans les rochers, tout autour de lui, invisibles, il devinait les oiseaux à leurs bruits infimes, leurs faibles appels. Comme tout Fremen, il parvenait à se guider sur leurs échos dans les passages de ténèbres. Parfois, passant devant une faille, il découvrait une paire d'yeux verts : les bêtes du désert commençaient à chercher refuge parce qu'elles sentaient l'approche de la tempête.

Il sortit enfin de la gorge et se retrouva dans le désert. Du sable vivant dansait et soufflait autour de lui, lui parlant d'actions souterraines, de fumerolles dormantes. Il s'arrêta et contempla au loin, les crânes de lave des buttes de Jacurutu. A cette distance, l'origine métamorphique du site était évidente, le jeu des pressions semblait se répéter devant le regard. Arrakis avait encore son mot à dire sur son propre futur. Il planta le marteleur dans le sable et, dès que les premiers coups résonnèrent, il se mit en position d'attente et d'écoute. Inconsciemment, sa main droite se posa sur l'anneau à l'emblème du faucon des Atréides caché dans un nœud de sa dishdasha. Gurney l'avait découvert mais il l'avait laissé. Qu'avait-il pensé, en voyant l'anneau de Paul ?

*Père, je serai bientôt là.*

Le ver arriva du sud. Il dévia sa course pour éviter les rochers. Ce n'était pas le géant que Leto avait espéré mais il n'avait pas le choix. Il évalua sa route, lança les hameçons et s'éleva sur les écailles du flanc monstrueux à l'instant où le ver passait sur le marteleur dans un jaillissement de poussière. Le ver réagit aussitôt à la pression des hameçons. La robe de Leto claquait dans le vent. Du regard, il chercha les étoiles du ciel austral, ténues dans les nappes de poussière, et fit prendre cette direction au ver.

*Droit dans la tempête.*

Comme s'élevait la Première Lune, il put évaluer la hauteur du front de la tempête et corrigea ses prévisions quant à l'heure de leur rencontre. Ce ne serait pas avant le jour. Pour l'instant, la tempête se développait en largeur et en hauteur, accumulant de l'énergie pour un nouvel assaut. Les équipes écologiques auraient du travail, après son passage. La planète tout entière semblait se déchaîner avec une fureur consciente qui paraissait s'accroître à mesure que des territoires se transformaient et devenaient verts.

Toute la nuit, le ver poursuivit sa course droit au sud. Leto mesurait ses réserves d'énergie aux mouvements qui étaient transmis à ses pieds. Parfois, il laissait la bête dériver quelque peu vers l'ouest, qui était son but instinctif, sans doute parce qu'elle était orientée par les frontières invisibles de son domaine ou parce qu'elle voulait fuir devant l'approche de la tempête. D'ordinaire, les vers s'enfouissaient profondément lorsque se levaient les vents de sable, mais celui-ci ne le pourrait pas, tant que les hameçons à Faiseur maintiendraient ses anneaux écartés.

A minuit, le ver commença à donner les premiers signes d'épuisement. Leto recula le long de la grande crête et mania le fléau lui permettant de ralentir sans pour autant le laisser s'écarter de la route du sud.

La tempête s'abattit juste après le lever du jour. Un instant, il y eut l'immobilité laiteuse des dunes serrées comme les lames d'un océan paralysé, puis la poussière arriva. Le paysage ne fut plus qu'un ensemble de taches floues, un camaïeu furieux. Leto ferma les rabats du distille sur son visage. Déjà, le silex mitraillait ses joues, mordait ses lèvres. Puis il eut du gravier, un goût de feu dans la bouche, et il sut que le moment de la décision était arrivé. Devait-il prendre le risque de croire les vieilles histoires et tenter d'immobiliser le ver déjà épuisé ? Le temps d'un battement de cœur, il écarta cette solution. Il gagna la queue et arracha les hameçons. Le ver ne se déplaçait plus qu'à peine, à présent. Il commençait à s'enterrer. Mais dans le vent de la tempête, le fonctionnement excessif du système de transfert thermique de la créature suscitait dans son sillage un cyclone torride. Très tôt, on apprenait aux petits enfants Fremen les dangers qu'il y avait à se trouver à proximité de la queue du ver. Les vers étaient de véritables usines d'oxygène. Le feu faisait rage sur leur passage, nourri des exhalations abondantes des adaptations chimiques au frottement qui intervenaient en eux.

Le sable fouettait les jambes de Leto. Il libéra les hameçons et sauta très loin pour éviter la fournaise qui suivait le ver. Maintenant, il devait faire vite pour creuser le sable ameubli par le passage du monstre.

Serrant l'outil de compression statique dans sa main gauche, il entreprit de creuser le flanc d'une dune. Le ver, il le savait, était trop épuisé pour revenir en arrière et le happer dans sa gueule orange et blanche. Tout en creusant de la main gauche, de la main droite il dégageait la tente-distille de son Fremkit, et s'apprêtait à la gonfler. Ce fut fait en moins d'une minute. Il disposa bientôt d'une poche de sable aux parois durcies, sur le versant abrité. Il gonfla la tente et se glissa à l'intérieur. Avant de sceller le sphincter, il leva l'outil statique et inversa la fonction : le sable ruissela immédiatement sur la tente. Seuls quelques grains réussirent à pénétrer à l'intérieur avant qu'il n'ait clos l'ouverture.

Maintenant, il devait faire encore plus vite. Aucun snorkel ne pourrait lui fournir l'air qu'il lui fallait. C'était une grande tempête, de la sorte à laquelle peu survivaient. Bientôt, des tonnes de sable s'accumuleraient au-dessus de lui. La bulle tendre de la tente ne serait protégée que par les parois de sable compressé.

Il s'étendit sur le dos, croisa les mains sur sa poitrine et se mit en transe de sommeil. Ses poumons ne se gonfleraient qu'une fois par heure. Il se fiait à l'inconnu. La tempête était là. Si elle n'emportait pas la dune, exposant la tente aux vents fous, il avait une chance de revoir la surface vivant... ou bien il entrerait définitivement dans le *Madinat as-Salam,* la Résidence de Paix. Quoi qu'il advienne, il savait qu'il devait rompre les fils, l'un après l'autre, pour que seul subsiste le Sentier d'Or. Ce serait cela ou bien il ne retrouverait pas le califat des héritiers de son père. Il ne tolérerait plus de vivre le mensonge de ce *Desposyni,* ce califat atroce, chantant son père-démiurge. Jamais plus il ne resterait silencieux en entendant les prêtres clamer cette absurdité arrogante : « *Son krys va dissoudre les démons !* »

Sur cette promesse, la conscience de Leto glissa dans la trame intemporelle du *dao.*

**Dans tout système planétaire, il existe d'évidentes influences d'ordre supérieur. Cela est souvent prouvé par l'introduction de formes de vie terraformée sur les planètes nouvellement découvertes. Dans tous les cas observés, la vie, dans des zones similaires, développe des formes d'adaptation absolument similaires. Par forme, nous entendons plus que la forme physique. Cela concerne aussi l'organisation de survie et les rapports de telles organisations entre elles. L'exploration de cette structure d'interdépendance et de la place qu'elle y occupe est, pour l'humanité, une nécessité profonde. Cette exploration peut, cependant, être pervertie par une fixation de type conservatif à la ressemblance. Ce qui a toujours été fatal à l'ensemble du système.**

— La catastrophe de Dune,
*d'après Harq al-Ada.*

« MON FILS N'A PAS RÉELLEMENT VU *l'avenir ;* il a vu le processus de la création et ses rapports avec les mythes dans lesquels les hommes sommeillent », dit Jessica. Elle s'exprimait rapidement, sans paraître vouloir précipiter le sujet. Elle n'ignorait pas que les observateurs cachés s'arrangeraient pour les interrompre dès qu'ils auraient compris ce qu'elle faisait.

Farad'n était assis sur le sol, dans un faisceau oblique de lumière qui filtrait par la fenêtre derrière lui. Jessica se tenait appuyée au mur opposé. En tournant à peine la tête, elle pouvait apercevoir la cime d'un arbre dans la cour du château. Elle avait devant elle un nouveau Farad'n. Il était plus mince et sa musculature plus noueuse. Ces mois d'éducation avaient opéré leur magie sur lui. Ses yeux avaient un éclat nouveau quand il la regardait.

« Il a vu les formes que créeraient les forces existantes si elles n'étaient pas déviées, reprit-elle. Plutôt que de se tourner contre ses frères humains, il s'est retourné contre lui-même. Il s'est refusé à accepter ce qui lui était le plus facile parce que c'eût été de la lâcheté morale. »

Farad'n avait appris à écouter en silence, testant, éprouvant, retenant ses questions jusqu'à ce qu'il les eût assez affûtées dans son esprit. Jessica avait commencé en lui expliquant le point de vue Bene Gesserit sur la mémoire moléculaire considérée sous l'angle du rite et, tout naturellement, son discours avait dévié sur l'analyse de Paul Muad'Dib telle que les Sœurs la voyaient. Farad'n devina le jeu des ombres insérées entre ses mots et ses gestes, une projection de formes inconscientes qui différait de la surface de ses propos.

« De toutes nos observations, celle-ci est la plus cruciale. La vie est un masque par lequel l'univers s'exprime. Nous considérons que l'humanité, ainsi que toutes les formes de vie qui l'entourent, représentent une communauté *naturelle* et que le destin de toute la vie se joue dans celui de l'individu. Ainsi, en parvenant à cette ultime auto-analyse, l'*amor fati*, nous cessons de jouer aux dieux et retournons à l'enseignement. Nous sélectionnons des individus que nous rendons aussi libres que nous en sommes capables. »

Il comprenait maintenant où elle allait en venir et, dans le même temps, pressentant l'effet que cela aurait sur les observateurs invisibles, il dut lutter pour ne pas regarder la porte avec appréhension. Un œil normal n'aurait pu déceler cet infime instant de déséquilibre, mais Jessica le remarqua et elle sourit. Un sourire, après tout, cela peut signifier n'importe quoi.

« Ceci, dit-elle, est une sorte de cérémonie de réception. Je suis très contente de vous, Farad'n. Voulez-vous vous lever, je vous prie. »

Il obéit et elle ne vit plus l'arbre, au-delà de la fenêtre.

Les bras raides le long de son corps, elle reprit : « Je suis chargée de vous dire ceci : « Je me tiens en la présence sacrée de l'humain. Telle je suis maintenant, tel vous serez demain. Je prie en votre présence pour qu'il en soit ainsi. L'avenir demeure incertain, et ainsi doit-il être car il est la toile sur laquelle nous peignons nos désirs. Ainsi, toujours, la condition humaine affronte-t-elle une belle toile vide. Nous ne possédons que ce moment par lequel nous nous vouons nous-mêmes, continuellement, à la présence sacrée dont nous participons et que nous créons. »

A la seconde où elle se tut, Tyekanik entra par la porte qui se trouvait à sa gauche. Son attitude désinvolte était démentie par ses sourcils froncés. « Mon Seigneur », dit-il. Mais il était déjà trop tard. Les paroles de Jessica et tous ces mois de préparation avaient accompli leur œuvre. Farad'n n'était plus un Corrino. Il était maintenant Bene Gesserit.

**Ce que vous, administrateurs de la C.H.O.M. semblez incapables de comprendre, c'est que les loyautés réelles ne se rencontrent que rarement dans le commerce. Depuis quand avez-vous entendu dire qu'un employé avait donné sa vie pour la compagnie ? Votre faiblesse réside peut-être dans le fait que vous supposez faussement qu'il est possible d'ordonner aux hommes de penser et de coopérer. Cela, au cours de l'histoire, a entraîné la faillite des religions comme celle des états-majors. Les états-majors sont bien connus pour avoir ruiné leurs propres nations. Quant aux religions, je vous recommande de relire Thomas d'Aquin. Quant à vous, la C.H.O.M., à quelles absurdités ne croyez-vous pas ! Les hommes doivent désirer accomplir des choses en accord avec leurs pulsions profondes. Ce sont les gens, et non les organisations commerciales ou les hiérarchies, qui font la réussite des grandes civilisations. Chaque civilisation dépend de la qualité des individus qu'elle produit. Si vous sur-organisez les humains, si vous les sur-légalisez, si vous supprimez leur élan vers la grandeur — alors ils ne peuvent œuvrer et les civilisations s'effondrent.**

— Une lettre à la C.H.O.M.,
*attribuée au Prêcheur.*

LETO SORTIT DE SA TRANSE PAR UNE transition douce qui l'amena d'un état de conscience à un autre sans que la différence fût nettement perceptible.

Il sut où il se trouvait. L'énergie jaillit en lui mais, en même temps, la pestilence mortelle de l'air vicié de la tente-distille lui transmit un autre message. S'il refusait de se mouvoir, il savait qu'il demeurerait pris dans la trame intemporelle de l'éternel *maintenant* où tous les événements coexistaient. Cette perspective l'attirait. Il percevait le Temps comme une convention façonnée par l'esprit collectif de tous les êtres pensants. Le Temps et l'Espace étaient des catégories imposées à l'univers par son Esprit. Il n'avait qu'à se libérer de cette multiplicité où l'attiraient ses visions prescientes. Un choix audacieux pouvait changer les avenirs provisoires.

Quelle audace exigeait ce moment ?

La transe l'avait pris à son piège. Il avait quitté le *alam al-mythal* pour l'univers de la réalité et il ne voyait pas la différence. Il voulait que persiste la magie Rihani de cette révélation, mais sa survie appelait une décision. Son appétit inassouvi pour l'existence réveilla ses nerfs. Brusquement, il tendit la main droite et agrippa l'outil statique. Puis il roula sur le ventre et ouvrit le sphincter de la tente. Un ruisseau de sable se déversa sur sa main. Il était dans les ténèbres, prisonnier de l'atmosphère fétide, et il se mit au travail avec frénésie, creusant vers le haut. Il progressa sur une distance qui devait être de six fois sa hauteur avant de retrouver la nuit et l'air frais. Il émergea sur le flanc d'une longue dune courbe, aux deux tiers de sa hauteur, sous la clarté de la Seconde lune. Il demeura immobile, regardant le disque brillant qui disparut bientôt derrière la dune. Son regard erra entre les étoiles, s'arrêta sur la constellation du Vagabond, puis découvrit, à l'extrémité du bras, le phare perçant de Foul al-Hout, l'étoile polaire du sud.

*Le voilà, ton satané univers !* se dit-il. Vu de près, c'était un lieu de turbulence, pareil au sable qui le cernait, un lieu de transformation, l'unique recouvrant l'unique. Vu de loin, seules les grandes structures apparaissaient, et elles incitaient à croire aux absolus, ces structures.

*Mais dans les absolus,* songea-t-il, *nous nous perdrons.* Cela lui rappela l'ancien avertissement contenu dans un dicton Fremen : « *Qui se perd dans le Tanzerouft perd la vie.* » Les structures pouvaient guider mais elles pouvaient aussi piéger. Il ne fallait pas oublier qu'elles étaient soumises au changement, elles aussi.

Il prit une profonde inspiration et se mit en action. Plongeant à nouveau sous la dune, il replia la tente, la ramena en surface et refit son Fremkit.

L'aube approchait. L'horizon d'orient était comme le fond d'un verre de vin. Leto assura le paquet sur son épaule, escalada la dune jusqu'à la crête et se tint un instant immobile dans l'air glacé et piquant, jusqu'à ce que le soleil, enfin, effleure sa joue d'une caresse tiède. Il prit alors de la teinture dans un sac et s'en enduisit les orbites afin de diminuer la réflexion. La lumière serait bientôt éblouissante. Il savait à présent qu'il devait aimer ce désert et non le combattre. Quand il eut rangé la teinture dans son sac, il aspira quelques gouttes d'eau à l'un des tubes de son distille, puis de l'air. Il se laissa tomber dans le sable et examina attentivement le distille. Il arriva aux pompes placées dans les talons : elles avaient été habilement coupées avec un couteau-aiguille. Il ôta son distille et entreprit de réparer, mais le mal était fait. Plus de la moitié de l'eau de son corps était perdue. Sans le distille de la tente... Tout en travaillant, il réfléchissait et s'interrogeait. Il était bizarre qu'il n'ait pas su prévoir cela. Le danger de l'avenir sans vision était évident, soudain.

Il s'accroupit au sommet de la dune, épousant la solitude de ce lieu. Son regard erra sur le désert, guettant un souffle, une irrégularité dans les vagues de sable qui révéleraient la présence de l'épice ou le passage du ver. Mais la tempête avait apposé son sceau d'uniformité sur le paysage. Leto prit alors un marteleur, l'arma et le mit en marche. Il s'éloigna et attendit la venue de Shai-Hulud.

Il fut long à venir. Il l'entendit avant de l'apercevoir. Il arrivait de l'est. Là-bas, l'air vibrait sous l'effet du séisme mouvant. Puis la gueule du ver surgit au-dessus du sable en un éclair orange. Dans un énorme sifflement de poussière qui obscurcit ses flancs, le ver jaillit des profondeurs. La muraille grise passa à côté de Leto et il lança ses hameçons et escalada rapidement le flanc du monstre. Très vite, il l'orienta vers le sud.

Stimulé par les hameçons, le ver prit de la vitesse. La robe de Leto claqua dans le vent violent. Et ce fut comme si l'excitation de sa gigantesque monture gagnait Leto, comme si un courant intense de création jaillissait de ses reins. Chaque planète, se souvint-il, avait sa période, de même que chaque vie.

Le ver était du genre que les Fremen appelaient « grondeur ». Il plongeait fréquemment dans le sable, enfouissant brièvement ses anneaux avant tandis que sa queue continuait de pousser. Ce qui produisait des grondements sourds tandis qu'une partie de son corps formait une grande bosse au-dessus du sable. Mais il était rapide. Quand le vent se mit à souffler dans le sens de leur marche, Leto sentit la chaleur de la fournaise que le ver faisait naître dans son sillage et des odeurs acides parvinrent à ses narines dans le flot d'oxygène.

Il laissa son esprit courir librement, tandis qu'ils accompagnaient le vent vers le sud. Il s'efforça de penser à ce voyage comme à une nouvelle cérémonie dans sa vie, une cérémonie qui lui évitait de songer au prix qu'il lui faudrait payer pour son Sentier d'Or. Tout comme les vieux Fremen, il savait qu'il lui faudrait bien des cérémonies pour éviter que sa personnalité ne se divise en fragments de mémoire, pour maintenir aux abois les chasseurs avides de son âme. Des images contradictoires, qui jamais ne seraient unifiées, devaient désormais rester enkystées dans une vivante tension, une force polarisante qui l'animait de l'intérieur.

*La nouveauté, constamment,* se dit-il. *Il me faut constamment découvrir de nouveaux fils hors de ma vision.*

Au début de l'après-midi, son attention fut attirée par une protubérance, en avant et un peu sur la droite. Lentement, cela devint une butte étroite, une saillie rocheuse, exactement là où il s'était attendu à la trouver.

*Maintenant, Namri... Maintenant, Sabiha, voyons comment vos frères apprécient ma présence,* songea-t-il. Le fil dont il s'approchait était ténu, plus redoutable par ses attraits que par ses menaces évidentes.

Il fallut très longtemps avant que la butte change de dimensions. Et, pendant une courte période, elle parut même venir à leur rencontre plutôt qu'ils ne semblaient s'approcher d'elle.

Le ver, fatigué, obliquait sans cesse sur la gauche. Leto se laissa glisser sur le flanc du géant pour modifier la position des hameçons et maintint sa monture en droite ligne. Il perçut alors le parfum vif du Mélange. Ils approchaient d'une veine riche. Ils passèrent au milieu des taches lépreuses de sable violet qui révélaient une éruption d'épice et Leto maintint fermement le ver jusqu'à ce qu'ils aient dépassé le gisement. La senteur de cannelle les accompagna longtemps après que Leto eut corrigé la course du ver, le dirigeant droit sur la butte qui n'en finissait pas d'émerger à l'horizon.

Brusquement, il y eut un clignotement de couleurs au sud du *bled,* un signal d'arc-en-ciel produit par un artéfact humain au cœur de l'immensité. Leto prit ses jumelles, régla les objectifs à huile et distingua au loin les larges ailes d'un chercheur d'épice qui scintillaient dans le soleil. Tout près, une grosse moissonneuse ressemblait à une chrysalide sur le point de s'éveiller. Leto reposa ses jumelles et la moissonneuse redevint un point minuscule. Il fut alors envahi par l'*hadhdhab,* l'immense omniprésence du désert. Par elle, il sut comment les chasseurs d'épice le verraient, lui, objet noir entre ciel et désert, symbole Fremen de l'homme. Ils ne pourraient manquer de le voir et ils seraient sur leurs gardes. Ils l'attendraient. Les Fremen étaient toujours soupçonneux envers celui qui surgissait du désert, jusqu'à ce qu'ils l'aient reconnu ou qu'ils se soient assurés qu'il ne représentait aucune menace. Même s'ils avaient tiré un mince patine de la civilisation de l'Impérium et de ses usages sophistiqués, ils demeuraient des sauvages à demi apprivoisés qui n'avaient pas oublié qu'un krys se dissolvait à la mort de son possesseur.

*C'est ce qui peut nous sauver,* pensa Leto. *Ce caractère sauvage.*

Dans le lointain, l'appareil de recherche s'inclina sur l'aile droite, puis sur l'aile gauche. Un signal pour ceux qui étaient au sol. Il imagina les hommes d'équipage sondant le désert, derrière lui, redoutant qu'il soit plus qu'un simple voyageur sur un ver isolé.

Il dirigea le ver sur la gauche et le maintint jusqu'à lui faire rebrousser chemin, se laissa glisser sur le flanc, puis sauta. Libéré des hameçons, le ver s'arrêta le temps de quelques souffles, puis s'enfouit dans le sable jusqu'au tiers de sa longueur et resta là, recouvrant ses forces, signe certain qu'il avait accompli une trop longue course.

Il resterait là pour un temps et Leto se décida à s'en éloigner. Le chercheur d'épice tournait en cercles lents au-dessus de la moissonneuse, battant toujours des ailes à son intention. Il avait certainement affaire à des renégats payés par les contrebandiers et qui se méfiaient des communications électroniques. Les chasseurs devaient être occupés sur une veine d'épice. C'était ce que révélait la présence de la chenille.

L'appareil décrivit un dernier cercle, abaissa ses ailes et se dirigea droit sur lui. Leto reconnut un modèle d'orni léger qui avait été introduit sur Arrakis par son grand-père. L'orni le survola, longea la dune où il se tenait et se posa contre le vent. Il s'arrêta à moins de dix mètres de Leto dans un nuage de poussière. La porte s'entrebâilla pour livrer passage à un personnage vêtu d'une lourde robe Fremen. Le symbole de la lance apparaissait sur la droite de sa poitrine. Il approcha lentement et l'un comme l'autre eurent le temps de s'observer. L'homme était de haute taille et ses yeux avaient le bleu-indigo de l'épice. Le masque de son distille dissimulait la partie inférieure de son visage et son capuchon, rabattu sur son front, protégeait ses sourcils. Les plis de sa robe, tandis qu'il s'avançait, révélaient qu'il tenait un pistolet maula.

Il s'arrêta à deux pas de Leto, plissant les yeux avec une expression perplexe.

« Bonne fortune à nous tous », dit Leto.

L'homme ne répondit pas tout de suite. Son regard explora les alentours, jusqu'à l'horizon infini, puis il revint à Leto : « Que fais-tu ici, enfant ? » demanda-t-il. Sa voix était étouffée par le masque de son distille. « Essaies-tu d'être le bouchon du trou du ver ? »

Leto répondit par une autre formule Fremen : « Le désert est ma demeure. »

« Wenn ? » demanda l'homme. *Où vas-tu ?*

« Je viens de Jacurutu et je vais vers le sud. »

L'homme eut un rire brutal.

« Eh bien, Batigh ! Tu es la chose la plus étrange que j'aie rencontrée dans le Tanzerouft. »

« Je ne suis pas ton Petit Melon », dit Leto, répondant au *Batigh* dont les sous-entendus étaient dangereux : Le Petit Melon, à la lisière du désert, offrait son eau à tous les voyageurs.

« Nous ne te boirons pas, Batigh, dit l'homme. Je suis Muriz, l'Arifa de ce taif. » D'un mouvement de tête, il montra la chenille à épice.

Leto prit note que l'homme se qualifiait de Juge du groupe et qu'il donnait aux autres, par contre, le nom de *taif,* c'est-à-dire compagnie ou bande. Ils n'étaient pas *ichwan.* Il n'avait pas rencontré des frères mais certainement des renégats, des mercenaires. Et le fil dont il avait besoin.

Devant le silence de Leto, Muriz demanda : « As-tu un nom ? »

« Batigh fera l'affaire. »

L'autre rit à nouveau.

« Tu ne m'as pas dit ce que tu faisais ici ? »

« Je cherche les empreintes d'un ver », dit Leto, ce qui, dans le sens religieux, signifiait qu'il était en hajj en quête de son *uma* propre, sa révélation personnelle.

« Si jeune ? » s'étonna Muriz. Il secoua la tête. « Je ne sais quoi faire de toi. Tu nous as vus. »

« Qu'ai-je vu ? dit Leto. Je parle de Jacurutu et tu ne me réponds point. »

« Le jeu des énigmes, commenta Muriz. Alors, qu'est-ce que cela ? » Il désignait la butte dans le lointain.

« Ce n'est que Shuloch », dit Leto, faisant appel à sa vision.

Muriz se raidit brusquement et Leto sentit son cœur battre plus vite.

Un long silence s'ensuivit. Leto pouvait voir l'homme débattre avec lui-même et écarter les réponses, tour à tour. *Shuloch !* Après le repas, dans le sietch, on racontait souvent les histoires de la caravane de Shuloch. Ceux qui les avaient entendues considéraient toujours que Shuloch était un mythe, un endroit où l'on situait tous ces récits pour le simple bonheur de l'histoire. Leto se souvenait d'une de ces histoires sur Shuloch : On avait retrouvé un *waif* au seuil du désert et on l'avait ramené au sietch. Tout d'abord, le waif avait refusé de répondre à ses sauveurs puis, quand il s'était mis à parler, nul n'avait pu le comprendre. Comme les jours passaient, il persistait à ne pas se faire comprendre, refusant de s'habiller ou de partager le moindre travail. Lorsqu'on le laissait seul, il faisait avec ses mains des gestes étranges. Tous les spécialistes du sietch furent convoqués pour examiner ce waif mais aucun ne trouva de réponse. Puis il advint qu'une vieille femme se montra sur le seuil. Voyant les gestes du *waif,* elle rit. « Il ne fait qu'imiter son père qui tresse les fibres d'épice, expliqua-t-elle. C'est ainsi qu'ils travaillent encore à Shuloch. Il essaie simplement de se sentir moins seul. » *Dans les vieux usages de Shuloch, il y a la sécurité et le sentiment d'appartenir au fil doré de la vie.*

Comme Muriz restait silencieux, Leto déclara : « Je suis le *waif* de Shuloch qui sait seulement bouger ses mains. »

Un bref mouvement de tête confirma à Leto que Muriz connaissait l'histoire. Il lui répondit enfin, lentement, d'une voix grave chargée de menaces. « Es-tu humain ? »

« Aussi humain que toi. »

« Tu t'exprimes bien étrangement pour un enfant. Je te rappelle que je suis un juge qui peut répondre au *taqwa.* »

*Ah, oui,* songea Leto. Dans la bouche d'un juge, le *taqwa* recelait une menace pressante. Le *taqwa* était la peur suscitée par la présence d'un démon, une croyance très réelle parmi les anciens Fremen. L'arifa connaissait les moyens d'abattre un démon et on le choisissait toujours « parce qu'il a la sagesse d'être impitoyable sans être cruel, parce qu'il sait quand la douceur est en vérité l'accès à une plus grande cruauté ».

Mais ce dialogue avait atteint le point que visait Leto et il dit : « Je peux me soumettre au *mashad.* »

« Je suis le Juge de toutes les Epreuves Spirituelles, dit Muriz. Acceptes-tu cela ? »

« *Bi-lal kaifa* », dit simplement Leto. *Il n'est pas besoin d'explication.*

Une expression rusée apparut sur le visage de Muriz.

« Je ne sais pas pourquoi je tolère cela, dit-il. Il vaudrait mieux te tuer de ma main, mais tu es un petit Batigh et j'avais un fils qui est mort. Viens, nous allons nous rendre à Shuloch et je parlerai à l'Isnad pour que l'on prenne une décision à ton égard. »

Leto, lisant la décision de mort dans le moindre geste de l'homme, se demanda qui il comptait abuser ainsi.

« Je sais que Shuloch est le Ahl as-sunna wal-jamas », dit-il.

« Que sait donc un enfant du monde réel ? » demanda Muriz, tout en lui faisant signe de le précéder vers l'orni.

Leto obéit, mais il guettait attentivement le bruit des pas du Fremen.

« Le plus sûr moyen de garder un secret, dit-il, c'est de faire croire aux gens qu'ils connaissent déjà la réponse. Dès lors, ils ne posent plus de questions. C'était très habile de ta part, toi qui as été chassé de Jacurutu. Qui donc pourrait croire que Shuloch, ce lieu mythique des anciennes histoires, existe vraiment ? C'est si pratique pour les contrebandiers comme pour quiconque souhaite venir sur Dune. »

Les pas de Muriz s'étaient arrêtés. Leto se retourna, le dos contre l'orni, l'aile à sa gauche.

Muriz se tenait à moins d'un pas de distance, le pistolet maula braqué droit sur lui.

« Ainsi, tu n'es pas un enfant. Tu n'es qu'un maudit moucheron venu pour nous espionner ! Je me disais bien que tu parlais trop sagement, mais tu as parlé trop et trop vite ! »

« Pas assez, dit Leto. Je suis Leto, le fils de Paul Muad'Dib. Si tu me tues, toi et ton peuple vous vous enfoncerez dans le sable. Si tu m'épargnes, je vous conduirai à la grandeur. »

« Ne joue pas à ces jeux avec moi, moucheron ! gronda Muriz. Leto est encore dans ce vrai Jacurutu dont tu dis... »

Il s'interrompit. La main qui tenait le pistolet s'abaissa légèrement tandis qu'un froncement de sourcils perplexe se dessinait sur son front.

C'était l'hésitation qu'avait espérée Leto. Il tendit tous ses muscles, se préparant visiblement à bondir sur la gauche. Mais son corps ne dévia pas de plus d'un millimètre et le pistolet maula cogna violemment contre l'aile de l'appareil. L'arme jaillit de la main de Muriz et, avant qu'il ait pu réagir, Leto était sur lui, la lame du krys appuyée dans son dos.

« La pointe est empoisonnée, dit-il. Préviens celui qui est dans l'orni. Qu'il reste là où il est sans faire un signe. Autrement, je serai obligé de te tuer. »

Muriz, frottant sa main blessée, secoua la tête en levant les yeux vers l'orni.

« Mon compagnon Behaleth t'a entendu, dit-il. Il restera pareil au rocher. »

Sachant qu'il ne disposait que de peu de temps avant que ses adversaires trouvent le moyen d'attirer du secours, Leto déclara rapidement : « Tu as besoin de moi, Muriz. Sans moi, les vers et leur épice disparaîtront de Dune. »

Il sentit le roidissement du Fremen.

« Mais comment connais-tu Shuloch ? demanda Muriz. Je sais qu'ils n'ont rien dit, à Jacurutu. »

« Tu admets donc que je suis Leto Atréides ? »

« Qui d'autre pourrais-tu être ? Mais comment as-tu... »

« Parce que tu es ici. Shuloch existe, donc le reste est d'une extrême simplicité. Tu es le Banni qui s'est échappé lorsque Jacurutu fut détruit. J'ai observé le signal des ailes, ce qui signifie que vous n'utilisez aucun appareil que l'on pourrait entendre. Vous récoltez l'épice, donc vous faites du commerce. Vous ne pouvez le faire qu'avec les contrebandiers. Tu es contrebandier, pourtant tu es Fremen. Tu dois donc être de Shuloch. »

« Pourquoi m'as-tu provoqué pour que je te tue ? »

« Parce que, de toute façon, tu m'aurais tué quand nous serions arrivés à Shuloch. »

Avec violence, le corps de Muriz devint absolument rigide.

« Attention, Muriz, dit Leto. Je te connais. Les histoires rapportent que vous prenez l'eau des voyageurs imprudents. Ceci doit être devenu un rite courant chez vous. Comment pourriez-vous autrement réduire au silence ceux qui vous découvrent par hasard ? Comment pourriez-vous autrement garder votre secret ? Batigh ! Tu allais me séduire avec des mots doux et d'aimables épithètes. Pourquoi donc gaspiller mon eau dans le sable ? Et si l'on venait à me chercher comme cela s'est produit pour d'autres... Ma foi, disons que le Tanzerouft m'aurait gardé. »

De la main droite, Muriz fit le signe des *Cornes-du-Ver* pour conjurer le Rihani que les paroles de Leto avaient appelé sur eux. Et Leto, sachant à quel point les vieux Fremen se défiaient des mentats comme de tout ce qui évoquait la logique développée, dut réprimer un sourire.

« Namri a parlé de nous à Jacurutu, dit Muriz. J'aurai son eau dès que... »

« Tu n'auras rien d'autre que le sable si tu continues de jouer à l'idiot, dit Leto. Que feras-tu quand Dune tout entière ne sera plus qu'herbe, arbres et eau libre ? »

« Jamais cela ne sera ! »

« C'est pourtant ce qui se passe sous tes yeux ! »

Leto entendit nettement le grincement de dents du Fremen, submergé par la rage et la frustration.

« Et comment empêcherais-tu cela ? » demanda-t-il enfin.

« Je connais tout le plan de transformation. J'en connais les points forts de même que toutes les faiblesses. Sans moi, Shai-Hulud disparaîtra à tout jamais. »

Une note de ruse revint dans la voix de Muriz :

« Eh bien, pourquoi nous disputer ici ? Nous sommes à égalité. Tu as ton couteau et tu pourrais me tuer, mais Behaleth t'abattrait. »

« Pas avant que j'aie pris ton pistolet, dit Leto. Ensuite, votre orni sera à moi. Oui, je sais le piloter. »

Une fois encore, Muriz fronça les sourcils.

« Et si tu n'es pas celui que tu prétends être ? »

« Mon père ne saurait-il pas me reconnaître ? » demanda Leto.

« Ahhh... C'est comme cela que tu as appris, hein ? Mais... (Il s'interrompit, secoua la tête.) C'est mon propre fils qui le guide. Il dit que vous deux n'avez jamais... Comment se pourrait-il... »

« Ainsi tu ne crois pas que Muad'Dib puisse déchiffrer l'avenir ? »

« Bien sûr que nous le croyons ! Mais il dit de lui-même que... » Il se tut à nouveau.

« Et tu penses qu'il ne connaît pas votre défiance. Je suis venu en ce lieu précis, en ce moment précis pour te rencontrer, Muriz. Je sais tout de toi parce que *je t'ai vu*... toi et ton fils. Je sais à quel point vous vous croyez en sécurité, comment vous vous moquez de Muad'Dib, quels sont vos plans pour sauver votre petit bout de désert. Mais, sans moi, il est condamné, votre petit bout de désert, Muriz. A tout jamais. Les choses sont allées trop loin sur Dune. Mon père a presque épuisé sa vision et tu ne peux te tourner que vers moi. »

« Cet aveugle... » Muriz se tut, la gorge serrée.

« Bientôt, il sera de retour d'Arrakeen, dit Leto. Et nous verrons bien à quel point il est aveugle. T'es-tu donc tellement écarté des anciens usages Fremen, Muriz ? »

« Quoi ? »

« Il est *Wadquiyas* pour vous. Tes gens l'ont trouvé dans le désert et ils l'ont ramené à Shuloch. Quelle riche découverte ! C'était mieux qu'une veine d'épice. *Wadquiyas !* Il a vécu avec vous, son eau s'est mêlée à celle de la tribu. Il fait partie de votre Rivière d'Esprit. (La pression du krys se fit plus forte.) Attention, Muriz. » Leto leva la main gauche, arracha le masque facial du Fremen.

Comprenant ce qu'il avait l'intention de faire, Muriz demanda : « Où irais-tu si tu nous tuais tous les deux ? »

« Je retournerais à Jacurutu. »

Leto appuya alors son pouce contre les lèvres de Muriz.

« Mords et bois, Muriz. Sinon, tu es mort. »

Muriz hésita, puis mordit cruellement le pouce de Leto.

Leto regarda la gorge de l'homme, il le vit avaler, alors il retira son couteau et le remit à l'étui.

« *Wadquiyas,* dit-il. Il faut que j'offense la tribu pour que tu puisses prendre mon eau. »

Muriz acquiesça.

« Ton pistolet est par-là », dit Leto avec un mouvement du menton.

« Tu me fais confiance, maintenant ? »

« Comment pourrais-je autrement vivre avec les Bannis ? »

Une nouvelle fois, une étincelle de ruse dansa dans les yeux de Muriz, mais, cette fois, il mesurait, il soupesait. Il se détourna avec une brusquerie qui révélait des décisions secrètes, ramassa son pistolet maula et revint vers Leto. « Viens, dit-il. Nous nous sommes trop longtemps attardés dans la tanière du ver. »

**Le futur de la prescience ne peut être toujours enfermé dans les règles du passé. Les fils de l'existence s'enchevêtrent selon de nombreuses lois inconnues. Le futur prescient s'appuie sur ses lois propres. Il ne se conforme ni aux enseignements du Zensunni ni à ceux de la science. La prescience édifie une intégrité relative. Elle requiert l'œuvre de cet instant, nous avertissant toujours que l'on ne peut tramer chaque fil dans le tissu du passé.**

— Kalima : Les Paroles de Muad'Dib.
Commentaire de Shuloch.

MURIZ PILOTAIT L'ORNITHOPTÈRE AVEC l'aisance de l'habitude. Leto, assis à côté de lui, sentait la présence armée de Behaleth, derrière eux. Il fallait avoir confiance et s'accrocher au fil mince de sa vision. S'il échouait... *Allahu akbahr*. Quelquefois, il fallait s'incliner devant un ordre plus grand.

Au sein du désert, la butte de Shuloch était une apparition impressionnante. Le fait qu'elle n'eût jamais été découverte impliquait bien des silences, bien des corruptions, de nombreux morts et aussi de nombreux amis dans les postes les plus élevés. Au cœur de Shuloch, Leto découvrait à présent une cuvette cernée de falaises et à laquelle aboutissaient des canyons qui s'achevaient en cul-de-sac. Une dense végétation d'arbres à thé et de buissons d'arroches en couvraient les bords des canyons. Autour de la cuvette, un cercle de palmiers-éventail révélaient la présence de l'eau. Des cabanes rudimentaires construites de palmes et de fibres d'épice étaient dispersées comme une poignée de boutons verts jetés sur le sable. C'est là que devaient vivre les bannis des Bannis, ceux qui ne pourraient descendre plus bas sinon dans la mort.

Muriz posa l'orni dans la cuvette, à proximité de l'entrée d'un des canyons. Une bâtisse isolée se dressait devant l'appareil : elle était faite de chaume de vignes du désert et de feuilles de bejato et doublée de tissu d'épice soudé à chaud. C'était la réplique des toutes premières ébauches de tentes-distilles et elle en disait long sur la décrépitude de certains des Bannis de Shuloch. La déperdition d'humidité devait être énorme et, la nuit, tous les insectes prédateurs devaient accourir de la végétation proche. Ainsi, son père vivait de la sorte. Et la pauvre Sabiha. Elle expiait ici.

Sur l'ordre de Muriz, il descendit de l'orni et se dirigea vers la hutte. Au loin, entre les palmes, il aperçut une foule de travailleurs. Ils semblaient misérables, loqueteux, et les coups d'œil furtifs qu'ils lançaient vers l'orni révélaient une ambiance d'oppression. Au-delà des travailleurs, il distingua la berge rocheuse d'un qanat et comprit quelle était la source de l'humidité qui imprégnait l'air : l'eau libre. Comme ils passaient près de la hutte, il eut la confirmation de ce qu'il avait pensé. Il se dirigea vers le qanat et, en s'approchant, devina les remous créés par les prédateurs dans l'eau sombre. Les travailleurs évitaient son regard, occupés à chasser le sable des ouvertures.

Muriz s'approcha de Leto et dit : « Tu te trouves sur la frontière entre le poisson et le ver. Il y a un ver dans chacun de ces canyons. Ce qanat a été ouvert et nous allons le débarrasser de ses poissons afin d'attirer la truite. »

« Bien sûr, dit Leto. Des enclos. Vous vendez les truites et les vers aux autres planètes. »

« Muad'Dib lui-même l'a suggéré ! »

« Je sais. Mais, loin de Dune, aucune de vos truites, aucun de vos vers ne survit longtemps. »

« Pas encore, mais un jour... »

« Pas dans les dix mille années à venir », dit Leto. Et il se retourna pour observer le jeu des émotions sur le visage de Muriz. Les questions passaient dans ses yeux comme l'eau dans le qanat. Ce fils de Muad'Dib pouvait-il vraiment lire l'avenir ? Certains croyaient encore que Muad'Dib y était parvenu, mais... comment pouvait-on juger d'une telle chose ?

Muriz se détourna et les ramena vers la hutte. Il ouvrit le sceau rudimentaire de la porte et fit signe à Leto d'entrer. Une lampe à huile d'épice brûlait contre la paroi opposée. Une mince silhouette était accroupie devant, leur tournant le dos. La pièce était saturée de la senteur de cannelle de l'épice.

« Ils ont envoyé une nouvelle captive pour s'occuper du sietch de Muad'Dib, ricana Muriz. Si elle nous sert bien, elle pourra préserver son eau quelque temps. (Il fit face à Leto.) Certains pensent qu'il est mal de prendre l'eau. Ces Fremen en chemise de dentelle font maintenant des tas de détritus dans leurs villes nouvelles ! Des tas de détritus ! Est-ce que l'on a jamais vu cela sur Dune ? Et lorsque nous recevons une fille comme elle... (Il désigna la silhouette immobile devant la lampe à huile.)... elle est habituellement à demi morte de peur, perdue pour les siens mais jamais acceptée par les vrais Fremen. Tu me comprends, Leto-Batigh ? »

« Je te comprends. »

La silhouette accroupie n'avait pas esquissé un geste.

« Tu parles de nous guider. Les Fremen sont conduits par

des hommes qui ont été saignés. Vers quoi pourrais-tu nous conduire ? »

« Jusqu'à Kralizec », dit Leto sans détourner les yeux de la silhouette immobile.

Muriz le foudroya du regard. Kralizec ? Il ne s'agissait plus simplement de guerre ou de révolution mais du Combat Typhon. Le mot venait des plus anciennes d'entre les légendes Fremen : Kralizec, la bataille des confins de l'univers.

Le grand Fremen avala difficilement sa salive. Ce gringalet était aussi imprévisible qu'un dandy des cités ! Muriz se tourna alors vers la silhouette prostrée. « Femme ! Liban wahid ! » ordonna-t-il. *Apporte-nous la boisson d'épice !*

La silhouette parut hésiter.

« Fais ce qu'il dit, Sabiha », dit doucement Leto.

Elle sauta sur ses pieds et se tourna vers lui. Elle le fixa, incapable de détacher son regard du visage de Leto.

« Tu la connais donc ? » demanda Muriz.

« Elle est la nièce de Namri. Elle a offensé Jacurutu et ils te l'ont envoyée. »

« Namri ? Mais... »

« Liban Wahid », dit Leto.

Elle passa devant eux, s'arracha au sceau de la hutte, et ils l'entendirent se mettre à courir.

« Elle n'ira pas loin, commenta Muriz. Il posa un doigt sur l'aile de son nez. Une parente de Namri, hein ?... Intéressant. Mais qu'a-t-elle donc fait pour l'offenser ? »

« Elle m'a permis de m'enfuir », dit Leto avant de suivre Sabiha.

Il la rejoignit au bord du qanat. Il s'avança à ses côtés et regarda l'eau sombre. Des oiseaux s'étaient nichés dans les palmiers et il entendait leurs appels et le bruissement de leurs ailes. Plus loin, les travailleurs grattaient le sable. Il restait là, immobile, imitant Sabiha, les yeux plongés dans les reflets de l'eau. A la limite de son champ visuel, pourtant, il devina des perroquets bleus dans les frondaisons des palmiers. L'un d'eux voleta au-dessus du qanat et parut se refléter dans un tourbillon argenté de poissons, comme si, l'espace d'une seconde, oiseaux et poissons prédateurs nageaient dans le même firmament.

Sabiha toussota.

« Tu me détestes », dit Leto.

« Tu m'as fait honte. Tu m'as humiliée devant mon peuple. Ils ont tenu un Isnad et m'ont envoyée ici afin que j'y perde mon eau. Tout cela par ta faute ! »

Muriz, qui s'était approché silencieusement, éclata de rire.

« Maintenant, Leto-Batigh, tu peux voir que notre Rivière d'Esprit a bien des affluents ! »

« Mais mon eau coule dans tes veines, dit Leto en se retournant. Elle n'est pas un affluent de la tienne. Sabiha est le destin de ma vision et je la suis. J'ai franchi le désert pour trouver mon avenir, ici, à Shuloch. »

« Toi et... » Muriz montra Sabiha et, pour la seconde fois, rit à gorge déployée.

« Il n'en sera pas ainsi que vous pouvez le penser tous les deux, dit Leto. Souviens-toi de cela, Muriz. J'ai trouvé les empreintes de mon ver. » Soudain, il sentit les larmes monter à ses yeux.

« Il donne son eau aux morts ! » souffla Sabiha.

Muriz lui-même le regardait, stupéfait. Les Fremen ne pleuraient jamais, sauf lorsqu'il s'agissait du don le plus profond qui fût, celui qui venait de l'âme. Presque embarrassé, Muriz rabattit son masque facial et ramena le capuchon de sa djellaba sur son front.

Le regard de Leto se porta par-delà le Fremen tandis qu'il déclarait : « Ici, à Shuloch, ils prient encore pour que la rosée vienne au seuil du désert. Va, Muriz, et prie pour Kralizec. Je te promets que cela viendra. »

**Tout discours Fremen suppose une grande concision et un sens précis de l'expression. Tout discours Fremen est dominé par l'illusion des absolus. Ses hypothèses forment un terrain fertile pour les religions absolutistes. De plus, les Fremen sont des moralisateurs nés. A la terrifiante instabilité de toute chose, ils opposent des assertions institutionnalisées. Ils disent : « Nous savons qu'il n'existe nul summum de la connaissance possible, que c'est le fait de Dieu. Mais ce que les hommes peuvent apprendre, ils peuvent le contenir. » De cette approche aiguisée de l'univers, ils ont tiré une croyance fantastique dans les présages, les signes et dans leur propre destinée. Ceci est une des origines de leur légende de Krazilec, la guerre aux confins de l'univers.**

— Rapports Confidentiels du Bene Gesserit : folio 800881.

« Il est en lieu sûr, dit Namri en souriant à Gurney Halleck depuis l'angle opposé de la grande pièce carrée dallée de pierre. Vous pouvez rapporter cela à vos amis. »

« Où donc se trouve ce lieu sûr ? » demanda Halleck.

Il n'aimait pas le ton de Namri et les ordres de Jessica lui pesaient. Maudite sorcière ! Ses explications n'avaient pas le moindre sens à l'exception d'un avertissement. Elle l'avait prévenu de ce qui pourrait arriver si Leto échouait à maîtriser ses terribles vies-mémoires.

« C'est un lieu sûr, répondit Namri. C'est tout ce que je suis autorisé à vous révéler. »

« Comment l'avez-vous appris ? »

« J'ai reçu un distrans. Sabiha est avec lui. »

« Sabiha ! Elle l'a laissé... »

« Pas cette fois. »

« Vous allez le tuer ? »

« Ceci ne me concerne plus. »

Halleck eut une grimace. *Un distrans !* Quel pouvait être le rayon d'action de ces satanées chauve-souris ? Bien souvent il les avait rencontrées voletant au-dessus du désert, portant des messages secrets superposés à leurs cris. Mais jusqu'où pouvaient-elles donc voler sur cette infernale planète ?

« Je dois le rencontrer », dit-il.

« C'est interdit. »

Halleck prit une profonde inspiration pour recouvrer son calme. Il avait passé deux jours et deux nuits dans l'attente de rapports. Avec ce nouveau matin, il lui semblait que son rôle se dissolvait autour de lui, le laissant nu. Il n'avait jamais vraiment aimé commander. Ceux qui commandaient passaient leur temps à attendre tandis que les autres accomplissaient les choses dangereuses et intéressantes.

« Et pourquoi est-ce interdit ? » demanda-t-il. Les contrebandiers qui avaient aménagé ce sietch avaient laissé de trop nombreuses questions dans l'ombre et il ne voulait pas se retrouver dans la même situation avec Namri.

« Certains pensent que vous en avez trop vu ici-même. »

Halleck décela la menace et s'efforça au calme du combattant aguerri, la main à proximité de son couteau mais non posée sur lui. Il souhaita soudain la présence d'un bouclier, mais les boucliers avaient été proscrits à cause de leur effet sur les vers et de leur vulnérabilité devant les charges statiques des tempêtes.

« Ce secret ne faisait pas partie de notre accord », dit-il enfin.

« Si je l'avais tué, cela aurait-il fait partie de notre accord ? »

A nouveau, Halleck perçut l'influence sournoise de forces invisibles contre lesquelles Dame Jessica ne l'avait nullement prévenu. Elle et son maudit plan ! Peut-être était-il judicieux de ne pas se fier à la Bene Gesserit... Presque aussitôt, il se jugea déloyal. Elle lui avait exposé le problème et il avait pleinement accepté son plan, prévoyant que, plus tard et comme tous les plans, il nécessiterait quelques modifications. Il ne s'agissait pas de n'importe quelle Sœur du Bene Gesserit mais de Dame Jessica des Atréides, qui avait toujours été son amie, son soutien. Sans elle, il ne l'ignorait pas, il aurait été à la dérive dans un univers plus dangereux encore que celui-ci.

« Vous ne pouvez répondre à ma question », dit Namri.

« Vous ne deviez le tuer que s'il donnait la preuve qu'il était... possédé, dit lentement Halleck. Qu'il était une Abomination. »

Namri leva le poing près de son oreille droite.

« Votre Dame savait que nous avions le moyen de l'éprouver. Elle a eu la sagesse de laisser le jugement entre mes seules mains. »

Halleck plissa les lèvres de frustration.

« Vous avez entendu les mots que m'a adressés la Révérende Mère, reprit Namri. Nous autres, Fremen, nous comprenons de telles femmes, mais vous, les étrangers, vous ne les comprendrez jamais. Les femmes Fremen, souvent, envoient leur fils à la mort. »

Halleck s'adressa à lui d'un ton roide : « Etes-vous en train de me dire que vous l'avez tué ? »

« Non, il vit. Il est... en lieu sûr. Et il continue de recevoir l'épice. »

« Mais je dois l'escorter jusqu'à sa grand-mère s'il y survit. »

Namri se contenta de hausser les épaules.

Halleck comprit qu'il n'obtiendrait aucune autre réponse. Par Dieu ! Jamais il ne pourrait rejoindre Jessica avec tant de questions restées sans réponses ! Il secoua la tête.

« Pourquoi mettre en question ce que tu ne peux changer ? demanda Namri. Tu es bien payé. »

Halleck fronça les sourcils. Ces Fremen ! Ils pensaient que tous les étrangers ne vivaient que pour l'argent ! Mais Namri avait bien autre chose en tête qu'un préjugé Fremen. D'autres forces s'exerçaient ici. Leur présence était évidente pour celui qui avait été formé dans l'art de l'observation par une Bene Gesserit. Tout cela sentait la ruse dans la ruse dans la ruse...

Employant brusquement une forme familière et insultante, Halleck déclara : « Dame Jessica sera courroucée. Elle va lancer ses cohortes sur... »

« *Zanadiq !* jura Namri. Commissionnaire ! Tu n'appartiens pas au *Mohalata !* C'est avec plaisir que je prendrai possession de ton eau pour le Peuple Noble ! »

La main de Halleck se posa enfin sur le manche de son couteau tandis qu'il préparait sa manche gauche qui dissimulait une petite surprise pour ses agresseurs.

« Je ne vois aucune eau répandue ici, se dit-il. Peut-être êtes-vous aveuglé par votre orgueil. »

« Tu es encore en vie parce que je voulais que tu apprennes avant de mourir que ta Dame Jessica n'enverra aucune cohorte contre qui que ce soit... Il ne faut pas que tu passes tranquillement dans le Huanui, canaille d'outre-monde. Je suis du Peuple Noble, et toi... »

« Et moi, dit Halleck d'une voix douce, je ne suis que le serviteur des Atréides. Oui, nous sommes ces canailles qui ont levé le joug des Harkonnens de vos cous puants. »

Namri eut une grimace qui révéla ses dents.

« Ta Dame est prisonnière sur Salusa Secundus. Les notes que tu as reçues venaient de sa fille ! »

Par un effort extrême, Gurney Halleck réussit à conserver une voix égale.

« Aucune importance. Alia... »

Namri tira son krys.

« Que sais-tu de la Matrice du Paradis ? Je suis son serviteur, espèce de putain mâle. En prenant ton eau, j'accomplis sa volonté ! »

Et il se rua au travers de la pièce en une charge téméraire. Halleck, sans se laisser abuser par cette imprudence simulée, leva brusquement le bras gauche et déploya la pièce de tissu armuré qu'il avait cousue là et dans laquelle le couteau de Namri vint se prendre. Dans le même mouvement, Halleck jeta le pli du vêtement sur la tête de son adversaire, et son couteau, plongeant sous l'étoffe et la transperçant, visait droit au visage. Comme le corps du Fremen rencontrait le sien et que la pointe du couteau s'enfonçait, il sentit le choc de l'armure dissimulée sous la robe. Le Fremen émit un cri de fureur, fit un brusque pas en arrière et s'effondra. Il resta immobile, étendu, et ses yeux grand ouverts braqués sur Halleck étincelèrent puis se ternirent, tandis que le sang s'écoulait de sa bouche.

Halleck laissa échapper un soupir entre ses lèvres serrées. Comment cet idiot de Namri avait-il pu penser que personne ne remarquerait la présence d'une armure sous sa robe ? Il replia lentement sa manche piégée, essuya soigneusement son couteau et le glissa dans son étui tout en s'adressant au mort :

« Comment crois-tu que l'on nous a entraînés, nous, les *serviteurs* des Atréides ? »

Il inspira et pensa : *Eh bien, maintenant : de qui suis-je la feinte ?* Les paroles de Namri avaient eu l'accent de la vérité. Jessica était prisonnière des Corrinos et Alia demeurait libre d'exécuter ses plans. Jessica elle-même l'avait mis en garde contre Alia mais jamais elle n'avait prévu de tomber aux mains des Corrinos. Pourtant, il lui fallait obéir aux ordres. Tout d'abord, il était nécessaire de quitter ces lieux. Par chance, un

Fremen avec sa robe et son distille ressemblait fort à n'importe quel autre. Rapidement, il repoussa le corps de Namri dans un coin de la salle, jeta des coussins dessus et fit glisser un tapis pour essayer d'absorber le sang. Ensuite, il mit en place le masque et les tubes de son distille tout comme s'il se préparait à une sortie dans le désert, rabattit le capuchon de sa robe et s'engagea dans le long corridor.

Il adopta une démarche souple, songeant : *l'innocent va sans méfiance.* Il se sentait curieusement libre, comme s'il s'éloignait du danger au lieu de s'en approcher.

*Je n'ai jamais vraiment aimé son plan pour le garçon,* pensa-t-il. *Et je le lui dirai si je la vois.* Car, si Namri avait dit la vérité, c'était l'hypothèse la plus dangereuse qui se réalisait. Si Alia capturait le garçon, il ne vivrait pas longtemps. Bien sûr, il y avait toujours Stilgar. Un bon Fremen, avec les superstitions d'un bon Fremen.

Jessica le lui avait expliqué : Le vernis de civilisation qui recouvre la vraie nature de Stilgar est très mince. Et voici comment on peut le faire disparaître...

**L'esprit de Muad'Dib est plus que des mots, plus que la lettre de la Loi établie en son nom. Muad'Dib doit rester cet outrage intérieur contre la complaisance du puissant, contre les charlatans et les fanatiques dogmatiques. C'est cet outrage intérieur qui doit dire son mot car Muad'Dib nous a enseigné une chose entre toutes : que les humains ne peuvent survivre que dans une fraternité de justice sociale.**

— La Convention Fedaykin.

LETO ÉTAIT ASSIS, APPUYÉ CONTRE LE mur de la hutte, les yeux fixés sur Sabiha, regardant se dérouler les fils de sa vision. Elle venait de préparer le café et, à présent, accroupie devant lui, elle remuait son repas du soir. C'était un gruau qui exhalait l'épice. Ses doigts agitaient vivement la cuiller et le liquide indigo marquait les parois du bol. Elle venait d'incorporer le concentré, toute à sa tâche, son mince visage penché sur le bol. La membrane grossière qui ne réussissait pas à transformer la hutte en tente-distille avait été raccommodée avec des bouts de tissu plus mince, et son ombre, projetée par la lampe du réchaud et celle du luminaire à huile, dansait sur ce halo gris.

La lampe à huile d'épice intriguait Leto. Les gens de Shuloch se montraient particulièrement prodigues d'huile d'épice. Par exemple cette lampe qui éclairait la hutte, au lieu et place d'un brilleur. Ils gardaient des esclaves captifs entre leurs murs selon les plus anciennes traditions Fremen. Et pourtant ils utilisaient des chenilles et des ornithoptères. En eux, le moderne et l'ancien se mêlaient sans se fondre.

Sabiha poussa le bol de gruau devant lui et éteignit le réchaud.

Leto n'esquissa pas un geste.

« Je serai punie si tu ne manges pas ça », dit-elle.

Il la regarda en songeant : *Si je la tue, je briserai une vision. Et si je lui révèle les plans de Muriz, j'en briserai une autre. Si j'attends ici mon père, ce fil de vision deviendra une corde puissante.*

Son esprit tria les fils. Certains étaient d'une douceur qui le fascinait. Un avenir où apparaissait Sabiha était d'une réalité trompeuse au sein de sa vision presciente. Il menaçait de bloquer tous les autres jusqu'à ce que Leto l'ait suivi jusqu'aux agonies finales qu'il recelait.

« Pourquoi me regardes-tu ainsi ? » demanda Sabiha.

Il ne répondit pas.

Elle poussa le bol un peu plus près de lui.

La gorge sèche, il essaya d'avaler. L'impulsion de tuer Sabiha continuait de monter en lui. Il s'aperçut qu'il en tremblait. Il serait si facile de briser la vision et de libérer la sauvagerie !

« C'est Muriz qui a ordonné ça », dit-elle en touchant le bol.

Oui, Muriz l'avait ordonné. La superstition envahissait tout. Muriz voulait une vision qu'il puisse déchiffrer. Il était pareil au sauvage du passé demandant au sorcier de jeter les osselets pour lui et d'y lire l'avenir. Muriz avait pris le distille de son prisonnier à titre de « simple précaution ». La raillerie visait Namri et Sabiha. *Seuls les imbéciles laissent échapper leur prisonnier.*

Muriz avait quand même un problème émotionnel particulièrement grave : la Rivière d'Esprit. L'eau de son prisonnier coulait dans ses propres veines. Muriz était en quête d'un signe qui lui permettrait de brandir une menace de mort sur Leto.

*Tel père, tel fils,* songea Leto.

« L'épice ne fera que te donner des visions, dit Sabiha. Les longs silences l'inquiétaient. J'ai eu souvent des visions, pendant l'orgie. Elles n'ont aucun sens. »

*C'est ça !* pensa-t-il soudain, et son corps se figea dans une totale immobilité qui laissa sa peau froide et visqueuse. L'enseignement Bene Gesserit investit sa conscience. Il n'y eut d'abord qu'un point lumineux qui devint une clarté éblouissante, celle de la vision, répandue sur Sabiha et tous les autres Bannis. L'ancien enseignement Bene Gesserit était explicite.

« *Les langages s'édifient en reflétant les spécialisations d'un mode de vie. Chaque spécialisation peut être reconnue par ses mots, par ses postulats et par la structure de ses phrases. Cherchez les pauses. Les spécialisations représentent des lieux où la vie s'interrompt, où le mouvement est contenu et gelé.* » Il vit alors que Sabiha était de son plein droit une source de vision et que chaque humain avait le même pouvoir. Pourtant, elle méprisait les visions de l'orgie du sietch. Elles provoquaient l'inquiétude, donc il fallait les rejeter, les oublier délibérément. Son peuple priait Shai-Hulud parce que le ver dominait bien des visions. Ils priaient pour que la rosée naisse au seuil du désert parce que leurs vies dépendaient de l'humidité. Pourtant, ils se vautraient dans l'abondance d'épice et leurraient les truites des sables vers les qanats ouverts. Sabiha le nourrissait de visions prescientes avec une insensibilité tranquille, et pourtant, dans ses mots, il percevait les signaux de l'illumination : elle dépendait d'absolus, elle cherchait des limites finies, tout cela parce qu'elle ne pouvait maîtriser les rigueurs de décisions terribles qui concernaient sa propre chair. Elle s'accrochait à sa vision borgne de l'univers, qui l'enfermait et paralysait le temps, parce que les alternatives la terrifiaient.

Par contraste, Leto vit le pur mouvement qu'il était. Il était une membrane reliant d'infinies dimensions et, parce qu'il voyait ces dimensions, il pouvait prendre ces terribles décisions.

*Comme mon père l'a fait.*

« Tu dois manger ça ! » s'exclama Sabiha, irritée.

Leto, maintenant, découvrait la structure complète des visions et savait quel fil il devait suivre. *Ma peau n'est pas la mienne.* Il se leva, serrant sa robe autour de lui. Ce contact était étrange parce que le distille n'était plus là pour protéger son corps. Ses pieds étaient nus sur le tapis d'épice et il sentait crisser le sable sous ses orteils.

« Que fais-tu ? » demanda Sabiha.

« Je sors. On ne respire plus, ici. »

« Tu ne peux pas t'enfuir. Il y a un ver dans chaque canyon. Si tu dépasses le qanat, ils sentiront ton humidité. Ils ne ressemblent pas à ceux du désert. La captivité les a rendus plus sensibles. Et puis... (elle jubilait soudain) tu n'as plus de distille. »

« Alors, pourquoi t'inquiéter ? » demanda-t-il, curieux de savoir s'il pouvait encore provoquer une vraie réaction de sa part.

« Parce que tu n'as pas mangé. »

« Et que tu seras punie ? »

« Oui. »

« Mais je suis déjà saturé d'épice. Chaque instant est une vision. (De son pied nu, il montra le bol.) Verse-le dans le sable. Qui le saura ? »

« Ils nous surveillent. »

Secouant la tête, conscient de cette nouvelle liberté qui l'enveloppait, il la rejeta hors de ses visions. Il était inutile de tuer ce pauvre pion. Elle dansait sur d'autres musiques sans même connaître le pas, croyant encore qu'elle pourrait partager le pouvoir qui attirait les pirates affamés de Shuloch et de Jacurutu. Leto s'avança jusqu'à la porte, posa la main sur le sceau.

« Quand Muriz arrivera, dit-elle, il sera furieux... »

« Muriz est un marchand de vide, dit Leto. Ma tante a pris tout ce qu'il contenait. »

Elle se leva. « Je t'accompagne. »

*Elle n'a pas oublié la façon dont je lui ai échappé,* pensa-t-il. *Elle connaît maintenant la fragilité de son empire sur moi. Et ses visions s'agitent en elle.* Mais ces visions, elle ne les écouterait pas. Il lui suffisait de penser : comment pourrait-il tromper un ver prisonnier d'un canyon étroit ? Comment pourrait-il affronter le Tanzerouft sans distille ni Fremkit ?

« Je dois être seul pour consulter mes visions, dit Leto. Tu demeureras ici. »

« Où vas-tu aller ? »

« Jusqu'au qanat. »

« La nuit, les truites arrivent par bancs entiers. »

« Elles ne m'attaqueront pas. »

« Quelquefois, dit-elle, le ver descend tout près de l'eau. Si jamais tu franchis le qanat... » Elle se tut. Elle avait essayé d'imprégner ses mots de menace.

« Comment pourrais-je chevaucher un ver sans hameçons ? » dit-il, se demandant si elle pouvait encore récupérer certains fragments de ses visions.

« Lorsque tu reviendras, mangeras-tu ? » Elle s'était à nouveau accroupie devant le bol et remuait le brouet indigo.

« Chaque chose en son temps », dit-il, sachant qu'elle ne pouvait avoir conscience de l'usage discret qu'il faisait de la Voix, de l'instillation de ses propres désirs dans ses décisions à elle.

« Muriz viendra pour vérifier si tu as bien eu une vision », le prévint-elle.

« Je traiterai Muriz à ma manière », dit-il, et il nota à quel point les gestes de Sabiha se faisaient lents et lourds. Il menait Sabiha là où tendait naturellement le mode de vie Fremen. Les Fremen étaient un peuple d'une extraordinaire énergie au lever du soleil mais, souvent, ils étaient gagnés par une léthargie et une mélancolie profondes lorsque tombait la nuit. Déjà, Sabiha voulait s'abîmer dans le sommeil et dans les rêves.

Seul, il sortit dans la nuit.

Le ciel était empli d'étoiles et la butte se détachait nettement sur ce fond scintillant. Cheminant silencieusement sous les palmes, Leto s'approcha du qanat. Il s'accroupit sur la berge et, longtemps, écouta le perpétuel sifflement du sable dans le canyon. D'après le bruit, le ver, là-bas, était petit. C'était sans doute pour cette raison qu'il avait été choisi. Un petit ver serait plus facile à transporter. Il réfléchit à la capture. Les chasseurs l'assommeraient avec de l'eau pulvérisée. C'était la méthode traditionnelle des Fremen pour capturer le ver destiné à l'orgie de la transformation. Mais ce ver ne serait pas tué par immersion. Il se retrouverait à bord d'un transport de la Guilde, en route vers un acheteur plein d'espoir qui ne tarderait pas à découvrir que son désert était trop humide. Rares étaient les étrangers qui avaient conscience du degré de sécheresse que la truite des sables avait entretenu sur Arrakis. Qu'elle *avait* entretenu. Car même ici, dans le Tanzerouft, le vent portait souvent une humidité telle que jamais un ver n'en avait connu de pareille, sauf en mourant dans une citerne Fremen.

Derrière lui, dans la hutte, il entendit Sabiha s'agiter. Elle était inquiète, harcelée par ses propres visions réprimées. Il se demanda ce que pourrait être une vie hors de la vision, avec elle. Ils partageaient chaque instant tel qu'il se présenterait, pour ce qu'il serait. Cette perspective l'attirait plus que n'avait fait aucune vision issue de l'épice. Il y avait une certaine pureté dans cette possibilité d'affronter un avenir inconnu.

« *Un baiser dans le sietch en vaut deux dans la cité.* »

Tout était dans cette vieille maxime Fremen. Le sietch traditionnel conservait à la fois la sauvagerie et la tendresse. Il y en avait des traces chez les gens de Jacurutu/Shuloch, mais des traces seulement. Et Leto éprouva soudain du chagrin en pensant à ce qui avait été perdu.

Lentement, si lentement que la connaissance fut en lui avant même qu'il eût décelé ses origines, Leto sut que des créatures, nombreuses, avaient surgi autour de lui.

*Les truites des sables.*

Le moment de passer d'une vision à l'autre approchait. Le mouvement des truites des sables était comme intérieur à son corps. Durant des générations, les Fremen avaient vécu à proximité de ces étranges créatures. Ils savaient qu'un peu d'eau pouvait être l'appât qui les attirerait à portée de la main. Bien des Fremen, près de mourir de soif, avaient risqué quelques précieuses gouttes d'eau à ce jeu, pour le sirop vert et douceâtre que sécrétait la truite et qui pouvait leur procurer un apport d'énergie. Mais les truites faisaient surtout la joie des enfants qui les capturaient pour le Huanui. Et par jeu.

Leto frissonna en songeant à ce que ce *jeu* signifiait pour lui désormais.

L'une des créatures rampa près de son pied nu. Elle hésita, puis reprit sa progression, attirée par l'énorme quantité d'eau retenue dans le qanat.

Durant un instant, pourtant, Leto avait senti la réalité de sa terrible décision. Le gant de la truite. C'était un jeu d'enfant. Si l'on tenait une truite dans sa main, en la lissant doucement sur sa peau, elle se transformait en un gant vivant. Elle était attirée par les traces de sang présentes dans les capillaires, mais quelque substance présente dans l'eau du sang la repoussait. Tôt ou tard, elle tombait dans le sable, et on la jetait dans un panier de fibre d'épice. L'épice la calmait jusqu'à ce qu'on la place dans le distille de mort.

A présent, Leto écoutait les truites tomber dans l'eau du qanat et il percevait les remous des poissons prédateurs qui se précipitaient sur elles pour les dévorer. L'eau avait le pouvoir d'assouplir les truites, de les rendre molles. Les enfants Fremen apprenaient cela très tôt. Une goutte de salive suffisait à provoquer la sécrétion du sirop. Leto prêtait l'oreille à tous les sons qui venaient du qanat. Ils étaient provoqués par une migration de truites attirées par l'eau libre mais, dans le qanat, les créatures étaient impuissantes face aux poissons.

Pourtant, sans cesse, elles affluaient et plongeaient.

Il enfouit sa main droite dans le sable jusqu'à ce que ses doigts rencontrent le cuir d'une truite. Elle était aussi grosse qu'il l'avait souhaité. Elle ne tenta pas de lui échapper, adhérant avec avidité à sa chair. De sa main libre, il palpa la créature ; elle avait à peu près la forme d'un diamant : ni tête, ni extrémités. Pas d'yeux, et pourtant elle savait trouver l'eau sans se tromper. Les truites pouvaient se souder l'une à l'autre par leurs cils rudimentaires jusqu'à ne former qu'un seul et vaste organisme-sac emprisonnant l'eau, isolant ainsi le « poison » de ce géant que la truite deviendrait plus tard : Shai-Hulud.

Dans sa main, la truite se tortilla, s'allongea, se déforma. Dans le même instant, il eut l'impression qu'une contrepartie de la vision qu'il avait choisie s'allongeait, se déformait. *Ce fil, pas celui-ci,* pensa-t-il. Il sentit que la truite se faisait de plus en plus mince, recouvrant rapidement sa main. Jamais aucune truite n'avait rencontré de main comme celle-là, dont chaque cellule était saturée d'épice. Et jamais aucun humain n'avait vécu et pensé dans de telles conditions. Leto réajusta délicatement l'équilibre de ses enzymes, se fondant sur la certitude lumineuse qu'il avait acquise dans la transe d'épice. La connaissance issue de ces vies sans nombre qui se mêlaient en lui, lui donnait l'assurance avec laquelle il décidait d'ajustements précis, repoussant la mort par surdose qui le menaçait s'il relâchait sa vigilance fût-ce le temps d'un battement de cœur. Et, dans le même temps, il se mêlait à la truite de sable, il se nourrissait d'elle, elle le nourrissait, l'enseignait. La vision de la transe lui fournissait une jauge, et il s'y conformait exactement.

Il sentit que la truite des sables se faisait de plus en plus mince, s'étendant sur toute sa main, atteignant son avant-bras. Il en découvrit une autre, qu'il plaça sur la première. En se rencontrant, les deux créatures s'agitèrent frénétiquement. Leurs cils se soudèrent et elles ne firent plus qu'une membrane unique qui l'enveloppait jusqu'au coude. La double-truite était désormais le gant vivant du jeu d'enfants, mais sa texture était plus fine, sa sensibilité plus grande. Leto s'en était fait un symbiote dermique. Il bougea son bras et toucha le sable de l'extrémité de son gant vivant. Il éprouva le contact distinct et net de chaque grain. Il n'y avait plus de truites des sables. Ce qui enveloppait sa main était quelque chose de plus résistant, de plus dur. Sa main rencontra une troisième truite qui se colla aux deux autres et s'adapta aussitôt à son nouveau rôle. La nouvelle peau de cuir doux gagna l'épaule de Leto.

Pour empêcher tout rejet, par un terrible effort de concentration, il réussit à unir son corps à cette peau nouvelle. Il ne laissa pas dériver la moindre parcelle de son attention vers les conséquences terrifiantes de ce qu'il accomplissait en cet instant. Seuls importaient les impératifs de la vision de la transe. Seul le Sentier d'Or pouvait naître de cette épreuve.

Il rejeta sa robe et resta étendu sur le sable, nu, son bras ganté étendu sur le passage des truites migrantes. Il se rappelait qu'avec Ghanima ils avaient capturé une truite et qu'ils l'avaient frottée sur le sable jusqu'à ce qu'elle se contracte en un *ver-enfant,* un tube rigide dont l'intérieur était imprégné de sirop vert. Il suffisait de mordre une extrémité et d'aspirer avant que la plaie se referme pour recueillir les quelques gouttes de nectar.

Les truites avaient recouvert son corps, à présent. Il percevait l'écho de la pulsion de son sang contre la membrane vivante. Une d'elles entreprit de couvrir son visage, mais il la repoussa énergiquement et la truite s'étira jusqu'à former un mince tube. C'était maintenant une créature plus longue que le ver-enfant. Elle restait flexible. Leto mordit l'extrémité et un mince filet de nectar jaillit dans sa bouche. Une énergie nouvelle se développa en lui. Jamais l'expérience ne s'était autant prolongée, de mémoire de Fremen. Une excitation étrange se répandit dans tout son corps. Il dut lutter un long moment pour repousser à nouveau la membrane jusqu'à ce qu'elle forme un bourrelet dur encerclant ses maxillaires et remontant jusqu'à son front mais laissant ses oreilles découvertes.

A présent, il devait éprouver la vision.

Il se leva et retourna vers la hutte, prenant conscience que ses pieds se déplaçaient trop vite pour qu'il puisse garder l'équilibre, et il roula dans le sable. Il se redressa d'un bond et s'éleva à plus de deux mètres du sable. Lorsqu'il retomba et essaya de marcher, ses mouvements furent encore trop rapides.

*Arrête !* pensa-t-il. Il s'abîma dans la relaxation *prana-bindu,* rassemblant ses sens dans la fontaine de la conscience. Il vit alors nettement les rides intérieures du *maintenant perpétuel* par lequel il faisait l'expérience du Temps et il se laissa emporter par la tiède ivresse de la vision. La membrane fonctionnait exactement comme la vision l'avait prédit.

*Ma peau n'est pas la mienne.*

Mais il devrait entraîner ses muscles à la nouvelle ampleur de ses mouvements. Une fois encore, il voulut marcher et tomba, roulant dans le sable. Il s'assit. Le bourrelet vivant, sous sa mâchoire, se déploya vers sa bouche. Il le mordit et le jus sucré de la truite coula sur sa langue. Sous la pression de sa main, la membrane s'enroula vers le bas.

Il s'était écoulé suffisamment de temps pour que l'union avec son corps soit réalisée. Il s'étendit à plat ventre et se mit à ramper, frottant la membrane vivante sur le sable. Il percevait chaque grain, mais aucun ne mordait sa chair. En quelques mouvements de natation, il eut franchi bientôt cinquante mètres de sable. L'effet de friction lui procura une sensation de tiédeur. La membrane, à présent, n'essayait plus de recouvrir son nez et sa bouche. Maintenant, il devait faire un pas de plus, un pas majeur vers son Sentier d'Or. En rampant, il était arrivé, au-delà du qanat, dans le canyon où le ver était prisonnier. Il l'entendait siffler, se tourner vers lui, attiré par ses mouvements dans le sable.

Leto se mit sur pieds avec l'intention de l'attendre debout, immobile, mais son mouvement le projeta à plus de vingt mètres vers l'intérieur du canyon. Avec un terrible effort, il parvint à maîtriser ses réactions, s'assit sur les fesses et se redressa. Là-bas, droit devant lui, sous la clarté des étoiles, le sable bouillonnait en un monstrueux mascaret. Le sable s'ouvrit à deux longueurs de corps de Leto. Des dents de cristal scintillèrent dans la faible lumière. Une caverne vivante béa et il discerna dans ses profondeurs une pâle flamme. Le souffle lourd de l'épice passa sur lui. Mais le ver ne bougeait plus. Il restait là, immobile, tandis que la Première Lune, lentement, se levait sur la butte. Sa clarté dessina chacune des dents de la créature, soulignant la danse lumineuse des feux chimiques, loin dans ses entrailles.

La peur était si profondément enracinée en tout Fremen que Leto se trouva déchiré entre sa volonté de faire front et un désir violent de fuite. Mais sa vision lui imposa l'immobilité. Il était fasciné par cet instant qui se prolongeait. Personne ne s'était jamais trouvé aussi près de la gueule d'un ver et avait survécu. Doucement, il déplaça son pied droit, rencontra une ride de sable et réagissant trop vivement, fut projeté vers la gueule du ver. Il se retrouva à genoux.

Le ver n'avait toujours pas bougé.

Il ne sentait que la présence de la truite des sables et n'attaquerait pas ce vecteur de sa propre espèce. Le ver pouvait attaquer un autre ver sur son territoire, il pouvait se précipiter sur les gisements d'épice. Seule une barrière d'eau était à même de l'arrêter. Et la truite des sables, qui isolait l'eau, était une telle barrière.

A titre d'expérience, Leto tendit la main vers la gueule terrifiante. Le ver battit en retraite d'un bon mètre.

Reprenant confiance, Leto se détourna du ver et se mit en devoir d'enseigner à ses muscles l'art d'employer leur nouvelle puissance. Lentement, il retourna vers le qanat. Le ver demeurait immobile. Quand Leto eut franchi la frontière de l'eau, il bondit de joie et se retrouva dix mètres plus loin, riant et roulant dans le sable.

La lumière jaillit. Sabiha venait d'ouvrir le sceau d'humidité de la hutte. Sa silhouette apparaissait sur le fond lumineux, jaune et mauve, de la lampe à huile.

Sans cesser de rire, Leto refit le chemin en sens inverse, bondit par-dessus le qanat, revint se planter devant le ver, puis se tourna et fit face à Sabiha en ouvrant les bras.

« Regarde ! Le ver est à ma merci ! »

Immobile, silencieuse, elle ne pouvait détacher ses yeux de lui. Une fois encore, il s'élança sur le sable, une fois encore, il frôla le ver. Puis, il s'avança dans le canyon. Il s'habituait à sa nouvelle peau. Il découvrit bientôt qu'il pouvait courir en sollicitant à peine ses muscles, presque sans effort. Au premier effort véritable, il volait littéralement et le vent crépitant brûlait la partie exposée de son visage. Au bout du canyon, il ne s'arrêta pas. Il fit un saut de plus de quinze mètres de haut et ses mains agrippèrent le rocher. Il se mit à grimper comme un insecte, ses doigts changés en grappins, et surgit bientôt sur la crête qui dominait le Tanzerouft.

Devant lui s'étendait le désert et ses ondes argentées sous la lune.

Sa joie folle commençait à s'estomper.

Il s'accroupit, conscient de l'extraordinaire légèreté de son corps. Une fine pellicule de sueur s'était formée sur son visage. Un distille l'aurait aussitôt absorbée et dirigée vers le tissu de transfert qui en aurait extrait les éléments salins. Comme il se détendait, la sueur, soudain, disparut, absorbée par la membrane vivante plus vite que ne l'eût fait un distille. Pensif, il attira un peu de la membrane entre ses lèvres, mordit et absorba le nectar.

Sa bouche demeurait à l'air libre. Avec sa sensibilité Fremen, il ressentait le gaspillage d'humidité que représentait chaque expiration. Il prit alors une partie de la membrane et l'appliqua sur sa bouche, l'obligeant à laisser ses narines à découvert. Il adopta la respiration du désert, inspirant par le nez, expirant par la bouche. La membrane forma une petite bulle sur ses lèvres mais demeura en place. Il n'y eut bientôt plus d'humidité sur ses lèvres et ses narines demeuraient libres. L'adaptation se poursuivait.

Un orni glissa dans le ciel entre Leto et la lune, fit un virage et se posa, ailes déployées sur la butte, à moins de cent mètres sur sa gauche. Leto l'observa un instant avant de regarder vers le canyon dans la direction d'où il était venu. Là-bas, par-delà le qanat, il distinguait un ballet de lumières, une multitude. Il entendit des appels, décela l'écho de la panique. Deux hommes étaient descendus de l'orni et, maintenant, ils couraient vers lui. Le clair de lune faisait briller leurs armes.

Le *mashad,* songea Leto. Et c'était là une triste pensée. C'était le grand bond vers le Sentier d'Or. Il avait revêtu le vivant distille d'une membrane faite de truites des sables, une chose dont la valeur était inestimable sur Arrakis... aussi longtemps que l'on n'en comprenait pas le prix réel. *Je ne suis plus humain. La légende de cette nuit ne fera que croître et embellir jusqu'à ce qu'elle ne soit plus reconnaissable par ses acteurs mêmes. Mais elle deviendra la vérité, cette légende.*

Il regarda vers le bas de la butte. Le désert, estima-t-il, était bien à deux cents mètres en-dessous. Le clair de lune révélait des saillies et des anfractuosités sur la pente raide, mais aucun cheminement possible. Il se redressa, prit une inspiration profonde, lança un dernier regard vers les hommes qui approchaient, puis s'avança jusqu'au bord de la falaise et s'élança dans l'espace. Trente mètres plus bas, ses jambes repliées rencontrèrent une étroite saillie. Ses nouveaux muscles absorbèrent le choc et il rebondit sur le côté vers une autre saillie. Il s'accrocha brièvement des deux mains, lâcha prise, tomba de vingt mètres, se rattrapa une fois encore et, une fois encore tomba, rebondit, agrippa une saillie, tomba plus bas. Il franchit les quarante derniers mètres d'un seul saut, se reçut en position accroupie et roula au flanc d'une dune dans un jaillissement de sable et de poussière. Il se redressa dans le creux et bondit aussitôt vers la crête suivante. Des cris rauques lui parvenaient du sommet de la butte mais il ne se retourna pas, se concentrant sur sa progression, bondissant d'une crête à l'autre.

Il s'habituait à sa nouvelle force et il y puisait à présent une sorte de joie sensuelle qu'il n'avait pas prévue à l'instant où il s'était élancé du haut de la butte. Il défiait le Tanzerouft comme nul ne l'avait jamais fait dans ce ballet au-dessus du désert.

Quand il jugea que l'équipage de l'orni avait surmonté le choc et que la poursuite allait s'organiser, il plongea vers le flanc obscur d'une dune et s'y enfonça. Pour sa force nouvelle, le sable était comme un liquide épais. Mais il progressait trop vite et la température s'élevait dangereusement. Il émergea de l'autre côté de la dune et s'aperçut que la membrane avait réussi à recouvrir ses narines. Il l'écarta et perçut la pulsation de sa nouvelle peau sur tout son corps tandis qu'elle absorbait sa transpiration.

Il fit un tube de la membrane et aspira le sirop sucré tout en contemplant le ciel étoilé. Il avait dû parcourir environ quinze kilomètres depuis Shuloch. La silhouette d'un orni apparut sur le fond des étoiles, puis un autre, et un autre encore. Il entendit le chuintement de leurs ailes et le doux sifflement de leurs tuyères.

Il attendit tout en absorbant le nectar de la truite. La Première Lune descendit vers l'horizon, la Seconde Lune lui succéda.

Une heure avant l'aube, il rampa hors du sable et gagna la crête. Il examina le ciel. Il n'y avait pas un chasseur en vue. A présent, il le savait, il suivait un chemin sans retour. Devant lui l'attendait ce piège de l'Espace et du Temps qui avait été conçu pour être une leçon que ni lui ni l'humanité n'oublieraient jamais.

Il prit la direction du nord-est et parcourut encore une cinquantaine de kilomètres avant de s'enfouir dans le sable. Le jour allait venir. Il ménagea un trou minuscule en surface, auquel il était relié par un tube confectionné dans la membrane. La membrane apprenait à vivre avec lui tout comme il apprenait à vivre avec elle. Il essayait de ne pas penser aux autres transformations qu'elle opérait dans sa chair.

*Demain,* se dit-il, *j'attaquerai Gara Rulen. Je briserai leur qanat et je répandrai son eau dans le sable. Ensuite, j'irai à la Passe du Vent, à la Vieille Faille, puis à Harg. D'ici à un mois, la transformation écologique aura reculé d'une génération. Cela nous donnera assez d'espace pour développer le nouveau programme.*

On accuserait les tribus rebelles, bien sûr. Certains se souviendraient de Jacurutu. Alia aurait du travail... Quant à Ghanima... En silence, pour lui-même, Leto formula les mots qui réveilleraient sa mémoire. Mais cela viendrait plus tard... s'ils survivaient à ce terrible mélange des fils de la causalité.

Le Sentier d'Or l'appelait. C'était comme une présence physique au milieu du désert. En ouvrant les yeux, il parvenait presque à le voir. A présent, il le définissait ainsi : tout comme les animaux se déplaçent sur la terre car leur existence dépend de ce déplacement, l'âme de l'humanité, bloquée depuis des éons de temps, avait besoin d'un chemin sur lequel progresser.

Il pensa alors à son père et se dit : « *Bientôt, nous discuterons d'homme à homme, et une seule vision en émergera.* »

**Les limites de la survie sont définies par le climat, dont la lente tendance au changement peut passer inaperçue d'une génération. Et ce sont les extrêmes d'un climat qui définissent la structure. Des humains isolés peuvent observer des provinces climatiques, des fluctuations du temps sur une année et, occasionnellement, remarquer : « C'est l'année la plus froide que j'aie connue. » Ces choses sont perceptibles. Mais les humains sont rarement sensibles à la variation de la moyenne sur un grand nombre d'années. Et c'est précisément en développant cette sensibilité que les humains apprennent à survivre sur une planète. Ils doivent apprendre le climat.**

— Arrakis, la Transformation, *d'après Harq al-Ada.*

ALIA, ASSISE SUR SON LIT, LES JAMBES croisées, essayait de retrouver le calme en se récitant la Litanie contre la Peur. Mais la voix qui raillait au fond de son crâne annulait chacun de ses efforts. Elle était présente dans son esprit tout comme dans ses oreilles et elle disait :

« Quelle est cette idiotie ? Qu'as-tu donc à redouter ? »

Les muscles de ses mollets se nouèrent tandis que ses pieds esquissaient les mouvements de la course. Mais elle ne pouvait courir nulle part.

Elle ne portait qu'une robe dorée faite de la plus pure des soies paliennes qui révélait les rondeurs nouvelles de son corps. L'Heure des Assassins venait juste de finir et ce serait bientôt l'aube. Les rapports sur les trois derniers mois étaient étalés devant elle, sur le couvre-lit rouge. Le climatiseur ronronnait doucement et une faible brise agitait les étiquettes des bobines de shigavrille.

Ses aides l'avaient réveillée brutalement deux heures auparavant, apportant les nouvelles du dernier affront. Elle avait alors demandé toutes les bobines des rapports, espérant y découvrir un schéma intelligible.

Elle abandonna la Litanie.

Ces attaques devaient être le fait des rebelles. C'était évident. De plus en plus nombreux, ils se dressaient contre la religion de Muad'Dib.

« Et qu'y a-t-il de mal à cela ? » demanda la voix moqueuse, dans sa tête.

Alia secoua sauvagement la tête. Namri l'avait trahie. Elle avait été stupide de faire confiance à ce dangereux instrument à double tranchant. Ses aides murmuraient que la faute incombait à Stilgar, qu'il était passé clandestinement du côté des rebelles. Et qu'était devenu Halleck ? Se terrait-il parmi ses amis contrebandiers ? C'était possible.

Elle prit une des bobines. *Et Muriz ?* Cet homme était devenu fou. C'était la seule explication possible. A moins de croire aux miracles. Aucun humain, encore moins un enfant (et même un enfant comme Leto), ne pouvait sauter de la butte de Shuloch et survivre pour s'enfuir dans le désert en accomplissant des bonds gigantesques du sommet d'une dune à l'autre.

Sous sa main, la shigavrille était comme un minuscule serpent glacé.

Où se trouvait donc Leto ? Ghanima persistait à le croire mort. Le Diseur de Vérité confirmait son récit : Leto avait été tué par un tigre Laza. Alors, qui était cet enfant dont parlaient Namri et Muriz ?

Elle eut un frisson.

Quarante qanats avaient été rompus et leurs eaux répandues dans le sable du désert. Tous les Fremen, les rebelles comme les plus loyaux, n'étaient que des crétins superstitieux ! Ces rapports étaient pleins de récits mystérieux. Des truites qui sautaient dans les qanats et se fragmentaient en armées de répliques minuscules. Des vers qui se noyaient délibérément.

Du sang tombant en pluie de la Seconde Lune sur Arrakis pour y déchaîner d'effroyables tempêtes. Et la fréquence des tempêtes, apparemment, ne faisait que croître.

Elle pensa au mutisme total de Duncan, au Sietch Tabr, où il regimbait sous les contraintes qu'elle avait obtenues de Stilgar. Avec Irulan, il ne parlait de rien sinon du *véritable* sens de ces présages. Les idiots ! Ses espions eux-mêmes manifestaient l'influence profonde de ces contes extravagants !

Mais pourquoi Ghanima s'en tenait-elle à cette histoire de tigre Laza ?

Alia soupira. Parmi toutes ces bobines, une seule portait un message rassurant : Farad'n lui avait dépêché un contingent de sa garde personnelle pour, disait-il : « Vous aider en cette période troublée et préparer la Cérémonie Officielle de Fiançailles. » Alia sourit et répondit cette fois au ricanement qui résonnait dans son crâne. Ce plan-ci, au moins, demeurait intact. Il faudrait bien trouver des explications logiques pour discréditer cet amas d'absurdités superstitieuses.

Entre-temps, elle se servirait des hommes de Farad'n pour isoler Shuloch et arrêter les dissidents notoires, en particulier parmi les Naibs. Elle songea un instant à prendre des mesures à l'encontre de Stilgar, mais la voix intérieure s'y opposa :

« Pas encore. »

« Ma mère et ses Sœurs ont encore un plan, murmura-t-elle. Pourquoi éduque-t-elle Farad'n ? »

« Peut-être l'excite-t-il, ce jeune homme », suggéra le Baron.

« Elle est bien trop froide. »

« Tu ne songes tout de même pas à demander à Farad'n de la renvoyer ? »

« Je connais le danger que je courrais ! »

« Bien. Autre chose : ce jeune aide que Zia nous a récemment amené. Je crois que son nom est Agarves — Buer Agarves. Si tu l'invitais cette nuit... »

« Non ! »

« Alia... »

« Il fera bientôt jour, vieux fou insatiable ! Le Conseil Militaire se réunit ce matin. Les Prêtres auront... »

« Ne te fie pas à eux, Alia chérie. »

« Bien sûr que non ! »

« Très bien. Pour en revenir à ce Buer Agarves... »

« J'ai dit non ! »

Le vieux Baron ne répondit pas, mais elle sentit bientôt poindre la migraine dans sa tête. La douleur montait lentement, de sa joue gauche à la tempe. Il était une fois parvenu à la rendre à demi folle de souffrance, la forçant à errer en délirant dans les couloirs du Donjon. Cette fois-ci, elle prit la résolution de lui résister.

« Si vous insistez, dit-elle, je prendrai un sédatif. »

Il comprit qu'elle ne bluffait pas et la migraine commença de refluer.

« Très bien, je n'insiste pas, fit la voix irritée du Baron. Ce sera pour une autre fois. »

« C'est ça, une autre fois. »

**Tu divises le sable par ta puissance ; tu brises les têtes des dragons dans le désert. O oui ! je te vois : tu es comme une bête venue des dunes ; tu as les deux cornes de l'agneau, mais tu parles comme le dragon.**

— La Nouvelle Bible Catholique Orange.
*Arran II : 4.*

C'ÉTAIT LA PROPHÉTIE IMMUABLE, LES fils devenaient corde, et c'était là une chose que Leto, à présent, semblait avoir connue toute sa vie.

Son regard suivit les ombres du soir qui se déployaient sur le Tanzerouft. A cent soixante-dix kilomètres au nord, se trouvait la Vieille Faille, cette brêche profonde et sinueuse dans le Mur du Bouclier par laquelle les premiers Fremen avaient gagné le désert.

Nul doute ne subsistait plus en Leto. Il savait désormais pourquoi il était là, seul dans le désert, empli du sentiment que tout ce territoire lui appartenait, qu'il devait se plier à sa volonté. Il sentait l'accord qui le liait à l'humanité dans sa totalité et avec ce besoin profond d'un univers d'expériences qui aient un sens logique, un univers doté de régularités identifiables au sein de ses perpétuelles transformations.

*Je connais cet univers.*

Le ver qui l'avait conduit jusqu'ici avait obéi au simple tapement de son pied. Il s'était dressé devant lui et immobilisé comme un animal soumis. Leto ayant sauté sur son dos s'était servi de ses seules mains renforcées par la membrane pour découvrir le pli sensible de ses anneaux et le maintenir en surface. Dans sa course vers le nord, tout au long de la nuit, le ver s'était épuisé. Son usine interne de soufre/silicate avait fonctionné au plus fort de sa capacité, et exhalé des bouffées d'oxygène qui, poussées par un vent arrière, enveloppaient Leto de leurs remous. Ces tourbillons brûlants l'étourdissaient parfois et d'étranges perceptions occupaient alors son esprit. La subjectivité réflexive et circulaire de ces visions le renvoyait à la longue suite de ses ancêtres et le contraignait à revivre des fragments de son passé terranique qu'il comparait ensuite avec les transformations de son être.

Déjà, il pouvait sentir à quel point il s'était différencié d'un humain. Attiré par l'épice, il en absorbait goulument la moindre veine qui se trouvait sur son passage et la membrane qui le recouvrait n'avait plus rien d'une truite des sables, tout comme il n'avait plus rien d'un humain. Les cils s'étaient enfoncés dans sa chair pour former une créature nouvelle qui connaîtrait sa métamorphose dans les éons à venir.

*Père,* songea-t-il, *tu as vu cela, et tu l'as repoussé. C'était une chose trop terrible à considérer.*

Il savait ce que l'on croyait à propos de son père, et pourquoi on le croyait.

*Muad'Dib est mort de prescience.*

Mais Paul Atréides avait quitté l'univers de la réalité et avait pénétré vivant dans le *alam al-mythal,* fuyant cette chose que son fils avait osé tenter.

A présent, seul demeurait le Prêcheur.

Leto s'accroupit dans le sable et fixa son attention sur l'horizon du nord. Le ver arriverait de cette direction et, sur son dos, il porterait deux cavaliers : un jeune Fremen et un homme aveugle.

Des chauve-souris pâles le survolèrent et inclinèrent leur route vers le sud-est. Elles n'étaient que des points dispersés dans le ciel assombri mais, aux yeux exercés d'un Fremen, la direction d'où elles venaient révélait l'existence d'un abri. Pourtant, le Prêcheur éviterait ce refuge. Son but était Shuloch où les chauve-souris sauvages n'étaient pas tolérées, de crainte qu'elles ne guident un étranger vers ce lieu secret.

D'abord, le ver ne fut qu'un mouvement sombre entre le désert et le ciel septentrional. *Matar,* la pluie de sable qui s'abattait des hautes altitudes lorsque mourait une tempête, obscurcit ce spectacle durant quelques minutes. Puis le ver apparut plus nettement et plus proche.

La ligne froide, à la base de la dune où se trouvait Leto, commençait d'accumuler son humidité nocturne. Les fragiles molécules d'eau parvinrent à ses narines et il ajusta la membrane sur sa bouche. Il n'avait plus besoin de se mettre en quête de mares et de trous d'eau. Les gènes de sa mère lui avaient donné le gros intestin hypertrophié des Fremen capable de retenir l'eau de tout ce qui le traversait. Le distille vivant qui l'enveloppait absorbait et conservait les traces les plus infimes d'humidité. En cet instant-même, tandis qu'il observait le désert, immobile, la partie de la membrane en contact avec le sable produisait des cils-pseudopodes qui s'y enfonçaient, en quête de miettes d'énergie.

Le regard de Leto ne quittait plus le ver qui approchait. Il savait que, maintenant, le jeune guide n'avait pu manquer de l'apercevoir. Sur cette crête, il était un point facilement identifiable. A une telle distance, un Fremen ne pouvait donner la moindre explication à cette présence mais c'était un problème que tout Fremen avait appris à résoudre. Tout objet inconnu était dangereux. Les réactions du jeune guide étaient aisément prévisibles, même sans le secours de la vision.

Conformément à cette prévision, le ver changea légèrement de cap et se dirigea droit sur Leto. Les vers géants constituaient une arme que les Fremen avaient utilisée bien des fois. Ils avaient joué un rôle décisif lors de la défaite de Shaddam IV devant Arrakeen. Ce ver, pourtant, n'obéit pas aux injonctions de son guide. Il s'arrêta brusquement à dix mètres de distance et il semblait bien qu'il fût décidé à ne pas fouler un autre grain de sable.

Leto se leva. Il sentit les cils qui s'arrachaient brusquement au sable, dans son dos. Libérant ses lèvres, il lança : « Achlan, wasachlan ! » *Bienvenue, deux fois bienvenue !*

L'aveugle se tenait au sommet du ver derrière le jeune homme, une main posée sur son épaule. Il gardait la tête levée, le nez dressé comme s'il tentait de flairer l'origine de cette interruption. Le soleil couchant peignait d'orange son front.

« Qui est-ce ? demanda-t-il en secouant l'épaule du jeune homme. Pourquoi nous sommes-nous arrêtés ? »

Les embouts des filtres de son distille rendaient sa voix nasillarde.

Le jeune homme contemplait Leto avec frayeur. Il dit enfin : « C'est un voyageur isolé dans le désert. Un enfant, à en juger par son apparence. J'ai essayé de lancer le ver sur lui, mais le ver refuse d'avancer. »

« Pourquoi ne me l'as-tu pas dit ? »

« Je croyais qu'il ne s'agissait que d'un voyageur égaré, dit le jeune homme. Mais c'est un démon. »

« Tu parles comme un vrai fils de Jacurutu, dit Leto. Et vous, sire, vous êtes le Prêcheur. »

« Oui, je suis bien celui-là. » Et il y avait de la crainte dans la voix du Prêcheur : enfin il avait rencontré son passé.

« Ce lieu n'est pas un jardin, reprit Leto, mais vous y serez les bienvenus cette nuit. »

« Qui es-tu ? demanda le Prêcheur. Comment as-tu arrêté notre ver ? »

Il y avait dans la voix du Prêcheur un air inquiétant de reconnaissance. Il évoquait les souvenirs de cette vision alternative... sachant qu'il risquait d'atteindre ici le bout de sa route.

« C'est un démon ! protesta son jeune guide. Nous devons fuir ce lieu si nous ne voulons pas que nos âmes soient... »

« Silence ! » gronda le Prêcheur.

« Je suis Leto Atréides, dit Leto. Votre ver s'est arrêté parce que je le lui ai ordonné. »

Le Prêcheur s'enferma dans le silence.

« Allons, père, reprit Leto. Descendez et venez passer la nuit avec moi. Je vous offrirai de ce nectar. Je vois que vous avez des gourdes d'eau et des Fremkits. Nous partagerons nos richesses ici, sur le sable. »

« Leto est encore un enfant, dit le Prêcheur. Et l'on dit qu'il est mort par la perfidie des Corrinos. Je n'entends nul enfant dans ta voix. »

« Vous me connaissez, sire, dit Leto. Je suis petit pour mon âge, tout comme vous l'étiez, mais mon expérience est ancienne et ma voix a mûri. »

« Que fais-tu ici, dans le Désert Intérieur ? »

« Bu ji », dit Leto.

*Rien pour rien.* C'était la réponse d'un vagabond Zensunni, d'un être qui agissait dans le repos, sans effort, en harmonie avec son environnement.

Le Prêcheur secoua l'épaule de son jeune guide.

« Est-ce bien un enfant, vraiment ? »

« Aiya », dit le guide, apeuré, sans quitter Leto du regard.

Un soupir énorme et vibrant s'échappa de la bouche du Prêcheur.

« Non », dit-il.

« C'est un démon qui a la forme d'un enfant », dit le guide.

« Vous passerez la nuit ici », dit Leto.

« Nous ferons ce qu'il dit », fit le Prêcheur. Il ôta la main de l'épaule de son jeune guide et se laissa glisser le long d'un anneau jusque dans le sable, s'écartant d'un bond lorsque ses pieds touchèrent le sol. Se retournant, il ordonna :

« Reconduis le ver au large. Il est fatigué et il ne nous ennuiera pas. »

« Il ne partira pas ! » protesta le jeune homme.

« Si, il partira, intervint Leto. Mais si tu tentes de t'enfuir avec lui, je le laisserai te dévorer. (Il se déplaça sur le côté, hors de portée de la perception du ver, et désigna la direction d'où ils étaient venus.) Va par-là ! »

Le jeune guide brandit un aiguillon vers l'anneau qui se trouvait immédiatement derrière lui, tout en tirant sur l'hameçon qui maintenait un autre anneau ouvert. Lentement, le ver se mit à glisser dans le sable et tourna, obéissant à l'impulsion de l'hameçon.

Le Prêcheur, se guidant sur la voix de Leto, gravit la dune et s'arrêta à moins de deux pas de lui. La rapidité et la sûreté de ses mouvements annonçaient un affrontement difficile.

Là se séparaient les visions.

« Otez votre masque, père », dit Leto.

Le Prêcheur s'exécuta, rejetant en arrière son capuchon et libérant sa bouche.

Leto l'examina. Il connaissait ses propres traits et il discernait nettement les lignes de ressemblance, comme soulignées par la lumière. Des lignes qui se fondaient en une réconciliation indéfinissable, en un cheminement de gènes aux frontières imprécises, mais qui ne pouvaient échapper à l'examen. Ces lignes venaient des jours anciens et bourdonnants, des jours éclaboussés d'eau, des mers miraculeuses de Caladan. Mais, en cet instant, en ce point précis d'Arrakis, elles allaient se diviser, tandis que la nuit attendait de se déployer entre les dunes.

« Eh bien, père... » dit Leto. Il regarda sur leur gauche le jeune guide qui revenait vers eux après avoir quitté le ver.

« Mu zein ! » lança le Prêcheur en agitant violemment la main. *Cela n'est pas bon !*

« Koolish zein », répliqua doucement Leto. *Mais c'est tout ce que nous aurons jamais de bon.* Et il ajouta en Chakobsa, le langage de bataille des Atréides : « Ici je suis, ici je demeure ! Nous ne pouvons oublier cela, père. »

Le Prêcheur ploya les épaules et ses mains se portèrent à ses orbites vides en un geste oublié depuis longtemps.

« Je vous ai donné le regard de mes yeux, autrefois, dit Leto, et j'ai pris vos souvenirs. Je connais vos décisions et j'ai été en ce lieu où vous vous cachez. »

« Je sais cela, dit le Prêcheur, en baissant les mains. Resteras-tu ? »

« Vous m'avez donné le nom de l'homme qui avait écrit ces mots sur sa cotte de maille : *J'y suis, j'y reste* (*) *!* »

Le Prêcheur eut un profond soupir.

« Jusqu'où es-tu allé, dans cette chose que tu as entreprise sur toi-même ? »

« Ma peau n'est plus la mienne, père. »

---

(*) En français dans le texte.

Le Prêcheur haussa les épaules. « Je sais donc comment tu m'as retrouvé. »

« Oui. J'ai attaché ma mémoire à un lieu que ma chair n'avait jamais connu. J'avais besoin d'un soir avec mon père. »

« Je ne suis pas ton père. Je ne suis qu'une mauvaise copie, une relique. (Le Prêcheur tourna la tête vers le guide qui approchait.) Je ne suis plus les visions de mon avenir. »

Et, comme il achevait sa phrase, l'obscurité s'abattit sur le désert. Les étoiles jaillirent de l'horizon et Leto, à son tour, se tourna vers le guide.

« Wubakh ul kuhar ! » lui cria-t-il. *Salutations !*

« Subakh un nar ! » répondit le jeune homme.

Dans un chuchotement rauque, le Prêcheur déclara :

« Ce jeune Assan Tariq est dangereux. »

« Tous les Bannis sont dangereux, dit Leto. Mais pas pour moi. »

Il s'exprimait sur un ton neutre.

« Si telle est ta vision, je ne la partagerai pas », lui dit le Prêcheur.

« Peut-être n'avez-vous pas le choix. Vous êtes la *fil-haquiqa,* la Réalité. Vous êtes Abu Dhur, le Père des Routes Indéfinies du Temps. »

« Je ne suis rien de plus qu'un appât dans un piège », dit le Prêcheur d'un ton amer.

« Et Alia a déjà avalé cet appât. Mais je n'en aime guère le goût. »

« Tu ne peux faire cela ! » lança le Prêcheur.

« Je l'ai déjà fait. Ma peau n'est plus la mienne. »

« Peut-être n'est-il pas encore trop tard pour toi... »

« Il est trop tard. »

Leto pencha la tête. Il pouvait entendre Assan Tariq gravir le flanc de la dune. Il approchait, se guidant sur le son de leurs voix.

« Salutations, Assan Tariq de Shuloch », dit Leto.

Le jeune homme s'arrêta un peu en-dessous de lui. Il n'était qu'une ombre dans la clarté des étoiles. Dans l'inclinaison de ses épaules, le port de sa tête, Leto pouvait lire son indécision.

« Oui, dit-il, je suis celui qui s'est échappé de Shuloch. »

« Lorsque j'ai entendu..., commença le Prêcheur, puis il s'interrompit et acheva : Tu ne peux faire cela ! »

« Je le fais. Qu'importe si vous devenez aveugle une seconde fois ? »

« Tu crois que je crains cela ? demanda le Prêcheur. Ne vois-tu pas ce guide habile qu'ils m'ont procuré ? »

« Je le vois, dit Leto, et, une fois encore, il fit face à Tariq. Ne m'as-tu pas entendu, Assan ? Je suis celui qui s'est échappé de Shuloch. »

« Tu es un démon », balbutia le jeune homme.

« Je suis ton démon, le reprit Leto. Et toi, tu es mon démon. »

Il sentit alors que la tension montait entre lui et son père. Autour d'eux, s'était déployé un théâtre d'ombres, une projection de formes inconscientes. Et il percevait les souvenirs de son père, une sorte de prophétie à rebours qui extrayait des visions de la réalité familière de cet instant.

Tariq devina cette bataille de visions. Il se laissa glisser en arrière de quelques pas, sur la pente.

« Tu ne peux contrôler le futur », dit le Prêcheur, et c'était comme s'il peinait sous un fardeau énorme.

Leto perçut la dissonance qui s'établissait entre eux. C'était un élément de l'univers auquel sa vie tout entière était attachée. Lui ou son père serait forcé d'agir bientôt, et cet acte serait une décision, le choix d'une vision. Et son père avait raison : en tentant d'acquérir le contrôle ultime de l'univers, on ne faisait que forger les armes avec lesquelles l'univers pouvait vous abattre. Choisir et dominer une vision exigeait de conserver l'équilibre sur un mince fil. Jouer à Dieu sur un câble tendu dans la solitude cosmique. Ni l'un ni l'autre des adversaires ne pouvait battre en retraite dans la mort-sursis-au-paradoxe. L'un et l'autre connaissaient les visions et leurs règles. Toutes les vieilles illusions se mouraient. Lorsque l'un se déplaçait, l'autre pouvait le contrer. La seule vérité réelle qui leur importait maintenant était celle qui les séparait de la toile de fond de la vision. Il n'était plus de lieu sûr, il n'existait qu'un changement transitoire de relations, enfermé dans les limites qu'ils imposaient à présent et voué à d'inévitables transformations. Chacun d'eux ne pouvait s'appuyer que sur son courage, solitaire et désespéré, mais Leto possédait deux avantages : il s'était avancé de lui-même sur un chemin sans retour, et il en avait accepté les conséquences terribles pour lui. Son père continuait d'espérer qu'il existât un chemin de retour et il n'avait pas pris l'ultime décision.

« Il ne faut pas ! Il ne faut pas ! » l'implora-t-il d'une voix rauque.

*Il sait quel est mon avantage,* songea Leto.

D'un ton ordinaire, masquant ses tensions et l'effort d'équilibre que cette lutte exigeait de lui, il déclara :

« Je ne crois pas passionnément à la vérité. Je n'ai foi qu'en ce que je crée. »

Il perçut alors un échange, entre son père et lui, une chose d'une consistance granuleuse qui n'affectait que la confiance subjective et passionnée qu'il avait en lui-même. Par cette confiance, il savait qu'il plantait les jalons du Sentier d'Or. Un jour viendrait où ces jalons apprendraient aux autres comment être vraiment humain. Etrange présent venant d'un être qui jamais plus ne serait humain désormais. Mais ces jalons étaient déjà mis en place par des joueurs. Leto les distinguait, éparpillés dans le paysage de ses vies intérieures, et il se prépara au jeu ultime.

Doucement, il huma l'air du désert, en quête du signal que son père et lui attendaient. Une question demeurait : son père allait-il prévenir le jeune guide qui attendait, terrifié, à quelque distance ?

Leto décela alors la présence de l'ozone, une odeur qui trahissait l'existence d'un bouclier. Obéissant aux ordres des Bannis, le jeune Tariq s'apprêtait à supprimer ces deux redoutables Atréides, ignorant les horreurs qu'il pourrait susciter de la sorte.

« Non ! » souffla le Prêcheur.

Mais Leto savait que le signal était authentique. L'odeur d'ozone était dans ses narines mais il n'y avait aucun picotement dans l'air. Tariq utilisait un pseudo-bouclier activé dans le désert, une arme exclusivement conçue pour Arrakis. L'Effet Holtzmann allait attirer un ver tout en le rendant fou. Et rien ne pourrait arrêter ce ver, ni l'eau, ni la présence de truites des sables. Rien... Tariq avait planté l'appareil au flanc de la dune et, maintenant, il tentait de s'éloigner de la zone dangereuse.

Leto se projeta vers la crête. Il entendit le cri de protestation de son père, mais ses muscles l'avaient transformé en fusée vivante. Sa main droite jaillit et se referma sur le cou de Tariq, tandis que la gauche l'agrippait par sa robe à la taille. Le cou céda avec un craquement. Leto roula dans le sable, retombant, avec la précision d'un instrument soigneusement réglé, à l'emplacement précis où le pseudo-bouclier avait été enfoui. Ses doigts plongèrent dans le sable, trouvèrent l'objet et, dans la seconde suivante, il le lança au loin, vers le sud.

Le bouclier décrivit une longue courbe. Puis il y eut un fracas, un sifflement. Le silence revint. Le bouclier avait disparu.

Leto leva les yeux vers la dune où se tenait son père, aux aguets, vaincu. Il vit Paul Muad'Dib, immobile, furieux, aveugle, près du désespoir pour avoir fui cette vision que son fils avait acceptée. Le Long Koan Zensunni devait en cet instant défiler dans son esprit : « *Par l'acte même de prédiction d'un avenir précis, Muad'Dib a introduit un élément de développement et de croissance dans la prescience même qui lui permit de voir l'existence humaine. Ainsi, il a attiré sur lui l'incertitude. Dans sa quête de l'absolu d'une prédiction ordonnée, il a amplifié le désordre et déformé la prédiction.* »

D'un seul bond, Leto rejoignit son père au sommet de la dune et lui dit :

« A présent, je suis votre guide. »

« Jamais ! »

« Vous retourneriez à Shuloch ? Même si l'on vous y accueillait sans Tariq, où est donc Shuloch, maintenant ? Est-ce que vos *yeux* le voient ? »

Paul se tourna alors vers son fils, posa sur lui le regard de ses orbites vides.

« Sais-tu vraiment quel univers tu viens de créer ici ? »

Leto perçut clairement la force avec laquelle son père s'exprimait. Cette vision, dont l'un et l'autre savaient qu'elle avait entamé ici son terrible déroulement, avait demandé un acte de création en un *point* précis du temps. Depuis ce moment, l'univers conscient tout entier partageait une vue linéaire du temps qui possédait les caractéristiques d'une progression ordonnée. Ils pénétraient dans ce temps comme s'ils avaient bondi sur un véhicule en mouvement, et ils ne pourraient le quitter que de la même manière.

Contre cet état de choses, Leto tenait les rênes de fils multiples, multilinéaires et maintes fois noués, dans sa propre vision du temps, éclairée. Il était le voyant dans un univers d'aveugles. Lui seul pouvait disperser l'ordre inflexible de la rationnalité, car son père ne tenait plus les rênes. Du point de vue de Leto, un fils avait remanié le passé. Et une pensée encore non rêvée dans le plus lointain avenir pouvait rebondir sur le *maintenant* et déplacer sa main. Mais *sa* main seulement.

Paul le savait car il n'était plus à même de voir comment Leto pourrait manier les rênes. Il ne pouvait que reconnaître les conséquences inhumaines que Leto avait assumées. Et il pensa : *Voici le changement pour lequel j'ai prié. Pourquoi en ai-je peur ? Parce que c'est le Sentier d'Or !*

« Je suis ici pour donner un but à l'évolution et, par là même, à nos existences », dit Leto.

« Souhaites-tu vraiment vivre pendant des milliers d'années, en changeant ainsi ce que tu sais à présent que tu changeras ? »

Leto comprit que son père ne parlait pas de changements physiques. Ils connaissaient l'un et l'autre les conséquences physiques : Leto s'adapterait, encore et encore. Cette peau qui n'était pas la sienne s'adapterait, encore et encore. La pulsion évolutionnaire de chaque partie se fondrait dans l'autre jusqu'à ce qu'un produit unique en émerge. Lorsque viendrait la métamorphose, *si* elle venait jamais, une créature pensante aux prodigieuses dimensions émergerait dans l'univers — et cet univers lui rendrait un culte.

Non... Paul pensait aux transformations intérieures, aux pensées et aux décisions qui s'abattraient sur les fidèles.

« Ceux qui croient que vous êtes mort, dit Leto, savez-vous ce qu'ils disent de vos dernières paroles ? »

« Bien sûr. »

« *A présent je fais ce que toute vie doit faire au service de la vie.* Vous n'avez jamais dit cela, mais il s'est trouvé un Prêtre qui vous croyait définitivement mort pour vous prêter ces paroles, pensant que vous ne reviendriez pas le traiter de menteur. »

« Je ne le traiterais pas de menteur, dit Paul. Il prit une profonde inspiration : Ce sont de bonnes dernières paroles. »

« Allez-vous demeurer ici ou bien regagner cette hutte de Shuloch ? »

« Ceci est ton univers, maintenant. »

Ces mots, tout imprégnés de défaite, pénétrèrent cruellement Leto. Paul avait tenté de contrôler les derniers brins d'une vision personnelle. C'était un choix qu'il avait fait des années auparavant au Sietch Tabr. Pour cela, il avait accepté d'être l'instrument de la vengeance des Bannis, des survivants de Jacurutu. Ils l'avaient contaminé mais il avait préféré cela à cette vue de l'univers que Leto, lui, avait choisie.

Le chagrin en Leto était si profond qu'il ne put parler de longues minutes durant. Lorsqu'il retrouva l'usage de sa voix, il dit :

« Ainsi vous avez harcelé Alia. Vous l'avez tentée, vous l'avez jetée dans la confusion, l'inaction et les décisions erronées. Maintenant, elle sait qui vous êtes. »

« Elle sait... Oui, elle sait. »

La voix de Paul était très vieille à présent, et chargée de protestations secrètes. Pourtant, il gardait en lui un reste de méfiance.

« Si je le peux, dit-il, je t'arracherai à cette vision. »

« Des milliers d'années paisibles, dit Leto. Voilà ce que je vais leur donner. »

« Le sommeil ! La stagnation ! »

« Bien sûr. Et celles des formes de violence que je permettrai. Ce sera une leçon que l'humanité n'oubliera jamais. »

« Je crache sur ta leçon ! dit Paul. Crois-tu que je n'aie pas vu une chose semblable à celle que tu as choisie ? »

« Vous l'avez vue », acquiesça Leto.

« Ta vision est-elle donc meilleure que la mienne ? »

« Elle n'est pas meilleure d'un iota. Pire, peut-être. »

« Alors, que puis-je faire sinon te résister ? » demanda Paul.

« Peut-être me tuer ? »

« Je ne suis pas aussi naïf. Je sais ce que tu as déclenché. Je sais ce qu'il en est de cette agitation et des qanats rompus. »

« Et maintenant Assan Tariq ne retournera jamais à Shuloch. Vous devez me suivre ou ne jamais revenir car telle est ma vision à présent. »

« Je choisis de ne pas revenir. »

*Sa voix est si vieille,* songea Leto, et cette pensée plongea en lui comme une lame.

« J'ai l'anneau-faucon des Atréides, dit-il. Il est caché dans ma *dishdasha.* Voulez-vous que je vous le rende ? »

« Si seulement j'étais mort, murmura Paul. Je le voulais vraiment quand j'ai gagné le désert, cette nuit-là. Mais je savais que je ne pouvais quitter ce monde. Je devais revenir et... »

« Et faire revivre la légende, acheva Leto, Oui, je sais. Et les chacals de Jacurutu vous attendaient cette nuit-là, comme vous le saviez déjà. Ils voulaient vos visions ! Vous le saviez ! »

« J'ai refusé ! Jamais je ne leur ai donné une seule vision ! »

« Mais ils vous ont contaminé. Ils vous ont fait absorber l'essence d'épice. Ils ont laissé à des femmes, à des rêves le soin de vous enchaîner. Et vous *avez eu* des visions. »

« Parfois », dit Paul, et sa voix était empreinte de ruse.

« Reprendrez-vous votre anneau ? »

Paul s'assit brusquement dans le sable. Il ne fut plus qu'une forme sombre sous les étoiles.

« Non . »

*Ainsi, il connaît la futilité de ce chemin,* pensa Leto. Ce qui révélait bien des choses, mais pas assez. L'affrontement des visions était descendu du plan délicat des choix subtils à celui, grossier, du rejet des alternatives. Paul savait qu'il ne pouvait l'emporter, mais il espérait encore annuler cette vision unique à laquelle Leto s'accrochait.

« Oui, dit-il, j'ai été contaminé par ceux de Jacurutu. Mais tu te contamines toi-même. »

« C'est vrai, admit Leto. Je suis votre fils. »

« Es-tu un bon Fremen ? »

« Oui. »

« Permettras-tu à un vieil homme de gagner enfin le désert ? Accepteras-tu que je trouve la paix selon mon désir ? »

Ses poings martelèrent le sable.

« Non, je ne puis le permettre. Mais, si vous insistez, c'est votre droit de tomber sur votre couteau. »

« Et tu disposerais de mon corps ! »

« C'est vrai. »

« Non ! »

*Il connaît donc ce chemin-là aussi,* pensa Leto.

L'enchâssement du corps de Muad'Dib par son fils pouvait achever de cimenter la vision de Leto.

« Vous ne leur avez jamais dit, n'est-ce pas, père ? » demanda-t-il.

« Je ne leur ai jamais dit. »

« Mais moi je leur ai dit. Je l'ai dit à Muriz. Je lui ai parlé de Kralizec, le Combat Typhon. »

Les épaules de Paul s'affaissèrent.

« Tu ne peux pas, murmura-t-il. Tu ne peux pas. »

« Je suis une créature de ce désert, désormais, père. Parleriez-vous ainsi à une tempête de Coriolis ? »

« Pour avoir refusé ce chemin, tu me considères comme un lâche, dit Paul, la voix rauque et tremblante. Oh, je te comprends si bien, mon fils. Les aruspices et les augures ont toujours été leurs propres tourments. Mais je ne me suis jamais perdu entre les avenirs possibles car celui-ci est innommable ! »

« En comparaison, votre Jihad sera comme un pique-nique d'été sur Caladan, dit Leto. A présent, je vais vous conduire à Gurney Halleck. »

« Gurney ? A travers ma mère, il est au service des Sœurs ! »

A présent, Leto mesurait l'étendue de la vision de son père.

« Non, père, dit-il. Gurney n'est plus au service de personne. Je sais où le trouver et je peux vous conduire à lui. Il est temps de créer la nouvelle légende. »

« Je vois que je ne peux pas te dissuader. Alors, laisse-moi te toucher, car tu es mon fils. »

Leto tendit la main droite vers les doigts de son père. Il éprouva leur force et l'équilibra, paralysant le moindre mouvement du bras de son père.

« Même un couteau empoisonné ne pourrait venir à bout de moi, dit-il. Ma chimie est déjà différente. »

Des larmes jaillirent des yeux morts de Paul. Il retira sa main, la laissa retomber.

« Si j'avais fait ton choix, dit-il, je serais devenu le *bicouros* de *shaitan*. Toi, que vas-tu devenir ? »

« Pour un temps, oui, ils me traiteront d'émissaire de *shaitan,* moi aussi. Puis ils commenceront à s'interroger et, finalement, ils comprendront. Vous n'avez pas poussé votre vision suffisamment loin, père. Vos mains ont fait de bonnes choses, et de mauvaises aussi. »

« Mais c'est après seulement que l'on a su quelles étaient les mauvaises ! »

« Ce qui est le cas de la plupart des grands maux, dit Leto. Vous n'avez traversé qu'une partie de ma vision. Votre force n'était-elle donc pas suffisante ? »

« Tu sais que je n'aurais pu demeurer là. Jamais je n'aurais pu accomplir un acte que je savais mauvais. Je ne suis pas de Jacurutu. Il se redressa et demanda : Crois-tu que je sois l'un de ceux qui rient seuls dans la nuit ? »

« Il est triste que vous n'ayez jamais vraiment été un Fremen, dit Leto. Nous, les Fremen, nous savons nommer l'arifa. Nos juges peuvent choisir entre les choses mauvaises. Il en a toujours été ainsi pour nous. »

« Les Fremen ? Les esclaves du destin que tu as aidé à édifier ? »

Paul s'avança vers son fils, tendit la main en un mouvement étrangement timide, la posa sur le bras gainé de Leto, remonta jusqu'à son oreille, puis jusqu'à sa joue et, enfin, toucha sa bouche.

« Ahhh, fit-il. Ceci est encore ta propre chair. Où te conduira-t-elle ? » Il laissa retomber sa main.

« En un lieu où les humains peuvent créer leurs avenirs d'un instant à l'autre. »

« C'est ce que tu dis. Une Abomination pourrait parler de même. »

« Je ne suis pas une Abomination, encore que j'aurais pu l'être. J'ai vu ce qui s'est passé pour Alia. Un démon vit en elle, père. Nous l'avons vu, Ghani et moi. C'est le Baron, votre grand-père. »

Paul enfouit son visage dans ses mains. Ses épaules frissonnèrent un moment. Lorsqu'il releva la tête, ses lèvres n'étaient plus qu'un mince trait.

« Il y a une malédiction sur notre Maison. J'ai prié pour que tu jettes cet anneau dans le sable, pour que tu me renies et fuis vers... une autre vie. Elle était là. »

« A quel prix ? »

Après un long silence, Paul reprit : « La fin modifie le chemin derrière elle. Une fois seulement, je ne me suis pas battu pour mes principes. Une seule fois. J'ai accepté le Mahdinat. Je l'ai fait pour Chani, mais cela a fait de moi un mauvais chef. »

Leto ne trouva rien à répondre. Le souvenir de cette décision était là, en lui.

« Je ne peux te mentir, pas plus que je ne pourrais me mentir à moi-même, dit Paul. Je le sais. Tout homme devrait avoir un tel auditeur. Je ne te demanderai qu'une chose : le Combat Typhon est-il nécessaire ? »

« Sans lui, ce sera l'extinction des humains. »

Paul lut la vérité dans les mots de Leto et il parla d'une voix basse qui admettait sans rémission l'étendue de la vision de son fils.

« Entre tous les possibles, je n'ai pas vu celui-là. »

« Je crois que les Sœurs le soupçonnent, dit Leto. Je ne vois pas d'autre explication aux décisions de ma grand-mère. »

Le vent frais de la nuit les enveloppa. La robe de Paul claqua sur les jambes et il eut un frisson.

« Père, vous avez un kit, dit Leto. Je vais gonfler la tente et nous pourrons passer la nuit à l'abri. »

Mais Paul ne put que secouer la tête. Il savait qu'il ne serait pas à l'abri cette nuit, ni aucune des nuits à venir. Muad'Dib, le Héros, devait être détruit. Il l'avait dit lui-même. Seul le Prêcheur pouvait continuer d'exister.

**Les Fremen furent les premiers humains qui développèrent une symbolique consciente et inconsciente par laquelle exprimer (en termes d'expérience) les mouvements et les relations de leur système planétaire. Ils furent le premier peuple de l'univers à décrire le climat dans les termes d'un langage semi-mathématique dont les symboles écrits incarnent (et intériorisent) les relations avec l'extérieur. Ce langage lui-même était partie intégrante du système qu'il décrivait. Sa forme écrite transmettait la forme de ce qu'elle décrivait. La connaissance intime des conditions locales propres à supporter la vie était implicite dans ce développement. On peut évaluer l'étendue de l'interaction entre le système et le langage en prenant en considération le fait que les Fremen acceptaient de se décrire eux-mêmes comme des animaux fourrageant et broutant.**

— Histoire de Liet-Kynes,
*par Harq al-Ada.*

« KAVEH WAHID », DIT STILGAR. *Sers le café.* Il avait levé la main à l'adresse du serviteur qui attendait près de la porte. C'était l'unique ouverture de cette pièce aux parois de rocher nu où Stilgar avait veillé durant toute la nuit. Le vieux Naib avait pour habitude d'y prendre un frugal petit déjeuner. Après une telle nuit, cependant, il n'avait pas d'appétit. Il se redressa, étirant ses muscles engourdis.

Duncan Idaho était assis sur un coussin près de la porte. Il réprima un bâillement. Il venait seulement de prendre conscience que Stilgar et lui avaient passé cette nuit à deviser.

« Pardonne-moi, Stil, dit-il. Je t'ai interdit le sommeil. »

« Passer une nuit éveillé c'est ajouter un jour à sa vie », dit Stilgar tout en prenant le plateau de café qu'on lui présentait. Il poussa un banc en face d'Idaho, y disposa le plateau et s'accroupit devant son invité.

Les deux hommes portaient la robe jaune du deuil. Idaho avait dû emprunter la sienne : les gens de Tabr étaient choqués par l'uniforme vert des Atréides.

Stilgar prit la grosse carafe de cuivre, se servit et but la première gorgée avant de lever sa tasse à l'adresse d'Idaho, obéissant à l'ancienne coutume Fremen : « *Il n'y a pas de danger à boire. J'ai bu moi-même.* »

C'était Harah qui avait préparé le café exactement comme Stilgar l'aimait : les grains étaient grillés jusqu'à ce qu'ils soient d'un rose brun, puis réduits en poudre très fine, encore brûlants, dans le mortier de pierre. On versait immédiatement l'eau bouillante et l'on ajoutait une pincée de Mélange.

Idaho huma le parfum lourd de l'épice et but une première gorgée, prudente et bruyante. Il ne savait toujours pas s'il était parvenu à convaincre Stilgar. Ses facultés de mentat s'étaient ralenties aux premières heures du matin. Toutes ses computations se heurtaient inéluctablement à l'information contenue dans le message de Gurney Halleck.

Alia savait à propos de Leto ! Elle savait !

Javid avait dû jouer un rôle dans la transmission de cette information.

« Il me faut la liberté de mouvement », dit enfin Idaho, revenant une fois encore à leur discussion de la nuit.

« L'accord de neutralité exige de moi des jugements durs, dit Stilgar, tenace. Ghani est en sécurité ici. De même que toi et Irulan. Mais vous ne pouvez envoyer aucun message. Vous pouvez en recevoir, c'est d'accord, mais j'ai donné ma parole : vous ne pouvez en envoyer aucun. »

« Ce n'est pas le traitement que l'on peut attendre de son hôte, surtout quand il s'agit d'un vieil ami avec lequel on a affronté bien des dangers », protesta Idaho, mais il savait qu'il ne faisait que se répéter.

Stilgar reposa sa tasse avec soin sur le plateau et son regard demeura fixé sur elle un instant avant qu'il se décide à répondre.

« Nous autres, Fremen, nous n'éprouvons pas de sentiment de culpabilité pour les mêmes raisons que vous. » Il regarda Idaho.

*Il faut le convaincre de fuir cet endroit avec Ghani,* se dit Idaho.

« Mon intention n'était pas de provoquer une tempête de culpabilité. »

« Je le comprends, dit Stilgar. Je n'ai soulevé cette question que pour bien te faire sentir notre attitude Fremen, car c'est à des Fremen que nous avons affaire. Des Fremen. Alia elle-même pense Fremen. »

« Et les Prêtres ? »

« C'est un autre problème. Ils veulent que le peuple avale le grand vent du péché, qu'il emporte *ça* dans l'éternité. C'est une grande souillure par laquelle ils cherchent à connaître leur propre piété. »

Stilgar s'exprimait d'une voix égale, mais Idaho sentait son amertume et il se demanda soudain pourquoi cette amertume n'ébranlait pas la résolution du Naib.

« C'est une vieille, une très vieille astuce de l'autocratie, dit Idaho. Alia la connaît bien. De bons sujets doivent se sentir coupables. La culpabilité se manifeste d'abord comme un sentiment d'échec. Les autocrates avertis proposent de nombreuses occasions d'échec à la populace. »

« Je l'ai remarqué, dit Stilgar d'un ton sec. Mais tu me pardonneras si je te fais observer, une fois encore, que tu parles de ton épouse. Elle est la sœur de Muad'Dib. »

« Elle est possédée ! Je te l'ai dit ! »

« Bien d'autres le disent. Un jour, elle devra subir l'épreuve. En attendant, il existe d'autres considérations plus importantes. »

Idaho secoua tristement la tête.

« Tout ce que je t'ai dit peut être vérifié. Les communications avec Jacurutu ont toujours été assurées à partir du Temple d'Alia. Le complot contre les jumeaux a trouvé là des complices. C'est au Temple que revient l'argent de la vente des vers à d'autres mondes. Toutes les pistes conduisent à Alia, à la Régence. »

Stilgar secoua la tête, inspira profondément.

« Cet endroit est un territoire neutre. J'ai donné ma parole. »

« Mais les choses ne peuvent continuer ainsi ! » protesta Idaho.

« Je suis d'accord. Alia est encerclée et, chaque jour, le cercle se referme sur elle. C'est comme notre ancienne coutume d'avoir plusieurs femmes. Elle fait apparaître la stérilité du mâle. (Il posa un regard interrogateur sur Idaho.) Tu dis qu'elle te trompe avec d'autres hommes. Qu'elle « se sert de son sexe comme d'une arme », selon ton expression, je crois. Dans ce cas, tu disposes d'une issue tout à fait légale. Javid est ici, à Tabr, porteur de messages d'Alia. Il te suffit de... »

« Sur un territoire neutre ? »

« Non, mais au-dehors, dans le désert... »

« Et si je profite de cette occasion pour m'enfuir ? »

« Cette occasion ne te sera point donnée. »

« Stil, je te le jure : Alia est possédée. Que faut-il donc que je fasse pour te convaincre de... »

« C'est une chose difficile à prouver », dit Stilgar. Et c'était là un argument dont il s'était servi bien des fois durant cette nuit.

Idaho se souvint des paroles de Jessica : « Mais tu as les moyens de le prouver », dit-il.

« Au moins un, oui. (Stilgar secoua la tête.) Un moyen douloureux, irrévocable, et c'est bien pour ça que je t'ai rappelé notre attitude envers la culpabilité. A l'exception du Jugement de Possession, nous pouvons nous affranchir de toutes les culpabilités qui pourraient nous détruire. Pour le Jugement de Possession, le tribunal, qui est composé de tout le peuple, accepte une complète responsabilité. »

« Vous l'avez déjà fait, n'est-ce pas ? »

« Je suis certain que la Révérende Mère n'a pu omettre notre histoire dans sa relation, dit Stilgar. Tu sais donc parfaitement que nous avons déjà fait cela. »

Idaho se défendit contre l'irritation qu'il avait perçue dans la voix de Stilgar.

« Je n'essayais nullement de t'induire en erreur. C'est seulement... »

« C'est seulement la nuit et toutes ces questions sans réponses, acheva Stilgar. A présent, c'est le matin. »

« Il faut que l'on m'autorise à envoyer un message à Jessica », dit Idaho.

« Il serait adressé à Salusa, dit Stilgar. Je ne fais pas de promesses du soir. Ma parole doit être tenue. C'est pour cela que Tabr est territoire neutre. Je dois t'imposer le silence. J'en ai fait le vœu au nom des miens. »

« Alia doit être soumise à votre Jugement ! »

« Peut-être. D'abord, il nous faut savoir s'il existe des circonstances atténuantes. Un manque d'autorité, par exemple. Ou même la malchance. Il pourrait s'agir simplement de cette tendance à faire le mal qui est le lot commun des humains, et non pas de possession. »

« Tu veux être certain que je ne suis pas seulement un époux trompé en quête de bras pour exécuter sa vengeance. »

« C'est là une pensée qui pourrait venir à d'autres, pas à moi, dit Stilgar. Il sourit pour atténuer ses paroles. Nous autres, Fremen, nous avons notre science de la tradition, notre *hadith*. Lorsque nous redoutons un mentat ou bien une Révérende Mère, nous nous en référons à l'*hadith*. Il est dit que la seule peur que nous ne puissions repousser est la peur de nos propres fautes. »

« Il faut que Dame Jessica soit informée, insista Idaho. Gurney dit que... »

« Il se pourrait que ce message n'émane pas de lui. »

« Il ne peut venir que de lui. Nous autres, Atréides, nous savons comment vérifier la provenance des messages. Stil, est-ce que tu n'exploreras pas au moins certains des... »

« Jacurutu n'est plus. Il a été détruit il y a bien des générations. (La main de Stilgar effleura la manche d'Idaho.) De toute façon, j'ai besoin de tous mes combattants. Nous sommes dans une période troublée. Les qanats sont menacés... Comprends-tu ? Maintenant, si Alia... »

« Il n'y a plus d'Alia », dit Idaho.

« C'est ce que tu prétends. (Stilgar but une nouvelle gorgée de café.) Repose-toi parmi nous, mon ami. Bien souvent, il est inutile d'arracher un bras pour ôter une écharde. »

« Alors, parlons de Ghanima. »

« C'est inutile. Elle est sous ma protection. Nul ne saurait l'atteindre ici. »

*Il ne peut être aussi naïf,* se dit Idaho.

Mais Stilgar se levait, indiquant par-là, péremptoirement, que leur entretien était achevé.

Idaho se redressa péniblement, les genoux raidis, les mollets engourdis. Un aide fit alors son entrée et se plaça près de la porte. Javid entra dans la pièce à sa suite. Idaho se retourna. Stilgar se tenait à moins de quatre pas de lui. Sans la moindre hésitation, Idaho tira son couteau d'un geste vif et l'enfonça dans la poitrine de Javid. Celui-ci recula en titubant, s'arrachant de la lame. Il pivota sur lui-même et tomba face contre terre. Il eut une ultime ruade et mourut.

« Ceci, pour mettre un terme aux commérages », dit Idaho.

L'aide demeurait immobile, brandissant son couteau, indécis. Idaho, quant à lui, avait déjà rengainé son couteau, laissant une trace sanglante sur le bord de sa robe jaune.

« Tu as abusé de mon honneur ! cria Stilgar. Cet endroit est neutre... »

« Silence ! lança Idaho en lui décochant un regard furieux. Tu portes un collier, Stilgar ! »

C'était une des trois plus mortelles insultes qu'un Fremen pouvait entendre dans sa vie et le visage de Stilgar devint blême.

« Tu es un domestique, dit Idaho. Tu as vendu les Fremen pour le prix de leur eau ! »

C'était une autre insulte mortelle, celle-là même qui avait détruit le premier Jacurutu.

Stilgar grinça des dents et sa main se porta sur son krys. L'aide s'écarta du corps de Javid et battit en retraite sur le seuil.

Tournant le dos au Naib, Idaho s'avança, passa près du cadavre de Javid et, sur le seuil, lança sa troisième insulte sans se retourner : « Tu n'as pas d'immortalité, Stilgar. Aucun de tes descendants ne porte ton sang ! »

« Où vas-tu à présent, mentat ? » lança Stilgar comme Idaho quittait la pièce. Sa voix était aussi glaciale que le vent des pôles.

« Je vais à la recherche de Jacurutu », dit Idaho, sans se retourner.

Stilgar sortit son couteau. « Peut-être puis-je t'aider. »

Idaho était maintenant à l'autre extrémité du passage. Sans s'arrêter, il dit :

« Si tu veux m'aider avec ton couteau, voleur d'eau, sers-toi de mon dos. Cela convient bien à celui qui porte le collier d'un démon. »

En deux bonds, Stilgar eut traversé la pièce. Il passa sur le corps de Javid et rattrapa Idaho. Il le força à se retourner et à s'arrêter, brandissant son krys, avec un rictus de rage. Une rage telle qu'il ne vit même pas l'étrange sourire qui se dessinait sur le visage d'Idaho.

« Sors ton couteau, racaille de mentat ! » gronda Stilgar.

Idaho se mit à rire. Il donna deux gifles au Naib. Main droite, main gauche.

Avec un cri incohérent, Stilgar plongea son couteau dans le ventre d'Idaho, frappant vers le haut, traversant le diaphragme en direction du cœur.

Idaho s'effondra sur la lame et le regarda en souriant. La rage de Stilgar se changea instantanément en un état de choc glacé.

« Deux morts pour les Atréides, croassa Idaho. Et la seconde n'a pas de meilleure raison que la première. »

Il s'inclina sur le côté et s'effondra sur le roc, le sang ruisselant brusquement de sa blessure.

Stilgar brandissait toujours sa lame sanglante. Il regarda le corps immobile d'Idaho et il eut une inspiration vibrante, douloureuse. Derrière lui, il y avait Javid, mort. Et l'époux d'Alia, la Matrice du Paradis, était devant lui, mort de ses propres mains. On pourrait toujours dire qu'un Naib se devait de défendre l'honneur de son nom, de venger l'affront fait à la neutralité jurée. Mais cet homme, cet homme mort, était Duncan Idaho. Quelle que fût la valeur des arguments, des « circonstances atténuantes », rien ne pourrait effacer un tel acte. Même si Alia l'approuvait en son for intérieur, elle serait contrainte d'exiger publiquement un châtiment. Elle était Fremen, après tout. Pour régner sur les Fremen, elle ne pouvait rien être d'autre, jusqu'au détail le plus infime.

Alors seulement, Stilgar comprit que cette situation était très exactement celle qu'Idaho avait cherché par sa « seconde mort ».

Il leva les yeux et découvrit le visage pétrifié de Harah, sa seconde épouse. Elle avait les yeux fixés sur lui, au milieu de la foule qui était accourue. Stilgar détourna son regard mais, sur tous les visages, il lut la même expression, la même frayeur des conséquences de son acte.

Lentement, il se redressa, il essuya la lame du krys sur sa manche et le remit dans son fourreau.

D'une voix ordinaire, il s'adressa à ceux qui l'entouraient.

« Que ceux qui veulent me suivre préparent leurs affaires immédiatement. Que l'on envoie des hommes pour appeler les vers. »

« Où vas-tu aller, Stilgar ? » demanda Harah.

« Dans le désert. »

« Je vais avec toi. »

« Bien sûr, tu viens avec moi. Toutes mes femmes viendront avec moi. Et Ghanima aussi. Va la chercher, Harah. Vite. »

« Oui, Stilgar, tout de suite... Elle hésita : Et Irulan ? »

« Si elle le souhaite. »

« Oui, mon époux. Elle hésitait encore : Vous prenez Ghani en otage ? »

« En otage ? Stilgar était profondément choqué par cette pensée. Femme... (Son pied effleura le corps d'Idaho.) Si ce mentat avait raison, je suis le seul espoir de Ghani. »

C'est alors qu'il se souvint de l'avertissement de Leto :

« *Prends garde à Alia... Tu prendras ma sœur et tu fuiras.* »

**Se fondant sur les Fremen, les Planétologistes voient la vie comme un ensemble de manifestations de l'énergie et cherchent les relations dominantes. Par petits morceaux, fragments et parcelles qui évoluent vers une compréhension générale, la sagesse raciale Fremen est transcrite en une nouvelle certitude. Ce que les Fremen possèdent en tant que peuple, n'importe quel peuple peut le posséder. Il lui faut seulement développer un sens des relations d'énergie. Il lui faut seulement observer que l'énergie absorbe les structures des choses et construit avec ces structures.**

— La catastrophe de Dune,
*d'après Harq al-Ada.*

LE SIETCH DE TUEK, SUR LE BORD INTÉrieur du Faux Mur. Halleck se tenait dans l'ombre de l'éperon rocheux qui dissimulait l'accès principal, attendant que ceux du sietch décident de lui accorder asile. Son regard se porta vers le nord, se promena sur le désert, puis sur le ciel gris-bleu du matin. Les contrebandiers avaient été surpris d'apprendre que lui, étranger à Dune, avait capturé un ver et l'avait chevauché. Mais Gurney avait été tout aussi surpris de cette réaction. La chose n'était pas un exploit pour un homme agile qui y avait assisté tant de fois.

A nouveau, les yeux de Halleck coururent sur le désert, sur ce champ argenté de rocs scintillants, sur les étendues vertes et grises où l'eau avait accompli sa magie. Tout soudain, cela lui apparaissait comme une fragile réserve d'énergie, de vie, menacée par un brusque changement, un glissement de la structure de la réalité.

Il connaissait l'origine de cette réaction. Là en bas, au niveau du désert, régnait une activité fébrile. Des barriques de truites mortes étaient roulées jusqu'à l'intérieur du sietch où leur eau serait distillée. Il y en avait des milliers. Elles avaient été attirées par une fuite d'eau. Et c'était cette fuite, précisément, qui avait précipité le cours des pensées de Halleck.

Par-delà les champs du sietch, le regard de Halleck fut attiré par le qanat d'où s'était échappée l'eau si précieuse. Il avait remarqué des trous dans les parois de pierre, il avait vu les fissures dans le contrefort par lesquelles l'eau s'était répandue dans le sable. Qui avait creusé ces trous ? Certains s'étendaient sur plus de vingt mètres de long dans les sections les plus vulnérables du qanat, aux endroits où des coulées de sable mou se perdaient dans les cuvettes où l'eau avait disparu. Ces cuvettes qui s'étaient emplies de centaines de truites en quelques instants. Les enfants du sietch étaient en ce moment occupés à les capturer et à les tuer.

Des équipes de réparation étaient à l'œuvre sur les parois rompues du qanat. D'autres arrosaient les plantes les plus fragiles avec ce qui restait de l'eau d'irrigation. La gigantesque citerne du Sietch de Tuek, approvisionnée par le piège-à-vent avait été fermée à temps, empêchant l'eau de se perdre dans le qanat, et les pompes solaires déconnectées. L'eau d'irrigation provenait des dernières flaques, au fond du qanat, et de la citerne intérieure.

La chaleur du soleil augmentait d'instant en instant et le cadre de métal du sceau, derrière Halleck, émit des craquements en se dilatant. Paraissant obéir à ce simple son, les yeux de Halleck se portèrent sur la plus lointaine courbe du qanat, où l'eau s'était déversée le plus impudemment dans le désert. Les jardiniers optimistes du sietch avaient planté un arbre très particulier à cet endroit, et cet arbre était condamné si l'eau ne circulait pas à nouveau bientôt dans le qanat. Le regard de Halleck demeura longtemps fixé sur l'absurde feuillage du saule qui dansait dans le vent et le sable. L'arbre symbolisait cette nouvelle réalité dans laquelle il était pris, lui, tout comme Arrakis.

*L'un et l'autre, nous sommes des étrangers,* songea-t-il.

Il fallait bien longtemps aux gens du sietch pour prendre une décision, mais il savait qu'ils avaient de l'emploi pour ceux qui connaissaient l'art du combat. Les contrebandiers avaient toujours besoin d'hommes de valeur. Mais Halleck n'entretenait plus d'illusions à leur égard. Les contrebandiers de ce temps n'étaient plus ceux qui lui avaient donné asile des années auparavant, lorsqu'il avait fui, après le démantèlement du fief de son Duc. Non, ces gens appartenaient à une race nouvelle, prompte à chercher le profit.

Il regarda encore le saule absurde. Il lui vint alors l'idée que les tempêtes de cette réalité nouvelle pourraient bien disperser aux quatre horizons ces contrebandiers et leurs amis. Elles pourraient détruire Stilgar et sa fragile neutralité et balayer avec lui toutes les tribus qui demeuraient encore fidèles à Alia.

Ils avaient tous été colonisés. Halleck avait déjà assisté à cela, il avait connu ce goût amer sur son propre monde. Maintenant, il distinguait clairement ce qui se passait ici, il reconnaissait les maniérismes des Fremen des cités, le modèle des faubourgs, la façon dont les traits les plus caractéristiques du sietch rural étaient gommés jusque dans les refuges les plus secrets des contrebandiers, comme celui-ci. Les districts ruraux étaient devenus autant de colonies des centres urbains. Leurs populations avaient appris à supporter un joug matelassé, sous l'empire de la cupidité sinon des superstitions. Même ici, surtout ici, les gens avaient l'attitude des êtres soumis et non pas celle des hommes libres. Ils étaient méfiants, secrets, fuyants. Toute manifestation d'autorité provoquait le ressentiment — quelle que fût l'autorité : La Régente, Stilgar, le Conseil du Sietch...

*Je ne peux pas leur faire confiance,* se dit Halleck. Il ne pouvait que les utiliser et entretenir leur méfiance envers autrui. Ce qui était triste. C'en était fini des vieilles concessions mutuelles des hommes élevés dans la liberté. Les usages anciens avaient été ramenés à des paroles rituelles et leur origine s'était perdue dans les mémoires.

Alia avait bien fait son travail, punissant ceux qui la combattaient, récompensant ceux qui la soutenaient, redistribuant les forces impériales au hasard tout en dissimulant les éléments majeurs de son pouvoir impérial. Les espions ! Par les dieux inférieurs, elle avait tant d'espions !

Halleck pouvait presque matérialiser le jeu mortel de mouvements et de parades par lequel Alia avait espéré maintenir l'opposition en situation de déséquilibre.

*Si les Fremen restent assoupis,* se dit-il, *elle peut gagner.*

Le sceau d'entrée s'ouvrit avec un craquement sonore. Un serviteur du nom de Melides apparut. Il était petit, avec un corps replet posé sur de grêles jambes d'araignée et le distille ne faisait qu'accentuer sa laideur.

« Vous avez été accepté », dit-il.

Halleck devina la ruse et la dissimulation dans sa voix. Il comprit qu'il ne bénéficierait ici que d'un asile de courte durée.

*Jusqu'à ce que je puisse m'emparer d'un de leurs ornis,* se dit-il.

« Transmets ma gratitude à ton Conseil », dit-il. Et il songea alors à Esmar Tuek, qui avait donné son nom à ce sietch. Esmar, mort par la trahison, aurait tranché la gorge de ce Melides au premier regard.

**Tout chemin qui rétrécit les possibilités futures peut devenir un piège mortel. Les humains ne progressent pas dans un labyrinthe, ils explorent un horizon vaste empli d'occasions uniques. Seules des créatures vivant le nez enfoui dans le sable peuvent être attirées par la perspective rétrécie du labyrinthe. L'originalité et les différences produites par le sexe sont la protection vitale des espèces.**

— Manuel de la Guilde Spatiale.

« POURQUOI N'AI-JE PAS DE CHAGRIN ? » demanda Alia, s'adressant au plafond de sa chambre d'audience, une pièce qui ne mesurait que quinze pas de long sur dix de large. Les deux fenêtres, étroites et hautes, s'ouvraient sur les toits d'Arrakeen et, au-delà, sur le Mur du Bouclier.

Midi approchait et le soleil inondait la cuvette où se dressait la cité.

Alia baissa les yeux sur Buer Agarves. Il venait de Tabr et il était maintenant l'aide de Zia, qui commandait les gardes du Temple. Agarves était venu lui annoncer que Javid et Idaho étaient morts tous deux. Une meute de sycophantes, de gardes et de serviteurs avaient fait irruption en même temps qu'Agarves et leur attitude révélait qu'ils étaient déjà au courant de son message. Les mauvaises nouvelles se propageaient vite sur Arrakis.

Agarves était un homme de petite taille, avec un visage rond peu courant chez les Fremen, aux traits presque infantiles. Il appartenait à cette nouvelle génération engraissée par l'eau. En cet instant, Alia voyait deux images distinctes d'Agarves : l'une lui offrait un visage sérieux, des yeux d'indigo opaque, une bouche au pli sévère. L'autre lui révélait un être sensuel et vulnérable, oh, si vulnérable ! Et des lèvres larges qui lui plaisaient tout particulièrement.

Il n'était pas encore midi, et pourtant, quelque chose, dans le silence inhabituel, lui rappelait le crépuscule.

*Idaho aurait dû mourir au crépuscule,* songea-t-elle.

« Comment se fait-il, Buer, que tu sois porteur de ces nouvelles ? » demanda-t-elle, notant sa soudaine attention.

Il voulut déglutir et sa voix rauque n'était qu'un murmure.

« Je suis parti avec Javid, vous ne vous rappelez pas ? Et

quand... Stilgar m'a envoyé à vous, il m'a dit de vous déclarer que je portais sa dernière soumission. »

« Sa dernière soumission, répéta-t-elle. Qu'entend-il par-là ? »

« Je l'ignore, Dame Alia. »

« Explique-moi encore ce que tu as vu », lui demanda-t-elle, et elle s'étonna de sentir sa peau devenir si froide.

« J'ai vu... (Il pencha nerveusement la tête et fixa son regard sur le sol, devant Alia.) J'ai vu votre Saint Epoux gisant mort dans le passage central et Javid, mort lui aussi, près de là, dans un autre couloir. Les femmes les préparaient déjà pour le Huanui. »

« Et c'est Stilgar qui t'avait appelé ? »

« C'est la vérité, Ma Dame. Il m'a convoqué. Il m'a envoyé Modibo, Le Courbé, son messager dans le sietch. Modibo ne m'a pas prévenu. Il m'a simplement dit que Stilgar voulait me voir. »

« Et tu as vu le corps de mon mari ? »

Il lui décocha un rapide coup d'œil, puis hocha la tête, fixant à nouveau le sol.

« Oui, Ma Dame. Et Javid était mort lui aussi. Stilgar... Stilgar m'a dit que le Saint Epoux avait tué Javid. »

« Et mon époux, t'a dit Stilgar... »

« Il me l'a dit de sa propre bouche, Ma Dame. Stilgar a dit que c'était lui qui avait fait cela. Il a dit que le Saint Epoux avait provoqué sa colère. »

« Sa colère, répéta Alia. Comment cela a-t-il pu se faire ? »

« Il ne me l'a pas dit. Personne ne me l'a dit. J'ai posé la question mais nul ne m'a répondu. »

« Et l'on t'a envoyé ici avec ces nouvelles ? »

« Oui, Ma Dame. »

« N'y avait-il rien que tu aies pu faire ? »

Agarves s'humecta les lèvres.

« C'est Stilgar qui m'a donné cet ordre, Ma Dame. Ce sietch lui appartient. »

« Je vois. Et tu as toujours obéi à Stilgar. »

« Je lui ai toujours obéi, Ma Dame, jusqu'à ce qu'il me relève de mon serment. »

« Tu veux dire lorsque tu es entré à mon service ? »

« Je n'obéis qu'à vous, désormais, Ma Dame. »

« Est-ce bien vrai ? Dis-moi, Buer, si je t'ordonnais de tuer Stilgar, ton vieux Naib, le ferais-tu ? »

Il affronta son regard avec une fermeté nouvelle.

« Je le ferais si vous me l'ordonniez, Ma Dame. »

« Je te l'ordonne. As-tu une idée de l'endroit où il se trouve ? »

« Il est dans le désert, c'est tout ce que je sais, Ma Dame. »

« Combien d'hommes a-t-il pris avec lui ? »

« Peut-être la moitié des effectifs. »

« Et Ghanima et Irulan sont avec lui ! »

« Oui, Ma Dame. Ceux qui sont partis sont avec leurs femmes, leurs enfants et leurs biens. Stilgar a laissé le choix à tous. Ils pouvaient le suivre ou bien retrouver leur liberté. Il y en a beaucoup qui ont préféré la liberté. Ils éliront un nouveau Naib. »

« C'est moi qui choisirai ce nouveau Naib ! Et ce sera toi, Buer Agarves, lorsque tu m'auras apporté la tête de Stilgar ! »

Agarves pouvait accepter le sort de la bataille. C'était un usage Fremen.

« Il en sera comme vous l'ordonnez, Ma Dame. Quelles sont les forces sur lesquelles... »

« Vois cela avec Zia. Je ne peux t'accorder beaucoup d'ornis pour tes recherches. J'en ai besoin ailleurs. Mais tu auras tous les hommes qu'il te faut. Stilgar a souillé son honneur. Ils te serviront avec joie. »

« Je vais donc aller m'en occuper, Ma Dame. »

« Attends ! »

Elle l'observa un instant en silence. Elle se demandait qui elle pourrait désigner pour surveiller cet enfant vulnérable. Jusqu'à ce qu'il ait fait ses preuves, il ne faudrait pas le quitter une seconde. Zia saurait qui choisir.

« Ne puis-je me retirer, Ma Dame ? »

« Je ne te l'ai pas dit. Il faut que je t'interroge longuement et en privé sur tes plans pour capturer Stilgar. (Elle leva une main vers son visage.) Je ne puis succomber au chagrin jusqu'à ce que je sois vengée. Donne-moi quelques minutes pour me préparer. (Elle baissa la main.) Une de mes servantes te montrera le chemin. »

Elle eut un signal discret à l'adresse de ses servantes et murmura à l'oreille de Shalus, sa nouvelle Dame de Chambre : « Qu'on le lave et qu'on le parfume avant de l'amener. Il sent le ver. »

« Oui, maîtresse. »

Alia s'éloigna, feignant le chagrin qu'elle ne ressentait pas et gagna sa chambre. Elle claqua violemment la porte derrière elle et trépigna en jurant.

*Maudit soit Duncan ! Pourquoi ? Pourquoi ? Pourquoi ?*

Elle sentait qu'il l'avait délibérément provoquée. Il avait tué Javid et outragé Stilgar. Cela signifiait qu'il avait su à propos de Javid. C'était son dernier geste. Il lui avait envoyé un message.

Seule dans sa chambre, elle libéra sa fureur.

*Maudit ! Maudit ! Maudit !*

Et Stilgar avait rejoint les rebelles, avec Ghanima et Irulan !

*Qu'ils soient tous maudits !*

En frappant du pied, elle rencontra un obstacle métallique. La douleur lui arracha un cri. Elle baissa les yeux et découvrit une boucle. Elle la prit entre ses doigts et la leva lentement jusqu'à ses yeux. C'était une boucle très ancienne, faite de platine et d'argent, venant de Caladan. Elle avait été offerte par le Duc Leto Atréides Ier à son maître d'armes, Duncan Idaho. Duncan, elle se souvint, l'avait portée très souvent. Et il l'avait abandonnée ici...

Ses doigts serraient convulsivemnt l'objet de métal froid. Idaho avait laissé cette boucle ici alors que... alors que...

Les larmes montèrent à ses yeux en dépit de la force de l'éducation Fremen. Ses lèvres s'affaissèrent en une grimace figée. Et la vieille bataille recommença dans sa tête, gagna ses doigts, ses membres, ses orteils. Elle sentit tout à coup qu'elle était deux êtres.

L'un observait avec étonnement ces contorsions de la chair. L'autre ne voulait que se soumettre à la douleur immense qui se répandait dans sa poitrine. Les larmes, alors, ruisselèrent sur ses joues et l'Etonné, tout au fond d'elle, demanda dans un gémissement : « Qui pleure ? Qui pleure donc ? Qui pleure en ce moment ? »

Mais rien ne pouvait arrêter les larmes, ni la douleur qui s'enflait en elle, qui torturait sa chair et la jetait sur le lit.

« Qui pleure ? Qui est-ce donc ?... » demandait toujours cette voix qui montait d'un abîme d'étonnement.

**Par de telles actions, Leto II se retrancha de la chaîne de l'évolution. Il le fit d'un mouvement délibéré qui coupa ses liens d'avec ses origines, disant : « L'indépendance implique la rupture. » La perception des deux jumeaux s'étendait bien au-delà des besoins de la mémoire, considérée comme une procédure d'évaluation, en l'occurrence un moyen de déterminer la distance qui les séparait de leurs origines humaines. Mais il revint à Leto II l'audace suprême qui consistait à reconnaître que toute vraie création est indépendante de son créateur. Il refusa de reconduire l'ordre naturel de l'évolution, disant : « Par cela aussi, je m'écarte de plus en plus loin, et plus loin encore, de l'humanité. » Il en distingua clairement les conclusions implicites : il ne peut exister pour la vie et dans la vie de systèmes rigoureusement clos.**

— La Métamorphose Sainte,
*par Harq al-Ada.*

SUR LE SABLE HUMIDE, PRÈS DU QANAT brisé, les insectes grouillaient. Et les oiseaux avaient suivi : perroquets, pies et geais. Ici il y avait eu une djedida, la dernière des villes nouvelles, construite sur fondations de basalte. Elle était maintenant abandonnée. Ghanima mettait à profit les heures matinales pour étudier la zone qui s'étendait au-delà des plantations originelles du sietch abandonné. Elle devina un mouvement et aperçut un lézard gecko à rayures. Auparavant, elle avait vu un pic-vert gila. Il avait fait son nid dans un des murs de pisé de la djedida.

Dans sa pensée, la djedida était un sietch mais, en réalité, c'était un ensemble de murs bas constitués de briques de boue séchée qu'entouraient des plantations dont le rôle était de maintenir les dunes. La djedida se trouvait en plein Tanzerouft, à six cents kilomètres au sud de la Chaîne de Sihaya. Les humains disparus, le sietch commençait à se fondre dans le désert et les murs, déjà, s'érodaient sous les vents de sable tandis que mouraient les plantes privées d'eau, et que les aires jadis cultivées s'étoilaient de fissures sous le soleil brûlant.

Pourtant, le sable, au-delà du qanat brisé, demeurait humide, ce qui prouvait que le piège-à-vent continuait de fonctionner.

Dans les mois qui avaient suivi leur fuite du Sietch Tabr, les fugitifs avaient pu tâter de la protection de tels endroits, rendus inhabitables par le Démon du Désert. Ghanima ne croyait pas au Démon du Désert, bien qu'elle eût sous les yeux les preuves évidentes de la destruction du qanat.

Parfois, lorsqu'ils venaient à rencontrer des chasseurs d'épice rebelles, ils avaient des informations en provenance des territoires du nord. On disait que quelques ornis — pas plus de six, selon certains — poursuivaient les recherches. Mais Arrakis était vaste et son désert accueillant pour les fugitifs. On disait aussi qu'une force de recherche et de destruction avait été envoyée contre les gens de Stilgar, mais elle était dirigée par l'ex-Tabrite Buer Agarves et elle avait bien d'autres tâches : elle regagnait souvent Arrakeen.

Les rebelles rapportaient qu'ils se battaient rarement contre les troupes d'Alia. Les coups portés au hasard par le Démon du Désert avaient enfermé Alia et les Naibs dans un système de défense vigilant. Les contrebandiers eux-mêmes avaient été frappés, mais on murmurait qu'ils patrouillaient le désert et ne pensaient qu'à toucher la prime pour la tête de Stilgar.

Peu avant la nuit, la veille, le vieux Naib avait conduit sa bande jusqu'à la djedida, se fiant uniquement à son nez de vieux Fremen pour détecter l'humidité. Il leur avait promis qu'ils se dirigeraient bientôt vers le sud, en direction des palmeraies, mais il s'était refusé à fixer une date précise. Sa tête était mise à prix pour une somme qui aurait suffi, jadis, à l'acquisition d'une planète, mais il semblait le plus libre et le plus heureux des hommes.

Il leur avait montré que le piège-à-vent fonctionnait encore et il avait dit : « C'est un endroit qui nous convient. Nos amis nous ont laissé de l'eau. »

Ils n'étaient plus guère nombreux, à présent, une soixantaine. Les plus vieux, les plus malades et les plus jeunes avaient trouvé refuge au sud auprès des familles des palmeraies. Seuls demeuraient les plus vaillants. Leurs amis étaient encore nombreux, au nord et au sud.

Ghanima se demandait pour quelle raison Stilgar s'entêtait à refuser de discuter de ce qui advenait à ce monde. Ne le voyait-il donc pas ? Suivant la progression des qanats brisés, les Fremen se repliaient vers les limites nord et sud qui avaient autrefois été les frontières de leurs domaines. Un tel mouvement n'était que le signal de ce qu'il allait advenir de l'Empire. Une condition était le miroir de l'autre.

Glissant la main sous le col de son distille, Ghanima assura son étanchéité. En dépit de ses inquiétudes, elle se sentait remarquablement libre dans cet endroit. Ses vies intérieures ne la persécutaient plus, encore que parfois elle sentît la présence de leurs souvenirs dans sa conscience. De ces souvenirs, elle extrayait l'image de ce que ce désert avait été jadis, avant la transformation écologique. D'abord, il avait été plus sec. Ce piège-à-vent que l'on n'entretenait plus fonctionnait encore à cause de l'humidité de l'air.

Des créatures qui, longtemps, s'étaient tenues à l'écart de ce désert s'y aventuraient maintenant. Les hiboux diurnes proliféraient. Et Ghanima regardait maintenant des oiseaux-fourmis qui dansaient entre les colonnes d'insectes qui grouillaient dans le sable humide à l'extrémité du qanat rompu. Si les blaireaux étaient encore peu nombreux, les gerboises étaient devenues légions.

Les nouveaux Fremen étaient dominés par une crainte superstitieuse, et Stilgar ne faisait nullement exception. La djedida avait été rendue au désert après que son qanat eût été brisé pour la cinquième fois en onze mois.

Après la quatrième attaque du Démon du Désert, il était apparu que les réserves d'eau ne seraient pas suffisantes en cas de nouveaux ravages.

La même chose se répétait dans toutes les djedidas, et dans bien des anciens sietch. Neuf fois sur dix, les nouveaux domaines étaient abandonnés, rendus au désert. La plupart des vieilles communautés étaient surpeuplées comme jamais elles ne l'avaient été. Et, tandis que le désert entrait dans cette phase nouvelle, les Fremen retournaient aux coutumes anciennes. Ils voyaient des présages en toutes choses. Les vers venaient-ils à se raréfier sauf dans le Tanzerouft ? C'était le jugement de Shai-Hulud ! Et l'on trouvait des vers morts sans que l'on pût rien dire des causes de leur mort.

Ils retournaient très vite à la poussière du désert et ces carcasses pulvérulentes que les Fremen rencontraient parfois les emplissaient de terreur.

La bande de Stilgar avait rencontré une de ces carcasses le mois précédent. Il avait fallu quatre jours aux Fremen pour triompher de l'aura du mal. La chose dégageait une aigre et dangereuse odeur de putréfaction. Ils l'avaient découverte gisant sur un énorme gisement d'épice, en grande partie perdu désormais.

Ghanima s'arracha à la contemplation du qanat et observa la djedida. Devant elle, il y avait les ruines d'un mur qui avait dû abriter un *mushtamal,* un petit jardin annexe. Obéissant à sa curiosité, elle avait exploré cet endroit et découvert une réserve de pains d'épice sans levain dans une cache de pierre.

Stilgar les avait détruits en déclarant : « Jamais des Fremen ne laisseraient de la nourriture saine derrière eux. »

Elle avait pensé qu'il se trompait, mais une dispute était inutile dans cette circonstance. Les Fremen changeaient. Autrefois, ils s'étaient déplacés librement dans le *bled,* poussés par des besoins naturels : l'eau, l'épice, le commerce. Les activités animales leur servaient à mesurer le temps. Mais les animaux obéissaient à des rythmes étranges et nouveaux tandis que la plupart des Fremen se terraient dans les cavernes anciennes, à l'ombre septentrionale du Mur du Bouclier. Les chasseurs d'épice étaient rares désormais dans le Tanzerouft et seule la bande de Stilgar se déplaçait encore selon l'usage ancien.

Ghanima se fiait à Stilgar et à sa crainte d'Alia. Irulan venait renforcer ses arguments par ses bizarres considérations Bene Gesserit. Mais, sur la lointaine Salusa Secundus, Farad'n était encore vivant. Un jour, il faudrait bien en arriver à une solution.

Ghanima regarda le ciel d'argent gris. Où chercher de l'aide ? Se trouverait-il quelqu'un pour l'écouter si elle révélait ce qu'elle voyait se produire autour d'elle ? Si les rapports étaient exacts, Dame Jessica était restée sur Salusa. Et Alia demeurait une créature sur un piédestal, emmurée dans la mégalomanie alors même qu'elle dérivait, toujours plus loin de la réalité. Gurney Halleck demeurait introuvable, bien qu'on disait l'avoir vu un peu partout. Le Prêcheur se terrait, et ses imprécations hérétiques n'étaient plus qu'un vague souvenir.

Et Stilgar.

Son regard se dirigea, par-delà le mur brisé, vers l'endroit où Stilgar dirigeait la réparation de la citerne. Dans son nouveau rôle, il apparaissait comme le feu follet du désert, et le prix de sa tête augmentait de mois en mois.

Rien n'avait plus de sens. Rien.

Qui était ce Démon du Désert, cette créature capable de détruire les qanats comme autant de fausses idoles jetées à bas dans le sable ? Etait-ce un ver fou ? Une troisième force de la rébellion ? Personne ne croyait que ce pouvait être un ver. L'eau aurait tué n'importe quel ver s'attaquant à un qanat. Nombreux étaient les Fremen à penser que le Démon était une organisation révolutionnaire qui visait à renverser le Mahdinat d'Alia et à restaurer l'ordre ancien sur Arrakis. Ceux qui le croyaient disaient que ce serait une bonne chose. Il était temps de se débarrasser de cette rapace succession apostolique qui ne faisait que se renforcer dans sa médiocrité jour après jour. Il fallait retrouver la vraie religion que Muad'Dib avait épousée.

Ghanima eut un soupir profond. *Oh, Leto,* songea-t-elle. *Je suis presque heureuse que tu n'aies pas vécu pour connaître ces jours. J'aimerais te rejoindre, mais il n'y a toujours pas de sang sur mon couteau. Alia et Farad'n. Farad'n et Alia. Le vieux Baron est le démon qui est en elle et cela ne peut être toléré.*

Harah sortit de la djedida et s'approcha lentement de Ghanima. Elle s'arrêta devant elle et demanda : « Que fais-tu là, toute seule ? »

« Cet endroit est étrange, Harah. Nous devrions le quitter. »

« Stilgar attend quelqu'un. »

« Ah ? Il ne me l'a pas dit. »

« Pourquoi devrait-il te dire tout ? *Maku ?* Harah se pencha et tapota la poche d'eau qui gonflait la robe de Ghanima. Es-tu donc une femme à présent pour être enceinte ? »

« J'ai été tant de fois enceinte que je ne puis en faire le compte, riposta Ghanima. Ne joue pas à ces jeux d'adulte et d'enfant avec moi ! »

Il y avait du venin dans sa voix et Harah fit un pas en arrière.

« Vous êtes une bande d'idiots ! lança Ghanima, englobant du même mouvement la djedida et les gens de Stilgar. Jamais je n'aurais dû vous suivre ! »

« Tu serais morte à l'heure qu'il est. »

« Peut-être. Mais vous ne savez pas voir ce qui se trouve sous vos yeux ! Qui Stilgar attend-il donc ? »

« Buer Agarves. »

Ghanima la regarda en silence.

« Des amis du Sietch de la Faille Rouge vont le conduire en secret jusqu'à nous. »

« C'est le petit jouet d'Alia ? »

« Il aura un bandeau sur les yeux. »

« Et Stilgar croit vraiment cela ? »

« Buer a demandé une entrevue. Il a accepté toutes nos conditions. »

« Pourquoi ne m'a-t-on rien dit ? »

« Stilgar savait que tu ne serais pas d'accord. »

« Pas d'accord... Mais c'est de la folie ! »

Harah la regarda en fronçant les sourcils :

« N'oublie pas que Buer est... »

« De la *Famille !* cria Ghanima. Il est le petit-fils du cousin de Stilgar. Je sais. Et Farad'n, dont j'aurai bien le sang un jour, est un parent tout aussi proche pour moi. Crois-tu que cela retiendra mon couteau ? »

« Nous avons reçu un distrans. Personne ne le suit. »

Ghanima parla à voix basse : « Cela ne peut nous amener rien de bon, Harah. Il faut partir tout de suite. »

« Tu as vu un présage ? demanda Harah. Ce ver mort que nous avons rencontré ! Etait-ce... »

« Garde ça dans ton ventre et vas donner naissance ailleurs ! Je n'aime pas cet endroit, je n'aime pas cette rencontre. Est-ce que ça ne te suffit pas ? »

« Je vais répéter à Stilgar ce que tu... »

« Je vais le lui dire moi-même ! »

Ghanima s'élança, et comme elle s'éloignait, Harah fit le signe des cornes du ver pour conjurer le mal.

Mais Stilgar ne fit que rire des craintes de Ghanima et il lui ordonna d'aller chercher des truites comme si elle était une des enfants. Elle se réfugia dans une des demeures abandonnées de la djedida pour remâcher sa colère. Celle-ci diminua rapidement. Elle sentit remuer ses vies intérieures et se souvint de quelqu'un qui avait dit : « Si nous pouvons les immobiliser, tout se passera comme prévu. »

*Quelle pensée bizarre !*

Mais elle ne parvenait pas à se rappeler qui avait prononcé ces paroles.

**Muad'Dib fut déshérité et il parla pour les déshérités de tous les temps. Il s'éleva contre cette profonde injustice qui aliène l'individu de tout ce qu'on lui a appris à croire, de ce qui semble lui revenir comme un droit.**

— Le Mahdinat : une analyse,
*par Harq al-Ada.*

Au sommet de la butte de Shuloch, Gurney Halleck était assis sur un tapis de fibre d'épice, sa balisette posée près de lui. En bas, dans le bassin, les hommes et les femmes s'activaient à repiquer les plants. La rampe de sable sur laquelle les Bannis avaient attiré les vers au moyen d'une piste d'épice avait été barrée par un nouveau qanat et les nouvelles plantations devraient retenir le sable.

Il était presque l'heure du repas de midi. Et Halleck était depuis plus d'une heure au sommet de la butte. Il voulait être seul pour penser. Des humains travaillaient là en bas, mais tout ce qu'il voyait était l'œuvre du Mélange. Selon l'estimation de Leto, la production d'épice tomberait bientôt au dixième de ce qu'elle était aux périodes les plus riches de l'ère Harkonnen et se stabiliserait là. La valeur des stocks, dans tout l'Empire, doublait à chaque cotation. On disait que la Famille de Metulli avait vendu la moitié de la planète de Novebruns pour trois cent vingt et un litres de Mélange.

Les Bannis travaillaient comme des hommes poussés par le démon, et telle était peut-être la vérité. Avant chaque repas, ils se tournaient vers le Tanzerouft et priaient Shai-Hulud incarné. C'était ainsi qu'ils considéraient Leto et, par leurs yeux, Halleck voyait un avenir dans lequel la majorité de l'humanité partagerait cette croyance. Et il n'était pas certain de l'aimer.

Leto avait jeté les bases de cet avenir lorsqu'il était arrivé ici avec le Prêcheur, dans l'orni dérobé par Halleck. De ses mains nues, il avait fracassé le qanat de Shuloch, projetant des pierres énormes à cinquante mètres de distance. Lorsque les Bannis avaient tenté d'intervenir, il avait décapité le premier d'un simple coup de la main. Il avait lancé les autres dans la direction de leurs compagnons et avait éclaté de rire devant leurs armes. Sa voix était celle d'un démon lorsqu'il avait grondé :

« Le feu ne me touchera pas ! Vos couteaux ne m'égratigneront pas ! Je porte la peau de Shai-Hulud ! »

Les Bannis l'avaient reconnu alors, ils s'étaient souvenus de sa fuite, du saut qu'il avait fait depuis le sommet de la butte, « droit dans le désert ». Ils s'étaient prosternés devant lui et Leto avait donné ses ordres.

« Je vous amène deux invités. Vous veillerez sur eux et vous les honorerez. Vous reconstruirez votre qanat et vous commencerez à planter un jardin d'oasis. Un jour, je viendrai habiter ici. Vous préparerez ma demeure. Vous ne vendrez plus d'épice, mais vous mettrez en réserve toute votre récolte. »

Il avait encore donné d'autres instructions et les Bannis avaient prêté l'oreille à chacune de ses paroles, fixant sur lui le regard de la peur et de l'adoration.

Shai-Hulud avait enfin surgi du sable !

Rien n'annonçait cette métamorphose quand Leto avait retrouvé Halleck avec Ghadhean al-Fali dans l'un des petits sietchs rebelles de Gare Rudden. Avec son compagnon aveugle, Leto avait suivi l'ancienne route de l'épice, chevauchant un ver dans un territoire où les vers étaient rares désormais. Il avait parlé de quelques détours qu'il avait dû faire pour éviter des poches d'humidité assez importantes pour tuer un ver. Ils étaient arrivés peu après midi et des gardes les avaient escortés jusque dans la salle commune.

Le souvenir de cet instant s'imposa à la mémoire de Halleck.

« Ainsi, voilà le Prêcheur », avait-il dit.

Il s'était avancé vers l'aveugle et l'avait examiné, se rappelant les histoires qui circulaient à son sujet. Le Prêcheur ne portait pas de masque de distille. Son visage était nu et Halleck avait pu lire dans ces traits, les comparer à ses souvenirs. Oui, cet homme ressemblait vraiment au Duc dont Leto portait le prénom. Etait-ce un hasard ?

« Tu sais ce que l'on raconte à son propos ? avait-il demandé à Leto. On dit que c'est ton père revenu du désert. »

« J'ai entendu ces histoires. »

Halleck l'examina longuement. Leto portait un distille très bizarre. Il semblait que des ourlets épais entouraient son visage et ses oreilles. Il avait revêtu une longue robe noire et des bottes de sable chaussaient ses pieds. Sa présence ici soulevait bien des questions. Comment avait-il pu s'échapper une fois encore ?

« Pourquoi as-tu amené le Prêcheur ? Ceux de Jacurutu disent qu'il travaille pour eux. »

« Plus maintenant. Je l'ai amené parce qu'Alia veut sa mort. »

« Vraiment ? Et tu crois qu'il peut trouver asile ici ? »

« Vous êtes son asile. »

Durant toute cette conversation, le Prêcheur se tenait auprès d'eux. Il écoutait mais ne semblait pas se préoccuper d'une éventuelle décision.

« Il m'a bien servi, Gurney, dit Leto. La Maison des Atréides n'a pas perdu tout sens de ses obligations envers ceux qui la servent bien. »

« La Maison des Atréides ? » répéta Halleck.

« Je suis la Maison des Atréides. »

« Tu t'es enfui de Jacurutu avant que j'aie pu achever de te faire subir l'épreuve que ta grand-mère avait ordonnée. La voix de Halleck était froide, soudain. Comment peux-tu prétendre... »

« Il te faut veiller sur la vie de cet homme comme s'il s'agissait de la tienne. »

Leto s'exprimait comme s'il n'y avait plus de discussion possible et il soutint sans ciller le regard dur de Halleck.

Jessica avait éduqué Halleck dans l'art Bene Gesserit de l'observation subtile et il ne décela rien dans la calme assurance de Leto. Pourtant, les ordres de Jessica demeuraient : « Ta grand-mère m'a donné pour tâche de compléter ton éducation, dit Halleck, et de m'assurer que tu n'es pas possédé. »

« Je ne suis pas possédé », dit simplement Leto.

« Pourquoi t'es-tu enfui ? »

« Namri avait reçu l'ordre de me tuer quoi qu'il advienne. Cet ordre émanait d'Alia. »

« Alors, tu es un Diseur de Vérité ? »

« Oui. » Il y avait la même tranquillité neutre dans chacune des réponses de Leto.

« Et Ghanima aussi ? »

« Non. »

Le Prêcheur rompit alors le silence. Il désigna Leto mais le regard de ses orbites vides était fixé sur Halleck.

« Tu crois que *toi,* tu peux le tester ? »

« Vous ignorez tout du problème et de ses conséquences, dit Halleck. Ne vous en mêlez pas. » Il évitait de regarder l'aveugle.

« Oh, je connais très bien les conséquences, dit le Prêcheur. J'ai été testé autrefois par une vieille femme qui croyait savoir ce qu'elle faisait. Mais elle ne le savait pas, comme on le découvrit plus tard. »

Halleck lui fit face.

« Vous aussi vous êtes un Diseur de Vérité ? »

« N'importe qui peut être un Diseur de Vérité, même toi. C'est une question d'honnêteté envers la nature de tes propres sentiments. Il te suffit d'un accord intérieur avec la vérité pour la reconnaître aussitôt. »

« Pourquoi vous mêler de cela ? » répéta Halleck, en portant la main à son krys. Mais qui était donc ce Prêcheur ?

« Je réponds à ces événements. Ma mère pourrait répandre son propre sang sur l'autel, mais j'ai d'autres buts. Et je vois ton problème. »

« Ah ? » fit Halleck, réellement curieux, tout à coup.

« Dame Jessica t'a ordonné de faire la différence entre le loup et le chien, entre *ze'eb* et *ke'leb.* Selon sa définition, un loup est quelqu'un qui fait mauvais usage du pouvoir qu'il possède. Cependant, entre chien et loup, il est un moment de pénombre qui permet mal de les distinguer l'un de l'autre. »

« C'est assez juste », dit Halleck. Il remarqua alors que les gens du sietch affluaient, de plus en plus nombreux, dans la salle commune et écoutaient la discussion.

« Comment savez-vous cela ? » demanda-t-il.

« Parce que je connais cette planète. Tu ne comprends pas ? Pense à ce qu'elle est. Sous la surface, il y a des rochers, de la poussière, des sédiments, du sable. C'est la mémoire de la planète, l'image de son histoire. Pour les humains, c'est la même chose. Le chien se souvient du loup. Chaque univers tourne autour d'un noyau d'*être.* Et de ce noyau émanent tous les souvenirs qui montent à la surface. »

« Très intéressant. Et en quoi cela m'aide-t-il à exécuter mes ordres ? »

« Reconsidère l'image de ton histoire qui habite en toi. Communique, ainsi que les animaux communiquent. »

Halleck secoua la tête. Il y avait chez ce Prêcheur une franchise imposant le respect, qualité qu'il avait rencontrée bien des fois chez les Atréides, et Halleck n'était pas loin de le soupçonner d'user de la Voix. Son cœur se mit à battre plus vite, alors. Etait-ce possible ?

« Jessica voulait un test ultime, une épreuve qui révèlerait l'étoffe, la réalité interne, sous-jacente de son petit-fils, reprit le Prêcheur. Mais cette étoffe a toujours été là, sous tes yeux. »

Halleck se tourna vers Leto. Malgré lui, poussé par une force irrépressible.

Le Prêcheur poursuivit, comme s'il faisait la leçon à un élève récalcitrant : « Cette jeune créature te trouble parce qu'elle n'est pas un être singulier mais une communauté. Comme c'est la règle pour toute communauté soumise à une épreuve, chaque membre peut assumer le pouvoir. Ce pouvoir n'est pas toujours bénin, ainsi que nous l'apprennent les récits d'Abomination. Mais tu as déjà trop blessé cette communauté, Gurney Halleck. Ne vois-tu donc pas que la transformation s'est déjà opérée ? Cet enfant est parvenu à établir une coopération interne d'une énorme puissance, que nul ne peut renverser. Sans mes yeux, je puis la voir. Je me suis opposé à lui, mais à présent, je lui obéis. Il est le Guérisseur. »

« Et vous, qui êtes-vous ? »

« Rien de plus que ce que tu vois. Ne me regarde pas moi, regarde cette personne que l'on t'a demandé d'éduquer et de tester. Cet être a été formé par la crise. Il a survécu à un environnement mortel. Il est ici. »

« Qui êtes-vous ? » répéta Halleck.

« Je t'ai dit de regarder ce jeune Atréides ! Il est la rétroaction ultime dont notre espèce dépend ! Il va réintroduire dans le système les résultats des actes passés. Aucun être humain ne saurait connaître aussi bien que lui les actes passés. Et tu envisageais de le détruire ! »

« On m'a donné l'ordre de le tester et je n'ai pas... »

« Mais tu l'as testé ! »

« Est-il une Abomination ? »

Le Prêcheur eut un rire las.

« Tu t'enfermes dans ces absurdités Bene Gesserit. Les Sœurs savant si bien créer ces mythes qui font dormir les hommes ! »

« Etes-vous Paul Atréides ? » demanda Halleck.

« Paul Atréides n'est plus. Il a essayé de s'ériger en symbole moral suprême alors même qu'il renonçait à toute préparation morale. Il est devenu un saint sans dieu, dont chaque mot était un blasphème. Comment peux-tu penser... »

« Vous parlez avec sa voix. »

« Maintenant, c'est *moi* que tu veux tester ? Prends garde, Gurney Halleck. »

Halleck se tut, la gorge serrée, et son regard revint lentement sur Leto, impassible, qui les observait.

« Qui donc faut-il tester ? demanda le Prêcheur. Mais peut-être Dame Jessica est-elle justement en train de te tester, Gurney Halleck ? »

Cette pensée troubla profondément Halleck et il se demanda dans le même temps pourquoi il se laissait émouvoir par les paroles du Prêcheur. Mais l'obéissance à cette mystique autocratique était profondément inscrite dans tous les serviteurs des Atréides. Jessica, en lui expliquant cela, n'avait fait que rendre la chose encore plus mystérieuse. Halleck, à présent, devinait que quelque chose changeait en lui, *quelque chose* dont les limites n'avaient été qu'effleurées par l'éducation Bene Gesserit que Dame Jessica lui avait infligée. Une rage informe monta en lui. Il ne voulait pas changer !

« Lequel de vous joue à Dieu et à quelle fin ? demanda le Prêcheur. Tu ne peux te reposer sur la raison seule pour répondre à cette question. »

Lentement, délibérément, Halleck reporta son attention sur l'aveugle. Jessica ne cessait de répéter qu'il devait parvenir à l'équilibre des *kairits :* « tu feras — tu ne feras pas. » Elle disait que c'était là une discipline sans mots ni phrases, sans règles ni arguments. C'était le tranchant affûté de la vérité intérieure de Halleck, qui embrassait tout. Quelque chose dans la voix de l'aveugle, dans son ton, son attitude, suscitait une fureur qui se consuma d'elle-même jusqu'à susciter un calme aveuglant dans les profondeurs d'Halleck.

« Réponds à ma question », dit le Prêcheur.

Halleck sentit que ces mots approfondissaient sa concentration sur ce lieu, sur cet instant et ses exigences. Sa position dans l'univers n'était plus définie que par cette concentration. Nul doute ne subsistait plus en lui. Paul Atréides était devant lui, non pas mort, mais revenu. Et ce non-enfant, Leto. Halleck le regarda une fois encore, et pour la première fois, le vit réellement. Il vit les signes de l'épreuve autour de ses yeux, le sens de l'équilibre dans la posture, l'humour ambigu sur les lèvres inertes. Leto se détachait sur le fond de l'univers comme s'il se trouvait au foyer d'une lumière éblouissante. Il était parvenu à l'harmonie simplement en l'acceptant.

« Paul, dites-moi, fit Halleck. Votre mère sait-elle ? »

Le Prêcheur eut un soupir.

« Pour les Sœurs, toutes les Sœurs, je suis mort. Ne tente pas de me ressusciter. »

Toujours sans le regarder, Halleck demanda encore :

« Mais pourquoi a-t-elle... »

« Elle fait ce qu'elle doit faire. Elle accomplit sa propre vie, croyant qu'elle dirige bien des vies. Tous, de même, nous jouons aux dieux. »

« Mais vous êtes vivant ! » souffla Halleck, bouleversé par cette révélation, se tournant enfin pour regarder cet homme, plus jeune que lui, mais tant vieilli par le désert, qu'il semblait avoir vécu deux fois plus longtemps.

« Vivant ? demanda Paul. Qu'est-ce donc ? »

Halleck se retourna et observa sur les visages des Fremen l'hésitation entre le doute et la crainte.

« Ma mère n'a jamais eu à apprendre ma leçon ! (Oui, c'était bien la voix de Paul !) Etre un dieu, cela conduit à l'ennui et à la dégradation. C'est assez pour inventer le libre arbitre ! Un Dieu peut souhaiter fuir dans le sommeil et ne vivre que dans les projections inconscientes des créatures de son rêve. »

« Mais vous vivez ! » répéta Halleck, d'une voix plus forte.

Paul ignora l'excitation qui était perceptible dans le ton de son vieux compagnon.

« Tu aurais vraiment lancé ce garçon contre sa sœur dans l'épreuve du Mashad ? Quelle absurdité mortelle ! Chacun d'eux t'aurait dit : « Non ! Tue-moi ! Laisse vivre l'autre ! » A quoi bon une telle épreuve ? Et que signifie donc être vivant, Gurney ? »

« Cela ne faisait pas partie de l'épreuve ! » protesta Halleck. Les Fremen se rapprochaient, les yeux fixés sur Paul, ignorant Leto, et cela ne lui plaisait pas.

« Considérez la structure de la chose, père », dit alors Leto.

Paul leva la tête comme s'il humait l'atmosphère de la pièce.

« Oui... Oui... C'est donc Farad'n ! »

« Comme il est facile de suivre nos pensées plutôt que nos sens », dit Leto.

Halleck avait été incapable de suivre le cours de cette pensée et comme il allait poser une question, il fut interrompu par la main de Leto sur son bras.

« Ne demandez rien, Gurney. Vous pourriez me soupçonner à nouveau d'être une Abomination. Non ! Laissez les choses se dérouler, Gurney. En essayant de les précipiter, vous ne pourriez que vous détruire. »

Mais Halleck était envahi par des doutes. Jessica l'avait mis en garde : « *Ils sont habiles à tromper, ces pré-nés. Ils disposent de tours dont tu n'as jamais rêvé.* » Halleck, lentement, secoua la tête. Et Paul ! Par les Dieux Inférieurs ! Paul était vivant et il avait partie liée avec ce point d'interrogation qu'il avait engendré !

Il était maintenant impossible de repousser les Fremen. Ils se trouvaient entre Paul et Halleck, entre Leto et Paul. Ils les repoussaient tous et leurs voix rauques posaient d'innombrables questions : « Es-tu Muad'Dib ? Es-tu vraiment le Mahdi ? Est-ce vrai, ce qu'il dit ? Dis-le nous ! »

« Vous ne devez me considérer que comme le Prêcheur,

dit Paul en tendant la main pour les repousser. Je ne puis être Paul Atréides ou Muad'Dib. Plus jamais. Je ne suis plus Empereur, non plus que le compagnon de Chani. »

Halleck, redoutant ce qui pouvait advenir si ces questions angoissées ne recevaient pas de réponse logique, était sur le point d'intervenir quand Leto s'avança. Ce fut à cet instant qu'Halleck eut un aperçu du terrible changement qui s'était accompli en Leto. Sa voix s'éleva comme le meuglement d'un taureau : « Ecartez-vous ! » Et il s'élança. Ses mains repoussèrent les Fremen, à droite et à gauche, comme des poupées. Il les frappait, les renversait et leur arrachait leurs couteaux en saisissant les lames à pleine main.

En moins d'une minute, les derniers à demeurer debout se retrouvèrent le dos au mur, abasourdis et muets. Leto se plaça à côté de son père.

« Quand Shai-Hulud parle, on obéit », dit-il.

Ils avaient été alors quelques-uns à tenter d'élever la voix. Leto avait alors arraché un fragment de rocher à l'angle du couloir et l'avait broyé entre ses mains, sans cesser de sourire.

« J'écraserai ainsi votre sietch sur vos visages », dit-il.

« Le Démon du Désert ! » souffla une voix.

« De même que vos qanats. Je les disloquerai. Nous ne sommes jamais venus ici, m'entendez-vous ? »

Toutes les têtes approuvèrent, en un hochement soumis de terreur.

« Nul ne nous a jamais vus, continua Leto. Un murmure, et je reviendrai pour vous chasser dans le désert sans une goutte d'eau ! »

Halleck vit des mains se lever pour esquisser le signe du ver, le geste de conjuration.

« A présent, mon père et moi, nous allons partir, en compagnie de notre vieil ami. Préparez notre orni. »

Et c'est ainsi que Leto les avait ramenés à Shuloch, expliquant en route qu'ils devaient faire vite « parce que Farad'n sera ici, sur Arrakis, très vite. Et alors, comme l'a dit mon père, vous connaîtrez le véritable test, Gurney ».

Ainsi, au sommet de la butte de Shuloch, Halleck se demanda une fois encore, comme il le faisait chaque jour : « Quel test ? Que veut-il dire ? »

Mais Leto avait quitté Shuloch, et Paul se refusait à répondre.

**L'Eglise et l'Etat, la raison scientifique et la foi, l'individu et sa communauté, et même le progrès et la tradition — tout peut être réconcilié dans les enseignements de Muad' Dib. Il nous a appris qu'il n'existait pas d'oppositions absolues, si ce n'est dans les croyances des hommes. Chacun peut déchirer le voile du Temps. Vous pouvez découvrir l'avenir dans le passé ou dans votre imagination. Et, ce faisant, vous reconquérez votre conscience, au-dedans de votre être. Vous savez alors que l'univers forme un tout cohérent et que vous en êtes indivisible.**

— Le Prêcheur en Arrakeen,
*d'après Harq al-Ada.*

GHANIMA AVAIT PRIS PLACE LOIN DU cercle de lumière des lampes à épice et elle observait ce Buer Agarves. Ces sourcils nerveux, ce visage rond ne lui plaisaient guère, de même que la façon qu'il avait de bouger les pieds en parlant, comme s'il y avait dans ses paroles une musique secrète sur laquelle il dansait.

*Il n'est pas venu pour parlementer avec Stilgar,* se dit-elle. Chaque mot, chaque mouvement de l'homme la confirmait dans cette idée. Elle s'écarta un peu plus du cercle du Conseil.

Cette salle existait dans tous les sietch, mais ici, dans la djedida abandonnée, elle était si basse que l'endroit en était écrasant. Les soixante Fremen de la bande de Stilgar, plus les neuf qui accompagnaient Agarves ne remplissaient pourtant qu'un bout de la salle. La lueur des lampes à huile d'épice se reflétait sur les poutres du plafond et projetait des ombres vives sur les murs. L'air était chargé de la lourde senteur de la cannelle.

L'entrevue avait commencé au crépuscule, après les prières à l'humidité et le repas du soir. Elle se poursuivait maintenant depuis plus d'une heure et Ghanima ne parvenait toujours pas à déceler les courants cachés sous la comédie d'Agarves. Ses paroles semblaient claires, mais elles ne correspondaient pas aux mouvements de ses yeux ni à ses gestes.

Pour l'instant, il répondait à la question d'un des lieutenants de Stilgar, une nièce d'Harah du nom de Rajia. C'était une jeune femme à la peau sombre, au visage ascétique. Sa bouche aux coins tombants lui conférait une perpétuelle expression de méfiance. Pour l'heure, Ghanima jugeait cette expression particulièrement adaptée aux circonstances.

« Je suis certain qu'Alia vous accordera à tous un pardon total et absolu, dit Agarves. Autrement, je ne serais pas ici, porteur de ce message. »

Stilgar intervint à l'instant où Rajia faisait mine de reprendre la parole.

« Il m'importe moins de savoir si nous pouvons lui faire confiance que de savoir si elle te fait confiance à toi », dit-il. Et, dans sa voix, roulaient des échos grondants. Il ne trouvait aucun agrément dans la possibilité offerte de retrouver son ancienne position.

« Peu importe qu'elle me fasse confiance ou non, dit Agarves. Pour être sincère, je ne pense pas que ce soit le cas. Depuis trop longtemps je vous cherche sans vous trouver. Mais j'ai toujours eu le sentiment qu'elle ne souhaitait pas vraiment que je vous capture. Elle était... »

« Elle était la femme de l'homme que j'ai tué, coupa Stilgar. Je reconnais qu'il m'y a incité. Il aurait pu aussi bien tomber sur son couteau. Mais cette nouvelle attitude me fait douter de... »

Les pieds d'Agarves dansaient et la colère était manifeste sur son visage.

« Elle vous pardonne ! Combien de fois devrai-je le dire ? Elle a exigé des Prêtres qu'ils organisent une manifestation spectaculaire pour invoquer le conseil divin de... »

« Tu n'as fait que soulever une autre hypothèse », dit une voix. C'était celle d'Irulan, dont la blonde chevelure venait d'apparaître auprès de la tête brune de Rajia. « Elle t'a convaincue, mais elle peut avoir d'autres plans. »

« La Prêtrise a... »

« Mais il y a toutes ces histoires que l'on raconte. On dit que tu es bien plus qu'un conseiller militaire, que tu es son... »

« Il suffit ! » Agarves était soudain hors de lui. Sa main s'était rapprochée du manche de son couteau. Des émotions contradictoires déformaient ses traits. « Croyez ce que vous voulez, mais je ne resterai pas avec cette femme ! Elle me souille ! Elle salit tout ce qu'elle touche ! Elle se sert de moi, elle me corrompt ! Mais je n'ai pas levé mon couteau sur ceux de ma race ! Maintenant. Ni jamais ! »

Ghanima, qui l'observait attentivement, songea : *Là, au moins, il crie la vérité.*

De façon surprenante, Stilgar éclata de rire.

« Ahh, cousin ! Pardonne-moi, mais il y a de la vérité dans la colère ! »

« Tu acceptes donc ? »

« Je n'ai pas dit cela. (Stilgar leva brusquement la main comme Agarves faisait mine de se déchaîner à nouveau.) Il ne s'agit pas seulement de moi, Agarves, mais des autres. (Il promena la main autour de lui.) Ils sont sous ma responsabilité. Examinons donc les réparations qu'Alia nous propose. »

« Des réparations ? Mais il n'en est pas question. Le pardon, oui, mais... »

« Alors quelle garantie offre-t-elle pour sa parole ? »

« Le Sietch Tabr, dont tu resteras le Naib, avec pleine autonomie et neutralité. Elle comprend maintenant comment... »

« Je ne regagnerai pas sa cour et je ne lui fournirai aucun combattant. Est-ce bien compris ? »

Ghanima sentit alors que Stilgar commençait de céder et elle pensa : *Non, Stil ! Non !*

« Cela n'est pas nécessaire, dit Agarves. Alia veut seulement que Ghanima lui soit rendue et qu'elle honore l'engagement de fiançailles qu'elle... »

« C'est donc ça ! lança Stilgar, baissant les sourcils. Ghanima est le prix de mon pardon. Me croit-elle... »

« Elle te croit raisonnable », dit Agarves.

Ghanima exulta : *Il ne le fera pas. Garde ton souffle. Il ne le fera pas.*

Comme elle pensait cela, elle entendit un froissement léger derrière elle, sur sa gauche. Elle voulut se retourner et des mains puissantes se refermèrent sur elle. Un tissu épais imprégné de drogue somnifère fut plaqué sur son visage avant qu'elle ait pu émettre un cri. Sa conscience s'estompa très vite. Elle sentit seulement qu'on l'entraînait par une porte, tout au fond de la salle. Elle pensa : *J'aurais dû m'en douter ! J'aurais dû être sur mes gardes !* Mais les mains qui la portaient étaient celles d'un adulte, leur prise était ferme et elle n'avait pas la moindre chance de leur échapper.

Ses dernières impressions furent celles d'une nuit froide, des étoiles dans le ciel, d'un visage encapuchonné qui se penchait sur elle et demandait : « Elle n'a pas été blessée, au moins ? »

La réponse se perdit en même temps que les étoiles qui tourbillonnaient, se fondaient en une fournaise ardente qui était le centre de son moi.

**Muad'Dib nous a donné une connaissance particulière de la perception prophétique, du comportement suscité par cette perception et de son influence sur des événements que l'on voit « directement ». (C'est-à-dire, des événements destinés à se produire dans un système connexe que le prophète révèle et interprète.) Ainsi qu'on l'a noté par ailleurs, une telle perception se comporte comme un piège particulier pour le prophète lui-même. Il peut être la victime de ce qu'il sait, ce qui est un défaut humain relativement commun. Le danger tient au fait que ceux qui prédisent des événements réels peuvent négliger l'effet polarisant d'une trop grande confiance dans leur vérité propre. Ils tendent à oublier que, dans un univers polarisé, rien ne saurait exister sans son contraire.**

— La Vision Presciente,
*par Harq al-Ada.*

Le sable était froid dans l'ombre des dunes et, à l'horizon, il formait comme une brume qui obscurcissait le soleil levant. Leto se tenait à la lisière de la palmeraie, observant le désert. Il écoutait les bruits du matin, ceux des hommes et ceux des animaux. L'air sentait la poussière mais il était aussi imprégné de l'arôme des épineux. Les Fremen, ici, n'avaient pas construit de qanat. Ils entretenaient à la main un minimum de plantations et l'irrigation était assurée par les femmes, qui amenaient l'eau dans des sacs de peau. Le piège-à-vent était un engin fragile que les tempêtes détruisaient fréquemment mais que l'on reconstruisait tout aussi vite. C'était un lieu de dur labeur, de commerce et d'aventure. Les Fremen, ici, croyaient encore que le bruit de l'eau courante était l'écho du paradis, mais ils chérissaient un ancien concept de liberté auquel Leto, lui aussi, était attaché.

*La liberté, c'est la solitude,* songea-t-il.

Il ajusta les plis de la robe blanche qui recouvrait son distille vivant. Il sentait à quel point la truite l'avait changé. Chaque fois que cette pensée lui venait, il devait lutter contre un sentiment profond de perte. Il n'était plus vraiment humain. Son sang charriait des éléments étranges. Les cils de la créature avaient pénétré chacun de ses organes pour le modifier, l'adapter. Et elle-même se modifiait, s'adaptait aussi. Mais Leto, s'il le comprenait, n'en était pas moins déchiré par les liens anciens qui l'attachaient à son humanité perdue. Il savait pourtant dans quel piège il pouvait tomber en s'abandonnant à une telle émotion. Il le savait parfaitement.

*Que l'avenir s'accomplisse de lui-même,* pensa-t-il. *La seule règle qui gouverne la créativité est l'acte de création lui-même.*

Il était difficile de s'arracher au spectacle des sables, des dunes, de la vaste solitude du désert. Ici, au seuil du désert, il n'y avait plus que de rares rochers, mais ils emportaient l'imagination vers le domaine des vents, de la poussière, des maigres plantes et des animaux rares, dune après dune, le désert succédant au désert.

Quelque part derrière lui, une flûte joua pour la prière du matin, le chant pour l'humidité qui, subtilement modifié, était devenu une sérénade dédiée au nouveau Shai-Hulud. Pour l'esprit de Leto, parce qu'il savait cela, cette musique était celle de l'éternelle solitude.

*Je pourrais m'enfoncer dans le désert,* se dit-il.

Tout changerait alors. Une direction en vaudrait une autre. Il avait d'ores et déjà appris à mener une existence libérée de toutes possessions. Il avait raffiné la mystique Fremen, il l'avait affûtée jusqu'à ce qu'elle acquiert un fil redoutable : tout ce qu'il emportait avec lui était nécessaire, et c'était tout ce qu'il emportait. Mais il n'avait rien que sa robe, l'anneau-faucon des Atréides caché dans son pli et cette peau-qui-n'était-pas-la-sienne.

Il lui serait facile de s'éloigner.

Un mouvement, haut dans le ciel, attira son attention : des plumes très écartées à l'extrêmité des ailes — un vautour. Cette image fit naître une douleur sourde dans sa poitrine. Tout comme les Fremen sauvages, les vautours vivaient ici parce qu'ils y étaient nés. Ils ne connaissaient rien de mieux. C'était le désert qui les avait faits tels qu'ils étaient.

Dans le sillage de Muad'Dib et d'Alia, pourtant, une nouvelle race se formait. Pour cette raison, Leto ne pouvait se perdre au désert ainsi que l'avait fait son père. Il se souvint des paroles du Duncan Idaho d'autrefois : « Ces Fremen ! Ils sont magnifiquement vivants. Je n'ai jamais rencontré un Fremen cupide. »

A présent, les Fremen cupides étaient nombreux.
Une vague de tristesse passa sur les pensées de Leto. Il était lancé dans un mouvement qui allait changer tout cela, mais à un prix terrible. Et, comme ils approchaient du tourbillon, il devenait de plus en plus difficile de contrôler ce mouvement.

Kralizec, le Combat Typhon, les attendait quelque part... mais Kralizec, ou pire encore, ne serait que le prix d'un faux pas.

Leto entendit des voix derrière lui, puis celle, plus claire, d'un enfant : « Le voilà ! »

Il se retourna.

Le Prêcheur sortait de la palmeraie, guidé par un enfant. *Pourquoi est-il encore le Prêcheur, pour moi ?* se demanda Leto en le regardant approcher.

Et la réponse était là, nettement inscrite sur la tablette de son esprit : *Parce qu'il n'est plus Muad'Dib, parce qu'il n'est plus Paul Atréides*. Le désert avait fait de lui ce qu'il était maintenant. Le désert et les chacals de Jacurutu avec leurs surdoses de Mélange et leurs constantes trahisons. Le Prêcheur était devenu vieux avant son temps, non pas en dépit de l'épice, mais à cause de lui.

« Ils m'ont dit que tu voulais me voir », dit le Prêcheur en s'arrêtant.

Les yeux de Leto se posèrent sur l'enfant de la palmeraie. Il était à peu près de sa taille. Dans son regard, le respect craintif se mêlait à une curiosité brûlante.

« Laisse-nous », lui dit-il en agitant la main.

Un bref instant, il lut la révolte dans le port des épaules de l'enfant. Puis, la foi et le vieux respect Fremen pour la vie privée l'emportèrent. L'enfant s'éloigna.

« Savez-vous que Farad'n est ici, sur Arrakis ? » demanda Leto.

« Gurney me l'a dit lorsqu'il m'a amené ici, la nuit dernière. »

Et le Prêcheur pensa : *Il mesure si froidement ses paroles. Tout comme moi autrefois.*

« J'affronte un choix difficile », reprit Leto.

« Je croyais que tu avais déjà fait tous les choix. »

« Nous connaissons ce piège, père. »

Le Prêcheur s'éclaircit la gorge. Les tensions qu'il percevait entre eux lui disaient qu'ils approchaient de l'explosion de la crise. Désormais, Leto ne se fierait plus à la simple vision, mais à l'utilisation de la vision.

« Tu as besoin de mon aide ? »

« Oui. Je vais regagner Arrakeen et je veux être votre guide. »

« A quelle fin ? »

« Voudriez-vous prêcher une fois encore en Arrakeen ? »

« Peut-être. Il y a des choses que je ne leur ai pas encore dites. »

« Vous ne retournerez pas dans le désert, père. »

« Si je vais avec toi ? »

« Oui. »

« Je ferai ce que tu décideras. »

« Avez-vous réfléchi ? Si Farad'n est arrivé, votre mère l'accompagne. »

« Sans le moindre doute. »

Une fois encore, le Prêcheur s'éclaircit la gorge. Cela traduisait une nervosité qui seyait mal à Muad'Dib. Cette chair, trop longtemps, avait été privée du vieux régime d'auto-discipline, cet esprit trop souvent poussé à la folie par ceux de Jacurutu. Et le Prêcheur pensait que peut-être il ne serait pas sage de retourner en Arrakeen.

« Vous n'êtes pas obligé de m'accompagner, dit Leto. Mais ma sœur est là-bas et il faut que j'y aille. Vous devriez suivre Gurney. »

« Et tu irais seul en Arrakeen ? »

« Oui. Je dois rencontrer Farad'n. »

« J'irai avec toi », soupira le Prêcheur.

Et Leto devina la vieille folie de la vision dans l'attitude du Prêcheur, et il se demanda : *A-t-il donc joué au jeu de la prescience ?* Non. Jamais plus il ne s'y risquera. Il connaît le piège que représente un engagement partial. Chacune des paroles du Prêcheur confirmait qu'il s'en remettrait désormais aux visions de son fils, sachant que tout, dans cet univers, avait été prévu.

C'étaient les vieilles polarités qui accablaient le Prêcheur, maintenant. Il avait fui de paradoxe en paradoxe.

« Nous partirons donc dans quelques minutes, dit Leto. Voulez-vous prévenir Gurney ? »

« Il ne vient pas avec nous ? »

« Je veux qu'il survive. »

Le Prêcheur s'ouvrit alors aux tensions. Elles étaient tout autour de lui, dans l'air, dans le sol sous leurs pieds, comme une chose douée de motilité qui se concentrait sur ce non-enfant qui était son fils. Le cri éraillé de ses vieilles visions attendait, tapi dans la gorge du Prêcheur.

*Cette maudite sainteté !*

Il ne pouvait éviter les sucs sableux de ses peurs. Il savait ce qu'ils devaient affronter en Arrakeen. Une fois encore, ils joueraient avec des forces terrifiantes et mortelles qui jamais n'apporteraient la paix.

**L'enfant qui refuse de voyager dans le harnais du père est le symbole de la suprême capacité de l'homme. « Je n'ai pas à être ce qu'a été mon père. Je n'ai pas à obéir aux règles de mon père ni même à croire à tout ce en quoi il croyait. En tant qu'humain, ma force est de pouvoir faire mes propres choix quant à ce que je crois et ce que je ne crois pas, quant à ce que je dois être et ce que je dois ne pas être. »**

— Leto Atréides II.
*Biographie de Harq al-Ada.*

Sur la plaza, devant le Temple, des femmes en pèlerinage dansaient au son des flûtes et des tambours, vêtues de robes diaphanes qui révélaient leurs formes, les cheveux libres, des amulettes au cou.

Sur l'aire du Temple, Alia observait la scène, partagée entre le plaisir et le mépris. C'était le milieu de la matinée, l'heure à laquelle l'arôme du café d'épice, que préparaient les marchands ambulants, sous les arcades, envahissait la plaza.

Bientôt, Alia devrait aller accueillir Farad'n, lui offrir les cadeaux de circonstance et assister à sa première rencontre avec Ghanima.

Tout se passait selon ses plans. Ghani allait tuer Farad'n et, dans l'agitation qui s'ensuivrait, une seule personne serait prête à ramasser les dépouilles. Les marionnettes dansaient au bout de leurs fils. Comme elle l'avait espéré, Stilgar avait tué Agarves. Et Agarves avait sans le savoir conduit les kidnappers à la djedida grâce à l'émetteur dissimulé dans les nouvelles bottes qu'elle lui avait offertes. A présent, Stilgar et Irulan attendaient dans les oubliettes du Donjon. Peut-être mourraient-ils, mais elle pourrait plus probablement leur trouver un rôle utile. Cela ne leur faisait pas de mal d'attendre.

Elle observa que deux Fremen de la cité regardaient les danseuses avec fascination. L'égalité fondamentale des sexes était venue du désert pour s'installer dans les cités, mais les différences sociales entre hommes et femmes commençaient déjà à se faire sentir. Cela aussi faisait partie de ses plans. Diviser et affaiblir. Elle percevait les changements subtils dans la façon dont ces deux Fremen regardaient les étrangères et leur danse exotique.

*Qu'ils admirent,* songea-t-elle. *Que leurs esprits s'emplissent de ghafla.*

Les persiennes de la fenêtre avaient été ouvertes et elle sentait déjà entrer la chaleur. En cette saison, il faisait chaud dès que le soleil apparaissait. La température culminerait vers le milieu de l'après-midi et elle serait tout particulièrement torride sur les dalles de pierre de la plaza. Il deviendrait alors difficile de danser mais, pour l'heure, les filles venues d'un autre monde continuaient de tourner et leurs cheveux fouettaient leurs épaules au rythme de leur foi. Elles avaient dédié cette danse à Alia, la Matrice du Paradis. C'était un serviteur qui était venu lui murmurer cela. L'air méprisant, il lui avait expliqué que ces créatures venaient d'Ix, où la science et la technologie proscrites avaient trouvé refuge.

Alia plissa les lèvres. Ces femmes d'Ix étaient aussi ignorantes, superstitieuses et attardées que les Fremen du désert, tout comme l'avait dit le serviteur qui lui avait annoncé la nouvelle dans l'espoir de gagner sa faveur. Ce qu'il ignorait, et ce que les Ixiennes ignoraient elles-mêmes, c'était que le nom de Ix n'était que celui d'une lettre dans un langage oublié.

Alia eut un rire silencieux et pensa : *Qu'elles dansent donc !* La danse était une dépense d'énergie qui aurait pu être consacrée à des usages plus dangereux. Et la musique des tambours, des flûtes et des tympani sur un rythme de claquement de mains était plutôt plaisante.

Brutalement, à cet instant précis, un grondement de voix, à l'autre extrémité de la plaza, domina la musique. Les danseuses manquèrent un pas, se rattrapèrent de justesse, mais elles avaient perdu soudain leur sensualité, et leur attention, déjà, se portait sur la porte la plus lointaine de la plaza, là où se ruait la foule comme l'eau jaillissant d'un qanat ouvert.

Le regard d'Alia se porta sur la vague humaine.

Elle distinguait des mots, maintenant :

« Le Prêcheur ! Le Prêcheur ! »

Alors, elle le vit. Il s'avançait avec la vague, s'appuyant de la main sur l'épaule de son jeune guide.

Les danseuses ixiennes s'arrêtèrent et se replièrent sur les degrés. Ceux qui les avaient regardées les suivirent. Alia sentit monter l'émotion dans l'assistance. Elle ne ressentait que de la peur.

*Comment peut-il oser ?*

Elle se tourna à demi, prête à appeler ses gardes, mais elle renonça. La foule, déjà, emplissait la plaza. Si l'on contrecarrait son désir d'entendre le visionnaire aveugle, sa colère pouvait devenir redoutable.

Alia serra les poings.

*Le Prêcheur !* Pourquoi Paul faisait-il cela ? Pour la moitié de la population, il était un « fou du désert », donc sacré.

D'autres murmuraient dans les bazars et les échoppes qu'il devait être Muad'Dib. Pourquoi, autrement, la Mahdinate aurait-elle toléré une telle hérésie ?

Alia aperçut des réfugiés au sein de la foule, des Fremen venu des sietch abandonnés. Leurs robes étaient en loques. Oui, la plaza était soudain devenue un lieu dangereux, un lieu où des erreurs pouvaient être commises.

« Maîtresse ? »

Elle se retourna brusquement. Zia se tenait sous la voûte qui accédait à la chambre extérieure. Des Gardes de la Maison en armes l'accompagnaient.

« Oui, Zia ? »

« Ma Dame, Farad'n est là. Il demande audience. »

« Ici ? Dans mes appartements ? »

« Oui, Ma Dame. »

« Est-il seul ? »

« Il a deux gardes du corps. Et Dame Jessica est avec lui. »

Alia porta la main à sa gorge, se souvenant de sa dernière entrevue avec sa mère. Mais les temps avaient changé. Leurs rapports étaient régis par des conditions nouvelles.

« Comme il est impétueux ! dit-elle. Quelles raisons avance-t-il ? »

« Il a entendu parler de... (Zia montra la fenêtre.) Il prétend que ce poste d'observation est le meilleur. »

Alia fronça les sourcils : « Crois-tu cela, Zia ? »

« Non, Ma Dame. Je pense qu'il a entendu les rumeurs qui circulent. Il veut mesurer votre réaction. »

« C'est ma mère qui l'y a incité ! »

« C'est très possible, Ma Dame. »

« Zia, ma chère, je veux que tu transmettes des ordres précis et très importants pour moi. Viens ici. »

Zia s'approcha à moins d'un pas. « Ma Dame ? »

« Que Farad'n, ses gardes *et* ma mère soient admis. Ensuite, fais préparer Ghanima. Il faut qu'elle se présente comme une vraie fiancée Fremen jusque dans les moindres détails. Les moindres détails. »

« Avec son couteau, Ma Dame ? »

« Avec son couteau. »

« Ma Dame, c'est... »

« Ghanima n'est pas une menace, pour moi. »

« Ma Dame, tout porte à croire qu'elle s'est enfuie avec Stilgar plus pour le protéger que pour tout autre... »

« Zia ! »

« Ma Dame ? »

« Ghanima a déjà demandé que l'on épargne la vie de Stilgar et Stilgar est encore en vie. »

« Mais elle est l'héritière présomptive ! »

« Contente-toi d'exécuter mes ordres. Fais préparer Ghanima. Et veille à ce que l'on envoie cinq serviteurs de la Prêtrise du Temple sur la Plaza. Ils inviteront le Prêcheur à entrer. Qu'ils attendent l'occasion de lui parler, rien de plus. Ils ne devront pas user de violence. Je veux seulement qu'ils lui adressent une invitation courtoise. Absolument aucune violence. Et... Zia... »

« Ma Dame ? » Zia semblait si sombre, tout à coup.

« Le Prêcheur et Ghanima devront être conduits devant moi au même instant. Il faut qu'ils entrent ensemble dans cette pièce à mon signal. Comprends-tu ? »

« Je connais le plan, Ma Dame, mais... »

« Fais ce que je te dis ! Ensemble ! »

D'un hochement de tête, elle fit signe à son amazone de se retirer. Comme Zia s'éloignait, elle ajouta : « En sortant, fais entrer Farad'n et sa suite, mais veille à ce qu'ils soient précédés de dix de tes éléments les plus sûrs. »

Zia se retourna brièvement.

« Vos ordres seront exécutés, Ma Dame. »

Alia se retourna vers la fenêtre. Dans quelques minutes, le *plan* aurait produit son fruit sanglant. Et Paul serait présent quand sa fille porterait le *coup de grâce* à ses prétentions à la sanctification.

Derrière elle, elle entendit entrer les gardes de Zia. Bientôt, ce serait fini. Tout à fait fini. Elle eut un véritable frisson de triomphe en regardant le Prêcheur qui posait le pied sur la première marche, en compagnie de son jeune guide. Elle apercevait sur la gauche les robes jaunes des Prêtres, retenus par la pression de la foule. Mais ils avaient l'expérience des foules. Ils trouveraient bien un moyen d'approcher de leur cible. La voix du Prêcheur retentit alors sur la plaza et la foule se figea. Qu'ils écoutent donc ! Bientôt, très bientôt, les paroles du Prêcheur auraient d'autres significations. Et le Prêcheur ne serait plus là pour les contester.

Il y eut de nouveaux mouvements derrière elle : les gens de Farad'n faisaient leur entrée. Alia entendit alors la voix de Jessica :

« Alia ? »

Sans se retourner, Alia dit : « Bienvenue, Prince Farad'n, mère. Venez et profitez du spectacle. »

Lentement, elle se détourna de la fenêtre et vit le grand Sardaukar, Tyekanik, qui fronçait les sourcils en regardant les gardes d'Alia qui lui bloquaient le passage.

« Vous ignorez l'hospitalité ! lança Alia. Laissez-les approcher ! »

Deux des gardes, obéissant vraisemblablement aux ordres

de Zia, vinrent prendre place devant elle. La troisième s'écarta. Alia se plaça alors à droite de la fenêtre et dit : « Ceci est certainement la meilleure place. »

Jessica portait la traditionnelle robe noire d'aba. Elle porta un regard furieux sur sa fille, escorta Farad'n jusqu'à la fenêtre mais prit soin de se tenir entre lui et les gardes d'Alia.

« C'est très aimable à vous, Dame Alia, dit Farad'n. On m'a tant parlé de ce Prêcheur. »

« Le voici en chair et en os », dit Alia. Elle remarqua que Farad'n portait l'uniforme gris de commandant de Sardaukar, sans aucune décoration. Il se déplaçait avec une aisance gracieuse qu'elle admira. Peut-être ce Prince de Corrino pouvait-il procurer mieux qu'un amusement passager.

L'amplificateur dissimulé près de la fenêtre projeta la voix tonnante du Prêcheur et Alia la sentit résonner tout au fond d'elle-même tout en écoutant chaque parole avec une fascination croissante.

« Je me suis retrouvé dans le Désert de Zan ! cria le Prêcheur. Dans cette étendue désolée et hurlante. Et Dieu m'a commandé de rendre sa propreté à ce lieu. Car nous avons été défiés dans le désert, nous avons connu le chagrin dans le désert et nous avons été induits à l'abandon de nos usages. »

*Le Désert de Zan,* pensa Alia. C'était le nom du lieu de la première épreuve des Vagabonds Zensunni dont les Fremen étaient les descendants. Mais que signifiaient ces mots ? Revendiquaient-ils donc les destructions subies par les sietch des tribus loyales ?

« Des bêtes sauvages se vautrent sur vos terres ! De lugubres créatures emplissent vos demeures ! Vous qui avez fui vos maisons, vous ne multipliez plus vos jours sur le sable. Oui, vous avez abandonné vos usages et vous mourrez dans un nid puant si vous continuez sur ce chemin ! Mais si vous entendez mon avertissement, le Seigneur vous conduira par une terre de puits jusqu'aux Montagnes de Dieu. Oui ! Shai-Hulud vous conduira ! »

Des plaintes s'élevèrent de la foule. Le Prêcheur s'interrompit et ses orbites creuses regardèrent de tous côtés. Puis il leva les bras, les écarta largement et lança : « O Dieu ! Ma chair se languit de Ton chemin, dans cette terre de sécheresse et de soif ! »

Une vieille femme qui se trouvait en face de lui, visiblement une réfugiée à en juger par ses vêtements usés et déchirés, tendit les mains et l'implora : « Aide-nous, Muad'Dib ! Aide-nous ! »

La peur enserra brusquement la poitrine d'Alia. Elle se demanda si la vieille femme connaissait réellement la vérité. Elle regarda sa mère, mais Jessica demeurait impassible, partageant son attention entre les gardes d'Alia, Farad'n et le spectacle de la plaza. Farad'n, quant à lui, semblait fasciné.

Alia revint à la fenêtre, essayant d'apercevoir les Prêtres. Ils étaient invisibles mais elle supposa qu'ils s'étaient rapprochés des portes du Temple, cherchant un chemin direct vers le bas des marches.

Le Prêcheur leva sa main droite sur la vieille femme et cria : « Vous êtes le seul secours qui reste ! Vous vous êtes rebellés. Vous avez apporté le vent sec, celui qui ne lave ni ne rafraîchit. Vous portez le fardeau de notre désert et le tourbillon vient de ce lieu, de cette terrible terre. J'ai vécu dans cette désolation. L'eau des qanats brisés jaillit dans le sable. Des ruisseaux courent dans la terre. Dans la Ceinture de Dune, de l'eau est tombée du ciel ! O, mes amis, Dieu me l'a commandé ! Tracez un chemin pour notre Seigneur dans le désert, car je suis la voix qui monte vers lui depuis les terres vides ! »

Il tendit un index raide et vibrant vers les marches en dessous de lui. « Je ne vois pas là de djedida perdue et à jamais abandonnée ! Ici nous avons mangé le pain du paradis. Et ici le bruit des étrangers nous a arrachés à nos maisons ! Ils ont créé la désolation pour nous, ils ont fait une terre où l'homme ne vit plus, que l'homme ne traverse plus. »

Des remous d'inquiétude agitèrent la foule. Les réfugiés et les Fremen de la cité regardaient les pèlerins du Hajj mêlés à eux.

*Il peut déclencher un bain de sang !* pensa Alia. *Eh bien, qu'il le fasse donc ! Mes prêtres pourront mieux profiter de la confusion.*

Elle aperçut alors les cinq robes jaunes qui descendaient les marches, se rapprochant du Prêcheur.

« Les eaux que nous répandons sur le désert sont devenues du sang ! clama le Prêcheur. Du sang sur notre terre ! Voyez notre désert qui pourrait s'éveiller et fleurir : il a attiré l'étranger parmi nous et l'a séduit. Ces étrangers sont venus pour la violence ! Leurs faces sont fermées comme pour le dernier vent de Kralizec ! Ils sont venus récolter la captivité du sable. Ils sucent son abondance, le trésor qu'il conserve dans ses profondeurs. Voyez-les : ils s'avancent pour accomplir leur œuvre maligne. Il est écrit : « Et j'ai été sur le sable, et j'ai vu une bête se dresser hors de ce sable, et sur la tête de cette bête était le nom de Dieu ! »

Des murmures de mécontentement coururent dans la foule. Des poings se levèrent.

« Mais que fait-il ? » murmura Farad'n.

« J'aimerais le savoir », dit Alia. Elle posa une main sur sa poitrine, comme pour calmer sa frayeur et son excitation. Si

Paul poursuivait son discours, la foule allait s'en prendre aux pèlerins !

Mais le Prêcheur se tourna à demi, leva ses orbites mortes vers le Temple et tendit la main vers les fenêtres d'Alia.

« Un blasphème subsiste ! cria-t-il. Un blasphème ! Et son nom est Alia !

Le silence absolu se fit sur la plaza.

Alia demeura pétrifiée. Elle savait que la foule ne pouvait la voir, mais soudain, elle se sentait vulnérable, offerte à toutes les colères. Dans sa tête, les paroles qui incitaient au calme semblaient se heurter aux battements de son cœur. Elle ne pouvait détacher les yeux de cette scène incroyable : le Prêcheur, la main tendue vers ses fenêtres.

Mais les paroles du Prêcheur avaient été trop pour les Prêtres. Leurs cris de colère rompirent soudain le silence. Ils dévalèrent les marches et plongèrent dans la foule. Les gens s'écartèrent, puis réagirent, formant une vague qui parut déferler sur les premiers rangs de l'assistance, emportant le Prêcheur. Il tituba, séparé brutalement de son jeune guide. Tout à coup, un bras habillé de jaune surgit de la foule, armé d'un krys. Alia distingua le mouvement de la lame qui s'enfonça dans la poitrine du Prêcheur.

Le coup de tonnerre des portes du Temple violemment refermées la tira de son état de choc. Les gardes venaient de réagir à la fièvre de la foule. Mais déjà, les gens refluaient, ménageant un espace libre autour du corps étalé sur les marches. Un silence surnaturel s'établit sur la plaza. Alia, maintenant, apercevait bien d'autres corps, mais celui-là seul emplissait toute la scène.

Une voix hurla alors, depuis le sein de la foule :

« Muad'Dib ! Ils ont tué Muad'Dib ! »

« Dieux inférieurs ! balbutia Alia. Dieux inférieurs ! »

« Il est un peu tard pour cela, ne crois-tu pas ? » demanda Jessica.

Alia pivota brusquement et remarqua l'expression de frayeur de Farad'n devant sa colère.

« C'est Paul qu'ils ont tué ! cria-t-elle. Votre fils ! Lorsqu'on le saura, savez-vous ce qui arrivera ? »

Jessica demeura immobile pendant un long moment, songeant qu'elle venait d'entendre une chose qu'elle savait depuis fort longtemps. La main de Farad'n, se posant sur son bras, interrompit son silence intérieur.

« Ma Dame », dit-il simplement, et il y avait tant de compassion dans sa voix qu'elle songea brièvement qu'elle pouvait aussi bien mourir ici même. Ses yeux allaient du visage glacé et furieux d'Alia à celui de Farad'n, sur lequel elle ne lisait que le chagrin et la sympathie, et elle pensa : *Peut-être ai-je trop bien fait mon travail.*

On ne pouvait douter des paroles d'Alia. Jessica se souvenait de chaque intonation de la voix du Prêcheur. Elle y avait retrouvé ses propres artifices, ceux qu'elle avait enseignés à ce jeune homme qui devait être un Empereur mais qui, à présent, n'était plus qu'un amas de chiffons sanglants gisant sur les degrés du Temple.

*Le ghafla m'a aveuglée,* songea-t-elle.

Alia fit signe à une aide : « Faites entrer Ghanima, à présent. »

Jessica se contraignit à l'analyse de ces mots.

*Ghanima ? Mais pourquoi Ghanima en ce moment ?*

L'aide venait de se tourner vers la porte principale, faisant signe aux gardes extérieurs de la déverrouiller, mais avant qu'un mot ait été prononcé, la porte fut violemment déformée et les gonds sautèrent. La barre craqua et la porte tout entière, un épais panneau de plastacier à l'épreuve des plus formidables énergies, s'abattit dans la salle. Les gardes s'écartèrent d'un bond et brandirent leurs armes.

Les gardes du corps de Jessica et de Farad'n formèrent le cercle autour du Prince de Corrino.

Mais, sur le seuil, il n'y avait que deux enfants : Ghanima à gauche, en robe blanche de fiançailles, et Leto à droite, portant une robe blanche tachée par le désert sur un distille gris et lisse.

Alia leva les yeux de la porte abattue et regarda les deux enfants, prise d'un tremblement irrépressible.

« La famille est rassemblée pour nous accueillir, dit Leto. Grand-mère... Il inclina la tête à l'adresse de Jessica, porta les yeux sur le Prince de Corrino : Le Prince Farad'n, sans doute. Bienvenue sur Arrakis, Prince. »

Les yeux de Ghanima semblaient vides. Sa main droite était posée sur le manche d'un krys de cérémonie, à sa taille. Leto lui tenait fermement le bras et elle semblait vouloir échapper à son étreinte. Il la secoua violemment.

« Saluez-moi, famille, dit Leto. Je suis Ari, le Lion des Atréides, et voici... (A nouveau, il secoua le bras de sa sœur et tout le corps de Ghanima fut violemment agité.) Voici Aryeh, la Lionne des Atréides. Nous sommes venus vous guider sur le Secher Nbiw, le Sentier d'Or. »

Ghanima entendit les mots-clés : *Secher Nbiw,* et la partie verrouillée de sa conscience fut soudain libérée et se diffusa dans son esprit. Elle s'épandait avec une beauté linéaire et la conscience intérieure de sa mère l'accompagnait et veillait. Et Ghanima sut alors qu'elle venait de conquérir le passé vociférant. Il y avait en elle une porte par laquelle, lorsqu'elle le voudrait, elle pourrait regarder le passé. Ces mois d'auto-hypnose avaient édifié en elle un refuge d'où elle pouvait dominer sa chair. Elle voulut se tourner vers Leto pour lui expliquer ce qui se passait en elle, et elle vit alors où ils se trouvaient et avec qui.

Leto lui lâcha le bras.

« Notre plan a-t-il réussi ? » demanda Ghanima.

« Assez bien », dit Leto.

Quittant son état de choc, Alia se tourna vers les gardes rassemblés sur sa gauche : « Emparez-vous d'eux ! »

Mais Leto se baissa, prit la porte d'une seule main et la lança dans les jambes des gardes. Deux d'entre eux furent cloués contre la paroi. Les autres reculèrent, terrifiés. La porte devait peser une demi-tonne et cet enfant l'avait projetée d'une seule main.

Alia vit alors les corps d'autres gardes, dans le couloir, et elle comprit que c'était Leto qui les avait abattus avant d'arracher cette porte colossale.

Jessica elle aussi avait vu les corps, tout comme elle avait mesuré l'extraordinaire puissance de Leto, et elle était parvenue à des conclusions semblables, mais les mots prononcés par Ghanima avaient atteint le centre même de la discipline Bene Gesserit qui la contraignait au calme. Sa petite-fille avait évoqué un plan.

« Quel plan ? » demanda-t-elle.

« Le Sentier d'Or, notre plan Impérial pour l'Imperium, dit Leto. Il fit un signe de tête à l'intention de Farad'n. N'ayez pas de pensées sévères à mon égard, cousin. C'est aussi pour vous que j'agis. Alia espérait que Ghanima vous tuerait. Je préfère que vous viviez le temps de votre vie avec quelque bonheur. »

Les gardes d'Alia qui étaient accourus dans le couloir hésitaient et elle leur hurla : « Je vous ordonne de vous emparer d'eux ! »

Mais ils n'osèrent pas avancer.

« Attends-moi ici, ma sœur, dit Leto. Il me reste une tâche désagréable à accomplir. »

Il s'avança droit sur Alia.

Elle battit en retraite dans un coin de la salle, s'accroupit et sortit son couteau. Les joyaux verts sertis dans le manche scintillèrent dans la lumière.

Leto s'avançait calmement, les mains vides, les bras écartés du corps. Il était prêt.

Alia plongea en avant, le couteau brandi.

Leto sauta presque jusqu'au plafond tout en lançant son pied gauche. Il atteignit Alia à la tête et l'envoya rouler au sol, une marque sanglante sur le front. Son couteau lui échappa. Elle voulut le reprendre mais Leto était déjà devant elle.

Elle hésita, rassemblant toute sa science Bene Gesserit. Elle se redressa, le corps souple, tous ses muscles en attente.

Leto s'avança à nouveau sur elle.

Elle feinta sur la gauche mais son épaule droite s'éleva et, dans le même temps, elle lança son pied droit en avant avec une force susceptible d'éventrer un homme si le coup était assez précis.

Leto le reçut sur le bras, saisit le pied d'Alia au vol et se mit à la faire tourner autour de lui, à une vitesse telle que la robe d'Alia émit un sifflement.

Ceux qui se trouvaient là reculèrent.

Alia s'était mise à hurler, mais la ronde terrifiante ne cessait pas. Elle se tut.

Alors, lentement, Leto réduisit la vitesse et déposa doucement Alia sur le sol. Elle n'était plus qu'une loque haletante.

Il se pencha sur elle. « J'aurais pu vous projeter à travers le mur, dit-il. Cela aurait sans doute été préférable, mais nous sommes à présent au centre du combat et vous méritez votre chance. »

Le regard d'Alia, affolé, allait de droite à gauche.

« J'ai conquis ces vies intérieures, reprit Leto. Regardez Ghani. Elle aussi, elle peut... »

« Alia, l'interrompit Ghanima. Je peux te montrer... »

« Non ! » La poitrine d'Alia s'enfla et des voix se firent entendre par sa bouche, des mots qui semblaient arrachés, désunis, violents, implorants.

« Tu vois ? Pourquoi n'as-tu pas écouté ? *Pourquoi fais-tu cela ?* Que se passe-t-il ? (Et une autre voix, encore.) Arrêtez ! Faites-les arrêter ! »

Jessica mit la main sur ses yeux pour ne plus voir et elle sentit que Farad'n la soutenait.

« Je vais te tuer ! gronda Alia. (Des jurons abominables montèrent de sa gorge.) Je vais boire ton sang ! »

Sa bouche déversait des langages mêlés et confus.

Les gardes qui se pressaient dans le couloir firent le signe du ver et levèrent le poing à hauteur de leurs oreilles. Alia était possédée !

Leto secoua la tête. Il s'approcha de la fenêtre et, en trois coups rapides, il fracassa le cristal réputé incassable.

Une expression de ruse se dessina sur le visage d'Alia. Sa bouche se tordit et Jessica crut reconnaître un peu de sa propre voix dans cette parodie de contrôle Bene Gesserit : « Vous tous ! Restez où vous êtes ! »

Jessica avait ôté les mains de ses yeux et elle put voir qu'elles étaient humides de larmes.

Alia se mit à genoux, puis se leva.

« Vous ne savez pas qui je suis ? demanda-t-elle. C'était une voix du passé, la voix aiguë et douce de la toute jeune Alia qui ne serait jamais plus. Pourquoi me regardez-vous ainsi ? (Elle eut un regard suppliant pour Jessica.) Mère, dites-leur de s'arrêter ! »

Jessica, consumée par l'horreur ultime, ne put que secouer la tête. Ainsi, tous les anciens avertissements du Bene Gesserit se révélaient exacts. Elle regarda Leto et Ghanima qui se tenaient côte à côte près d'Alia. Que signifiaient les avertissements des Sœurs pour les malheureux jumeaux ?

« Grand-mère, dit Leto, et il y avait une note suppliante dans sa voix. Faut-il qu'il y ait Jugement de Possession ? »

« Qui es-tu donc pour parler de jugement ? demanda Alia. Sa voix geignarde était celle d'un homme, d'un autocrate sensuel, d'un sybarite.

Leto et Ghanima reconnurent cette voix. C'était celle du vieux Baron Harkonnen. Au même instant, Ghanima entendit l'écho de cette même voix dans sa tête, mais la porte intérieure se ferma très vite et elle sut que sa mère était là, qui veillait.

Jessica demeurait silencieuse.

« Alors, la décision me revient, dit Leto. Et le choix vous revient à vous, Alia. Le Jugement de Possession ou bien... » Il désigna la fenêtre maintenant ouverte.

« Qui es-tu pour me donner un choix ? » demanda Alia, et sa voix était toujours celle du Baron Vladimir Harkonnen.

« Démon ! cria Ghanima. Qu'elle fasse son choix ! »

« Mère, demanda Alia de sa voix de petite-fille, mère, que font-ils donc ? Que voulez-vous que je fasse ? Faites quelque chose ! »

« Faites-le vous-même ! » ordonna Leto. Un instant, il aperçut dans les yeux d'Alia la présence brisée, disloquée, de la personnalité de sa tante, il entrevit son regard désespéré qui le fixait. Puis elle disparut. Mais son corps se déplaçait, en une démarche roide, mécanique. Alia oscilla, trébucha, s'écarta de son chemin et y revint irrésistiblement, se rapprochant lentement de la fenêtre.

Ses lèvres vomirent la colère du Baron : « Arrête ! Arrête ! Je te l'ordonne ! Arrête-toi ! Ou sinon... »

Elle prit sa tête entre ses mains, les traits torturés, tomba un peu plus près de la fenêtre. Ses cuisses touchaient maintenant le rebord mais la voix criait toujours : « Ne fais pas ça ! Arrête, je t'aiderai ! J'ai un plan. Ecoute-moi ! Arrête ! Attends ! »

Mais Alia, tout à coup, ôta les mains de sa tête, agrippa le cadre disloqué de la fenêtre et, d'un seul élan, franchit le rebord et disparut. Elle ne poussa pas un seul cri dans sa chute.

Ceux qui se trouvaient dans la salle entendirent un choc sourd, puis les cris de la foule.

Leto regarda Jessica.

« Nous vous avions dit d'avoir pitié d'elle. »

Jessica, alors, enfouit son visage dans la tunique de Farad'n.

**L'hypothèse selon laquelle le fonctionnement d'un système peut être amélioré par une intervention brutale sur ses éléments conscients traduit une dangereuse ignorance. Cette attitude fut trop souvent celle des esprits qui se qualifient des épithètes de « scientifiques » et de « technologues ».**

— Le Jihad Butlérien,
*par Harq al-Ada.*

« IL COURT LA NUIT, COUSIN, DIT GHANIMA. Il court. Vous ne l'avez jamais vu courir ? »

« Non », dit Farad'n.

Il se trouvait avec Ghanima dans l'antichambre de la petite salle d'audience du Donjon, où Leto leur avait demandé d'attendre. Tyekanik se tenait à l'écart, gêné par la présence de Dame Jessica qui avait un air lointain, comme si son esprit s'était retiré en un autre lieu. Il ne s'était pas écoulé plus d'une heure depuis le déjeuner du matin mais, déjà, certaines choses étaient en cours. La Guilde avait été convoquée et des messages avaient été adressés à la C.H.O.M. et au Landsraad.

Pour Farad'n, il était difficile de comprendre les Atréides. Dame Jessica l'avait certes prévenu, mais, confronté à la réalité, il était perplexe. Ils semblaient encore attachés à l'idée des fiançailles avec Ghanima, alors même que la plupart des raisons politiques en avaient disparu. Leto monterait sur le trône, cela ne faisait guère de doute. Bien sûr, il conviendrait de lui ôter son étrange *peau vivante,* mais cela viendrait en son temps...

« Il court pour se fatiguer, reprit Ghanima. Il est la personnification de Kralizec. Il n'est pas de vent qui puisse le rattraper. Il est comme un mirage au sommet de chaque dune. Je l'ai vu. Il court. Et quand il est épuisé, il revient poser sa tête sur mes genoux et il me supplie : « Demande à notre mère qui est en nous de me trouver un moyen de mourir. »

Farad'n la regarda attentivement. Dans la semaine qui avait suivi les incidents de la plaza, des rythmes nouveaux étaient apparus dans le Donjon, des allées et venues mystérieuses. Tyekanik, dont on avait requis les conseils militaires, faisait état de combats violents au-delà du Mur du Bouclier.

« Je ne comprends pas, dit Farad'n. Trouver un moyen de mourir ? »

« Il m'a demandé de vous y préparer », dit Ghanima. Ce n'était pas la première fois qu'elle était frappée par cette curieuse naïveté du Prince de Corrino. Etait-ce là le fait de Jessica ou bien quelque chose d'inné ?

« Mais à quoi ? » demanda Farad'n.

« Il n'est plus humain. Hier, vous avez demandé à quel moment il se déciderait à abandonner sa *peau vivante ?* Mais jamais. Elle fait partie de lui autant qu'il fait partie d'elle, désormais. Leto estime qu'il lui reste peut-être quatre mille années à vivre avant que la métamorphose ne le détruise. »

La gorge sèche, Farad'n essaya de parler.

« Vous comprenez pourquoi il court la nuit, maintenant ? » demanda Ghanima.

« Mais il vivra si longtemps en étant... »

« Il court parce que le souvenir de l'humain qu'il a été est tellement vivant en lui. Songez à toutes ces vies intérieures, cousin. Non... Vous ne pouvez l'imaginer parce que vous ne l'avez pas vécu. Mais moi, je sais. Je peux imaginer sa souffrance. Il donne plus que n'importe lequel d'entre nous. Notre père lui-même est allé au désert pour échapper à cela. C'est par peur qu'Alia est devenue une Abomination. Notre grand-mère ne fait que ressentir l'enfance d'une telle vie, et pourtant elle doit user de tous les artifices du Bene Gesserit pour le supporter, ce qui est du reste le but de l'éducation de toute Révérende Mère. Mais Leto !... Il est seul et jamais son cas ne se reproduira ! »

Farad'n demeura abasourdi : Empereur pour quatre mille ans.

« Jessica sait, continua Ghanima en regardant sa grand-mère. Il le lui a dit la nuit dernière. Il se considère comme le premier véritable grand planificateur de l'histoire humaine. »

« Et... quel est son plan ? »

« Le Sentier d'Or. Il vous l'exposera plus tard. »

« Et il a un rôle pour moi dans ce... plan ? »

« Vous serez mon compagnon, dit Ghanima. C'est lui, désormais, qui assume le programme génétique des Sœurs. Je suis certaine que ma grand-mère vous a entretenu du rêve du Bene Gesserit : un Révérend mâle aux pouvoirs surhumains. Il... »

« Vous voulez dire que nous devrons seulement... »

« Pas *seulement !* (Elle lui prit le bras et le serra avec une familiarité affectueuse.) Il aura des tâches importantes pour chacun de nous. Je veux dire : lorsque nous ne ferons pas des enfants. »

« Ma foi, vous êtes encore bien jeune », remarqua Farad'n en libérant son bras.

« Ne commettez plus jamais cette erreur », dit Ghanima, et sa voix était soudain de glace.

Jessica s'approcha d'eux en compagnie de Tyekanik.

« Tyek m'apprend que les combats se sont étendus aux autres planètes, dit-elle. Le Temple Central de Biarek serait assiégé. »

Farad'n jugea qu'elle restait plutôt calme en présence d'une telle information. Durant la nuit, il avait examiné les divers rapports avec Tyekanik. C'était une véritable rébellion qui se propageait dans tout l'Empire. Bien sûr, on pourrait la réprimer, mais Leto devrait redresser et restaurer un Empire bien affaibli.

« Voici Stilgar, dit Ghanima. Ils l'attendaient. » Et, une fois encore, elle prit le bras de Farad'n.

Le vieux Naib avait fait son entrée par la porte la plus éloignée, escorté de deux compagnons qui avaient fait partie des Commandos de la Mort dans les jours lointains du désert. Les trois hommes avaient revêtu la robe noire de cérémonie gansée de blanc et leurs cheveux étaient maintenus par des lanières jaunes en signe de deuil. Ils marchaient à pas lents et l'attention de Stilgar demeurait fixée sur Jessica. Arrivé à sa hauteur, il s'arrêta et inclina la tête, l'air méfiant.

« La mort de Duncan Idaho continue de vous préoccuper », dit Jessica. L'attitude de son vieil ami lui déplaisait.

« Révérende Mère... », dit-il.

*Il en sera donc ainsi !* pensa-t-elle. *Selon le code Fremen, avec tout le cérémonial et ce sang difficile à effacer.*

« A nos yeux, dit-elle, vous n'avez fait que remplir le rôle que Duncan vous avait assigné. Ce n'était pas la première fois qu'un homme donnait sa vie aux Atréides. Pourquoi le font-ils, Stil ? Plus d'une fois, vous vous y êtes préparé. Pourquoi ? Est-ce donc parce que vous savez que les Atréides rendent plus encore que ce qu'on leur a donné ? »

« Je suis heureux que vous ne cherchiez pas d'excuse à la vengeance, dit Stilgar. Mais il est des sujets dont je dois débattre avec votre petit-fils. Des sujets qui peuvent nous séparer à jamais. »

« Est-ce que tu veux dire que le Sietch Tabr ne lui rendra pas hommage ? » demanda Ghanima.

« Je veux dire que je réserve mon jugement, dit Stilgar avec un regard froid. Je n'aime pas ce que sont devenus mes Fremen. Nous retournerons à nos anciennes coutumes. Sans vous, s'il le faut. »

« Pour un temps, peut-être, dit Ghanima. Mais le désert se meurt, Stil. Que ferez-vous quand il n'y aura plus de vers, plus de désert ? »

« Je ne le crois pas ! »

« Dans moins de cent ans, poursuivit Ghanima, il y aura moins de cinquante vers, et encore, ce seront des vers malades qui ne survivront que dans une réserve. Leur épice sera réservé à la Guilde Spatiale et à quel prix... (Elle secoua la tête.) J'ai vu les calculs de Leto. Il a visité toute la planète. Il sait. »

« Encore une nouvelle ruse pour que les Fremen demeurent vos vassaux ? »

« Est-ce que tu as jamais été mon vassal ? » demanda Ghanima.

Stilgar fronça les sourcils. Quoi qu'il fasse ou dise, ces jumeaux retournaient toujours la faute contre lui !

« La nuit dernière, grommela Stilgar, il m'a parlé de ce Sentier d'Or... Je n'aime pas ça. »

« C'est bizarre, dit Ghanima en regardant sa grand-mère. Il semble que la plus grande partie de l'Empire lui soit favorable. »

« Nous serons tous détruits », marmonna Stilgar.

« Mais tout le monde attend l'Age d'Or, dit Ghanima. N'est-ce pas vrai, grand-mère ? »

« Tout le monde », acquiesça Jessica.

« Tout le monde attend cet Empire Pharaonique que Leto va leur donner, dit Ghanima. Tout le monde attend une paix prolifique aux moissons abondantes, un commerce fructueux, l'égalité pour tous hormis le Maître d'Or. »

« Ce sera la mort de tous les Fremen ! »

« Comment peux-tu dire cela ? Comment peux-tu prétendre que nous n'aurons jamais besoin de soldats et d'hommes pour lutter à l'occasion contre le mécontentement et la rébellion ? C'est toi, Stil, ainsi que tes hommes et les braves compagnons de Tyek qui seront désignés pour cela. »

Stilgar regarda le Sardaukar et une étrange lueur de compréhension passa entre les deux hommes.

« Et Leto contrôlera l'épice », dit Jessica.

« Il le contrôlera absolument », insista Ghanima.

Farad'n, avec la perception nouvelle que Jessica lui avait enseignée, écoutait ces paroles comme autant de répliques d'une comédie depuis longtemps préparée par Ghanima et sa grand-mère.

« Et la paix, reprit Ghanima, durera, longtemps, longtemps. Le souvenir de la guerre sera presque oublié. Leto guidera l'humanité dans ce jardin pour quatre mille années au moins. »

Tyekanik jeta un regard perplexe à Farad'n, puis s'éclaircit la gorge.

« Oui, Tyek ? » fit le Prince.

« J'aimerais vous parler en privé, Mon Prince. »

Farad'n sourit. Il connaissait déjà la question qui venait de surgir dans l'esprit militaire de Tyekanik, et il savait qu'il n'était pas le seul à l'avoir devinée.

« Je ne vendrai pas les Sardaukar », dit-il.

« Ce sera inutile », dit Ghanima.

« Vous écoutez cette enfant ? » demanda le vieux Sardaukar. Il était outré. Le vieux Naib des Fremen comprenait les problèmes que posait tout ce complot, mais, parmi les autres, il n'y en avait pas un seul qui comprît la situation !

Ghanima eut un sourire dur : « Dites-lui, Farad'n. »

Farad'n soupira. Il était si facile d'oublier l'étrangeté de cette enfant qui n'en était pas une. Il pouvait imaginer une vie entière à ses côtés, et les secrets qui continueraient de peser même dans leurs instants d'intimité. Cette perspective n'était pas totalement agréable, mais il commençait à en accepter l'inéluctabilité. Le contrôle absolu des ressources déclinantes de l'épice ! L'épice sans lequel tout s'arrêterait dans cet univers...

« Plus tard, Tyek », dit-il.

« Mais... »

« *J'ai dit plus tard !* » Pour la première fois, il venait de se servir de la Voix contre Tyekanik. Le Sardaukar cligna des yeux, stupéfait, et demeura silencieux.

Un mince sourire effleura les lèvres de Jessica.

« Dans le même souffle, il parle de paix et de guerre, marmonna Stilgar. L'Age d'Or ! »

« Il guidera les humains hors du culte de la mort vers l'air libre de l'exubérance de la vie ! dit Ghanima. Il parle de mort parce que c'est nécessaire, Stil. C'est une tension par laquelle les humains savent qu'ils sont vivants. Lorsque cet Empire s'effondrera... Oh, oui, il s'effondrera... Car tu crois que Kralizec est là, mais il n'est pas encore venu. Et lorsqu'il viendra, les humains auront renouvelé le souvenir de ce qu'est la vie.

Ce souvenir persistera aussi longtemps qu'il y aura un seul être humain vivant. Une fois encore, nous passerons dans le creuset, Stil. Et nous en sortirons. Nous nous relevons toujours de nos propres cendres. Toujours. »

En entendant ces paroles, Farad'n comprit ce que Ghanima avait voulu dire en lui parlant de la course de Leto. *Il ne sera pas humain.*

Stilgar n'était pas encore convaincu. « Plus de vers », grommela-t-il.

« Mais les vers reviendront. Tous seront morts avant deux cents ans, mais ils reviendront. »

« Comment... », commença Stilgar, puis il s'interrompit.

Farad'n sentit la révélation qui baignait son esprit. Il sut ce que Ghanima allait dire avant même qu'elle ait ouvert la bouche.

« La Guilde survivra difficilement durant les années maigres, mais elle survivra, grâce à ses réserves et aux nôtres. Mais, après Kralizec, ce sera l'abondance. Les vers reviendront lorsque mon frère s'enfoncera dans le sable. »

**Comme tant d'autres religions, l'Elixir d'Or de la Vie de Muad'Dib dégénéra en sorcellerie. Ses signes mystiques devinrent les simples symboles de processus psychologiques profonds. Et ces processus, bien sûr, se développèrent sans frein. Ils avaient besoin d'un dieu vivant, alors même qu'ils n'en avaient aucun, une situation que le fils de Muad'Dib devait corriger.**

— Déclaration attribuée à Lu Tung-pin. (*Lu, l'Invité de la Caverne*).

LETO PRIT PLACE SUR LE TRÔNE DU Lion pour recevoir l'hommage des tribus. Ghanima se trouvait à ses côtés, un degré plus bas. La cérémonie, dans la Grande Salle, se poursuivait depuis des heures. Délégués et Naibs des innombrables tribus Fremen défilaient devant Leto. Chaque groupe était porteur d'un présent qui convînt à un dieu aux pouvoirs terrifiants, un dieu de vengeance qui leur promettait la paix.

Une semaine auparavant, manifestant ses pouvoirs devant l'arifa de toutes les tribus, il les avait domptés. Les Juges l'avaient vu marcher dans un tunnel de feu et en ressortir indemne. Ils avaient pu examiner sa peau et voir qu'elle ne portait pas la moindre trace. Il leur avait ensuite ordonné de le frapper de leurs couteaux et la peau impénétrable s'était déployée sur son visage pour le protéger tandis que les lames s'abattaient en vain sur lui. Des acides jetés sur lui s'étaient dissipés en fumées légères. Puis, il avait bu tous les poisons qu'on lui proposait et il avait ri.

Finalement, il avait appelé un ver et il s'était tenu immobile devant eux, devant la gueule grande ouverte. Enfin, il avait gagné le port d'Arrakeen où il avait eu l'audace de faire basculer une frégate de la Guilde en la soulevant par l'un de ses ailerons d'atterrissage.

L'arifa avait rapporté tous ces exploits avec une dévotion craintive et, maintenant, les délégués des tribus étaient venus sceller leur soumission.

Les systèmes d'absorption de la Grande Salle estompaient les sons les plus violents. Mais le frottement constant des pieds sur le sol finissait par pénétrer tous les sens, avec la poussière et les odeurs de silex venues du dehors.

Jessica, qui avait refusé de participer à la cérémonie, observait la scène par une ouverture secrète, derrière le trône. Toute son attention était fixée sur Farad'n. Elle comprenait à présent que ses plans et ceux de Farad'n avaient été déjoués. Leto et Ghanima avaient su prévoir le jeu des Sœurs ! Il était si facile, pour les jumeaux, de consulter les Bene Gesserits qui vivaient en eux, plus nombreuses que toutes celles de l'Empire...

La mythologie des Sœurs avait pris Alia à son piège, d'une manière qui, maintenant, suscitait l'amertume de Jessica. *La peur érigée sur la peur !* Les usages des générations écoulées avaient posé le sceau de l'Abomination sur Alia. Et elle n'avait pas eu le moindre espoir. Elle avait finalement succombé et son destin rendait plus difficile encore à accepter l'accomplissement de Leto et de Ghanima. Il n'y avait pas une façon seulement de sortir du piège, mais deux.

La victoire de Ghanima sur ses vies intérieures et son insistance sur le fait que le sort d'Alia appelait la pitié étaient, entre tous les sujets d'amertume, les pires. La suppression hypnotique alliée à l'amour d'un ancêtre bénéfique avaient sauvé Ghanima. Ils auraient pu sauver Alia. Mais en l'absence de tout espoir, rien n'avait été entrepris avant qu'il fût trop tard. L'eau d'Alia avait été répandue sur le sable.

Jessica soupira et porta son attention sur Leto. A sa droite, à la place d'honneur, on avait placé une énorme jarre recouverte d'un dais qui contenait l'eau de Muad'Dib. Il avait révélé à Jessica que son père-intérieur avait ri de ce geste tout en l'admirant.

La jarre et cette dernière révélation de Leto avaient conforté Jessica dans sa décision de ne pas participer à la cérémonie. Aussi longtemps qu'elle vivrait, elle le savait, jamais elle n'accepterait que Paul s'exprime par la bouche de son petit-fils. Elle se réjouissait de ce que la Maison des Atréides ait survécu, mais les choses-qui-auraient-pu-être lui étaient insupportables.

Farad'n était assis, les jambes croisées, près de la jarre qui contenait l'eau de Muad'Dib. C'était la position qui convenait au Scribe Royal, un titre honorifique tout récemment conféré et accepté.

Farad'n avait le sentiment de s'adapter parfaitement à cette nouvelle réalité, en dépit des avertissements inquiets de Tyekanik. Le Sardaukar et Stilgar avaient formé une sorte de front de défiance et de réprobation qui semblait amuser Leto.

Durant les heures de la cérémonie d'hommage, Farad'n était passé de l'émotion à l'ennui pour revenir à l'émotion. Tous ces combattants hors de pair formaient un fleuve humain qui semblait ne pas avoir de fin. Leur loyauté renouvelée envers les Atréides ne pouvait être mise en doute. Leur soumission terrifiée à Leto était encore renforcée par ce qu'ils avaient appris de l'arifa.

Enfin, la conclusion fut en vue. Le dernier des Naibs s'inclinait devant Leto : Stilgar, en « position d'arrière-garde de l'honneur ». Il ne portait aucun panier chargé d'épice, de joyaux et autres présents de prix qui s'entassaient autour du trône. Il tenait un simple bandeau de fibre d'épice, tressé au motif, d'or et de vert, du Faucon des Atréides.

Ghanima le reconnut aussitôt et jeta un regard furtif à son frère.

Stilgar déposa le bandeau sur la seconde marche du trône et s'inclina profondément. « Je vous donne le bandeau que portait votre sœur lorsque je l'ai conduite dans le désert afin de la protéger », dit-il.

Leto réprima un sourire.

« Je sais que tu as connu de durs moments, Stilgar, répondit-il. Y a-t-il ici quelque chose que tu désires en échange ? » Il désignait l'amas de biens précieux.

« Non, Mon Seigneur. »

« Alors, j'accepte ton présent, dit Leto. Il se pencha en avant, saisit l'ourlet de la robe de Ghanima entre ses doigts et en arracha un fragment. En retour, je t'offre ce morceau de la robe de ma sœur, celle qu'elle portait lorsqu'elle fut enlevée de ton camp dans le désert, ce qui m'obligea à la sauver. »

Stilgar accepta le bout d'étoffe d'une main tremblante.

« Vous moquez-vous de moi, Mon Seigneur ? »

« Me moquer de toi ? Sur mon nom, Stilgar, jamais je n'y songerais. Je t'ai donné un présent sans prix. Je t'ordonne de le porter contre ton cœur afin qu'il te rappelle que tous les humains sont enclins à l'erreur et que tous les chefs sont humains. »

Stilgar eut un rire discret.

« Quel Naib vous auriez fait ! »

« Quel Naib je fais ! Le Naib de tous les Naibs ! N'oublie jamais cela ! »

« Qu'il en soit selon vos paroles, Mon Seigneur ! (Stilgar hésita, se souvenant du rapport de l'arifa.) Et il pensa : *J'avais pensé jadis à le tuer. Maintenant, il est trop tard.* Son regard se posa sur la jarre d'or surmontée d'un couvercle vert. « C'est l'eau de ma tribu », dit-il.

« Et la mienne, dit Leto. Je t'ordonne de lire l'inscription que porte son flanc. Lis-la à haute voix afin que tous l'entendent. »

Le Naib eut un regard interrogateur à l'adresse de Ghanima, mais elle ne lui répondit que par un bref mouvement du menton, un geste froid qui lui arracha un frisson. Ces petits diables d'Atréides allaient-ils donc le garder ici pour qu'il réponde de ses audaces et de ses fautes ?

« Lis », dit Leto en lui montrant la jarre.

Lentement, Stilgar escalada les degrés et se pencha.

« Cette eau, lut-il à haute voix, est l'essence ultime, la source du ruissellement de la créativité. Bien qu'elle dorme, elle engendre tous les mouvements. »

« Que signifient ces mots ? » murmura Stilgar.

Il éprouvait tout à coup une émotion dont il ignorait l'origine.

« Le corps de Muad'Dib est une coque vide, abandonnée par un insecte, dit Leto. Il avait maîtrisé le monde intérieur tout en tenant le monde extérieur en mépris, et cela engendra la catastrophe. Il maîtrisa le monde extérieur tout en excluant le monde intérieur, et cela livra ses descendants aux démons. L'Elixir d'Or disparaîtra de Dune, pourtant la graine de Muad' Dib continue de se propager et son eau déplace notre univers. »

Stilgar baissa la tête. Les choses mystiques le plongeaient toujours dans le trouble.

« Le commencement et la fin ne font qu'un, continua Leto. Vous vivez dans l'air mais vous ne le voyez pas. Une phase s'est achevée. C'est le commencement de son contraire qui surgit maintenant de cet achèvement. Et ainsi nous obtiendrons

Kralizec. Tout revient plus tard sous une forme différente. Vous avez senti des pensées dans votre tête : vos descendants sentiront des pensées dans leur ventre. Retourne au Sietch Tabr, Stilgar. Gurney Halleck t'y accompagnera. Il sera mon représentant au sein de ton Conseil. »

« Vous ne me faites donc pas confiance, Mon Seigneur ? » demanda Stilgar à voix basse.

« Totalement, sinon je n'enverrais pas Gurney. Il devra commencer le recrutement de la nouvelle force dont nous aurons bientôt besoin. J'accepte ton serment de féauté, Stilgar. Tu peux te retirer. »

Stilgar s'inclina très bas, redescendit les degrés et quitta la salle. Les autres Naibs lui emboîtèrent le pas, suivant le principe Fremen du « dernier sera le premier ». Mais certaines de leurs questions résonnèrent clairement près du trône.

« De quoi parlais-tu donc, Stil ? Qu'est-ce que signifient ces mots à propos de l'eau de Muad'Dib ? »

Leto s'adressa à Farad'n : « Vous avez noté tout cela, Scribe ? »

« Oui, Mon Seigneur. »

« Ma grand-mère m'a dit qu'elle vous a éduqué dans l'art mnémonique du Bene Gesserit. C'est une bonne chose. Je n'ai pas envie de vous voir gribouiller à mes côtés. »

« Comme vous voudrez, Mon Seigneur. »

« Approchez », ordonna Leto.

Farad'n s'exécuta, avec une pensée reconnaissante pour l'éducation que lui avait donnée Jessica. Même en acceptant le fait que Leto n'était plus humain, que les pensées qu'il formulait n'étaient plus réellement humaines, le Sentier d'Or était plus qu'effrayant.

Leto regarda Farad'n. Les gardes se tenaient hors de portée de voix. Seuls les Conseillers de la Présence Intérieure demeuraient présents dans la Grande Salle, en groupes immobiles, à plusieurs pas de la première marche.

Ghanima s'était rapprochée de son frère, et avait appuyé un bras sur le dossier du trône.

« Vous n'avez pas encore accepté de me donner vos Sardaukar, dit Leto. Mais vous accepterez. »

« Je vous dois beaucoup, dit Farad'n, mais pas cela. »

« Vous pensez qu'ils ne sauront pas s'entendre avec mes Fremen ? »

« Aussi bien que ces nouveaux amis que sont Tyekanik et Stilgar. »

« Et pourtant, vous refusez ? »

« J'attends votre offre. »

« Alors, je dois vous faire une offre, en sachant que jamais vous ne la répéterez. Je souhaite que ma grand-mère ait bien joué son rôle et que vous soyez prêt à m'entendre. »

« Que dois-je entendre ? »

« Dans toute civilisation, il y a toujours une mystique dominante, dit Leto. Elle s'érige en barrière contre tout changement, ce qui laisse toujours les générations futures vulnérables devant les trahisons de l'univers. En cela, toutes les mystiques se ressemblent : la mystique religieuse, la mystique du héros, la mystique du messie, celle de la science et de la technologie et celle de la nature elle-même. Nous vivons dans un Imperium façonné par une telle mystique et, à présent, cet Imperium s'écroule parce que la plupart de ceux qui l'habitent ne savent plus distinguer entre la mystique et leur univers. Voyez-vous, la mystique est comme la possession par le démon, elle tend à dominer la conscience, à recouvrir toute chose. »

« Je reconnais la sagesse de votre grand-mère dans ces paroles », dit Farad'n.

« C'est une bonne chose, cousin. Elle m'a demandé si j'étais une Abomination. Je lui ai répondu par la négative. Ce fut mon premier mensonge. Ghanima a échappé à cela, comprenez-vous, mais pas moi. Il m'a fallu chercher de l'aide auprès de mes vies intérieures pour équilibrer la pression excessive du Mélange. J'ai alors évité les plus malfaisantes et choisi un allié proposé par la conscience intérieure de mon père. En vérité, je ne suis ni mon père ni cet allié. Je le répète : je ne suis pas le Second Leto. »

« Expliquez-vous. »

« Vous êtes d'une franchise admirable... Je suis une communauté dominé par un esprit ancien et puissant. Il engendra une dynastie qui dura trois mille de nos années. Son nom était Harum et, jusqu'à ce que sa lignée s'étiole dans la faiblesse et les superstitions congénitales d'un de ses descendants, ses sujets connurent une cxistence au rythme sublime. Inconsciemment, ils changeaient avec les saisons. Ils engendraient des individus à la vie brève, superstitieux, dociles devant le dieu-roi. Pris dans leur ensemble, ils constituaient un peuple puissant. Leur survie en tant qu'espèce était devenue une habitude. »

« Cela ne me plaît guère », dit Farad'n.

« Pas plus qu'à moi. Mais tel est l'univers que je vais créer. »

« Pourquoi ? »

« C'est une leçon que j'ai apprise sur Dune. La présence de la mort est un spectre qui domine les vivants ici-bas. Par cette présence, les morts changent les vivants. Les membres d'une telle société sombrent dans leurs ventres. Mais lorsque vient le temps du contraire, lorsqu'ils se redressent, ils sont grands et beaux. »

« Cela ne répond pas à ma question. »

« Vous ne me faites pas confiance, cousin. »

« Pas plus que votre propre grand-mère. »

« A juste titre, dit Leto. Mais elle s'incline parce qu'elle le doit. Tout bien considéré, les Bene Gesserits sont des pragmatiques. Vous savez, je partage leur point de vue sur l'univers. Vous porterez les traces de cet univers. Vous maintiendrez les usages du pouvoir, et vous dresserez le catalogue de tout ce qui vous entoure afin que cela soit évalué en termes de valeur ou de menace. »

« J'ai accepté d'être votre Scribe. »

« Parce que cela vous a amusé et a flatté votre vrai talent, celui d'historien. Vous avez un génie authentique pour déchiffrer le présent dans les termes du passé. Vous m'avez devancé en bien des occasions. »

« Je n'aime pas vos insinuations voilées », dit Farad'n.

« Très bien ! Vous êtes passé d'une ambition sans mesure à votre présent état inférieur. Ma grand-mère ne vous a-t-elle pas prévenu contre l'infini ? Il nous attire comme un projecteur au cœur de la nuit, nous aveugle sur les excès qu'il peut infliger au fini. »

« Aphorismes Bene Gesserit ! » protesta Farad'n.

« Mais bien plus précis, dit Leto. Le Bene Gesserit croyait pouvoir prédire le cours de l'évolution. Mais il a négligé de prévoir ses propres changements dans le cours de cette évolution. Les Sœurs avaient pensé qu'elles demeureraient inchangées tandis que leur plan génétique se poursuivrait. Je ne partage pas cet aveuglement réfléchi. Regardez-moi attentivement, Farad'n, car je ne suis plus humain. »

« C'est bien ce que m'affirme votre sœur, dit Farad'n, hésitant. Vous êtes une Abomination ? »

« Peut-être, selon la définition des Sœurs. Harum est un autocrate cruel. Je partage sa cruauté. Ne vous y trompez pas : ma cruauté est celle du gardien de troupeau et cet univers humain est ma ferme. Autrefois, les Fremen élevaient des aigles familiers, et moi, j'ai un Farad'n. »

Le visage du Prince s'assombrit : « Prenez garde à mes serres, cousin. Je sais bien que mes Sardaukar finiraient par succomber devant vos Fremen, mais non sans vous blesser grièvement, et les chacals attendent toujours. »

« Je ferai bon usage de vous, je le promets, dit Leto. Il se pencha en avant : Ne vous ai-je pas dit que je n'étais plus humain ? Croyez-moi, cousin. Nul enfant ne naîtra jamais de ma semence car je n'ai plus de semence. Et cela me contraint à un second mensonge. »

Farad'n attendit, silencieux. Il discernait enfin le sens de la diatribe de Leto.

« J'irai contre tous les préceptes Fremen. Ils accepteront parce qu'ils ne peuvent rien faire d'autre. Je vous ai gardé auprès de moi en vue de vos fiançailles, mais il n'y aura pas de fiançailles, entre Ghanima et vous. Ma sœur m'épousera ! »

« Mais vous... »

« Elle m'épousera, ai-je dit. Ghanima doit perpétuer la lignée des Atréides. Et il y a aussi le programme Bene Gesserit qui est devenu mon programme. »

« Je refuse », dit Farad'n.

« Vous refusez de procréer une dynastie Atréides ? »

« Quelle dynastie ? Vous serez sur le trône pour des milliers d'années ! »

« Et je façonnerai vos descendants à mon image. Ce sera le programme d'éducation le plus intensif, le plus complet de toute l'histoire. Nous formerons un écosystème en réduction. Voyez-vous, quel que soit le système que les animaux choisissent pour survivre, il doit être fondé sur le modèle des communautés solidaires, de l'interdépendance. Ils doivent œuvrer ensemble à l'intérieur du dessein commun qui est le système. Et un tel système produira les chefs les plus compétents que l'on ait jamais vus ! »

« Des promesses bien séduisantes pour un si déplaisant... »

« Qui survivra à Kralizec ? demanda Leto. Je vous le promets : Kralizec viendra. »

« Vous n'êtes qu'un fou ! Vous allez détruire l'Empire ! »

« Bien sûr... mais je ne suis pas un homme. Cependant, je vais créer une conscience nouvelle dont seront dotés tous les hommes. Je vous le dis : sous le désert de Dune, en un lieu secret, se trouve le plus grand trésor de tous les temps. Je ne mens pas. Lorsque le dernier ver mourra, lorsque la dernière poignée d'épice sera moissonnée sur notre sable, ces richesses des profondeurs se déverseront dans notre univers. Tandis que le monopole de l'épice verra fondre sa puissance et qu'apparaîtront les réserves cachées, des pouvoirs nouveaux naîtront dans notre royaume. Il est temps que les humains réapprennent à vivre selon leurs instincts. »

Ghanima prit le bras de son frère puis, contournant le trône, elle s'approcha de Farad'n et lui prit la main.

« Tout comme ma mère ne fut pas une épouse, vous ne serez pas un époux, dit Leto. Mais peut-être l'amour sera-t-il et ce sera suffisant. »

« Chaque jour, chaque moment apporte son changement, dit Ghanima. C'est en reconnaissant ces moments que l'on apprend. »

La petite main tiède de Ghanima était une présence insistante dans celle de Farad'n. Il reconnaissait le mouvement de marée des arguments de Leto mais, à aucun moment, la Voix n'avait été utilisée. C'était un appel qui s'adressait aux entrailles et non à l'esprit.

« Est-ce donc là ce que vous offrez en échange de mes Sardaukar ? » demanda-t-il.

« J'offre plus, bien plus, cousin. J'offre l'Impérium à vos descendants. Je vous offre la paix. »

« Quelle sera la conséquence de votre paix ? »

« Son contraire », dit Leto, d'un ton moqueur et calme.

Farad'n secoua la tête. « Le prix de mes Sardaukar est selon moi très élevé. Devrai-je rester Scribe, tout en étant le père secret de votre lignée royale ? »

« Il le faut. »

« Essaierez-vous de m'imposer votre habitude de paix ? »

« J'essaierai. »

« Je vous résisterai chaque jour de ma vie. »

« Mais c'est la fonction que j'attends de vous, cousin. C'est pour cela que je vous ai choisi. Je vais la rendre officielle. Je vais vous donner un nom nouveau. A partir de cet instant, on vous appellera le Briseur d'Habitude, ce qui, dans notre langue, se dit : Harq al-Ada. Allons, cousin, ne soyez pas obtus. Ma mère vous a bien éduqué. Donnez-moi vos Sardaukar. »

« Donnez-les, dit Ghanima. D'une manière ou d'une autre, il les aura. »

Farad'n lut dans sa voix la peur qu'elle éprouvait pour lui. L'amour ?

Leto ne faisait pas appel à la raison, mais à un élan d'intuition.

« Prenez-les », dit Farad'n.

« Grand merci », dit Leto. Il se leva en un mouvement curieusement fluide, comme s'il maîtrisait difficilement ses terribles pouvoirs. Il descendit auprès de Ghanima et, doucement, la fit tourner sur elle-même jusqu'à ce qu'ils se trouvent dos à dos.

« Notez bien cela, cousin Harq al-Ada : c'est ainsi que nous serons toujours. Ainsi que nous nous tiendrons quand nous serons mariés. Dos contre dos, chacun regardant dans la direction opposée afin de protéger cette chose unique que nous avons toujours été. (Il se retourna, posa un regard moqueur sur Farad'n et continua, d'une voix plus basse.) Souvenez-vous de cela, cousin, lorsque vous serez face à face avec ma Ghanima. Souvenez-vous de cela lorsque vous lui parlerez d'amour, lorsque vous lui murmurerez de tendres mots, lorsque vous serez tenté par les habitudes de ma paix et de mon contentement. Votre dos demeurera exposé. »

Il se détourna, descendit les marches, rejoignit les courtisans qui le suivirent et quittèrent la salle dans son sillage, tels des satellites.

Une fois encore, Ghanima prit la main de Farad'n, mais son regard demeura fixé longtemps à l'autre bout de la salle sur la porte par laquelle Leto avait disparu.

« L'un de nous devait accepter la douleur, dit-elle, et il a toujours été le plus fort. »

---

*Cet ouvrage reproduit*
*par procédé photomécanique*
*a été achevé d'imprimer le 16 août 1978*
*sur presse CAMERON,*
*dans les ateliers de la S.E.P.C.*
*à Saint-Amand-Montrond (Cher)*
*pour le compte des éditions Robert Laffont*
*6, place Saint-Sulpice-75279 Paris Cedex 06*

Dépôt légal : 3e trimestre 1978.
N° d'Édition : G.563. N° d'Impression : 566.